岁与歌
一弦一柱思华年

第 四 届
城市文学排行榜
作 品 精 选

青年文学杂志社 ————— 编

中国青年出版社

出版说明

城市的核心是城市中的人。顾名思义，城市文学就是记录人与城市的相遇，反映人在城市中的生活。改革开放以来，中国的城市化进程取得了举世瞩目的成就。城市的生产空间、生活空间和生态空间，必然进入城市书写之中，并将绽放璀璨之花朵，捧结累累之硕果。与之相应，中国文学也来到了一个划时代的节点。

随着八〇后以及更年轻作家的涌现和成长，城市文学俨然开始成为文学叙事的主体。这既是文学领域内的一次自我生长和更迭，也与中国的现代转型、中国人精神的现代化和日常生活的重新建构等诸多大问题息息相关。城市作为一种独特文本，也会呼唤越来越多的漫游者、记录者和观察者，加入到这场文化的盛宴中。

城市文学之蔚为壮观，已然呼之欲出。

青年文学杂志社自一九八二年创刊以来，就密切关注现实生活，关注在中国城市化进程中所发生的生活遭际和内心触动。从二〇一八年开始，《青年文学》推出"城市文学"排行榜，每年邀请国内知名文学刊物举荐作品，再由两轮评委选出榜单作品，共同打造城市文学这一顺时应势的创作高地。

这些打上新时代烙印的中短篇小说佳作，值得一读、再读。

目　录
CONTENTS

信使　　　　　　　　　铁　凝　－ 001

蓝牙　　　　　　　　　黄咏梅　－ 023

月光下　　　　　　　　蔡　东　－ 045

荷花姜　　　　　　　　潘向黎　－ 063

昆士街市集　　　　　　王晨蕾　－ 083

仁科的小说　　　　　　仁　科　－ 103

玫瑰在额头上　　　　　白　琳　－ 137

游乐场　　　　　　　　孙　睿　－ 205

换日线　　　　　　　　郭　爽　－ 257

九月　　　　　　　　　黄昱宁　－ 321

月球隐士　　　　　　　李宏伟　－ 355

小小的火　　　　　　　王　棵　－ 455

信使

铁凝

　　四月的这个下午,空气清透,雾霾不在。街边的樱花、榆叶梅忽然就盛开了,白丁香、紫丁香也这里、那里喷放着苦而甜的团团香气。陆婧坐在车里,车窗关着,也能感受到樱花的烟云带给她的眩晕,丁香的苦甜有点呛人。她落下车窗,像有意咂摸这春天的"呛",享用这扑面而至的"呛"带来的鲜亮欢喜。

　　在一个嘈杂的路口,车遇红灯。陆婧偏头看着窗外,眼光落在临街一间门脸不大的体育用品商店。一辆人力三轮车停在门前,两个年轻人正从车上卸货。一个腿有残疾的女人从店里出来,身体歪向一边。她跛着脚走到三轮车前,弯腰从地上拎起两摞半人高的捆绑在一起的鞋盒,板鞋?跑鞋?当她抬起头无意间扫一眼路口停滞的车队时,陆婧的眼光刚好对上了她的扫视。这是一位已不年轻的妇女,一头染成灰咖色的整齐的直短发,颧骨的颜色偏酡红。同样已不年轻的陆婧早就是戴花镜读报的视力,可瞬间还是认出了这张脸:李花开!

李花开是陆婧三十多年未见的故人，虽然这故人如今拖了一条残腿，但陆婧还是很肯定，她就是李花开。拎着鞋盒的李花开没有认出坐在车里的陆婧，她扫视的是车的洪流，临街店铺的门前，哪天没有车流呢。很快，她两手各拎着一摞鞋盒，斜着身子进店去了。

绿灯亮了，车子倏地驶过路口，陆婧甚至没有看清那间商店的名字。她不打算叫车停下，开车的是她丈夫。副驾驶座上的女儿，正掏出气垫粉饼补妆。陆婧盯着女儿的后脖颈，女儿的丸子头使后脖颈落下一些散发，故意落下的吧，看似不经意的慵懒和风情。她们母女并不交流这方面的内容，但在这个下午，陆婧从女儿的后脑勺上明确地看见了三十多年前的自己：克制地追逐时尚，貌似叛逆，有点虚荣。三十多年前，陆婧和李花开同在一个城市，一个名叫虽城的北方城市。

那还是一个人人需要单位的时代，没有单位的人总显得可疑。幸运的是她们都有稳定的单位，陆婧在一个地方戏研究所当编辑，李花开在市属的印刷厂做文秘。一个时代有一个时代的词汇，二十世纪八十年代，陆婧和李花开是大学同学，是朋友。套用时下的说法，她们是"闺密"。这"密"后来又通俗成了腻乎乎的蜜。当年的她们漠视一些老词，不像今天，人们把老词翻腾出来再做揉捏变作另一种时尚。传统意义上的闺中密友大多联带着两家通好，陆婧和李花开的两家长辈却互不相识。

从西客站回家时，陆婧在副驾驶就座，女儿已下车，乘高铁去了外地出差。陆婧的方向感很差，这时却发现车子是循着原路返回，再遇那个路口，她那混乱的方向感突然明晰起来，她觑着眼朝马路对面一溜商铺望去,看见了那个小店:"时代体育"。

她认出这是东单,同仁医院附近。医院附近的车多人乱又给她的方向辨别带来了困难。她是急切地想要记住"时代体育"的准确位置么,还是对跛脚的李花开怀有好奇?想不到三十多年后李花开也来了北京,她丈夫,那个叫起子的也来了吧。陆婧心里加重着"也"字的分量,好像北京是她的地盘,李花开的现身让她有种不适感——曾经的闺密往往最方便成为仇敌。什么时候她的脚给跛了?敢情她也受过伤啊。"也",她心里玩味着这个字,刚刚迎接着她的这个美得眩晕的春天,那呛人的丁香、樱花们不也慷慨迎接着从"时代体育"里走出来的李花开么。

1

那是她们共同的激情时代。先是李花开突然告诉陆婧她要结婚了,对方是虽城的远房表哥。李花开说,表哥在街道办的一个镜框社画出口彩蛋。陆婧嗤之以鼻地抢白道,那也叫单位呀。李花开说就算不是单位吧,可他有房,私房,独院儿。硬道理在这儿呢,陆婧想。

李花开是当年系里的美人,有男生为她那长而柔韧的脖颈献过诗。她的脖子洁净、细润如骨瓷,女孩子拥有这般脖颈,会显得傲然,且十分方便左顾右盼。可她并不自知自己有条好脖子,不会搔首,亦不懂弄姿,还常常爱犯轴脾气。轴,在北方语系里通常形容性格而非品德,和一根筋、死心眼相近。李花开穿家做布鞋,常年背一只紫红两色方格交织的土布书包,好比特意拿自己的乡村出身背景示众。她家在离虽城百里外的山区，穷。大二时，一次李花开的下铺丢了几张饭票，认定偷窃者是上铺的李花开。李花开激愤地绝食两天以示清白。第三天，同宿舍的陆婧强行背着李花开到校医务室去输生理盐水、葡萄糖。过了一个星期，下铺的饭票找到了，在她送回家去洗的一包脏衣服里。和李花开不同，陆婧家就在虽城，工作之后仍然和父母同住。李花开住印刷厂的集体宿舍，周末经常被陆婧拉着去家里吃饭。陆婧记得母亲第一次见到李花开时还感叹了一句：真是高山出俊鸟呢。

冬日的一个周末，陆婧随李花开去了她将要嫁进去的私房、独院。推开吱嘎作响的单扇榆木院门，眼前的院子只是一条狭窄的夹道。夹道一侧仅两间西屋，另一侧是院墙，院墙即是前院人家的后山墙。若从西屋推门出来，仿佛走几步就能撞墙。虽不能比喻成开门见山，却可以说是出门见墙。西屋窗下整齐地码着蜂窝煤，挨着蜂窝煤的，是被旧提花线毯盖着的同样码放整齐的大白菜和鸡腿葱，叫人嗅出过日子的烟火气。当年的陆婧们不屑于这类烟火气，眼前的蜂窝煤、大白菜只让她相信，李花开真的要结婚了。李花开说这是表哥的爷爷留下的一点房产，爷爷从前是个经营南方竹货的小业主。想必，经过了那场革命，这院子是被挤占去了大部的剩余吧，陆婧思忖。

那天陆婧见到了李花开的表哥，一个微胖的长发青年，李花开叫他起子。起子热情地和陆婧握手，三人进屋后他还伸手从李花开肩上择下一根头发，或者不是头发，是线头，或者什么都没有，他只是愿意让人看见他在她肩上择。这个表示关切或男女关系不一般的动作让陆婧觉得多余，但那感觉仅仅一闪，因为房间正中一只铸铁蜂窝煤炉子引起陆婧格外的好奇。那本是一只普通的青黑色铸铁炉,圆柱形炉身正方形炉盘。在暖气并不普及的时代,北方城市大多人家都有这类炉子,取暖、做饭、烧水,间或也充当烤盘:烤馒头、烤窝头、烤包子、烤枣儿。起子家这只炉子所以引人注目,是因为它那锃光瓦亮的炉盘,陆婧还没见过谁家的铁炉子能有这样一尘不染,这样光明可鉴,这样泛着蓝幽幽光泽的镜子般的炉盘。他们围炉而坐,受着这炉子的吸引,又好像这神气活现的炉子才是这家的主人,乃至屋内所有家具的主人。炉子上坐着一把熟铝壶,壶中水已烧开,壶盖噗噗响着,壶嘴冒出缕缕水蒸气。起子拎起壶去给客人沏茉莉花茶,他把热茶端给两位女客,顺手抄起铁炉钩,从炉前铁畚箕里钩起同样锃光瓦亮的炉盖,半遮半掩盖住炉口,复又将水壶错开炉口坐上炉子。这样水能保温,炉口减弱的火力也不至于把壶烧干。陆婧喝着热茶,问起这炉盘如何能这般明亮。起子说用猪皮擦的。他母亲在世的时候每天必擦几遍,即使在肉类凭票供应的年代,也总能想法子省出指头长的一块猪皮供炉盘去"吃"。擦了二十几年,生是把一块粗糙的铁炉盘擦成了镜面。母亲去世后,他接过这活儿,有空儿就擦,才保持了这炉盘的成色。

  陆婧喝着热茶,想着一个大小伙子除了画彩蛋,就是手持一块猪皮在炉盘上擦呀擦的,她好像还闻见了猪皮蹭上热炉盘那嗞嗞的响声和轻微的油烟,不臭,也不香。看看李花开,李花开显然对猪皮擦炉盘不感兴趣。煤是金贵的,她家烧柴火灶,上大学之前她就没见过铁炉子,也很少见过真的煤。结婚以后起子会让她擦炉盘么?她可不情愿。这需要耐心,更多的是一种情趣。就陆婧对李花开的了解,她不具备这方面的情趣。出了那院子,李花开只问了一句：你说值吗？陆婧没有回答，眼前只闪过一个模模糊糊的影子，李花开对她讲过的一个中学同学名叫锁成的，和她同村，后来她考上大学了，他没考上。

几天后，一个坏消息震惊了她们：当年那个下铺的母亲，因为厂里分房不公平，吞了过量的安眠药。李花开说，房比命大么？陆婧说，房是命的一部分吧。李花开又问：你说值吗？她没有听见应答。很快，她嫁给了表哥。很快，陆婧也恋爱了。

2

陆婧的恋爱像是一场无药可救的疟疾。民间对疟疾的归纳有间日疟、三日疟等等，意指隔日发作一次或三日发作一次，高热、高寒乃至抽搐。陆婧的爱之疟疾却持续了近两年。对方名叫肖恩，是她父亲的同学，且有家室。陆婧刚读初中时，肖恩随着他的单位——北京一个大部的文工团来到虽城做集体改造锻炼，他们被安置在当地驻军大院，过着半军事化、半农场农工的生活，军队有自己的农场。平时不准离院，每周休息半天。肖恩在这座举目无亲的城市联系到了他的大学同学，陆婧的父亲。当革命和运动使熟人、朋友都断了消息的时刻，陆家为肖恩在虽城的出现尤为高兴。那段时间，陆婧的家是肖恩吃饭解馋、放松身心之地。每周的半天休息，他差不多都是在陆家度过。那时陆婧叫肖恩叔叔，逢肖恩感冒生病，或者为部队演出突击排练不能前来时，陆婧会自告奋勇地骑上自行车，为肖叔叔送去母亲烹制的鸡汤、榨菜炒肉丝。满满一罐榨菜肉丝够肖恩吃一个星期，也要用掉陆家半个月的肉票。那个推着自行车站在部队大院门口、冒着寒风等待他出来的陆婧，那个围着大红围巾、戴着厚厚的棉巴掌手套、晶莹的鼻头冻得通红的孩子，给肖恩留下了美而干净的印象。他送给陆婧一双淡绿色斜纹卡其布芭蕾鞋，足尖嵌有软木的真正的芭蕾舞鞋，正热衷于校文艺宣传队各种活动的陆婧，连续一个星期每晚睡觉都把这双鞋供在枕边。后来陆婧并没有在舞蹈方面有所长进，以她当时的年龄，腿已经太硬，开胯也不再容易。当年那些小女孩对文艺的热爱，充其量相当于今天的时尚女生对奢侈品的追逐。

十年之后，肖恩已是北京那个大部文工团的业务团长，陆婧的父亲也做了虽城文教局长。肖恩的文工团有时来虽城演出，他带着演出赠票和茅台，到陆家和老同学畅饮。肖团长和陆局长一改从前的落魄，精神、气色俱佳，就像换了个人。陆婧从旁看着想着，人没换啊，换的是人间。

换了人间。肖恩再见十年后的陆婧，他惊喜地打量着她，喃喃自语着小姑娘已经出落得、出落得……他始终没有完成那后半句话：她出落得怎样？但半句话对陆婧足矣，她尤其喜欢"出落"这个词，一个带有弹性的神奇蜕变的好词。陆婧突然不叫肖恩叔叔了，她叫他肖老师。每逢文工团来虽城演出，陆婧便也忙了起来。她为同学、朋友、同事、近邻向肖恩讨要招待票，她替当地媒体联系采访肖恩以及团里的男女演员，她不是名人，但她已是个认识名人的名人，她为此得意、满足，她和肖恩的关系也就落入了那个时代可能的套路。肖恩开始邀请她去北京看戏看电影——一些尚未公开、只供圈内人优先欣赏的外国电影，陆婧自己也频频寻找去北京的理由。一个地方戏研究所原本没有更多出差北京的机会，多数时间她利用周末自费前往。那些日子她轮流住遍了亲戚家：姑姑、叔叔、舅舅、姨妈。她庆幸他们的家都在北京，就像从前她的父母一样。在北京疯跑的时光里，她作为一个曾经的北京孩子，常常生出些情不自禁的得意和略带焦灼的期盼。

秘密恋爱固然秘密，却仿佛必得选出一个可靠的人分享才更够秘密。几个月之后，陆婧把李花开约到一家卤煮火烧小馆。她脸色潮红、嘴唇颤抖，十指交叠着扭绞着，忽又神经质地把双手搓来搓去。她的讲述琐碎累赘而又宏大激昂，她顾自笑着，眼里有泪光，她已经为自己这高级的恋爱所倾倒，她的闺密李花开也必将为她这不凡的倾诉所倾倒。

李花开的嘴里却只是偶尔迸出一句"我娘！"逢关键时刻，李花开的山村口头语还是会冒出来，比如"我娘"！听着生硬，但干脆、有劲。这是一个本身不含褒贬的感叹词，但在此刻，李花开喊出它来表达的是决不同意。两人争吵起来，昏天黑地。陆婧急赤白脸，碗中的卤煮火烧一口没动。李花开连吃带喝，一海碗卤煮火烧下肚，也没能堵住她那张压着嗓音、连呼反对的嘴。直到碗空了，她才发现了陆婧的一脸憔悴，她闭嘴了。或许恋爱中的憔悴才能唤起人的怜悯，而绝对平等的友谊也并不存在，似乎总有一方在紧要关头非服从另一方不可，比如让卤煮火烧和争吵弄得满头是汗的李花开。陆婧判断李花开有缓和的迹象，再添些央告加耍赖的言辞，李花开到底让了步。她答应保密，还答应了陆婧的提议：肖恩写给陆婧的信从此寄往李家。在一场无法光明正大的恋爱里，情书寄往当事人的单位是危险的，李花开的家，那私房、独院在陆婧看来最是安全。

北京寄往虽城的平信隔天可到，陆婧一个星期至少两次去李花开家取信。那个当初在她看来有点陈旧、俗气的小院，如今在她生命中已变得如此要紧，如此友善而温暖。她多是在晚上下班后赶往李家，弓着身子把自行车骑得飞快。不能用奔向或跑向来形容她的姿态，那是扑向，扑向一团情话或者简直就是一场约会。她进了门，敷衍地和李花开或者李花开的丈夫——那位叫起子的寒暄几句，接过李花开递上的有点压手的厚厚的信封，便逃也似的夺门而去。她不急着回家，此刻家也危险。她急不可待地找一根电线杆把自行车和自己都靠上去，就着昏暗的路灯开始捧读肖恩写给她的大段的文字。她的心大声跳着、酥着、醉着。在夏日，那些粗糙的松木电线杆上爆裂的木刺有时会扎进她的衬衫。当她回家之后脱下衬衫小心择着上面的细刺时，她会偷着笑。她被扎疼过么？这样的时刻，疼也是幸福。

有时李花开在厂里加班回家晚，陆婧奔到李家推门进屋后，永远在家的起子会代替李花开把信送至陆婧手中。他并不留她坐一会儿，像通常主人对客人那样。他知道她不需要，就像陆婧也明白起子已经知道了她的恋爱，他和这幢私房、独院共同知道了她这场恋爱，再坐下假装等李花开回家反倒虚伪了。第一次从起子手里接过肖恩的来信，她只是稍显尴尬，也仅是稍显，对肖恩来信的渴望压倒了一切，一切都不在话下。

3

又是冬天了,起子画了一会儿彩蛋,外贸公司的订单,复活节前要发货的。画彩蛋是个手艺活儿,类似简单的重复性劳动,起子得心应手,或者说熟能生巧。初中没毕业他就跟着邻居一个师傅学画彩蛋,多少年画下来,有时他也感到腻烦,看着纸箱中被瓦楞纸板隔开的那一排排花里胡哨的蛋们,常常觉得自己就是个卖鸡蛋的。李花开没有嫌弃他这份活计,他不用出去上班正好在家做饭。可那个陆婧从一开始就对他怀有轻蔑。那轻蔑是暗含的不易觉察的,起子还是莫名地感受到那轻蔑的蛛丝马迹。他是个小心而敏感的人,又是一个随着惯性生活的人,每当自卑心翻腾上来,他便会拿他的私房、独院将其打压下去。是啊,在计划经济时代,福利分房时代,有人会为分不到住房吞一把安眠药的时代,他起子能够坐拥一个院子一套私房,你们还要怎么样。"你们"是指他的对立面,有时指李花开和陆婧吧,多数时间是泛指。这时他的情绪又昂扬起来,他尤其喜欢"坐拥"这个词,这是个主动、气派、敞亮的词,他不仅坐拥房子院子,还坐拥单纯貌美之妻子。生活对他不薄。

想想这些,起子放下手中的彩蛋,揉揉眼——画彩蛋费眼。他花三分钟做了一套自编的用力眨眼的眼保健操,接着他要犒劳一下自己。他把粘着颜料的手仔细洗干净,行至那炉盘锃亮的著名炉子跟前,拎起那把铝壶,壶中水开着,顶得壶盖噗噗响着。他沏上一杯茉莉花茶,搬把椅子坐在炉前,喝两口热茶,放下茶杯,起身把房门锁好,然后才从他的彩蛋工作案的小抽屉里拿出一封信,邮递员刚刚送到的北京来信。他举着信复又坐回炉前,将信封一端凑着炉盘上铝壶壶嘴里冒出的徐徐水蒸气来来回回扫那么几次,信封一端便软塌下来。他就势拿根牙签轻轻挑开信封封口一角,封口轻易就打开了,如同吃酥皮点心时用手揭去那层层酥皮,绵软、无声、可心。起子从大张着嘴的信封里抽出不薄的情书,从容不迫地欣赏起来。一些段落仍然让他耳热心跳,但情绪已不像初读第一封信时那般亢奋了。他始终腻歪的是肖恩在信中把陆婧称作"我的小软木塞"。他常常半是艳羡、半是鄙夷地把过目后的信推送进信封,再小心翼翼地用胶水封好,以手掌外侧轻按均匀,宛若终于为肖团长放行的秘密检察官。

第一次把北京来信送到陆婧手上,他就已经生出一种身在暗处的优越感。这时期的陆婧,却仿佛处于下风头了。陆婧不时会给他们夫妻带些礼物,给李花开买过马海毛的毛衣,还送过起子一件当年正时髦的沙色皮夹克。这本是朋友间的心照不宣,却渐渐让起子愈加不满足了。优越感是什么呢?那就像是人生的一种主动,起子就在一次次优先阅读那些北京情书的亢奋中获得了既朦胧又主动的渴盼:难道他当真要画一辈子彩蛋么?

这天上午,陆婧在办公室接到起子的电话,只电报式的两个字:有信。这是个善解人意的电话,起子的积极热情使她连矜持一下的表演也用不着了,她决不打算等到晚上下班后再去取信,甚至中饭也不吃,骑车直奔那"有信"之地。

他和她对坐在炉前,炉膛里淡橘色的火光恰到好处地映着两人的脸。她本不想坐下,打算拿了信就走的,但起子邀请她坐下。她发现他手里没有信。他当然看出了她的疑惑,随即从裤兜里抽出一个他们都已熟悉的信封:红蓝两色斜线圈边的航空信封。在这儿呢。他说。他微微前倾着身子从炉口上方把信封递向对面的陆婧,在陆婧看来这很危险,好像那信是要蹚过炉火才能抵达它的目的地,又好像起子原是要把那信封丢进炉中的。陆婧伸出双手在炉口上方托住那信封,手背让炉火炙烤得一阵干疼。当她终于将那沉甸甸的信封"引渡"到自己胸前,仍然双手托着它,就像托着一个刚从火海里得救的人。接着,她觉得这姿势有点失态,便把信封平放在腿上,这又仿佛肖恩正把嘴吻在她腿上,说着绵绵絮语。她的腿一阵阵酥麻,腿暗示了她拿起信封,掖进棉大衣口袋。这时起子说出了他的想法。

陆局长肯定能办到,群众艺术馆啊,艺术学院啊,画院啊,都行。他说。

你和李花开商量过么?她问。

这不重要,我的事还是我直接说更好。他说。

可人的调动需要多种条件,特别是艺术类的单位,不是普通人就能去的啊。她像是在提醒他。

但我觉得我不是普通人。他坦然地看着她,也像是对她的提醒。

她听出了话中的厉害,也领会到这位起子的"不普通"。想到李花开随厂领导去南方几家印刷厂参观学习,两个星期才能回来,起子是特意选了这个时间的空当来和她谈如此要事吧?

她从炉边站起来,眼睛并不看他,只答应回家试着跟陆局长去说。

陆婧选了一个晚饭时间对陆局长提及起子的事,晚饭时间家里的气氛是轻松的。陆局长却立刻拒绝了女儿的请求,"异想天开,异想天开！"他手很重地把筷子拍在饭桌上，一迭声地重复着这四个字，不知是讥讽起子，还是斥责女儿，也许二者皆有。基于对父亲的了解，她知道结果会是这样的，曾经闪过的一点侥幸之念确凿地破灭了。

这天，她又在办公室接到了起子的电话，还是两个字：有信。

4

她和他对坐在炉边，这次他没有空着手，给她开门便及时送上捏在手中的信封，仿佛以此迎接她将带给他的好消息。她迅速把信揣进大衣兜里，就像生怕这信会遭遇不测。

开口是艰难的，但她必须开口。她向起子道了对不起，说再等等看还有没有其他办法。这明显的官腔让起子十分不悦，他举了某某熟人因为有关系而进入了似乎不可能的单位。

她打断他说，在我们家真的不行。

他直视着她，放慢语速说，要是不行也得行呢？

她这才有点警惕地向后捎着身子问道，你这是什么意思？

他说，我不是在央求你，是在要求你。

她觉出了他的无礼和过分，但大衣口袋里那沉甸甸的信封可是经由他的手抵达她手中的，她努力使自己克制并且客气。她站起来说，等李花开回来咱们再一起商量也许更合适。

起子也站起来，果决地告诉陆婧不用商量，他就是要去陆局长所管辖的那些单位。

陆婧到底没能把持住自己，她扫了一眼对面的起子，第一次发现他那一头打绺儿的"艺术范儿"长发滋着过多的油脂,好像每每以猪皮擦完炉盘都会捎带着再往头上蹭去。她恼火起来,边向门口走边提高嗓音说,你有什么权力命令我啊,你以为你是谁!

在她背后传来起子的声音:我知道我是谁,更知道你是谁!你不就是肖大团长的小软木塞吗?

她那刚伸向门把手的手缩了回来,后脑勺仿佛遭遇了棒击,似有一个黄豆大的小气球在颅内的某个位置炸了,一个瞬间,嗡的一声,她脑海里一片白色。她还是顶着一颗白色的头颅转过了身,并努力站稳自己,身体却已有点瑟缩,像曾经有过的梦境:她裸体着站在街上,到处找不到要穿的衣服,而街上面目不清的人们正肆无忌惮地看着她,比如此刻的起子。

起子就像听见了她那无声的感受,加码似的继续抖搂:是啊,不怕你笑话,我全看过,七十七封信,包括现在你大衣兜里这封。

她一边下意识地将手伸进大衣口袋,死命握住那信封,好比攥住了肖恩的手,一边咕哝着:你怎么能、你怎么能……

我怎么不能?起子复又在炉边坐下:凭什么你们里里外外、明的暗的都是体面,又体面又浪漫,我就非得窝在这儿画一辈子彩蛋不可呢?我,我们全家还得替你收着、守着这些个不体面的信。说到不体面,我的要求不过是要通过这些不体面的信得到一份体面的工作,为了我们全家、我们未来的孩子,这有什么过分吗?

她不动地方地站着,拼力捕捉着他话里的信息,她想到了李花开,不敢去想这是他们夫妻的合谋,可难道他们不是夫妻吗?还有孩子,李花开是不是怀孕了?陆婧的恋爱袭来之后,目中已无他人,所有的时间更不情愿分配给他人,识趣的李花开也久已不主动和她联系了。她不甘心着还是喃喃着：李花开知道你……

他不等她说完，截住她的话说，知道怎样？不知道又怎样？用不着假装清高，也别想对我使用什么不好听的词儿。我就这么一件事，陆局长动动小手指头的事，有什么办不了的呀。

清高，陆婧想到了父亲。本来她有些抱怨父亲那决不通融的清高的，但在这时，她忽然感叹世间毕竟还存在着这么点清高。为了这点清高，她决不打算接受这蛮横而阴暗的命令。她不接受，还得显出不示弱，她一字一顿地对炉边的男人说，还——就——是——办——不——了！

起子站起来，遭受了冤屈似的，走到摞在地上的彩蛋箱子跟前，从最下面的箱子里拽出一只白得刺眼的纸袋，举起来冲陆婧晃着，叹了口气说，都在这儿呢，六十七封。我用微距拍好，借朋友暗房冲印出来的，后来的十封没来得及冲洗，不过已经足够了。说着从中抽出一张印满小字的黑白放大照片，送至陆婧眼前。

陆婧只瞄一眼便认出了肖恩的笔迹。起子这层层递进的胁迫宣告着陆婧的节节败退，她平生第一次感受到巨大的惊恐和侮辱。她的小腹突然开始酸胀下坠，伴随这酸胀下坠的是两条腿的绵软。于是她知道，腿软并不是从腿开始的，是小腹里酸胀下坠的物质游移到耻骨再无情地沉降至大腿、小腿、脚底、脚趾，迅速侵蚀着那里所有的骨骼、韧带、肌肉、血液……接着无腿感袭来，她的小腹好像直接落在了地面，人也顿时矮了下去。她拼命用意念寻觅着腿脚，顽强地动了动灯芯绒棉鞋里仿佛已经虚无的脚趾，脚趾总算有了些微的痉挛。那么，她是有腿的，她还在站着。她迈前几步，本能地伸手要夺下那刺眼的白纸袋把它投进炉火。起子将纸袋背到身后说,胶卷还在我这儿,烧有什么用呢?如果陆局长帮了我,我肯定当着你的面连胶卷一股脑儿烧了它。不然,你能猜到后面会发生什么。

她腿软着,绝望地站在他面前,望着这个在炉子边上踱着小步的男人,就像望见了一个非人类的物种。比如鳄鱼,不!鳄鱼甚至也要好于眼前这个物种。她把涌到嘴边的所有形容词都压了回去,她的绝望使所有的词语都已失效,这绝望却也迫她从溃败的谷底捞起了她久已失散的自尊。她被亮在眼前的杀手锏打蒙的同时,仿佛也被打醒了。当她确信自己的两条腿能够带她迈出这间屋子时,她把大衣扣子一个一个扣好,接着,她以自己也未曾料到的动作,突然奔向那炉子,拎起坐在炉盘上那把沉甸甸的铝壶,高高提起,壶嘴向下,向着那炉火正旺的炉膛猛地浇灌起来。霎时间水火交战的炉膛发出剌剌嘎嘎的怪响,一股股灰白色气体伴着浓烈呛人的臭屁味儿冲上屋顶,弥漫着房间,也吞噬了炉边的男人。烟雾中她把空壶"哐当"丢在地上,拼力拉开屋门,又狠劲把门摔上,就像将一切的担惊受怕,一切的提心吊胆,一切的错愕、愤怒乃至一切的恶心,全都摔在了身后。她听见门玻璃碎了,那起子没有追上来。

她想找个没人的地方大哭一场,但急切地要给李花开打电话声讨的愿望压制了她的大哭。她没能和李花开通话,她的青春年代,和远在南方几个省出差的人长途电话联系尚不那么便捷。她又跑到邮电局给肖恩打电话,在排队等待接线员叫号的时候,她在长途电话间的门玻璃上看见了自己的脸。一夜时间她的脸怎么会变成这样?腮帮子嘬着,太阳穴瘪着,鼻翅儿扇着,耳朵片儿干着……

这是刘宝瑞先生一段相声里的句子，形容的是一个受不孝儿子虐待、饭都不给吃饱的老太太的凄惨面相。她不是那位倒霉的老太太，以她的年龄，也还不具备自嘲的能力，她的脸让她突然想到相声里那老太太的脸，只激起了她更加强烈的愤懑，更加确切的无助。她和肖恩通了电话，当她语无伦次地讲了这边的事，对方始终沉默着。

第二天，陆婧单位的领导收到了起子制作的黑白照片，本市的平信当日可到。陆局长也收到了。两天后肖恩团长的上级领导也收到了。

李花开出差回来，陆婧立刻把电话打到了印刷厂，那是一个悲愤加绝交的电话，一个鄙视的不容分说的电话，一个曾经的"闺密"必须洗耳恭听的电话。陆婧那一波又一波语言的风暴如耳光噼啪，痛打在电话那头的李花开脸上。陆婧只听见李花开一迭声叫着"我娘！我娘啊！"又听见她"呕呕"了两声，像在呕吐。陆婧摔了电话。

肖团长受到了处分。

陆婧受到了处分，被陆局长轰出家门。

5

四月的又一个下午，太阳很好，雾霾不在。陆婧打车来到"时代体育"。朋友送了她两张老时光博物馆的门票，她看看地址，发现就在东单，离那间"时代体育"小店不远。这正好是个自然的理由：可以先到"时代体育"看看，再去博物馆参观，这样，走进商店便显得更像顺路。

"时代体育"有年轻的顾客出入,咄咄逼人的青春扑面而来。陆婧掺在其中,自觉有点碍眼。她在跑鞋柜台驻步,但她从不跑步;她在泳具柜台驻步,她也不打算游泳。她在等一个合适的时机,和坐在收银台的李花开打一声招呼。其实她一进门就看见了这位故人,三十多年未见的故人,即便是仇敌,难道不也能生出几分亲切感。就算谈不上亲切,她至少怀有那么点不愿承认的屈尊的好奇。

时间是毒药,也是偏方。她记起哪个作家的句子。

店堂里人少的时候,她来到收银台前,将胳膊肘架上齐胸高的台面,明确地招呼了一声:"嗨,李花开。"

李花开抬起头,她认出了陆婧,随着一声"我娘!"陆婧看见了她脸上的惊奇和真切的欣喜。

……

她们对坐在一间粥铺喝粥。李花开说她常到这儿来,离店面近。陆婧要了蔬菜鱼片粥,李花开要了皮蛋瘦肉粥,又点了拍黄瓜和两个芝麻烧饼。

这几十年我常常想着要是看见你,第一句话到底怎么讲,千头万绪的。李花开说。

是我摔了电话。陆婧说。

我放下电话就去单位找你,哪儿都找不到你。后来,单位说你报了一个什么进修班,去北京了,和谁都不联系。过了几个月,又听说你出国了。

是出国了,陪读。算是闪婚吧。年前刚退休,业务荒疏大半,职称副高。女儿自立,丈夫厚道。陆婧以短信似的句子讲述了自己的三十多年。

你呢?

离了。李花开端起粥碗又放下,这粥碗挺大,小西瓜似的。陆婧恍惚又坐在了当年那个卤煮小馆。

就为我?陆婧心有不安地问。

我最怕的就是你这么想。不是为你,是非离不可。李花开的讲述也很简明。开始他不离,让她替肚子里的孩子想想。她上了房,站在房顶逼他同意,不然她就跳下去。他跪在院子里求她,不松口,不信她会真的跳。刹那间她迈前两步,眼一闭就跳了下去。

陆婧的心像遭到突然坠落的重物的击打,一阵沉闷的钝痛。她下意识地望着李花开的脖子,岁月给这优美的脖子增添了几纹皱褶,但依旧柔韧、光润,且不松垮。从房上跳下万一戳中了脖子……她不敢想了,后脖颈被冷汗浸湿着。她不愿用自惭形秽来形容此刻的自己,只朝桌子对面伸出手,却不好意思去握李花开的手。三十多年的隔绝,让人无法产生轻易的肢体接触,即便是曾经的"闺密"。她收回了手,机械地问道:后来呢?

后来就离了。李花开淡淡一笑,告诉陆婧,她原是要把孩子"跳掉"的,这孩子却结实。她残了一条腿,回老家生下儿子,在县中学当了老师直到退休。儿子从小就善跑,初中选进省体工队,再后来又进国家队,亚运会拿过名次。就好像,她拿自己的残腿,换来了儿子日后超速的奔跑。

你这是,轴得不要命啊。陆婧用了一个"轴"字,觉得不恰切,又找不出更合适的词。

李花开把身子靠上椅背说,谁愿意不要命呢,可当时我已经站在房上了。我站在房上往下看,索性想着跳下去无非就是两条,要么死得更快,要么活得更好。

陆婧竭力眨着眼往回憋着泪说,你是活得更好的。

李花开说,那也先得敢往下跳哇,况且,还得有信使给鼓着劲。

信使两个字是陆婧的忌讳,那是旧年的伤口,尽管那伤口已经疲惫得睁不开眼,可她们的会面又无论如何绕不过这两个字。李花开说,其实你也是我的信使。我第一次把信送到你手上的时候,你就已经是了。到最后,没有那些事,没有你摔电话,我也下不了决心去奔真心想要的日子。记得我跟你提过我那个中学同学吧?

陆婧猜到了什么。但他的名字她早已记不得了。

他在老家当导游,我们那儿穷,山水可好看。从前北京人不知道,玩到十渡就不往里走了,其实越往深里走越奇崛,大峡谷,风动石,空中草原。后来他自己建了旅行社,和县旅游局一块儿开发。我回老家后,他一直照顾我,生孩子都是他守在身边。这么多年,我们过得挺好。李花开猛地扬了扬下巴,郑重地介绍说:他叫锁成,姓赵。

这间店呢,"时代体育"。

是儿子的。儿子退役后盘下这个小店,有时间我就过来帮他照应几天。往后他该忙了,区体校聘他当教练,准备国庆游行呢,其中一个方阵有他们参与。

她们共同意识到,这是二〇一九年的春天了。陆婧仿佛又闻到了白丁香、紫丁香那一团团苦而甜的香气。

两人出了粥铺,天已经黑透,李花开要回"时代体育",和陆婧在此道别。陆婧望着眼前车的河流人的河流,意犹未尽地说,那年我一气之下逃到北京,才知道偌大个北京不会安慰你的委屈。

可偌大个北京能够包容你的委屈。李花开接上陆婧的话。晚风吹拂着她略微倾斜的身体,吹拂着她的短发,那样子实在很飒。

几天后陆婧去了老时光博物馆。她从家里走路去的,有点远,大约十公里。她换了运动鞋,打开手机的百度导航,调至"步行"模式,方向感再差便也不会迷路。她很久没有这样专注地、长时间地在北京街上走路了,她要用尚是健康的腿脚而不是车轮,把北京仔细走一走。她走得挺好,近三个小时,顺利到达目的地。那是一间展览旧器物的民间博物馆。在众多旧物件里,她意外地发现了那只曾经那么神气活现的炉子。如今它的炉盘已不再锃光瓦亮,但炉膛里却闪着橘色的火光。她走近前,把脸探向炉口,发现炉膛里填充着仿不规则煤块的 LED 盐灯。LED 是冷光源,炉子并不发热,只让参观者感受着一种亦真亦幻的安全的温度。

(原载《北京文学》2021 年第 6 期)

蓝牙

黄咏梅

拖着拉杆箱辘辘辘辘走在凹凸不平的石板路上,孙芊蔚就开始不安。没想到丽江古城色彩那么明艳,好像手机屏幕的亮度被谁的手指不小心滑到了顶格。花的色彩,油纸伞的色彩,天空的色彩,游人服装的色彩,饱和度极高的阳光——将这些颜色调到至亮。这是她第一次踏入丽江古城,却不合时宜地先在心中盘点箱子里的衣服,哪一件能配得上这些鲜艳?她不是那种喜欢拗造型的女人,这可能是她近年来的一种心理惯性?出门变得有些焦虑,焦虑晴雨,焦虑衣履,焦虑酒店的枕头是否贴合她的颈椎……结果总是失算,哪一次出门都会感觉错带或漏带了一件必需品。

唯一庆幸的是,她犹豫再三最后还是放进去了那件帽衫,就在箱子里的最表层,做好了空间不够随时可放弃的准备。这两年,她调暗了自己,衣服基调脱不了黑灰藏青,在她身上找不到一朵花卉的图案。那件帽衫是例外,买来打算春天夜跑穿的,颜色是不太常见的嫩绿。不过,孙芊蔚在古城里轻易就找到了它的同色系，在那些抬眼即见叫不出名字的多肉盆栽里，有各种程度的绿，它就是那种透明、亮晶晶的绿。孙芊蔚一眼就辨别了出来。这绿色多少缓解了一些她的焦虑。

预订的房间数量不够，他们要分开两拨分住两处。她被安排住在新义街的一间民宿。门楣被垂落下来的紫藤花遮住，庭院深深，从门口望进去，只能看到尽头一块巨大的照壁。穿过一段近二十米的长廊，拐个弯，才能看到露出天空的院子，以及院子里两两相对的客房。

她的房间是一〇三。服务员告诉她，一楼，北面是单号，南面是双号。穿过院子时，她看到一张长条茶几，几只小茶杯里余下绛色的茶，深浅不一。有根烟被搁在烟灰缸沿，慢吞吞将余生最后一口气吐向它旁边那盆又肥又矮的多肉。估计是刚坐在这里的两男两女，现在站到了院子一侧，手机对着草地上一匹卧着的木马拍照。发房卡的时候，负责团队后勤的小单告诉大家，这里是当年马帮头子的老宅。一〇三房间门口正对着那匹木马。当中没拿手机的年轻女人朝她笑笑，说，这马好萌呀。孙芊蔚礼貌地点点头，应了声，是呢。

民宿都是木头建筑，用那种不上漆的整木。房间当中一根大梁柱，如果不是屋顶阻隔，会以为那里种着一棵老树，树皮斑驳，枝叶都在房顶之外。仔细看，才能看出人工做旧的手法。木门隔音不太好。孙芊蔚简单洗了洗脸，等热茶的温度适口，等到院子里讲话的声音消失了，她才打开房门，走近去看那匹匐地的木马。跟建筑的整木相反，它由很多块碎木条拼接而成，色调像灰岩剥落的石块，裸露着骨骼，筋脉、鬃毛与木纹的沟壑纵横吻合，真像是一匹茶马古道退役下来的老马，卧下，就从此走不动了。孙芊蔚在院子里走一圈，从某一些角度看过去，那马不像马，倒像是谁即兴搭起的一堆乱木，即将燃烧起来，即将被人围着跳锅庄舞。刚才路过玉河广场，那里有一块闪动的电子大屏幕，游客在里边围着篝火跳舞，孙芊蔚觉得那是更为壮观的广场舞。

转过一个拐角，孙芊蔚斜眼看到了二楼走廊上的老谢。她朝他挥挥手。他随即晃了晃手上的烟。这手势如此熟悉。老谢瘦瘦的中等个，站在某个角落，朝人晃晃手中烟，漫不经心打个招呼。就算在不久的将来，他们不再有关联，在更久一点的将来，他们老得杳无音信了，孙芊蔚相信这动作也会伴随这个人的名字一起浮现。他们没再说什么，对于各怀心事的这类时刻很默契，无话也不尴尬。

老谢使新环境引起的那点兴奋感黯淡了下来。等她转回一〇三房门前，那匹正对着的老马又像一匹马了，是一匹忧郁的老马。

来丽江是老谢的选择，作为 PR 的一次团建，或许说是一次为了告别的聚会更为确切些。老谢将要调离公司总部，到一个三线城市的分公司继续任 PR 经理。这消息瞒不住。即使老谢在公司茶水间悄悄告诉过孙芊蔚，但彼时其实早已不是秘密了。他们这次的团建不设主题，务虚，公司就当出钱给老谢请客，答谢一下团队。在梵净山和丽江之间，老谢最终选了丽江。孙芊蔚对老谢讲，我都不好意思说出来，我竟然没去过丽江。她和老谢都是七〇后。老谢在七〇头，她在七〇尾，行事风格却像隔了一江水。老谢对她的话没反应。说起千禧年前后，知识青年界忽然流行一句调侃的话:"不是在丽江,就是在去丽江的路上。"孙芊蔚处于那段时间的河流里,似乎不应该掉"队伍"。老谢很不以为然。不是对丽江,而是对"文艺青年"这个词。按照孙芊蔚对老谢的了解,如果不是照顾手底下那几个"八〇后"、"九〇后",他更希望去腾冲。因为最近他忽然开始对历史产生了浓厚的兴趣,仅有一小时的午休时间,他躺在办公室的沙发上,耳机里播着王树增的《1911》,闭目,迷糊时会被某个高音惊醒。他对现在进行时态的新闻和八卦丧失了议论的兴趣,倒是时不时在跟人聊天的时候会冒出"大多革命都起源于对腐败的抗议……"搞得人不知怎么接话。

在这家美国驻华公司之前,老谢是报纸的财经编辑,猎头以年薪六十万的条件把他挖过去,为公司完美处理过几桩影响恶劣的危机公关,升到PR经理的时候,他把孙芊蔚也从报社挖了过来。他们一直搭档得很好。老谢利用原先在报社的资源为公司摆平媒体,孙芊蔚为老板起草的新闻通稿,无论在报纸还是网站上发表都恰如其分。他们在真实与谎言之间找到了一些模糊的句式和语法,乃至标点。不过,这几年,除了负责撰写公司形象的新闻稿,他们处理负面消息显得有点束手无措。无论如何,现在人们穷追真相的呼声虽响,但耐心越来越少,而指望制造一个吸引眼球的新热点去覆盖一个负面消息,对老谢他们来说简直就像买彩票。老谢慢慢变得有点佛系,工作思路和方式都有了些莫名其妙的改变。相比对外公关他更关心企业内部文化,他在年会上跟员工大谈情怀二字,年度工作计划的第一项就是要在公司成立读书小组,定期举办读书分享会。据说老谢在公司某一次中层会上,陈述举办这种形式陈旧的活动的必要性,他打破了历来的报告流程,以沉重至痛心的语气说，整个公司里的人，都不像人，一点人的味道都没有。传出来的话说，老谢讲完，整个会场沉默了三分钟，就像集体进行了一次默哀。孙芊蔚认为这传闻有夸大的成分，但场面尴尬可以想见。最终的结果是公司随老谢去折腾，反正这类看不见收益的活动，零成本，只会为老谢的年终总结报告写上一笔。暗地里他们认为老谢对公司发展提不出有建设性的意见。

一个月当中有一个晚上，老谢让下属把咖啡室布置成沙龙，由各部门派职员轮流参加，在临时充电挂上墙的几盏温柔壁灯下，分享指定读物的读后感。参与者大多是资历较浅可差遣的年轻人，他们通常是坐在灯下，照着一张 A4 纸念，听上去内容专业得可疑，很多是从豆瓣或者知网上复制粘贴下来的文稿。孙芊蔚是读书会的组织者，负责在老谢主持的交流环节给大家递话筒，同时在多次冷场的时候运用她的机智保持活动的流畅。不过，需要孙芊蔚递话筒的机会渐渐少下来，老谢拿着话筒一直讲到了散会。

读书会办了六期下来，孙芊蔚感到有点难以为继，她甚至担心随着一些女职员带着家里没人照看的小孩过来，读书会有可能会变成亲子教育中心。多亏了《了不起的盖茨比》。

春节前夕的一个寒夜，老谢让孙芊蔚从拜访 VIP 客户的新年礼物里，扣下了一些多余的巧克力，用漂亮的包装纸将它们包得像一本本书，他打算给参与者一些"物质营养"。不知道是巧克力还是盖茨比的缘故，发言的年轻人比前几次都活跃。老谢很满意，孙芊蔚读出了他那种微笑里竟然有着父辈的宽容甚至宠溺的成分。几个分享者照着 A4 纸念出了与故事主题相近的观点，与前几次不同的是，他们用自己的话总结出诸如女主黛西是个"渣女"，盖茨比是美国中产阶级的牺牲品之类的结论。在孙芊蔚给老谢续咖啡的那会儿,老谢轻声对她说:"看来选书很关键。"他庆幸遇到了《了不起的盖茨比》。

气氛的转变从一个新职员的发言开始。这个西服袖口露出一截白衬衫的年轻人,有着那种不放过任何场合表现自己的欲望,语气跟语速一样冲。他抛出了"《了不起的盖茨比》反映了人性最真实的一面,不应该特指美国或者哪一个国家的人。批判这种真实性的人,都很虚伪"的观点。他滔滔不绝地维护黛西,认为人爱慕虚荣没有什么不对,虚荣是人成功的最大动力,也赞赏盖茨比那种拼命发财之后再将心爱的人夺回来的行为。总而言之,盖茨比和黛西,就是霸道总裁和灰姑娘的故事,是今天所有年轻人的梦想。至于结局,那是因为盖茨比太讲情义,遇人不淑,被坑了。他那种一本正经地自黑的语调,引起了众人几次哄笑,在他讲完"他们完全可以有另外一个结局,女有意,郎有钱,从此过上幸福的生活"这句话之后,还出现了几阵零星的鼓掌声。这情形应该算是读书会成立以来的一次高潮了。接着这个新职员带出来的话题,有人开始抢话筒,其中一个大概处于刚失恋的状态,他拿话筒的姿势像正在喝一支百威啤酒,他哭丧着脸说很羡慕盖茨比,被女朋友甩了之后,他没有能力成为霸道总裁,他做梦都想在她家边上盖一所豪宅示威。气氛热烈起来,没抢到话筒的也开始相互议论。一些根本没看过这本书的人,从盖茨比顺利转移到了他们关心的恋爱、买房这样的现实话题上。就在某一个抢话筒的间隙,大家听到有人猛地一拍桌子,又一拍桌子。老谢接连拍了好几下桌子,震落了搁在杯子边的小勺。大家看到他掏出一根香烟,第一次在读书会上打破了室内禁止吸烟的纪律。打火机的火苗跳动了好几下，孙芊蔚在老谢接过话筒时印证了那种颤抖。

有一小段时间，老谢成为公司的热议。年轻人说，PR 的那个老谢真能装，明明自己中产了才来跟人谈铜臭味的危害。与老谢共事多年的老友则纷纷为他的职位担心，拿着厚厚的俸禄还到处散布美国梦终究破碎的原因——"美国佬总是以为钱能买下一切"。

在那次取消丽江之行后的十多年间，孙芊蔚去过很多个古城，凤凰、平遥、徽州以及与丽江相邻的香格里拉独克宗，还到过其他国家类似的古镇、古堡，奇怪的是，无论公干还是私游，她与丽江都没有机缘，这样反而使得那次取消行程的前因后果总是会跟着丽江这个地名完整地蹦到她的脑子里。来丽江的飞机上，坐在隔壁的那个男人问她是不是第一次来丽江，她又想起了这桩事。她当然不会跟一个陌生人去唠叨那件陈年往事，不过他说他是第二次来丽江，接着又随随便便地说出第一次是跟前女友一起来的时候，她也顺着说了句："我跟前男友差点就来了丽江。"天晓得这个前男友已经前到十多年前了。

男人刚落座不久，孙芊蔚就觉得他看着很舒服，模样身高都落在她的审美点上。孙芊蔚目测他三十来岁。如果不是计划生育的年代，她觉得母亲会给她生一个类似这样的弟弟，或者说，如果时光倒退十年，她想要一个这样的男朋友。他说不上帅，脑门偏大，肤色可能时常会被别人误解为过于奶油。聊过一阵之后，她认定他有着与年龄相吻合的稳重的朝气。她总是会被这种类型的男人吸引。他们聊得很愉悦。无形中孙芊蔚暗自调低了年龄，尽量以靠近他年龄的姿态跟他讲话，甚至某些不合符她人生阅历的观点，她也含糊认同。他看起来很放松，仿佛他们已经认识有一段时间了。只有她自己知道，一开始她就不是他称呼中的那个"蔚姐"。

他们坐的刚好是安全门边的两人座位，左右没有第三人打搅。他向乘务员要了两张毯子。盖着毯子抬头看电视的某个瞬间，孙芊蔚竟觉得像是两人在过居家生活。她没有婚姻生活的经验，在认识的人眼中，她结婚的几率慢慢减少只是基于她的年龄，而熟悉的人则认为如果她不改变某种坚固的挑剔，她无论处于哪个年龄段都不太可能结婚。她不是个苛刻的人，相反，她善解人意，因而在与后辈交往中自然能消弭一些隔阂。这个刚认识的男人，相谈不久便发出"你哪里像个四十岁的人啊！""你看着好小！"这样的赞叹，这类话她听得不少，真真假假她都受用。但在结婚这件事情上，她的固执显得很老土。如果避免用"缘分"这个俗气的词来谈她对婚姻的看法，只能笼统地说那些男性都没能与她的灵魂牵手成功。即使爱得热火朝天的时候，她都会因为发生的某件小事而冷静下来，仿佛落入了一个没法解除的咒语中，最终理性地分手。

孙芊蔚离婚姻最近的那次，便是打算一起去丽江旅行的那个前男友。在定下关系之前，她带前男友回家乡过年，见过了家长，还要见见她的几个发小好友。唱完夜场卡拉OK后，其中一个人不知从哪里搞到了点烟花，他们决定找个僻静处偷偷放烟花。在城乡结合部的一个幽暗小树林边，他们举着烟花筒，朝天空吐出一朵朵张牙舞爪的大丽花。就在这个浪漫的时刻，一束手电筒的光准确地捕捉到了他们，几个巡逻的城管叫喊着从不远处跑过来。

大家一阵惊吓，商量着要如何应对。在昏暗的夜色中，孙芊蔚注意到她的前男友，悄悄地转过身，朝离他最近的小树丛里隐了进去。就像捉到了恋人出轨，这一幕如此隐秘又如此真切，以至于过去那么多年，她连当时心里那阵惊诧都还没忘。她没有告诉前男友分手的具体原因，在爱与不爱这些事情上，她总是自作主张，不拖泥带水，也尽量降低伤害。在孙芊蔚情窦初开的那个年龄，正是那部日剧《东京爱情故事》流行的年代，她跟许多同龄人一样受到赤名莉香的启蒙，只不过有的人模仿到了莉香的微笑、发型以及服饰搭配，更多一点的就是获得女生追求爱情的主动和洒脱，而她得到的却是一种被人认为不可救药的古怪——仿佛爱情是她自己一个人的事，相比分享美好，她更擅长于独自消化伤害。结束一段爱情，她总能让自己面带着莉香式的微笑，掩饰着，转身，消失于斑马线对面的人群。她没再跟那个前男友见过，倒是前不久被拉进一个同学群里，她看到了他的头像，跟很多中年人一样，发福，双手交叉搭在肚皮上，痴笑着靠在栏杆前，身后是云雾缭绕的群山。她没跟他打招呼。他也不太在群里讲话，有好些次，她看到他在群里抢某个人丢出来的红包，抢完，总会发出一个"谢谢老板"的职员鞠躬动图。她默默退出了群。

　　飞机落地那阵激烈的震动还没完全消失，他就迫不及待打开手机要加她的微信。

　　"程木易，我是实名。"

　　"我也是。"她手指一点，把他放了进来，在朋友权限选择那两栏，她的手指犹豫了几秒。她为他开放了自己的生活圈。她不认为跟他会发生些什么，只是觉得他不会因为日益了解她之后会对她失望。她不介意他了解自己。

"我会在古城住两晚,再去泸沽湖转转。"

"是想去泸沽湖走婚吧?那边可是母系氏族哦,当心被摩梭美女熬成药渣……"分别前,他们已经可以随意开这样的玩笑。

"哈,我最适应母系氏族啦。"

"这两天找个小酒馆,约?"他挨近她,认真地看着她。

"好啊。"她的脸莫名涌上了一股热潮,不过还没忘记大大方方地微笑,是那种她自以为的莉香式微笑。

除了吃饭集体行动之外,他们的团队在古城没有指定活动内容,可以自由组合逛逛四方街和嵌雪楼,或者在小酒馆坐坐,聊聊八卦,也可以申请为了寻找劳而不获的艳遇而独自行动。他们自然把老谢和孙芊蔚划分在了一起,笑话老同志作息应该会合拍。孙芊蔚倒是觉得古城的作息跟那些年轻人很合拍,晚睡晚起。

在客栈简单吃过一碗米线之后,孙芊蔚出门去附近转转。快九点了,街上还没几个人,凌晨时分还花样百出的小货铺、小酒吧现在都没了动静,大水车在高处独自转动。热闹的鲜花和密集的盆栽,原地等待,眼睁睁看着太阳从自己身上一点点地没收掉夜间得到的小费——露水,挂在花瓣上是耳环,围在胖嘟嘟的多肉上是项链。好在,这些稍纵即逝的馈赠被孙芊蔚用手机拍了下来。很快,在她朋友圈的九宫图下方,前后脚出现了两个名字,老谢和程木易。她的脑子里立即浮现出那个男人。她现在已经可以清清楚楚地想起他的样子了,甚至比飞机上见到的还彻底。昨晚临睡前,她花了不少时间,悄悄翻着他的朋友圈,他的照片,他的美食，他路过的地方……她屏住呼吸，手指轻轻，好像徘徊在他的家门口，生怕一不小心留下了脚印发出了声响。她还记得他身边那个女人的样子，她多次将那张合影放大到模糊，俗气地认定她的相貌其实配他是不足的。

她漫无目的，走进一条小巷，里边的建筑风格跟主街无异，只是客舍、小饭馆挨得更紧，翘在空中的屋檐与屋檐像是刚刚互诉完心事只剩相对无言。孙芊蔚忽然想到，在这么多间客舍里，他下榻在哪一家？此刻，他跟她一样已经起床到处闲逛，还是像其他同龄人一样依旧窝在被子里刷手机？这么想着，她心里竟然有点慌张，生怕在某家客栈门口遇到他刚好出来。她不应该让他看到她现在这个样子，至少，她应该穿着那件嫩绿的帽衫。她匆匆转身回去，速度快了许多，凹凸不平的石板路使她看起来走得有点仓惶。

快走到大石桥，孙芊蔚远远认出了老谢。他站在桥中央，一忽而低头去看水，一忽而抬头望望远处，好像天上刚落了些什么东西到水里。孙芊蔚觉得那样子还蛮有意境的，她想到了"文艺"这个词，用手机将他跟大石桥一起拍了下来。

"听说玉龙雪山的倒影会落在这水面上。"老谢指着一个方向对她说。

孙芊蔚也站到了桥中央，望望天边又望望水面。水面除了岸边花树的倒影，什么也没有。她盯着老谢指的那个方向，在一大群浓浓的云朵背后，似乎隐藏着一个比云朵更白更亮的轮廓。如果这轮廓就是玉龙雪山的话，那么等到这些云游过去，应该就能看到了吧。他们一起站了一会儿。这时已经过九点了，渐渐有游人来往，古城醒过来，店铺陆续开门，放出了急不可耐的小狗，在石板路上哒哒哒哒跑，发出撒娇的欢叫声。

孙芊蔚不确定是不是要站在这里等那一大片云过去。

老谢说，去木府转转吧，丽江紫禁城。孙芊蔚无所谓，横竖她在丽江去哪都是第一次。

老谢兴致很浓，一路上就跟孙芊蔚讲木老爷，说这个木老爷聪明，一方诸侯，懂得审时度势，建府邸不设城门，不去犯这个忌。你猜，明里他对人怎么解释这个做法？孙芊蔚问题不过脑，反问他，怎么解释？

"木府，要有个城门，那不就成'困'了？他妈的，绝。我们做 PR 的，哪有人家这机灵劲儿？"老谢不由自主嘿嘿笑起来，被一口痰呛着了，咳嗽好一会儿。

孙芊蔚一时无语，她认为老谢自从被"贬"三线城市，就开始各种自我否定，逃避现实，佩服起这种不知真假的野史。又想到此行回去后，他们多年拍档就要散伙了，孙芊蔚有点唏嘘。

没想到来木府的人这么多。老谢请了个女导游，穿着纳西族服装，红色大褂，背上围着那种古城小店里随处可见的"披星戴月"羊皮坎肩，脚上却穿着这一季很流行的匡威小白鞋，感觉有点"跳戏"。她和老谢就跟着这双"小白鞋"，踏入了朱红色的木府大门。

孙芊蔚一向对导游的解说词不感兴趣，她喜欢自己转悠，乱看，在边边角角能发现一些有趣的东西。很快，有一拨拨游客围过来，蹭老谢的导游听，老谢只好紧紧跟着小白鞋。孙芊蔚嫌人多，故意落在人群后边。趁那株盛放得有点吓人的桃花树下没人，她拿出手机取景，眼睛一眨，屏幕里冒出了个人，那个人好像是从她

— 蓝牙

手机微信里掉下来的。

"我就知道,我们肯定会遇到。"程木易咧着嘴,高高举起两只手,似乎早料到她要必经这棵桃树,已经等待多时。

"咳,古城小嘛。"孙芊蔚故作淡定,脑子里却荒唐地出现那件绿色帽衫,还摊在行李箱里的最表层。她感到有点懊恼。

他们站在桃树下说话。桃花浓艳,跟他身上那件洁白的T恤是很衬的。看清那T恤的正中央印着一行字:"我们把你们想得太好了",她笑了。昨天,他们在飞机上,关闭手机前,最后刷屏看到一条即时新闻:中国外交官在阿拉斯加霸气怒怼美国高层官员——"我们把你们想得太好了"。正是这句全民关注的话,使她和他跳过了陌生人试探性的开场白,打开了交谈的护栏,就像在某个酒馆共同看一场世界杯球赛,陌生人会因进球而忘情拥抱。

"九十九一件,这里小店到处都在卖。"程木易用手拍拍胸前那行字。

经他一提醒,孙芊蔚才注意到,在他们身边的游客当中,果然有好些人都穿着这种T恤,白T恤配黑字,黑T恤配白字,男女同款,就像突然涌进来一个规模庞大的旅行团。"动作真快,古城还蛮现代化呀。"

透过人群,孙芊蔚看到老谢跟在那个小白鞋旁边,往后面的狮子山去了。她想爬狮子山,听说上面可以看到玉龙雪山。她跟上了队伍。他跟着她。他们就这样走在最末,慢慢上山。

"你总是一个人出来玩呀?"

"嗯嗯,隔一段时间,我要出来透气。"

"透气？"孙芊蔚意味深长地看他一眼，坏笑。在丽江，透气这两个字几乎可以用艳遇来替换。

他从她的表情里猜到了，有点尴尬。"不是你想的那样，就是，暂时逃离一下。"

"老婆放心你呀？"孙芊蔚记起他朋友圈那张照片，那个普通得没有任何气质可言的女人。

"我老婆是那种很强势的人，认为我什么都不敢做，嘻嘻，不过，我是有底线的啦，呃，总之，不会太离谱。"他朝她调皮地眨眨眼，好像跟她能产生一些默契似的。基于这种他所认为的默契，他又讲了些关于自己家庭的事。他跟老婆是相亲成功的，结婚三年，今年老婆准备要小孩。

孙芊蔚其实不太愿意听到这些，她只愿意他是那个在飞机上一起盖着毯子看电视的男人。主要是，听到他说家里大小事都是老婆说了算的时候，她居然有点失落。后来，他长叹一口气又说，不过我已经满足啦，她们家在郊区有拆迁房，置换市内两套，给了我们一套。她是独生女。这样，等于我比同龄人少奋斗几十年哈。

的确，她从他身上不太能看到在"奋斗"或者"奋斗"过的痕迹。放松，随性，不务正业的涉猎，好像脚底踩着一块西瓜皮，滑到哪里算哪里。她不就是被他这些所吸引的吗？

"出来透气，有意思吗？"孙芊蔚故意将透气两个字说得很重。

"说不上，就是想能遇到一些有趣的人，比如像你这样的啊。"他笑着，忽地抬起手，伸过来，似乎是想摸摸她的头。

出于本能，她生硬地闪开，随即担心自己反应过大会不会伤害到他。这一刻，孙芊蔚特别想做点什么，哪怕像老谢那样，傻傻地顺着小白鞋的手指东张西望。这样可以阻止心里那阵隐秘的悸动奔跑进两人的沉默当中。可是,小白鞋已经领着老谢他们消失在山体的拐弯处。

他的手再次伸过来了,平摊在她眼前,是一只银色的无线耳机。

"我是想请你听首歌。"

"哦,哦,谢谢,好的,好的。"孙芊蔚有点语无伦次,幸好,耳朵里突如其来响起那一阵熟悉的过门,使她的情绪不顾一切,完全集合为一种——那是每次听到这首歌都会不期然而至的感伤。

跟她一样,他研究过她的微信。几个月前,她转了这首歌:"音乐响起就泪奔,小田和正七十二岁了,声音还如此清澈,像极了我们逝去的青春和爱情。"他竟很有耐心,从她一日日更新覆盖掉的生活底部找回了这首歌。

《突如其来的爱情》,莉香的微笑如在目前。一九九五年,坐在大学宿舍的集体电视机房看《东京爱情故事》,她们不懂一句日语,主题歌响起,她们饱含深情,咿咿呀呀跟着哼。奇怪的是,此后很多年里,这首歌曲总是在某些时刻会从她心里出现,譬如踩着点上班去追那趟正在发动的公交车,鼓足勇气去找上司提出一些异见,在某次竞争上岗演说之前,某次应酬独自返家的夜路上……那段副歌的高潮部分到来,如同战歌。妈的,二十多年后,她竟然成了这个样子——宽大舒适的灰外套罩着一个松弛、随遇而安的中年妇女。妈的,一九九五年,他应该还没开始发育吧。

在歌声中,她的泪水就要夺眶而出了。她只好深吸一口气,假装欣赏前面的风光。

另一只耳机塞在他的左耳。但他什么都不懂。没准看到她这副样子，以为她是个有故事的人呢。她没有故事，生活就像现在这样，偶然撞见这首歌，突如其来，又必然地消失在日复更新的微信朋友圈里。

孙芊蔚机械地抬起腿，迈过一级级石阶。转过一个弯，豁然开阔。上山的游客现在全都集合在观景台。顺着大家目光的方向，她找到了雪山。因为角度问题，在这里只能看到与云团相连的那一点雪山尖，但还是能辨认出来，云团混沌、藕断丝连，雪山清亮、棱角分明。不过还是与预期的不同，她以为能望见画册中那座巍峨冰川。她看见了老谢，站到观景台的最边边，跟大家一样，抬头看着雪山，手掌却一直拍打着栏杆。她听不到他说了些什么。

那首歌一直在孙芊蔚的右边耳朵里播放，单曲循环。几遍后，刚才那阵浓烈的感伤消停下来，望见雪山的激情也逐渐消退。老谢找到她。他们一起下山。她没跟老谢说起程木易，那只小小的耳机不为人知地被她垂下的头发掩盖起来。他就像过往游客中的一个，默默跟在他们身后。有时候，耳朵里的歌声断了，她悄悄回头去看，他在某段狭窄的山路被人群隔远了。近了，歌声又响起。

蓝牙的接收范围，十米。他不断克服拥挤的人群，努力保持孙芊蔚耳朵里那首歌完整，一遍又一遍。

晚上，团队在一个木楼饭馆聚餐，二楼包厢。老谢姗姗来迟，大家都快把餐前凉菜全吃光了，才见他拎着一个大黑塑料袋推门进来。他先不落座，将塑料袋打开，顺时针走过去。于是每人手上都得到了一份礼物。老谢说是给大家丽江行留个纪念。年纪最轻的小赵挨着门边坐，他第一个拿到礼物，拆开看，是件T恤衫，抖开在自己身上比划，孙芋蔚就看到了那行黑字：我们把你们想得太好了。再仔细去看老谢，他穿一件崭新的白T恤，袖口的褶痕还没完全展开，那行字印在左前胸，比程木易胸前那行稍微偏向心脏位置。

老谢反复强调T恤是个人出钱，与公司无关。按人头发完，坐到孙芋蔚旁边的空位上，顺手将最后一件黑的递给她。

团队里一贯机灵的小赞，展开手上的T恤，站起来，脑袋往领口一钻。他太瘦了，T恤里可以装进两个他，看起来很有喜剧效果。大家看着他，嘲笑一通。他索性开始表演，围着桌子夸张地走几步，忽然，朝门口的方向一望，像见到了鬼一样，"Oh, Mr.Darcy, Mr.Darcy."他对着木门点头哈腰。说完，又迅速挪到门口的位置，换了Mr. Darcy的语气："You are fired！Get the heck out of my office！"靠门边的小赵惊叫几声，配合了他的表演。有段时间，不知道谁做了他们大老板Mr.Darcy的表情包，这句话在公司流传很广。老谢用手指着他，哭笑不得。"Oh no, you can't do anything to me！Mr.Darcy, give me a chance, please please."小赞求饶的表情滑稽，加上他天生八字眉，皱起来真像个倒霉蛋。大家被这个倒霉蛋的形象逗笑。受到笑声的鼓励，小赞身板一挺，瘦长的脖子从空荡荡的T恤里抻直，指着门口那个看不见的Mr.Darcy，抑扬顿挫，中气十足，说出了印在衣服上的字："I think we thought too well of you."

小赞用做作的英语念出这句话的时候，笑声收敛了，好像那个看不见的Mr.Darcy真的推开了包厢的门。

"这小兔崽子。"老谢站起来，指着他笑笑。"来，白切一杯，祝贺演出成功！"

　　孙芊蔚喝的是啤酒，名叫"风花雪月"，跟这两天他们在古城必点的一种叫"水性杨花"的蔬菜很配。

　　他们订的是全菌宴。每一道菜里都有菌，每一种菌都不重复。牛肝菌、鸡枞菌、羊肚菌、扫把菌……他们认不出几种，每上一道都要问服务员，转盘一转，又忘记了哪盘是什么菌，七嘴八舌讨论一番。于是老谢给大家讲个吃菌的故事。说是多年前有个朋友，吃货，吃遍了常见的食材，就去各地搜罗珍馐。有一次去了大理，当地一个朋友跟他有同好，带他去吃一种菌。这种菌长得很魔幻，菌盖肥厚，布满白色凸点，像苍穹上的星，入口，有一股说不出的腥鲜，长久挂在口腔内，辣酒都冲刮不掉。吃下半小时后，人先是涕泪肆意，继而异常亢奋，眼见一只只小人儿从桌子上咕噜噜滚落地，围着自己跳舞，而自己却变得巨大无比，头顶着苍穹，天灵盖上能感觉有星星擦过，凉飕飕。老谢讲得真真的，如同是他本人亲历。座中鸦雀无声，不知在怀疑还是吃惊。老谢讲完，小赞赶紧说，百度一下，百度一下。大家才回过神来理性分析，认为应该是一种毒菌，致幻。

　　孙芊蔚在老谢讲故事的时候开始坐立不安。吃饭途中她接到一条微信：我在小巴黎酒馆，你来不。他已不再称呼她"蔚姐"，是坐在"我"对面的"你"，一切关系开端的"我"与"你"。接着他又发了个定位过来。虽是意料之中，孙芊蔚依然忐忑。她打开那个定位图，酒吧街，在她的西北方向。从图上看，他坐着的那张吧凳与她此刻屁股下的凳子，相距不到五厘米。她觉得凳子的四只脚已经稳不住自己了。她站起来揉了几下腰椎，故作久坐腰酸的样子，扭扭脖子，就像在办公室做的习惯动作。接着她顺势走到窗前，仿佛第一次发现那上边居然摆着那么多怒放的鲜花。她在窗口延宕了一会儿，透过花丛看出去，古城像是在过着某个节日，游人熙攘热情，灯光浓妆艳抹，天上明月催人……她望不见酒吧街。坐下来，他们还在议论老谢讲的那些小人儿，她一句都听不进去。过会儿，她又起身去卫生间。在镜子里，她看见了自己，嫩绿的帽衫显得她年轻了些，"风花雪月"酒使她的脸红扑扑的。她从口袋里掏出口红，给嘴唇补了点颜色。她盯着自己看，认为完全可以从卫生间直接溜出去，小巴黎酒馆，"嗨，喝到第几瓶了？"她连第一句话都想好了。就在对着镜子表演的时候，她看到了额头上那根白发。它居然又在那了！早些时，它就像跟她玩游戏般，先是潜伏在黑发中，被她找见，她把它拔掉了，过一段时间，它又长出来，小旗杆般竖在头顶，反而特别显眼，她又用手去拔，但是太短了，手指根本没法使力，她只好用剪刀剪掉。春风吹又生，它是什么时候又悄悄发芽的？她不得不花点时间专心对付这根理直气壮的白发。对着镜子，她数次用手指拈起它，可是一用力，它就从指缝里溜掉了。最后一次，她用指甲尖夹住了它，使劲一捋。它立即柔软了下来，卷曲，钨丝一般，垂挂在她的额前，是她头发当中的一根变异，在灯光下特别耀眼。这卷曲的战栗，将会成为她与一根白头发"奋斗"过的证据，暴露在他的眼皮底下，被识破出她的努力。她认为这是不该为他所知的，连同她一开始对那件绿色帽衫的焦虑。

重新坐回到凳子上。他们的话题没变，还在讲那种魔幻的毒菌。小赞问她："蔚姐，你有没有产生过幻觉？"孙芊蔚咕嘟喝下一大口酒，不置可否。如果此刻真的有一只只小人儿从饭桌上跑下来，她一定会命令他们，立即动身，去酒吧街，去小巴黎酒馆，看看那个等待的男人现在还在不在？她会隔一分钟命令一只小人儿出发。

一九九五年的那个电视机房里，她们一边掉眼泪一边大骂。永尾完治因为关口里美的到来，眼睁睁看着约定的时间一分一秒过去，而那个可爱的赤名莉香在寒风中等到了深夜。这是她们第一次感到爱情的意难平。这画面刻骨铭心，以至于孙芊蔚在现实中，遇到这类纠结、软弱的男人，掉头就走。现在，孙芊蔚始知等待有两个部分——等待时间到来和等待时间过去，不能说谁更好受一些。

大概是酒的缘故，孙芊蔚根本没有睡意。借着清醒的酒劲，她改变了他的权限，轻轻松松的。从此，他看不到她，他点开她的朋友圈，将会看到一条淡淡的灰线，她沉潜在这条灰线以下，在他看不到的时空，每一天，她跟过去一样，更新、等待，更多内容是在做着他所认为的那种"奋斗"。

做完这一切，她披了件外衣出门。草丛边的路灯，照见那匹匍匐的木马，夜色掩盖了它身上的沧桑，姿态的确是有点萌的。转了一圈后，她站到院子中央。古城灯光褪去，夜空繁星毕现。她有多久没看到过这么清晰的夜空了。越看，星越密。在正北方向，一颗最明亮的星吸引了她，在这颗星导引下，她竟然幸运地串连出了那只大勺子。如此坚定的七颗，如此坚定的距离。她像发现了新大陆，差点叫了出声。很快，她的耳朵像被谁塞进了一只耳机,没有任何前奏,突如其来,直接是那段高亢的副歌。仿佛一只无形的手,摁响了天上那七颗音符,忽明忽暗,又远又近。此刻,蓝牙的接收范围是——无限。

(原载《钟山》2021 年第 4 期)

月光下

蔡东

我在哪里，现在什么时候，闹钟响是为了什么？被闹钟唤醒后的三连问。几秒钟后，意识清醒，身体立刻从床垫上弹起来。

镜子里的面孔有些陌生。记不清有多久没有认真照镜子了，只偶尔就着手机屏幕，瞥自己两眼罢了。把打结的头发梳开，裙子穿上又脱下，来来回回折腾了好几次，在黑色、白色、天蓝色之中，我放弃了更有朝气的天蓝，选择了稳妥的黑色。

这是南方最舒服的季节，不冷不热，风和阳光都清清爽爽的。借着路边的玻璃门，我悄悄打量自己，发型衣着都过得去，心情虽忐忑，也还藏得住。想一想，像上辈子的事了，现在的她，又会变成什么样子呢？

不出所料的缘起，先是春节前夕，我们被拉到一个叫"相亲相爱一家人"的群里，说是一家人，其实有见过的也有没见过的，大家热聊，发养生谣言和珍藏的表情。"晓茹"两个字突然出现时，我心跳加快，有点不敢相信，她居然也在。生怕她又不见了，想赶紧加上她，临到最后却没把消息键出来。时间露出一个小豁口，旧事一幕幕涌出来，都这么多年了，还要用沉默表达对她的责怪吗？想起了那场梦，在梦中的小城白事上，我一眼认出她来，她远远地站在幔帐边，目光交汇的时候，她嘴唇动了动，好像有话对我说。犹豫半天，等我下定了决心去找她，她已经离开了。

群里热闹了一阵子，几轮热络的网络走亲戚后，气氛凉下来，因为并不真正生活在一起，曾消失在时间里的人换种方式又消失在虚幻的空间里。有时我会猛然一惊，以为她退出了，赶紧点进去看看，见她还在，就松了一口气。我了解她过去的坎坷和挫折，她现在的日子也未必有多好，如果是我，丢不起人，早就自绝于家族，干脆让自己永远消失了。迟疑和猜度中，日子像上了釉，一天天滑过去了。

直到她主动加上我，说，刘亚，我也在深圳。

约了几次，不是她没空就是我没空，或者也可以说，总有一个人没准备好，托词逃脱了。大半年之后，终于定下来时间地点，人物是我和她，刘亚和李晓茹。

她到得比我早。隔着窗子端详她的侧影，利落的短发，干净的墨绿色针织衫，背是挺直纤瘦的，我心里踏实了些。快走到座位时，她转过头来，在这个时空里，她依然记得我的脚步声，有一个瞬间我像坠入昏暗的深海，四周是真空般的寂静。

小姨，你有白头发了。这句话脱口而出，暗地里埋怨自己不会说话，随之却发现，我俩耸起的肩膀都松开了。

六角托盘擎过来两杯茶，透明杯子里绿莹莹的，薄片正舒展成叶子，有的芽头朝上，立于水中，有的缓缓落下，躺在杯底。

她倒吸一口气，赞叹着真好看，一边却说，不用来这类地方，在哪里说话不是说。这类地方，大概就是指四季恒温、落地窗通透、植物和美器环绕的玻璃屋。现代人吃完饭喜欢再找一个地方喝东西，坐进被设计的空间里，也坐进被设计的生活里。

她还那么爱美，拿起手机拍杯中碧色，我趁机细看她的样子。长白发了，眉心文刻着深深的竖纹，但比起同龄人来她仍显得年轻。很多这个岁数的人，头发往脑后梳，稀疏得几乎能数得清，还有一具沉甸甸的身体，穿什么衣服都紧绷在肚子那里。不光是体态的年轻感，她精神头看上去也不错。我不确定，这会不会是一种调动和伪装，我不是也挣扎着出了门，在没有快乐激素分泌的情况下调控出快乐和积极来嘛。只是临出门的时候，放下刘海遮住了眼睛，于是我去寻找她的眼睛，眼睛可骗不了人。她的眼睛一点也不黯淡，眼神里充满对此刻和未来的热情。

几棵散尾葵，几株马醉木，室内就幻化出一片清新的小森林，看多了，也觉得不过是一种崭新的流俗。她看看四周，说，我住宿舍，连个坐的地方都没有，不然就叫你过去了。我低下头，喉咙一阵发紧，知道她想认认我家的门，但久居城市已不适应具有速度感的亲昵，哪怕我们曾经那么熟悉，哪怕今天看她一眼我就听见心底的声音，如之前的某个人生阶段，现在的我也需要她。

她座位旁站着一棵高高的琴叶榕，小提琴形状的叶片掩映着她的脸。过往的这些年，她的脸时时浮现出来，总在一个金黄色的场景里，四月的河边，大片连翘开花了，长长的花枝伸向空中，她站在满缀金黄小花的枝条间。

我和她像两棵水草，一高一矮地生在河边。同伴们是几棵杏树、成片的连翘，还有荠菜、野茼蒿、蒲公英和马齿苋，爬满斜坡，向着远处蔓延。家在河的另一边，种着香椿和月季的小院落，安然待在一排平房中。黄昏时分，我们爬上河沿准备回家，才发现裤脚上沾满了苍耳。

我是她的小跟班，她是为我摘苍耳的人。

我曾为我妈感到些许遗憾，老天爷偏心，李晓茹才是姐妹中长得好看的那一个。有她在的时候，我眼睛挪不开，偷偷盯着她看，仰慕她俏丽的单眼皮和飞扬的长眉，还有月光一般的皮肤。一度不知怎么形容那细白若有光的皮肤，比雪色柔和，比奶脂透亮，直到那个月夜，我分不清楚了，月光是从天上落下来的，还是从她脸上轻轻荡漾出来的。

我和她年龄相差十几岁，辈分上她高我一辈，但我们亲密得更像姐妹。父母白天上班，我又是独生子女，但我从来不知道什么叫孤独。有一段日子，沉迷于扮古装美女，头发里插上自制珠钗，披着曳地的毛巾被，端起胳膊走来走去，她就配合我，演小姐丫鬟什么的。还拓展出大侠系列的新剧情，一人执纸扇，一人持木棍充作的剑，挥舞、发功，从高处往下跳。她手巧，会编各式辫子，在我头顶两侧扎两个高马尾，再盘起来，戴上蓬蓬的头花，我定睛细看，马上宣布这是全天下最美的造型了。要知道，比我大几岁的孩子都嫌弃我，她不会。

杏烟河是我俩的嬉游之地。在那里，你知道四季是怎么到来和退出的。月光下，杏树枝根根分明，投在地上的影子也是瘦的，疏疏淡淡干净的几笔，忽如一夜，水边堆满热闹的花影，抬头一看，干枯的树枝上冒出密密的杏花，酸胀的春天舒畅了。接着，白天长了，细细窄窄的河流变宽了，充足光照中，树叶的绿厚了一层，又厚了一层，蝉声在浓绿中突然静默又骤然响起，她喜欢说，一大早天就这么蓝，中午得热成什么样！当河边的色彩变得丰富，夏天就过渡到了秋天，毛衣上的静电起得噼里啪啦。到了深秋时节，河水分外沉静，风掠过，几朵云从水里浮起来。我们用纸片叠小船和飞机，任由它们随水流走，我们百无聊赖地躺着，看到英俊的狼狗把吃不完的骨头埋进土里，然后永远地忘记了。

那晚浩浩的月光在河面上晃荡，月下求偶的青蛙发出高亢的叫声，我抬头看到朗照的月亮，突然觉得它待在空旷的天上那么孤单。小姨扭捏了一晚上，像是忍不住了，凑到我耳边扔下一句话，我处对象了。我一愣，隐约知道有过几个人追求她，半真半假的，她并不理睬。正式对象吗？是谁是谁？长得排场不？回过神来，我巴住她的肩膀，迫切地想知道更多。

她害羞起来，枕在一丛没抽穗的车前草上，背对着我不肯说。我被吊得难受，假意说先走，她又靠过来，说两句，收回去半句，像河面上忽闪忽闪的月光。她的脸时而化进夜色，时而从黑暗中浮现，分不清楚了，月光是从天上落下来的，还是从她脸上轻轻荡漾出来的。

听着听着，我浑身发烫，同时感到一股庄严的气息四下弥漫。没等她说完，已感觉自己重要了起来，我是被信任的人，第一个知道这件事的人，一定要守护好秘密。我捂住胸口，调匀呼吸，也想说点什么以回报她的信任，可惜我连小学都还没上，除了在我妈兜里偷过几块钱之外，再没有更重大的秘密了。

她接着吐露，已互赠了照片，从口袋里把照片捏出来。我举高照片，月光拨开了黑暗。照片上的人侧身站立，手一上一下抓着衣领，衣领上头，是平凡如你我的一张面孔。

"啊"了一半，惊疑的感叹未成形，失望在心底尽情升起，怎么就跟他好上了。转念一想，这个人能让她脸上放光幸福成这个样子，又不由得亲近起他来。毕竟，姥爷就不说了，添了心病，总想着给待业的她找事干，连我爸妈都发愁，复读再次落榜，前程在哪里呢。她说，他就像世上另外一个我，我们有很多共同点，都闻不了芫荽味，都爱吃饺子皮，不爱吃肉丸。我说，那饺子丸怎么办？她跟我打闹起来。我心里为她高兴，生活还将继续下去，大好的日子在等着她。以前，人们总虚言着她的未来，她长着修长匀称的四肢，据说适合当运动员，但怎么才能当上运动员，没有人知道，连她自己也不上心，都是说说罢了。

过了两个月，他骑着自行车在河堤上疾驰而过，后座上坐着她，大梁上坐着我。他叫侯南南，穿运动裤和黑皮鞋，跟小姨差不多高。之后他不穿皮鞋了，比小姨矮一点。他下了班也加入到夜晚的嬉游，月光勾勒出一条小路，小路带我们至树林的深处。几个人一起摸爬爬，摸到后塞进罐头瓶里，运气好的时候能有满满一瓶呢。遇上正脱壳的，我们就凑在一起看，在手电筒的一束光下，爬爬背部裂开一道缝，蜕出来淡绿色的翅膀和几近透明的新身体。更多的时候是游荡，走着走着来到河边，我俩坐在地上，他找棵树倚上去，歪着头讲故事，有心让我们觉得他很厉害，他也会勇敢地驱赶爬过来的臭大姐，我别过脸去偷笑，觉得成年人也挺好玩的。我忘了他俩还年轻，散漫游乐之后，脸上也有一闪而过的不甘和茫然。

刚上小学的那两年，我跟她见面少了。原来人生是一段接着一段的，好像一下子，我们走进了各自的新生活。我交上年龄相仿的朋友，也体会到微小却灼人的痛苦，具体来说，是同桌总用胳膊肘挤我，我的领地只剩一窄溜了。

我们再遇见，刚开始会有点生疏，很快又亲近起来。她读书不行，一用功就偏头疼，还神经衰弱，姥爷给她用气功治过。她最喜欢给我买课外书，叮嘱我好好上学。我还怀着念想，经过短暂的冷淡期之后，我们还会像以前一样好。

事实上，我们再也没有像以前那么亲密。有时，我会想起杏烟河的河水，日日夜夜往前流，但没人知道它流到哪里去了。

还是在亲戚家，影影绰绰地听说，她哭闹了几场，到底把婚订了。这之后，一个傍晚，她把我从家里叫出来。她清瘦了些，脸颊微微凹陷，太阳穴边游动着细细的蓝色血管，那时我不懂，爱上一个人，异样的光彩和骇人的憔悴交替出现，爱情既制造多巴胺也令人消瘦。她往我手心里放了一样东西，我以为啥稀罕物，一看不过是塑料发夹。注意到她热切的眼神，我装出惊喜的样子来。就在那天，我第一次感觉到，是她依恋我多一点。暮色中，我们沿着被太阳晒热的小路走向河边，她的裙子沙沙作响，像雨正落下来，又像风掀动满地的落叶。

我们并排躺在河边，风吹在身上，是可以用身体去感受，也能从树冠和水面上看出来的那种风。睁开眼睛，迎过来的不是残编断简的天空，是一整块向着无尽从容铺展开来的蓝。

站在很高的地方往下看，这片街区像不像一个巨大的竖琴?

我问她。

她摇摇头，倒没这样想过，竖琴没见过，这块地方不熟。

其实我也觉得不像。只是我愿意对居住的地方生出浪漫的想象，取空中视角把偌大的城市想象成无数个竖琴的列阵排列，那真称得上壮丽了。拉开足够远的距离向下俯视，高瘦颀长的建筑物仿若细细的琴弦，琴弦之间，长满了树木和街道。

我说，那你觉不觉得，深圳是站立着的。

她笑了，这样一说就懂了，可不是嘛，咱们那里是横躺着的。

我想起多年前熟悉的景象，天高地平的黄泛冲击区，连绵成片的低矮房子和城郊安静平整的田野，听到她补充了一句，现在也算半蹲了。

哪有什么是不变的，天际线也未定型，只是变化慢一点。我说。

在几幅剪影画里，我能准确地把生活之地认出来，我熟悉它目前的线条和高度，这让我感觉到踏实，以及片刻的确定。毕竟，多少以为会永远在一起的人，一恍神就不见了。连坐在这里喝口茶的工夫，窗外的云彩来了又走，都变幻了好几回。

她说，你长大了，我是变老了。我看着她，小姨你哪里老，气色比我强。她笑笑，心还没老。很多年过去了，她无意于站在她的角度把那件事重述一遍，以完成自我辩解，但一年又一年的，那根刺早就融化在我自己也正在经受的生活中。

我注意到，她拿起纸巾把桌上的水渍抹干净，没有水渍也来回抹，这或许是过往从事某个职业的印记。她说这些年奔走多地，最早做保洁，后面跟古法经络的传承人学习，专治亚健康，也做过老板的住家保姆，麻利干活，其他时候笨笨的就行，雇主要管理不想走太近，我就注意保持距离感，包吃住挺好，手里一直有活钱，只是跟坐牢一样不自在，半年就辞掉了。我问她现在靠什么吃饭，她说，前几年开始做育婴和产后康复，就是伺候月子，熬夜免不了的。

我点点头，大体明白了。在各个年龄段女性都讨厌被叫成阿姨的时代，她从事着可以笼统地被称为阿姨的各种工作。珠三角和长三角流动的中老年女性，善解社会和家庭之烦忧，亦专于藏匿和退场，她们无比重要却能随时隐形，就这样凭着勤劳与智慧过活了下去。她说，城市人需要什么，我就学什么，说不上人们忽然开始信什么，不求稳定，跟着市场一直都在变呢。

是呀，她没工夫往回看，只拥有现在。她说，跟你妈一直有联系，她刚得心脏病那年我回去看她，问起你来，说早出来上班了。她等着我也说点什么。到底在外生活多年，自觉遵守新礼节，不主动打听私事。但她的眼神是急切的，是与比较和窥探无关的，单纯地想知道我过得好不好。

攒了很多话想对她说，又怕表现出过了火的熟络，毕竟我们在彼此的生活中失踪已久。我瞅瞅周围，人越来越多，闹哄哄的，有几个姑娘站着四处看，侦察员般等一个座。我们左边那桌是谈上市大生意的，嘴里不断说出来的名字很唬人。右边是一个戴哈利·波特圆眼镜、穿宽大卫衣的小男孩，到了就摊开一本书，半天没翻一页，也许是装置。更远的地方，看得见风景的窗子边，坐着的人像两对夫妻，关系还没到可以家庭聚餐的亲密程度，往往就选在外头聊天。

我和她曾共享大好月色，共享一段充满情味的日子，呼朋引伴，形影不离，以为会一辈子这样好下去。那时，我瘦得撩起衣服能清晰地看到一根根肋骨，此刻，我正处在跟发胖、网瘾、职业低谷、焦虑型购物搏斗的人生阶段，睡前辗转，杂念如潮，醒来的一刹那，身体像刚晒干的直挺挺的旧毛巾。家里也越来越狭小，万恶的满减和凑单造成了囤积，有时竟担心自己被各式各样的纸巾吞没掉。

胆怯如我，不敢把上一任房主贴在房间里的平安符撕掉，任由它在那里继续庇佑着房子和生活。枕头已经发黄，标签也看不清了，但我没有勇气换成新的，害怕再买不到这么舒服的枕头了，我还居然开始穿红色带福字的袜子。

然而，表面上我已刀枪不入，老练地坐下来，双肩包卸一边，不与人对视，顺滑地戴上一副现代的表情，不在场，无羁绊。最初还觉得心惊，满地的幽灵，熙攘又冷清，原来不光我爸在家里像幽灵一般存在着。单位大楼、综合体、地铁车厢，各个空间飘浮着的，是谁都不在乎谁、互相不感兴趣的眼神，空气里满满的，是自恋和防御。

有些时刻，发现月亮竟行至窗前，先是一怔，接着心底涌上来模糊的旧事。我到底也跟它疏远了。漫长的时光里，其实它一直在那里，照亮暗夜，移动潮水，譬喻悲欢，唤起思念，让分离的人们在抬头望月的一刻再度发生深刻的联结。

她淡淡地说，身体总有吃不消的一天，打算学个含金量高的技术，通乳师怎么样？你念书多，帮着参谋一下。我说，你看准的，肯定行。她说，也不是什么正经证书，有总比没有强。我想到她的经历和年龄，她的坠落和攀爬，忽然就觉得，一切并没有那么可怖。捋捋刘海，从哪里开始说起呢，就从家里的三个人开始说吧。

家里还有三个人，跟我一起住。

这么多人？她很惊讶地看着我。

先给你说说名字，等着再见面，他们是李榕添、周细龙和董娟玉。

赶紧去通知晓茹，这是最后一面。我得令，跨上自行车，头也不回地冲进黑夜。骑得飞快，耳边只有呼呼风声，屁股都离开了车座。这之前，我妈打了几通电话，是忙音。我提醒她，小姨家的电话早停机了。

小姨熟食店的生意一度兴隆，她羡慕我家有电话，挣到钱先把电话装上了，也是一圈数字转盘、话筒在上方而不是一侧的电话机，现在人们眼中的老式复古款。装好电话，她打电话喊我去玩，声音里有按捺不住的激动，一并顺着线路传送过来。她在娘家时就会做熟食，下水卤得好，成家后靠手艺开起一家小店，卖卤味和炸货，记得开张那天我可高兴了，满心盼着她过得富，富得流油才好。之后我去她家玩过几次，有一次，她拿出半块亮红的卤猪耳，一边切一边没头没脑地说，侯南南又把内增高皮鞋拿出来穿了。我回忆起当年他穿运动裤配黑皮鞋的样子，有些惶惑，鞋是带增高的？她接着说，皮鞋在床箱里放了好多年，扒出来一看都长绿毛了，他擦了好几遍鞋油。我随便应着，哪里等得及，拈起案板上的猪耳就吃，感受那又脆又软糯的奇妙口感，她用围裙擦擦手，叹口气，又说别的去了。

我快升初中时，她给我买了一身大红运动服，专门送过来。那个年龄的我，沉默，敏感，正是从心灵到身体都别别扭扭的时候，僵硬地接过衣服,也没说声谢谢。我偶然看她一眼,忽然觉出来她老了,手脚迟钝,头发披下来,用我妈的话说是跟疯子一样。她身上散发出一股哈喇油气,白袖套也很脏。接着就听说,她做的熟食味道大不如前,心思没放在上头。小生意靠街坊回头客,人家买到发臭的食物,上一回当就决不再买,口碑丢了,小店就在恶性循环中半死不活了。又陆续听到一些愤慨的对话,大意是她抠姥爷的退休金,她开始到处借钱了,反复听见的是救急不救穷这句话。有些话压低了声音说,听得并不真切,但知道不是什么好话,我不喜欢别人背后这么议论她,想到她不知受了多少冷眼,心里会猛然疼一下。

但我跟其他人一样,有点躲着她了。

路灯头上跟着一团团蚊蚋,灯光勉强漏下来一点。一块砖躺在路中间,发现时已来不及,车子一踉跄,把我颠了下来。坐在地上揉膝盖,心里说不出来的怕,抬头看见半个月亮,正努力发出微弱的光。我想起过往的日子,想起河边夜晚的月光,有时是银质的月光,叮叮当当清脆地掉落,有时是磨了毛的月光,带一层细密的短绒,可软软地披在身上。我站起来,扶稳车子,继续往前走。

远远地看见一星点暖黄,渐渐晕开了,变大了,接着,黑夜中显现出一个黄盒子,方方正正的,盒子里头就是她的小店。一间面对街道的偏房,墙壁上开了一扇窗,灯光从窗子里透出来。我丢下车子,冲小窗里面喊,无人回应。大门敞着,我冲进院子,箭头一般揳入一片凝固的黑暗。

那一刻我太着急了,顾不上其他的,是在一遍遍的回忆中,孤寂和无望缓缓从那个画面中蔓延出来,她和她的影子相对而坐,身后是黑沉沉的夜。

院子里没开灯,只有轻烟薄雾的月光,渺渺地照着,她坐在小凳子上,也坐在能藏住人的暗影里,她身旁有个煤球炉子,炉子上白铝壶咕嘟咕嘟烧着水。

快走快走,姥爷不行了。我呼哧呼哧喘气,天都快塌下来了,恨不得马上拽着她飞回家去。我边说边往外跑,身后竟没有动静,我停住脚步,转过头去。后来在很长一段时间里,我都忘不了她的表情和她说的话。

她摇晃着站起来,又坐下去,她说,等我把这壶水烧开了。

我在她制造的真空中窒息了,全身不能动,也说不出一句话来。只迷迷糊糊感觉到,不知哪里裂开一个大口子,轰隆隆地,涌出来一些我还无法理解和辨别的东西。

没等我回过神来,她抓起壶把,把水壶扔在地下,哐当一声,溅了一地的水。

两辆自行车慌张地蹿出去。黑夜里,传来齿轮和链子猛烈摩擦的声音,还有急促的呼吸声。我和她之间多了一个秘密,一个真正的秘密,我深信自己永远不会说出去。

路穿过小城,在小城的边缘地带突然终止,我穿过一道暗门,却赶紧捂住眼睛。双手颤抖,泪水冰凉,车子驮着我进入虚焦的前方。那时候我不知道,眼泪到底为何而流。我被一股太过复杂的情感淹没了,熟悉的世界露出更深也更幽暗的那个部分,我不愿正视,也无法说出它们。

接下来的守灵,我哪肯理她,不光是愤怒,还有一些沉重的东西压得人透不过气来。冗长的葬礼进行到了众人齐号只出声不掉泪的阶段,只有她这个小女儿低着头,真哭,没声音,有眼泪。

也许,这并不是我最后一次见到她。中考那年,消息乱飞,传她离了婚,带着小孩走了。事后孔明说活该,厚道些的说认命。我硬起心肠,没找我妈详细问,想起小表妹来我却很伤感,在他们家还有钱的时候,送表妹学过一阵电子琴呢。传闻渐渐消散,大人们那么忙,闲话也拣最热乎的说。

中考之后,我知道自己能考上有书念,长假走到跟前了,不争气地想念起她来。骑着车子一次次从她家门口过,盼着正赶上她往外走,我们就相遇了。相遇没有发生,我推着车子站在门口,不知这里还是不是她的家,两扇大门紧闭,小店的窗户被报纸糊死,只有那棵高大的柿子树,叶子枉自绿着,长长的树枝伸到院子外面来。

下午,我习惯性地来到河边,独自坐在泡桐树的阴影里。还记得,她曾把满含花蜜、淡紫色的泡桐花用线穿起来,给我做了一个项链。只要听到一阵脚步声,我就赶紧回头,幻想着她像以前一样突然出现在我身后。孙国梁喊我时,我吓了一跳,转头看到他站在树荫下,我注意到老同学嘴上长出淡淡的胡须,车筐里放着刚租来的一摞武侠小说。他嚷嚷道,城西来了个马戏班,有个演飞天女的,都说是你姨。我不信,什么飞天,别瞎说。嘴上说不信,孙国梁一走,我立马蹬上车子往城西赶。

我跑过城区,跑过菜地和汽车站,跑过了一个完整的黄昏。夜色里,一座亮着彩灯的圆形大棚出现了,数根立柱撑起红白条纹的棚布,棚子门口放着两个黑色大音响,还有几辆卡车停在树林旁的空地上。我买票进去，找靠前的位置坐下，等着座满开演。

穿绸袄的猴子倒骑在山羊背上，山羊迈着艺伎碎步走到舞台中央，观众哄笑，吹口哨，我只看见猴子的眼神很悲伤。接下来是爬杆和铁笼飞车，惊叹声一波波涌向棚顶。我看不进去，像个局外人，木然坐在座位上。终于，顶花坛的壮汉下场，几个闪闪发光的女演员走上来，她们的身体裹在艳丽的色彩中，翠绿、玫红、宝蓝、金黄，腰间缀满粼粼的亮片，收紧的裤脚上飘着几朵云纹。报幕声响起，预告绸吊表演开始，长长的绸子从顶棚上垂落下来，不可思议的一幕就要出现了。女演员们单手挽住绸子，像画圈一样走步，越走越快，我还没反应过来，她们已飞在半空中了。我紧盯舞台，眼睛都没眨，不知道她们怎么就飞起来了。她们优美旋转，双腿仍在空中有节奏地摆动，像蹬踩着肉眼看不见的阶梯。她们化同样的妆，四肢都很纤长，我心里着急，哪个是她，她到底在不在半空中。顶棚上的频闪灯像是坏了，光束呜呜咽咽的，舞台的热闹与繁华里平添了几丝荒凉，到最后，我就把那个遍体金黄的人当成她了。

黄昏的几缕阳光斜照进来，把人的影子投到远处的地板上。她从包里拿出一板药，摁住药片顶开铝箔。我赶紧给她要了一杯清水，她仰起脖子把药吞下去，没多说什么。我知道，她这个年纪的人大抵是受着一种或几种慢性病折磨的。

李榕添是衣柜，周细龙是餐桌，董娟玉是电脑。我给衣柜、餐桌和电脑都起了名字。

她睁大眼睛，嘴唇抖动，复又平静下来，抓住我的手握一握。

她说，刘亚，没什么，不过是平常事。她顿了顿，记得那个家北窗下的石榴树吗，有那么几年，我叫它刘亚。

要用眼睛看别人，此时我在用眼睛看着她，她也一样，我们的视线坦然相接。不能哭出来，我找的理由是，这里人太多。但有件事情我打定主意，不计较了，我先说。我知道，他拐着弯地打听我，他同样知道，我拐着弯地了解他，然而，八个月过去了，谁也没往前走一步，显然都在保护自己。我总在长夜里暗下决心，睁开眼却世故退缩，主动表达关心和爱，这是多么不明智的行为。

茶已经放凉。她站起来，说沙发窝得人难受，出去溜达溜达。我跟着她往外走，像一下子回到了多年前。这一刻，我辨认出胸口突然涌上来的热流是什么，是庆幸，庆幸在我能理解更复杂的人世时，还有机会跟她相见。

推开门，尚未汇入到人流中，我们像被什么撞了一下。不知道哪条街的桂花开了，金桂的香那么重，风都吹不动，空气变得很稠密，站在里面，一下子就被花香染了一身。不似幽冷的兰花香，飘飘忽忽，闪躲着什么，桂香浓郁，强烈，无所保留地让空气达到了饱和状态，香味像是凝结成一滴滴水珠般，落得到处都是。

她深深吸一口气，说，听说这两年家乡也开始堵车，真不敢想了。可惜过年还是回不去，月子订单已经排到春节后。我马上说，忙你的事业。她摇摇头，哪有什么事业，过日子罢了。我说，我今年能休假，替你回去看看他们，多拍几张合影发给你。她笑了，这个哪能替。

洒水车缓缓走过，喷出的水流落在路面和路旁的绿化带上。她指着前方说，快看快看。我循着她的视线，看见一道小小的彩虹，阳光和水滴造就了它，缺了小半边，依然梦幻鲜艳。

在饭店门口的台子上，她拿起菜牌翻翻，大大方方放下，往前走出去一段路才对我说，钱不是这样花的。她说多年来有强制储蓄的习惯，备着应急和养老。

她问，你家里能做饭吗？我点点头，能做，就是东西不全，不太像个家。她试探着问，要不去家里看看？我想起那个进门堵着一堆鞋子的住处，毫不犹豫地说，当然可以。

小直升机般的蜻蜓悬停在灌木丛上，鸟挥动翅膀起飞，雪白的肚腹和金属光泽的尾羽在空中一闪而逝，剩一缕鸟鸣还飘在半空中。街道转角处的烘焙店很火爆，坐满了被公众号准确引流到店里的人。再往前走，路边有一家瑜伽馆，高高的玻璃窗里，两排女士一排男士在导师的带领下，时而脖子后仰下巴上扬，集体化作眼镜蛇，时而手臂伸直前胸贴地，集体变成正在舒展身体的猫，练习柔软，尝试自然，学会放松，一点点把属于人类的压力释放出来。我暗想，老板可千万别跑路，得让浑身硬邦邦的人有个地方去。

橘红的月亮出现在天地相接的地方，天一黑，它就蹑足而上，越过树梢，步入深蓝色的天幕。像往常那些日子一样，它散射出母系的、心智成熟又充满感情的光，安抚夜空，也慰藉人世。

我跟着她拐进旁边的小超市，她问，现在爱吃什么，我说，你做的都好吃。她细细挑选，把失散的白菜豆腐五花肉归拢在一起。我拎起袋子，挽住她的胳膊，从超市里出来，往家的方向走去。

（原载《青年文学》2021 年第 12 期）

荷花姜

潘向黎

每一次看见那个女人，丁吾雍心里就有一个声音响起：应该去报案。

开餐厅这么多年，丁吾雍记住了一些客人，他们的脸，他们的衣着，他们的点菜偏好，他们对钱的敏感度（不是经济能力，因为人是一种有趣的动物，支付能力是一回事，对钱的敏感度是另一回事），还有他们的姓，甚至有的是连名字都知道了（通过订座位、刷卡签字、在席间与别人通话的自报家门等等）。但是丁吾雍不会一直记得他们，一般只要他们超过两年不出现，这些本来清晰如结晶体的印象就会在时间的水流里渐渐消融，那些晶体不是被水流冲走，而只是在水的浸泡中渐渐地钝了棱角、小了体积、模糊了边界，然后坍塌，直到消失在水中。你知道它们仍然在水里，但是水中已经看不到那些清晰的存在了，当然它们不至于消失得干干净净，假如那些客人在两年的边缘出现了，丁吾雍还是会觉得脸熟，他会笑着打招呼：好久不见。然后用那种久别重逢的笑容给对方照出一条路,让对方顺利地坐下来。然后慢慢回忆曾经了解的这人的喜好,以及对钱的敏感度。如果超过两年,这项功课就得重新进行。

但是有一个人,丁吾雍确定不会忘记。

人对某些人的记忆,是另一种质地,表面看上去也是晶体,但硬度很大,水不可能溶解它的,相反,不论过多少年,它都可以拿来划玻璃。哪怕被记忆的那一方已经从你的眼前甚至这个世界上消失很多年。

当这个女人第二次出现,丁吾雍就确定这是他的记忆中晶体不可溶的那一类。

第一次出现,她穿了一件沙滩色的麂皮猎装,牛仔裤,一双长到膝部的长筒靴,头发是盘起来的,但有一些细碎的卷发,像小浪花一样到处飞溅。丁吾雍看了一眼她的脸,第一个反应是:哇。第二个反应,想起了很久以前在一本书里读到的两句——"身量苗条,体格风骚",那本书叫什么,想不起来了。后来多看了几眼之后,丁吾雍判断:她应该三十出头了。丁吾雍知道,五官是爹妈给的,满脸的胶原质是年轻的附赠品,而这份苗条、这份动力十足的力量感和流畅的韵律感,却一定是多年运动和自律才能拥有的。

根据多年阅人无数的经验,这样的女人身边的男人,要么像鲜花下的泥土无法入画入眼,要么只能当陪衬的绿叶若有若无。但这女子不但自己亮眼,连和她一起来的男人也旗鼓相当。这男人浑身上下从里到外一身的黑灰色,全部是那种吸收光线的上佳质地,又无一不是半新不旧,中等身材,相貌端正而不出奇,记得在哪里读过:这样的男人适合当间谍,因为不容易引人注目,也不容易被记住。但是见了他两三次之后，丁吾雍就知道自己错了，这个男人绝对不适合当间谍——他寻常的身高和相貌是个看似平凡的灯笼，灯笼的光一旦亮起来，就看不见灯笼只看见光了。这个男人举手投足就是有一股子味道，和一般人不一样，一定要说出来有什么不一样，只能说：好像他每次出现，身后都跟着一队随从。好像他往哪里一站，追光就自动跟到哪里，他一抬眼，就有一个麦克风自动从空中挂下来，停在他的面前恰好的位置。

他很少说话，好像真的有一个麦克风正对着他，而他要说的话偏偏是惊天的大秘密一样的。他几乎不说话，至少丁吾雍在很长一段时间里没有听到他说完整的一句话，只听到他说："谢谢。"这是用毛巾托递热毛巾给他。还有，他有时候对身边的女子说："好。"这是女子拿着菜单在问他要不要点一个金枪鱼 toro，还是甜虾刺身。他也有主动开口的时候，比如说："走吧。"那是他们就着一大瓶的"菊正宗"或者"大吟酿"吃完一整套的"旬之味"会席套菜加散点的煮物和渍物，又喝了两杯热茶之后。每次说出这两个字，女子的行动也很迅速，他们在两分钟之内一定会离开。那个男人总是在喝茶的中间已经把账付了，他还是不说话，只用手里的钱包和眼神示意，然后用现金把账付了。

一个很特别的男人。一身黑灰色，寡言，用现金。

女子则正好相反，她整个人像一挂瀑布。不但引人注意而且始终是热闹的，她说个不停，而且表情多，时而眉飞色舞，时而大笑，时而噘嘴，时而手托着下巴翻一个白眼，时而笑着笑着突然把脸埋在自己的臂弯里——她把双臂放在吧台上。也不知道是笑得累了，需要调整气息，还是笑着笑着变成了别的表情，又不想让别人看见。

令丁吾雍有些奇怪的是，他们经常坐吧台。只看一眼，丁吾雍就知道他们不是夫妻，也不是工作关系，更不是一般朋友。丁吾雍觉得他们会需要包间，这里有的是清雅安静的包间，那些包间每一间都有自己的名字：驿、涧、梅、雪、竹、兰、松、风、月……都适合一些希望清静的客人，也适合那些不愿意示人的对话和氛围。但是这两个人似乎不需要，他们大多数情况都只坐吧台。大概是那个女子喜欢高高在上的吧台？或者那个男子出于某个理由宁愿选择众目睽睽的吧台？一身黑灰的、用现金的、寡言的人，应该拒绝吧台的，为什么偏偏坐吧台呢？丁吾雍猜不出来，也就放过了。

日常里，许多事情都是这样的，再奇怪再想不通，发生的次数多了也就成了惯例成了自然，也就习惯了。许多百思不得其解的结局，并不是最终"得其解"，而是大家慢慢习以为常、不再求解。

丁吾雍这个老板，不是那种只投资、不掌握核心技术的老板，他自己就是主厨之一，而且是餐厅的招牌。当初日本留学回到上海，许多人都用带回来的钱买了房子然后进一家日企，而他，不喜欢朝九晚五的刻板，似乎对在人堆里谋生有一种天然的畏惧，于是选择了自己开餐厅。他知道，这样一选择，就再也不能回到正常上班族的轨道了，所以他必须掌握核心技术，才能不因为主厨的变动而使自己陷入困境。后面的事情也没什么可说，一个天赋高的人一旦投入，事情早晚总是会顺利的。唯一的痛苦，就是丁吾雍被捆在了店里，除了一年一次的春节休息七天，丁吾雍几乎一周六天都在店里,而且只要有客人,他的位置就是在吧台内的操作区,站着。休息的那一天,他睡觉、看书,有时候去钓鱼。作为一个四十多岁的男人,丁吾雍似乎没有任何中年危机。但他心里清楚,之所以没有中年危机,是因为他自从大学毕业就不再年轻,提前进入了中年,他觉得自己二十年前就是中年了。

和他相比,余清是个正常的女人。余清经常抱怨,说他回家太晚,害得她早睡不成,影响皮肤。余清不是丁太太,两个人在一起没什么不好的,但好像没想起来结婚,或者说缺乏动力去做这件事,当然也没有人用传宗接代生孩子之类的来烦他们,就这样,两个人同居十年了,关系稳定。

丁吾雍经常在吧台内的操作区,因为这一对男女总是坐在吧台一角,所以只要他抬头,不用刻意把脸转过去,用余光就可以知道他们的动静。相距不过六七米,他们说话的声音如果稍大,丁吾雍也能听个大概。这样的客人,丁吾雍希望他们能一直来,于是他采取了最稳妥的做法:保持距离。他们和其他客人不同,太不同了。丁吾雍不但不和他们攀谈,也暗示穿着和服的女侍者不要和他们攀谈,除了上菜和送饮料,不用给他们倒酒,尽量减少打扰他们的可能。丁吾雍自己,连目光都很少打扰他们,除了他们进来时例行的"欢迎光临",丁吾雍甚至连每次对坐吧台的客人递上的微笑都减到半明半灭。丁吾雍想让他们觉得:自己在忙着呢,根本没太在意他们的出现,当然也不会记住他们,更不可能期待他们的到来。既然他们选择了离他很近的吧台,应该是一种对丁吾雍的信任,那么丁吾雍必须让这种信任的幼苗扎根、长大、枝繁叶茂。就要让自己隐入背景之中,虽然就是站在他们斜对面的一个大活人，但他要尽可能让自己就像店里的一架屏风（那架黑色底子上画着硕大宽纹黑脉绡蝶的漆艺屏风）、一盏灯笼（那盏白色的和纸上面飘着枫叶的灯笼）、一瓶花（那瓶吧台上每周更换的大型插花，经常是蝴蝶兰、菖蒲、绣球、洋水仙、六出、锦带），总之是一个自然、安静、绝不可能泄露任何秘密、令人毫不设防的存在。

他做到了。他们越来越无视他的存在，那个女子，丁吾雍始终不知道她的名字，连姓也不知道，但是丁吾雍知道她最喜欢的一道菜：荷花姜，于是丁吾雍在心里暗暗叫她"荷花姜"。

如果在网上查"荷花姜"，可以看到——

即阳藿，又叫茗荷。英文：myoga，或 myoga ginger，日语：ミョウガ。

姜科姜属多年生草本植物。喜温，遇霜茎叶凋萎，耐荫湿，有较强的抗病虫性。食用部分为花蕾，味芳香微甘，可凉拌或炒食，也可酱藏、盐渍，富含蛋白质、脂肪、纤维及多种维生素等。有很多别名，俗称芽荷，又称蘘荷、野姜、蘘草，嘉草（《周礼》），猼月（《史记》），蒿蒩（《说文》），芋渠（《后汉书》），复菹（《别录》），阳藿（《广西志》），阳荷（《黔志》），山姜、观音花（《浙江中药资源名录》），野老姜、土里开花、野生姜、野姜、莲花姜。在日本又称茗荷，应为阳荷的变音。

有特殊的香气，素有"亚洲人参"之美誉，是东南亚各国家、地区居民喜食的菜肴。一般七月中旬至九月中旬收获。在中国的江淮地区多有种植，常与毛豆或咸菜同炒，味香，当地人称为蛇禾或舌禾，又因为此地方言繁杂，又有一种叫法即阳荷。在中国

— 荷花姜

分布于安徽省、陕西省、江苏省、江西省、福建省、湖北省、湖南省、海南省、广东省、广西壮族自治区、四川省、贵州省、云南省。

据《本草纲目》记载，阳藿不仅可作为蔬菜食用，还有活血调经、镇咳祛痰、消肿解毒、消积健胃等功效。

但是作为日式料理店老板的丁吾雍，当初之所以毫不犹豫地在菜单上加了这道菜，是因为他知道茗荷在日本是受重视的。在日本，高知县、群马县、秋田县、宫城县都有栽培。还有一个传说：释家的弟子因吃了美味的茗荷料理，饱食之后居然忘了应该做的事而睡着了。茗荷的花蕾和花茎具有特殊香气、色彩、辣味，是季节感明显的香菜君王，在小菜、汤、酢渍、油炸、酱菜等日本料理中到处可见。

也许是日本人一向重视粗纤维菜品的习惯吧，就像他们一向爱吃牛蒡一样。但是丁吾雍猜测也因为荷花姜的美。荷花姜的轮廓很像毛笔笔毫的部分，写大字的，蘸满了墨。又像迷你的竹笋，有交错覆盖的硬壳；可是顶端的颜色是花一般鲜艳的，中间大部分是嫣红或者玫瑰红，只有根部和顶端泛出一点儿淡黄色，有时是雪白。丁吾雍觉得荷花姜作为食物，太好看了，简直性感。

另外，这是在中国，而且是中国也出产的食材，还是叫它"荷花姜"好听，也好记。所以在菜谱上，丁吾雍用日文写的是"茗荷（ミョウガ）"，中文写的就是"荷花姜"。

丁吾雍在"煮物"和"天妇罗"里都用了荷花姜，第一次看到的人，往往会"哇，真好看"，然后小心翼翼或者兴致勃勃地放到嘴里。接下来的情况就很难预料了，有人是新奇地辨析一会儿，然后说："这个很特别，嗯，一种特别的香。"有的人则是一下子吐出来：“呸，这个什么味道啊？好奇怪！”荷花姜就是这个样子，模样娇艳，味道奇特霸道，不是人人都能接受的。

为了不让荷花姜受委屈，后来遇到有客人点，丁吾雍总是先问一句："您吃过荷花姜吗？"如果对方说没有吃过，丁吾雍会说一句："味道有点儿特别，不是人人都喜欢，您确定要试一试吗？"

但是那个女子，第一次吃了荷花姜——那是丁吾雍和笋、土豆、鲫鱼鳃、猪肉片一起炖出来的荷花姜，马上大声说："老板，这个真好吃！从来没吃过！这么好吃！"

丁吾雍说："你喜欢就好。"

那个女子问："这个叫什么？"

丁吾雍说："荷花姜。"

女子把筷子上的荷花姜转动着看，一边说："这么好看，到底是花还是菜？"

丁吾雍说："这个，不好说，是花，也是菜。"他把手里的金枪鱼中段切好了，加上一句，"明明是花，人把它当菜吃，它就是菜；明明是菜，你把它当花看，它就是花。"

一身黑灰色的男人深深地看了丁吾雍一眼。丁吾雍有点儿后悔自己话太多了。

那一眼，让丁吾雍想起了一句话"他的俊目一贯含有清莹的倦意"，木心这样说罗马的培德路尼阿斯。丁吾雍喜欢过木心，《哥伦比亚的倒影》《即兴判断》都读得很熟。

那个女子，丁吾雍后来在心里叫她"荷花姜"，不是因为她爱吃荷花姜，是因为她与荷花姜颇有几分神似：俏丽，鲜艳夺目，但不是"甜"那一路的,更不柔弱,相反从外表到质感到气味都是洗练明媚和动荡妖娆的奇异统一,具有一种容易引起争议的、特殊的刺激感。

但是这两个人罕见地般配。男子出色,女子也出色,而且男子像一个黑色的瓷碟子,托着荷花姜的尖、俏、艳,格外显出她的醒目,而荷花姜也反衬出他的不动声色和深不可测。

突然有一天,那个一身黑灰的男人不见了,荷花姜一个人来。

她一个人坐着,脸上的表情让丁吾雍知道今天那个男人不会出现。但是她的胃口还可以,和那个男人在的时候差不多,只是酒喝得多。她自己一个人喝,点的是烧酒。过去丁吾雍给她推荐过出羽樱和白波,她喝了几种之后选定了另一种——黑雾岛。每次都喝个半瓶左右,剩下的就存在这里,本来应该问她姓什么,但是丁吾雍当着她的面,写上了"姜",他说:"荷花姜的姜。"女人深深地看了丁吾雍一眼,眼光里似乎有遇上知己的感觉,又似乎第一次有了怨恨和委屈——在这里出没这么久了,连自己的姓名都不能公开。

每次吃完她都是自己走的。丁吾雍心想:以前他们两个都喝酒的时候,都是那个男人的司机开车吗,还是找人代驾?现在她一个人来,是另外有人接,还是干脆打车回家呢?

丁吾雍的好奇心仅止于此。因为这个城市里,盛产的就是男女间的各种相遇和离散,何况是这种女人遇到这种男人。女人越出色越不容易甘心,男人越出色越多顾忌,花落水流,无可奈何,那是一定的。但是,他们都是这个城市里的人,他们不会有太出格的举动，短则两个月，长则半年，个别死心眼的，也许一年？感情创伤是有期徒刑，刑期都不长，刑期一满，也就都过去了。释放了自己，新一季衣裳一着，换个发型，阳光下面，又是光鲜的、体面的、没有过去的城市栋梁了。

丁吾雍料错了。有一天，这女人出现，穿了一身黑色的吊带连衣裙，脸上没有化妆，素颜本来很好看，却偏偏突兀地涂了烈焰般的口红，让丁吾雍非常不习惯。当然，心情不好的女人，这个程度的反常才是正常。

她不坐平时的吧台角落，而是坐到吧台的中间，喝着喝着，对丁吾雍说："我请你喝一杯。"

丁吾雍不废话，递过去一个杯子，她给他倒上，丁吾雍喝了一口，似乎出于礼貌地说："吃得还可口吧？"

她抱歉地笑了一下："一直忘了说，你的手艺真好。"

丁吾雍说："谢谢。"

她看了看他，突然说："你也话少。"

丁吾雍微笑，等着她往下说。

没想到她不说，而是反过来提问："你怎么不问，他到哪儿去了？"

丁吾雍又喝了一口，他不知道该说什么，因为不知道对方是否愿意说，还有，酒醒之后会不会后悔。如果后悔，她就不会再来了，那样的话，这里就会失去一个喜欢荷花姜、长得也像荷花姜的客人。如果那样，他宁可她什么都不要说。况且，丁吾雍真的不算一个好奇的人，因为他相信太阳底下，真的没有新鲜事。

但是这一刻，这女人眼神里有某种东西，让丁吾雍突然觉得，自己可能太自信了。他的预感马上被证实了,她身子探过来,凑近了丁吾雍,用一种介于耳语和正常对话之间的音量说:"你不问,是因为你猜到了,对吗?"

丁吾雍只能含糊地点点头。

她说:"对,他不会再来了。"

她眼里碎玻璃一样凌乱而锋利的光芒,让丁吾雍确认:自己过于自信了,这件事,超出了他的想象。

她说:"对,他死了。"

说出这句话,荷花姜似乎用尽了力气,颓然坐回了吧椅,在这个半失控的过程中,她很哀伤很诚恳地说:"他死了。是我把他杀了。"

丁吾雍觉得整口烧酒突然卡在了喉咙里,而且像火一样烧了起来。这样的话,他本来以为只会在电影里听到,绝对不会和自己的生活、自己的店有任何关系。想当初,看见荷花姜和一身黑灰走进来的时候,他马上判断出了他们的关系,同时他也马上决定要长期欢迎他们,反正挣谁的钱不是钱呢?这种关系,在钱上总会格外大方的。加上客人养眼,不是福利吗?当然丁吾雍知道,短则一年,长则三年,他们一定会分开的,就像知道店里插花的蝴蝶兰可以开一个月,六出花一星期一样。但是丁吾雍没想到,有时候,还没到花谢的时候,半空中一个雷劈下来,连花带瓶震倒了,碎的碎,流的流。

丁吾雍觉得自己应该去报警,但是又没有把握自己一定会那么做。他不喜欢这种纠结,他只能希望那个女子不要再来了。那样,丁吾雍就不用纠结了。

可是荷花姜还是继续来,和原来的间隔差不多,就是一星期来一次。她还是坐吧台一角,总是继续喝她的黑雾岛,喝不完的存着,没有了就再来一瓶,菜交给丁吾雍安排。丁吾雍依然会按照她的喜好和时令,给她安排妥帖的三四个菜。她来者不拒,看着手机,一会儿看一下,一会儿写几句话,写的时候很专心,好像不是来吃饭喝酒,而是来写那些话的,写完了就把手机往旁边一丢,然后继续不紧不慢地吃喝着,有时候往门口看一眼,继续吃喝。吃喝完了,就自己走了,有一次走到门口,还会回头看一眼,好像奇怪身后的人怎么不跟上去似的。

身后哪里会有人?早就没有了。那一瞬间,丁吾雍感到在她的身后,是一大片空虚,空虚得连整个店和店里所有的人都不存在了。

那之后,她没有再和丁吾雍聊什么,似乎根本不记得曾经说过什么。丁吾雍怀疑她是酒醒之后忘记醉时一切的那种人。要不然她怎么敢继续出现在这里,还这么若无其事?难道在等丁吾雍下决心报案,好把她抓起来吗?丁吾雍又希望,那是她的醉后胡说,那个男人还活得好好的,这个女人只是这么说说出口恶气罢了。

可是,那个男人呢?丁吾雍也越来越不相信他还活得好好的了。

黄梅天了,有一天,荷花姜刚开始吃,雨下得大起来,下得都不像黄梅雨通常的那种慢脚雨,下成了瓢泼,下成了满城风雨、一世飘摇、充满末日感的那种阵仗。丁吾雍知道,这种天气特别容易喝醉,可能是湿度太大了,不利于酒气蒸发。果然,荷花姜喝着喝着，满脸红晕，一只手支着半边脸，眼神迷离。

丁吾雍破例说一句："差不多了，别再喝了。这个天气，你怎么回去？"

"我怎么回去？我回不去了。哪里都不是家，哪里都没有人等我回去，我怎么回去？我回哪里去啊？"她大哭起来。

酒气蒸腾，水汽弥漫，整个店里充满了一个女人的哭声，那种哭声很可怕，虽然很响，但又很压抑，既像一个旧时代的乡下女人苦候多年却听到丈夫死讯，又像一个五六岁的孩子被困下水道里挣扎不出来，用最后一点儿能量来拼命完成的号啕。

丁吾雍心里一凉：那个男人，恐怕真的是死了。要报警吗？

晚上回到家，看见余清在灯下插花，洗过的头发还半湿的披在肩上，他心里一动，上去对她说："简单一点儿结个婚，怎么样？"

见余清一脸不解，丁吾雍说："好像觉得还是结婚比较好，你说呢？"

余清说："你想和我结婚？"

丁吾雍说："是啊。"

"让我想想。"余清说。

丁吾雍说："你还要考虑啊。"

"有人求婚，然后自己考虑，这是待遇，总要享受一下吧。"余清说完，笑了起来。丁吾雍也笑了。

看见她的笑容，丁吾雍有一种说不出的感觉，好像是如释重负，好像是通过了一场原本担心通不过的考试，发现自己高估了考试的难度。多大的事？不就是结个婚吗？要弄得那么吓人，哪至于的。

第二天，荷花姜又出现了。才下午五点，店里还在准备。

她说："老板，今天不吃饭，我是来还你钱的。"

昨天晚上，她确实喝醉了，上了洗手间吐过之后，丁吾雍替她用打车软件叫了车，用店里的大伞送她上了车，谁都没顾上结账的事。

"下次来的时候顺便结就可以了，你还特地来。"丁吾雍说的是真心话。有的人，一看就知道是一辈子都不会赖账的。荷花姜，就是这种人。其实那个一身黑灰、眼睛里有清莹倦意的男人，也是这种人，只是不知道为什么欠了这个女子的。

荷花姜的脸看上去已经没有什么异样，要存了心仔细搜索，才能看出眼皮略略有点儿肿，脸色不如平时好，除此之外，依然是一个引人注目、打扮入时、举止得体、行动流畅的摩登女郎。上海的黄金乃至钻石地段有许多高级商务楼，而这些现代女郎的气场让人坚信她们有能力敲开其中的任何一扇门，在正南朝向、一尘不染，光线、温度和设备都无可挑剔的房间拥有一个任她自如挥洒的位置。

她们的妆容含蓄，皮肤白皙、五官精致、轮廓秀美、神情矜持而举止干练，在她们脸上，你看不到黑眼圈、细皱纹和斑斑点点，那些都在十分帖服的粉底霜下面；你更看不到哭泣、动怒、灰心、丧魂落魄的痕迹，那些都在她们心里，就像藏进了深海之中。女人心，海底针？说这话的人还是小看了女人。女人心，就是海本身。

"我要到外地去一段时间，接下来要几个月不来了，所以今天来一趟。"

丁吾雍马上想：太好了！他从此不用见到这个女人了。如果她是真的出差，离开一段时间，可能会因为换了环境而想开，总之应该不会再来这个伤心地了。如果她是逃走，那也帮了丁吾雍的一个忙，那样，她就和丁吾雍一点儿关系都没有了，丁吾雍也不需要再纠结了。

她真的消失了。半年过去了。

偶尔，看到钵里的荷花姜，丁吾雍会微微有点儿出神，这么好看，怎么可能杀人？可是，锋芒毕露，又好像有点儿杀气。这样的女人，会是什么命运呢？空闲的时候，丁吾雍有时会望着那两个位置。曾经坐在那里的那两个人，他们都在哪里呢？甚至，那个男人，还在这个世界上吗？从今以后，不可能再看到那样悦目的一对，出现在自己的店里了。不知道为什么，丁吾雍真心觉得遗憾。

到了年底，生意忙了起来，丁吾雍渐渐不再想起那两个人。

一天，七点的时候，正在忙碌的丁吾雍，看见当班领座的小茉莉带进来两个人。一个中年女人，风韵犹存，一身讲究得稍微有点儿过分的打扮，脸色倨傲中有几分阴郁。走近几步，她身后的人露了出来，竟然是那个男人，那个一身黑灰。

丁吾雍大吃一惊，以至于习惯性的"欢迎光临"都中途变了调门，小茉莉不无疑惑地看了他一眼。

这个男人没有死？他还好好的，那么就是他不要荷花姜了。荷花姜说的是气话。不要荷花姜，居然还带着自己的老婆到这里来？丁吾雍觉得自己错看了这个男人，谁知道是这样的人，完全不在道上。上海滩的餐厅酒家天上繁星似的，这个人带不同的女人，偏偏来同一家，胆子倒也不小。他就不怕这么多眼睛吗？

小茉莉直接把他们带进了包间，丁吾雍心里冷笑一声。等到小茉莉过来，丁吾雍问：那两个人谁说要进包间的？小茉莉说，他们预订的。有个男人打电话来，不知道是不是这个男的本人，说要一个小包间。

这就奇怪了。和情人倒光明磊落坐在外面，带老婆反而一定要躲进包间，什么年头？什么人？

丁吾雍亲自上菜。那两个人在交谈，但是不起劲，零零碎碎听到什么"学校""租房子""美金""同学"。丁吾雍实在猜不透这两个人在谈什么，而且感觉他们的关系，坐下来细看，也不那么像夫妻了，倒有几分像讨债的和欠钱的。

等到要上雪花和牛涮涮锅的时候，丁吾雍在大托盘里放上了一个青海波纹小碟子，里面是三枚盐渍荷花姜。盐渍过的荷花姜，娇艳的颜色暗淡了许多，但是转成了一种憔悴的风情，充满了欲言又止的过去。上桌的时候，男人看了一眼，说："我们点这个了吗？"丁吾雍说："这是送的。"一身黑灰看了一下荷花姜，然后看了丁吾雍一眼，丁吾雍接住了他的眼神，两个男人似乎完成了一次无声的对话。

丁吾雍还没出包间，就听见男人毫不避忌地说："钱我带来了。"他把一个厚实的信封交给女人，信封口是开着的，看颜色就知道是美元。又是现金，只用现金。这是个固执的人。

出了包间，丁吾雍转身拉上拉门的一瞬间，听见女人平淡地说："明年一年的够了。"

什么够了？这个女人一年的开销吗？如果他们是夫妻，怎么会这样一年一次给钱？如果不是，又为什么要给钱呢？丁吾雍觉得自己脑子不够用了。

过了几壶酒的工夫，拉门开了，那个女人出来了，走了。谁都不知道她那个华丽的漆皮包里比来的时候多了什么。丁吾雍这时候明白他们为什么要进包间了。但是这一点点合理，像太少的水，不能熄灭他的好奇之火，反而让火更加熊熊燃烧起来了。

那个男人并没有跟出来，而是又叫了一瓶烧酒，开始自斟自饮。

一个小时以后，丁吾雍进去添茶。他心里好奇，但丁吾雍是个在上海滩做了十几年生意的人，这种人，无论心里想什么，做出来，总归是合理的——至少有一个合理的解释。这时候进去，是餐馆的常规动作，就是以添茶的名义，看看客人是否要添主食，要咖啡，或者是否要埋单。如果遇上客人酒足饭饱还想独自坐一会儿，就会添上热茶，然后不动声色地出去，让客人自己安静地剔牙、打饱嗝、发呆或者独自疗伤。平时这件事是服务员做的，今天既然是丁吾雍自己负责这个包间，那么，他可以让服务员来接手，也可以自己去。

此刻，丁吾雍拉开了门，进去添茶。

茶水注入茶杯中，细细的清香腾起。一身黑灰说："谢谢。今天你亲自照应。"

丁吾雍说："不客气。"他注意到男人有了酒意，脸红了，精神看上去和过去不同，没有那股有棱有角的气势了，但萎靡里透出轻松，显得真实。就说："今天吃得还可以吗？"

这个"还"用得妙。既表示委婉和分寸，也可以是"依旧""如常"的意思，加上"今天"这个提示，那就是在问：过去喜欢的口味，隔了一段时间,你觉得怎么样?重点是:有过去。

"很好。你这里的菜一直道地的。"

丁吾雍听见他用"一直",居然是对过去的一切认账的口气,就说:"说起来,您有一阵没来了。"这话是试探,但也可进可退。

男人叹了一口气。丁吾雍不敢相信自己的耳朵,看向他,听见他说:"她,后来来过吗?"

这话包含的意思太多了,简直把丁吾雍当成哥们儿了。看来他今天是喝多了。丁吾雍一时不知道怎么回答好了,就点了点头。

男人又叹了一口气。"恨死我了,一个个,都恨死我。"男人用双手用力揉搓自己的脸,好像一个寒冷的清早,清洁工在马路上扫着落叶一样,既孤单又萧瑟。

一阵不可理喻的同情攫住了丁吾雍,丁吾雍马上提醒自己,正是这个男人,让那个女孩子那么伤心的,而且还毫不介意地和一个身份不明的女人又到这里来。

"你太太也很漂亮。"丁吾雍说,这话不知道怎么就突然蹦了出来。说了之后,发现这句故作莽撞的试探妙不可言。

男人抬头看了丁吾雍一眼,有点儿惊讶,有点儿迷茫,然后露出了一点儿笑容。"太太?哦,前妻。刚才那个,是前妻。"

丁吾雍不轻易放下戒备,"您后来又结婚了?"

"没有啊。活剥一层皮才离了婚,我怎么会再结?就二十年前结了一趟婚,生了一个女儿,烦到现在都烦不清楚,前妻的保险啊、房子啊、女儿的留学啊……我有几条命,再去结婚,再去生小孩?"

丁吾雍吃了一惊,暗暗有些羞愧,同时有更多的如释重负。

他不说话,因为不知道说什么好。

"欸?"男人突然语气一挑,"怎么,难道你以为我有家庭,每趟和我一起来的是……情人?"

丁吾雍的脸有点儿火辣辣的。

男人笑了起来,"那是我的女朋友。我们都是单身,光明正大来往的。只不过我不想结婚,她想。"

丁吾雍说:"不结婚,就要结束?"

"给不了她想要的,就放人家走吧。"男人用手搓了搓脸。

丁吾雍说:"人家会觉得你是在寻借口。"

男人笑了起来。那笑容似乎在说:自然是这样。又似乎在说:随便吧。好像在说:我怕什么?又好像在说:哪有这么便宜?

丁吾雍端起茶壶转身的时候,男人突然说:"她后来一个人来喝酒的,对吗?"

丁吾雍叹了一口气,点点头。

男人说:"她……哭了吗?"

(原载《人民文学》2021年第5期)

昆士街市集

王晨蕾

市中心正在举办一场热闹的圣诞市集,直到平安夜。昆士街因此披上了节日盛装,人流络绎不绝。昨天新来的租客姑娘再次证实了这件事。

新租客是个二十出头的姑娘。她在深夜雨下得最大时,和房东一起出现在门廊。我裹着毛衫给她开门,房东简单地嘱咐几句后,便撑伞离开了。他住在同一个社区。

当时已过午夜,她眼底布满血丝,手忙脚乱地翻找纸巾,擦拭挂满水珠的行李箱。我不禁问她为何这么晚才入住,她说自己一路辗转了近十五个小时,刚从伦敦希思罗机场乘大巴过来,再上一站则是北京首都机场。

上楼梯时,我没有帮她提行李,只是尽量步伐缓慢地走在前面,我不希望她因着急弄出太大的动静。到达狭窄的二楼后,我顺手打开走廊尽头卫生间的灯,简单给她看过后,便为她打开了卧室的门,这是一间位于我隔壁的次卧。据房东说,这个女孩目前只租了两周，合约也谈得比较着急，全程在微信上进行沟通，一切都很临时。她恳请房东提前为她准备一套被褥，甚至不惜为此加了五十英镑的租金。

我问她是否还需要别的帮助，她环顾四周，说不用了，让我快些休息。

我回到房间时，女儿还是被吵醒了，翻了个身嘟囔道：她怎么这个点才来？

我关上台灯，房间重新陷入漆黑。雨滴敲打后院里那套塑料桌椅的声音清晰可闻。在这里——英格兰北部的一座城市，很少能够听到这样的雨声，它让我想起了家乡浙江的梅雨天。在英国，雨是虚无缥缈的幽灵，不是液态的"物"，而是一件流动着的"事"，它并不随着时节的变化来去，而是时时刻刻笼罩在城市上空，悬挂在人们头顶，黏在鞋底，顺着鼻孔钻进身体，既不具形状，也没有声音。

我已经同女儿在这里生活了小半年。其实对于时间，我多少是有知觉的。她每天上午出门上学后，我会先收拾早餐的残局，此时距离中饭还有一段时间，我会倒一杯热水，站在客厅的落地窗边，看窗外低沉的乌云和后院闲逛的海鸥。这段时间往往很慢，因此很真切。午饭我独自一人，通常都是简单解决，秘诀是提前烧好几天分量的葱油，每天中午只需煮一小把挂面和几片菜叶。饭后我会按计划出门，去超市采购，为晚餐做准备。

女儿的高一生活似乎还算顺利，她说外国同学和老师都很友善，她讲述课堂活动时的轻快语气令我安心。她的作业比从前在浙江读书时要少得多，见她每天回家后还能腾出好长一段时间练吉他，我更没什么可担心的。但最关键的一点我无从考量，那就是她的英语水准，因为她很不愿同我张口。每当我问她能不能讲几句时，得到的都是同一个答案：你又听不懂。

她说得完全在理，我无法反驳。

这天早上，我洗完碗回到客厅，便见新入住的女孩出现在楼梯拐角——瘦高个，穿一件墨绿色的连帽卫衣和深色牛仔裤；单眼皮，又或许是内双，那对突兀的肿眼泡妨碍了我的判断。然而最先引起我注意的，是她微微下扯的嘴角，因为这导致她的笑容看上去有些勉强；与此同时，笑眼下面，饱满的颧骨高高隆起，因而又浮现出某种违和的亲切感。

她说自己是已经毕业的留学生，之所以又从国内飞回来，是为了一件"没处理完的小事"。接着她说与朋友有约，要马上出门。

"去商场啊？"我随口问道。

"去市中心的圣诞市集，有热红酒卖。"她说。这已经不是我第一次听说这个圣诞市集，房东对我说起过，我还曾在超市听见几个中国留学生议论它。不难理解，在一个无聊的小城市，这样的年度盛事是格外吸引人的，何况昆士街（Queen's Street）本就是市里最繁华的区域，女儿和同学们总在那里碰面，她习惯用英语讲这个名字，还告诉我它原本是"皇后街"的意思。

"热红酒？"我从没喝过，于是下意识地重复了一遍。窗外的云依旧压得很低，后院潮湿的地面上，我的老朋友——一只海鸥——正同我对视。这半年来，它几乎每天都造访。

新租客出门时把帽衫随手罩在了头上，于是我塞给她一把伞。那是女儿的伞，一直闲置在门口的鞋柜里，她不喜欢出门带伞，即便是来了英国，仍坚称随身带伞这种行为没有必要。但是租客女孩接受了我的伞，还感谢了我。她走后，我在门廊张望了一会儿，目送她到公交站台，她上车时，合伞的动作并不熟练，这让我有些担忧，不过在我即将冲出门帮她之际，她顺利关上了那把伞。公交车开走后，我回到客厅，从抽屉里拿出便签，列举下午的采购清单——今天的晚餐需要排骨和芦笋。

这里有很多连锁超市，如同扁平的积木散落在市郊地带，它们也许是英格兰给我的最大惊喜。如今我格外喜欢逛超市，享受在一排排充盈、整齐的货架间游走的感觉。那些市郊的超市都大得离谱，可供我打发掉漫长的时间。渐渐地，我总结出了不同超市各自的优势和劣势。简单来说，它们有的主打低廉的价格，有的定位更高端，卖有机食品；有些以肉类食品见长，有些则因果蔬新鲜、种类齐全受到欢迎；还有一些超市擅长做漂亮的烘焙食品。如今无论去哪家、买什么，我都轻车熟路，但仍会每次都循着"之"字形的路线，从距离入口最近的食品货架出发，一直行进至最底部。厨具货架上悬挂着亮闪闪的锅碗瓢盆，它们的陈设从无丝毫变化，像一群保持着阵型的士兵，一员不裁，坚定又孤单地守在阵地上，为我的超市之旅画上圆满句号。之后我便会斗志昂扬地离开，仿佛受到了极大的鼓舞。

我和女儿刚来时，英国正处于凉爽的夏季，晚上九点多钟天才会黑，日落之前，总有大片的、梦境般的紫色晚霞，它们漂浮在这座随处可见古老雕塑的城市上空，傍晚被浪漫地延伸了。那是段快乐时光，一切都新奇，我们经常逛超市，女儿沉迷于浩荡的零食区，她喜欢花时间辨别包装袋上的英文，而我更偏爱灯光明亮的甜品冷柜,各式糕点在透明包装下一览无余,精致、诱人。如今女儿已对那些甜得要命的东西失去了兴趣,她前阵子得了急性牙髓炎,差点因此回国治疗。

记不清从什么时候开始——或许是秋天变深时,落叶铺满公园小径,冰冷的夜幕下人们回家的步伐愈发急促——女儿不再接受我逛超市的邀约了。于是每天我一个人出门,就去离家最近的那家连锁超市,虽然小了些,但买点日常食材绰绰有余。通常在超市买完东西后,我不会马上回家,而是会往社区深处再走一走,转到一家华人超市,看看在那些英国超市买不到的食材,如豆芽、豆腐、冬瓜、整颗的大白菜等等,还有酱油、香油、花椒这些调味品。

这天我其实没什么需要在中国超市买的,但还是抬脚往那个方向走去。出乎意料——超市不起眼的小门敞开着,超市老板出现在柜台后。

"来了。"他用港味普通话和我打招呼。

"最近挺忙的?好几天没开门了。"

他不好意思地笑了笑说:"一个朋友来英国了。"

"哦,怪不得。"我脚步迟缓,假装在货架前搜寻,拿起瓶瓶罐罐又放下。

"找什么?"

我早已准备好答案:"有泰式辣酱吗?"

"小茹又要吃辣了?"他来到我身边,伸手够到货架最顶层,从深处掏出了一瓶虾粉色、漂浮着大红辣椒屑的半透明酱汁递给我。小茹是我女儿。

我说:"去哪玩了?伦敦?"

"还没来得及。不过去了市里的圣诞市集。"他也提到了这个神秘的圣诞市集。

"喝了热红酒吗?"我马上问道。

"哦,那天人太多了,没有喝上。"他显得有些吃惊,"你去过了?"

"还没有。"我掏出钱包,拒绝了他扯下塑料袋的动作。

"慢走哦。"他说。

我出门后径直朝家的方向走去,步速快了许多。

我回到家时,房东正在客厅里转悠,浑身散发着中餐馆后厨的油烟味。他来英国有些年头了,最初为一个香港人打工,在伦敦唐人街洗盘子,如今他已在本市拥有了几家中餐馆,还购置了几套房产,出租给学生。他孑然一身地来,现在已将全家——他的妻子和一个儿子——都迁来这里。房东逢人便讲自己的这段英格兰奋斗史,但我揣测他来的原因和途径并不光鲜,他的作风总让我想起"投机分子"这个词,我一直对迅速发迹的人持有偏见,认为他们不过是善于追热潮、钻空子罢了。

他隔三岔五就会来这栋房子,不为别的,只是同我讲一些漫天闲话。但更深一层,我认为他是想夯实自己"房东"和"华人"的身份,这令他感觉良好。

这天,房东照常和我絮絮叨叨一些陈旧的琐事,说他最近招的一个前台小姑娘做事不认真,时常上错菜,账也记不好,又说最近后厨也不安宁,师傅国内家里出了点事,做菜总心不在焉,放太多盐和酱油。他说话时,我在厨房和客厅之间不停地来回穿梭,制造出"乒乒乓乓"的声响。我干脆地撕掉冷藏盒的塑封,把排骨倒进洗菜盆,然后将水龙头开到最大。粉色的排骨沉在盆底,粘连的白色脂肪如海草般漂浮着。

外头传来钥匙孔转动的声音,那女孩回来了,令人惊喜地闯进了这个永恒的场景——厨房、水流声、房东清喉痰的咳嗽和散漫的踱步声。她手里提着某连锁超市的购物袋——就是我和女儿之前最爱去的那家。她冲我与房东笑了一下,算是打过招呼,接着便拉开冰箱门,逐一掏出袋子里的东西,抱在怀里。那些盒子尺寸各异,几乎全是甜品:米布丁、提拉米苏蛋糕、柠檬挞、巧克力泡芙,除此之外就是几盒微波食品。

"你就吃这些啊?"我看着她把食物塞进了冰箱最上层的狭窄空间,井然有序。

"是啊,我喜欢吃这些。"她笑嘻嘻地答道。

房东插话进来:"昨晚住得舒服吗?"

"暖气温度好像有点低,可以调吗?"她简洁地回答。

是不可以的,一直都那样。我知道答案,但我没有说什么。房东动作迅速地上了楼,女孩也跟了上去,剩我一个人在厨房。我低头看着剧烈的水流淋在芦笋上,闪烁着晶莹的绿。我想到方才超市老板口中的那位朋友,我不清楚那是他的什么朋友,或许就是他上次提到的那位朋友。距离我们上次对话已经过去一周了。

我耳边再次响起男人的声音,房东已经下了楼,女孩似乎留在了卧室。我不晓得他用了什么策略将暖气的事不了了之,但此事显然打断了他同我废话下去的兴致,于是他说:"你忙吧,我回去了。"我决定把我们屋里的小油汀拿给新租客,如果她需要的话。

房东走后,我把芦笋刮皮,切成段,同时再次陷入回忆——关于那个同香港超市老板一起度过的下午。

我称呼香港人为林先生。大约一周前的某个下午,我结束了常规的超市采购,决定去林先生那里买几袋速冻水饺。我进店时,他正在忙于给货架上新,单薄的身躯被淹没在堆叠的箱子中间,堵住了我去往冷柜的路。他热络地同我问好,之后便继续拱起腰忙碌起来,没有意识到我的为难。

"我来得不巧了。"我将目光投向过道尽头的冰柜,暗示道。

"不好意思。"他手忙脚乱,试图重新摆放箱子,腾出一条更宽敞的通道。促狭的小超市里堆放了数十只纸箱,仅有的走廊深深凹陷下去,如同一条战壕。战壕中一位新入伍的小卒迎头遭遇了长官,林先生是不知所措的"新兵",我则是那位威严的"长官"——不料从回忆视角出发,我脑海中竟生出这样荒诞的比喻。

"其实我只要几袋水饺,您帮我拿就好,三袋吧,猪肉两袋,一袋三鲜。"我提出了一个完美方案。

"这些东西要多久才能整理完?"我付钱给他时随口问道。

他抬头看了一眼墙上的钟说:"或许要到晚上了。"

"我帮你吧。"

他礼貌且坚决地回绝了我:"不,不,这怎么可以——"

"离我女儿放学还早,回去也没事可做。"我打断他,"你上次帮我了大忙,就当是我表示感谢吧。"

他或许被我不由分说的态度吓住了,缓缓说道:"哦,那件事啊,哪里算什么帮忙……"

我没有答话,而是直接将手提包放在了一旁的箱子上。这个动作，表明我突如其来的坚定决心。他大概感知到了这种态度，难为情地解下自己身上的围裙递给我："穿上这个吧，衣服弄脏就不好了。"

尽管被动接受了我的帮助，林先生还是坚持反复申明自己的观点：让顾客帮忙整理货物实在荒谬，他对此感激不已等等，甚至提出为我提供永久折扣。整个下午，他时不时便要重复这些语句，为了缓解他的不自在，我搜肠刮肚，尽量说些宽慰的话，然而无论我说什么，林先生单方面的声明并未停止，我于是断定这是他自我疏解的方式，便由着他去了。

实际上，我认为那个下午令人印象深刻的并不是林先生，而是我自己。前不久，我发觉自己时常精力涣散，还为此十分担忧、焦虑了一阵子，我毕竟是个医生，等将女儿送入大学，我希望自己回国后还可以穿回白大褂。但那天下午我展现出了惊人的效率，对照货物清单，将瓶瓶罐罐填满货架，将一切完成得有条不紊。弯腰、起身、弯腰、起身，这一机械的体力活动模式重塑了我，我感到久违的、难以言喻的快乐。这一过程中，除了林先生持续的"自我反省"，我心无旁骛，没有受到任何打扰，直到超市焕然一新，所有纸箱都被腾空，我脱下围裙交给他。

"你刚说你女儿，在这边读书吗？"他问道。我这才意识到自己刚刚无意中透露了女儿的事。

我告诉他我女儿的名字，甚至给他看了她的照片，又讲了许多有关她的事。似乎除了她，我也没什么可说的。但说完我便后悔起来，觉得自己过于鲁莽了，如果被小茹知道，一定会就此狠狠地讨伐我。她从小就热衷于划定边界，经常把"侵犯"这个词挂在嘴边，似乎对此有着明确的定义。随着年龄增长，她的四面八方生长出弯曲、凌乱、密密麻麻的疆界，她笔直地站在疆土的中央自我捍卫。我很庆幸她没有遗传我的软弱、迟钝或者她父亲的圆滑、木然。

"那小茹适合在这里生活。英国人很懂得保持距离。"林先生总结道。他直接引用了我对女儿的昵称，这多少有些怪异，毕竟我很少听到除我丈夫以外的男性说出这两个字。

我对他的论断表示赞同后，瞄了一眼时钟，距离她放学还有半个小时左右。我开始走神，频繁地变换站姿，将重心从左脚挪到右脚，再切换回来。

听完我的"陪读"经历，林先生有些动容，逐渐打开了话匣子，说他五年前从香港搬来这里，"本来是打算和老婆一起的，但她走了。"他自嘲地笑了笑，"我就自己来了。"

我想我大致明白这句"走了"的意思。我向来不擅长应对别人的不幸，一方面，我认为淡漠的态度不可取，但又觉得赤裸裸的同情更不妥。这种情形下，我往往会使用一个面部表情：微微抬起眉头，再将嘴唇抿成一条直线。这很奏效，既透露出善意，又足以让谈话对象捕捉到我复杂的感情，并自行结束这个话题。林先生也不例外，看到我的面部表情，他立即切换到开朗的口吻："这没什么，我们仍然是好朋友，保持联系的。"他说自己过于平淡无趣，所以不适合她。

看着案板上整齐码好的笋段，我直觉"她"就是这次光临英格兰、迫使林先生暂停营业的"朋友"。回想一周前，我本可以获取更多信息，但是当时已经太迟了，我仅剩二十分钟的时间，可以赶在小茹到家前回到那座房子里，将晚餐准备起来。于是我仓促告别，近乎不耐烦地接过那几盒最终免单的水饺，落荒而走。

那天晚上女儿说她不想吃速冻水饺，希望我下次能包一些，但我至今还没有实现她的这一愿望。实际上我很少聆听她关于衣食住行的提案，因为她总是突然迸出诸多想法，但转眼就忘记。尽管很少被认真对待，她仍然每顿都吃得很快乐，鲜有抱怨。她懒得就生活琐事提出批判，我觉得她的雷达悬浮在某个更靠近高空的地方，不像我，我的雷达被水泥牢固地封在地面上。

这天的排骨烧芦笋是她很久之前提过的愿望。晚饭进行到尾声时，小茹的手机开始在桌面振动，一个微信消息提示出现在屏幕上。我抬头看了眼时间，晚上七点半，国内已经是凌晨了。她迅速抓起手机划拉了一下，我扒拉着碗里的米饭，抬眼瞥见手机屏幕里那张模糊、粉红的脸，酷似泰国辣酱汁和生排骨的颜色。

"你又喝多了？"女儿的语气陡然冷下来。那头的杂音断断续续传来，她没能坚持多久，便称要上楼睡觉去了，将还未中断的通话丢在狼藉的餐桌上，迫使我来接管。

"最近怎么样，小茹学校都没什么事吧？"他似乎对女儿的冷眼并不在意，或者说是未能感知。

"她挺好的。"我说，"就是我想换个地方住。"

"怎么了？"

"也没什么大事，就是觉得这房子暖气不是很足。"我将手机平放在桌面上，摄像头朝着天花板，开始起身收拾餐桌。

"能找个中国房东不容易，再换租多麻烦啊，跟房东说一声不就行了？不行给他加钱，让他修修。"

"知道了，没什么事，你赶紧睡吧，我洗碗。"我将摞好的盘子放进水槽。看着盘子里凝固的褐色酱油渍，我决定将它们留到明天再处理。

回到卧室时，小茹正在练吉他。这首歌她已经练了近一个月，仍不成曲调，变形的音符从她的琴孔里笨拙地散落出来，源源不断。我本想提醒她隔壁住了人，或许应该暂停，但最终没有开口。我躺下后，反倒是她先开口说："你今天去中超了？"

她总是将中国超市简称为"中超"，这让我联想到那群身背骂名的足球运动员，觉得很滑稽。

"我觉得那个老板看起来不像什么好人。"她拨弄着琴弦说。

"为什么？"我讶异道。

她停止拨弦，反问道："你不觉得他长得很像以前港片里那种奸商吗？"

我被逗笑了，觉得她到底是个孩子。我从没和她讲过这位"奸商"的善举。我们刚到英国没几天时，我头一次独自采购，当时我还不知道如何使用超市的自助收银机，只得鼓足勇气到柜台结账。我反复温习过"谢谢"的发音，不料还是在收银员面前出现了意外，对方——一位皮肤雪白、身材丰满的年轻女孩，抢先一步开口对我说话了。她讲出一个长句，通过她征询的口吻，我意识到那绝不是什么无足轻重的礼貌用语，而是有实质信息的，然而我无从得知。透过她美丽的浅色瞳孔，我看见了一个中年亚洲女人干瘪的轮廓。更糟的是，面对我的沉默，店员丝毫没有失去耐心，甚至缓慢地重复了一遍询问。我不得不做出最后一搏，我联想到在国内购物的场景，猜测她是问我有没有优惠券，或者只是在建议我办一张毫无意义的积分卡,于是摆手连声说"No"。

"OK",店员耸了耸肩,扫完最后一盒酸奶的条形码,便停止了动作,任由那堆商品散在柜台上——如同一座大厦倾塌后的废墟。

"你确定不需要购物袋吗?"我回头看见一个亚洲男人,个头适中,偏瘦,头发有些自然卷。从他的口音,我几乎立即就猜出了他是香港人。"她刚才问你要不要购物袋。"他补充道。

"哦!要的。"我转向店员,脱口而出。

她瞪大眼睛,疑惑地看向香港人。

"Yes,Yes!"我意识到自己竟然对英国人讲了中国话。

接着香港人开口了,他流利地讲了一个不算长的句子,以"Thanks"为结尾。

"这个要一英镑的,要补给她。"他提醒我。

我忙掏出零钱包翻找起来,钱包里塞满了银色、铜色大小不一的各式硬币,它们如同无数闪烁的眼睛,高傲、漠然、调侃、鄙夷地凝视着我。

"那个金色边的,厚厚的多边形就是。"他小心翼翼地伸手指了指。

我把那枚硬币递给店员时,她向我投来和煦的微笑——我宁愿她没有。香港人选择了自助柜台结账,我踌躇片刻,并没有停下来,而是选择等在超市门口。

"谢谢你。"我说。

"没关系。下次记得带购物袋,这里购物袋很贵的。"他说。

"记得了。"我说,"您是香港人?"

他似乎并不吃惊，只说道："是，香港来的。"

"香港人英文都蛮好的。"

"普通话不太好。"他笑了笑。

"很好了，很标准的。"我发自内心地鼓励道。他又笑了，但没再说什么，于是我稍稍加快脚步，走在他前面一点，他始终跟在我两三步之后，没有消失在某个中途的岔路口。经过我的住所时，我先道了别，他则继续往社区深处走去。

回到家，我将钱包里的硬币洒在桌上，一字排开，打开手机搜索"英国钱币"，对照着屏幕上的图片和标注逐一辨认起来。我花了整整一个下午，每隔十几分钟就在脑海中温习一遍，总算成功背诵出这些硬币的面额。

几天后，我从房东那听说社区有家香港人开的华人超市，里面可以买到国内常用的调味品，我便立即去了，事实证明，这个社区没有太多香港人。结账时我几乎没有费什么工夫，便将准确面值的纸钞和硬币交到他手上。对于他当时似乎带着赞许意味的微笑，我装作毫不在意。

我独自回忆了一番，没有开口对小茹讲这件事。

"听说市中心有个圣诞市集？"我转而问道。

她肯定了市集的存在，但否定了它的分量。她说："没什么可稀奇的。我和同学去过了，只不过就是一些摆摊的，卖的东西很寻常，价钱又贵。"

"你喝了热红酒吗？"我又问。

她没有直接回答我，而是说："你不会喝得惯的，红酒里加了橙子皮一起煮，还有你讨厌的肉桂。"

"而且，你知道吗，那里设了一个临时的游乐场，就在市政厅门口的花园上，设施又小又旧，还挤满了大人小孩。如果他们去过欢乐谷或者迪士尼什么的，一定会觉得这十几镑的门票是个笑话。"她描述得神采飞扬。我想到一部关于小熊在伦敦历险的动画片，在国内看的，当时我以为那些五彩缤纷的布置只是演绎，但或许圣诞市集的确如此呢。

小茹终于放下了琴。房间沉入软绵绵的安静，我隐约听到隔壁的女孩在用英语打电话，不久便睡着了。我做了个十分怪异的梦，在梦里我和租客姑娘、林先生一起在房东的中餐馆吃饭，我们用普通话交流，香港人谈了许多有关那位朋友的事，女孩也要揭开她重回英格兰的神秘原因。但是夜里小茹把腿压在我肚子上，打断了这次交谈。

第二天我没有起床给小茹煎鸡蛋，这还是头一回。我下楼时，一切如常，她早已去上学了，只是冰箱里少了两片吐司，水槽里倒着一只有牛奶渍的杯子。

租客女孩坐在客厅落地窗旁，正盯着后院我的海鸥老友看。

"今天不出门？"我并没吓到她，她大概已经听见我下楼的动静，只是没有回头。我开始沏茶，开水浇在立顿茶包上，一缕缕朱红色如烟般从杯子底部升上来。

"阿姨——"她仍旧没有回头，但显然是在对我说话，"你喜欢这里吗？"

"这里挺好的呀。"我的水杯倒满了。

"我不喜欢，"她说，"每天都这样阴沉沉的——一年四季。这儿的人很好，总对你笑。"

我没有说什么,而是在等待她的转折。

"但他们对你说着他们的语言,还那么自然,仿佛你就是他们中的一员。"

"你的英语应该很好吧?"我感到诧异,没有提及我听见她用英语打电话的事。

她终于回过头来,冲我撇撇嘴说道:"所有人都说我的英语好,就连英国人也这么说,唉。"

我在餐桌旁坐下,将视线从海鸥拉回到她身上,她的红毛衣和外面灰白惨淡的天色形成扎眼的反差。我对着她浮肿的脸颊说:"你看,你一个人来这里,坐飞机、坐车、租房、交朋友,什么都搞定了,你妈妈肯定很为你骄傲。"

她将头转了回去,再次背对着我。我的目光也再次回到海鸥身上,它钻进了那片矮篱围住的花圃,慢悠悠地在泥地上挪动脚步,最终停留在颓败的小花园中央,但我并不清楚它来时的路途。女孩鲜红的后背稍稍移动了一下,将那条本就模糊的轨迹完全遮住了。"那你为什么回来?"我放弃辨别海鸥的路径,问女孩。

她犹豫片刻,说自己为一个重要的朋友而来,她必须为之奔波。她频繁地停顿,空泛又警惕地讲了很久。这位朋友的年龄、国籍、甚至性别都显得暧昧不明,我无法判断,但感觉到我们之间升起了一道篱墙,她站在篱院中央。总结她的"朋友"时,她用深沉的语调说"给了我一股奇怪的动力",好像在宣读一则人生格言。我看到她鲜红色的后背一点点矮下去,海鸥面前的道路显现出来。

"我房间的暖气太冷啦。"她后来补充道,更像是自言自语。

我则在脑海中搜寻,试图找出一位这样值得我踏上遥远旅途的"朋友"。

"你知道这个社区里有家香港人开的中国超市吗?"或许是同样被赋予了某种"奇怪的动力",我说出这句话。

"不知道。"

然后房东打开门,在门廊跺脚,结束了我们的谈话。

那天之后,女孩依旧每天出门,我也还是遵照时间表往返于家和连锁超市之间,偶尔会去附近的喷泉花园坐上一会儿,但我没有再去林先生那里。

平安夜如期而至,小茹接到了一位本地同学隆重的圣诞晚餐邀请,我受宠若惊,拿出早已准备好的一套昂贵的银制餐具礼盒,让她带去同学家作为圣诞礼物,并立刻在微信上将这一消息分享给了她父亲。

尽管女儿不在家吃晚饭,下午我还是去了超市。我买了两块牛排和一瓶酒,我并不知道那是什么酒,但它漂亮的瓶子吸引了我。我想这是平安夜,不能再放任租客女孩吃塑料盒里黏糊糊的通心粉。

我回到家时,楼上传来一阵仓促的脚步声,随着行李箱轮子缓慢而有节奏地敲击台阶的声音,女孩出现在客厅。我吃惊地问她要去哪。"想回家去,不愿在这了。"她回答我时扯了扯嘴角,如同第一天早晨出现在客厅时那样。

目送女孩登上开往机场的大巴,我往社区深处走去。香港人的超市门旁站着一只海鸥,隔壁的马来小吃馆没有营业。

"林先生。"我郑重地打招呼。

"今天这么晚来?"他有些诧异地从柜台后抬起头,似乎已经在做关店前的收尾工作。

这时，通向二层仓库的小楼梯传来动静，我循声看去，一个女人正走下来，身上系着林先生归置货品时常系的围裙。她穿一条浅蓝色牛仔裤，裤脚微微堆叠在鞋面上，露在围裙外的米色毛衣是束袖设计。她与我想象中的模样竟然十分吻合。

林先生用粤语对她说话，随后转向我用普通话介绍道："这位是我香港来的朋友。"

她用蹩脚的普通话对我说："欢迎。"

"今天需要点什么？"林先生说，他脸上写满了节日的热情。

"我有点忘记了，再说吧。平安夜快乐。"我回答得干脆利落。然后我走出超市，轻轻关上了身后的门。

我并没有立即回家，而是绕着社区的外围兜圈子。此前每次去中国超市的路途中，我总是步履悠闲，但离开时却总带着急迫甚至慌乱的情绪，仿佛要赶回哪去。但今天不同——今天是平安夜。我带着急切的愿望而来，却漫无目的地离开，没有什么确切的目标值得我疾步。

我脑海中不断出现林先生同那个陌生女人讲话的场景，他说了一句简短的粤语，粤语是那么好听，懒散而不失亲昵，胜过他用普通话和我讲的任何一句话。他介绍我时，她脸上闪过一丝会意的笑，仿佛瞥见旧流水账里不经意的一笔，在片刻的惊喜后，便翻过这一页，永远束之高阁了。林先生一定和她提起过我这位顾客。而她则崭新地出现在我面前，毫无线索可循。我心烦意乱，故意踩在路沿的水坑里，但愿每一步都被清洗得干干净净，不留下印记。

我没料到平安夜是如此安静，社区弯曲交错的小径上停满了车，但无人走过，甚至没有鸽子停留。我缓缓经过每一栋房屋，它们看似一致，实则家家户户都在门前做了富有巧思的装饰，以彰显自己别具一格。不过此刻，它们被如出一辙的金黄色灯光覆盖着，融进同一片温柔的夜色。我听不见任何喧闹的声音，但十分确信自己处在一个盛大、热烈、欢乐洋溢的夜晚。

家门外那盏路灯已经亮起，将潮湿的地面上那些散落的枯叶照得晶莹透亮，如同沉没在铅色雾气中的星星。

我把钥匙揣进口袋，掉头朝昆士街的方向走去。通往闹市的主干道上同样空无一人，海鸥的鸣叫此起彼伏。夜色还在不断下沉、蔓延，我平静地步入其中，偶尔有车子从我身边疾驰而过，搅动起冰凉的空气，也冲撞着厚重的夜幕，这时，我便把脖子缩紧，加快步伐。

我想象百米长的圣诞市集繁忙喧嚣，蜿蜒而去，从远处望去，泛着一层金色的光晕。光晕笼罩下，有调皮的人偶、忽高忽低的笑声、香甜的气味——我将手捧热红酒穿行其中。

无论如何，我都这么想象着。

（原载《雨花》2021 年第 10 期）

仁科的小说

仁科

地球仪

桌上放着一个头像,是用竹子的根部做成的。竹根做成头发,很酷的朋克头;竹头做成侧脸,轮廓像个外国人,样子有点像高尔基。

头像底下压着几本书,旁边放着一个白色骨瓷茶杯,杯口崩了一个小缺口,围着一圈茶渍。一杯颜色发黑的普洱茶,有虫子在上面飞来飞去。

房间有个书架,上面的书、影碟堆得乱七八糟的。一张单人铁架床,床头也堆了一些书、杂志。被子上散落着几张照片、一串钥匙、一本笔记本。床旁边一张小茶几,上面放着一包打开过的苏打饼干,两盒方便面,面早已经吃完了,剩下点汤水。

我将茶几上的几块饼干吃掉,穿上黑色牛仔衣离开了房间。

一层楼里有三个房间,厕所公用,就在楼梯口,我打开水龙头洗了个脸。

这栋出租屋有七层,房东住五楼。五楼跟其他楼层不同,单独一个很漂亮的木门,上面倒着贴了一个金色的"福"字。楼梯下到四层就开始乌漆墨黑了,"握手楼"都是这样的。过道里窜出一只小老鼠,它快速爬上走廊的栏杆,消失在楼与楼之间的夹缝中。

到楼下我点了根烟,猛抽两口。小巷子里没路灯,但租户窗口透出的灯光已经足够。巷口有个垃圾堆,垃圾堆是周围的人有心无意堆起来的。有指定垃圾投放点,但远了点,图个方便,人们从楼上不出门都可以扔出垃圾,省事。

远处传来铃铛的声音,环卫工人推着垃圾车缓缓地走过来。对面出租屋的铁门打开,有人扔出两塑料袋垃圾,关门。那两袋垃圾,从垃圾堆最高处滚下来,鸡骨头、米饭、卫生巾、烟头、易拉罐散落各处。

在垃圾堆旁,环卫工人拿出一把铁铲,开始工作。一铲下去惊动了垃圾堆里的各种小动物,蟑螂、老鼠、苍蝇、蚊子、蚂蚁到处乱窜。

我将烟头扔到了垃圾车里,离开巷子朝村口走去。

在一家快餐店里我点了份即炒快餐。一碗米饭、一碟苦瓜炒蛋放在我面前。这家快餐店有十几二十年历史了。对面楼一楼以前是一家超市,二楼是网吧,三楼棋牌室,现在整栋成了桑拿城。

桑拿城的霓虹灯招牌很亮,还好最近门口来了几档烧烤。从我这个角度看,烧烤档飘起来的浓烟让霓虹灯看起来没那么刺眼。

烧烤档的生意很好,快餐店的人不多。除了我还有两三个客人,其中一个是兜售小玩具的流浪商人。我之前见过他几次,河南洛阳人,样子长得像兵马俑。我之前跟他买过一只平衡鸟和一个发泄球,发泄球弄丢了,平衡鸟被我送给了房东的小孩。今天这哥们带了一个新玩意,一个会发光的地球仪。要转它,它才发光,我猜就是手摇发电机的原理。快餐店老板给他儿子买了一个,他儿子智力有问题,坐在门口一直在转那个地球仪。

饭吃到一半,突然间断电了。周围的人同时发出了不同频率的叫声,还有人不小心砸烂了玻璃杯、啤酒瓶。就像上个月看世界杯,球刚好撞到门柱上也产生了这种效果。

黑暗中,那个地球仪,越转越亮。一刹那间,我想:如果我小时候能有一个地球仪,一个会发光的地球仪,那我的人生轨迹绝对不一样——瞬间明白了命运其实就是这么简单。

发廊

很多年前,我在发廊工作过一段时间,做过地地道道的发廊妹。工作是我自己找的,面试很简单,老板问我会洗头吗?我说会啊,一问一答,就这样,就这么简单,当时他们正缺洗头妹呢。

发廊里有男孩女孩。男孩负责剪头、染发、焗油;女孩负责洗头、洗脸、按摩。我很快就学会了各种洗头的方法,还有如何说服客人舒舒服服地洗个脸,我还会将镜子、玻璃窗擦得干干净净,老板很开心。

发廊里天天播着舞曲,他们个个都喜欢跳舞,但个个都跳得很业余,个个走起路来,屁股都会跟着节奏一扭一扭的。这些我都学会了。

那会儿城中村里头的发廊还会挂木村拓哉、深田恭子、酒井法子以及中国一些港台明星的海报。发廊还会播一些劲歌劲曲,有些歌听起来特别怪,整个调调都变了。记得其中有一首是谢霆锋唱的,改编成舞曲后,节奏很欢快,但谢霆锋的声音变了,听起来像是一个鸡嗓子的人在唱歌,很滑稽。每次播到这首"舞曲谢霆锋"我就想笑。

来光顾发廊的客人,什么样的都有。有些人看起来斯斯文文的,但嘴巴很"贱";有些人满身文身,但说话像个娘娘腔;有些人毛手毛脚,像色鬼投胎,小动作特多,碰到这种人最好的办法就是:停止揉他的头发,掐住他的脖子,掐"死"他;还有些人来发廊,想了半天想剃个光头;也有些人一进来就直截了当,指着郭富城的海报说,我要剪这个发型。

给客人洗头,肯定要陪他们聊天吹水的。

你年纪多大,哪里人?

你猜。

你什么星座的,有没有男朋友?

你猜嘛。

就这样猜一猜、聊一聊,一天就过去了。

有一次,一大早来了一帮人,疯了,说要在发廊里拍电影。老板一开始不肯,怕麻烦。后来他们磨了半天,老板才同意,但也不能搞太久。老板一脸不耐烦,他总是一脸不耐烦,开心的时刻很短暂,一天有那么几个瞬间,不经意地流露出来。他可能是看了某些管理学的书，要在员工面前展示一种威严。但，何必呢，他其实是个很可爱的人。

拍电影的那些家伙得寸进尺，说要追求真实感，想让洗头妹来演洗头妹，结果又挑了负责收银的来演洗头妹。这个可以理解，因为她漂亮啊。但她笨，没有表演天赋，手在抖呢，太紧张了。

她还是演不了洗头妹，演不出导演追求的那种真实的感觉，她本来就是个收银的。经过一番折腾，我估计她现在连收银的都演不了。她脸都青了，都快哭了，把我们给笑死了。

没办法，只能换人。我就跟导演说，我会演，我来试试。其实我也不知道我会不会演，但，管他呢，人生如戏嘛。

不过说真的，一开始对着摄像机还真别扭，那玩意让人紧张。但，戏如人生嘛，很快我就习惯了，进入角色。忘词了，我就瞎说，就像平时那样跟客人瞎聊胡扯。结果导演很喜欢，说台词改得很好，很经典；演得也很好，很自然。他问我有没有学过。我当时很开心，我说我没有学过，只是个电影爱好者。

电影爱好者

城中村环卫部门定期会做一些杀虫工作，通常这一天比较混乱，老鼠乱窜，街道满是死蟑螂。保安人员踩着单车巡逻，在各个小巷里走来走去，车轮咔咔咔地把蟑螂和老鼠的尸体碾成了肉泥。

我溜进了丽都桑拿城，扫黄之前它叫梦幻洗浴城。

桑拿城门口站着个穿粉色旗袍的女人，她递给我一个手牌。

接过手牌后我快步走上楼梯，楼梯转角处有一面大镜子。上二楼时我退回一步，回头看镜子，我的发型没乱，刚才那阵风，将垃圾吹得到处都是，也将细叶榕上的雨水刮下来，我的衣服被雨滴打湿些许。通过镜子的反射，可以看到整条铺着红地毯的楼梯，看到一楼怀旧的大理石地砖，还能透过对面的落地玻璃看到街上的行人。

走进二楼的男宾接待处，一个侍应接过我的手牌。他用带有地方口音的粤语念了念手牌上的阿拉伯数字，这组数字用粤语读出来感觉不太吉利。他拿着我的手牌走到相应的柜子前，对着电子锁"嘟"一声打开了柜子门。我将衣服一件一件脱掉，露出左胸很酷的龙跟右手一个失败的骷髅头。侍应接过衣服，一件一件挂进柜子里。

我一丝不挂地走进洗浴大厅。左边一排淋浴室，一间间用磨砂玻璃隔开。右边是一个大梳妆台和两间桑拿房，中间一个温泉池，厕所在斜对面，正对面有个楼梯通往三楼贵宾休息室。

从淋浴室里走出几个中年男人，他们说说笑笑，三个跳进温泉池，一个从梳妆台上拿棉签掏耳朵，两个走进厕所，另外一个在饮水机前取水喝。

墙壁上挂着个大电视机，电视播着一部港产片，配乐很好听。有一部很酷的独立电影也用了这段音乐。电影叫《朋克高尔基》，讲述一起凶杀案。杀手动手时就播着这首曲子。

那部电影很好玩，里面三个主要演员一句台词都没有。其他跑龙套的路人却说个不停，各种口音都有，很好玩。有一幕就在附近的一家发廊里取景，我印象深刻。

发廊里放着舞曲,舞曲唱的语言很怪。一个中年男人在和发廊妹逗趣,说他全听懂了,唱的是波斯语。他说他曾经去过土耳其,听过这首歌。发廊妹问唱的是什么?他一句一句翻译给她听,接着还将发廊变成地球,带着发廊妹横跨大西洋:你想象一下,我们的位置是美国,你是华盛顿我是纽约,这排镜子是大西洋,对过那两个发型师是葡萄牙和西班牙。旁边帮人洗头的靓女是法国,她在帮德国洗头,那两张凳仔是荷兰和比利时。角落里焗油的老太婆就是英国。发廊妹问,那中国呢?他指着对面沙县小吃,沙县小吃就是中国,但马上又觉得搞错了,如果发廊是地球的话,沙县小吃已经是外太空了,所以最后还是认为发廊的落地玻璃才是中国。这时镜头对着落地玻璃,几秒后,透过玻璃看到杀手从街道经过,镜头离开了发廊,跟上杀手的步伐。

杀手的样子一点都不酷,很普通,就是那种消失在人海里的长相。不知道是演技问题,还是导演刻意要求,他演得很僵硬,很怪,但就这点也显得他很特别。

其中一幕很关键。

在一家餐厅门口,一个打扮成财神爷的乞丐,背把吉他在唱歌乞讨。店里有位客人给了他五毛钱,他嫌少,没走开,继续在唱那些很难听的流行歌。老板娘怕影响生意,走出来轰他走,一不小心扯破了他的戏服。那套戏服虽然不是纸糊的,但瞅着就可怜,穿得太旧了,风吹日晒,缝缝补补,变得脆弱,一扯就破。乞丐财神爷死活要让老板娘赔他衣服。混乱中小偷趁机拿走了杀手的背包,从餐厅的侧门走掉。

镜头跟着小偷回到出租屋。小偷将包里的东西倒到床上:钥匙、钱包、笔记本、几张照片。接下来的情节是：笔记本的内容引起了小偷的好奇，他按照这些线索来到一间桑拿城。

我从侍应那里拿了一条毛巾，往其中一个淋浴室走去，布帘拉上。一红一蓝两个旋转式水龙头开关，我伸出双手习惯性地同时将它们拧到尽头。

如果杀手这个时候进桑拿城来，他也得把衣服脱光，他也只能一丝不挂地走进淋浴室，在没有任何武器的情况下，他只能徒手把我干掉。

杀手也许会从消毒柜里拿出一件浴衣，抽出腰带，往我这间淋浴室走来，趁我擦背的时候，用腰带勒死我。这种杀人方式电影里很常见，不过也特别有用，一分钟就能把我给解决了。想到这，我喉咙都有点痒痒的，真可怕，幸亏我没什么仇家。

杀手动手的那一幕，摄影拍得很好，镜头从水池里推上来，可以看到池底那些色彩鲜艳的东南亚瓷砖，还有水池里的灯，很梦幻。镜头推出水面时，可以听到几个泡澡的男人在聊天，谈论一则新闻：附近的一个房东被租客敲了头，死在家中，保险柜被撬开，最后凶手在一家快餐店里被警方抓获，他没有反抗，像块木头那样手脚坚硬，被警方抬走。又一说法：他只是个冤大头，凶手另有其人。

在城市之中

他竭力从美好的回忆中醒来，当务之急，应该尽快熟悉一下周围的环境，熟悉一下这个城市，看看有什么吃的。

城市，也叫城市聚落，是以非农业产业和非农业人口集聚形成的较大居民点。城市是"城"与"市"的组合词。"城"主要为了防卫，是用城墙围起来的地域。"市"则是指进行交易的场所。城市的出现，是人类走向成熟和文明的标志，也是人类群居生活的高级形式。

就这样，他在这"最高级的形式"下走着。他看到很多高楼，也看到一些不是很高的楼，好几架天桥，几个巨大的广告牌，一些人，还有赶着去上班的车，天上飞过的飞机，几个造型还不错的垃圾桶。他穿过隧道，经过一个大型的购物广场，广场上有一个雕塑，它有些抽象。他仔细地端详着这个雕塑，看起来像风又像雨，像一团雷和闪电的混合物，又像一个极其复杂的文字，也像疯子的胡言乱语。在二十一世纪初的深圳街头，他穿着一身还算可以的衣服，两眼发光地盯着一个让人捉摸不透的东西。

距离这个谜一样的雕塑几百米的地方有栋烂尾楼，楼底下聚集了一些人，那些人都在望着楼顶上那个准备跳楼的人。今天吹着东风，一股咸咸的海洋的味道扑面而来。跳楼的人是烂尾楼的主人，欠下了巨债，走投无路，只好选择一条通往永恒沉睡的路。他的头发被风吹得乱七八糟的。在城市的另一头，有几个领导在视察一条臭水沟，希望可以将它变成清澈见底的河道。河道的上游有三个流浪汉在打牌，两个光着膀子，一个穿着件黄色的T恤，T恤背面印有金龙鱼调和油的商标，这是他三天前在一个垃圾桶里捡到的。他笑得跟个罗汉那样，用那只布满皱纹的手打出了一对鬼，赢了一局。城市的南边，一对情侣漫步在海滩上，他们在海边待了一夜，为的是看那绚丽的日出，只是去错了海滩，太阳没有从海上升起，而是从旁边的财富广场冒出来。财富广场的一个职员愁眉苦脸，他积怨已久，今天终于鼓起勇气，搭乘电梯去十八楼找他的上司，他想辞职不干了。海滩附近的几个建筑工地都在日夜赶工，灰尘满天飞，根据建筑设计蓝图，周边的居民们应该都知道他们未来的生活要怎么过了，到新建的商业城去看电影，去美食城吃寿司，在特卖场买鞋子，花一块钱从超市里抢购价值十八块的西班牙红酒，到广场去遛狗、看音乐喷泉。现在，眼前的生活，实实在在的每时每刻，就是先忍受一下灰尘，忍受一下那些烦死人的噪音，那些从工地发出的哒哒哒哒，嘣嘣嘣嘣，咔嚓咔嚓，嗡嗡嗡嗡，轰隆……

明天你是否依然爱我

我们在一家士多店门口坐着，跷着二郎腿，一人拿着一瓶啤酒。夏天的阳光透过头上的榕树叶照到我们的身上。他穿着一件红白蓝条纹衬衫，背面有一个图案，是一只卡通腊肠狗。这是一件便宜货，洗过几次之后颜色渐渐变淡，腊肠狗也变得模糊，还沾了些油渍之类的脏东西。现在他这件衬衫看起来像建筑工地围起来的红白蓝布，然后来了一只患有皮肤病的野狗在那里拉屎撒尿。我穿的是一件印有滚石乐队 Logo 的白色 T 恤，就是那个经典的大嘴巴，吐着长长的舌头。我这件是正版的，一个香港朋友送的。他半年前去澳门赌场看了滚石乐队的演出，当时我没钱，没去看，现在我后悔了，我应该借钱去看的。

我们经常约在这里喝酒，士多店的老板喜欢港台流行歌，天天在店里用卡带机播歌。我们喝啤酒，吃花生米，听歌。此时此刻士多店正播着一首来自谭咏麟和关淑怡合唱的《明天你是否依然爱我》。

渐渐地，太阳从远处一栋摩天大厦落下。大厦还没盖起来的时候，这个钟数还是有阳光的。我们觉得有点可惜，夕阳很美的。但老板没觉得有什么问题，他认为这样也挺好。不过，他常年躲在士多店里头，阳光多一个小时少一个小时对他来说不太重要。

"太阳落山了。"我说。

"明天的太阳会从后面那栋财富广场升起来。"士多店老板坐在收银台前说。他戴着老花眼镜，整天研究一些赌码的彩报，偶尔说几句废话。

"我看悬，明天太阳不会从那栋大厦升起来，从明天开始连续下一个星期的雨，天气预报说的。"我说。

"其实是会升起来的，只是被乌云挡住，你看不到阳光而已。"他摘下墨镜说。我最近很讨厌他，他老是自以为是，不知道他看了些什么书，或受了什么人的影响，讲话很难听，一大堆理论，眼神很欠揍。我很想拖他到后面小巷子打他，突然间，我心中燃起了一把莫名的浪鸟火。

老板摘下老花眼镜放下彩报，拎着一张蓝色的塑料凳子走出来。他很高很瘦，动作缓慢，长得尖嘴猴腮，没下巴又驼背，整天穿着那件金龙鱼调和油赠送的T恤，上面印有一排排黄色波浪纹，活像一只穿山甲。

"支架坏了，螺丝生锈，滚轮里面的铁珠好像也生锈了，转起来特费劲。"老板站在塑料椅子上双手托住门口的雨棚说。

"换一个吧？换一个新的，这个太旧了，都用了几百年了吧。"我说。

"对，去南泰市场，搞一个法国风情的雨棚。"他说。

"不用，我这个是美国风情的，可口可乐公司免费赞助，我三两下就可以把它修好。"老板说。

"可口可乐跟百事可乐到处做广告，整条街，这家太阳伞是可口的，那家的招牌是百事的，如果有得选，我宁愿选择老干妈赞助的，要么康师傅。"我说。

"为什么？"他问。

"不要问我为什么。"我说。

"应该换一个法国风情的，我上次在南泰市场，看到一个很漂亮的雨棚，装在这里肯定好。"他对老板说。

"我没钱。"老板说。

突然一阵微风吹来，旁边垃圾桶窜出两只小老鼠，天空一架飞机飞过，挡住了北极星。他踢了一下我的拖鞋，轻声说了一句，她来了。

老板的女儿在上职中，周六日放假，会过来士多店帮忙。不穿校服时你不会觉得她是个学生，这条街没有比她长得更漂亮的女人了，她是个仙女，长得像《天使在人间》的艾曼纽·贝阿。她很爱开玩笑，喜欢跳舞，喜欢溜冰，喜欢漂亮的东西，喜欢茉莉花，眼睛里藏着十万个为什么和一千个凭什么，我爱她，我想娶她，我想一直抱着她。

趁老板在忙着修理雨棚的空档，我走进士多店去拿啤酒，偷偷将一张纸条塞到她手里。她脸一沉，咬着牙，小声说："你们两个傻嗨去死吧!"

我点了点头,转身走出士多店,跟他使了个眼色,拎着一瓶啤酒朝摩天大厦的方向走去。之后,士多店的老板差不多有三个星期没有见到我们这两个嗨佬。

顺便说说,那天回去后,我把那张纸条吃了,我很伤心,内心很痛苦。

破旅馆之梦

从河水村到彩虹村,再到石牌村。

在广州城晃了一整夜,再过一个小时天就亮了。石牌村跟其他城中村一样,住在里头的打工仔、上班族、罪犯、酒鬼、人渣败类把它折腾了一夜后,留下一堆垃圾在街头巷尾,等着环卫工人来打扫,尿骚味、呕吐物到处都是。

我在一家兰州拉面馆点了碗拉面。清晨,他是这里唯一的客人,拉面馆里面干干净净,小弟在揉面团,厨房传来剁肉声,墙壁上贴着一张西北风光的喷画,蓝天白云,绿水青山。羊群在草原上吃草,我在这里吃拉面。

一碗牛肉拉面,上面漂着几片牛肉,像新生的树叶……

给我两斤熟牛肉,一斤白酒。像武侠片里的情节,这几克牛肉末还不够塞我的虫牙。去死吧,再像个娘娘腔那样胡思乱想,太阳又要重新下山了。赶紧吃,吞下这碗拉面,将面汤倒进胃里。

吃完饭就得去找个住的地方。可以住在村里面最狗屎的旅馆,它的价格如果便宜到负数的话最好,反正我是从地府里来的,我比狗屎还狗屎，我比零还少。

就这样，狗屎运来了，我看到一家床位五元的旅馆。一间黑屋子里放了四五张床，上下铺，里面已经有七个人在打呼噜了，老板娘说他们都是些辛苦的农民工兄弟。她让我睡在最里面的那张破床的上铺。我给了她十块钱，她说不用找了，另外五块钱就当押金。接着叮嘱我不要弄太大动静，尽量小声点，别吵醒他们，说完她便消失了。

我用脚尖走路，尽最大努力将声音压到最小，但我的脚关节在叽嘎作响，看来……我严重缺钙啊。来到床边，我抓住上铺的扶手，双手用力，轻轻一跃跳了上去。

很快，我睡着了，和这破旅馆里的另外七个人一起坠入梦乡，加上隔壁屋的老板娘，一共九场梦。梦这种东西，很难描述，虚无缥缈的，软绵绵的，不牢固，抓不准。它不像现实中的东西，由分子原子夸克构成。梦中的一切不会尘归尘土归土，现实中的山由树木土壤构成，绘画上的山由颜料构成，梦里面的山由梦里面的山构成。现实中的人由食物、水还有排泄物构成，梦中的人还是由梦中的人构成。这当然是很显而易见的，但梦真的不可以用语言来描述吗？也许可以吧，但就像你所说的，梦并不牢固，软绵绵的，虚无缥缈。然而文字语言却是扎扎实实的东西，哪怕错别字和胡言乱语也是清晰的。不过不妨尝试一下，虽然意义不大。这时，我梦见了一只松鼠。旅馆里的八场梦：有人卷入一场春浪；有人在梦里通往深渊；有人掉进谷底；有人打牌赢钱，而且快到梦醒的那一刹那，还在琢磨着如何把钱带进现实；有人鬼压床；有人在一个蓝色的梦里慢慢变到一个紫色的梦里；有人骑马经过石家庄；有人的梦跟现实一模一样，白天他是个建筑工人，梦里他还在擂水泥。夜长梦多，还有隔壁屋老板娘的梦，一开始是一艘船或者一栋房子，在一片不是海洋也不是天空更不是太空的地方上飘着，夕阳的余晖从船头照到船尾，或者说从屋顶照到地基，一堆一堆的谷物放在一个房间里，一只老鼠趁机偷吃了她的油，油是装在传统的米缸里的，她打开一扇门想去追赶，一个不大不小，或者说忽大忽小的房间有几个红色的塑料袋在飘来飘去，老鼠即是塑料袋，塑料袋也是老鼠，梦中它们是同一种东西，或者变来变去，她已经忘记了来的目的，当然也忘了那只老鼠了，她打开了一扇又一扇的门，想离开这里，这时，一个熟人来找她，他在敲门，敲门的声音跟敲门的声音一样，没有隔着一层记忆，声音很实在，哐哐哐，她想去开门，无奈步伐沉重，每一步都让她想起一件往事，第一件让她想起她的丈夫，她一想起他就哭，于是河流改变了方向往水库流去，她拼命地往岸边游，水库里淹死的人越来越多，第二步带出一个画面，一条泥鳅从石缝里钻了出来，走第三步的时候，房间里的颜色产生了变化，现实中的一缕阳光照了进来，最后旁边建筑工程施工的声音将她吵醒。

工作

旅馆老板娘告诉我附近有个人才市场，叫我去看看能不能找到一份工作。

工作，具有动词、名词两种词性。作为动词用，有操作、行动、运作等意思；作为名词用，有工程、制作、业务、任务、职业、从事各种手艺等意思。工作的概念是劳动生产，主要是指劳动。一个人的工作是他在社会中所扮演的角色。那我要扮演什么呢？烦死了。

我也想找个好一点的工作，但我这种货色，在县城里勉强还算半个人才，在这里就成了笑话了。

南方人才市场旁边有一条臭水沟，其实它已经不那么臭了，但它曾经恶臭过一段时间，所以臭水沟三个字就永远流淌在河面上。它原名叫什么不重要了，反正一说臭水沟，大家都知道是在喊它，它也很平静地默认了，没有激起一丝涟漪。

顺着臭水沟往下走，这附近也在修建楼房，一路上沙子、泥土和碎石头像巧克力酱那样抹在地上。走着走着，我的帆布鞋不知不觉就和它们融为一体了。

我低着头看看鞋，再抬头看看天，阳光没有冲破云层，今天是个阴天。阴天也不错，跟我挺搭的，一个落魄的人就应该搭配一个阴天，这是定律来着，就像分手就一定要在雨天，干坏事就一定要在月黑风高的夜晚。

我回到那个像鸡窝一样的旅馆。隔壁铺的人坐在床上吃泡面，他美美地吃完，然后懒洋洋地将腿伸直，直接架到我的床铺上，问我有没有烟，我给他一根，自己也点一根。他吸了一大口烟，表情像嗨了一样来劲，他太会享受生活了，幸福对于他来说无处不在。他是个聪明人，眼睛发亮，一秒钟看透了我的心。

他说："你可以考虑去干几天钟点工，派传单什么的。然后攒点钱当本，当个走鬼，来钱快，比打工强，自由。可以考虑卖盗版书，现在的经济条件好了，人们开始注重文化，买盗版书的人越来越多。我知道在哪拿货,请我抽一包烟,我告诉你。钟点工我也知道去哪找,买瓶老珠江给我就好了,我都告诉你。"

走鬼

米奇老鼠和唐老鸭在街上派传单。派传单一天六十块钱,穿上特殊服装派的话钱会多一些。有些商家想吸引人,愿意多花些钱,雇一些人打扮成唐老鸭、米奇老鼠来吸引路人。

和我一队的是个湛江佬,他一直在唠唠叨叨,说他其实不太愿意穿特殊服装派传单,宁可少赚些钱,便衣出动,像个人那样站在街上派传单就好了,那样安全一点,穿上这种衣服,很容易被人作弄。

"你永远不知道什么时候会挨别人一拳。有一次,来了一个中学生,拿了传单之后,突然就朝我肚子和下面各打了一拳;还有一次,一个女的,突然紧紧地抱着我,想跟我合照,我知道她不是存心想勒死我,但她那样锁住我脖子会让我呼吸不了,我使劲地摇头甩开,她就给了我一巴掌。"

"那你为什么不去做点别的?你之前做什么的?"

我随口问问而已,他就开始了他的一生简介:一开始在家里那个技校,学那个服装设计还有那个电脑,后来被分配到了工厂,每天加班到十一二点,工资又少得可怜,这都不是事,要命的是还爱上了一个工友的老婆(工厂里那么多个女的他不喜欢,就喜欢别人的老婆)。然后东窗事发……

"这种情况好像不能用'东窗事发'这个成语,你们在密谋些什么？准备私奔了吗？"

"没有，就是被发现了。"他说。

"那叫捉奸在床。"我说。

"捉奸在床！这也太恶心了吧！没有别的成语吗？"

"不知道，不要用成语了，就说被发现了。后来呢？"

"好，后来被发现了，我被打了，打得很惨，门牙打断了一颗，脸也打肿了。这都没什么，要命的是她为了自保，在她老公面前竟然撒谎说是我强迫她的。那我岂不是就成了强奸犯。我疯了！"他快哭了。

"后来呢？"

"还有什么后来！后来我跑了嘛！在街上捡垃圾，再后来就开始派传单了嘛！"他突然恶狠狠地盯着我。

"嗯……走吧！时间不早了，我们开始去派传单吧。"我说。

"好，等我把这个鸭头套上。"

那天很热，中午的时候商家搞活动，我们在烈日底下又蹦又跳的，直到我的这位战友唐老鸭中暑倒下。

几天后我就背着一个大背包，里面装着满满的一箱畅销书，有《水煮三国》《血酬定律》《潜规则》《细节》等等。这些盗版书很多都是直印版，没有错别字，看起来跟正版是一样的。

我站在书城门口走鬼（注意：走鬼可以作名词也可作动词）。那里人最多，而且都是来买书的，消费者很集中。但书城的保安有时候比城管还狠，听说之前有个走鬼被拖到停车场去打了一顿。有时候他们会将你的东西踢翻，让你的货物像被仙女散花那样，你一件一件去捡的时候，还得小心他们的脚。当然，这种事情不会天天发生的，不是每个保安都那么狠，也有个别好的。比如那个歪脸，他就是个好人，会提醒你，快点走，一会领导检查，城管马上到！不过，你也得打起十二分精神，眼观三维，耳听全方位，像动物那样保持敏锐。

作为一个新走鬼得盯紧老走鬼，一有什么风吹草动，就跟着撤。有一个叫赵云的老走鬼，他眼睛一直盯着一个方向，当他感觉到了什么，通常会先往地上吐口痰，下一个动作就是关起他的行李箱，然后推着他的自行车慢悠悠地走了。他满满的一行李箱盗版书就绑在他的自行车后座上。他轻易地将自己混入人群中，消失得无影无踪，风中有朵雨做的云，他悄悄地混进乌云中。这时城管的车杀过来了。我跟着赵云躲过了好几劫。

赵云传授了很多经验给我：如何快速将货物收起来，一般不要超过三秒，三秒之后，世界就不真实了。他给了我一个黑色的大背包，让我将装书的纸皮箱放在里面，城管一来，我快速将手上的书扔进箱子里，然后拉起拉链，背起背包，混入人群中。

如果混不进人群中，这时就得赶紧往后撤，有两三个方案：一个是维多利亚广场的肯德基，你直接走进去，没人拦你，随便找个地方坐下来。运气好的时候，你还能碰到一块完整的炸鸡翅，这时你不要犹豫，拿起来就吃，放心，那些都是干净的，如果是半个汉堡什么的就算了，留给流浪汉；另一个就是，最危险的地方就是最安全的，直接走进书城，往左手边的厕所走去，有尿没尿都进去，或者在某个书架前停下来，随便拿一本书看，要很坚定，假装你可能会买这本书；第三，如果已经被盯上了，实在走投无路的时候，躲进草丛，或跑进书城后面的过道里，或者往停车场里窜。不过,我承认,后面这两个都有赌的成分。最好还是去肯德基,如果哪天你生意好,去点一份炸鸡吃也 OK,不过,还是算了,进去找个空位坐下来就行了,没必要浪费那个钱,我知道哪里有便宜的炸鸡吃,跟肯德基炸出来的一模一样,甚至比它还好吃。

走鬼(二)

上班族下班的时候,我就出去走鬼,那时街上的人最多。生意好的时候就早点收摊,生意不好就多等等,这跟钓鱼有点像。

我一般在两个地方走鬼:节假日的时候肯定去最危险的书城,平时就会待在暨大西门的建设银行门口。

跟我一起钓鱼的人来自五湖四海。经常站在我旁边卖盗版 CD 的是惠来的阿兄,他一直红着脸,脖子也是红的,感觉他一直在喝酒,他解释说他只是喝一点点,易醉。但他老婆说他再这样喝下去,小心得肝癌死掉,一直说他不听,每天晚上一瓶白酒,每次都说只喝一点点,只喝一点点,一点点、一点点,然后就是一瓶!

阿兄看起来很像个傻子,行为也像个傻子,虽然有时候他会说一些莫名其妙的话,但是,千万不要被他骗了,他真的是个傻子。他经常挨过来和我聊天,翻翻书,说读书很重要,一个人如果不读书命运会很悲惨,一个国家如果不读书就会落后,落后就会挨打。他还推荐我一本好书,叫我去拿货来卖,长销不衰,叫《人性的弱点》。但他又补充道,可惜他自己不认识字,没上过学,他是听华威达酒店的保安说的。有时候他会去跟他们一起"斗地主",那个保安说全世界的成功人士都在看这本书,还给他读了几段,很好!这本书真的很好,你一定要去看。(现在,我已经三十四岁了,我还是没看他推荐的那本书,我错过了什么呢?)

阿兄的老婆有时候会到天桥上或马路对面摆摊。只要他老婆不在,阿兄就会经常起生理反应,见了女的就调戏。那位批发盗版碟的花姐一出现,阿兄就会过去抱着她。不可否认,花姐长得可以,风韵犹存。但人家是来给你们这帮卖碟的补货的,不是来让你们想入非非的,拜托。阿兄带了个头之后,其他人也会跟着调戏她,不过手段没那么低级。阿兄的亲弟弟也跟他一起走鬼,他其实长得还挺帅的,有点像梁家辉,谈不上 A 货,低配版的梁家辉吧,不过还是可以,眉清目秀。但通常这个时候,他也会跟着一起说一些下流话。虽然他从不毛手毛脚,但他笑得很贱。

骗子

走鬼的时候经常会有小偷和骗子出现,小偷只偷顾客的东西,骗子专骗走鬼的钱。骗子一般是集体出动,专骗那些新走鬼。通常一个先过来问你多少钱,你刚回答完,另外一个骗子也过来问价钱,当第一个骗子跟你砍价的时候,第三个骗子也上来拿起你的书问多少钱,在你忙不过来的时候,第一个骗子拿起一张假钞给你,说买一本书,你正要认真检查一下钱的时候,第二个人也想跟你买五本书,第三个人也想买,这时你的内心是喜悦的,今天生意怎么这么好,你开心到忘形,连钱都没细看就装进口袋,然后将自己身上辛辛苦苦挣来的真金白银找给人家,而且是以最快的速度,因为骗子在催你找钱,而且你自己也希望快点找给他,好做下一单生意，下一单是五本书啊，我的天啊！但是，当你找了钱给他之后，三个骗子就同时溜走了，当然第一个骗子除了拿了你九十块钱真钞，还有一本盗版书。

这时，被留下的莫名其妙的你：这怎么回事？当你意识到怎么回事的时候，你猛地拿出口袋里那张假钞看个仔细，真的是一张 A 货。你就这样被骗了。这个"你"就是我，我第二天摆摊就被骗了。我真是一头驴啊！

小偷

"哎！我的钱包不见了！"

你弯下腰看着鬼摊里的一个玩具、一本书或者一张碟入神时，你的钱包可能就已经不见了。高明小偷就像空气一样，在嘈杂的人群中是神不知鬼不觉的存在。但，一旦失手，就完蛋了，一下坠入地狱。走鬼里面有很多好事的人，专打小偷，有些还往死里打。

有一次，一个小偷在偷一个女人的包时，正好被人发现了，人群中有人大叫一声："小偷！"

走鬼中一个矮子先冲出来，他是个江西人，卖游戏碟的。小偷见势不妙，拿着包横穿马路。那条马路可不是一般的马路，有四个车道，中间还有一道栏杆，公车、私家车、货车都从这条公路穿过去，非常危险。

小偷横穿马路是走投无路。矮子冲过去是头脑发热。就像你平时在电影里看到的场面一样，艺术源自生活嘛。不过，也不否认，有另外一种情况，就是小偷和矮子都受电影的影响，所以横穿了马路。那么,这就是生活模仿艺术。

"别跑!"

"哎呀!好险啊!"

"哇……差点被车撞死。"

"妈咪,你快看。"

"要死啰!别看。"

大家都在看着他们。喇叭声、刹车声、司机的骂声,还有矮子的叫声,人群里议论的声音。这出戏才刚刚开始。

另外两个走鬼——卖打口的黄毛和"梁家辉"从天桥上跑过去支援矮子。小偷躲过几辆车好不容易跑到对面马路去了,结果被赶到的"梁家辉"踹了一脚,当场扑街,摔个狗吃屎。

这时矮子也冒着被车撞死的风险冲到了马路对面,他几乎把他一生受到的委屈都发泄在这个小偷身上,使劲踹他。叫人出乎意料的是黄毛,原以为他和"梁家辉"一样,是过去当援兵,合伙一起打小偷的,没想到他是来劝架的,他拉开了矮子。"梁家辉"一把将小偷的包夺过来,他像个英雄那样跑回来,将包还给了那个女人,这个女人是现实中的人,她除了说声感谢并没有给他一个吻。

最后矮子和黄毛将小偷押回来,我看到小偷一直在求饶,最后他们在下天桥的时候,把小偷给放了。就在小偷跑下天桥的时候,胖哥出现了,他看起来很凶,像黑社会老大,作为走鬼,他的形象很可以,他是专卖咸碟的,他的样子太吓人,感觉随时会杀人。从天桥下来有两条道,一条是走人的,一条是给自行车、摩托车走的斜坡道。小偷就是从斜坡道跑下来,胖哥就站在斜坡道的中间,小偷从他身边跑过时,他故意伸出脚绊倒了小偷,小偷从斜坡道上滚了下来,就这样摔掉了两颗门牙,满脸是血,最后一瘸一拐地离开了这条街。

小赵的青春歌舞团

走鬼和走鬼,面对城管的追捕时,大家都亲如同志。但在平常,那感情就很微妙了。大家都想争一个好的位置,这是一个弱肉强食的舞台,街道就是丛林,人的求生欲、对金钱的渴望暴露了动物性的一面,按照达尔文的说法,"优胜劣汰,适者生存"……但谁理他啊,慢慢地,每个人都在这条街上找到了属于自己的位置。

我也有我自己的位置,我的位置还不错,因为我与世无争,一副不像做生意的样子,事实上我也不打算做,一旦卖得差不多了,我就早早收摊走人了,如果卖得很好,通常第二天我就不会出现了,基本上我就靠它维持我的生存。我要是想把走鬼当成事业,那我就是个傻瓜;我要是想靠它发财致富,那我就是个大傻瓜。看着整条街的傻瓜和大傻瓜们,我在想:我会不会是另一种傻瓜。

小赵,另一个与世无争的走鬼。他不卖东西,非要说,那就是卖想象力吧。他给人设计签名,十块钱设计五个签名,有时候七八块钱也收,看情况,手头紧的时候五块钱也干。

但我从来没有叫他帮我设计过签名,我觉得他的设计很浮夸,俗气。那些来找他设计签名的路人看起都挺正常的,名字也很正常,大都很朴素,像"丽娟""狄俊"什么的,经他一设计每个名字都变得很造作。他解释说混口饭吃而已,但有时候又说签名很重要,特别在现在的社会，它是一种可以提升自己的东西，一个好的签名甚至可以改变人生。你看过哪个名人的签名跟狗啃似的，不可能，对吗？所以，我说小许啊，我来帮你设计一个签名吧，你的签名太不讲究了，字也写得难看。

到现在都没有介绍我自己，小赵刚才说的小许就是我，我叫许昌龙。

你看看，你的这条龙和李小龙的还有成龙的龙都是龙，但是，我怎么看都觉得是一条泥鳅。你下笔一定要有力，最后这一点要有回勾，这一撇也要做点文章，毕竟是一条龙嘛！俗话说画龙要点睛，画蛇不能添足，但是有时候破坏一下也挺好，画蛇也给它添个足，有时候效果不错的。等等，写得有点凌乱了，糟糕，墨水喷出来了。

他就这样强买强卖地免费给我搞起了设计签名。但，我有我的风格，而他是不会懂的，我也懒得多说。

他以前是干建筑装修的，在深圳有一家公司，后来因为偷工减料被检修人员发现，所以赔钱、坐牢。（偷工减料为什么会坐牢呢？搞不清楚。听另外一个走鬼说，他的施工队死了人，搞得不明不白，所以……）从牢里出来后世界变了，生意不可能再做了，也离了婚，他想过自杀。本来就不想活，他说。我问他为什么。他没有回答，眉头紧锁地看着车流。

后来他到处走了一段时间，瞎混呗。跟了一个歌舞团，就这样走了几年。一开始打杂，之后团里乐队的鼓手走了，他就去打鼓；歌手走了，他就去唱歌，弹弹吉他。随便，他说他那三脚猫功夫可以忽悠忽悠人，反正观众也没什么要求，他们主要是来看美女的。

我想起了在宝石城，红城电影院旁边的艳舞表演，"劲歌辣舞，极致诱惑,嗨翻全场"。售票处两侧摆的都是火辣辣的宣传海报,上面都是些穿得很少的女性形象。

小赵说我想多了,他们的歌舞团还是有点正规的,里面有一些很健康的文艺节目,像小品、耍杂技和变魔术等。当然,也有女孩子上去跳艳舞,这是重头戏,但我们是有底线的,底线就是不露关键部位,但也极其诱惑。

"后来,有一次,哎!这事我都不愿意提,当时有一帮地痞流氓,专门来搞事的。这些流氓,我见多了,差不多就得了,不用玩得那么尽的。但这些混账直接冲上舞台对着那几个穿泳衣的女孩动手动脚,又摸又抱又亲。当时观众乱作一团,其中一个女孩是乐队萨克斯手的女朋友,她被一个流氓按在地上。愤怒之下,萨克斯手拿起地上的石头,砸破了那流氓的头。后来,流氓拔刀子了。我本来是上去劝的,也被捅了一刀,而且是差点致命的一刀。我昏迷了好几天,醒来后,歌舞团的人已经走了,医生告诉我,我已死过一回,往后要小心了。"

马戏团和流浪歌手来到捷胜城

我在捷胜生活了十年。在我十岁那年,父亲生意失败,欠了一屁股债。他经营过的餐馆、发廊、卡拉OK厅都以失败告终,再加上赌博输钱,除了欠银行和朋友的钱,还借了高利贷。就这样,天时地利人和,我们全家连夜跑路,离开了捷胜,去了海城。

捷胜这个海边古城,原名捷浪埔,明朝初期作为军事要塞纳入了国家海防体系,建立捷胜所城,取原地名"捷浪埔"之"捷"

字,加取"胜"字,寓击敌必胜之义。民国时,她坚固的城墙被彭湃带领的工农革命军破城后拆除,只留下小小的一块,几米长的一个破墙角。

所以当时,我们一家半夜从北门撤离时,捷胜城已经没有所谓的"北门"了。没有城楼,没有城门,没有城墙。只有北门边上一家福建人开的饺子馆还亮着灯。我们就这样逃离一座记忆中的古城。

在捷胜的那十年,给我留下许多愉快的童年记忆:卡拉 OK 厅里的歌声,发廊里的洗发水香味,在餐馆里看我爸做烤鸭、杀蛇、剖鲎,还有当地人求神拜佛的各种祭祀仪式,各种街头卖艺表演,有线电视机里的香港电影、日本卡通片……虽然我们连夜出逃时有各种"美中不足",按照传奇故事或港台连续剧里的经典剧情,逃亡一座城池,需要一辆马车。现实是一辆小货车,很现实主义,毫无惊悚悬疑,事情早就策划好。当晚司机一脸不耐烦,我妹妹都困了,想睡觉;小货车本该磕磕碰碰地行驶在古城的石板路上,这个情节也是多余,只有部分小街道保留了石板路,通往北门的大街早已铺上了水泥路;一路上很顺畅,也没有垃圾和野狗挡道,债主们都在睡觉;贿赂守卫城门的卫兵这事也省了,如果卫兵们还在,那么他们当中最年轻的也可以当我爷爷的爸爸了,而我爷爷已经仙逝了好几年。只有月亮是同一个月亮,这个永恒不变。

流浪歌手

那些在各个乡镇流窜的民间杂耍、街头表演,当时在捷胜还是很常见的，人们司空见惯，见怪不怪。像街头唱曲、舞狮、打拳头、空手拔牙、卖膏药、耍猴、喷火吞剑、胸口碎大石、小姑娘扭曲身体从一个小圆筒穿过、乞丐财神和畸形人沿街乞讨……

不过，比较少见的，是流浪歌手和马戏团的到来。不得不说，在当时，一个带着吉他、留着长发、穿着大头皮鞋、打扮奇怪的人到捷胜来弹琴唱歌，还是一件很神奇的事。从地图上看，捷胜这片土地的形状如同海豚的尾巴，是三面靠海的半岛。出城往南走，几公里就到了海边，想再往前走，就得搞一艘船下南洋了。很少有外地人会没事跑来捷胜，当然，拿把吉他在捷胜的街头上唱一晚上的歌，这肯定不能称之为"事"啰。她不是一个流浪歌手路过的地方，你只能是特意过来，来看看捷胜的海、破旧的码头、荒废掉的鲍鱼厂。

这个"闯入者"对我颇有些教育意义。当时我不知道流浪的概念，更不可能知道流浪的意义，还有一个人为什么要流浪，或者说他凭什么可以流浪。只觉得他就是个流浪歌手的形象，如果要抓一个流浪歌手来做标本，那就是他了。

不像马戏团的到来，做足了宣传，流浪歌手就这样莫名其妙地出现了。他和马戏团的老虎、狮子、黑熊一样，也是我第一次见到的，真是新奇。打从在北门见到他，我就一路跟着他。那个季节是夏天，傍晚时分，我跟我堂兄阿龙吃完晚饭出去逛，到处走走，捡一些空烟盒来折成三角形。这些"三角形"都是我们以后"赌博"用的资本，如果捡到特殊的烟盒，那就值钱了，虽然它不能变成真实的钱，但它还是比普通烟盒值钱，这就是我们当时的观念，有点类似于原始人拿贝壳当钱使的感觉。当我们在满地找"钱"的时候,就这样,撞见了歌手。他从北门外走过来,一路上吸引了好几个小孩子,最后在公厕旁边的一栋空房子门口坐了下来。斜对面是一家水果摊,那家水果摊的老板娘是我妈的好朋友,我叫她芳姨。芳姨有三个孩子,都是男丁,其中大儿子有智力障碍。显然,歌手的吉他引起了大儿子的关注,他跟我们一样都有好奇心,只是他更放得开,马上就想去拨弄歌手的吉他。而歌手像赶苍蝇似的赶他那只像八爪鱼一样的手。傻儿子的手肌肉神经天生有问题,让它看起来像只柔软的八爪鱼。

起初歌手什么都没做,只是坐在那抽烟,便引来一群人围观。后来他跟水果摊要了个纸皮箱,借了一个灯泡。芳姨的水果摊就开在自家门口,她叫丈夫从家里引一个灯泡给歌手照明,还给他点了个蚊香。空房子门口的小台阶变成流浪歌手的舞台,那灯泡就吊在他头顶,纸皮箱放在脚下,他坐在台阶上开始弹唱。那天具体唱了些什么歌,我现在没什么印象了。但可以想象,在二十世纪八十年代末九十年代初,一个流浪歌手来到广东沿海的一个偏僻小镇上,他会唱些什么歌?不来首《大约在冬季》,也要大家一起唱童安格的《明天你是否依然爱我》,或者毛宁的《涛声依旧》。我只记得黑压压的一群人,一圈圈地包围着歌手,很多人向他点歌,也有人往纸皮箱里扔钱。

我站在歌手旁边,看他表演,一直到"演唱会"结束。感觉他唱了很长时间,小孩子对时间的感觉跟大人不一样,不同步,时间跟空间对于小时候的我来说,都被放大了好几倍。从北门到南门是一段遥远的距离,一首歌也特别漫长,一个夏天简直是一年,一年就更漫长了,应该有半个世纪了,骗你是小狗。最后他卖唱一共得了八块钱。接着发生的事，很现实，马上结束了刚才大家一起开心的浪漫时光，让我看到了现实生活的另一面：芳姨的丈夫跟他要了五块钱电费。当时，我很替他抱不平，凭什么！一度电才多少钱！我心里这样想，可是没敢说出口。看得出歌手犹豫了，当时他好像讨价还价了一番，可是最后，现实主义战胜了浪漫主义，说多了都是废话，歌手还是给了他五块钱。

收摊之后，我和堂兄阿龙还一直跟在歌手的屁股后面，想看他究竟想去哪。他在标兄的私人诊所停了下来，跟标兄要了一杯水喝，然后接着往南门走。感觉他好像要去海边，我们没继续跟了，去海边的话就更遥远了，那是世界的边缘。我站在诊所门口跟标兄说水果摊真是黑心肝，借了一下灯泡就向他要了五块钱，他今晚只挣了三块。标兄是个年轻的医生，长得帅气，在我眼里他是个好人的形象。他只是在笑，好像没说什么。我回去又把这事告诉了我妈，我还告诉了多少人，他们都怎么回应我的，我记不得了。

有趣的是，我的堂兄阿龙，他长大后也成了一名歌手，在街头卖唱。不过，他不能被称为流浪歌手，他的形象不像，反倒像个发廊仔。他曾在广州黄埔大道的隧道里卖唱过一段时间。当时我住在石牌，时不时会去看他，偶尔跟他一起唱几首。观众是那些下班后匆忙穿过隧道的无产阶级劳动人民。隧道两边都有公交站，无产阶级们下了公车，穿过隧道，一波人当中偶尔会有两三个停下脚步，他们其中的一个可能会给你扔钱。有一次有个路人扔了一百块钱，这不是无产阶级劳动人民干的事，一般来说，丢个硬币会比较正常。可是，当时我们高兴坏了咧，百年难得一见，立马闭嘴收摊去吃大排档，几瓶啤酒下肚之后，买单时才发现是张假钞。后来,阿龙在青春期结束后,去深圳待了一段时间,最后流窜到虎门,终于稳定了下来,结婚生崽,成为一名发型师,在虎门经营着一家很小的发廊。他在电话里告诉我发廊的名字,叫"阿龙造型设计工作室"。店里只有他一个人,他既是老板也是发型师,同时也是勤快的"洗头妹"和"扫地阿姨"。他还留着那把吉他,偶尔会弹琴唱歌给客人听,展示一下自己的音乐才华;业余时间还会去当婚庆主持人,在婚礼上主持节目、唱歌助兴,挣点小钱。后来我也成为一名音乐人,我和阿茂组成的五条人乐队,经常在各地演出,在我父母眼里,我们这种方式,也颇有点流浪艺人的感觉。

马戏团

我对马戏团的记忆要更模糊一些,或许它比流浪歌手的历史要更久远?不过,也不一定。现在回忆起来,小学以前的事,在时间顺序上,有点乱了,有一些事分不清楚谁先谁后,也没有什么"时间参照物",比如说,如果我读了幼儿园,那么我还可以说:"哦,对!那是我读幼儿园初班的时候,我跟一个流浪歌手去了一趟海边。当时我们还一起去看马戏表演咧。"我就像一只被放养的走地鸡,一直悠哉悠哉地玩到读小学,人生才开始有了编年史,上学的闹钟才响个不停,才正式开始了人生的每一分每一秒,一直滴滴哒哒到现在。马戏团可以早点来也可以晚点来,对现在的我来说,没什么关系了,就当是在我五岁那年吧。

有一次,我们乐队接受杂志采访,我提起小时候见过的一次盛大的民间活动"扮景"。当时各乡各村的人都出动了,大家穿着各式戏服,举着龙虎狮、鱼蟹虾等模型游街,大锣大鼓、舞龙舞狮地从南门到北门穿过捷胜城,一路吹拉弹唱,场面相当波澜壮阔。记者问我当时几岁?"大概五六岁吧。"我说。后来她去查了,发现时间是一九八九年正月二十,那时我三岁都不到。我一直以为三岁以前的事,早就忘得一干二净了,但我对"扮景"前后发生的事,还记得挺清楚的,真是奇怪。"扮景"的重头戏之一——一只大狮子,就是我们许家的人做的。它不是传统的"舞狮"和"虎狮",而是一只真实形象的狮子。我几乎记得整个制作过程,先用泡沫板做出狮子的外形,涂上一种蜂蜜颜色的胶水,等胶水凝固后,将狮子分为头尾两截,再将里面的泡沫板掏空。狮子皮是我妈用布缝制的,当时她是一名裁缝,她还会自己设计衣服呢。我记得,狮子皮贴上去那天,出了点小问题,导致狮子左肋骨那边形成了一条褶皱,这事当时就让我很不舒服。

对马戏团的记忆要比"扮景"更模糊,难道是在我一两岁的时候?我问过我爸,他也搞不清楚。我打电话问我妈,她说:"马戏团有来过吗?我现在什么都不记得了。可以问问你外公,他正好今天到家里来。"过后,她给我回电说,外公说马戏团五六十年前来过,他说那时候捷胜非常繁华,很热闹。她还说外公一下子兴奋了,开始聊个不停,一直在聊他小时候的捷胜城。是我记错了吗?不可能,小时候马戏团肯定来过,虽然事情的经过已经很模糊了,但有个场面我印象深刻。

不管了,还是说说我印象中的马戏团吧。现在想想都觉得很梦幻,第一次看到真正的狮子、老虎、马、黑熊。马戏团的大棚就搭在南门外新建乡的市集上,动物关在笼子里。他们带狮子、老虎去游街了吗?可能有,可能没有,这个已经不重要了。但,马戏团的宣传车肯定穿过小镇的大街小巷;车头挂着的高音喇叭肯定也一直都在响。

每逢农历三六九赶集时,市集里人很多,马戏团来了就更热闹了。父亲带我去看马戏,在大棚外面的一处空地上,我见到狮子、老虎、黑熊被关在笼子里。随后的马戏表演我只记得一个场面,就是开场的时候,一个女骑士骑着一匹马冲了出来,跑了一圈,便出了意外,不知道为什么,马冲向观众。当时我好像坐在第二排,它向我这边冲过来。女骑士拼了命拉住缰绳,但它还是撞上了头排的观众。我记得那是一匹红棕色的马,鬃毛是黑色的。观众躲开了没有?有人受伤吗?马戏有继续下去吗?这些记忆不知道被我遗忘在大脑里的哪个角落,我再也记不起来了。

(原载《青春》2021 年第 11 期)

玫瑰在额头上

白琳

1

师大南门有一栋金辉小苑，周太太每隔一天就从门洞里走出来，左拐，走过一道一人半高的红砖围墙、一条恰好能容纳一辆中型城市越野车通过的弄巷去上班，中午在附近的大学村买了熟食蔬菜，再原路折返回来。

爬山虎已经挂在了墙壁上，周太太躲太阳沿着墙根走，它们就伸着触手抚摸她的肩颈。脖子臂膀这些年也跟着老了，逐渐干枯萎缩，肌肉筋膜都皱在一起，像是放久了的木版画，没了水分。她自己撑不开缩成一团的这些东西，动不动就得上理疗院去按一按，不然酸痛。植物的触手轻拂，力道不够，它们长得新鲜，虽然年年都要枯萎一遍，却每每唤起她从前的记忆。那时候"金辉小苑"还不叫这个名字，叫"博士楼"，上世纪九十年代初期，师大专门为学校的博士盖了这栋楼来安置家属。当时周先生刚在德国拿到学位，他们一家毫无悬念地被分配到了一间七十三平方米的单元。当年楼是新盖的，总共三栋，一条短短的线段，遥立在师大后背。那会儿和学校还有一段距离，从"博士楼"到周先生任教的工程系，走路要走二十五分钟，中间经过一片草地、一片果园、一片树林还有一个池塘。达利小时候，周太太经常带他到池塘边玩。达利就喜欢盯着水面看，他视力极好，经常看得到周太太看不见的细微之处。四五岁的达利不但爱看，也爱提问，周太太觉得他智力是高于一般人的。那时候池塘里还养着斑点叉尾鮰，又称沟鲶，吃底栖生物、水生昆虫、浮游动物、轮虫、有机碎屑和大型藻类。

后来随着时间的推移，师大南扩，逐渐逐渐，草地和果园没了，池塘也被填平，小树林如今是硬化好的网球场。再之后工程刚要走到"博士楼"，校领导被查出贪污工程款和助学金，之后扩建就停了，倾倒的石灰，挖出的深沟都在楼前摆着，傍晚之后就没人在外面散步了，生怕一不小心失足跌落。这样的情况持续了好几年，不太好熬的几年。刮风会扬尘，下雨一片泥泞，晴天走一趟也灰突突云烟四起。好容易有家建筑公司接手了后续的工作，却和博士楼无关。那时候师大又买了后面城中村的大片农田，从南往北盖，停在了三栋旧楼的脊梁后，建了"紫藤花园"，西边是几排联栋别墅，给学校里的院士专家领导住，东边D区是楼中楼，六十五平方米、八十八平方米两种户型。再往南就是整排的高层公寓，教职工们大多数都选了公寓楼。

紫藤花园二〇一〇年完工，时价每平方米六千块，学校统一购买有优惠，只要四千五。只是曾经分到过房子的职工必须腾出从前的旧公寓，补上差价才可以购买新房。那时候达利刚上高一，周太太正忙着给他攒出国留学的钱,是以房子的事想想就过了。钱的事都由妻子说了算,周先生对这些从来不上心。

盖好新楼,旧楼就出了问题,先是管道不通,再是暖气坏掉,但也没人管。南边盖房子叮叮咣咣响了两年,尤其是夏天,白天太热,工人们不干活,活都在晚上干,夜里吵得人无法入睡。周先生的失眠症就是那时候患上的,到现在都没有好。这些年周太太也逐渐睡不着,她睡不着不是因为吵。不知道是不是到了更年期,总是心烦意乱,每晚在床上躺平,记忆不由自主卷土而来,都不是什么值得记住的愉快的经验。她在床上辗转反侧,周先生就更睡不着,后来两个人自然而然分房而睡。达利走了许多年了,房间的布置还是他高中时候的模样,书架子上还有一个蝴蝶标本镜框。周太太在一米二的小床上躺好,抬着眼能看到架在窗户边上的格兰仕空调。达利在的时候,夏天空调要开到二十二摄氏度,然后盖着棉被睡觉。那时候夏天,总觉得比现在要热,为了省电费,空调只开达利房间的,他们夫妇开着房门睡觉。现在达利也走了,夏天却不怎么热了,这几年也开空调,开一会儿就觉得骨缝里冷飕飕的,胳膊冷膝盖凉。再加上这一片住宅区不似从前热闹,楼下早不见结伴玩耍的小孩,也不闻站在路边寒暄聊天的人声,热度自然不高。这栋楼的旧人都走了,如今虽然仍住满了人,却都像一个又一个的窟窿。从前,和他们一起来的留洋博士,一个个都去了外地,爬山虎紫藤花一般攀着墙壁逃逸了高升了,本来还留一些本土博士和他们在一起,后来那些博士也大多搬去了新房。

周家住在二号楼五○二。楼是六层旧公寓,没有电梯,顶上热得很,十年前集体铺了石棉瓦,也还是酷热难熬,新教工区一盖好，六〇二住着的化学系陈博士一家就毫不犹豫地换掉了房子，搬去紫藤花园。六〇一住的是中文系徐教授的儿子一家，做着建材生意，在城里商务区安了家，这房子空置着，也不外租，说就当是父亲的藏书室。周家对面原本住着朱博士一家，两年前也搬走了。紫藤花园起建时，就不见朱家人特别上心，他们迟迟没有动静也让周太太略感安心，她觉得生活中还是少些动荡为好。后来紫藤花园盖好了，整栋楼都在闹哄哄地搬家，就剩下了他们两户。在楼道里碰到朱家人，她还问过他们会不会换紫藤花园的房子，得到的都是否定答案。

朱家只有一个女儿，比达利大三四岁，学习成绩不好，勉勉强强考上了省里的二本大学，在底下的地级市里念了四年，后来搞了好多手脚才回了师大读研究生。女孩子喜欢涂脂抹粉，脸上总是刷得很白，白成一张水分不够掉皮的墙面，每一丝微笑都有成为裂缝的可能。和一张真正的墙面一样，这张脸很平，五官都不立体，扁扁地趴在平面上。女孩子学设计的，有一天就开始设计自己的脸，制了3D立体图，去医院调整几次，鼻子高了眼睛深邃了整个人都脱离了二次元。周太太回家常常和周先生说两句那个女孩，周先生说没什么奇怪，全是像她爸，年轻的时候就喜欢捯饬自己。朱博士不仅年轻时喜欢打扮，年纪大了也不遑多让，出门上课总是西装笔挺。不知怎么，周太太觉得自己见了他多少有点不自在。这种不自在的记忆有一个很细节化，那天她上楼上到一半，看到朱博士手上拎了大大小小的垃圾袋往下走，他新染了头，发底发红，发梢栗色，大概是自己在家染的，上面爆了顶。他在楼梯拐弯的小平台上站住，侧身让她通行，两个人寒暄两句。

她问最近有消息说学校又打算再往南盖两栋教工楼,他们家有没有打算买新房。朱博士穿着一件白底棕条纹的衬衫,仰头看她的脸。不买,他犹犹豫豫地回答。

不买这话多少还是让她安了些心,在买房子这件事上,朱家一直是周家的同盟。那次卖的是商品房,地不是学校的,但是和开发商有协议,教工集体购买有优惠,旧房子也不用退。只是价格比八年前贵了一倍,她心里纠结得很。

尽管那之后想了又想,第二次集资的房子他们还是没买,后来她有些追悔,也是有一点怨恨朱博士的。原本她想要给达利买一套婚房,但想到达利以后也未必在晋城生活,本就犹豫这一大笔钱是否花得值,听到朱博士肯定的那一句不买之后,似乎就更不值了。晋城这两年的空气质量一直很不好,不知何时雾霾占领了整个城市,外面总是灰蒙蒙一片,看着叫人心情不舒畅。一到冬天,就越发觉得达利留在国外不要回来的好。以后有了小孩,她可以过去给他们带。在学校,好多人都是这样生活的。国外有大片绿地和新鲜空气,干什么都开阔宁静,钱还是攒着给达利在外面买房子用。有时晚上睡不着,她就会想这些未来的事,也有时她会想起那时候,他们刚搬来的时候,窗对面还有一片树林,树林里还有松鼠在乱跑。

达利的生物课就是从一只小松鼠开始的。那天他们一起伏在阳台上看外面,视野透亮清晰。人生没有几个高光时刻,那一刻就是为数不多的一刻。她可以感觉得到由内而外的放松与平和。蓝天白云,微风轻拂。学校里刚放暑假,学生们几乎都走光了,教职工也走了不少,只留下一片宁静。周先生去杭州开会,请他去的老同学已经荣升一所三流大学的工程系副主任。那么不知名的学校。她想。心里松弛了一点。她在那个早晨醒来，抱着达利走到了阳台，将他放在一把木头椅子上，他们就那样看着外面。微风拂过树林，树叶沙沙响着，她可以看到几只松鼠在跳跃，深灰色或是灰褐色的。那是什么？达利问她。松鼠。她说。松鼠是什么？他又问。她答不上来。达利手中的巧克力要化掉了，她没有像以往一样忙着擦他的手，而是去翻了《新华字典》。松鼠：又称"灰鼠"。哺乳纲，松鼠科。体形细长。耳端有黑色簇毛，尾毛长而蓬松……一只小动物。回来时她说。喜欢吃树上的果子。她说。达利没有再问下去。他粘着巧克力的手扒着栏杆，又在看一只鸟。

高光时刻就那么一瞬没了。总是这样。天空中忽然飘来了一片灰色的云，她又想起了那个已经是副主任的同学，不但是副主任，也是副教授了。就算是一间不入流的大学，也是副教授了。雨掖在云的被褥之下，到下午才下起来，如同绞索从高空垂下，上面还耷拉着风的尸体。她的情绪跟着那些被捶打的树叶一起低落，一点点的高光总会对应无穷尽的昏暗。达利那时候在做什么，她竟然不记得了。

之后一天她去了一趟书店，买了套儿童百科全书，花了两百多块钱，几乎是她半个月的工资，但是她觉得值。她和达利一起学习，达利负责看图，她负责给他念旁边的文字。文字写得比《新华字典》丰富，到现在她还能记得松鼠的特征：四肢强健，趾有锐爪，爪端呈钩状，雌性个体比雄性个体稍重一些。花鼠属与松鼠属其脸颊内侧有颊囊的构造，能储存很多食物。尾毛密长而且蓬松，四肢及前后足均较长，但前肢比后肢短。耳壳发束……只是显然达利不记得了。

念初中那年，小树林要被整个推平，她十分惋惜，达利回家时，她对他说，对面的树林以后就没有了。

是么？他在厨房，把加了冰糖的冰镇绿豆汤倒进一只碗里，显得漫不经心。

以后松鼠就都没有了。她又说。

我们什么时候看到过松鼠？他说，那片地里哪有松鼠，有只鸟就不错了。

有过，她肯定地说。

反正我没看到过，他把碗里的汤喝光了，走进了自己的房间。她追了过去，问他，你不记得和妈妈一起看过松鼠吗？你小的时候。

我哪能记得。他不耐烦了，这些不耐烦也是被隐忍过的。

我那时候给你买了百科全书。她忽然非常固执，不相信他对此没有一点记忆。

不记得了。他开始写作业。

这是无声的驱离。

2

转开门锁，把身体塞进去，关上门才觉得松弛。客厅不大，中间摆着一张玻璃茶几，越过去就是一张镶红木的窗框。每天回来换完鞋子，就习惯性地朝左看，也看不见什么，就是看一个天光，明了暗了。

周太太把钥匙挂在玄关，包扔在沙发上，跟着人也躺了上去。沙发巾被拽下来，折在她的腰上。沙发上有一种味道，和她母亲家里的一样。以前她觉得那个味道很难闻，你无法辨别，它在那个家里根深蒂固地存在。刚结婚的时候，她常常往房间里喷空气清新剂，茉莉花香，但是周先生有鼻炎，对这种味道相当排斥，后来她就不喷了，不喷家里味道也是好的。可是现在，每当她从外面回来，家里的味道就扑面而来。一股浓郁的陈旧的厚重的湿腻，很像是皮脂味。她躺在沙发上，觉得自己和那些味道融合在一起。是老人的味道，她知道的，不饱和醛的味道。皮脂腺分泌的脂肪酸被氧化之后，会产生一种叫作棕榈烯酸的脂肪酸。人到了三十岁，脂质过氧化物的分泌也会开始增加，在被分解氧化之后，棕榈烯酸和脂质过氧化物会结合，而产生不饱和醛的味道。有一天她闲着无聊，翻了翻健康报，上面有一个豆腐块就写着这个，她认真看完了，将报纸折进了垃圾桶。

化学系的朱博士也知道这个吗？会知道吗？他是不是因为身上这样的味道越来越重，所以才不停地喷各种各样爱马仕香水？这两年，朱博士多多少少成为了她心中一道过不去的坎，她总能想到他在楼道里看她的眼神。那时候她不知道那个有点困惑的眼神现在可以衍生出更多层的涵义，比如自得、骄傲和对他人的怜悯。她在楼道里问他买不买新房时，他原来已经被聘去深圳的一间大学教书，她竟然对此一无所知，甚至周先生也不知道。朱博士行动迅捷，上上下下打理好关系，调离手续不到一个月就办好了。他走之前还送给她很多东西，也算是精心挑选过的，但归根结底都是他们用不着的高级垃圾，不送人也得扔掉。她想要拒绝这些馈赠，但碍于情面还是收下了。后来她想要偷偷扔掉它们，包括一盒还算新鲜的特级鲍鱼，但最终也还是做了一锅海鲜炖汤。

你什么时候买了鲍鱼了？周先生问。

中秋节发的购物券，她说，只能报米面油肉蛋奶，这家可以开发票。

味道还行，他说。

味道是还可以。她承认这盒鲍鱼不错，但是吃了两口就胃口尽失。她看着周先生蠕动的两腮，能感觉得到鲍鱼的嚼劲……她离开了餐厅，觉得自己不能够再继续看下去。

朱博士房子卖给别人，净赚一百多万。隔了一个月不到，来了一户新邻居，是一对小夫妻。男人叫丛睿，女人叫聂倩。两个人都在本校外语系念到硕士，之后丛睿又去北京读完博，小两口留了校。丛睿教法语，聂倩因为是硕士，不能代课，被安排去留学生处。周太太一家和他们没有交道，一起住了两年，只是在楼道里碰见了打打招呼。

周太太在校图书馆就职，工作比较清闲。图书馆之于整个学校，如同一个置物架，摆着各种关系的瓶瓶罐罐，空瓶的半瓶的尚未拆封的，什么种类都有。从前人们来当这些瓶罐还算容易，现在要到这个置物架上来，难度高了很多，也要求有硕士学位了。来的年轻人大多数都埋头再念念书，只当这里是个接驳车，转头就考博士出走或者读了本校的博士就直接调去代课。

图书馆工作不多，每天五点就下班，每学期还有勤工俭学和社会实践的学生帮忙打扫和整理书架。就这工作，也分几等。最忙的是一楼的社科馆和二楼的期刊馆，平时去的学生多，到考试周就是自习室，馆内常常爆满，乱糟糟一片。刚来的新人，先得从这些馆里开始干，最好的也是在电子期刊部，管着几十台电脑，供做论文的学生教师来查资料。周太太资历久，被安排在四楼古籍馆《四库全书》部，这个馆对外有限制，能来的都是文史类硕士博士，凭普通本科生的借书证来不了。

学校里硕士博士相对本科生少很多，他们大多也不需要找座位上自习，除非真的闲得无聊，没几个人跑到馆里来看书。现在图书馆电子书库里有很多古籍的影印本，学校里的文史类学者登录网站就能查到这些资料，用不着往馆里跑，周太太满打满算，一周也才能见十来号人。

于是本来是一周的班，她与同事刘老师商量了一下，连报告都没打，直接两个人轮班，一人一天。周五下午闭馆，早班她们就象征性地去一两个小时，见面格外亲切，聊聊天，就到了下班时间。

工勤人员五十五退休，刘老师过完春节就没再回来，去美国帮女儿带孩子了。正月十七新来的职员第一天上班，周太太正从卫生间摆完抹布回来，在旋转木楼梯口撞见聂倩。她穿着一双黑色羊琼高跟靴，黑色系带羊绒外套，咯噔咯噔往古籍馆走。周太太没跟她打招呼，跟在身后。馆里的白炽光透亮，明晃晃耀眼，聂倩一走就走到了沉甸甸的古籍架子里去了。

就此两人成了同事。

古籍馆是师大的一个特点。师大最早闻名的专业是传统戏曲研究，现存最早的南北杂剧曲谱，全国仅存的明代手抄孤本，都摆在这里。上世纪六十年代初期，馆里有钱，又重视古籍，专门派人到北上广等地的古籍市场和书店买下数以千计的古籍善本。《太和正音谱》也是那时候购入的，馆藏的钱手抄本，还是全国仅存孤本。因着这些古籍，师大图书馆古籍馆成了全国古籍重点保护单位，新建的古籍书库配备循环系统，空气过滤，自动消防，隔热遮光，恒温恒湿。书库内摆的都是一排排整整齐齐的全樟木书柜，沁着淡淡的纸香木香，调位非常高级。整个馆里都铺着深色地毯，走起路悄无声息，别有一派典雅庄重之气象。

她和聂倩就在紧邻书库的古籍阅览室坐台。内室摆着博古架，还有几丛兰花绿萝点缀，布局独具匠心，若隐若现，颇有宋代书院之遗韵。雪白的墙壁上挂着几幅字画，都是艺术学院的严天鼎教授的作品，周太太也不太懂得欣赏，只觉得山山水水之间有几分雅趣。风和日丽的时候，煦暖的阳光从落地窗照进来，深红色的实木桌椅折射出柔和的光晕，聂倩伏在案子上看自己的书，扶额支颐托腮，做得自自然然，宛若变幻的美人图。

周太太此前知道聂倩卷入一场不大不小的桃色绯闻，却没想到她来了图书馆。师大说小不小，可是新闻长了一双大长腿，很快就走遍角角落落。绯闻冬天闹开的，大约十一二月，据传聂倩和一个日本留学生夹缠不清，这倒不要紧，要紧的是男孩子差一点从留学生公寓的顶楼跳下来。事情闹大，学校领导受了惊，下达了一条新规定，留学生处分为男生部和女生部，男老师对接男学生，女老师对接女学生。周先生嘲笑说这是 gender binary，周太太问他什么意思，他说就是性别二元论。对于这个名词她还是一无所知，但是她停止继续追问下去，她懒得听周先生用更专业的词汇解释专业词汇，也不感兴趣。她专心揣测聂倩的年龄，脸上很光，皮肤也紧实，近看眼角也没有皱纹，面貌是二十中段的样子，但算算履历怎么也是三十出头了。留学生还在读大三，最多也就是二十一二岁，上下有接近十岁的年龄差。这几年流行姐弟恋，电视上也总有这样的桥段，她认为自己并不老派，可以理解现代女性，也觉得女大男小女强男弱不是什么不自然不舒适的事，但超过五岁以上，周太太就觉得有点过头。三十岁的女人还看得过去，四十岁就不一定了，四十岁就算还看得过去，五十岁肯定不行。要好也就是短暂的好一阵子，长久不了的。

外面再怎么沸沸扬扬，对门也没见得有什么惊天动地的阵仗。要不是实在有太多有鼻子有眼的证据，周太太倒是很怀疑这个绯闻的真实度，大约都是因为对门男人的表现也太过淡然。那段时间丛睿一切照旧，见人笑着打招呼，一派和煦。几次三番，她还是能看到那夫妻二人手拖手走上楼，由不得她对绯闻的真实性存疑。可这样的事情谁也说不准，打开手机，一不小心就刷到娱乐圈恩爱夫妻反目的消息，何况这世上人人都是演员。平地里生不出风言风语。于是跟聂倩一起工作的时候，周太太总也忍不住留心观察，然而聂倩很是从容，就算传言有一百个版本，故事原型也像是没事人。周太太有次在吃饭的时候和周先生讲这些，周先生喝一碗小米稀饭，下颔的须子上沾了亮晶晶的米脂，抽出一张带点状纹路的压花清风纸巾，揩了嘴，放下碗，说她：出门别乱说。都是邻居，省得人说你传闲话。

过几天似乎是想起来了，接着又问：上次你说那个留学生多大？

二十一。

3

　　来图书馆工作没几天聂倩就换了打扮，牛仔裤老爹鞋，硬生生又穿年轻了几岁。她不咯噔咯噔走路，周太太却觉得这清汤寡水的样子，也莫名地叫人想要与她多纠缠两眼。

　　书库的两侧分别安排有古籍编目室、修复室和整理室。编目室和整理室常年不开，如同摆设，只有修复室偶尔开一下。整个馆里的破损古籍都可以送到这里来修复，学校花大钱买了纸浆补书机、冷光工作台、超声波清洗仪之类的修复设备，也聘了两位古籍修复专业的研究员定期来一次。那些痼疾缠身的书籍，不论是鼠啮虫蛀，还是水渍发霉，到了这里，都能重获新生。在修复室工作的两个博士，恰好都姓王，年纪大一点的叫大王，小一点的叫小王。聂倩没来的时候，大王小王都不怎么来，聂倩来了之后，大小王肉眼可见地大频率来。

　　周太太倒是觉得兴味盎然。经常站在修复室门口和他们打趣，有时捎带把聂倩也塞进来，但聂倩总不那么配合，往往在字与字的间距中溜回她自己的世界，疏林远树，平淡幽深，老有一种傲气，好像只有她活在山巅。周太太不忿——不也是个图书管理员么，有什么傲的？

　　自打来了古籍馆，聂倩明白周太太的眼睛就没从她颅顶剥脱过。她早已习惯了身上粘着许多只眼睛，自己沉甸甸的像一只凸凹不平的蟾蜍。从前她和丛睿下楼扔垃圾，都是一个在前一个在后，现在反而要手拖着手，扔给大家看。有几次他们手拖手一起出入金辉小苑二号楼，对上周太太，对方总含着笑，仿若拥有一百种的乐趣。

不管周太太是不是隔三差五去上班,聂倩是天天都要去的。有一阵大小王也天天去,说是暑假到了,在家也没事,还不如来馆里吹免费空调。

我看你们是不想帮忙看孩子。周太太说,还是馆内的文气养人,进来就心旷神怡。

聂倩不搭茬,冷着脸坐在架子后面,见着他们连眼皮也不抬一下。大王识趣,过阵子就不来了,小王反应慢,有一天就在馆里挨了骂:放着一两岁的孩子不看天天跑四库捣什么乱,这儿是查阅资料的地儿,不是聊天室。聂倩把笔记本合扣下,边起身边冲身边的小王说。当着周太太的面。

我跟你讲,我年轻那会儿,可比你横多了。小王走后,周太太说。她站起来,从桌子后面走到桌子的腰间。她还是和聂倩保持一定的距离,不会走到她的鼻子上去。

聂倩从自己的书上抬起头,微笑着看她。这种微笑让周太太感到不适。她想伸手拽下来聂倩的假笑,那不是有礼貌,而是一种隐藏的又故意不愿意隐藏的鄙夷。她总是会在这种鄙夷之下沉不住气。

我见过的美女多了,真的是标准版的大美女,就拿我同学王玉静来说,年轻的时候……好多话周太太一说就多,又常常在自己的话的分叉里迷失方向,说到后边也不知自己究竟是要说什么了。但总得回家不是,快到五点钟的时候,所有的话头就会有一个急匆匆的收梢:

懂了吧?她说,你不能这么横。懂了吧?等你过两年再看看。

懂了吧？你现在是年轻。懂了吧？

聂倩客客气气地听，看上去又似乎没在听。

谁还没个年轻的时候呢。你也过了三十了，看你还能撑多久。周太太闷气地想。

话跟人，和周太太待得时间久了，聂倩回家这话也还跟在她身上。有一天她正做饭，拎着一只汤勺站在琥珀色玻璃锅前和丛睿聊天。

啊，像是忽然想到了什么，丛睿说，叶欣要结婚了。

在哪结？国外吗？

应该是国内。

和一个男的？

不然呢，难道会和一个女的么？

怎么不会？你得尊重性向和信念跟你有差别的人。懂了吧？

这三个字一出，聂倩惊得跳脚，慌忙把玻璃盖子盖好，仿佛不盖上就会有更多个这样的话如锅里蒸腾的气体一般轰地冒出来。

这年春天刚冒头，丛睿得到了去法国交流一年的机会。机会难得，大家各显神通，丛睿险胜一个老公在校办的女博士，拿到了名额。秋天走，到第二年的九月再回来。聂倩忙着给他置办行李，从六月买到八月，6.18、8.18，每一个淘宝打折季都赶着买，结果收行李时也装不了几件。聂倩弓着身子往下压箱子，丛睿手指抠着行李箱沿，一点一点往里塞跑出来的真空压缩袋的边角。聂倩脸色通红，满头是汗。夏天已经过去了，可仍热得难受，老式的橱柜桌子都在身后柔和地燃烧，还没等她开始流眼泪，丛睿倒先哭了。聂倩开箱又拿出两条夏天的短裤，说夏天她去的时候再给他带上，反正现在也用不到。这么说的时候，她觉得拂过心头的一点悲伤又转瞬隐去。

九月份丛睿刚走，聂倩就先后不断收到大小王的微信轰炸。大小王个性不同。大王直接，小王暧昧。大王外向，小王含蓄。不管哪种，聂倩一概不理。

时间久了，周太太和聂倩说话也放松起来。她说，你是不是觉得大小王长得不好？聂倩说，和长相没关系。周太太说，都是因为你现在还是好年纪，挑得厉害。如同被刺了一下，聂倩眼睛忽然一跳，从下眼眶跃上眉底，直视周太太，目光里多了几分不常有的不耐。乍看之下，周太太吃了一惊，这眼神太熟悉了，有一阵子达利也是这么看她的。她不自在地别过了自己的头，把几本工读生整理好的古籍又重摆了一遍，指头在书脊上摩挲着，布纹触感粗糙，她的指头顺着条纹慢慢往下滑，听到聂倩在身后声音陡峭，很严肃地说并不在乎别人喜不喜欢自己，也不享受。周太太热笑里夹着冷笑，说你这是因为大小王质量不高，搔不到痒处。聂倩不再吭声，垂头继续看自己的书。

4

入了秋就是冷雨季，晋城的阴雨天常常连绵数日。这种天气周太太是不愿意去上班的。早晨起来，她会敲聂倩的门，告诉她说自己腿有旧伤，阴天就疼，没办法下楼。这都没有关系。聂倩说自己有雨靴雨衣，反正也是要去。聂倩撑着门，楼道里有一股湿湿的土腥味。周太太身上还有护肤品的香味，她的脸上油亮亮发着光，那些水乳还没有被完全吸收。周太太纹了韩式半永久的眉毛，除了双眼皮格外下垂，倒也不算老态。她说着话的时候总有意无意往里探看，聂倩觉得自己像一本淫书，周太太想看却不敢正大光明地翻，总要偷偷窥视两眼。

几次下来，周太太大约感到不好意思，一定要约她去家里吃饭。

你一个人，也怪可怜的。自己不想做饭的时候就尽管来我家吃。

聂倩应和一声。再隔一阵子，周太太托她代班的时候又说。聂倩仍是应和。又过一阵子，周太太说周先生出差，晚上家里没人，两个人可以一起打个火锅。聂倩应了，自然也不去。周太太也没真当她会去。这世上不知道怎么就生出这么多没必要的社交废话。

丛睿起初在国外十分不适应，总是在晚上打来电话。聂倩觉得既然语言过得了关，又有什么困难可言。在国内丛睿也没有这样黏她黏得紧，他们是秉持着自由主义的夫妻，对对方的私生活互不干涉。多少年下来，两个人就处成了朋友关系。没有别的朋友听你倾诉吗？有一天聂倩问他。这问题有时候就在嘴边，但很快便滑到别处去。她不想叫丛睿尴尬。某种程度而言，她与丛睿之间，还是有爱的。对方有难的时候，另一个人多少是个依靠。他在她面前总表现出脆弱的一面，聂倩知道这是一份信任，但她毕竟还是希望男人有男人的样子。

好容易丛睿在巴黎熟悉了环境，抱怨的话讲得少了，两个人就讨论欧洲旅游的事。她买了几本书，抽空坐在馆里看看。看到聂倩在计划欧洲之行，周太太说自己三十年前就去过日本。那时候，能去日本的是真的有钱人。周太太说，现在出国都简单了，人人都能出去，没有什么稀罕。不像以前，那出国的含金量才真的高。

聂倩不拦自己的坏心眼。她问：当年周先生去德国，你为什么不跟着去？

周太太就无话了。

快入冬的时候，有天半夜，楼道里有动静，聂倩睡得浅，披起衣服走到猫眼前看，就看到几个人在周家门口推搡。猫眼太小，一个男人的背影正对着她的一只眼球。高大，纤细。套着开衫外套，头发长得茂密。背后扔着两只大皮箱。周先生将那人往外推搡，周太太抵着防盗铁门不肯松手。哐哐的声响在楼道里震动，每个人都不肯出声，是个默剧，偏偏动静极大。

聂倩本来是不愿意搅合进这些别人家的家务事的。这么大的响动，醒来的邻居恐怕也不止她一个，可明显没有人愿意管这鸡零狗碎。

抬眼看了一下挂在客厅的钟，凌晨三点多，她打算折回书房去看书，忍下心中想要继续看热闹的念头。有时她觉得，自己一直想要克制内心十分庸俗的一面，尽量不要在别人故事的边缘看那些与自己毫不相关的事件。

正要掉转头的一瞬，就听见一声巨响，像挨了一颗炸弹，也好似爆裂了一根蒸汽管，整栋老房子的灰泥墙粉几乎要跟着这轰隆声噼啪往下掉。她只好重新凑近去看那猫眼。大约是两只行李箱朝楼下滚去，一只野兔子跳跃着，另一只紧跟。她看不到它们，只能想象它们前后左右一蹦一跳下楼的情形。高个子男人松开了手，周先生脱了力，整个人往后栽倒，上身压住了周太太，她的脑袋重重地磕在旧式防盗铁门上。

晋城的黑夜，并不如想象般漆黑一团。路面上，到处都有灯。

有一些商店的外面，已经竖起了圣诞树，彩灯从树尖绵延至玻璃橱窗的上沿，花花绿绿闪烁不停。聂倩开了暖风，车里还是不够热，后视镜里，周家夫妇并排坐着，中间却隔着距离。周太太的头朝车窗偏去，像一根头重脚轻的豆芽。她头部没有出血，但昏厥了半刻，他们开出学校大门的时候她醒了，闹着回家。聂倩说，不管怎么样，还是去医院做个检查，有事没事，心里有底。

达利坐在她的身边，身上有一股青草或者染湿了的松枝的味道。她不方便看他的脸，只觉得他高，瘦，白。他穿着牛仔裤，双手放在膝盖上，身上透着湿冷，像是刚从水底浮上来的水鬼。聂倩又往后视镜里看了看，周先生直视前方，没有表情，眼睛里却有一份偏执的锐利，他的眼袋特别大，现在更往颧骨上耷拉下去。聂倩不想再看下去，收回了视线。

他们一路上都没有再说话。

自那晚开始，周太太就有意躲着聂倩，直到时间将尴尬缓缓瓦解。时间真好，越往后越显现它的力量。当她不再反抗，时间就总能想办法解决她解决不了的事情，再疼痛难忍的时刻，也都会被时间改变。终于终于，她感觉到自己正式进入退休倒计时，生命的倒计时。自打暂时性休克之后，她有了更合理的托词，去馆里的次数越来越少。不知道是不是因为觉得聂倩看过了他们身上丑陋的疤痕，她反倒在自尊受挫之余，多了一份放松，这是古怪的对立和谐。聂倩一切照旧，并没有额外打探那晚的事，这一点也让她在她心中多少可亲起来。很快的有一个叫杨乐乐的古籍刊本硕士生来馆里实习，分配给大小王，自此之后，两个男人的注意力都转移到别处了。周太太努力克制，还是忍不住用一种我还是比你清楚的语气对聂倩说：年轻就是好啊。

原是想要刺一刺聂倩，可这句话说出来，周太太倒觉得自己的嘴里泛出苦味。这些年常常觉得嘴里苦涩，上火感冒的时候，嘴里的苦味就总不消退。年纪大一点以后，对苦的忍耐度好像加深，比如吃药，药片放进嘴里，舌头也不必卷起，也不再慌慌张张找水喝，可以慢慢举杯，缓缓送下。药也喝得越来越多，这些年他们夫妇开始一起镇定地喝药，已经不再像三十多岁时有一点病就着急忙慌，现在吃多少片似乎都已经没有多大关系。

周太太举着杯子喝水，想起小时候每一次吃药都要在事后放一颗糖进嘴里。后来达利也怕苦，每次吃药后嘴里不放糖，放的是巧克力。他小时候，她常常买巧克力，巧克力是这样一种东西，如果她不能深刻地了解到他的需求，那么巧克力总不会错。这是她对他最牢固的把握。可是他现在连巧克力也不喜欢了，茶几上放着的糖果盒他一次都没有打开过。

有进口巧克力。她说。

知道了。他回答。和从前一样，她一听就听得出来他的敷衍。

达利说他不愿意继续留在德国，他们夫妇并不同意。可他已经折射出一个讯息：他的一切都将与他们无关。这她不能接受。就连逢年过节他们也不像别人的父母家人盼着孩子回家，现在不像旧时千里迢迢多有不便，只靠一根电缆就能够如在眼前，想儿子时就通通视频电话，说得最多的也是：安心在那里待着，回国干什么，来回折腾浪费钱。

那晚，当她打开那扇铁门看到达利时她就知道，一切都完了。她从来不具备掌控力，连自己都无法掌控更何谈他人。

不回去就不回去吧。她退一步想。居留权拿不到就拿不到吧，现在出国又不像从前那么难办。她安慰自己。她溯本寻源，想他们为什么坚持一定要让达利留在国外。想来想去，只有一张朦胧的镜像，只能映照出自己的脸庞。

周先生去过德国了，她没去过。他们都没有在那里留下来，留不下来似乎就是无能的证明，就跟他们从金辉小苑走不出去一模一样。

就这样回来了也没关系。她想，达利还年轻，还有很多的可能性。她安慰自己。她从达利的房间腾挪出来，第二天看到摆放蝴蝶标本的地方换了一个画框。画面中心描绘了一张变成果盘的脸，而果盘又是装满画布其余部分的狗的一部分。狗的头从山地上劈开，眼睛是穿过岩石的隧道。由三个拱门支撑的桥形成了狗的项圈。碗里的果实也可以看作是女人头上的卷发和狗背的一部分。女人的嘴和鼻子的尖端不仅是碗的底部，而且是穿着打扮的女性身体，坐在海滩上，背对着观众。她原想问问达利这画是要表达什么意思，转念作罢。她恐惧他的冷漠。她关上房门，把那个女人合在门缝之后，看上去——是年轻的肉体。

自己有没有年轻过呢？似乎想不起来答案了。然而年轻总好像和男人有关。她的心底有一个男人，不是周先生。很多年后，因为达利上高中的事儿他们再次有了联系。那个人说，对不起。她对那个人说，去庙里拜拜的时候我都会帮你祈福。

她明明白白知道他们记忆的体量不一样。一个人对另一个人的回忆如果多于对方对他的回忆，首先是因为记忆能力因人而异，其次是因为他们对于对方的重要性的失衡。

5

达利要请聂倩吃饭,说感谢那晚她开车送周太太去医院。聂倩站在门口,把门框撑得老开。好啊。她说。以为还是老样子,这个对面的邻居只是客套几句。达利的语气中没有诚挚,反倒是一丝尴尬戳得两人都不自在。

下午,她打开柜子,将丛睿夏天的衣物一件件拖出来,塞进压缩袋。离出行还有几个月,她却有些迫不及待,总要找点相关的事来做。

整理中间手机响了一声,点开微信,是达利的消息:

今晚怎么样?

可以。她想了想回复道。

七点,蕉叶?消息很快回了过来。

好的。事情总是径直找上她来,模模糊糊,无声无息,都赋予她人生奇特的沉重与有趣。

虽然是冬天,餐馆外院子里的桌椅前却坐满了人。达利先到了,正喝一杯水,喉结滚动,敞开的领口中露出一小节锁骨,有直峭的美感。聂倩的胸膛也凉凉的,仿佛那冰水灌进的是她的食道。

师大的边缘还剩最后一堵老墙,据说曾经也是一道城墙,旧砖石被窃得七七八八。十年前政府城市改造,学校将青砖砌上残存的夯土,沿着这道边建了小花园,树影连地,红叶满廊。花园四角都有些小餐馆和咖啡馆,是学生们谈恋爱最爱去的地方。晴天好日的时候,满园子都是花红柳绿的嘈杂声。

他们打了招呼,上菜之前还是有些尴尬。但很快他们谈到了达利的头像，那幅眼睛是穿过岩石的隧道、有卷发女人背影的画作。

不是女人。

什么？

那个卷发的背影。

那是？

那是我的背影。我把一些照片剪接拼凑，又做了图，把它们重叠调色。

那么你有很漂亮的直角肩。

谢谢。达利说。

大约是户外温度过低，饭菜很快凉了，握筷子的指尖像冰锥一样。似乎为了不让陌生的尴尬坠地，达利零零星星讲了讲这些年在国外的事，他像是解开衣襟，请聂倩伸手去他的身体里捞一捞，像是只要她把手指伸进去，就能捞出她想要的东西。聂倩这么做了，她静静听着，觉得自己的手伸入冬日的池塘里捞了一遍，掬起满手泥泞。

所以你要开始相亲了吗？吃餐后甜点时她问。

是的。我妈已经给我挑了好几个相亲的对象。

那你打算怎么办？

不怎么办。先见见。因为我不想一回来就吵架。

那么，你和阿尔弗雷德……

真好。达利望着她的眼睛说，我觉得我们快要是朋友了。他的声音融入周遭嗡嗡的人声：我就知道，你可以理解。但那都是过去的事了……也许我们下次可以去试试烧烤。我在德国这么久，都没再吃过这东西，以前还挺想念，现在完全失去了兴趣……但我还是想去试试,看看能不能唤起我对于它的记忆。

可以。聂倩说。Anytime,Anywhere(随时随地)。

这么说让我想起了叫这个名字的一首歌。这可真不妙:哦,我会一直看着你,你所做的所有事情。我随时随地,都在附近,我会等待失败的那一刻,我会等待你失败。

你知道我不是这个意思。

我知道。

遮天蔽日的晦暗,黑压压的墙,潺潺流动的游泳馆,干涸的水泥荒原上的人。还有达利的喉结,自己的手指。高高的砖砌步行道两边夹持着凹陷的深巷,一个女人的卷发像藤蔓一样把黑夜撕裂。哦,不是一个女人。是一个男人。一个眼睛里有隧道的男人。

早晨醒来聂倩就企图抖落这个梦。不祥,阴郁,负能量。她站在自家阳台上背了半小时法语单词,这梦还是挂在脑门。聂倩觉得这个梦有着说不出的忧伤。以往,她对于此种忧伤是不屑一顾的,因为那是别人的脆弱。

小倩,你有没有认识的朋友,合适达利的,帮忙介绍一下?久久不来上班的周太太重新站在了借书台的接缝处,前倾着问。她恐怕就是那扯开夜幕的藤蔓。聂倩想。梦是有隐喻的。

有没结婚的,可我认识的都比达利大,不合适。她回答说。

哦,周太太思忖着道,我就是觉得你跟达利好像还能说得来,说不定你给他介绍的他还能看得上。我跟他说了几个他都不愿意……

我其实跟达利也没有很熟悉……对话坑坑洼洼,聂倩不打算兜圈子。

你们不是还一起吃饭？

昨天达利说要谢谢我送你们去医院。聂倩站起来，从她的身边划过。周太太企图用鼻腔嗅出一丝额外的气味，但都是徒劳。

周太太倒也没有完全烦躁，只是觉得胸闷。金辉小苑的门洞里，昨夜碰到的是晚餐归来的儿子与聂倩。达利回国之后就没有那么放松地笑过，这种微笑带给她扑面的热浪和压迫，咄咄逼人地沸腾着。她难以入眠，仰头躺在双人床的边缘，思绪翻飞。睡眠可以摆脱与这个世界的纠缠，但是她只能这么躺着。时间久了，她都能看到房屋内部墙角的每一根棱线。周先生的呼吸已经平稳，丝毫不能够影响她的入睡，但是分居这么多年之后再躺到一起，总有种说不出的怪异。

她把脸转向他的方向，很快又转了回来。他们已经是三十年的夫妻了，这一点不可思议。他们已经有许久没有融入过彼此了。

虽然有些担心，但还是不大相信聂倩与儿子会有什么纠葛。不会有的。她想。他们差了好几岁，聂倩还结了婚。但转念又会想起聂倩的桃色绯闻，二十一岁都可以，为什么达利不可以？

这些年和达利通话，从未询问过他的感情，好像每次说话的时间都有限，要争执的事情也很多，根本匀不开时间到那方面去。可当达利回来，她先想到的就是儿子成家的事。他二十七岁了，到了谈论这件事的时候了。她忽而对儿子的感情有了好奇，她想他有没有处过对象，有没有和异性发生过深层的关系。但这些显然都不是他们母子之间能够谈到的，甚至也是自己不为人知的秘密。

如果说第一次性关系决定了这个人的重要性，那么周先生就不是那个最重要的人。她得承认那个不能忘却的男人是她生命中很重要的一部分。后来他们没有在一起,之后几十年他逐渐发达了,所以他的重要性就始终没有退减多少。说起来她曾经和这样一个人物恋爱过,这是她的一点小小得意,不能为外人道,但是每当有人提到他的名字,潜在的优越感会浮上来。

那时候没人察觉到他的亮度,只有她,在男人最不闪亮的时候发现了他。当然也只有在最不闪亮的时候才可以。绝大部分女性都是成熟的 VC 投资人,投资目标是具有基本盈利能力且具有高度成长性的男人。他就是这样的男人。上班的第二年,在有限的能力范围内,她借给他五百块钱,这些钱帮他找到了一份临时工作。她是感激他的,比他感激她的分量还要更重。是他实现了她人生中最强大、最重要、最有影响力的一面。他完成这一使命之后,她身上的光芒就熄灭了。

她不再具备任何能力,不再有影响力。多年之后,所有人都不尊重她的愿望、她的志趣,她也得不到自己所渴望的赞誉。大部分人自动忽视了她,另外一部分则对她生出了自然而然的轻视,包括她的家人。

你为什么和她一起去吃饭?她追在达利身后问。

有什么问题吗?我和谁吃饭你也要管?

你知不知道她名声不好?她原本不想这么说的,这让她觉得自己不再像一个知识分子,至少她不能在儿子面前不是。

达利没有说话,但是他转过身,让她看了一个故意的明确的充满讽刺的微笑,然后他关上了卧室的门。

你不能和她搞在一起,听到了没有?她在这扇门外振翅高呼,被周先生一句短剑生生切断：

小点声，还不够丢人？

6

四十岁时周太太忽然有一点想要信个什么宗教的想法。她不知道为什么这个念头就冒了出来。一开始她去城南的天主堂做了几次礼拜，但是她不懂那些人都在说什么。她买了一本《圣经》来看，被里面的人名搅得头晕。周先生看她看《圣经》，有时会和她讲几个故事，比如约书亚的故事、约拿的故事，她总是要把这两个人搞混。她不知道迦南是在哪里，为什么要去那里。一切看上去对她的困惑似乎都没有帮助。后来她开始去离学校两三公里的宫庙拜拜，遇上庆典有僧人会在那里唱经，她也不知道他们在唱什么，总之她就是听着心安。

她追求的是解脱，是阻止不了流失感之后唯一的选择。如果她不能阻挡流失，那么她只能接受。她最后要找一个自己最舒适的角度去接受。她看着那些人和事物哗啦啦从面前流过，而自己就在这景观房里坐着，日复一日，如不死假活的仿真植物，落了些灰褪了点色，一眼看去就不像真的，但好歹还绿着。

最先流失的是友谊。王玉静，到现在她都说那个人是她的闺密。和聂倩聊天的时候，她无数次提到这样的一个人。她们都是电厂职工子弟，唯一有差别的是她父亲是一个普通职工，而王玉静的父亲是一个小干部。这细微差别在小时候不大显现，她们同龄，同出同进一起读书，上的都是电厂子弟学校，小学中学零零星星在一个班里也一同待过五年之久。她学习一直很好,王玉静长得漂亮。这两种风格拥有自然的平衡。她们走在一起都带一点风。但也有不愉快的时候,比如那时候流行港片,男男女女总喜欢敞着衣服走路,她也敞着,王玉静就说,你不要这样搞,因为你身高不够,看上去有点搞笑。周太太身高不高,到现在,就算是膝关节总有不适,也还穿着高跟鞋。有很多瞬间,一些话会深入到一个人的心灵,成为她自卑感的一部分。

后来高考,周太太考了外省名校,王玉静自自然然上了一个本省大学——虽然没有周太太毕业的院校好,毕竟也不算差。更何况,不管学校的好坏,毕业之后她们又在相同的单位里碰到了。有时候周太太觉得,一个人可以看到的世界真的有限。她出生在宜井门棉花巷,念书在宜井门东二巷,现在回到宜井门南二巷。她父母在这个弹丸之地待了大半辈子,而自己的前半生,也几乎都搭了进去。

回到宜井门之后,她发现厂里的男孩子们捧着王玉静,像在捧一位公主。有一次她在食堂吃早饭,看到王玉静后面跟着十几个男人,撩了门帘走进来,带着风。周太太读大学之后,就再也不带风了。会念书的人很多,她成绩不再拔尖,但至少那时候她的自信还没完全跌进地心,直到大一时她喜欢一个男同学,暑假前写了情书,约对方在学校北门的一个公园门口见面。她在那里站了三个多小时,男生没来。后来同班的另外一个男生来了,说我来看看你走没走。原来人人都知道周太太给"高岭之花"写了情书,甚至文采飞扬。但对方读信之后只说了句:人丑不自知。这话后来她才知道,那时候已经过了一个暑假。同宿舍的室友在聊这个的时候,她安安静静站在门外听完。后来她拎着暖壶去水房把刚打的热水倒掉,又折回锅炉房新打了一壶,回宿舍时话题已经告一段落,她自自然然把壶放好,什么都没说。之后她去找辅导员,上上下下狠磨了一番。大约她的事那个男老师也有所耳闻,他从来没问她为什么,这就是证据。最后终于换了专业,她去念自己根本没有兴趣的古生物考古学。

周太太最初念的是历史系古代史专业,后来调至考古专业下属的古生物考古学,后面三年里大部分时间学的是榆社的古生物考古,这地方曾经河湖纵横,气候炎热,草木丰茂。在这河湖之中和岸畔林区,曾栖息过大量的鱼、陆龟、各种象类,还有剑齿虎、三趾马、大唇犀、额鼻角犀、长颈鹿、祖鹿、巨驼、牛鼠和各种猪、羚羊等生物。它们死后,被水冲入河湖之中,很快被泥沙埋了起来。它们的肌肉腐烂,而坚硬部分和骨骼、牙齿等被岩石中的矿物质填充替代,从而形成了化石。化石是研究古地理、古气候和生物进化的珍贵资料和最可靠的依据,有极大科研价值。

但无论它们有多大的价值多少的意义,她都不喜欢。很多年之后,她回味过来原来她从内心里真实无比地热爱这个专业的时候,一切都晚了。时间不留情面,所有的人生选题都是快速问答题,不会留几十年供人思考衡量。这个专业人不多,他们那一届,满打满算才十四个,出人意料的是,这些学中国古生物的家伙最后大多没有留在国内。十个漂洋过海,剩下的四个,一个成了大老板,一个身居要位,一个早死。只有她,以世俗的眼光来看,是最没出息的。因为即便是早死的那一个,毕业之后也早早成功转型成了一个律师,心肌梗塞时还在念政法大学法学院的博士。

周太太年轻时也爱文学，初中每次作文都被当作范文诵读，甚至有几次还传到别的班级。但是后来再没有人关心她，也不知她这些"辉煌"过往，更没兴趣听她细说当年。宜井门王玉静从系花变成了厂花，有几次联谊会的男男女女打算排演话剧，都说请中文系大才女王玉静编剧。周太太把亦舒的小说撂到一边，总算见识了言情小说中的众星捧月，自此再也没有尝试过融入那个圈子。

遇到周先生，周太太以为自己终于可以扳回一局。周先生当时硕士毕业留在师大，虽然没什么钱，但好歹出身书香门第。她一年内相了三四次亲，到周先生时双方的家庭背景才比较合趁。周家父母都是中学教师，收入不高，她父母虽然算不上知识分子，但是电厂效益好，经济一直都算宽裕。恋爱一年之后，恰好周先生考取了德国的公费留学奖学金，申上了博士，更是让周太太扬眉吐气了一回。

实际上，人生哪有那么顺遂，周先生也不是一定非她不娶的，但如今那些故事都依随岁月流沙，盖棺定论。这社会早已经不是需要冠夫姓的社会。可是偶尔当他国外的朋友同她打招呼，称她为周太太时，她感受到了一种雅致。她接受这个称谓，它现在已经跟了她三十年。

结婚之后，周先生去了德国，留她住在娘家，当时她已经怀有达利。辞了工作，脱离了宜井门，她才觉得自己和王玉静可以联系了。或者说她嫁给周先生之后，她觉得自己可以重新和闺密王玉静走到一起了。她喜欢她常常来家里坐坐，陪着她在一个旧到木纹里有清不掉的泥垢的矮椅上坐着聊聊天，陪她一起择豆角，把两边的头掰断，拉出两条长长的有韧劲的丝带。王玉静来了一阵子，有一阵子不常来，周太太预产期到的那几天，她又来了，说有好消息告诉她。

是什么呢？周太太笑着，可是心里莫名发堵。王玉静穿着藕色短袖小衫，下身是一条墨绿色绉丝长裙，来的时候摇曳娉婷，像是生在湖面上的荷花。

荷花立在院子中央，那时候他们仍是好几户人家分享一个院落，晋城的城建还没有轰轰烈烈地展开，还有些百年老院好好留着。可那时候没人珍惜，反而以身处这陈旧性历史伤痕之处为耻。

我调入电视台了，王玉静说，手续刚刚办好。

去做什么呢？周太太觉得自己喉咙坚硬，和多年以后患了甲状腺增生一样，吞口唾沫都觉得难。

先做记者，然后看看能不能转做主持。

周太太动了胎气，九月九号，达利就是那天生的。

7

达利在德国一共待了九年。三年的本科，他读了五年才拿下来。五年里他有过无数次想要放弃的念头，甚至有一次，在旅行中他差点跳下了一条河。

起初，他尚存希望，希望自己重新回到国内。那时候他还在西部一个小镇读语言，一切还来得及。他常常这样想，如果，人生需要在某个时刻坚持自我，那么一定是那时候，十八岁，一切都还来得及。

镇子坐落在一座小山上，连买床被子的商店都没有。从山顶上走到山下的火车站需要半个小时，如果去大一点的城市，要倒好几趟巴士。一天中往返车辆非常有限，最后一班车是下午六点钟，如果赶不上，就只能外宿。山间很美，云雾总是浮在人的眼前。山下有大片的田野，春天秋天都是黄黄绿绿的一片。他在那里待了整整八个月，但他从未享受过这美感。

你爸爸当年只用了一年就拿下了博士，你凭什么喊苦喊累？母亲说。

我小时候我父母可没有这样管过我。如果我有你这样的机会，就不会是现在这个样子了，年轻的时候不吃一点苦怎么成？她还这么说。

傍晚之后，山村就陷入了宁静，达利总喜欢爬上山道，去山顶上看看。日落总是令人不安，无论它是绚丽抑或是贫乏。他可以看到山下的教堂，他俯瞰着它们，万物矗立，唯有他想要将自己的脚拔出土地。太阳最后的闪耀使原野生锈，地平线上再也留不下斜阳的喧嚣与自负。他拍下了很多这样的照片，存在手机里，一次也没有回头看过。那些照片全部象征着他想要死亡的瞬间，它们形成了一个结界，将他牢牢锁死在其中。要抓住这紧张而奇异的光有多难，那是个幻象，人类对黑暗的一致恐惧把它强加在空间之上。想要纵身跃入一个深渊的念头就是那时候诞生的。

困难最初来源于洁癖，他不能和室友们一同生活，他觉得他们脏。房间里到处都是蟑螂，他每个月都要灭一次，但是挡不住他们照旧把没吃完的饭放在餐桌上发酵，一周都不扔垃圾。清理公共空间似乎变成了他的责任，最初他做了这些，后来也只有他一个人在做。如果他可以忍受打开砂糖就会发现一层蚂蚁，或者蟑螂从餐桌的边缘施施然地爬过，他也就不必做。但是他不行。干净的习惯是周太太帮他养成的，从小他就懂得规整自己的东西，如果不知道，反倒好了。有时候他也这么想。因为知道脏，所以就更不能接受脏，最后的结果就是他成了一屋子人的免费用人。

有一天他在整理冰箱时翻出一盒已经拆封半个多月的鲜牛奶，奶已经发酵，冰箱里有一股恶臭。他把牛奶放到垃圾桶旁，傍晚的时候听到一声尖叫，有一个人高喊：是谁把我的牛奶扔了！怎么可以随便扔别人的东西！这句话让达利浑身的肌肉都紧绷起来，他想缩在房间里，就像一只蚌牢牢关上自己的壳。但是那叫声不肯休止，他听到另外两个室友走了出来，都为自己做了辩解，于是质疑变成了声讨。他明白他们高声说话的理由。他明白，只有等他走出去，才能让那些音量降低。但是他仍然选择了沉默。这是一种懦弱。他一直都知道的懦弱。周太太喜欢他变成一个懦弱的人。当然她并不认为这是懦弱，而是有教养。什么是有教养呢？就是永远不要和吵闹的孩子争辩。小时候如果和邻居的谁起了争执，为着一本书或者一个游戏机什么的，周太太永远会戴上自己骄傲又平和的面容牵起他的手离开。他们不争辩。

你有你自己捍卫权利的能力。有一次他听到一个父亲在对他的孩子说。他们争着玩一台从德国买回来的遥控飞机，几个孩子扭打在了一起。那一次他只是看客，实际上后来他常常是看客。看客的同义就是边缘化。他看到那个父亲站在孩子的身后，教他的小孩用肢体夺回属于自己的权益。成年以后，纵使似乎有了自己的思想，他也无法判断哪一种教化更为合理，人的存在与发展都像是无数个偶然。

稍晚一些时候,他走出房门,向那个室友说明了理由。室友脸上写满严肃:你应该提前和我说一声,怎么可以随便扔别人的东西呢?达利解释说牛奶已经过期,但是自己确实有不当之处。他平静地、微笑着对着那个人讲话,他明白了周太太所说的教养,它的本质是忍耐与精神制胜。"我觉得你下次不要乱动别人的私人物品。"室友轻易地击碎了他努力营造的高贵。达利感觉到了一种欺辱,这之后他更加沉默,沉默着做一切因他人而产生却要因他而结尾的事件,然而这样的付出并未能够为他赢得友谊,反而使他与众人格格不入,不知道从什么时候开始,人们开始喜欢针对他。他感受到了孤独与无限孤独。

谁不孤独呢?周太太说。达利每一次听到她这么说的时候,都加深了内在的无助。从小到大,所有他不能够做到的事,她总是逼迫他去做,他满足了她的要求,按照她的意见来,然而他们从来没有成功过,一次都没有,反而失败来得迅速又凶猛。

咱们高中一定要上三中。她说。

那对于他来说是一个完全不合理的规划。他的成绩,在班里勉强排得上中等,想要去全省最好的中学,简直是痴人说梦。他母亲不止是痴,还爱梦。

没有考上三中的暑假,周太太以泪洗面。后来他们托关系上了师大附中,又强行安排进了重点班,从那时起他就开始了垫底的人生。考上大学几乎是无望的,周太太也意识到了这一点,但是没有人捅破,她对外人说,原本就是要大学在国外念的。果然如此,高中二年级开始,他们着手出国事宜,连换新房的机会也放弃了。多少年过去，周太太还把这些事挂在嘴角。

读完语言之后他去了科隆，最初选了机械制造专业，但是他完全跟不上课程，语言像是白学了一般，课堂上的内容录了音，回去也仍然听不懂。第一个学年他的主修专业课挂了两门，到第二个学年补考了三次都没有通过。至此全德范围内的机械制造专业他都没有办法再念，只能换专业。然而换专业又面临着专业匹配的问题。这时候他才意识到，他已然面临退学或者无学可上的局面。

周先生飞了一趟德国，把他从科隆带到慕尼黑。周先生的学位就是在那里拿到的，在和旧日校友几经联系之后，达利改学文学，英德双语授课。

二〇一六年年初，他在《欧洲时报》上看到一个男生因为学业压力大而在吕根岛自杀的消息时，竟然对自己生出了鄙夷。他一无是处，甚至连自裁的勇气也没有。

那几年，母亲说她似乎得了抑郁症。他感到好笑。明明遭受这一切重创的是自己，为什么会有人说，都是因为你让我崩溃。因为迟迟不能毕业，她的同事见了面就问了又问。她以他为耻。这些话她没有明着说，但是他知道。他知道自己天分有限，即便是狠狠读书，也难得跟得上。当她在他的深夜打电话来的时候，他常常假装没有听到。好多天之后，她问他，你为什么不接电话，他会说自己在做作业。

她很想到欧洲来，做一次母子间的旅行。但是他以各种各样的理由拒绝了。

一号楼刘阿姨家的小虎在英国留学，他带着他妈妈游玩了半个多月。

她总会提到那对母子，先是从博士楼说起。原来博士楼里都住着些什么人，现在什么人都能住进来。刘阿姨一家不过都是工勤人员，怎么也能住到这里，这里可是博士楼啊，住的满当当的都是留洋回来的教授和家眷们。又说，你看一个后勤和一个校医院的护士生出的孩子都能如何如何，你怎么就连毕业也不行？

他自惭形秽，因为在他念了五年大学终于可以毕业之际，刘阿姨的儿子已经申请到了博士学位。

最后，他母亲会说，你和你父亲是一样的冷血动物，那时候他就不让我去欧洲，现在你也不让我去。

本科毕业之前，他说想要回国，周先生周太太都坚决反对。说这么多年搞回来，就是个一般大学的本科，这让大家的脸往哪里放，更何况回来干什么呢？工作也难找。于是他咬着牙又申请了本校的硕士。这许多年了，他也已然适应了环境，或者也适应了绝望。

他从来没有谈过女朋友，初中时他曾经对一个女性有过好感，唯一的，短暂的。那时他们排一个英文短片，女孩子演爱丽丝，他演柴郡猫。他实在爱极了这个角色，想出现的时候就出现，想消失的时候就消失。出现的时候他要转到一面，露出道具服的一侧，消失的时候要转到另一面，和背景色融为一体。排练时都好好的，但是上了台他大脑里一片空白，转错了所有出现消失的瞬间。下面的人乱哄哄笑个不停。下了戏，所有人都宽慰他说反而这样带了许多意料之外的喜感，包括那个女孩子，她第一次同他说额外多的话，她说达利这个名字很有趣。还没等他回话，就看到周太太找来了。她站在小小的后台更衣室的中间，问：哪个是导演。嘈杂声渐渐沉寂，爱丽丝站了起来。

达利英文拿过全国少儿口语大赛的优秀奖，你们谁拿过，为什么不让他演主角要演一只猫？她说。

那一刻，什么都完了。

8

和阿尔弗雷德是在一次高山草甸的徒步旅行中认识的。徒步是达利唯一自我救赎的方式。在德国也并不是没有朋友，虽然经受了孤独，但他并不孤僻，甚至在外人看来，还有一点幽默。只要不和中国人密切地联系在一起，似乎就会轻松很多。至少那时候他是那么觉得的。他克服着社交障碍，除了学业之外，连课外活动也积极地参加，甚至是学校管乐团的黑管演奏者。在慕尼黑的第三年，他租了一个独居的老先生独栋房子的一层，一间自己住一间放些垫子，每周二和周四教人做瑜伽。小学四年级之前，他一直在学习芭蕾，这让他的身体很软，软得像一团海参。来学瑜伽的人并不多，收入仅仅勉强够他支付相应的房租，但是他一直在坚持，这几乎是他唯一能够放松自己的时刻。

冷中生的多年生草本植物常伴生中生的多年生杂类草，在眼前密密匝匝地铺开，植物种类繁多，莎草科、禾本科以及杂类草都很丰富。脚落在这些植物上，衣摆蹭着绒须而过，达利有种落在实处的安慰。植被群落结构简单，层次不明显，生长密集，植株低矮，有时形成平坦的植毡。领队一路解释着他们能够看到的草本植物和小灌木以及下层常有的密实的藓类,形成植被的茎层。蒿草、羊茅、发草、剪股颖、珠芽蓼、马先蒿、堇菜、毛茛属、黄芪属被他们踩出一片沙沙的声响。他始终更热爱此时此刻的触感,对于母亲总是拿来说的古化石不感兴趣。

山上到处都是小动物,欧亚红松鼠和松貂偶尔可见。达利不再记得那本画着松鼠的百科全书,因为他后来有了很多本同样类型的书。他从小对生物感兴趣,他隐隐约约记得的。后来他不再敢于表现他有兴趣的一面。因为兴趣会被覆盖。周太太买了很多国外出版的书给他读。有一些一整套要一千多块钱,周太太狠狠心都买了来。每买一次,周太太都会告诉他价格,小时候他不知道她为什么要这么做,后来他猜她大概想要告诉他,我对你的爱值这么多钱。钱可以用来衡量爱吗?大概是可以的。以前会有人说,哇,你妈妈给你买这个,羡慕死了。他也会因为这些话心中腾起一点骄傲,这些虚荣是对更深层次的压力的缓解。许多套书除了有限的几本,他对剩下的并没有表现出特别的兴趣,几乎连翻也没有翻过。倒是周围的同龄人,常常来他这里看书。书被几双手翻烂了。周太太等孩子们走了就说,花了这么多钱,就是叫别人来看的,你说说你是不是糟蹋钱。

每每如此,孩子们走了之后,就是他紧张的最高峰。这还真是讽刺。孩子们来看书会带给他趋于两极的体验,这就是他为何不能放手的原因。大多数时候同学们走了之后,周太太就会叫他进屋读书。张博士和王博士家的孩子都看了什么,他也必须看。晚上还有测试。周太太举着一本书,随意地翻着,当知识点一般考着问题。他答不下来。不但周太太冷了脸,连周先生也是。重复的苛责会在晚餐期间到来，他们在餐桌上没有别的说的，只好讲他的事情作为最重要的交流。达利常常把头低下去，想要塞进面前的饭碗里。他从小胃口不佳，都是吃饭时养成的坏习惯。

下山时他不小心踩到了一块滑石，跌了一跤。这一跤让阿尔弗雷德和他成为了朋友。他帮他背了一段行囊。实际上除了尾椎骨隐隐刺疼之外，没有大碍，但是阿尔弗雷德一直帮他把行李背到了车站。他住在距离慕尼黑三十多公里的一个小镇，坐火车半个小时就可以进城。他是那个镇子上唯一的游泳教练，有生物硕士学位的游泳教练。

你的家人同意你做这个？达利问。

为什么不可以？只要我能够赚到自己生活的钱。阿尔弗雷德说。

达利很想问问他能够赚多少钱，因为他想知道赚多少钱才可以让父母对孩子的人生选择不置一词任其发展。但这些话他从来没有开口问过，他有他的教养。这个教养就是你心里再想知道别人有多少钱你都要装作不想知道。然后你就总会对对方做出估量评分直到你能够算出数额，这个魔咒才会解除。

后面他们常常相约徒步，有时候随团队，有时候就他们俩。达利也在周末坐火车去过阿尔弗雷德任教的游泳馆。那天阿尔弗雷德不在，他进城去见他的女朋友。达利走进那个室内游泳馆，发现只有三条窄窄的泳道。他在其中的一个边缘坐下来，看到泳池里几乎所有的人都在看他。他觉察到了自己的失误。这是一个小镇子，从头走到尾不超过三十分钟，首先他是一个陌生人，其次他是一个特征鲜明的外国人，这样的特征很容易被传播，第二天阿尔弗雷德上班的时候就会有人告诉他一件奇怪的事：昨天这里来了一个没有肌肉的瘦高的亚洲人。他有黑色的头发和黄色的皮肤。

游泳馆简陋寒酸，连淋浴房也只有两只龙头，他没有下水，却还是冲了一个澡。水温不是很高，他的皮肤紧缩，他身上的每一块肌肉也在紧缩。走出游泳馆时，他觉得自己蠢得可笑，他看着面前碧绿的田野，发现春天已经到来，再有几个月，他就要回到中国。他决定了，这一次他一定要回到中国。

在回程的火车上他收到了阿尔弗雷德的消息，他问达利要不要晚一点在城里见个面，那时候他会带上他的女朋友，他想要介绍他们认识。女朋友在 CELINE 柜台做导购，常常会接待一些中国客人，会说简单的中文。如果达利有朋友去买包，她可以给出更优惠的价格，当然也希望他多多带人来。

达利说自己很忙，没有办法见面，祝他们周末愉快。他放下手机，心脏酸涩得发疯，嫉妒和焦虑几乎要把他绞磨成肉屑。但隔几天他发信息给阿尔弗雷德，说他要买一个包给自己的母亲，一个五十多岁的女士，让他的女朋友帮着挑一款。阿尔弗雷德没有回信息。他心里紧张起来，这个紧张无比巨大，笼罩了他的世界。又过了几天，他收到阿尔弗雷德的短信，如他预测的一样，他问他是不是去过他的游泳馆。

没有。他说。你为什么这么问？

没什么。阿尔弗雷德回答。但许久之后，他说：我只是想确认一下。

两三周之后一个女孩子给达利打电话，问他还要不要 CELINE

包。他说要,于是他们约好时间在店里见面。那是一个健康可爱的女孩子,和他的初中同学爱丽丝竟然长得很像,有着黑黑长长的头发和蜜色肌肤。他想,他此前想象的都不对,原来她是这个模样的。她递给他一只包,说是当季的新款,比折后价格还便宜了五十欧。那只包很好看,他刷了信用卡,知道这是自己能够支付的最后一件物品。

女孩子在包装袋上用粉红色的丝带打了一个蝴蝶结,达利觉得在回国之前他只好将这个盒子供起来,不然美好的形式会被破坏。她送他出门,在尴尬的余韵中告别。

她对他说,她已经和阿尔弗雷德分手了。

他很意外,极力从女孩子的面容中拼读她剩余想要表达的内容,但她只是深深地看了他一眼。再见,她说,随即转身走进了商店。

回家的路上他努力说服自己,花两万多块钱来见这个女孩子一面不是因为别的什么,而是因为他确实很想要带一份礼物给自己的母亲。

9

冬天很快过去,第二年三月份聂倩收到了一份喜帖,请的人是丛睿,聂倩并不想去。你都不在,我又跟他们不熟,不然就包一个红包好了,婚宴就不去了。聂倩在电话里说。丛睿说小叶已经打过几次电话了,还是代跑一趟吧,也是一份情谊。

参观这种大型作假现场,算什么情谊。聂倩不满道。

婚礼办在晋城南边围湖而建的一片高档小区里的酒店。在晚上举行，是个小众婚礼，亲友左左右右不超过五十人。新娘叶欣是丛睿的学生，毕业之后开了酒吧，是个衣食无忧的富二代。叶欣和丛睿的关系一直亦师亦友，在国内时丛睿每个月都要去酒吧一两次，他说那里自酿的啤酒味道很好。他尤其喜欢店里调制的百香果酒。

聂倩和他一起去过几次，觉得还是嘈杂，所以后来也不常去。她记得清楚，叶欣的身边一直都有一个女孩小林，外地人，调酒技术很好。她一个人在吧台上无聊闲坐时，小林总会很体贴地找她聊天，请她试试她的手艺。聂倩对叶欣没有太多好感，她打扮很中性，喜欢热闹，喜欢秀酷炫的调酒技术，喜欢网络游戏，整个人咋咋呼呼。但小林却很招她的喜欢，她长得甜美，也很沉静，和酒吧的喧嚣是两极。后来熟悉了，她对小林的好感又多了几分。小林家境不太宽裕，念书时一直都在工作，工种就是酒吧卖酒的小妹，大学念完不但还了助学金，还帮家里修了房。她个性坚韧，每天跑步，沿着城北的奥林匹亚大道往返十公里。三年来只要开店，就一定陪叶欣到打烊，大学毕业之后她们就在一起。叶欣的父母很喜欢她，还认她做了干女儿。

那么叶欣父母到底知不知道实情？

谁知道呢？丛睿说，就算知道了也不会鼓励。

春寒料峭，晋城的树都还没染绿，小区里的常青树也不怎么青。车开进去，绕了一圈也没找到办事儿的点，没有气球没有条幅没有一个张灯结彩的喜字。这一带是富人区，各种高级会所嵌在其中，都是一副不显山不露水的门脸。绕第二圈的时候正好又过大门，她看到一个瘦瘦高高的男人从计程车上下来，穿着咖色的羊绒大衣，敞开领口的衬衫。她摇下车窗喊他的名字。

达利坐上车，指挥着她开下地库。也真巧，叶欣是达利的同学，那年演爱丽丝的爱丽丝。

婚礼很简单，也挺奢华。到处是灯光，到处是鲜花。空运来的薰衣草铺遍了通道的两侧，每张桌子的中央都摆着大束玫瑰，一只巨大的摇臂摄像机在圆厅里转来转去，努力要给这场婚礼留下一些永恒的东西。所有人都被安排在仪式中，流程固定，真和假变得没有任何界限。几乎每一个人都深切知道的事实被压在美轮美奂的场面之下，爱丽丝的父母甚至流下了眼泪。

观礼结束，新人们敬过酒，达利转向聂倩。我们走吧，他说。他站了起来，在她身边半步远的距离，侧着肩看那一对新人。爱丽丝换了中式礼服，金丝线的龙凤褂，手上环佩叮当。聂倩把餐巾折好，把手机塞进包包，把外套套上，达利看着远处的觥筹交错，不知道在想些什么。

走出大厅，有两张圆桌上摆着花样繁多的西式糕点，每一个都做工精良。小林穿露肩蓝礼服，手里捧着一只翻糖蛋糕发呆，上面立着一个小人，穿着蓝色的纱裙，和她长得一模一样。

外面有点冷，你穿着这个裙子还是待在室内比较好。达利对她说。

都OK的。小林笑着，伸手撩起蓬松的裙摆，露出黑色打底裤。我穿着这个呢，你都不知道，这个是高科技的充电保暖裤，我穿着这个在室内还出汗，一点不夸张。她伸手又拿了一只蛋糕递给聂倩：这个你真的得尝尝，是我找了好几家蛋糕店耐心试出来的，翻糖的中看不中吃，这个味道却很好。

聂倩接下蛋糕,上面有一只大大的蝴蝶结,洒了糖霜还有很多细小的糖豆。我肯定舍不得吃,她说,也太好看了。

这些图都是我一个一个自己设计画出来的,小林笑着说,大胆吃,以后你要还想要我帮你在店里订购,反正酒吧里的点心我们也想换这家。

她们不再多谈,聂倩走上前去,抱了抱她的肩头道别,一只胳膊撑着,把蛋糕举得很远,生怕红色的奶油蹭到她的身上,也怕那只蝴蝶结糊成一片。

电梯下行,喧嚣和嘈杂被屏蔽,显得异常安静。电梯内的四壁有三面都是镜子,虽然只站了两个人,可显现了许多他们不同的维度。聂倩尽量不去观察那些影子,对着电梯门对达利说,我记得大概十五岁左右,刚开始有那种破洞牛仔裤,我觉得很好看,就兴冲冲地买了一条,还挺贵,花了不少钱。结果我妈却不喜欢,认为惊世骇俗,不成体统,说只有小太妹才那么穿,然后没收了那条裤子,不知道塞在哪里,我翻了好多次都没找到。大概过了十年,我研究生都毕业了,过年回家,我妈又找出来那条裤子,说我可以穿了。那时候满大街都是那种裤子,她觉得没问题了,但是我已经不想穿了,年轻时对破洞牛仔裤的热烈渴望早没了。

那就不要穿了。好歹还有不穿的自由。达利说。

他们并没有急着回家,而是开到四环之外的一个山顶上。雾霾不是很严重,可以隐约看到很多星辰。山上的风有些大,两个人都裹紧了自己身上的衣服。达利讲起了他的少年。从松鼠讲到了爱丽丝。

我没想到,她会这样结婚。达利说。叶欣以前是我们班最好看的女孩子，一直留长发，我第一次从德国回来看到她变了样子时还受了一点惊吓。你看我，我也是一个保留刻板印象的人。她从小就很有主意，那时候搞什么活动都是她带头，我小时候还是挺崇拜她的。而且那时候我们班男生应该都很喜欢她，但是她就是大家的好哥们儿。

我猜他们没有领证。聂倩从达利手里接过蛋糕，刚张嘴就觉得有点后悔，冷气灌进口腔，她干脆转身，背着风把一大块塞进嘴里。

领了。达利说。你没注意看，刚才大屏幕上放出来各种合影，还有结婚证。

聂倩吞着蛋糕，像在吞一把淤泥。

从山上下来，达利说想要看看这座城市，聂倩开着车在东南西北四个方向绕了一大圈。环形道将整座城市画地为牢，修整成了扎扎实实的四边形。他们上了一座高架，又下了一座高架，看着城市边缘稀稀落落的建筑和零零散散的工地和农田，极力地感受边缘的荒败。

念书时我们有门课，专门讲建筑的功能性。依据日照、间距、流线、使用需求，简单直接地用色块、画线的方式，在二维平面上进行粗暴又隔离的功能分区，中国满大街都是这种。因为来得快，效率高，但失去了历史和文化，也失去了边界。我有时候会怀念德国。达利说。

那里好还是这里好？

不知道。他说。居住的权力、生活的权力和不被剥夺本性的权力，我在哪里都没得到。

车驶进一片黑暗，城市扩张得太快，路灯都还没装好。丛睿在的时候，他们有时也会这么环城绕上一圈。她还记得就是在这样一片黑色的路上，丛睿问她，你爱小坂正雄吗？不爱，她说，但是我因为他喜欢我而感受到了一种被恭维的满足。

代替路灯的是荒郊野外几座孤楼上的灯火。聂倩车速不快，它们缓缓从达利的右肩划过。

我有时不是很能够同情别人的处境，因为我觉得是可以改变的，为什么不改变。聂倩说。

那是你没有真的尝到痛苦的滋味。所以我即便看到别人的可怜，也觉得自己比他们更可怜。达利说。

你不回德国去了吗？

不回了。

为什么？

过够了。

那么这里不够吗？

不知道。

过了一阵子，好像是经过了一场短暂的回忆和思考，他补充道，真的不知道。

金辉小苑最麻烦的是没有停车位，他们回去得太晚了，楼前的一排空地已经被塞得满满当当。聂倩只好往前开，紫藤花园的路面上还有一些临时停车的公共区域，她把车停在了一个花圃前面，下车时有一只狗叫了起来。

那是哈库桑。她对达利说。主人一家访日去了，现在被另外一个教授家的保姆兼差喂着，挨不了饿，就是不能出来放风。这狗关了半年的禁闭，一开始每天在小小的庭院里来回绕圈，冲着每一个在围栏前停下来的人扑冲撒娇。后来它见人也不理了，只是伏在铁门边上，伸着手进去，可以摸到它的头。小区里住着的人经常顺路去摸它。最初它还有回应，会拿爪子搭住人的手，但人总归要走，再往后它就成了一个没有感情的玩具狗，静静地躺在那里任人摸。

一只随便给点爱就能顺从你的狗。关车门时她说。

一只给多少爱都不会忠于你的狗。过了一会儿她又补充。

他们沿着长长的夜路往博士楼走，隐约可以看到更远处的一片工地，建筑材料和盖了一半的房子都堆在黑暗背后，可是也还是不够黑，他们可以看到那些钢筋水泥的骨骼。

从我有记忆开始，这里从来没有停过工。达利说。先是水塘没了，然后是小树林，接着是周边的村庄。你看，他指着脚下的路面，以前这里都是土路，我去德国之前它们就变成了这样，把自然生长的树木砍掉，盖了这些奇形怪状的东西，然后又在旁边栽上树，这样一点也不美。

可是有功能。聂倩说。

那时候我住在山上，总能想起我小的时候。从我家窗户望过去，是一片绿地，另外一面都是果园，我们经常去摘果子，吃了很多梅子。我父母总是会给果农额外多的钱，比如有一次我只不过吃了两只桃子，我妈就给了人家十块钱，可现在那些人都是千万富翁。

他们在楼梯口道别。

我可以拥抱你吗？达利忽然说。

可以。聂倩回答。

两个人在短小的平台上彼此环绕。感应灯灭了，黑暗浸润了全部。聂倩的手伸展在达利崎岖的脊梁，和她想象中一样，隔着厚重的衣物，他也仍然如此单薄。

她感受到了脖颈里他温润的沉重的呼吸。我懂。她安抚他说。大概是讲话的声音传到了屋里，周太太打开了铁门。楼道里恢复了光明，白炽灯衬得周太太脸色铁青，但是聂倩懒得答疑，她朝她笑笑，把他们都关在了身外。

10

周太太又请了病假，几乎有两个月没来上班。五月过后，她终于露面，站到了两条桌子的接缝处。你觉得这个女孩子怎么样？有时她会翻一个女孩子的朋友圈给聂倩看，都是年轻的女孩子，皮肤都很白，画着形状一致的眉毛。相似的生命体从聂倩的眼前滑过，可是她总会想起那些隐鱼。原来软弱也是一种生物值得被厌恶的理由。

还不错。聂倩说。

她觉得自己有一天大概会常常回忆起这个时段，因为她们在重复着相同的动作，一遍又一遍。每当她从书本上抬起头，就总能遇到周太太审视的目光。她不避讳她对她的研究、探索和防御。聂倩知道她重复对自己说着没有音量的台词：不许勾引达利。

金辉小苑要被拆除的消息跟着夏天一起到来。学校说这栋一九九〇年建的老楼地基不稳，有住户反映去年紫藤花园扩建的过程里，只要那边一施工，这边就会跟着晃动，三栋楼里的住户每人都收到了一份问卷调查，上面有是否同意拆除重建的意向、补偿条件以及想要在未来置换的公寓大小和户型。周太太的问卷一直塞在一份《晋城晚报》的中间，聂倩看到她总是时不时把那张正反页打印的纸抽出来看看，又插进报纸的缝隙。

报纸的社会新闻版有一块不大的消息，一个女人砍了她闺蜜的老公十几刀之后自杀。受害者和施害者皆当场死亡，砍人的原因不明。整个事件写了不到三百字，小小的一块。周太太把这一页折在报纸的中间，它的皮肤贴着问卷，像一个人的人生贴着另外一个人的人生。

二十八寸的行李箱始终在客厅的角落里摊着，几个月来聂倩总是断断续续整理自己的东西，她填进去，拿出来，如此多遍，像是海参在不断吐出和生长内脏。每次她感到不能够坚持，就将它塞实，一次又一次放到电子秤上称重。一把黑色的雨伞被她拿了出来，距离航空公司要求的行李额度，只多了这把伞，色彩和这间房子内脏一模一样。化学系的朱博士喜欢黑色，她也喜欢，这是她最后决定要买下来这间旧房子的一个原因。更主要的是她觉得自己并没有扎根的意愿，所以不去买紫藤花园的新楼。买来了还得装修，两年后不等住进去，自己就不知道漂在何处了，为什么要费那个功夫。因为对一个房子的功能不够期待，所以她也不嫌弃。刚搬进来的时候拉开次卧的一个抽屉，露出一个长脸的留着黑色短发的姑娘相片，她把它扔进了一只黑色的垃圾袋，里面还塞着一件防雨布工作服、一双手套、几只袜子、发卡、难看的毛绒玩具。朱博士一家走得急，留下了许多他们的余韵。这房子一直是他们的，后来又变成她的了。她用酒精把所有的家具擦洗一遍，又用稀释过的84消毒液把地板拖干净，扔掉了一只巨型化妆收纳盒和一只生了锈的折叠晾衣架。

她收拾了两三天之后，打开行李箱把衣服取出来放入那家人刚刚腾出来的厨柜里，连衣橱似乎都还有他们身上的温度。她这个外来人正在取代他们，变成了他们，他们的穿衣镜，挂在墙上的钟表，以及不能随身带走的一切东西都留在这里变成她的，就是说他们与各种东西、各个地方和各种人的关系正在变成她与这些东西、地点和人的关系，同样她则在变成他们，在她与她周围的人和物的关系中取代他们的位置。当聂倩在楼道里第一次遇到周先生周太太的时候，她觉得她完成了取代的最终一步——社会关系的建立。

现在，她把自己的行李一件件从橱柜里清理出来，就像是又一次替代游戏的开始。两三年前朱博士扔东西时也是这样的心情吗？她见过他两面，他身上有和丛睿一样的香水味，但是细枝末节里又有差异。丛睿身上的松木味道更清透敞亮，朱博士身上有一种黏腻，发出渗着油花的甜。她对于他的模样已经不能记忆，但对于他的女儿印象深刻，她发现那张照片之后并没有第一时间扔掉，而是拿着仔细端详了一下子，想着要不要联系原来的屋主寄还回去。但是后来她觉得那张照片并不出色，一个女孩子一定不会在意这么一张既无神态也无韵味的旧照，甚至也许都是故意丢下的，所以看过几次之后她把它自自然然扔进了垃圾袋。

前一夜，她与好久不打电话来的丛睿几乎通联了五六个小时的视讯。中间断过两次，每打一个半小时，网络就会自动断掉。她原本以为丛睿不会再打来了，可是一分钟之后电话还是响起。他们商量着什么东西要彻底扔掉，什么还要留着。丛睿的记忆力很好，对自己衣橱里的东西十分了解，位置、颜色，都不用聂倩费力找。他的衣服品质都不错，聂倩觉得扔去垃圾站可惜，都整整齐齐叠好，准备放到紫藤花园里的衣物回收站去。

她叠衣服，丛睿在电话那头发出感叹。他说他真的没有想到会是那个样子，怎么会杀人？他问聂倩叶欣现在怎样，聂倩说她怎么会知道，她又不是叶欣的朋友。你没有打电话给她吗？她问。丛睿说他打了好多次，但是电话根本没人接听。

你那时候去参加婚礼，都没觉得有什么古怪的地方？

没有。

那到底为什么？

不知道，也许是小叶提出让小林搬出去住。我不知道细节，只知道后来她们还有一些经济纠纷，小叶打算给她经济补助，而小林想要那个酒吧。

不可能的，她们感情那么好。

丛睿，我累了，聂倩说，你那里是早晨，而我现在还在半夜。

聂倩把收拾出来的丛睿的衣物装进黑色的塑料袋，又塞进纸箱。叫了快递来，打开电子快递单，输入地址。快递员说这一箱子的运费四十块，聂倩掏了钱。她把这箱子衣服捐到了一个朋友的扶贫点，虽然觉得荒唐，却想着总比扔在紫藤花园无人处理更好。至于其他人怎么善用丛睿的潮牌，那不是她考虑的事情了。

傍晚的时候，达利从次卧里走了出来，他的头发长长了，盖着他的眼睛。聂倩的行李箱已经收拾停当，她坐在那只箱子上默默地望着他,一边心不在焉地敲打着那只有点歪斜的箱子把手。她看到他走到她的身边,慢慢地蹲下,然后又坐到地上。他穿着一件黑色的亚麻西装,睡觉的时候没有脱掉,现在被压得皱皱巴巴,他哭了。聂倩拍了拍他的肩膀,他身体抖动,她看到他的眼泪喷涌而出,滑落在脖颈里,湿腻腻的,鼻涕也跟着跑出来,糊满嘴唇。可是她不觉得恶心,抽出纸巾递给他。一大早他就去殡仪馆,六点钟他敲开聂倩的门,问她要不要一起去。聂倩想也没想就拒绝了。她说她只睡了一个小时不到,太累太累。她把自己的车钥匙递给他,也忘记问他是不是有驾照。

现代社会已经很少用"寡妇"这个词汇了。但是叶欣自称寡妇,向每一个人介绍自己的新身份。有了这个称呼,她就完成了一段表演。她演给所有主动选择观看的人,但悲惨的是,寡妇这个词对于她而言,从里到外都是真的。

达利十一点左右回来,却没有回家,直接敲开了她的门。他说他想睡一会儿。大概是太疲倦,他的脸都是灰色的。他在房间里睡得安静。中间聂倩几次去看,他的脸都埋在黑色的被罩之下。他和那团黑暗融为一体,如此和谐。她将房间的遮光窗帘拉好,造就一团更加真实的浓墨。

门铃被按响了,聂倩没有站起来,达利也没有。她抚着他的肩膀,感到自己的安慰是如此薄弱。他们已在这冰冷的地砖上坐到了黄昏,可达利的眼泪却仍然奔流不止没有尽头,仿佛足足能够哭泣一个世纪。她没有劝他停下来,她想也许他想要这么哭泣很久了。

更晚一些时候,门铃又被按响,这一次对方很固执,周太太的声音在屋外响起——小倩,她说,小倩你开门,我知道你在。

达利身上的肌肉迅速蜷缩,像是不小心被外界震慑的爬虫,浑身缩成硬邦邦的一团。

不要开门。他说。

但她还是剥脱了他的手臂,走到猫眼前去察看。

屋外的人听到了她的脚步,她开始捶门,聂倩,你开开门。她说。你不能这么干事儿,懂了吧。她说。

聂倩站在猫眼前,视线像一把爪子,伸进了周太太的身体。她像是一棵弯腰的老树,头夹在两臂之间,松鼠从她的左肩跳到右肩,颤抖的鸟栖息在她的腋下,飞行的门随时都会把她的腿撞断。她看上去那么可怜。

聂倩打开了门。

11

这一年,晋城的雨水尤其多,从初春开始,每个月都会有两场连绵数日的大雨。周太太的腿一到雨天就疼,有时候疼得凶一点,有时还好。腿上有旧疾,这是她身上的刻印,一个阴暗的图腾。

大学毕业那年,她回到宜井巷,感受到了一种回归的安逸,又同时感受到了再次逃离的焦虑。从前,她总向往外部世界,等她看了一阵子外部世界,她还是要回到这个壳子里来。回来了,她才发现不适感并没有降低,她还是要出去。

后来周先生要去德国,她有一种得偿所愿的满足和兴奋,她觉得自己像是一口不断喷发的活火山,总是寂灭又点燃。那一团

火来势汹汹,她几乎无法阻拦。她问他:

我可以和你一起去吗?

那时候她坐在他的身后,一辆自行车的后架上。她的手环抱着周先生的腰间,是一种不知廉耻的、绝望的捆绑。他没有回答,他骑过了百货公司,骑过了刚刚建好的沁河公园。她远远地还能够看到河流的尾巴以及绿地之上的风筝。

天空是容器,鲜血却不会倒流上去,她的腿逐渐失去了知觉。她一路都在等他的回答,等待的过程中,她也问自己这样一个问题:为什么?

她以为这个答案模模糊糊,连她自己都厘不清。可冒上来的答案竟然比她想的简单,因为那是浮上她心头的第一个答案——王玉静——她想要比她更优秀,从她可以改变的角度。

去德国是那个角度吗?她不知道,但至少是一个可以改变的角度。

快到她家的时候,他终于开了口。他说,不行,我们没有多余的钱。

我可以问我的亲戚们借……

我连我自己都顾不了……如果你来,用什么名义呢?靠什么拿到签证?

我是你的家属……

家属并不能办下来居留。你要来,就只能靠你自己的能力。

你就是不想让我去。她说。

他开始蹬得缓慢,到她家去的巷子有一条长长的上坡,以往他骑到这里,她都会从后座上跳下来。你太累了,她会说。然后他们并肩一起往上走。但是这一次她仍然扎扎实实地坐在那只窄小的、勒得她腿麻的架子上。

下来吧，我骑不动了。他说。

她假装没有听到。但他的意愿不与她相关。他从车子上下来了，她没有预料到他会这么决绝，瞬间失去了重心，整个人往后栽倒。车子也被带倒了，腿是那时候压伤的。她不会忘记他眼中的惊愕和慌张，因为那里没有一点急切与心痛。她知道了自己要嫁给一个不会为自己感到心疼的男人。

她的腿骨裂了，去医院检查时她对他坦白其实自己已经怀了孕。这是个意外，一个让双方家庭都意外的意外。可是周先生格外的意外，甚至有点气急败坏。那现在怎么办呢？他说，你这个样子还能不能治疗？尽管医生说打石膏应该对胎儿没有大的影响，他们最终还是选择不加治疗，回去慢慢养。她说她不疼，没有关系。他才慢慢顺了气。后来他们领了证，他出国时她的腿还没好完全，只送他到家门口。

你不方便就不要出来了。他说。

自己说了什么却总也想不起来，她只记得自己好像流下了眼泪。

此后的生活里，每过一阵子就也会塞进来一点意外，比如六月底，聂倩递了辞呈。周太太原想着，也许是她们之间那么一闹，对方理亏，可也不必辞掉工作。她已经马上就要退休了，聂倩大可不必这么决绝。后来才听大小王提及，原来聂倩申请到了巴黎的一所大学的博士项目。周太太以为自己早已无所谓了，然而心头还是一堵。她回想过去的一整年，有了原来如此的答案。那时候她每次走到聂倩的对面,她的眼睛总埋在书上,头都不愿意抬起来,原来是在干这个。她总是以为,聂倩顶多不过是要仰仗丛睿,去那边陪读一阵子。太太们都是这样的,就算现在男女平等,学院里也多的是这种例子。

她讨厌聂倩,她不愿意承认但必须承认——并不仅仅因为达利。她自己活得够久了,很快就能辨识到一个人的根本,她讨厌所有这一类型的女人,从王玉静到聂倩。可生活从来不肯放过她,叫她总是躲在一个阴暗的苦难的角落一直观察另外一个人。可是那些个人从来没有在意过她。

她最讨厌的就是那一份不在意。

没有可比性的不在意。

只不过那天,当她闯进这个邻居的客厅,她从聂倩的眼睛里第一次看到了一丝关切,真实的,诚恳的。那时候她丝毫没有在意这一份关切,而是对自己的儿子产生了深深的厌恶。他蜷缩在角落,流出痛心疾首只有电视上才会看到的深情的眼泪。这让她瞧不起,觉得他是一个懦弱的可怜虫。多少年以来,她都不愿意承认自己的儿子是一个懦弱的人,和她一样懦弱的人。她甚至希望他可以像周先生一样表现得冷酷,但仔细一想,周先生也是一个懦弱的人,他们一家三口都是,然而每一个,都不愿意面对自己是可怜虫的现实。

她在达利这个可怜虫面前也流下了眼泪,她一边捶打他一边号啕:你至少知道,不能和结了婚的人搞在一起。我教育出来的你怎么会是这副模样?

是吗?

周太太听到聂倩的声音从头顶传来,和她想象过的许多次的一模一样,冷酷、傲慢、狠辣。她在她头顶上说:至少你应该要知道,达利,让你妈妈知道,如果不是今天,你还有什么机会?

我不要知道!周太太说,她说得很快,像是身体的本能反应,她拥有了巨大的力量,把达利从地上拎起来,像一只雌鸟把雏鸟叼回鸟巢。她忽然发现她不能够知道,不管是什么,她都不能知道。

入夏气温升上来之后,整个校园都散发着勃勃生机。可这一切似乎并没有延伸到金辉小苑。和达利在楼道里也碰到过两次,他让聂倩想起了一种治愈修复树木伤疤的方法:每年五月,待树木津液生长最旺的季节时,在树疤左右边缘处的树皮上,用刀竖向分别直划一刀,使树皮内渗出的津液向外流,第二年的五月份在疤痕两侧第一刀的内侧,再重复上述动作,分别再竖划第二刀,疤痕两侧的津液就会由刀口涌出,再向凹陷的疤痕中间渗流,流入的津液就会在疤痕中生长发育成树皮向内延伸,如此每年的五月份重复上述切刀技术,直至树皮将疤痕覆盖完毕,即将树干复原。

她不知道达利被划了几刀,但现在他看上去没有伤口,是一个滑溜溜的人,离那个傍晚很远很远。祝贺你。他说。谢谢。聂倩回答。

出国前事务繁多,从未失眠的聂倩忽然夜里睡不着了,每每这时她就在外面走走。周太太曾经说起周先生睡不着的时候会沿着曾经的池塘和小树林那一片地走一走。其实那么走的人不止周先生一个。这个校园里,有不少半夜出去走一走的人,大家走到不同的独属于自己的领域去,互不干扰,独自排遣。聂倩下楼,走到了那片池塘上。现在那上面泊着许多机动车辆,像曾经泊在池塘上的浮萍。柏油马路两边是夜灯，安安静静地把光打在池面，红的，蓝的，黑的，白的。她想起达利对自己描述的池塘果林田野，发觉自己的感知能力很差。她在车辆与车辆中穿梭，又记起曾经看过的一个灵媒节目，一个通灵者只要走过一辆车，就可以感应到这个人的生活，巨细无靡。多么神奇的技能。丛睿说这一切也许只是一个心理游戏，通过外部观察来监测内部活动。当她走过这些车辆时，她感到没有余力，没有观察他人生活的余力。

风刮来，哗哗哗哗，网球场四周的树叶翻动，像一把裁纸刀裁开纸张。它裁得很快，在阴影和光明之间，打开一扇又一扇灰色的空白。叶子翻动，并不整齐，像是书口被裁得毛毛刺刺的露着纸纤维，散开来的细小而弯曲的纸屑偶尔落下。还没有到秋天，一切都迫不及待地往下一个场景转化。触觉、听觉、视觉，聂倩觉得自己像在密林中前进。绕过一座白色的山峰时她看到另外一个人也和她一起在这些车辆中穿梭，他虽然没有达利高，但是背影还算笔直。

在停车场遇到周先生并不意外，毕竟这不是他们第一次走进这片池塘。

恕我冒犯，你在和达利恋爱吗？他们走到池塘边缘，绕过网球场沿着马路往图书馆方向走去时，周先生问。

没有。

据我所知……

您知道的大概都是白老师说的。她对我们有点误会。

那我可以知道你们现在的关系是什么吗？我指的是姐弟、朋友，还是邻居？

大概哪一种都不是。我是达利的一个工具人。

什么是工具人？

可以被当作工具来用的人。

什么工具？

有杀伤力的工具，但是杀伤力又不太强。一把没上膛的手枪，一支没有矢的箭，剂量不够的安眠药，只会痛但死不了的毒药，不够结实的上吊用的绳索，有点钝划不破动脉的刀片。诸如此类。

用来杀谁呢？

我想您大概知道。

他们走到了图书馆那个黑洞洞的入口，不约而同地折返。

听说你的叔叔是聂书记？

是的。

你当时的工作是他安排的？

不止我的，丛睿的也是。

你很幸运。

是的，我很幸运。几乎没有困难。

那么我不知道能不能请求你一件事？

跟我叔叔有关吗？

对。

应该不会有用的，她说，他明年就退休了。

这我知道，周先生说，但是事在人为。

为了达利？

对。

对您来说，只要为了，就会有结果吗？

当然不是。他笑了。我这一生,不知道尽力做过多少没有成功的事。我总是被某种东西驱赶,去做这个去做那个,但几乎无一成功。有一年,我甚至还想着开公司做个生意。

达利并不想这样生活。

没人想这样生活。我们大部分人不具备随心所欲生活的能力。

12

丛睿一直以为聂倩不过是去探亲两周。后来她跟他说要过去,不是一年两年,也许是很多年,是一辈子。丛睿对她的决定非常不赞同,他说她过于冲动。

聂倩懒得争辩,只淡淡告知他自己会辞职并且卖掉房子,如果他不愿意配合,她也可以和平分手。他没有立刻回答,她知道他还在衡量。丛睿的人生和她衔接在一起,是非常顺遂的。他需要好好考虑究竟是不是要继续顺遂。

为什么要告诉我你的真实?参加婚礼的那晚,坐在漆黑的山头,达利曾经这么问她。

因为,你告诉我了真实。而我对你而言几乎是个陌生人。

所以你觉得少数的我们可以辨析彼此吗?

是的。不然你为什么要告诉我?

那么你先生呢?

小时候坐在自行车后座,却发生了追尾事故,从此成为只剩一只环的青花花鸟哥釉双耳花瓶……所以他和一个 Asexuality(无性向)是最好的伙伴。

最好的伙伴。达利重复，我没有你幸运。

如果你需要，Anywhere, Anytime。

Anywhere, Anytime.

另外，这不是幸运。

嗯，这当然不是。

金辉小苑的房子虽然是老房子，但转手很快，刚把消息散出去，就有两个本校的年轻老师要来看房。一个是数学系的，一个是哲学系的，一个三十多岁，一个四十多岁，都未婚未育。巧的是，数学系博士也是在慕尼黑拿的学位，看房子时碰到了对面的达利，两个人互相觉得眼熟。数学博士对原来打进墙体的书橱感到不满，认为既不好拆也不美观，问可不可以便宜两千块。聂倩说大家都再考虑考虑。后来他们从书房出来，他忽然像是想起什么一样，啊了一声。聂倩问他什么事，他犹豫了一下，笑笑，硬是把话头扭到厨卫的问题上去。聂倩知道他原本不是要说这个，但也不再勉强。

房子最后还是转手给了数学博士，哲学博士需要贷款，聂倩觉得麻烦。她价钱要得不高，搬来之后因为几乎没有置物，过着极简生活，所以环境很清爽，新住户也根本无需重新打理。她和一百公斤的数学博士一起去银行转账，填好单子，等待业务员出单时，数学博士云淡风轻地对聂倩说：

你对门的那个人在留学圈里挺有名。我记得他弄过一个瑜伽馆，后来被另一个中国留学生举报，查出来是无证经营，告上法庭。再后来听说他聘了律师，说自己只是交流学习，并不是营利性质，官司打了两年，花了不少钱。好在律师是德国人，又是他朋友，这才险险脱身。但这个还不是他最出名的地方。

那是因为什么?

因为去的都是男人。

什么?他语速很快,声音又低,聂倩本能地又问了一句。

因为去瑜伽馆的都是男人。那个人觉得她完全get到了自己句子的精髓,于是又洋洋得意地加重了语气。

他猥琐地笑着,黑色的阿迪达斯T恤的下部隆起。不过才三十多岁,他就已经成了一个油腻的男人且无回旋余地。聂倩觉得学历不能够解决的问题实在太多,比如一个人的品格。

聂倩走了以后,古籍馆里又来了新人,年纪四十上下,从公共基础馆里调来的。周太太没有再费心经营,算一算,再有一年半就可以退休了,干什么都多此一举。她觉得自己身边充斥着神来之笔,王玉静、朱博士、聂倩,还有那所有从博士楼搬出去的人,每一个都鬼鬼祟祟在下面干了好多事,而她从头到尾都没有一双善于发现的眼睛。

至于那晚,聂倩想让她知道什么,这问题总是和博士楼外墙上的爬山虎一样,从肩颈攀爬上来。每每如此,她总会坚决地扯下它们,踩在脚底。她心里明白,无论是什么,她都不能知道。以往的一切不都是这么模模糊糊就过去了吗?她的人生从未清晰过。这没什么大不了的。

她不再与达利谈及回到德国的话题,而是一个接一个帮达利安排相亲。新介绍的女孩是计算机科学系系主任带的一个研究生,土生土长的晋城人,父母都是中学老师。达利嘴上答应了,却也没去。

你喜欢什么样的？聂倩那样的吗？有一天她忍不住问。

儿子罕见地没有冷脸，而是叹了口气，说，我记得那片树林里的松鼠。

什么？她没有顺应他跳跃的思绪，茫然发问。

达利张了张口，却不知道从哪里说起。他想说他记得她时常挂在嘴边的松鼠与池塘，那些他的记忆都是他人生为数不多的高峰体验，和现在截然不同。但他觉得她不会明白。

没什么。后来他说。就是聂倩那种的。他看向自己的母亲，在她的面庞上找到了自己期待的不满与失落。

他开了家瑜伽工作室，生意不太好，来的人不很多，托叶欣找了两个本地网红友情宣传，也到处打团购广告，虽然渐渐有了一点起色，还是入不敷出。后来叶欣的另一个朋友想要开舞蹈工作室，看到工作室的装修很符合她的要求，就问能不能转给她，省得自己再操心。达利犹豫了一下，还是同意了，前前后后也就四五个月的时间。

最后一晚只来了一个学员，她躺在地下跟着达利的声音冥想放松，从脚底一直放松到头顶，很快她就睡着了。她有一点胖，打了呼噜，睡得很好，达利不忍吵醒她。他走到窗前，关好支出去的一扇，对着对面静静凝望。工作室装修的那阵子，每到晚上六点，工人收工走掉，达利都会站在夕阳余晖浸泡的窗前，看看眼前的景致。整个城市都像是放了两百年的铁胆墨水画，被酸性腐蚀了，发出一种昏黄，露出不均衡的破碎的洞口。晋城最不缺的就是工地，他站在玻璃窗前，感到了一种平静。这种意外的平静偶尔让他回想起十八岁登上的山顶，那里有一个堡垒，但不是他的。现在他似乎有了一个自己的堡垒,但也不是那么肯定。

他带着聂倩来看过一次,那时候镜面还没有装好,一切都显得更加的空旷萧条。甚至连窗户都是坏的。他说他决定开一家瑜伽工作室,聂倩说,都到了这个年纪,做什么思量清楚就好,不必想前想后。她还说人最不能够亏欠的不是他人,而是自己。

工作室租的场地在大学城东边的这栋叫摩尔大厦的新建筑。一楼是各种咖啡馆和新式餐馆,二楼是服装饰品店,三楼是网吧和桌游吧以及电玩区,四楼是美容会所。五楼有一部分是一个小艺术影院。另外一部分就是这里。

旁边是小影院,不会吵吗?

不会,他们有隔音防护。

这面玻璃不错。聂倩说。她站在整面的落地窗前。看着还没有盖起高楼的那片土地。大概也是因为没有建筑的丛林,所以这块地看上去有一点荒凉,却通透无比。

就是那边,以前有一大片树林,还可以看到松鼠。他指着学校的方向。夕阳从他的指尖滑了下去。它们都四肢强健,趾有锐爪,爪端呈钩状,尾毛密长而且蓬松,四肢及前后足较长,但前肢比后肢短。它们跑得可真快……一转眼就跳到枝叶里,怎么着都找不着。

你有钱吗?她看着日落,过了一小会儿问。

有一点。剩下的叶欣说她来投资。

你有资格证吗?

没有。瑜伽证书从来都没有国家认证、教育部认证、体育局认证、劳动部认证这些说法。

会有学员来吗?

不知道。

你妈妈会同意吗?

大概不会。她正在想办法给我在学校里找个工作。

也许你可以兼职。

不。他说。

我觉得你妈妈会误会。

误会什么?

误会我们……

如果我说我就是想要让她误会呢?他转过身,看着她。

她觉得他很可怜。而自己被当作一柄投掷出去的矛也未必有那么令人不快。

你知道海参?过了一会儿,不知道为什么,他对她说。也许为了打破寂静,也许只是想要单纯地卖弄一下知识。

知道。聂倩仍然望着窗外,并没有移开自己的视线。

这是一种很恶心的生物。

为什么?

因为它不知道怎么保护自己。

比如?

比如它们常常成为隐鱼的寄宿对象。那些鱼会从海参的肛门里钻进它的身体,住在里面。

听上去就让人感到不适。

这还不是最恶心的。他说。它们钻进它的身体,会把它的内脏当成食物,它们吃掉它的所有内在器官,甚至是生殖腺。

那么海参不会死吗？

这就是最令我恶心的部分了。它不会死，它会再生。也就是说，被吃掉的部分会重新再长出来，一遍一遍。

所以它们总是在忍耐被吃的痛苦。

是。所以也有一些想要反抗的海参。

怎么反抗？

它们在肛门的地方长出一些钙质凸起物，你可以简单地把它们想象成牙齿。它们很像是科幻电影里的那种舱门。

它们长这个就是为了把隐鱼赶走吗？

对。可仍然是个蠢办法。它们不会永远紧闭肛门，所以当它们不小心放松的时候，隐鱼还是会钻进去。而遇到外在的别的威胁，它们又会把自己的内脏吐出去，期望吓倒进攻的敌人——用一种自残的方式。虽然听起来损伤很大，可是它们只要短短几周就可以把失去的器官再次生出来。

久而久之就习惯了吧。

可是，也许海参永远也追不到姑娘了，毕竟它已经自动丢弃了自己的生殖腺。

最后一个会员醒来了，她说她是被冻醒的，她说自己很容易感冒，不能着凉，言下有点抱怨，怨达利没有及时叫醒她。

达利想，自己的失败一直都是同一种源自温柔的软弱。他觉得没有比海参更像自己的生物了。

阿尔弗雷德后来发过这样的消息：我知道你来找过我，我知道那个来游泳馆的亚洲人就是你。我思考了很久，我什么都想不清楚，但我知道我想念你。

我想你大概是误解了，达利回复说，我确实撒了谎，但是我只是很好奇你能够在那个游泳馆赚多少钱，多少钱才可以让一个生物系硕士去那里工作，我只是想知道你的父母为什么可以同意、原谅。对不起，这是我没有办法说出口的好奇。

他没有再收到回信。

他不知道这辈子他还有没有机会，有没有能力说出真实的话，可是这些话梗在他的喉咙里，梗得越久，它们肿得越大。那天他去参加葬礼，叶欣哭得很可怜。他难得觉得谁可怜，可是他觉得她很可怜，比自己可怜。他从那个群里退了出来，出了这样的事，群组里退出了几个人，一点也不显眼，之后还会有新的人加入进来，人们像做一个糟糕的城市规划一样，劈掉自己的左膀右臂，装出闪光的义肢，在流光溢彩的世界遨游。

参加完葬礼，他在聂倩家睡了一大觉，梦里他看到了十八岁的山巅，他没有哭，他知道一切就那样过去了，他看到了树林和松鼠，看到了鱼、陆龟、各种象类、剑齿虎、三趾马、大唇犀、额鼻角犀、长颈鹿、付鹿、巨驼、牛鼠和各种猪、羚羊。它们的肌肉腐烂，泥巴一样糊在被抽干的池塘底下，发出阵阵恶臭。他看到了一个女孩把 CELINE 包递给他，对他说，去吧，我想你不用怕，因为我们都知道为什么。因为我们都能识别爱，这是我们最后最后的本能。这就是你花三千多欧从我这里买到的你想要听的答案。

后来他醒了，他发现自己在做梦。多么好的一个梦。如果可以，他愿意被束缚在梦境中，不要醒来。

（原载《收获》2021 年第 5 期）

游乐场

孙睿

1

第一次和我前妻上床——那时候刚和她谈恋爱——看到她的肚脐眼儿后,我俩原本一气呵成的关系在那个瞬间停顿了一下。那是一个健康、干净的肚脐眼儿,微微外翻,和我的不一样。我的坡降式下凹,像翻过来的窝头底儿,这很符合我内敛的性格。我是第一次在异性身上看到人生经验之外的世界,陌生而恐惧,手掌惴惴不安地在她胸腹上滑动,每次快到那里的时候,都拐弯绕过,好像那里矗立着一座无法逾越的高山。当时我把这种不一样理解为南北差异,我是北方人,她是南方人,两域大夫接受各自的医学传承,处理脐带手法迥异。

事后,我盘算摸一下那个看上去敞开怀抱的肚脐眼儿,试图南北融合,最终还是鼓不起勇气。南北谈和非一朝一夕,索性细水长流,跟她上床也不是图一时之快,更是打算长久相伴度过此后的日日夜夜。同时我也隐隐觉得，肚脐眼儿的天壤之别正表明我俩不是一类人，未必能过到一块儿去。但我不相信感觉，是年我三十岁，觉得走在路上、睡在床上、饭吃进嘴里、工资领到手，这些才是真实的，潜意识不过是种多愁善感，如同火锅汤上漂浮的泡沫，只会干扰事物本质，把它捞走、甩掉就可以了，或者索性不管它，只要锅足够开，它就被顶到一边儿了。

大学毕业后，我留在了北京，多年从事着同一份工作，图书编辑。我前妻也是做这行的，所以我俩很快就搞到一块儿了。两个三十岁的编辑，已经各自确认并确信了很多事情，无须再试探、试验，合二为一乃势在必行。九年后，在我即将四十岁之际，和前妻达成分手意向前，倏然明白，三十岁的时候我就像一篇自鸣得意的小学生作文，以为真理在手生活无忧。我改掉了爱给生活下定义的习惯，动辄就要概括生活只会像幼儿园的男孩发誓要娶邻桌大眼睛的女孩一样可笑——但不应该被取笑。

我和前妻离的时候没扯什么皮，都说好了，房子卖了，钱一分，自己的东西自己拿走，互不影响，轻松开始各自人生。在好合好散这件事情上，我俩又成了同一类人。因为想快刀斩乱麻，卖房的时候也没抻着价，比市场价略低就出了手，家具一件不搬走，合同签得也利索，不像有些房主，老怕卖亏了，临签合同又给买方涨几万。这栋位于北四环外一点，我俩合资购于八年前的房子，尚未还完月供，我们用买家的首付款结清贷款，剩余房款到手后五五分，从此分道扬镳。在一起九年，本来就够累的了，不想让如何才能分开搞得更累。没想到这却成为我俩在一起的高光时刻，当拿到属于各自的那份卖房钱后不久，北京房价一路下跌，五环里的一套房子,平均市价少了一百万。不知道有没有这时候要离婚的夫妻,为了房子又不舍得离了的。由此看来,我和前妻也算善缘了。

离婚让我觉得生活有意思的地方不在于控制它,而是失控,就像万花筒,一幅崭新而惊艳的图案又出现了。越失控,越有惊喜。所以离完以后我的心情没有太糟糕,相反,好像又回到青春期,未来像一个谜语,吸引着我去破解,使我精力充沛。我甚至有种开始初恋的感觉,每天能不太晚就自然醒。

离婚后我搬到了公司住。我供职于一家民营出版公司,几年前这家公司就要上创业板,至今仍在规划中,希望越来越渺茫,纸质书出版走下坡路好几年了。公司最兵强马壮的时候,成立了好几个品牌分公司,原来的那层写字楼装不下,就在总部附近又租了几处地方。我在其中一家分公司看稿,是否有出版价值,他们听我的,管我叫主编。分公司经营好了,我的奖金也高,经营不好,我只拿底薪。现在行业不景气,我们这里刚裁了员,但办公场所没缩小,这是门面。时不常会有券商来考察,看总公司是否有上市价值,他们不管我们出版的书是否点亮了人类思想的火花,只看办公面积够不够大,办公桌够不够多。减少领工资的人员,保留办公桌椅,是总公司的意思,如果空壳都没给人留下好印象,别的更难留住了。人一少,办公室空出几间房,我便住了进去。我一点也不觉得主编住办公室丢人,那帮"九〇后"员工还觉得这是件挺酷的事儿,甚至有人提出想陪我住,下了班回到睡觉的屋里,开几瓶啤酒,边喝边聊,就当文学系男生宿舍了。真变成这样也挺好，但我没答应，毕竟这里是公司的门面，我能保证自己的生活用品不露在明面儿上，不能确保其他在这儿睡觉者的内裤袜子枕头也能收拾妥当。而且年轻小伙子睡过觉的屋里气味儿重，不适合办公，我快四十了，年轻人特有的气味儿正渐渐在我身上消失，我在这儿睡不会影响翌日办公，还能监督打卡。那段时间第一个出现在办公室的人只能是我，谁第二个到，谁第三个，最后到的是谁，我如果想知道，会一目了然。

我住公司不是为了省钱，是为了省事儿。我完全可以在公司旁边租个房，但搬家太麻烦，上一次和前妻往我们卖掉的那套房子里搬的时候，我俩提前半个月就开始收拾，现在我一个人了，更怵这种事情。虽然离完婚后属于我的东西所剩无几，但网上发求租帖子，没完没了地接中介电话，跟着中介看房，这些事情也让我厌烦。快四十岁的人，对生活有要求了，差一点的房子也看不上，不花上半个月恐怕很难找到，索性我就先住公司了。我打算一步到位，还是要在北京买个房。我没有再婚的打算，一个人住，小一点没关系，手里的钱够首付的，目前的年薪还贷压力也不大。

我不是一直在这家出版公司，刚毕业的时候，先在出版社做助理编辑，说白了就是负责校对和整理文件。那是十七年以前的事情了，回想起来，做的像是史书里看到的事情。彼时很多书稿都是作者写在稿纸上，我没有作者资源，拿不到书稿，书稿都是老编辑拿来的，拿到后的第一件事情就是让我去复印，以防原稿丢失。那时候的丢失是货真价实的丢失，不像现在还能数据恢复，还能同步到"云"上。后来老编辑退休了，对接的作者转给我，我有了作者资源，编了几本还不错的书，就跳槽到另一家民营出版公司,这样能多挣点儿钱。当时我特想买房,留在北京。再后来,现在这家民营出版公司有个更高的职位招人,年薪也更高,我应聘成功,便留下了。一干就是五年,然后当了旗下分公司的主编。我在这行做得还算不赖,从业近二十年,出过十几本小有影响力的书。我前妻也做得不错,在另一家公司当营销总监,她是从编辑转到营销的,脑子活,善于跟媒体打交道,却不善跟我打交道。人不由自主会把工作上的专权用在家庭生活中,最近几年,我俩的问题日渐肿胀,都觉得自己是对的,对方出了很多问题。身边同龄的夫妻朋友也遇到这种事情,他们有孩子,最终都会以一切为了孩子好,作为和解的基础。天伦之乐会使他们觉得,比起一个人的随心所欲和孤独,牺牲个性是值得的。我和前妻在人类最佳生育年龄时都忙于工作,埋头在理想的道路上艰难跋涉,当意识到这个年纪的人该为人父母的时候,我俩已经对对方丧失兴趣,但没发展成互相厌恶——已经没有力气留给对方,劲儿都使在公司了,爱和厌恶都生不起来。我们不认为对方能教育好孩子,也自觉不配当父母,于是就不打算当了。夫妻生活一年屈指可数,破天荒地那几次,她的肚脐眼儿也让我越看越别扭。终于,又一次吵架后,我提出:咱俩要不然算了!她说,算就算。我俩都是行动派,开始争分夺秒地为自己赎了身,面对可分割的家产,拱手相让,一方面不觉得那有多重要,至少我是这样想的;另一方面也不想跟对方太算计,日后还在一个圈子里混,为了自保也得给对方留个好印象——我听到过太多同行夫妻因"分赃不均",分开后把对方说成下三烂,每当这时候,我真替对方高兴,终于躲丫远远的了。

我十年前的预感应验，南北可以交流，但差异始终存在，不可磨灭。这足以让我尽情地嘲笑三十岁的自己。

婚离完我就一心扑在工作上，不让自己去想离了到底对不对。下班后，我可以想干吗就干吗了，不用再想该回家了，或者家里的人还没回来这些事情。我突然觉得，此生最自由的时候出现了。当然，这也得益于在老家的我爸身体尚可，不需要我操心。

也许我爸现在身体健康也得益于我没有把离婚的事告诉他，但我估计告诉了，他身体也不会坏到哪儿去，因为他在三十年前就离过了。我猜想，我的现状只能让他对自己三十年前的选择更加释怀，现在喝起酒来更肆无忌惮。

我孑然一身正准备在事业上大展宏图的时候，总公司有了新决议，我们这个分公司除了出版以前那种文史类书籍，还要出版一些适合中小学生乃至学龄前儿童阅读的书籍。现在只有这帮孩子会在纸质书上花钱，以前供成人阅读的文史书籍越卖越少，公司需要保证码洋的增幅，为上市做最后一搏。分公司的经理接受了总公司的安排，想保住职位，他必须完成这个任务。我是主编，负责内容，新的内容让我陌生，也不是我想干的，便辞了职。我喜欢这个职业，近乎信仰般热爱，不想掺进杂质。辞职前夜，我躺在公司的沙发上回想近二十年的职业历程：竭尽所能，倾注热情，也收获颇丰，变成现在的自己，没有一天日子感到后悔，现在快四十了我不能越活越抽抽儿。

我在朋友圈发了离职的消息，要不然总有人管我要书和问版权的事儿。有些朋友私信我，问我是不是另谋高就了，我实话实说，打算先回老家，过完春节回到北京再说，马上也年底了。一个朋友问我愿不愿意去他的公司，他们是做影视的，需要个文学策划，内容上总体把关，年轻编剧有技术，没方向，得有人指导。他们觉得我做文学书这么多年，能胜任这一职位。这些年我也替出版公司卖过一些小说的影视版权，和做影视的打过交道，深知这行当这么多年来一直在为内容发愁，挺好的小说变成影视剧，都减分了。也不乏拍得好的，凤毛麟角。我不太想蹚这浑水，又怕开了春还找不到工作，万一买到合适的房子，没能力还贷，便没有直接拒绝，留了活口儿，说年后再议，马上过年了，心思飞了。朋友说那你也别闲着，先帮我看点儿东西，年后能来上班，入职就按现在的时间算，来不了，也不白看，会有审阅费。我不便再拒绝，就应了这事儿，然后坐高铁回老家了。

2

我一个人回家过年，离婚的事儿我爸自然就知道了。他说没事儿，有合适的，不带孩子的，再找一个。三十年前他就是这样做的，现在指导起我来，轻车熟路。

我妈是在我八岁的时候走的，原因是跟我爸过不下去了，觉得他不思进取。这是我妈的原话，临走前她把我叫到屋里，像以往她上班要把我锁家里前嘱咐我不要玩火碰电一样。那时候我不知道她已经和我爸离婚了，还纳闷怎么突然说起这种我听不懂的成语。她还说好男儿要志存高远，教我别像我爸一样，只知道吃饱了混天黑。然后就走了，我再没有见过她。两年后，我从邻居叔叔阿姨们的聊天中，得知我妈去了南方。在洞悉这个消息前，我爸已经领了一个女人回家住了，让我管她叫阿姨。起初不见我妈回家，我爸解释说：你妈出差了。当我看到邻居家小孩出差的父母相继回来后，又问我爸，我妈出差什么时候回来？我爸说，快了。后来有一天，他突然告诉我，我妈出差太忙，不要我俩了。听完我就哭了。号啕大哭，一半为我自己，一半为我爸，觉得他也够可怜的。直到他领回来那个阿姨，我才知道，白为他哭了。当晚，我一个人躲在被窝里，哭得更凶了。

　　那些年我们家这边的公园新开了一个游乐场，有碰碰车、激光打靶什么的，还弄来几架电动设备，最招人的那台叫"登月火箭"——一个倾斜的转盘，连接着十架不同颜色的火箭，尾部的铁皮上画着喷射的火焰。火箭的膛儿是掏空的，有两排座椅，家长和孩子可以同时坐进去。这东西出现的时候，我七岁，不敢自己玩，我爸陪着，我坐第一排，他坐第二排搂着我，我才敢开始"登月之旅"。在众多运动方式简单的游乐设施中，这家伙占地面积大，视觉冲击力强，启动后火箭自下而上一圈圈转，速度越来越快，对那时候的孩子来说这可太刺激了。当然票价也贵，所以后来我没再要求爸妈陪着玩。那时候的周末，只要作业写完，他们就会带我去那个公园，把所有免费的游乐项目玩一个遍后，我才让他们买"登月火箭"的票，这是周末的压轴节目。火箭颜色各异，如果上周坐过红色的，这周我就会坐蓝色的，同时看着前面那架绿色的暗下决心，下周末抓紧写完作业，过来把绿的也坐一下。对我来说，"登月火箭"除了刺激，还有一种"超越凡俗"的意味，游戏的形式是坐着火箭飞走，尽管只有七岁，我也知道能离开地球是件伟大的事情。

这种快乐在我十岁的时候终止了,我爸爸带回来的那个阿姨就是在公园负责启动"登月火箭"的,"登月火箭"旁边有个玻璃门小屋,她就坐在里面按按钮。她姓肖,我爸说,以后让肖阿姨带你去公园,想玩几次玩几次,想坐什么颜色的就坐什么颜色。可是我再没有坐过,甚至那个公园都很少进了。

从那时候起,我就有种挫败感,觉得自己和同龄人比,已经输了。究竟输了什么,我也说不上,反正就是不快乐了——这个权利被命运剥夺了。一网打尽的说法就是,被我爸我妈和肖阿姨这三人夺走的,而始作俑者,是我爸。如果不是他不思进取,我妈也不会离开他,肖阿姨也不会走进我家,只会坐在操控室老老实实地开关"登月火箭",我也能继续沉浸在离开地球的快乐中,不会开始想那个年纪并不该想的事情。从那时候起,我就不怎么爱玩了,开始认真学习,不想将来成为我爸那样不思进取的人;同时也觉得,只有学习好了,有个好出路,才能在我已经输掉半程的人生里扳回一局。后来我考到了北京的大学——志愿表里填的都是外地大学,这样就能不在家住了——毕业后留在北京,一心想做一名好编辑,再然后,我离了婚,现在回到老家过年。回家的高铁上,我还想到了前妻,她和我一样,都是为了"赢回来"而常年北漂,现在这个局面,算赢了吗?

过去的二十年,除了亲友结婚病故我回趟家外,只有春节才能回来待几天,有时候去老婆家过年,春节也回不来。带前妻回来过年的时候,我俩住宾馆,我跟肖阿姨至今都不太熟,加上前妻是南方人，不习惯北方家庭的起居。为了愉快度过那几天，我拒绝了我爸和肖阿姨让我们住在家里的邀请，坚决住在外面。这次回来，我一个人，再住外面有点儿说不过去，便跟着我爸和肖阿姨住，我打算过完元宵节就回北京，凑合一个月得了，顺便增进些父子间的交流，我都四十了，以后还是只能在过年的时候回来几天，我爸七十出头，可交流的日子就是和尚脑袋上的虱子。

我爸和肖阿姨于十年前搬进这套大两居，他们卖掉我爸的老房，拿出全部储蓄，换了这套房子。我爸说，已经做好将来死在这房子里的准备，如果他先死，就让肖阿姨继续住，等肖阿姨也死了，房子才能给我自由支配。他俩婚姻合法后没有要孩子，我爸懒，抚养我使他有了养育孩子的经验，非常清楚身边不宜再添一个更小的孩子，那会扰乱他养尊处优的日子。不知道肖阿姨对嫁给我爸这件事情是否后悔过，从那时候到现在，据我观察，家里的活儿一直都她干。我妈离开前，家里的活儿由谁干，我还真没注意过，那时候小，注意力不在这些事情上。但肖阿姨进门后，我发现她把活儿全干了，因为她越这样干，我越觉得她是在讨好我，一看到她干活儿，我就回到自己屋，关上门，表明态度。后来我上了大学，放假回家，发现肖阿姨一如既往地在干活，任劳任怨，我渐渐才理解这事儿。她当年是公园的临时工，来自外县，也离过一次婚，未生育，跟我爸一起过，相当于在本市有了稳定保障。虽然我爸只是啤酒厂的普通职工，但单位分的那套小两居足够为肖阿姨遮风挡雨，让她不必再住园林局的集体宿舍，饭也可以现炒现吃，不用再端着饭盆卡着点儿去漏雨的食堂打饭。为了让这样的日子一直保持下去，肖阿姨主动承担起家务活儿，极大迎合了我爸饭来张口衣来伸手的作风，这也是他俩能白头偕老的原因。

　　这次在家住了几天，发现我爸的好吃懒做比以前更甚了。早上起来，自己先下楼转两圈，看到想吃的东西，就买回来往门口一堆，等着肖阿姨收拾打理中午端上桌。桌上摆着一瓶本市产的白酒，酒盅倒扣在酒瓶上，第一个菜炒好，他就会自觉坐到桌旁，翻过酒盅，倒满，边喝边等后面的菜，永远吃热的。中午也不多喝，三盅白酒，不到二两，等肖阿姨吃上饭的时候，他已经去睡午觉了。下午醒来，他会把电视打开，无论是足球、篮球、台球，还是《非诚勿扰》的重播，都能津津有味看到吃晚饭。晚饭当然也要开着电视，里面的内容供他喝着酒评头论足。吃完一抹嘴，又去楼下的社区老年活动中心下棋了。如果在他出门的时候，门口的油瓶子倒了，他也不肯弯下他高贵的腰把它扶起，还会嫌挡了路，得一脚踢开。两个小时后，肖阿姨可能还没收拾好厨房，我爸下棋回来了，这项脑力劳动似乎使他疲惫不堪，往沙发上一躺，蒙头便睡，但一定得开着电视，关了他就醒。人不怕有缺点，关键是也得有优点，我确信我是他亲儿子，还真找不出他优点何在。这一刻，我理解了我妈，也理解了肖阿姨。听着我爸的呼噜声和厨房锅碗瓢盆的声音，我有些难过，决定还是搬出去住吧！

　　本来我想熬到初十，不等元宵节了，就回北京。结果春节前突然闹出疫情，省市之间限制人口流动，人和人的关系变成口罩这边和那边的关系，一时难以复工，我不宜回到北京，也无法和我爸一室生活下去，只好租个房子临时过渡。

　　我在网上发了帖子，也去了中介公司找房源，中介小哥告诉我，现在都不流行拿着钥匙领人看房了，又累又容易传染病毒，让我下载个"快手",关注他们公司的号,里面有各种房源视频,看上哪套,价格能接受,再去实地看房。我知道"快手"上都是些简单、闹哄但很真实的视频,一直排斥给手机里装,现在为了能尽早搬至心仪之处,只好也装一个。很快就找到了房子,是一套海边的小两居,这房子的视频让我心动了。视频里中介小哥举个手机拍完屋里设施,走到客厅窗前,画面突然一亮,窗外一片明晃晃,手机自动调节曝光,暗了下来,窗外清晰了,远处一片湛蓝色的海——我的老家是一座北方海滨城市——占据了视频的上部。画面中部和海平线平行的是金黄色的沙滩,烈日当头,沙滩空旷,没有人。画面下方是小区里的另几栋楼,路面整洁,绿化尚可。窗户拉开,风声和海浪声灌进来,这声音听得我一麻,赶紧在"快手"上给中介留言。

房子是去年春天新装修的,租给过夏季的游客,现在是隆冬,加之疫情,租金不贵,比起北京算很便宜了。简单收拾后,我就搬了进来。当晚,在楼下小馆吃了口东西,我就去海边了。海风湿凉,耳畔呼呼,浪大了起来,正要涨潮,拍打着礁石,零星的杂物被卷上来。许久未曾这么强烈地感受大自然的声音了,北京的生活滞涩僵硬,这声音让人血液通顺。

小时候我老来海边玩,有点儿玩腻了,此后二十余年里,也很少再来。没想到人近四十重返家乡的时候,竟然又热爱起来。选择住在这里,是因为站在窗前对着大海的时候,一半世界空了,心里一下就能少想一半的事情,这未尝不是一种美景。

房子里没有电视,没有我爸,没有北京的事情,诞生了难得的安静。每天上午我坐在阳台看会儿书,看累了就出去买菜,中午自己做饭,吃完睡一小觉,下午上会儿网,晚上时间机动,有时候去海边发呆,有时候去我爸那看看,或者不出门,在屋里下个电影看。有一天傍晚,晚霞艳丽,粉红色的光映到阳台的墙上,我突发奇想,要不然去海边跑会儿步吧!

退潮后的沙滩柔软有弹性,不会带起沙子,像踩在新铺的塑胶跑道上,不硌脚,腿上肌肉能收到沙滩的回馈,越跑越想跑。每落下一步,鞋底挤压潮湿的沙滩,发出嚓嚓嚓的声音。退潮的海浪尽管很小,依然无拘无束,一茬接一茬,随性翻滚,浪声带出节奏,像电推子一下下掠过头顶,又让头皮一阵发麻。跑到二十分钟,身体微微发汗,神清气爽。再往后腿就开始发软,我又坚持跑了二十分钟,因为我看朋友圈晒跑步的都跑一小时朝上,我生性不愿输人太多。回屋洗了个热水澡,躺在床上脑中突然闪过一念:最近收获了北京不曾有的东西。或者说,又找回了丢失的东西——快乐的权利。我可以一直拥有大自然,终生拥有七岁坐"登月火箭"的快乐,然而我的注意力被别的东西吸引走了——大概是成长中的新事物让我产生恐惧下意识想去抓住些什么——便忘了曾经最热爱的东西。这种生活已让我陌生,但隐隐觉得,它又开始吸引我。

从这天起,我每天都会来海边跑步。

3

没想到四十岁的生日是在老家过的。三十九岁生日的时候,正跟前妻离婚,没过,当时还想,四十岁一定给自己好好过过。

生日这天，我早上先到海边跑步，跑了四十分钟，然后在海滨浴场出入口的路边扫了一辆共享单车，打算骑着去小时候常去的公园转转，看看"登月火箭"还在不在那儿。骑到一半，突然听到手机发出声音，停车掏出一看，是软件提醒我已经骑出指定范围，还可以再骑，如果还车也在指定区域外的话，要多支付三十块。我看了一下公园的位置，也在区域外，又是一路上坡，我已经骑累了，决定锁好车，打车去。我把车往回骑了点儿，骑回划定的区域，准备还车，软件又弹出提示，这里不是还车点，不在指定地点还车，要多收十五元。我有点儿崩溃，但也没辙，只能怪自己开锁扫码的时候太大意，印象中好像确实弹出过这种提示，我没在意，一一略过，点了同意，扫完骑上就走了。当然也可以把车随便锁哪儿，大不了扣钱，但事情不是这样办的，我习惯把事情按它应该的方式处理掉。按软件导航指引，我把车往最近的停车点儿骑，结果骑回了取车的地方。

　　锁好车，我又用手机打车。来的是一辆红色两厢福克斯，我戴上口罩，坐在后排。车内微香——隔着口罩也能闻出来，给人一种干净的感觉，坐着也放松。司机是个女的，也戴着口罩，露出眼睛，短头发，更显出眼睛明亮，映在后视镜里还挺漂亮。疫情这段，全民口罩，我发现挡住脸后，所有人都显得漂亮与和气了。女司机问我需要开窗通风吗，我说都行，她便把前排两侧车窗微微降下，问我这样行吗，风不大吧，我说正好。之后便无对话，疫情期间，坐车的时候我不多说一句话，我想司机大概也是这个原则吧。好在开着广播，车内没有沉默得像座冰窖，我挺怕坐那样的车。广播里说，二〇一九年世界人口的平均寿命公布了，按长短排名，中国人排第五十三位，平均寿命是 76.1 岁，男性寿命是 74.6 岁，比女性短。日本人排名第一，但也没长到哪去儿，是 83.7 岁。我立马想到了自己，我生活在中国，76.1 岁是大部分人跨不过去的坎儿。也许有人会想，他家爷爷奶奶都八九十了还硬硬朗朗，但我也会想，既然有八九十还活得好好的，必然也得有五六十就挂了的。这么一想，吓我一跳，今天我四十，毫不夸张地说已经是半截身子埋黄土里的人了。

上班时间刚过，路上车不多也不少，我坐的车行驶平缓，女司机驾驶娴熟，有条不紊，不像有的司机坐在那里一动不动也显得手忙脚乱，我却有些晕车。广播里的男主持人问女主持人今年多大了，女主持人说不可以随便问女生的年龄，男主持人说这个我知道，我想说的是，女生可以六七十岁了依然称呼自己是女生，但作为女生中的一员，听到这个寿命数据后，做何感想呢？女主持人先是沉默，半天没接话，突然憋出一句：讨厌吧你就！然后两人哈哈哈大笑，插播音乐。

十分钟后，抵达公园，支付了车费，我说谢谢，女司机说慢走。车门关上的时候，广播里关于中国人平均寿命的讨论还在继续着，我听到主持人说出了我在意的事情："八〇后"都步入四十了，可以探讨一下，人生的下半场该采取什么战术？

我想下半场怎么办，取决于上半场的结果，经过试探后，知道自己在"活着"这件事情面前的强弱了。我的上半场怎么开的场，就摆在面前，我买了门票，走进公园——复盘的机会来了。

以前的土路都变成青砖路，印象中要顺着这条路走很远，才是游乐场，但是这次没走几步就到了。"登月火箭"已经不见了，三十年过去了，锈也锈没了。碰碰车的棚子也不见了，秋千、滑梯都不见了。我记得这个游乐场很大很大，玩完秋千再去玩滑梯，要走上一会儿，现在却变成在一小块儿空地上，只安置了两把休息座椅，仿佛我一转身，就能填满这里。这里曾经就是游乐场，千真万确，三面被湖包围，现在湖仍在那里，只是也变小了，水也浅了。几分钟前，我踏入公园的第一步，就感觉像进了当年那座公园的微缩景观，奇特的是，在这个微缩景观中，路宽了，树也高了。路旁两排的杨树——其中有几棵是我们上学时候植树节种的——都已又粗又壮，种完后刻的字，像爆米花一样，都撑开了。当年那座让我觉得广袤的游乐场就这样消失了。

我坐在长椅上，一种熟悉的感觉漫过心头，我知道，这是伤心。我很熟悉它。一旦你知道了什么叫伤心，这个世界的伤心事儿就会一件接一件地来找你，加深你对这种感受的认识。现在我清楚地知道了，当年坐"登月火箭"之所以让我快乐，是因为它引领了我摆脱约束——人不能离开地表是约束，人被生活所困也是约束。那年我却主动从"登月火箭"上下来，想告诉别人我很快乐，我妈我爸离婚了我也很快乐——你看我快乐吧，我考了一百分；你看我快乐吧，我拿了奖学金；你看我快乐吧，我留在北京工作了；你看我快乐吧，我出版的图书获奖了……可是我快不快乐的权利不在别人那，在我自己这——就像爱一个姑娘，满世界告诉别人我多么爱她，不如此刻就拉起她的手。所以是我自己主动放弃了快乐。

如果当年我没有从"登月火箭"上下来，这座游乐场今天依然会消失，但看着它消失，和我转身回来后发现它已经不在了，是不一样的。我一转身就是三十年，这三十年里，我去了一个叫作北京的地方,只为了告诉自己,你还可以很快乐。可惜那时候没有一个大人告诉我:别下来,你妈妈虽然走了,她没带走你的快乐,快乐不是北京才有。我在北京奔走了二十年,南辕北辙,重力越来越大,起飞的可能性越来越小,牢牢被生活所控,没有收获期盼的灿烂,而是一肚子委屈。我想起北京的大爷大妈常挂在嘴边的一句话:您都这岁数了,干吗委屈着自己呀!现在我四十岁了,郑重对自己说了这句话:你都是黄土埋半截儿的人了,别委屈自己了,谁也剥夺不了——尤其是我自己不能放弃——对快乐的享有。这将是我下半场的战术。

这一发现令我激动,我欢蹦乱跳地离开公园,去跟我爸和肖阿姨会合,我们约好中午一起吃饭过我的四十岁生日。我爸爱喝酒,我就好好跟他喝两杯。

北京那家影视公司联系我,问给我的剧本看完了吗,有什么意见直说。我怕朋友在这项目上赔钱,便告知真实感受。我说目前的剧本很糟糕,这样内容的东西,在我们出版行业,初审都过不了,并说了我对人物和剧情的感受。朋友说我俩的感受接近,公司策划部也认为剧本距离开机还差得远,因为疫情,原来的开机时间延迟,可以从容调整剧本,问我能不能多参与参与。我问怎么个多参与法儿,并讲明我在老家且打算一直在这边不回北京了。朋友说最好的参与方法当然是主笔了,我说我没写过剧本,难担此任。朋友说你只需要把故事写出来,让人物立住,后面的事情由职业编剧去完成,并报出一个数字,说是给我的费用。我说我怕写不好,朋友说谁写剧本也不可能一稿过,你至少写得不会离谱。我想了想,答应了。写剧本不是我的理想,现在这事儿能让我稳定地在老家生活一段时间了,说实话,自打决定不回北京后,我都不知道什么是我的理想了,甚至觉得,如果理想耽误了快乐,那这理想就是臭狗屎。

以前我觉得自己是个倒霉蛋儿,现在足不出户就能看到大海,对于那些只有花钱而且还要坐飞机才能看到大海的人来说,我这不就是幸运吗?我给现在的生活好评。

晚上没有什么一定要得到个结果的事情了,睡得早,起得也就早了,起床后先去跑步。刚开始跑步的时候,看到沙滩上被晒蔫已经萎缩的海葵,我还会展开文学想象,联想到自身处境——搁浅在老家。现在看到岸边的海葵,我会觉得它们是诺曼底登陆的英雄,只有它们上了彼岸,拒绝了随波逐流的命运。这些勇士的肉身被太阳灼晒得越来越小,光芒却布满大地。有本书叫"跑步时我都在想些什么",作者是大名鼎鼎的村上春树,我没看,所以书名也记错了,我一直当成这个名字记,其实是另一个名字。我不是特喜欢村上的东西,我骨子里是个糙人,但是跑了半个月的步,我决定应该找来这书看看,跑步确实是一件容易让人和神沟通的事情。

跑四十分钟回来,吃完早饭,才八点。泡杯咖啡看几十页书,心满意足,觉得快中午了,一看表才十点,离午饭还有两个小时,仍可做很多事情,上午突然变长。如此算来,人生也拉长了,无形中多活了好几年,还有比这更值的事情吗?这是不回北京的好处——干吗一定要在北京呢,关键是我现在感觉到快乐!

一周后的一天，接到我爸电话，说他那的网不好使了，让我去看看。我从住处出发，用手机叫车，接单的又是上回坐的那辆红色福克斯。我准备下楼的时候，司机打电话过来，问车里有一个小孩能接受吗，她正准备送孩子，随手打开软件看一眼，结果系统自动派单，到她那了。我说没问题。我站在路边，看到福克斯开来，一个十岁左右的女孩戴着彩色口罩坐在副驾驶，我拉开后门，坐了进去。女孩主动跟我打招呼，说叔叔好。女司机解释说要送孩子去上网课，她自己家也住这附近，家里没电脑，去孩子大姨家。我觉得挺意外，现在还有家庭不配电脑。

我跟女司机随意聊了几句现在小学的情况，问了小女孩网课怎么上，没说完就到我爸楼下了。下车的时候钥匙落在车上，还是司机发现的。送完孩子，她继续接单，下一拨乘客上车，看到了后排的钥匙，司机就收起来，打来电话问是不是我的。我一摸兜，钥匙还真没了，司机问我在哪儿，可以送来，我说要不然午饭后，她计价过来，我再坐她的车回早上上车那，她说可以。

在约定地点第三次坐进她的车里，味道已经熟悉。这次已不纯是司机和乘客的关系，出于感谢，我应该坐在前排，但还是坐到了后排，我说疫情没完全过去，我坐后面你也安心。反光镜里能看到她戴口罩的脸在笑，说坐哪儿都没关系。我问她这趟是从哪儿把车开过来的，她说开发区。我们城市的开发区建成后我还没去过，但知道肯定不近，在这座城市，七八公里以上就算远了。

车到楼下，我要多付些车费，把开发区那段路也算上，她说不用了，都是邻居，然后指了一下左前方，说住那个小区。我也就没再坚持，道谢道别，然后上楼。门口堆放着我的快递，送来的时候我正在我爸那吃午饭，就让放门口了。是一摞书，我拎进屋里，挺沉的，估计有三四十本。是我离职的那家出版公司寄来的，这是他们专为中小学生出的一套世界名著，作者们都已过世，不需要支付版权费，找些年轻的译者，重新翻译一遍，质量良莠不齐，装帧设计也贴近中低龄学生的审美，然后就下印厂了。是分公司的总经理联系我，要了地址，安排人寄来的，让我看看新成果，想动员我，回去接着干。我拆开包裹，大致翻了翻都有哪些书，每本书中还有广告页，是尚未上市的书名，也都是名著，加起来一共一百本。这套书就叫"中学生百部必读名著"，上市后会动用政府关系，联系各地教委，安排一些活动，让学生们的日常生活和这套书建立联系，慢慢就变长销书了。我已决意不回北京，更不可能回去做这事儿。我发愁把书放哪儿，摆书柜里显得幼稚，虽然我这也没人来，但自己看到仍会难受。突然，我想到可以送给女司机的女儿。

我又给她打了电话，简单说明情况，她不好意思接受，我说也是朋友送我的，我用不上，她孩子看正合适，省得再出去买了。她答应了，说傍晚收车时来取。

不到六点的时候，接到她的电话，说已经在楼下，不想麻烦我，她可以上来取。我说太沉，我送下去，让她开进小区，告诉了楼号。

我拎着书下了楼，红色福克斯停在楼口，她站在车外等，看见我后，摘了口罩，先笑了，面带几分少女气质迎过来，加之一头短发，并不像一个妈妈。坐在她车里的时候，我是好奇过口罩后面的那张脸，突然摘掉，我还有点儿措手不及，像看到一个陌生人。大多数司机在车里久坐后的木讷，在她脸上看不到，相反，是一张和司机不般配的充满活力的脸,所以还带些少女样儿,但从皮肤仍能看出年纪,跟我相仿,大不超两岁,小不过三岁。随即我也摘了口罩,可能是彼此陌生了的缘故,没说两句话就把事儿办完了。我上楼后觉得有点儿草率,又给她发短信,让她告诉孩子书挑着看,有些现在理解不了,可以暂时不看。她回复说:谢谢!然后又发来短信,问我贵姓。

我说免贵,刘。

没过几天,我接到她的电话,说有点儿海鲜想送我。我说不用客气,她说也是别人给她的,她吃不完。我说我这儿也没冰箱,这是实情,还说我对吃要求不高,平时很少开火,更不会烹海鲜,就不要了。她说我可以拿到我爸那去,丢钥匙那天,回来的路上在她车上聊天,她知道我常去我爸那吃饭。但我脑子里想的是坚决不能给我爸那儿拿这种东西,到时候只能是肖阿姨打理,我爸吃现成的,菜好他就会多喝几杯,无形中助长了他好吃懒做的行为。我只好说我爸吃海鲜过敏,还是送给别人吧。女司机说要不然让我去她家,她做,以示对我送了孩子一摞书的感谢。我说不用,我那也是借花献佛,女司机说来吧,都是借花献佛。这样一说,我只能接受了,人家帮我处理用不到的书,我只能去帮她们消耗吃不完的食物。

应该买点儿什么吃饭时带去让我颇费脑筋。想给孩子买东西,但是这顿饭就是因为我送了孩子书而起的,如果再给孩子买,会让这事儿变得没完没了,平添双方负担,只能给妈妈买。送一个不太熟悉的成年女性东西,太贵重对方压力也大,得是不会给对方造成负担同时也显出我走了心的东西。最后我买了四提罐装咖啡。

　　约的是午饭。我按发来的地址，找到那里。是个十年前建成的小区，楼道却像用了三十年，堆着住户积放的各种杂物，她家的防盗门和楼道有些不般配，看上去又厚又新，也许是为了安全，却更容易让人心生歹意。我按了门铃，听到门后女司机的声音：来了！我摘掉口罩。猫眼儿的孔黑了一下，随后门开了。蒸螃蟹的味道飘了出来。

　　在女主人换不换鞋都行的安排下，我换了鞋，把咖啡放在门口的柜子上，说这是给她的，出车时困了喝，然后转头看向客厅，这个家映入眼帘。如我所料，这是一个单亲母亲和女儿的家，看不到男人的东西。米黄色的地砖擦得很亮，陈设简洁，红粉色布艺沙发，我送的那套的书对称分列在电视两侧，电视似乎只是个摆设。女司机自报家门，说她属狗，八二年的，问我。我说我八〇年的，她说那就叫你刘哥吧，我问她怎么称呼，她说叫她玲就行了。玲似乎化了妆，至少涂了口红，我没好意思多看。桌上不只有海鲜，还有熏鸡，厨房炖着排骨，马上出锅。玲的女儿叫恬恬，拿来碗筷，动作娴熟，一看就老干活。

　　我问我能干点儿什么，玲说不用，可以洗手吃饭了。她提醒了我，进门还没洗手。疫情期间，外出回来就洗手成了人们的习惯，我也没忘，只是不好意思一进门就去她们家卫生间。洗手的时候，更印证了我的判断，这是一个父亲缺失的家庭。

　　重回饭桌前，桌上多了几瓶啤酒，恬恬拿来两个高脚杯。玲问我喝啤的行吗，我去年在北京犯过痛风，从此成了痛风防治专家，海鲜和啤酒是大忌，不忍辜负这娘俩热情，只能冒险而行，我说可以。玲启开酒，倒了两杯，恬恬去冰箱拿了自己的饮料，两小瓶乳酸菌。

  我对食物兴趣不大，尝不出海鲜的好，倒是有日子没喝着啤酒跟人聊天了。我是做客的，主要听玲聊，讲她拉过的各种怪咖，恬恬受她妈启发，不甘落后，讲学校里的怪事，我负责微笑或大笑，然后举杯喝酒。后来我讲了那天怎么就打到玲的车的事儿，说我被那个共享单车坑苦了。玲说这种必须还到指定地点的单车是带助力的，有点儿像电动车。我恍然大悟，说难怪这车很沉，蹬着上坡都费劲，原来带电瓶。恬恬和玲被我的遭遇逗乐，觉得比她们讲的那些事情都好笑。

  再后来话题转到电视旁的那两列书上，上次送书时告诉了玲我以前在北京当过图书编辑，这次玲问我怎么不回北京了，是不是在等疫情结束？我说一开始是，后来觉得不回去也挺好，北京年轻人爱去，能实现梦想，岁数大的人，如果不开公司只是打工，不觉得北京有什么好，除了挣得多点儿。可能是酒精的作用，我竟然说我现在这岁数，又是一个人，觉得只为了挣钱挺傻的，生活里的美好都错过了。玲说在大城市生活过的人才会这么想，生活在小城市的人，每天干的就是上班挣钱过日子这些事儿，巴不得多挣点儿，日子过好点儿。我赶忙解释，其实我在北京也没挣到什么钱，每天累半死，在这城市迷失了十几年浑然不觉，这次疫情在家待的这些日子让我想明白了，不能再越陷越深。玲问我回来做什么工作呢，我说还是编审稿子，给别人写的东西挑挑毛病，尽量给出点儿合理意见，只不过人不用在北京了——我是这么理解现阶段的剧本工作的。玲说那应该叫你刘老师，刘哥叫俗了。我说可别,老师这称呼在北京不招待见,虽然北京遍地老师。恬恬突然问,为什么呀,那我们学校的老师怎么办?我和玲都笑了。玲说吃完饭让我帮恬恬挑挑那些书,先看哪本后看哪本,她也不懂。

玲的口音不像本地的,我问她怎么在这安家了。玲说她是二十岁跟着她表姐来的,她表姐夫是当地人,给她表姐弄了个手机店,她帮着她表姐打理。后来她自己开了独立门店,她姐加两个点给她供货,卖了五六年,挣钱买了这房。再后来电商崛起,把实体手机店都冲垮了,她一时没找到合适的行业,那时候滴滴刚出现,她就尝试着干干看,成为本市第一批滴滴司机,一干就是五年。玲说的都是工作轨迹,有意略过家庭轨迹,没提什么时候生的恬恬。吃喝得差不多了,我要帮着收拾,玲说不用,先堆着,回头再收拾,又从冰箱里拿出水果。恬恬这时候拿过一套《战争与和平》放在桌上,说刘叔叔这个名字的书这么厚,我应该什么时候看?玲说桌上有油,你和叔叔去沙发那说。我和恬恬拿着书坐到沙发那,玲把水果端了过来,我让恬恬把那套书全拿来。我大概翻了翻书名,觉得真是够难为小学生的,让他们看看《小王子》《绿野仙踪》《爱的教育》也就罢了,还要看鲁迅和《资治通鉴》,说实话,作为中文系的毕业生,《资治通鉴》我至今都没看全过。还有《百年孤独》和《1984》,成年人都未必能看懂。我把这些书挑出来,告诉恬恬,十八岁之前可以不看。恬恬说,那老师规定看怎么办,我不得不说,老师规定你们看,他未必都看过,如果老师安排作业,你来找我,我再替你想办法。

给恬恬选完书,一扭头,发现饭桌已经干净了。玲在厨房把碗也刷了，正好出来。我站起来对她的款待表示感谢，我也不太会说话，她也不太会说，俩人站着很僵，最后我只好说，挺晚的了，我回去了。

门口换鞋的时候，我有点儿小伤感，觉得跟这个家庭的联系，很可能就此终止了。今天我很愉快，我想延长这种愉快，于是在换好鞋后说："以后恬恬再上网课，不用去她姨家那么远，我那也有电脑。"

没等玲开口，恬恬先说了话，她说上网课用 iPad，网课软件没有电脑版的。玲说不麻烦我了，她正准备给恬恬买 iPad。恬恬说最近一直在涨价，她妈说再等等。玲解释道，现在学生都在家上网课，都需要 iPad，便宜了厂家，越卖越贵。又说，再不降价，也先买一个，看这意思一时半会开不了学。我说我那也有 iPad，如果只为了上网课，不用着急买。

当晚，我回到家，赶紧下单买了一台第二天能送到的 iPad。收到货后，我往桌面上装了几个平时手机里也用的软件，然后就等着玲送恬恬来我这上课。

我长到现在，基本没怎么接触过小孩，恬恬让我感觉到，小孩像一阵风，会送来凉爽，也有可能刮过来的时候，你正冷着，正好提醒你，裹紧衣服，于是又不冷了。这阵风吹来，能驱散日子里的庸碌，令时光澄净。我愿意和恬恬聊天，也有点儿理解那些被孩子折腾得精疲力尽的大人事后为何愿意晒折磨过程和现场的照片了。

4

手机响了。拿起手机看到玲的名字显示在上面,手机仿佛变成手持电扇,能吹出风来。恬恬被玲送上楼,戴着红领巾,背着书包,真像来上学的样子。我已经准备好乳酸菌和新拖鞋——那晚离开她们家的时候,我留意到恬恬的鞋,已经跟大人的相仿。

玲嘱咐恬恬,下了网课就自己回家,别打扰我工作,我说不会的。玲走后,我取出iPad,恬恬自己安装网课软件。下载的时候,我问恬恬红领巾是谁让戴的,她说是她妈妈,她妈妈说只要上课,就得戴。

十点整,网课开始,我不再说话,自己找了一本书去阳台看,我在那放了一张摇椅,是我置办的唯一一件家具,每天的大部分时间都是在这上面度过的。我搬进来的时候,这套房子很空,正常家庭日常所需的物件甚至都不齐,当初定这,除了看到海,还因为东西少,那种进去堆了一屋子家具的房子让我头大。恬恬上的是数学课,老师先点名,让每个学生接通视频,露脸喊到。点完名,学生们就关了视频和麦克,开始听老师讲。恬恬扭头跟我说,以前不接视频答到的时候,有学生让家人喊到,自己去玩游戏。学生们私底下交流这些,最终都会传到老师那里。现在老师从iPad里传出来的声音在这栋空房子里有回声,像听牧师在教堂里讲话。恬恬听了一会儿,拿着iPad过来,让我也听听。她把iPad放在窗台上,搬来椅子,坐在我旁边,笑眯眯地听着课,有一种好东西跟人分享后的喜悦。

老师讲得差不多的时候,出了一道题,说八年前小明九岁,问八年后小明几岁？接下来就由同学回答，网课页面有四个图标，举手、鼓掌、竖大拇指和大拇指向下，恬恬点了举手，但发送得不够快，对话表里有好几个人在她前面举的手，老师点名让第一个举手同学的回答。是个男生，

　　语音讲述一步步该怎么算，最后得出二十五岁的结论，说小明已经变成老明，给我听乐了。瞬间，对话表里出现"鼓掌"和"竖大拇指"的图标，可见班级的团结。最后，老师在视频里宣布下课，恬恬还下意识站起来，退出网课软件，把 iPad 交给我。

　　我看快中午了，准备做饭，恬恬说她不在这吃饭，她妈嘱咐过。我说要不我给你妈打电话，中午你跟我简单吃一口，下午在这看书，晚上她收车了来这吃晚饭，上回你俩邀请了我，今天我邀请你俩。恬恬说今天晚上她妈妈有事儿，但她可以把话带到，等哪天她妈没事儿的时候再说。我说你妈妈每天晚上都很忙吗，她说对，她和她妈妈要去人民广场跳绳。我问跳什么绳，她说教小孩跳绳，花式、双摇、三人跳、正常跳，都教，问我想看吗，"快手"上有视频。我拿过手机，打开"快手"，恬恬搜索到她妈妈的号，已经发布了一百多条视频，看截图都是跟跳绳有关的。我点进去第一条，上面写着日期，就是前天发布的，玲甩着一条红色的绳子，身子一圈圈从头顶掠起，又一下下从脚下钻过，脚不是并拢同时起跳，也不是骑单车那样一脚一下，而是像街舞一样，做出各种花哨舞步，胳膊也不是简单的前后摇绳子，可以朝各个方向摆动，同时绳子从脚下滑过，大概就是恬恬所说的花式。绳子在玲的手里不再是跳绳，像画家手中的毛笔，有种天旋地转挥斥方遒的意思。我说你妈妈跳得真好，恬恬说我妈以前是专业的，我问是跳

绳专业吗，恬恬说差不多，体操专业。然后恬恬点了另一条视频，说那里面有她，让我慢慢看，她先回家了。

恬恬走后，我躺在阳台的摇椅上，把最近两年发的一百多条视频按时间顺序，挑着扫了一眼。恬恬和玲一大一小，时而动作一致，时而互相配合，像两只萤火虫，在屏幕上翩然起舞，身影所到之处，便是光芒所在，即便臃肿的羽绒服穿在身上，也难挡身姿之轻灵。每条视频都配有现场音乐，能看到脚旁放的便携录音机亮着红灯，也能听到现场的声音。玲边跳边喊着节奏，恬恬戴着口罩跟着跳，看上去面无表情，酷酷的。随着玲的一声"停"，两人戛然而止，音乐在这时候也停了（应该是上传视频前制作了静音的效果），完全就像看一场摇滚演出，所有乐器在高潮处骤停，把人抛至狂癫和寂静的交接处，任其飘舞、散落。视频中的玲和恬恬散发出巨大能量，似乎能点燃这个世界，看得我有些感动，情不自禁给几个视频点了赞。

当晚吃过饭，我去了人民广场，这城市最大的广场。我去北京上学的那年，广场旁边只有新华书店和一排矮平房店铺，现在四周都盖了楼，走在广场上有种被瓮中捉鳖的感觉。从恬恬和玲跳绳视频的背景里，我大概知道她们在广场的哪个方向，直奔而去。我们省已经十多天没有疫情病例，出门活动的人也多了，似曾相识的音乐声穿出人群，把我领到玲和恬恬跳绳的地方。外围是一圈家长举着手机给孩子录视频，内圈是玲带着几个孩子，在音乐伴奏下正整齐划一用舞步跳着绳儿，还有几个小一点儿的孩子，站在队伍后面，笨拙而煞有介事地模仿着，恬恬正坐在一旁的折叠椅上休息。我走过说，你怎么没跳？恬恬一愣，看到我后笑了，说她刚跳完，现在是她妈妈辅导别的孩子时间。恬恬的跳绳搭在椅背上，我拿过跳绳，蹦了五下，坏了。我说，二十多年没跳过了。恬恬只是笑，我发现她门牙旁边的位置空了一块。我问她，牙掉了？她抿上嘴，舌头在缺牙的位置顶了一下，似乎在确认是不是真掉了，然后张开嘴说，下午刚掉的，最后一颗乳牙了。说完又笑了，透着一种告别乳牙时代即将长大成人的得意。如此一笑，露出豁口，却显得年龄更小了。

我重新站好，将绳儿置于身后，放慢动作，跳了八个，又坏了。慢跳更累，我已经喘上了。恬恬舌头顶着缺了牙的牙床说，跳跳就能找到感觉了，去年期末考试，她一礼拜没跳，再跳的时候也生。为了不引人注意，我拿着绳儿去一旁跳，恬恬也跟了过来。又跳了几次，还是不行，六年级的时候我能跳双摇，现在蹦得低了，滞空能力下降，手腕摆绳速度也慢，二十多年的光阴不是一时半会儿就能找回来的。我把绳儿还给恬恬，告诉她我去旁边溜达溜达，她问我一会儿还回来吗，我说回。

上次来人民广场还是十年前，那次是白天，我去新华书店看有没有我们公司出的书，顺便绕广场走了一圈，当时广场上没什么人。这会儿的广场上，一撮撮健身的人，玩轮滑的儿童、练滑板的少年，各种风格的广场舞方阵、放风筝的人、饭后遛弯的人，我终于理解了人民广场，这些鲜活的面孔、灵动的身姿、不挠的精神（从滑板上跌倒又爬起来接着滑），都是人民。人民让这座坚石铺地的广场有了生命，也让夜晚闪亮起来。暖风拂面，我坐在广场南侧喷泉池的石阶上，挨着一群练街舞的少年，点了根烟，看他们如何摆脱地心引力和进化论，让自己倒立着跟这个世界打交道，靠胳膊行走甚至奔跑。一个裹着护具绑带腿不能打弯儿的队友拍着视频，在手机里剪辑，准备发网上。拍完单腿蹦回石阶，离我不远坐着，一首首选背景音乐，后来开始单曲循环，不停滑动手机，看样子是选定了这首，开始按歌的节奏调节画面了。听头两遍，歌有点儿俗，先抒情，再干吼，烟酒嗓，唱出几分沧桑，隐约听到歌词里有风，有彩虹，有黑暗和孤单，整体有点诉苦加勉励自己的意思。听着听着，我把歌词听全了，再配合上眼前这些孩子的动作——他们也就二十，我四十，叫他们孩子不过分吧——我竟然不烦这歌了。

这时一个孩子空翻，双手撑地，做托马斯回旋，然后不知道怎么又一个跟头翻了起来，单手撑地头冲下，单臂为支撑，转了一圈，又要转第二圈，突然胳膊一软，人倒栽在地上。队友们赶紧围上去，我被挡住，不知道发生了什么。过一会儿，人群闪出一条路，摔倒的孩子被人扶着走出来，疼得龇牙咧嘴，出一脑门汗。有人说赶紧去医院拍个片子吧，当事人说没事儿，自己清楚不是骨折，就是寸劲儿，顶多是筋断了。他还要看大伙儿再跳会儿，缓缓再去医院。男孩的女朋友不放心，拉他现在必须去，男孩拗不过，只好挥动没事儿的手跟大家再见，并开玩笑说，这回队里又多了一个能给大家拍视频的了，相约明天见。女朋友和队长在夜幕中陪着伤者离开广场，制作视频那孩子手机里的歌，恰到好处烘托了气氛，为离去的背影增添几分悲壮色彩。我问这帮孩子，是天天在这跳吗，他们说在这跳两年了，疫情严重的时候全广场没人，就看他们跳了。我问了他们的"快手"是什么，掏出手机点了关注，然后就走了。

估摸溜达了有一个小时，我回到恬恬和玲跳绳那里，录音机的音乐已经停了，玲在辅导一个胖墩男生，恬恬和另几个孩子在一旁围成圈玩"萝卜蹲"的游戏。玲看见我，挥手打招呼，我点头，示意她先忙。

小胖墩儿也很认真，花式摇绳，一次次跳不过去，一次次从头再跳，身上的肉跟着上下乱窜。最后小胖墩儿说没劲儿了，能看出来，是真没劲儿了，练习便结束了。玲走过来把绳儿交给我，说，跳一会儿。我说刚才用恬恬的绳儿跳了，跳不动了，现在脚后跟就有点儿疼了，缺乏锻炼。玲说老跳就习惯了，然后开始收拾录音机，连同各种功能的跳绳，一起放入收纳箱，问我怎么来的。我说走着，消化食儿。玲说坐她车回去吧，停新华书店楼下了。

往回开的路上，我问玲几岁开始练的，听恬恬说她是专业的。玲说四岁半开始学舞蹈，后来中国体操队拿了好几个奥运冠军，家里就让她学体操了，十二岁的时候专攻自由体操，初中上的体校，十六岁被选入省队，后来二十岁的时候因伤退役了。我也没问玲受的什么伤，突然想起刚才那个跳街舞受伤的男孩，如果因此告别了街舞，遗憾终身。我想我应该回广场一趟，我以前在出版公司上班的时候，有位下属的父亲，是北京三院的大夫，我那年打篮球腰扭了，就是他爸给看的。我想如果刚才那孩子的伤严重，这里的医院看不了，需要去北京看的话，我可以帮着联系下那位大夫。这时候车也要开到我的楼下了，即将下车的时候，玲说下周如果哪天有空儿，可以去郊区摘樱桃，晚上一个学生的家长邀请了玲，那学生的爷爷家在郊区有樱桃园，连摘带吃，休闲一日游。我说行，选一个恬恬不上网课的日子。

我下了车，玲把车往她们家的方向开。这时我才发现，口罩一直套在下巴上，没有遮挡口鼻，玲和恬恬一路也是这样。我戴好口罩，拦了一辆扫街的出租车，去人民广场找那伙孩子。喷泉那里已经没人了，出租车拉我绕广场转了一圈，没看到一个像跳街舞的孩子，我对司机说还回刚才上车的地方吧。

5

我准备了酸奶、薯片、辣条等小孩爱吃的零食，给自己带了几罐啤酒，站在小区路边等玲。红色福克斯驶来，我上了车。恬恬告诉我，她们带帐篷了，一会儿可以在樱桃园的路边露营，她最喜欢的事情就是在帐篷里吃零食。

我们这座城市一侧是山，一侧是海。大概几万年前，海水退去，露出现在城区所在的平地，被历代人民在上面建了城市。樱桃园就在靠山的那侧。跳绳学生家长在门口等候着玲，见车驶来，指着方向，引导停车。樱桃园门口一大片沙石空场，已经停了些私家车，门口摆着中号塑料桶，进园的人都会拿上一个。大门两侧挂着几块白漆黑字木刻的竖匾和不锈钢的方匾，这里既是度假产业生态示范基地，又是樱桃种植研究中心，还是农民经济组织联合会，樱桃把这弄得挺热闹。玲跟学生家长介绍我，是一起来玩的朋友，学生家长说欢迎，递给我一个塑料桶，我跟着他们，拎着桶进园了。

园子挺大，一眼望不到头，家长介绍现有樱桃都是什么品种，蜜枣、沙皮豆、红灯笼、黄香蕉等，没想到小小的樱桃还有这么多讲究。可以边摘边吃，我也没客气，摘下熟透的放进嘴里，摘下即将熟透的放进桶里。恬恬对摘兴趣不大，盼着早点儿支上帐篷，好去帐篷里吃樱桃。玲不方便刚来就去支帐篷，学生家长特意在陪她，我要过车钥匙，带恬恬去车里拿帐篷。学生家长指着另一个方向说那边儿有草坪，野炊、房车露营都在那里。

　　我和恬恬支好帐篷，零食一铺，她用酒精纸巾擦完手，美滋滋享用起来。她妈不主张她吃零食，还是买了一些，她撕开虾条，让我先尝。我俩坐在帐篷里，她一根我一根吃了起来。她问我，知道什么样的虾条最好吃吗，我说是小根儿的吧，恬恬说不对，是用手捏着把一袋虾条都吃完后，嘬罗手指头，那时候滋味儿最浓。说完一笑，缺牙那里塞着一根虾条，故意逗我。我嘬罗了手指头，让恬恬自己在帐篷里玩，别出帐篷，我去她妈那边看看。

　　我沿着红砖路往樱桃树那边走，路旁是一大片土坡，樱桃都种在土坡上。果农摘完樱桃，码放在三轮车上，顺砖路运出去。我在坡下的砖路上找到玲，她正踮起脚尖伸着胳膊摘树梢上的"黄香蕉"，衣服下摆被带起，露出肚脐。

　　这是一个我熟悉的肚脐眼儿。第一次看到，却倍感亲切。和我的一样，是往里凹的。顿时心头一热，我俩是一路人。玲看到我站在坡下，放下胳膊，端着桶走过来，让我尝尝"黄香蕉"，看着黄，比红的要甜。我说恬恬在那帐篷里吃得很开心，我给她送点儿樱桃过去，说完尝了"黄香蕉"，确实很甜。我找到自己的桶，每样装了一些，准备拿到帐篷里。玲回到树旁继续摘，举起胳膊，肚脐又露出来，千真万确是往里凹的。

　　吃完午饭，我们返城。本来打算野炊的，学生家长说饭菜已经准备好，盛情难却，我们就进屋体验了"农家乐"，然后带着自己摘的樱桃，开回城里。恬恬玩累了，一上车就睡着了，玲知道恬恬会睡，特意让她坐在后排。我坐在副驾驶，问玲晚上还去跳绳吗，玲说去，每周就两晚休息。我问她有多少学生，玲说群里有一百多位学生家长，这几年前前后后有一百多人报了名。我说你怎么就干上这个了，玲说最早是因为恬恬跳绳跳不好，学校在这方面有要求，玲就在楼下教恬恬跳，同时自己也跳，偶尔跳几个花样，吸引了别的学生家长，也想让玲教他们的孩子。恬恬那段日子每天下楼跳绳，玲在旁边陪着，随便指导了一些孩子，家长非要交点儿学费，不收不行。玲就定了个标准，每个孩子一百块钱，同时送一根跳绳，学期无限，学到什么时候都可以。收了学费，玲开始研究各种跳绳技巧，想多教孩子一些，同时自己也在跳绳中找到快乐。我问她以前受了什么伤从体操队退役的，玲说伤病是教练给定的，因为没和教练搞好关系，参加全运会选拔的时候，教练没给她报上去，说她伤病在身，一气之下，她就离开了体操队。为了让她忘记训练队的那些不愉快的事情，表姐把她从老家带到这里，没想到一直待到现在。我问玲，那些曾经参加了全运会的队友现在过得怎么样，玲说她没关注，也不关心，常年在这边，那边的事儿就陌生了，不过想也能想得出来，拿了名次的，顶多再参加两届，然后就退役，有可能被安排进省体委，然后在老制度下，按老规矩办事——所以她更喜欢当个体户，从当初卖手机到现在开滴滴，都落得一个干净、自在。

一名行人从前方经过，玲放慢了车速，我们这里大路上的人行横道多，不设置红绿灯，只在路面上刷四个字：礼让行人。我回头看恬恬，睡得正香，没有因为刹车轱辘下来。我说恬恬没事儿，让玲放心开车。行人走过,车重新启动,玲说,恬恬挺愿意和你相处的。我问为什么,玲说因为你不问她爸爸去哪儿了,我身边很多大人,包括学生家长,都会问恬恬,你爸呢?我说,我也瞎猜过。玲说,她爸没了。我问,病逝?玲说,不是,八年前就没了。我问,怎么没的?玲说,不知道,人不见了,现在还没销户。我说,那你怎么知道人就没了呢,可以让派出所找呀?玲说,备过案,然后就没下文了。我说,怎么会这样儿呢?玲说,恬恬她爸开了一个要债公司,帮人追账,玲找他帮忙要回一笔手机款,两人就是这么认识的,后来结婚了,有了恬恬。九年前,她爸接了一个工程款的活儿,仨月没办下来,着急,跟公司的两个人喝完酒又去要了,结果三个人从此都没回来,那年恬恬不到两岁。我说,调查欠账的公司呀。玲说,查了,都查了,没有一点儿线索,所以不能销户,现在户口本户主还是恬恬她爸。我说,恬恬对这事儿怎么看?玲说,恬恬懂事后,就告诉她爸生病去世了,她也没不相信,所以现在天一冷恬恬就提醒我穿衣服,别生病。说到这的时候,玲把车开到了我楼下,我说先去你那吧,恬恬还睡着,我帮你把她抱上楼。玲说不用,到楼下她喊醒恬恬,让她自己走上去。我说还是让她多睡会儿吧,晚上还要跳绳,她有六十斤吗,我应该能抱动。玲说她一抱就醒,我说那就让她在车里睡吧,我先不上去,陪你聊会儿天。玲把车停到海边,停路边时间长了警察可能会来贴条。

车开到海边,玲给窗户留出缝儿,我们下了车,轻轻关上门。一些工程车正在沙滩上装卸货物,已经干了三天,听说这里将建起一座沙滩儿童游乐场。疫情严重影响了这片沙滩承包商的收入,海景酒店入住率低，餐厅也鲜有人光顾，暑期即将到来，承包商觉得户外儿童乐园能招揽孩子，学校不开课，他们也没地方玩，户外乐园安全一些，玩完家长还能领着在餐厅吃顿饭。我问游乐场什么时候能建好，管理员说五月底之前，儿童节正式面向社会开放，还给了我一张宣传单。图片上能看出这片游乐场规模不小，除了游乐设施，还有儿童 3D 影院和热气球漂流。我问这得花不少钱吧，管理员说盖就得盖大的，让远处楼上的人往海边一看，就能看到这里，越热闹，来的人越多，越冷清，越没人来。我知道儿童节那天肯定没有网课，我跟玲说，到时候我带恬恬来玩。

我俩绕过游乐场圈出来的那片地，来到一片安静处，转身就能看到红色福克斯。我脱了鞋，垫在屁股下面，冲着大海坐下，正午的沙子有点儿烫屁股。玲打着伞，也仿效我的方法，在一旁坐下。我问玲，恬恬会游泳吗，再过些日子，就可以下海游泳了。玲说会一点点，勉强能漂着，她没怎么教过恬恬，一个人带孩子不是方方面面都能顾到。我的头从大海转向玲，看着她，说我想在这边买套大点儿的房子，也不用太大，三居室就够了，一间屋子是书房，一间屋子给恬恬住，到时候她和恬恬搬进来，我们仨一起过，我能帮她照顾恬恬，我挺喜欢女孩的，我和玲可以不改变各自名义上现状，需要改了，也可以改。

我是当真说的。我觉得我和玲不是因为有共同语言能凑到一块去，也不是因为没共同语言才能走到一起。到时候白天她干她的，我干我的，互不干扰，晚上她去跳绳，我可去看跳绳，也可以不看，这总比同行的两口子用专业眼光互相挑毛病好。关键是，我认证过了，我俩是一路人。

玲看了我一眼,望着大海说,你真不回北京了吗?我说,真不回了,这里的生活挺好,我喜欢现在的节奏。玲拉住我的手说,不用住一起。她觉得现在这样就挺好。玲的手掌比我前妻的硬一些,不知道是长期握方向盘,还是握跳绳把儿造成的。我俩就这样拉着手,坐了会儿。后来涨潮了,我们坐的地方有海水漫上来,我俩把鞋往后撤了撤,光脚蹚了会儿水。现在这个季节,即便是正午,海水也有点儿扎(zhá,凉到了的意思)脚,玲嫌凉,玩了一会儿就上岸了。我又在海里泡了一会儿,玲在岸边晾脚,脚腕上湿的一圈沾着沙子,很美。

我们回到车里的时候,恬恬已经醒了,正在吃没吃完的那袋虾条,恰好吃到最后一根儿,然后嗍啰着手指头说:味道好极了。

6

儿童节这天早上,我没去跑步,想多留着点劲儿陪恬恬玩。玲准备了早餐,按之前约好的,我去她家吃完早餐,拿着帐篷和吃的,坐玲的车到了海边游乐场。昨天我踩好点,证实此处已交付使用,玲把我们放下,叮嘱恬恬听话,玩累了在帐篷休息别麻烦叔叔之类的事宜,然后自己出车去了。

我和恬恬购票入场,海风不小,穿半袖还有点儿凉。我们先支好帐篷,食物、水、厚衣服摆好,作为基地,可解决各类需求。其中还有半个冰镇西瓜,我给放到帐篷的一角,起到固定帐篷的作用。恬恬拿出一个垃圾袋,嘴里还说着像模像样的话:垃圾不乱扔,美丽由心生。玲给恬恬准备了防晒乳,我问恬恬要不要抹上再出去玩,恬恬不抹,说一个害怕晒黑了的儿童节,不会是一个快乐的儿童节。

票是通票,只要入场,就可以随便玩。恬恬离开帐篷,自己去玩了。游乐场可玩的东西挺多,我小时候都没见过,最庞大的一套装置弄得跟地道战似的,一会儿钻管道,一会儿爬楼塔,还能从上面滑下来,四面八方都有通道,走哪条路都行。装置的四周拉着护网,人进去后不会跌落踏空,光这项要是把各条路线都玩一遍,也得几十分钟。除此之外还有几台小型电动设备,在我看来,作为游乐设施显得有些敷衍,也许在孩子看来,依然是庞然大物。

我给恬恬拍了几张照片,发给玲,玲回复说麻烦你了,我说不麻烦,我自己也想玩。我说的是实话,如果那个滑梯足够大足够宽,我真的会上去玩。现在我就坐在轮胎做的秋千上,荡着给玲发微信。虽然没真玩什么,但置身其中,我就很高兴。我有点儿羡慕这些看游乐场的人,他们每天看着这些设备,泡一杯茶,不慌不忙度过一天,或者一生,挺好的差事。

乐园里种了椰子树,假的,不摸看不出来。两棵树中间绑着吊床,我躺上去,腹部用力可让吊床晃荡一会儿,然后再发力一次,又能晃荡一会儿。阳光透过椰树叶,在眼前晃,那些游乐设施和游玩的人,也跟着晃,一切显得不真实,但又是真的。我闭上眼睛,吊床慢慢停下来,海浪轻拍沙滩,海鸟盘旋在海面上吱吱呀呀在捕食,陆陆续续又有家长和孩子进来,孩子们的喜悦声密集起来。

电话响了,我掏出手机,睁开眼看。前妻来电。我没接,手机放回兜里。再闭上眼,我听不到那些声音了,想的都是她找我会有什么事儿？微信又响了，还是前妻，让我方便的时候回个电话，务必。我走到恬恬正玩的"地道战"旁，问她喝不喝水，恬恬说不用，要喝她自己去帐篷喝，我让她就在这里玩，别出乐园，恬恬说放心吧。我走到游乐场边缘，坐在几个"大蘑菇"上给前妻回了电话。前妻问我最近好吗，我想说简直太好了，不愿刺激她，就说还凑合，我知道她肯定是遇到事儿了。

前妻说她妈查出癌症，当地医院看的，想来北京再诊断一下，听听这边大夫给出什么治疗方案。我一直听着，没接话，说到这的时候，她"喂"了一声，我说我听着呢，你接着说。前妻又说她爸妈打算下礼拜就来北京，住她那，并补充说，她刚买了房，一个小三居，买房时候是做过把父母接来住的打算，但没想到父母却因为这事儿要来。我知道我和前妻复合是不可能的了，我怕她心存幻想，尤其是这种时刻，所以直截了当说，你跟我说这些干什么？前妻说，想请我帮个忙，她没把离婚的事儿告诉父母，春节她也没回家，说去我家过年，然后就是疫情，不方便出行，她也一直没回去，昨天家里来电话，告诉了她这件事儿，她想让我跟她假装过几天日子，就当没离婚，不想在这节骨眼儿上刺激到她妈。我说我回老家了，不打算再回北京。前妻说求你了，就帮我这一次。这么说这让我很意外，太不像她了，看样子也是慌了。我说容我想想吧，我现在过得挺好，不想再回到北京的环境。前妻说就帮她演几天戏，等她妈做完检查，定了治疗方案，就没我事儿了。我说那你妈不是一样会知道实情，前妻说至少有个缓冲了，不至于她一下火车就受到刺激，这期间，你可以对他俩、对我，冷淡点儿，这都没关系，你就住我这，有三间房，你就说半夜忙事儿,需要自己睡一间。我说我肯定得想一下,并建议她,如果有新男友了,不妨借机让他出场,也到了他该承担责任的时候了。前妻说她哪有时间谈恋爱,问我是不是现在有女朋友了,不方便离开,我说那倒不是。前妻说她是真没辙了,但凡有招儿,也不至于给我打电话。我说明天给你回信儿吧,然后挂了电话。紧接着,前妻的微信进来了,说明天中午等不到我信儿,就下午打给我。我没再回。

"大蘑菇"已经晒得有点儿烫屁股,它们是游乐场安置的铁皮音箱。游乐场外面有一匹小白马,可能就是这个品种,永远长不大,像个马中的儿童,背上套着马鞍,被打扮得花枝招展,一侧的身上挂着二维码,扫码支付骑马照相。

我找到恬恬,她正在帐篷里吃桃,问我吃吗,我说待会儿。她说,您怎么了?我说没事儿呀,恬恬说您怎么不玩呀,我说我玩了,这里大人能玩的少。恬恬说,那边有个热气球,大人应该能玩吧?我说能,我去问问。恬恬跟着我过来了,我俩绕着热气球转了两圈,没人。我喊"有人吗",一旁临时搭建的板房里出来人,说,怎么了?我说想坐会儿热气球,管理员说,坐不了,坏了。我说,刚开业就坏?管理员说,别处挪过来的,一直没修好。我问什么时候能修好,管理员说不知道,看老板什么时候找修理工。我知道管理员做不了主,便没再说什么,带恬恬去玩别的了。

后来太阳照得猛了,我俩就进影院待了会儿,投影上放的是《熊出没》。人不多,我躺在长椅上休息,让恬恬看饿了叫我,带她去吃饭。

我俩就在旁边餐厅吃的,恬恬爱吃茄盒儿,我给她点了一份。

餐厅的沙发挺舒服，吃完没着急走，恬恬上午玩得尽了兴，估计这会儿也不想玩什么了。我俩坐在落地窗前看外面，烈日当头，总是会有各路游客打着伞兴奋地在海边戏耍。看别人玩，自己也能高兴。

一群着装正式的人出现在游乐场，为首的是名中年男子，带着一个男孩，后面有人给他打伞。游乐场负责人陪着，还从阳伞下的冰柜里取出饮料，拧开给男孩喝。我和恬恬隔窗看着，这群人走到热气球那里，场地人员解开绳索，为首男子和男孩站进热气球的吊篮，场地人员也站进来，给两人扣上安全带，随后关闭吊篮的门，点火，热气球飘了起来。

恬恬看着我说，热气球不是坏了吗？我也看着她，不知该说什么。随后我俩又一同注视着窗外。那三人随热气球升到空中，男孩好像还挥了挥手，隔着玻璃，听不到他有没有冲下面喊什么。热气球越来越小，已经飘到海面上，人已经看不见了，恬恬还在看着。热气球又越来越大，能看清人了，男孩满脸欢笑地从热气球上下来，那名男子也下来了，转身和操控气球的人握手，又和游乐场其他工作人员握手，随后他们一行人离开了，像来的时候一样，有人为刚才坐气球的男人打伞。

我让恬恬在这等我，操控热气球的人正在用绳索固定气球，就是刚才告诉气球坏了的那人。我来到他身边说，既然都解开了，我们也坐一圈。他说这个项目不在套票里，我说我可以单独买票，他说还没开放，我说刚才有人坐了。他说刚才坐的可不是一般的人，我说我上学的时候也没在一班待过。他既然这么说，我也故意跟他这样说。他看了看我，继续拴绳索，说别捣乱了，那么多可玩的呢！我说孩子就喜欢玩这个，他说我们这个真不对外开放，我说刚才确实有人坐了，他们还没走远。我指了指那伙人的背影。他也看了看那个方向，固定好热气球，说了句真没办法，兄弟！然后就回屋了。

我一转身，看到恬恬站在身后，我拉着她的手走了。我俩回到帐篷，帐篷里憋热，恬恬想回家，我看出她的不高兴，在确认她真的不想玩了后，收起帐篷，带她回到玲那里。恬恬有钥匙，开了门。我放下东西，那半个西瓜又原样儿拎了回来，我说切开吃了吧，恬恬摇摇头，说不想吃。我说别想着热气球的事儿了，世界上好玩的东西有很多。恬恬问我，人是不是生下来，就决定了有没有权利？我说，如果是追求快乐，人人都有权利。恬恬说，那为什么别人不能坐热气球，只有他们能坐呢？我说，我不认为只能他们坐，你我都可以坐，只是还没到时候。恬恬说，要等到什么时候呢？我说，有些是不能急的。恬恬说，是不是等也等不来，因为我们就没有权利坐。我说，我不认为咱们没有这个权利。恬恬说，事实才是真理，只有坐进去，我才能证明有这个权利。说完，她就回屋了，说要写老师布置的作文。看着她消失在门后的身影，我觉得她好像突然变大了。

恬恬一直关在屋里没出来，我每隔一会儿就敲门问问她要不要喝水或吃点儿什么，她都说不用。玲今天收车早，为了晚上给恬恬做饭，欢度六一。她问我今天恬恬表现得怎么样，我说挺好，就是没坐上热气球有点儿遗憾，人家不对外开放。玲说没事儿，然后就拎着采购回来的东西，进了厨房。

我要帮玲，玲说我陪恬恬累一天了，去歇着吧。我也不再执意干活，靠着沙发上网查东西，看哪儿还能坐热气球。看到一半的时候，恬恬出来了，跟进去时候的表情很不一样，和早上刚到游乐场时差不多。看样子没事儿了。我问，作文写完了？恬恬说，嗯。我问写的什么，恬恬说写今天的事儿，我说我能看看吗，恬恬进屋拿来作文本。看一行吓我一跳，不知道现在的孩子都这么厉害，还是恬恬早熟，题目是：权利和权力。

我看完全文，大约四五百字，写的就是上午坐热气球的经历，描述过程为主，最后几十个字落在人一生下来就不是平等的，有些人轻而易举得到的东西，有些人永远得不到。我不得不说，恬恬所想的，比我在她这个年纪想得远，写作文能有这种思考很好，但作为孩子这么去想，让我有些难过。

玲把饭做好了，她买的都是半成品，一炒就行，恬恬爱吃这家的鱼香肉丝和宫保鸡丁里配的豌豆。玲还给恬恬烤了她爱吃的蛋挞。

开吃之前，我跟玲说，可能最近要回趟北京。玲说好啊，去几天？我说不一定。可能是我言辞含糊，也可能是我心虚，总感觉玲看出了我要背着她去做一些事情。其实也谈不上背着，我有权利不通过她去做任何事儿。

7

第二天我给前妻回了电话，说这忙可以帮，但是时间不能太长，别超过半个月，也别指着我干多少活儿，最好她抢在前面把活儿先干了，我只负责出现，大部分时间我不会在她家里，就当我工作忙好了,也别给我和两位老人交流的机会,特别是避免独处,主要是我戏不好,来假的我难受。前妻说你只要能来,怎么都行。

就这样,我又回到北京。出了南站,打车直奔前妻给我的地址。到了楼下,我给她打电话,通知到了。她说了一个房间号,我按了对讲机,门开了,我进了电梯。从电梯出来的时候,见一户敞着门,我估计是这,便往那走。走到门口正好撞见迎出来的前妻,她说累吗,我说还行。我看到地上摆着男式拖鞋,问这是给我穿的吗,前妻说对,给你新买的。我换上,鞋号正合适。前妻说,洗手吧,饭已经好了。卫生间能看到,我走过去,前妻说毛巾牙刷杯子也都是新的,问我带刮胡刀了吗?我说都带了,前妻说没带也没关系,晚上去超市现买都来得及。她好久没有跟我这么客气过了。

菜是点的外卖,她说她也刚下班,做了汤,蒸了米饭。可能是别人家饭香的缘故,我吃了两碗饭,问了前任岳母的病情。我确实也帮不上什么,光听着,没接话。吃完,前妻主动去刷碗,我坐着看着,有些不适应,决定下楼转转。我说应该给我一把钥匙,这样显得真实。前妻说已经准备好了,还有小区门禁卡,就在门口的杂物柜上挂着。

我熟悉了周边的超市、地铁站,溜达到天黑,回到楼上。我洗了澡,直接进了未来我要住的那屋,问了 Wi-Fi 密码,连上笔记本上网。来之前我把 iPad 留给恬恬了。我和前妻各守一屋,我关了门,她那屋敞着。临睡前我去了趟卫生间,出来的时候,前妻说晚上来这屋睡也行,我说不用,我就睡那小屋。她那大屋是主卧,有张双人床。

― 游乐场

　　我的岳父岳母到了。结婚之前，我管他们叫伯父伯母，结婚后还叫伯父伯母，我和前妻没办婚礼，没有改口的环节，于是就一直这么叫着。每年难得见面，叫伯父伯母从情感距离上也恰如其分，没想到这种称呼竟然为现在带来极大方便，如果当时改口，现在还让我叫爸爸妈妈，我真张不开口。

　　前妻在外面订了接风饭，我陪着前岳父喝了点儿酒，对前岳母说了些宽心的话，让她保持好心情，并说我最近公司忙，如果能请下假来，就陪他们转转北京的名胜古迹，正好现在来北京旅游的人少，如果请不下假，就让前妻陪他们玩，她比我好请假。我必须这么说。

　　肿瘤医院的号不好挂，我们也托不上人，用手机抢了两天号也抢不到。我就半夜去排队，终于挂上号，让前岳母做上检查。这里的大夫不认外地医院的诊断，重新拍了片子，两天后取结果，再听大夫怎么说。当晚，我在自己屋看书，前岳母敲门，给我端来一杯热牛奶，说昨天晚上替她排队挂号没休息好，今晚早点儿休息，别忙了，过去睡吧——过去，指的是去前妻那屋。我说没事儿，下午睡了会儿。前岳母说，过去睡吧，你们要个孩子，我要没了，你们也能有个伴儿。我说您别乱想，现在医学发达。前岳母说，我要是能多活几年，更想早点儿抱上外孙子，如果我身体好，还能替你们看孩子，你们工作那么忙。我不知道前妻以前是怎么跟她父母沟通的不要孩子这事儿，现在怎么突然提起这一出了。幸好前妻闻声赶来，说别管他了，你俩不来，他也在这屋睡，看着看着书就睡着了，换了床他睡不着。前岳母不再说什么，让我趁热把奶喝了。我认真喝了一口，表示剩下的我也会喝完，前岳母放心地走了。

影像结果出乎意料,这里机器拍出来的清晰度比前妻老家的机器高,后者拍成一个黑斑的地方,前者拍出来是一个灰点儿,位置是左肺。大夫说了一些术语,诸如:低密度、毛玻璃状等。最后的结论是,建议先吃一个月消炎药,因为前岳母感冒刚好,然后再拍片子观察,看灰点儿是否消失,或者大小不变,只要不变大,这不用管它。大夫的判断是,问题不大。前妻怕前岳母接受不了,没让她来,我陪着去取的报告。大夫一句话,让前妻,也让我,心都放肚子里了,大夫说:不是一个干净漂亮的肺才能活一辈子,这可能就是以前肺部留下的"疤",你觉得你身上有个疤,会影响你的寿命吗?

出了医院,我问前妻,我差不多可以消失了吧?前妻说,有什么急事儿吗?我说没有,但也没有必要再待下去了。前妻说,能不能等一个月后,再照一次CT,看完结果再说?我说当初说好了,最多半个月。前妻说她妈这事儿,让她好几个晚上没睡着觉,她觉得不能再像以前那么过了,想有所改变,可以把注意力转向家庭,问我还有没有复婚的可能。我脑海里瞬间浮现出她肚脐眼儿的形象,依然畏惧。我说,你干什么都太着急,这事儿你也好好想想,说不定等你妈安然无恙没多久,你又会天天加班了。前妻说,不会的,她觉得必须得转变了,想用一种外在的形式,就是家庭,强行自己扭转。我说我暂时还不想,而且我觉得也没可能了,做朋友很好。她说你现在是不是有目标了,我说这不重要,我也要转变,我不想在北京生活,我觉得一个人挺好,不用关心谁,多关心一下自己就行,不是自私,是我都黄土埋半截了,不对生活存有幻想了。前妻说那好吧,但也别把话说死,咱们可以再试试。

没想到我真在前妻那住了一个月,又半夜给岳母挂了一次号,影像呈现的不是最佳结果——毛玻璃斑块消失,但也不错,没有变大。大夫说就当没有这回事儿,回家该干吗干吗,半年复查一次,如果依然没有变大,基本可以放心了,以后每半年照一次,只要不变大,就不用管它。如此一来,大家都松了一口气。两位老人不想干扰我们的工作,也相聚了一个月,交流了感情,便买了离京的车票。我和前妻给他俩送上车,直到发车才离开,我在车外挥手跟两位老人告别,他们不知道,这将是我和他们的最后一面。送走他们,前妻陪我去她车里取了我的行李,我俩在进站口告别,互道珍重后,我再度进站,没有回头,直奔检票口,这趟车是开往我老家的。

住在前妻那的一个月里,发生的一件事儿让我毫不犹豫断绝了两人的可能。大约是第三周的时候,我那时候也不像刚住进来那么拘束了,晚上坐在沙发上看"快手",恬恬和她妈又编了新动作,双脚在绳子的摆动下做出各种出其不意的步伐,视频传到网上,我看完点了赞。随后我又看了那伙街舞少年的视频,胳膊受伤的孩子已无大碍,架着伤手,依然欢蹦乱跳。能看出,新创了很多动作就是为伤手服务的,没有把伤手当成需要避开的累赘,而是把它当成荣誉,打点最后都打在伤手上。我看着很开心,可能是音乐声大了点儿,前妻从她屋里走出来,问我能小点儿声吗。我调小了音量,前妻还在我身旁站着,我说怎么了,她说你现在也看这种视频,我说这种视频怎么了,她说这不像你,你以前没这么低级。我继续看着手机,我说我从没高级过,一直飘忽不定,现在我找准位置了,如果这算低级,我甘愿堕落。前妻说了一个"好吧",回了屋。半小时后她出来了,看我还坐在沙发上看,她说你能进屋看吗,我说这也没人——两位老人吃完去遛弯了——在这看怎么了?前妻说,我一出来就被你影响,想的事儿全乱了,无法专注。我知道她最近又忙起来了,看老妈的初检结果不错,忘了自己说过的要重新回归家庭的话,又变成原来的她,好几天都十点后才回来,晚饭还得我想辙。我说,是你把我叫来的,你答应好属于你的事儿你来做,你没有做,还觉得我影响了你,干脆我走吧!她说你走就走,我今晚就给他俩说明真相。她说得很坚决,如果不是想到两位老人,我真就走了,或者现在拿到复查结果,我也就走了,但想到仍有不确定因素,我迈不开腿,还是忍了,拿着手机,回屋关上门继续看。有了这个插曲,我知道人不会轻易转变的,不仅她是,我也是,所以我必须离开北京,誓不回头,强行不让自己回到原点。

当然这一个月里,我不是只配合前妻,也做了一些自己的事情。那个剧本现在改得差不多了,因为我来了北京,面聊使沟通高效,编剧们手也快,只差最后几集就可以定稿开机了。我也跟以前几个要好的朋友吃了告别饭,告知我将回老家,以后再来北京就是游客了。除此之外,我还干了一些别的什么。疫情也差不多控制住了,一切都将迎来新的开始。

玲知道我什么时候到家,她说直接去她那,她准备饭。我问她晚上还跳绳吗,她说跳,但是可以做饭,做完不吃——每次去人民广场前她和恬恬都不吃晚饭,只是回来喝杯奶。本来我不想麻烦玲给我做饭，但是我又想第一时间见到她和恬恬，便没客气，下了火车拉着箱子直奔她那。

我给恬恬买了件花裙子，配合她那根红跳绳，一定会好看。给玲买了一套化妆品，参考了我前妻用的，她现在在这方面越来越讲究了，想必也是意识到自己的年龄。玲说她每天开车，用不到，我说去跳绳的时候用，拍出来漂亮，显得人有活力。

玲蒸了螃蟹和花蛤，做了番茄虾，炒了荷兰豆——知道我爱吃。恬恬说我变黑了，我说可能吧，老开剧本会。她问在海边开吗，我说北京没有海，在室内开，太累也容易脸色发黑。恬恬说那您得多睡觉，我妈说睡觉分泌生长素和褪黑素，我就是因为这个才不得不睡觉的。

以前我吃饭很快，对吃没什么兴趣，填饱肚子就完事儿。现在我会慢条斯理地吃了，一个一个花蛤地吃，放慢动作，然后喝口酒，说会儿话，歇会儿接着再吃。能在酒足饭饱这种事情上获得快乐，我觉得这对我是好事儿。我开始理解我爸了，每个人都有享受食物的权利。我打算下回去看他的时候给他买点下酒菜，再带两瓶好酒，给他灌得差不多的时候，把准备好的围裙拿出来，让他换点儿事情做做，说不定别有一番趣味。

吃归吃，我一直盯着时间，到了玲和恬恬该出发的时间，我也吃完了。玲送我回去休息，我坐到小区门口先下车，她们娘儿俩继续往人民广场开。小区门口的超市是快递寄存点儿，我上午接到电话，说我的包裹到了，到了超市一看，门口堆着三个箱子，我想这就应该是我买的东西。我进去一问，果然是。我说一会儿来取。

我先把行李箱放回家，上了个厕所，给一个开出租的初中同学打了电话——上次回老家在同学聚会上和好几个人留了联系方式，然后带着壁纸刀和剪刀下了楼。我用手机叫了一辆"货拉拉"，把两个大箱子拉到海边，在游乐场旁边卸了货，我剪断包装箱的尼龙绳，划开箱子，取出所买的东西。第一个箱子里是一个竹篮；第二个箱子里是一大块尼龙布，展开呈水滴状；第三个箱子是鼓风机。我找到说明书，把三者连接，一个二维的热气球平躺在沙滩上。我用鼓风机往球囊里灌气，球囊膨胀，一个像模像样的热气球立了起来。这东西花了我六万多，我觉得值。

我的初中同学来了，带着两罐液化气，我们市的出租车都改成气儿的了。我把一罐装进指定位置，一罐放进竹篮备用，然后点火。双喷头燃烧器迸射出蓝色火焰，发出"砰"的一声。正常操作都是这样。

我微开阀门，热气球缓缓升空。

这就是我说的，在北京的一个月里还干了些别的什么，我考了热气球驾照，也就是"飞行许可证"，体检后参加了四周的培训，所以晒黑了。我决定回北京和前妻继续扮演夫妻前，就已查好培训时间，我主要是冲着学习这个去的，顺便给前妻帮个忙。

热气球已经飘到海面上，我跟初中同学挥手，他也向我挥手，喊着问我燃料够吗，我回喊，够！在北京，用这款热气球，我已经飞过好几次了。

高度差不多了，我掏出手机，将摄像头调成自拍，把我和后面的一片游乐场都拍了进去，然后翻仰手机，让最后的画面落在球囊上。我会给恬恬看这一刻的视频，不是只有有人给打伞的人才能从游乐场坐热气球起飞。

如我所愿，刮的是东南风，这样热气球就会飘向人民广场的方向。我准备在那里降落，恬恬认为证明她也有权利坐热气球的方法就是坐进去，我可以接上她，坐着这个回家。天色已黑。海面上的灯塔一明一暗，不知道是什么船，也在夜色下航行着，刚刚离港。我张开胳膊，搭在热气球的围栏上，往后一摊，突然获得一个发现。耶稣被以展开双臂的姿势被他们钉在十字架上，这样钉不是为了牢固，而是为了让耶稣舒服。人类从爬行到直立行走，胳膊一直是垂着的，或架在电脑桌上，总是在干着什么，想必这一姿态牵连了脑神经，使其终日被拉扯，而胳膊一旦展开，什么都不干，肩颈筋肉放松，被牵拉的脑神经也放松了，整个人便也轻松起来，如堕云雾，不知去处归途。

恍了会神儿，心中火花一闪，我又站起来。打开手机的夜视模式，拍了第二段视频：热气球掠过海面，天马行空。一会儿降落在人民广场的时候，我会拍第三段视频：广场上跃动的人群，各尽其能，无拘自在。然后把这三段视频连在一起，配上街舞少年们用过的那首歌，叫《你的答案》，后来我老在心里哼哼，歌词也能背下来了：

> 也许世界就这样
>
> 我也还在路上
>
> 没有人能诉说
>
> 也许我只能沉默
>
> 眼泪湿润眼眶

可又不甘懦弱

低着头

期待白昼

接受所有的嘲讽

向着风

拥抱彩虹

勇敢地向前走

黎明的那道光

会越过黑暗

打破一切恐惧

我能找到答案

哪怕要逆着光

就驱散黑暗

丢弃所有的负担

不再孤单……

  三段视频加这首歌,作为我的第一条作品,也发到"快手"上。虽然画面晃动,显得粗糙,呼呼的风声也录进去了,但这些都是真实发生的。我想有了这条视频,恬恬或许就可以在九月份开学之前,把那篇作文给改一下。如果这条视频能被更多人看到,或许也能让他们想起什么。于是,我打开阀门,火焰喷射到三米的高度,全速行进。

二〇二〇年七月二十四日

(原载《当代》2021 年第 5 期)

换日线

郭爽

上一次吵架是什么时候?她看着玻璃窗外变幻熠动的广告,怎么也想不起来。有点像小学时代的一个梦,梦里,作业本上整齐抄写的英文句子被擦掉了,蓝色橡皮渣黏了一条在作业本边缘。谁涂掉了她的字迹。或许,跟吵没吵架也没多大关系。以前她们时不时就吵架,最初的时候。恋人般盲目而天真地对彼此共享秘密,也因此容不下相左的意见、别样的趣味。后来,时间长了,她们认识了不少新的人,也开始失去朋友后,知道彼此存在的不可替代。不再轻易为什么而吵架了,也不轻易迁就或议和,对方是如此重要的朋友,反而谨慎起来,不像少女时代那样频繁地通电话、每天在 MSN 上聊天。生活的中段被抽取,好与不好极端的两头是她们仍旧共享的领域。或许,长大以后,只有这两部分能接近她们一起经历过的事情与时间的情感浓度配比,才算得上是给予和安慰,才配得上她们的友情。

所以,令曦关闭所有社交账号动态后,她并没有觉得异常。

她自己时不时也会这样,并不是简单地厌恶这个世界,而是厌恶某个时段自己与世界的关系,自己在这世界里的样子。她允许自己偶尔做逃兵,或者咄咄逼人的斗士,这让她感觉生活还未完全失控,她还可以拧住自己,打断节奏、随意反抗。而且,上一次联系时,跟往常一样,令曦给她发来的照片里,还是世界各地不同的风景。令曦仍在地图上移动,在国界、边界上不断往返,是她认知的令曦这十年来的生活态度。她有足够的理由反驳其他人的疑问,轮得到他们说什么吗?而且,什么叫"令曦出了点问题",如今谁没有点问题呢?

可反驳之后,些许不安却从心头升起。大概因为传递这个消息的朋友,并不是她和令曦的高中同学,那些她和令曦最开始共有的人际关系。高中同学能判断为"有问题"的令曦,跟现在的令曦几乎不在一个尺度里,她也根本不会在意那个世界的说法。传话的人是令曦的前男友非非。他跟令曦在马来西亚潜水时认识。跟她所了解的令曦绝大部分感情关系一样,令曦的热度来得快,走得也很快。为了留住令曦,非非搬到北京。上一次见面时,非非穿女装、戴蓝色假发。令曦则一如既往,素色坎肩连身裙,露出线条完美的手臂。为了甩掉非非,令曦甚至提出给非非钱,让他回马来西亚。非非后来还是回去了,一度清空社交账号,某天再出现动态时,又成了那个皮肤黝黑、肌肉结实的潜水教练。他被令曦迷住、改造自己的那段时间,像被时空的吸尘器吸走了。从这些迹象来说,非非是她见过的令曦的男女朋友中,最爱令曦的前几名。

非非说已经跟令曦没有联系,"我听说,她有点问题了。还是跟你说一声吧。毕竟你是她最好的朋友。"

她过了一会儿才回："你都还好吗，非非？"

非非却没有再回她。

她该收拾行李的。一个人在日本已经待了半个月，明天签证就要过期。行程还剩几天时，她到了福冈。意料之外的是，这个城市让她厌恶，她取消了购物的计划，可又不想马上回国。出来前的问题，兜兜绕绕一圈后仍未有答案。来佐世保纯属打发时间。她在福冈的游客接待中心翻资料，看到豪斯登堡的介绍，立马决定来这个九州最大的主题乐园。还有什么比在日本的土地上进入以十七世纪荷兰为主题的乐园更虚幻的么？她确实得到了满足，实景的虚幻抹平了她内心更大的虚幻。如果非非没有突然冒出来，日常世界没有打断她的幻想之旅，她会以自己的方式让一些事停摆在旅途终点。

行李箱大张开。她把东西都塞进去后，坐在箱子上扣上锁，可一会儿砰砰两声，箱子弹开了。她在药妆店买了太多乱七八糟的东西。垂手站在箱子旁，她几乎是沮丧地看着自己制造出来的局面。就像这个合不拢的箱子一样，她的生活超载，没法收拾起来。她才是有问题的人。非非指望她能做些什么呢？这些年里，令曦经历的那些事，哪一次她不是参与者？甚至，不就是她一次次跟令曦确定——你就是这样的人？令曦对她，未尝不是同样的纵容。快乐是最高的标尺，需扫平其他障碍。她们就这般任意妄为。唯一的不同不过是，令曦过度使用身体。

她试着从通讯录里找出令曦，想给她发点什么。但奇怪的是，L打头的名录里没有令曦的名字，在通讯软件里搜索也没结果。而她为了坚固自己的决心，来日本前清空了聊天软件里过去三年的记录。

为了分散注意力，她去剧院看"如果地球没有了月亮"，看完出来在运河边的自动售卖机买了两罐五百毫升的麒麟一番榨。酒快喝完时来了条信息："在哪？"她举起手机对着运河拍了张照片发过去。对方回："欧洲？我来找你。"她仔细看那个昵称，并没有印象，点开对方页面什么也没有。她只好回："不好意思，你是？""是我，令曦。"

令曦问她要在日本待多久，她说明天下午飞机到香港，从香港回广州。过了好一会儿，直到她走回房间躺在床上，令曦都没有回。她打了几个问号发过去，令曦给她回了个"晚安"。她有点累，想着事喝酒容易上头，不知怎么就睡着了。第二天一睁眼她就摸手机，并没有信息，她发了个"早安"过去。去机场的路上她不断看手机，令曦一直没回。飞机上，她点开一部电影，睡意来得很突然，猛地把她拽走，以至于醒来时恍惚，想了几秒才确定自己在哪、是什么时候，以及她是谁。过海关、拿行李都很顺利，她刻意放慢脚步，不断加固自己的理智。如果真有什么事，她要确保自己是可以承担责任的那个人。不为什么。如果令曦真的"出了点问题"，除了她，没有谁会更知道一切是怎么发生的。

她换好国内手机卡。过了几分钟，信息陆续进来。她边走边看，其中一条是："我在出口等你。"

印度人、阿拉伯人、马来人、白人混杂的人群中，她一眼就看见了令曦。令曦接过行李推车，冲她笑笑。

"怎么跑来了？"她问。

"一大早就过来了,也不知道你几点飞机。走呗。"令曦说。
"去哪?"
"玩几天吧。"
"在香港?"
"啊。"
"我没准备。"
"不用准备。你过境可以停留七天的。"

令曦和裴盈盈第一次到香港时,住在百德新街的小旅馆。那天是盈盈二十二岁生日,她们一早从广州东站出发,坐直通车到红磡,转港铁过海到铜锣湾,出来就是百德新街。在地铁 A 出口附近的茶餐厅吃了虾籽捞面、菠萝油和冻柠茶后,她们搭地铁去中环。从地铁与地下通道、商场负一层连成的地底森林走出来时,令曦一眼看见了叮叮车。黄色两层高的叮叮车正弯曲身体,从立法会大楼门前的车站经过。菲律宾女孩三五成群在紧邻的皇后像广场席地而坐,浅棕色的脸庞和手臂在笑语中浮动,像高更画笔下大溪地风景里的暗香。

"宾妹都比我们洋气。"令曦扭头冲盈盈笑着说。
"哪里洋气了?不也是 T 恤牛仔裤。"盈盈说。
"人家识讲英文啦。"令曦用粤语说道。
"'Cause Hong Kong is an international city."盈盈边说边跟令曦打闹。这句台词在 TVB 的广告里出现太多次。广告里,菜市场卖菜的阿姐也要进修英文,阿姐的丈夫满脸自豪,对着镜头竖起大拇指,佐证香港是如此这般一个国际大都会。

十一月，天气虽已渐渐凉快起来，但两人牵着手久了，手心还是捂出一点汗。可这不要紧，她们新鲜又雀跃。从地铁口出来，沿途繁体字和英文交织浮动的立体字幕里，下午三点的阳光在高层建筑的外壁不断折射，把不同肤色的行人镀上一层薄薄的金色。亚热带的酷暑即将消逝，树木葱郁苍翠，树冠被风拂动，慢镜头般浸染出绿色的运动曲线。未知的事物如此多，这就是全然新鲜的世界了，未尝不是一所流动的大学。她们的开心是清晰的，一颗一颗圆滚滚的，珠子般彼此碰撞，碰撞又产生出更多不可抑制的开心来。

停在和平纪念碑前，令曦抬头看眼前的白色建筑。两层楼高的白色圆柱撑起建筑主体，有希腊罗马的古典韵味，拱廊则弥散热带风情。第三层楼顶覆着深色瓦片，最高处则是石筑大圆顶。是美丽的建筑呀。天湛蓝，水池也蓝得清凉，只比天色略淡。不远处中银大厦的摩登巍峨作对照，眼前的老房子自有沉静的威仪。

"看。"令曦指着屋顶上的雕像。

"玛利亚？"盈盈问。

"你家玛利亚一手拿剑一手拎杆秤啊？"

"那是谁？"

"你看过《法网柔情》吗？"

"名字有点熟。"

"刘松仁、米雪……法官戴着泡面头假发，有印象么？片头砰砰有人开枪，车子爆炸，有人跳楼，然后这雕像轰一下出来。一手拿剑、一手拿秤。小时候我就觉得好厉害，天神下凡，要惩罚人类了。"

"天神？希腊神？"

"宙斯的妻子。管公平公正的。"

"宙斯的妻子是赫拉啊。"

"他不止一个啦，有个妻子还被他吃掉了。"

"吃掉了？"

"吃了。所以忒弥斯，就是这位，才一手拿剑一手拿秤，制定规则，约束宙斯。"

"希腊神是有人外形的统治者。"

"没错，统治者。"令曦把相机镜头对准屋顶，"来，你看，看她的脸。"令曦让盈盈从相机取景框看过去。

"眼睛上蒙了块布。"

"我小时候老想，眼睛上怎么就蒙块布呢？"

"菩萨低眉？不忍心看？"

"这也能被你说通？后来我查过，眼睛蒙起来，就不知道面前的人是谁，就能最大限度保持公正。像法典里说的，程序是正义的蒙眼布。"

"我就觉得，你学法律是注定的。你没发现你一说起这些来就滔滔不绝么？"

"法律有什么意思。"

"法律没意思，那你怎么一到就要来看这法庭？"盈盈调着焦，镜头从女神像一点点往下移。忒弥斯的裙摆下，狮子踞左边，独角兽踞右边。

"这里不只是法庭啊，这里是……港剧的幻境。"令曦笑了。

"你就跟看了迪士尼动画的小朋友去迪士尼乐园一样。大满足。"

"造景嘛。你学的不就是这个。"

"是啊,这里挖个池塘,那里修个喷泉。真修出来了,看起来跟我也没什么关系。"

令曦挡住相机镜头,"别看了。我想进去。"

"去哪儿?"

"里面啊,法庭。"

盈盈还没表态,令曦就往大门去了。保安跟她说话她装听不懂,径直往里闯。

过了好一会儿,令曦被半轰半请领出来了,看见盈盈就指着她笑:"你怎么不跟上?"

"看见了?"

"看了。没有泡面头了。"

保安在令曦身后叽里咕噜吐出一串粤语,却也毫无办法。

"令曦,你还能更离谱点吗?"盈盈捶她一下。

"哎……能吧!"

两人相对大笑。从她们认识起,令曦就是这样,似乎规则存在的意义只是为了能嘲笑它、打破它。她不介意盈盈掉队,毕竟,跟其他人的反感相比,盈盈虽不会跟她一样行事,但也不会轻易臧否。

红色的士后座宽敞,冷气咝咝吹着,茂盛的植物与闪光的海面从窗户不断涌入。她们没说话,沉默里自有默契在。时间像敦煌飞天飘曳的巾带,在云气漫溢中自在游动。度过艰难的二十岁,她们几乎是雀跃着来到三十岁的阶段。什么都在改变，她们对自我的把控能力见长，也就无谓时间的消逝，反倒可一起回味来时的道路。现在，她们已不用省钱搭地铁过海，从机场直接打了车往市区去。进过海隧道时，光线暗囲，盈盈转头看令曦，"怎么改了名字呢？"

"改了名字你就不知道是我啦？"

"就这么飞过来，工作不打紧吗？"

"不想在北京待了。再说吧。"

"那先住两天。"

"吓到你了？"

"什么？"

"我来了。"

"担心你是不是有啥事。"

"我能有啥事。有啥事你不早知道了？"

"那行。"

"我们去泰国那次真好啊。"令曦轻声感叹。

"不知道是谁，胆子小得要命。"

"我怂啊，我知道，嘿嘿。"

"在法国也是。就知道冲我发脾气。"

"哎，我错了还不行吗？"

"香港你就老老实实吧，可别折磨我。"

"你凶起来也不是一般人哪。"

盈盈笑了。

"还想生孩子吗？"令曦问。

"不想了。"

"现在怎么样了？"

"不知道。说不清。"

静了几秒，令曦说："你要是没钱了，记得跟我说。"

"就你有钱是吧？你真的很烦人。"盈盈笑道。

"这世上除了你爸妈，就我了。"

"那你告诉我，你这几个新文身是为谁文的？"

"咳。"

"别跟我说是人家逼你的。"

"那当然不是。"

"就没一个人吗令曦？就没一个人能满足你吗？"

"什么叫满足我？我是禽兽吗？"

"我看差不多。"

"裴盈盈，以你的智商不该问出这种问题啊。"

"什么问题？"

"什么叫满足我？关系是用满不满足来衡量的吗？跟谁在一起不会厌倦？厌倦之后能不能继续下去，完全看两个人的能量能不能平衡。这种问题咱们讨论过无数次了。"

"历史总是循环往复啊。"

"你知道我的意思。你以为谁都能评论自己像评论任何事物，分析自己跟分析任何事物一样无情吗？没有多少人像你和我。"

"咱们多久没见了？感觉也没有很久没见。"

令曦没答话，眼里有笑意。盈盈却笑开了，笑容从嘴角绽开，蔓延回旋。没见面的这几年，她们竟走得不快也不慢，转角再遇见，一丝生分没有，反而有余裕的松弛，让时间所能酿造出的奇妙风味得以佐证。

令曦订的酒店正对维多利亚公园。天还未完全黑下来，公园里的灯渐次点亮，骤雨把浓密的雨云推挤到天空边缘，一如此时昼夜分割的进程，是美丽色谱的调和与迁徙。裴盈盈站在落地窗边，景致尽收眼底。维园的树木、球场跟记忆里无差别，牵着孩子的女人等待红绿灯，穿过铺黑色沥青刷明黄色字样的马路。她捧着令曦泡的红茶小口啜饮。

令曦的声音从浴室里传来，喊她递什么东西。盈盈放下茶杯，走去推开浴室门。莲蓬头的水声太大，她再走近，拉开浴帘。她盯住令曦的背、臀部和大腿，有些吃惊。除了之前在计程车上她看见的布满令曦两臂的文身外，尾椎骨、大腿内侧蔓延到臀部也见文身。也许还有更多。

盈盈走回客房，去令曦箱子里找出她要的洗漱包，没有拉开，直接放在浴室洗漱台上。被水汽模糊的镜子里，令曦的裸背可见轮廓。令曦没再拉上浴帘。

很快，水声停了，令曦走回房间里。

"你身上怎么多了这么多……"裴盈盈决定不绕弯子。

"多了什么？都是纪念品。"

"把自己整成座纪念碑么？"

"你别这样看着我行吗？"

"哪样？"

"一副人间惨剧的样子。"

"实在有点太多了。这东西一多了，看起来就疼，觉得跟伤口似的。要是我也弄得满身都是,你怎么想?"

"好问题。"令曦一边用毛巾揉着湿漉漉的头发一边笑,"那么,你身上有没有伤呢?"

盈盈愣了一下,然后说:"也不是说不行,只是,你真的是在玩么?是你想要的,还是不想要的?"

令曦走到窗边,像十分钟前的裴盈盈一样对着维园的景色发呆,"咱们第一次来的时候真是傻啊,就在铜锣湾兜兜绕绕,最远也就去油麻地走了走。"

"油麻地是后来去的,你记混了。第一次来,我们一到就去了中环。"

"中环。是中环吗?"

"中环。除了中环哪里有那样的电影院?上哪能遇见杜琪峰?"

"观塘呗。银河映像,难以想象。"

"这么重要的事,你都不记得是在哪。"

"我记性没你好啊。不过确实难以想象,我自己都没想到。"

"我当时惊呆了。我的天哪,他就跟电影里走出来的人一样,连他助手都那么有型。"

"车也是黑色的,还加长款。简直了。"

"我没想到你居然上去跟他说话了。"

"就说了两句而已。假扮记者也没什么用。不过谁能想到,入了行我反而一次没见过他?"

"后来都没见过么?"

"再没见过了。"

"我记得车开走了你就拽着我说，好想为他工作！好想把这个世界变成电影！"

"现在也还是想的。"

"这不已经有那么多部了么？"

"那些都不算。不过我也不是导演，电影是导演的作品。其他人都只是帮忙。"

"把想法变成电影的感觉怎么样？"

"你问我？我感觉他们开心也不开心。开心可能稍微多一点。大概就是，你想要一个东西，要到的是另一个东西。然后你会想，我想要的就是这个吗？"

盈盈像是重复，"所以，你想要的就是这个吗？"

"可以啊，又给我绕回来了。"令曦笑了。

"等着你呢。"盈盈举起右手冲令曦比了个心。

令曦顿了顿说："我没法工作了。没法完成工作。不知道怎么就是不行了。次数多了他们就没了耐性，找我谈话，我也说不出什么。我们这个行业，雄性荷尔蒙过剩，我一旦不能像以前那样工作，就变成一个没用的女人。差不多也就是他们觉得有病的人。

"昨晚你给我发照片，我问你是不是欧洲，你说在日本。当时我就想，巴黎症其实也挺幸福的。如果感染了巴黎症，又一辈子不去巴黎，只活在对巴黎的幻想里，每天给这幻想添砖加瓦，那真是世界上最幸福的人了。"

盈盈说："但有巴黎症的人，一般还是会去巴黎的。学法语、吃法餐、煮咖啡，把巴黎圣母院和拉雪兹神父公墓的图片、视频看一百遍，最后攒钱订了去巴黎的机票。"

"开心也是开心的,只是更多的时候不开心。也不只是工作。你觉得我有变化吗?"令曦把一缕湿头发缠在手指上。

"好像一段时间没见面,再见到对方,就要礼貌地说'你没变',或者莫名其妙地说'你变了'。你真想听我说这些吗?"

"我还以为你会说,对,你变了,更美了。"

"更美了。我确实觉得你现在比以前更好看了。"

"嘿……记得陪我去拍夜戏那次吗?有时候我想起来,觉得就是对后来的预警,不过当时不会知道。"

"是驯兽那次吗?"

"对,狮子、老虎和女明星。"

"啊……我喜欢那天。"

那场夜戏的实景在珠三角一座大型野生动物园内。令曦辞掉工作,决定进入娱乐业时,港片北上风潮初炽。当时娱乐业的资本融合远未如后来般发达,港片班底从题材、取景到市场野心,都还只把半径圈定在同为粤语文化圈的珠三角。如港人在广东置业买房般,不少中小成本电影也在广东取景拍摄。后来令曦用"狮子、老虎、女明星"来概括的项目,就是其中之一。

令曦是带盈盈去看稀奇的。她们对娱乐工业还好奇得很,对闪烁着星光的艺人还有种种不切实际的好感与想象。后来盈盈也去过好些次令曦的工作场合,各种拍摄或者路演、发布会,但没有哪次像这一次般印象深刻,甚至可以说带着奇诡的余味。

盈盈到达园区门口是晚上九点。令曦说当晚场地有演出,要等演出结束清场后剧组才能入场搭景。盈盈按信息提示,从大门口搭园区穿梭巴士往里走。夜里的动物园只有微弱的路灯照明，树木巨大而茂盛，树冠与树冠摇曳婆娑，在月亮和路灯的光照下裁剪出重重阴影。阴影深处，不知什么动物在低声吼叫，声音明明是从动物腹腔共鸣发出，却被杳无一人的安静放大，如在盈盈耳边响起。她的身体瞬间僵硬，是本能的警觉与防卫。穿梭巴士里没有开灯，只有车前方投出两束圆形光柱，破开黑压压的夜，在沥青路面上不断向前推进。偶有鸟类从树丛中惊飞，艳丽的羽翅在夜的布景中划出一道道水波纹般的色轨。盈盈从小住公寓楼，对大自然一无所知，也无法从此起彼伏的鼓噪声中辨别出蟾蜍和蠡斯的种类，只感觉到蛮荒的黑暗和神秘。如果熄灭路灯，只剩一盏高悬的月亮，这孤独的巴士无疑是进行在雨林般的原始地貌中。而她要去的地方，是这幽暗丛林中一座圆球形的大剧场。

剧场有八千个座位，观众席一百八十度环绕舞台，座位沿台阶渐次升高。圆形舞台纵深五十米，水景、森林、溪流、假山层层叠叠，加上动物遗留的强烈腥臊味，有种置身于婆罗洲或缅甸密林中覆灭文明遗迹之上的错觉。剧场内灯火通明，十几个工人在搬动、组装圆形转盘。令曦招呼盈盈坐下，说可能要等，盈盈说不要紧，可没想到一等就是一个多小时。直到近午夜时，演员才从舞台一侧出现，而作为陪衬的兽类与禽鸟——老虎、狮子和成群的鹦鹉，早已运上舞台在笼子里匍匐等待。

让盈盈震惊的是女演员脸上魔法般绽放的笑容。一切就绪、导演喊"卡"后，两个女演员开始在台上走位。她们都身着极艳丽的紧身衣裙，头顶皇冠般的配饰，手里象征性地挥舞着驯兽的皮鞭（自有真正的驯兽师在旁掌控局面）。

盈盈当然知道这两个女演员，她们不过比自己大个一两岁，十几岁出道就一炮而红。任何时候看见她们的脸，青春与活力都强烈得可以破屏而出，正如一切均欣欣向荣的经济大势与时代气候。候场时，两人一左一右站在舞台两边，可打板声一响，她俩的脸上同时绽出明亮的笑容，就像高帧播放花朵的开放一样让人惊异而心折。空旷巨大的剧场内，她们的笑容如水波回荡，散发出强烈的吸引力，让人忘了这场地的荒诞与挥之不去的臭气，只为她们的美而专注，并因专注于观看这美而得到极大愉悦。

她们不仅要挥鞭子驯兽、伸出曲线完美的胳膊让鹦鹉落在肩头，还要爬上巨大的圆形转盘，四肢打开被固定在上面，如同达·芬奇画笔下的维特鲁威人。

上百人的剧组看似围绕这两位闪光的女孩运转，但当她们被绑在转盘上高速转动时，人群中有隐约的笑声。盈盈的目光扫过几乎全是男性的剧组成员，突然意识到两个女演员跟台上一起表演的动物并无差别。

盈盈后排座位上，两个不知什么身份的男人在低语。讨论哪一个女演员更容易上。讨论的结果是，他们认为，导演早已上过，其他人按照权力大小，自会轮到。盈盈攥紧包的背带，不能将这些话跟那两张堪称无瑕的脸联系起来。

圆形转盘缓慢加速，两个女演员像陀螺一样在转盘上旋转。突然，左边转盘一声巨响后猛地停止转动，女演员尖叫着昏了过去。工作人员一拥而上，盈盈也跑到离舞台最近的一排座位，只见女演员头歪向一边，一动不动，手臂被卷入了转盘，跟丝带缠绕在一起。盈盈不敢看流血的手臂，只见女演员的嘴角不断抽搐。

她被七手八脚从圆盘上卸下来，平放在地上，一块布盖住她的身体，一块布搭在脸上。有记者在场，剧组不让拍照。女演员的脸在那块粉色的布下起伏，费劲地呼吸，很快布上被剪出个窟窿，露出鼻子和嘴。那张嘴像涸泽之鱼，半张着。

盈盈离开园区时，救护车闪着红蓝光破出一条路。心跳得很快，她脑子里挥之不去女演员被搬走后，铺满细沙的舞台上那一摊血迹。血的味道让笼子里的动物躁动起来，狮子和老虎弓着背，嘶吼着踱步，转身时头颅跟眼睛机警得像要发动攻击。金刚鹦鹉则在剧场里乱飞，迟迟不肯回到驯兽员身边。兽的味道更浓郁了。

第二天她上网刷新闻，知道女演员送医院急救，骨折，多处软组织擦伤。网民留言中，有人感慨没有破相。也有人说，比林志玲坠马轻多了，断只手又不是胸被踩爆。

当天下班回家时，盈盈路过闹市几个书报亭（那时还有很多品类的杂志当街售卖），她留意到成堆的香港八卦杂志摆在最前面。周五下班回家时，盈盈通常会买一本，当作辛苦工作一周的解压阀。而港产八卦杂志里，除了标题惊悚的绯闻、丑闻之外，还有类似时尚杂志的别册。奢侈品、热门餐厅、护肤品、灵修与自我提升……资讯与图片组合成物质生活的海洋，构筑着盈盈这样从内陆来的女孩对一个大都会最初的了解与想象。就像冷气温度总是很低，清洁阿姨总穿着白衣黑裤英殖民地女佣装束的香港大商场一样，八卦杂志营造出真实又带几分虚幻的氛围，后来盈盈才知道这氛围接近宗教里末世的纸醉金迷。

她在报摊前站了很久，想着要不要买下一本杂志，像往常的自己一样，把这些大尺度的照片当成一次消遣、一桩谈资，让并不坚实的自我可以获得一些轻易便捷,可议论他人和世界的方法。毕竟,只需要付出二十块钱买下这本杂志而已。让她觉得有些反常的是,她竟然犹豫了。

从书报亭走回家的十来分钟里,路灯的光渐渐强过天空的亮度。这是个难得可以准点下班的日子。八十年代修建的最早一批商品房占据整个街区,临街的一楼是各式铺面:小餐馆、便利店、花店、五金店……偶尔一两只鸽子低飞,像是从集体放飞的鸽群中离了队。在步行的节奏中,盈盈可以尽可能慢地观察自己生活的环境,这个毕业之后住了两年多的陈旧街区。她对这样的生活说不上满意或不满意,每天尽量按时出现在自己的格子里,完成被分配的工作,每个月领一笔可应付房租、吃喝的工资。同事中有她还算喜欢的人,但更多的是无感或反感,她在论坛上看到帖子,有人讨论这种温吞水般的状态,最后总是归结于钱,"既然给了你钱,那就不可能事事顺心"之类之类。她需要钱。

夜里很晚了,她和令曦还在网上聊天。她说起毕业那年,她打算去支教,家人全体反对,理由是她会耽误找工作的时机,还说支教并不是桃花源,学生干部以支教为筹码博取保研、就业的机会,她是想走这条路么?最后她也就放弃了,像放弃她短短人生中其他过于理想主义的想法一样。

令曦陪她聊了很久,说很多行业看似光鲜,其实是修罗场。尤其在镜头前的公众人物,随着星光加身,内在的自我要么消失要么扭曲,她见了那么多名人,没几个能让人从心底尊敬,基本都是幻觉的叠加。又说,可是人就是吃这一套,吃幻觉。她俩在对话框里先后打出一串哈哈哈。

"你还会继续做下去的吧？"盈盈问。

"会，虽然很浮华，浮华就让你感觉空虚，但是能跟聪明的头脑一起工作的感觉，很不错诶。"令曦说。

"我想去一个不会让我感觉到自己性别的环境里。"盈盈回。

"没有这种理想环境。你的问题是性别，还是理想？"

"我想找到真正让自己能开心的事。也许真的开心了，就不会计较是什么环境。"

"那就去做能让你开心的事。"

"让我开心的事啊……改变这个世界？"

"来不及了，那你得重新投胎。"

"你身边的人什么反应？"盈盈问。

"你说摔伤？他们只在意背后的利益切割、不同站队的博弈。艺人只是浮在面上的棋子。"

令曦说，工业化程度越高，人的分工与组接就越精密，越追求高效。演员只是模具，需要他们的面孔和身体出现在镜头前，撑起整个娱乐产品的表达环节，再多的想法，最后都是靠演员的表演去让观众看到听到。而一旦成为模具，就会让观者投射情绪，情绪有正面也有负面，都依附在演员的外表上。他们的脸孔，他们的身体，既承担大众的欲望，也变成公共空间里的物品。

"她们就像新的神。"盈盈说。

"被崇拜，被观赏，堆叠了太多目光，就会付出代价。"

"所以她摔伤并不只是工伤，还有别的……"

"可以这么说。"

"那我们呢？我们这些普通人，工作到底意味着什么？除了理想、钱,还有什么?"

"肯定有什么是现在我还想不到的,可能好,可能坏。"

"我好像从来没想过不工作会怎么样。"

"欧洲以前的贵族就不用工作,身份识别就是贵族。"

"所以是我的出身问题?家里没有一个人不工作的,限制了我的想象力。"

"我觉得自己是这样的。你想想,如果像我们有些同学一样,家里做生意的,或者母亲是全职主妇,我们不会对工作这么看重。"

"你说我现在改行的话可能吗?"

"考公务员啊?"

"我认真的。"

"我只是想让你放松一点。什么事都没那么严重的。你太容易紧张,对别人又多少有些道德洁癖,但其实……什么不能试试?"

"大不了重头来过?"

"对啊,大不了重头来过!"

"他们身上都很多伤吧?"

"你说演员?"

"几乎完美的躯壳啊。"

"很多伤。"

跟她们无数次的长谈一样,话头在两人之间接力传递,就像更漫长的生活中她们用具体行动向对方证实的那样:两人都在奔跑,没有谁掉队。与其说这是一种理想,不如说是她们对彼此的认定和信心不断为生活加码,才让能量来回传递。

裴盈盈后来果然换了工作,跟着一个建筑师去做乡村营造。

从设计公司的链条里脱离出来，虽还是在团队里工作，但为一个人工作的感觉，跟为许多甲方工作的感觉不太一样。某次，在建项目位于她和令曦的家乡贵州，房子建好后盈盈留了下来，跟建筑师请辞，成了乡村博物馆的工作人员，然后在那里一待就是三年。

令曦去看过盈盈，坐火车到县城，再租个小面包车往村子里去。夜里，她们需把蚊帐掖得很紧，才不会被各种蚊虫咬得头昏脑涨。在这大山深处，令曦有些意外的是同时有两个国际团队在调研拍摄，一支队伍来自荷兰，另一支来自日本。

赶上秋收，村民在抢收稻米。脱了杆的稻谷随处晾晒，铺满村里所有空地、桥面和路边，金黄灿烂。而稻谷既已收割，水田也放水收干，平日蓄养在水田里的鱼都捞起来，腌制或晾晒。

令曦说，她能理解这其中的能量，但还是很难想象盈盈可以在这个没有任何娱乐设施（除了村民时时唱起的侗族民歌？），物质水平只能满足基本吃住需求的地方待这么久。她们从小对自然的认知不过是在家属院里挖挖泥巴，暑假在池塘里捞捞蝌蚪，盈盈并不比她更能应付农活或乡村的生存伦理与人际关系。但晚上两人喝茶聊天时，却没有太多地谈到这些。盈盈没说自己孤独。她们都不轻易说后悔，对自己选择的生活也很少抱怨，但令曦能清楚感受到盈盈的落寞。

"这里的生活当然是实在的，村子里的人，世世代代就这么生活。现在年轻人都出去打工了，留在村子里的人，还是在种稻子玉米、养鱼，就是农业社会那一套。他们对我也很客气，可能觉得我一个小姑娘在这里吧。来调研的人一茬茬的，住个十天半月就走了,把这里变成他们的素材,又回到他们的世界里去了。你不来,我真想不到可以跟谁这么长时间的聊天。你知道的,这种聊天。"盈盈说。

"连恋爱都谈不了吗?"

"网恋?除了网恋还上哪找一个合适的人?"盈盈笑了。

"那就回来吧。我广州的房子给你住,现在我跑北京的时间太多,你就当自己住。"

"我在想的是,从公司出来,为一个人工作,再到现在这样不知道算什么性质的工作,服务员?我还能回去工作吗?可能只能做自由职业了。可是做什么呢?回去做设计,干老本行?你明白我的感觉吗,就好像越走越远,你很难回头,回到格子间里去乖乖上班了。"

"那是你还不够穷。"

盈盈笑了,"在这里住久了,最大的好处其实是对物质的需求降到了最低。房租什么都不用愁了。一旦降到最低,习惯了,就会觉得活着其实很简单。这样的话,来自钱的压力就会变得很小。"

"但你还不到三十,总要谈谈恋爱对吧?需要跟别人交流,有精神生活吧?你自己不也感觉这不好吗?"

"我爸妈来过这儿。你猜我妈怎么说?她说,你这跟考公务员当驻村干部有什么区别?待遇还不好。我觉得她说得也对。看起来是没什么不同。都是跟老乡打交道,然后搞搞外联。"

"他们让你回去?"

"提过几次,后来也不提了。你呢?这次要顺便回去看看叔叔阿姨吗？"

"我辞职了，上个月刚辞。想着当面跟你说，就没提。然后也分手了。算是分手吧。"令曦说。

她俩坐在低矮的圆木桌前，木桌中间挖了洞，留出圆形缺口，地上则是可以烧炭或木柴的火塘。一把熏得焦黑的水壶咕嘟咕嘟冒泡，里面煮了茶。盈盈用火钳捡拾着焦黑的木柴，盖住明火，很快，水壶里的沸腾静止，只从壶嘴淡淡冒出蒸汽来。

盈盈的心跳快了几拍，但她没出声，等令曦先讲。

来贵州前，盈盈见过那个叫迈克的男人一面。令曦给她打电话，说迈克去广州出差，顺便带令曦在日本买的礼物给盈盈。令曦在电话里说，我把你号码给他，让他联系你啊，他还说要请你吃饭。盈盈开玩笑说要吃米其林。令曦说迈克很会挑馆子点菜，盈盈只管去好了。

迈克选的是家江南菜馆。广州的江南菜馆，苏州松鼠桂鱼、西湖醋鱼和上海熏鱼列在一张菜单上。盈盈预料迈克也许像其他人一样，点道适合宴客的松鼠桂鱼款待她。但迈克点鲥鱼、螃蟹、十年陈黄酒，交待服务员加姜丝、话梅温黄酒。盈盈此前见过迈克两次，但都有令曦或一堆朋友在场，这下两人对着一桌子菜，隐隐有社交的压力。迈克倒沉得住气，只谈这次在广州的工作，因是广州，盈盈多少能搭上话。吃到上点心，两人什么留得下印象的话都没说。直到迈克结账，说要送盈盈回家。盈盈推辞几句，迈克却是坚持。盈盈打定主意，一会儿让司机把自己送回公司。两人前后脚上了计程车，盈盈坐副驾，迈克坐后排。似乎黄酒的酒劲现在才冒上来，迈克扶着盈盈座位的靠背，说有点令曦的事要跟盈盈讲。计程车在秋天的夜里驶着,短暂的广州的秋天。车里难得没开冷气,而是摇下车窗,让清凉的风灌进来。风拂乱盈盈的长发,一缕头发夹进迈克手指和靠背之间。迈克的手压住了头发,盈盈的头皮感受到了力道。盈盈几乎是逃也似的下了车。甩上车门时她瞥了眼后座的迈克,深凹的眼睛在昏暗光线下是一片阴影,像树丛中伏击的兽。下车没走几步,盈盈突然觉得自己错了。一定是不好的事,她直觉。迈克的手指传递过来的东西,让她怯于想象令曦身上可能会发生的事。她太没用了。或者说,太自私了。

令曦什么也没跟盈盈说。迈克来之前没有,之后也没有。似乎她仍在稳定的情感与工作关系中。

而盈盈几乎是故意地让自己在令曦与迈克的事上粗疏。不主动问,偶尔令曦提起也不接话。迈克跟令曦以前那些男朋友有什么不同?更有钱、更坏,还是更老?香港人也不少见。已经二〇〇八年了,随着更多的港片班底北上,迈克也不是携带先进经验的人才,而只是打工者。像他越说越好的普通话一样,他也越来越普通了。

还有什么?记忆中一道道白光闪动,像麻将桌上的被强光照射的钻戒。那个晚上几乎要被盈盈的记忆删除了,至少也是掩盖了,但忽地又浮出来。两年前在北京,令曦和迈克在一起一年的时候,他们仨一起出去过。

车在胡同里开得慢,胡同是老胡同,窄而多阻。盈盈对北京近乎一无所知,只觉得车开了很久,大概是到了胡同深处。三人下车,迈克按门铃,出来的男人戴黑框眼镜,不像服务员,领着他们穿过一条长而窄的通道。通道铺黑色石砖,四壁也是黑色。没有顶灯,只沿着通道两侧埋两排射灯照出路来。没有人声，偶尔路过房门紧闭的房间。他们到达预订的包厢时，已有两个男人坐在里面了。出于礼貌，迈克介绍了盈盈，又说两人都是他朋友，但并不细讲。五个凉菜已摆在桌上，无人动筷，也不提还在等谁。

吊灯低垂，照得几人五官愈发立体。包厢不大，四壁暗红，倒将人看得更清晰了。两个男人也是香港人，跟迈克用粤语谈生意。明星是香港独有的议价本钱，似乎拼盘般凑一凑，就能让投资人满意。而题材还在试水，最好是大制作。古装、战争、传奇……这些元素都占了，才能让投资上到亿元级别，相对应地，票房也会水涨船高。这才是生意，才是北上的意气风发，江河滔滔的大气魄。令曦粤语流利，只个别发音略生硬，让盈盈留意的是，跟说话相比，令曦的态度亦自然，全然不与三人见外，言辞犀利，谈到部险些赔本的大制作时用"罗汉斋"这样的词。令曦一边与三人谈话，一边见缝插针跟盈盈说笑。盈盈稍微有些不自在，以往跟令曦见面都是一对一，但显然，令曦已经越来越忙，忙得所有的饭局都是应酬。同场几人似乎并不介意有外人在场。北京的桌子果然够大，人来人往都是客，谁来都坐得下，走也无妨。

包厢门推开，一个中等身量的男人闪进来。寒暄、握手、落座几乎瞬间完成，身手敏捷得像经过训练。盈盈这才意识到，空出来的椅子背后挂了大幅油画，画上尽是桃花，画得极湿极艳。男人就坐在一丛桃花前，红得带紫调的桃花衬得男人面皮苍白。五官是清秀的，亦不胖，除下大衣后里面穿的是西装，暗蓝色。猜不出年纪，也猜不出身份。迈克招呼上菜。服务员托着盘子鱼贯而入，七八个热菜堆上桌，气氛热烈了些。男人进来后，令曦没再跟盈盈说笑,眼睛紧盯对方,虽然彼此并未说话。其他三个男人也收敛许多,静待男人讲话。

男人一开口也是粤语,后来才说自己是上海人,十几岁到香港。他几乎不怎么吃,不断抽万路宝,浪费了一桌子为他点的菜。很快上了酒,酒放在旋转餐盘上,迈克不时为主客倒酒,令曦却并不起身伺候。几人谈时局,谈投资,也谈电影圈中人事,声线时高时低。突然,男人举杯对令曦说话,大意是,自己再过几年就要回上海,不再留在香港,令曦不妨早做打算,投些项目到上海去落地,彼此好继续往来。上回一个什么项目,害他担了风险,虽后来有惊无险,但也是敲山震虎,不可不另做打算。话是用普通话说的,有种微妙的自己人的意味。令曦举杯,当即说定两个项目,似乎有备而来。

盈盈几乎屏住了呼吸,她从没见识过这样的令曦,又或者,令曦这些年的成长太过惊人。饭局中间,盈盈去洗手间。穿白衣黑裤女佣装扮的阿姨候在洗手池边,她洗完手即递上毛巾。这等颜色搭配让她有种错觉,像是在香港。毛巾柔软蓬松,盈盈双手抓紧它。令曦推门进来,闪入镜中,对镜检视妆容。盈盈跟一些4A公司精明强悍的女孩吃过饭,饭后她们总要补妆,尤其口红,夜愈深,愈娇艳欲滴。令曦却只梳了梳头。她揽住盈盈肩说,盈盈给她带来了好运气,今晚太棒了。

散场时,众人送主客到门口。司机已候着。待主客上车,车缓缓开走,三个男人在清冷的胡同里抽烟,这才说,人家哪是拍片,红三代做什么都容易。又说,菜就摆在面前,凭本事吃饭,谁做得下来就吃肉,做不下来就回去,谁也别眼红谁。

迈克开车，令曦和盈盈坐后排。迈克说，今晚那个苏西怎么没来。令曦说我怎么知道，他又不缺女人。迈克从后视镜里看令曦，说，你们怎么熟起来了？令曦漫不经心地说，他也是从小被家里安排，学了法律，不喜欢罢了。迈克不再说话。下车前，盈盈紧紧拥抱令曦。松开令曦时，盈盈看了看迈克。令曦回避开眼神，装作没看到盈盈打量甚至是警告迈克的目光。

这个异乡的晚上，盈盈失眠了。她担心半夜发信息给令曦，会被迈克看到，只好等到天亮。但真天亮了，她又改了主意：令曦肯定要开一天的会。她在宾馆的明信片上写了几句话，夹进一本书里，提醒令曦有空来前台取。

明信片上，盈盈写着："……卡波特写的那个郝莉小姐有着奇特的灵魂，几十年如一日地过着异于常人的生活。我想你能读懂她的心。"

那时，盈盈对迈克有淡淡的轻蔑，间杂同情。就像同一个星系里，较小的行星会被质量更大的行星的引力吸附，令曦最开始是模拟、重复，像光的折射，但慢慢地，开始形成令曦自己的判断和风格。她和迈克之间的能量场在转换更迭。

盈盈没有问过关于那个神秘的客人的事。她的直觉是，令曦完全清楚这样的人沾不得。迈克吃醋是自然，但本质上，迈克是失落。后来，在广州时，迈克想要跟她谈一谈，迈克想告诉她什么？

这些琐碎被时间钝重的齿轮裹挟着往前走了，不容人停下来想。她记得令曦刚跟迈克在一起时，在电话里兴奋地告诉她，迈克开心时爱唱英文歌。他在多伦多念的大学，像他这样留学回来做电影的不多，半个西崽。西崽嘛，还参加过英文歌曲大赛。盈盈问，他都唱什么歌？令曦在电话那头哼唱起来，啦啦啦啦之后，把嘿袭德替换成了嘿盈。盈盈大笑，说这般中规中矩，迈克从小到大应该是模范生。令曦说，嘿，家中老幺，没被宠坏也是难得。

如此说来，令曦的快乐是真快乐。她们还年轻，年轻得根本不会想到婚姻。可后来看，令曦和迈克在一起建筑和消耗掉的东西，就是婚姻。盈盈没有喜欢过迈克，也没有真的讨厌过。迈克终究是个普通人。

上一次三人见面，是一年前在香港。令曦给盈盈争取到香港艺术发展局的项目名额，这样盈盈就可以到香港培训两周，她们也约好见面。令曦定在太子道西的翠园给盈盈接风。盈盈住深水埗，本想叫令曦改别处，但想起迈克父母去世后留给他的房子旺角亚皆老街，餐馆附近，就算了。令曦瘦了些，五官更明艳，说是健身。迈克本身不显老，但五十岁的人被令曦的光彩一衬托，略有些老人相。盈盈斟茶，迈克见盈盈手上有伤，就开玩笑说，是不是被男友打的。盈盈怔了怔，说来之前在村寨里被铁锅锅沿烫了。迈克继续说，哦，我还以为你男朋友打你呢。盈盈忽然极厌恶迈克。令曦岔开话题，说，内地不好做，迈克想回香港。盈盈故意说，那迈克现在没工作？令曦说，帮朋友做点事。盈盈问，那你呢？令曦说，不知道。

盈盈不自觉蹙眉头，埋头吃菜。菜极平常，生炸仔鸡、炆牛肋条、上汤瑶柱菜远。

经理上来跟迈克打招呼，又说学生闹游行，当街商铺关门大吉，生意不好做，何苦又何必。迈克回说，有人民币赚，谁不想赚？恭喜发财比身体健康重要，如果我们不发财就对不起香港。两人笑。

令曦见盈盈不高兴，心知是迈克那几句话招人厌，就让他加菜，谁知迈克垮脸，说他没工开，有点心吃就不错，龙虾鲍鱼什么的不要想。令曦也垮脸，说不要他买单，一把扯过菜单拿铅笔在上面打勾。

迈克有些变化，连说话时脸部肌肉线条的走动，也跟以往不同。盈盈拿不准，只好暂时沉默着。令曦问盈盈的培训安排，迈克态度似缓和些，也凑过来听盈盈讲。盈盈说，报到后看名单，发现这次的四十多个团员多半是内地来的，也有少数马来西亚、新加坡的团员。

迈克突然说，香港觉得自己很有钱吗，老做这种事。

令曦反问道，什么事？

"慈善事业。"

令曦顿了顿，说："慈善是伟大的事业。"

"你总是谈到一些大的东西。这些都是废话，都很空虚，你不觉得吗？"迈克说。

"那什么不空虚、不是废话？"

"你看过《麦兜》吧？里面麦兜的妈妈麦太怎么唱你记得吗？一二三四五六七，多劳多得！星期一到星期七，多劳多得！"

"可是麦兜也唱过：食晒个包，脚瓜大个，孝顺我阿妈。食晒个包，脚瓜硬朗，再奉献国家。"

"这些老左，早就过气了，该淘汰了。"

盈盈看着两人吵，或许称不上吵。她第一次想，也许她们跟迈克，是截然不同的人，且不会改变。

饭后，令曦送盈盈回深水埗，迈克先走。夜里的旺角霓虹闪烁，极俗丽,但能安慰人。令曦俯身在街边水果档挑选,执意要让盈盈带回宾馆。盈盈站着看她埋身在堆成一筐一筐的番石榴、莲雾和芒果中。印度人来来往往,潮州鱼蛋粉铺炸葱头的气味飘散。盈盈突然说,当时去北京,不就是香港没工开,现在回来,就有工开了么?令曦握着半截红半截黄的一只芒果,抬头看盈盈说,一时的,我迟早要回北京。盈盈接过沉甸甸的塑料袋,不再追问。对令曦,她一贯是自私的,似乎除令曦之外的其他人并不值得真的关心。而又是从什么时候开始,她意识到即使是令曦,她也不需要知道百分百。比如那个在北京的夜晚,那样的令曦,是她不想也不需要知道的。

番石榴青色,芒果黄中带红,令曦把一堆颜色拎在手里,跟盈盈一起笑着钻进地铁入口,很快被人群掩去行踪。

茶很酽,近褐色。令曦起身去拿热水瓶,兑些开水在杯子里。盈盈则惯了,就没动。光线映照令曦的背影,跟二十岁时相比,她没有胖,也没有瘦。衣服是贵的,但也不是不实用的时装。头发没染也没烫,是剪得很好的短发,普通理发师剪不出来。令曦把握着她的生活,在喜欢的行业里寻找并安置她的位置。有那么一瞬间,盈盈看着几乎完美的令曦背影出神:自己是不是也这样,跟世界交换了某部分自己,只在隐秘的角落储存着不能消解的隐疾?

她一直知道,令曦不是平常人,但她通常把这种特殊的质地指向更积极的人生侧面,比如说令曦的头脑、意志和能力,这些让令曦如星子般闪耀的魅力光芒。但随着她们脱离封闭的环境、卷入社会的链条，以及尝试跟他人建立深入的关系，令曦的特殊开始投射出一块阴影的领域。如果这只是简单的一体两面，那盈盈也不会紧张，但她知道，这里面有危险的、她和令曦都难以把控的东西在一点点浮上来。

令曦说，最开始自己不肯轻易放弃这段关系，似乎放弃迈克，就失去了部分的自己。她任由他对自己近乎暴虐的行为，但她越是忍耐，他就越变本加厉。令曦的沉默并不能抚慰他的狂躁，反而引发更多的精神折磨。在持续的痛苦中，令曦发现了自己的问题。如果说最开始炽烈的爱让她感受到消融般的美妙，是完全投入、忘我的沉醉，那么，到了后来，被他一次次伤害，则有道德上的脱罪和自毁的倾向。她像是被施了咒语，要测试自己的极限到底在哪里，什么时候才能透支掉所有的爱，把积极正面的关系消耗殆尽，才能否定自己的选择近乎无意义。

"他在香港找不到事，又回北京来，跟人去夜总会，故意让我知道，还让我去接他。我接他回来，发现一路上自己只在想一件事：不要染上病。"

当令曦说出自己的自毁倾向，反复纠缠、不放手的原因是因为这种受虐能给她带来很复杂的精神满足时，盈盈有些自责。她自私地只想令曦的得失，却忘了迈克施加给令曦的伤害。

"越到后面，我的感觉越迟钝。他说什么，好像都没法让我难过了，只有厌恶。可你知道吗，最后的一声'咔'，打板的那一声，却是毫不重要的小事。"令曦说。

"小事？可能是你在等一个信号。"盈盈说。

"我没把最可怕的想法说出来。"

"最可怕的想法？"

"我觉得他只是占了时运。那时候香港什么都快几拍，有经济和文化时差。慢慢就不存在了。"

令曦说，让迈克虐待自己，就像自残。自我被挤占，不断退缩，似乎是张爱玲所说虎与伥，猎人与猎物，生灵与鬼魂的关系，但又不全是。她得到的满足里，更大部分来自于任由自己这般堕落（如果可简化为堕落的话），看自己一步步跌到危险边缘的快感。操纵这具叫令曦的木偶的提线者，是另一个令曦，一个各种意义上都更接近真实存在的她自己。令曦自己拿刀叉，参加自己的女体盛。

"我的性别就是一场错误。"令曦说。

"是男的又怎么样？"盈盈问。

"可以当个杂皮，更容易当个杂皮。"

"杂皮崇拜。"

"一个男的，如果你又成功又是个杂皮，简直你就是伟人了。"

"你是想成功，想当杂皮，还是想当伟人呢？"

"杂皮。"

两人笑起来。

"你呢？还是厌恶别人的身体吗？"令曦问。

"我最近读到一种理论，我这样子，属于无性恋。"

"你之前谈那些恋爱，也没有把对方当机器人啊，还是很多精神交流啊。"

"就可以恋爱，也能享受恋爱，但是讨厌肉体关系，无法忍受。"

"有时候我会想，到底是理论发现了现实，还是我们接触到新的理论后就让自己去对应理论框定的样子呢？"

"你的意思让我不要太预设一个定论？"

"我觉得应该什么都试试，最后知道自己是什么样的。比如咱们爸妈，一辈子就吃那几样菜，如果他们像我们一样，年轻时就开始吃各种菜系，就不会觉得全世界只有贵州菜最好吃了。"

"也对，也不对。有些是天生的，有些是后天可以改变的。我仔细想过，我从小就对别人的身体没有兴趣。"

"咱俩均衡一点就都是正常人了。"令曦笑。

盈盈起身走到窗边，让令曦看夜色中的村寨。夜晚的村寨像被墨汁洗过，只零星几点灯火。最远的一盏灯在山腰，盈盈说，那家有个特别的女主人。她来村里一段时间后，发现有个女人，每次在路上遇见她总是微笑，但从不跟她说话，一度她以为这女人是哑巴。可有时远远看见女人带着两个孩子，又在咿咿呀呀说着什么。后来她听说，女人是那家人买的越南新娘。村里有好几家都买过越南新娘，可那些女的来了没多久就跑了，她们有手机，悄悄藏起来，联络她们的线人，卖来卖去。这个女人一直没跑，不知为什么，还给那家男人生下两个孩子，一儿一女，到现在也五六年了。跟盈盈一样，她是这个村里少见的年轻女人。在这里，年轻女人基本都出去打工了，过年才回来几天，村子里平时只有看家的老人和留守的孩子。盈盈去过越南旅游，主要在越南南部和中部，保留着法国殖民风情的城市。那些城市里年轻的越南女孩身段苗条、笑容明丽，穿奥黛时美丽不可方物。跟村里这个越南女人不一样。这个女人既是被卖过来的，就是穷人家的孩子，不知家在越南哪里。盈盈偶尔也跟村干部谈这事，得知女人是中越边境的越南苗人。盈盈去找她，交谈起来，发现女人已经能讲简单的贵州话。她突然想，要不要教女人识字？这想法冒出来后，盈盈吓了一跳。女人偷渡过来，两万块卖给这个男人当老婆。这些实在操蛋，但她真能够按照自己的价值观去帮这个女人么？村干部的说法是，娶了没户口没身份的老婆，这家男主人没法像其他村户一样，带着老婆出去打工、把孩子甩给爷爷奶奶。留在村里就是种地养鱼，赚不了几个钱，可扶贫名额呢，也分不到老婆头上。盈盈只能给她些卫生巾、创口贴、止痛药。这家男人看起来老实，蹲在地上抽烟筒，见盈盈来了，就要留她吃饭。盈盈跟他们吃饭，三代同堂，坐在火塘边上，吃干板菜、鱼干，因为有客加了个炒鸡蛋。吃完了，女人送盈盈到门口，看她骑摩托，就问，骑摩托痛不痛？

令曦从火塘里刨出一个埋了很久的红薯，等没那么烫了，就剥开让盈盈吃。从小，令曦就喜欢说，不开心的时候，吃点甜的，就没那么难受了。

温热的红薯滑进盈盈嘴里，红薯的香甜冲淡了夜。

"你说咱们爸妈是不是也是这样的？在他们年轻的时候？那时候应该比现在更穷，更愚昧更落后吧。他们肯定也来了，也看见了，然后选择了。"令曦说。

"是啊，他们选择了，当公务员嘛，干好了是父母官，干不好就庸碌一生，跟这土地一起沉没。"盈盈说。

"沉默？"

"我到这里后慢慢知道，其实我们不少同学考了公务员的，也在乡镇工作。他们每天接触的也是这些。但我发现，对他们来说，虽然也累，但这是可以量化的工作，是可以用文件、数据、表格来判断的事。哪些可以解决，怎么解决，哪些无法解决。我和他们的烦恼不是一种烦恼。我好像总被一种大的概念笼罩，即使每天在过琐碎的生活、做琐碎的工作，但默默总觉得这些碎片会拼组起来，会有意义。而这个意义能指向我的愿望。我开始觉得是不是从小的教育让我陷入这种思维的死胡同里，总是要有个指向的，有个大的寄托的，不管这大的具体是什么。"

"有点这个意思。我想说的是，不只是你的问题，也不要把问题指向自己。"

"那我怎么办？逃走？从原来的公司辞职，到这里来盖房子，已经逃走了一次，真要这么一次次地逃下去么？选择让自己感觉更有意思的、更舒服的工作，本质是不是就在回避什么？还是说，我对工作能带来的东西寄予太高期望？但是，由劳作而带来希望，不是应该的吗？如果做一件事，持续做一件事，不断在这领域深入，越来越专业，并不能带给你更好的面对和处理世界的办法，那这种思路本身是不是错的？"

"我们的生活是有边界的。工作，或者说志愿吧，肯定可以给我们物质收益和精神安慰，但生活里更多的部分，不能由它们来解决。或者说，它们的延展效应并没有那么大。如果把生活简单切割为物质生活和精神生活两部分，你也会发现，工作所辐射的范围是有限的。你记得高考前填志愿么？名校都有漂亮的招生海报，贴在布告栏里。沿海的大学绿树成荫，北京的大学气派周正。老师们的标准是清晰、简单的，学校的排名就在那儿，自己量体裁衣，按照名单从上往下抒就可以了。但当时你想的可不是这些。你说要去海边，要考海边的大学。我问你为什么，不是只要走得远远的就可以了吗？你说，海边就是大陆的尽头了，要走到尽头才有意思呢,这才是够远。"

"我说的?那时候我确实全身都是力气,好像可以去任何地方,把自己在地图上摊开。把从婴儿床到高中的围栏全部打掉,去找一个理想的地方,甚至都不是某个城市,而是更美妙的东西。但现在我却有种感觉,我走得太快,走得太远,反复折腾,不知不觉把很多东西甩在了身后,但那些碎片里又还储存着我,至少是过去的我。继续往前,一片黑暗。往回走,那是自欺欺人。而且,就算往回走,也是同样黑暗。并不是把电灯关掉屋子里的那种黑,是别的,你知道吧?"

令曦拿起手机,把屏幕戳亮对着盈盈。盈盈不明所以。令曦又把手机电筒打开,白色光线把茶桌照彻,"没有灯,就开手机照亮呗。走夜路,就走呗。"

两人笑。

这个晚上,令曦和盈盈彼此说了很多之前未说过的话,但有一些话始终没说。比如盈盈没有问,令曦是怎么甩掉迈克的。自然是令曦动手,男人最后都是在等待。令曦能说出这些,经受的、需要的,都不再是事实及事实的相关。而盈盈只需停稳在风暴中心。飓风停歇后,令曦会在原地看见盈盈。

盈盈很清晰地记得,就是从那时开始,令曦开始又交女朋友又交男朋友的。但这些是后来的事了。

第二天,她俩骑个摩托车去镇上赶场。令曦骑车,盈盈背个背篼坐后座。天蒙蒙亮,雾在山和放干的水田间逡巡,还未被太阳破开。路上却热闹着。除了像她们这样骑摩托的,也有轮胎上沾满黄泥的小卡车,还有三轮拖斗嘟嘟嘟往前开。秋收近尾声,空气中已是清凉干爽的味道,人的脸上多挂着笑。盈盈说,今年天时好,收成让人安稳。停好车,她们先去小摊上吃两个炸得金黄的糯米粑粑,然后就开始在成堆的草药、鸡蛋鸭蛋、蔬菜水果和牙医算卦的摊子间逛起来。草药的味道,靛蓝布料交织出的这个小世界是她们所熟悉的,包括村民谈话时的乡音与节奏,都不会让她们自觉是外人。她们毕竟是在这方水土里长大的。

盈盈很认真地看挂在绳子上的绣片。这些帽顶、鞋面或腰带都刺着精美的图案,艳丽但自有拙朴的意趣。她尽量买,买不下来的就拍照记下图案。令曦陪了她一会儿,不久失去耐性,就自个儿在集市上转起来。在几个卜卦的摊子边,她遇到了荷兰来的摄制团队。他们在这儿的拍摄接近尾声,要坐火车去云南。说了没几句,他们邀请令曦去他们的住处喝咖啡。令曦也确实想喝咖啡了,就找到盈盈,拽了她走。

外籍人士到达后,镇上一般把他们集中安排住在一栋三层高的小楼里。小楼原是办公楼,每个房间虽大小不一,但都统一开门对着走廊,像筒子楼的格局。改成住宿点后没有辟出公共区域,住客们只能在小楼前的水泥坝上搭几条长凳子坐着说话。

太阳已渐渐升高,一条白狗和一条黑狗在闪着白光的水泥坝上摇尾走动,远处拖拉机和拖斗车的马达声此起彼伏。时近中午,赶场的人们陆续散场。这栋小楼周围的人家三三两两背着背篓回来,随口问着对方的收获。四围的门都大敞开,邻人们似乎对老外已见怪不怪,抱孩子的抱孩子,晒辣椒的晒辣椒。令曦和盈盈拖了张长条凳到树荫底下,等荷兰人的咖啡。其他几人则兀自坐在太阳底下，欧洲人总是晒不够太阳。

小楼一层的墙面上有块黑板，黑板上方红色油漆描出的字样"生男生女都一样，女儿更孝爹和娘"仍清晰可见，黑板上却不见其他宣传标语和告示，正中有张世界地图，地图周围贴着以往住客们的留言条，有点背包客聚集的客栈里留言墙的意味。

咖啡是用摩卡壶煮出来的，很浓。桌上有盒本省产的山花牛奶，有人加，有人不加。听令曦和这几个二十出头的荷兰人聊天，盈盈才意识到，令曦跟他们多少算同行，令曦还去过鹿特丹参加影展。他们有一搭没一搭地谈话，跟这四不像的水泥坝子和散落的阳光一样散漫。咖啡喝完了也没什么吃的，其中一个男生去主街上的小超市买回来几袋饼干，甜的咸的，大家吃得也开心。

不知谁想起，就要离开了，应该像其他来过的人一样，在那张被晒得褪色的世界地图上标出自己的坐标。

找到荷兰是容易的，但要准确标出几个人的家乡就有点困难。在盈盈的指引下，他们也找到了贵州，但只能找到这个县的大致位置，至于他们所在的这个镇，则只能用手指摁一下，用指纹覆盖住地理。

地图上布满或深或浅的笔迹，盈盈发现有一条红色铅笔画出的纵贯线。说是纵贯线，因为它主体是笔直的，但在靠近北极处，亚洲和北美洲之间的半岛和群岛间却是条折线，然后笔直向南延伸，到赤道附近又变成折线，绕开一些群岛，之后再往南极延伸。

一个男生说这是换日线，也就是本初子午线。他说，地球自转为一天，太阳照射的半个球面是白昼，背光的另外半个球面是黑夜，过渡带是清晨、黄昏。地球是个不发光、不透明的天体，它一刻不停自西向东转着，晨、昼、昏、夜也排着队，从东向西依次移动，一日复一日，周而复始。

他说的是常识，大家却听得认真，七嘴八舌议论起来。换日线是区隔，是时间的标记，是全球化后人类社会协作需求的产物。跟语言、经济、政治各领域都还可容纳中间环节、缓冲方式而让各文明体保持特性不同，时间容不得商量——你们得说好了，不然就要乱！于是，凡越过这条线，日期就变了。从东向西越过这条界线时，日期加一天，从西向东越过这条界线时，日期减一天。以换日线为界，地球划分为东西十二时区。北京时间就是东八区的时间。此时他们所在的贵州属于东七区。而荷兰在东一区。

对着这条歪七扭八的线看了半天，令曦突然说，可这条线是不存在的。

什么意思？有人问。

"是人假想出来的。为了维持人类社会的公约，在地球表面画出这么一条线。有意思的是，一旦被假想出来，人也就遵守这条界限。似乎是这条线规定了一天的开始和结束。"令曦说。

时间单位没有统一之前，地球上不同地方的人计时的办法是不一样的，有人说。但对太阳升起就是一天开始，太阳落下就是一天结束倒是公约。

"中国古代一天就分成十二个时辰。我们的钟表叫日晷，就是太阳的影子的意思，从太阳投射的影子来测定时间。"盈盈说。

"荷兰人也用太阳影子来测定时间，后来才有了摆钟。"

"万物生长靠太阳。"令曦说。

虚构的地理学线条让他们陷入奇妙的氛围，仿佛有什么东西在带领他们突破时空,去更自由的地方。他们的手指顺着经度线上下,滑动于所在的东七区,念出跟他们此时的时间相同的国家:蒙古、老挝、泰国、印度尼西亚、柬埔寨、越南……手指也掠过俄罗斯的部分领土,但有人说,俄罗斯官方用的是莫斯科时间,也就是东三区。

"巴黎在哪个时区?"盈盈问。

"东一区。"一个男生答道,"荷兰、法国、德国、挪威、瑞典……都在东一区。"

盈盈的手指在法国画了个圈,扭头对令曦笑了笑。

离开前,令曦和盈盈跟他们举杯,"为贵州干杯!""为荷兰干杯!""为地球干杯!""为太阳干杯!""为北京时间干杯!"

她俩骑摩托回村的路上,有人在身后喊盈盈。盈盈停下来,脚支在地上,回身看向远处说:"是她。"

很快,一个女人骑着摩托上前来,停在她们身边。"会骑车了啊?"盈盈笑着说。"摔着摔着就会了!去我家吃饭!"女人跟盈盈一样,双手扶着龙头,一只脚踩着地面维持平衡。"今天有点事,改天好么?"盈盈说。"你要来啊,说好了。"女人答。盈盈跟女人又说了几句,问问粮食、孩子。女人往反方向骑走了。盈盈一边骑车一边唱歌。令曦说,你听过交工乐队《外籍新娘识字歌》吗?天皇皇,地皇皇,无边无际太平洋……盈盈对着风喊,没有呢!令曦唱了两句给盈盈听,又说,歌名我好像记错了,应该是《日久他乡是故乡》。

第二天,荷兰人们将往西,令曦往北,只盈盈继续留在东七区。

一年多后,盈盈从法国里昂给令曦发邮件,说着自己到里昂后的生活，"你还记得那张有换日线的地图吗？来的路上，我想到飞机在逆着时间跑，从东八区飞到东一区，时间的丛林在后退，我要去新的地方。"

盈盈在法国的四年，前三年在里昂读研究生，第四年在巴黎实习，因为谈了恋爱而犹豫到底要不要回国。开始时，她每周不定期跟男友见面，通常是在男友的家。除了因为那里更宽敞，食物一应俱全外，更直接的理由是，她不想让房东遇见男友。她的房东娜奥米也是学设计的，比她大三岁，从自己公寓里分租了一间给她，每月一千欧的房租倒是其次，娜奥米是个世界主义者，喜欢接触不同国别、种族的陌生人。盈盈和列维第一次见，就是在娜奥米的公寓里。列维来送东西，娜奥米不在家，但给盈盈留了字条——我父亲列维下午会来一趟。

从中国人的标准来看，列维是个名副其实的老人了，头发花白，修得整齐的短胡须也花白，戴黑色圆框眼镜，个子不高，以他的年龄来说身手相当敏捷。后来盈盈也曾反思，也许六十多岁算不得老，至少不如她想象中那般老，又或者只是她太年轻。

每次，当列维向人介绍她，说"这是盈，我的女朋友"时，她都格外留意对方的表情，尤其是女性。她想知道，法国人会不会跟中国人一样，看到他们这么一对搭配时，第一反应都会想到略有点不堪的性，以及同样明显的，种族和年龄的巨大差异。

但并没有什么戏剧性的场面。甚至后来，她时不时参加列维的家庭聚会。跟娜奥米、娜奥米的哥哥、娜奥米的母亲（也就是列维的前妻）坐在一张桌子上吃饭。她几乎要觉得自己跟桌子上的其他人是一样的，除了自己的账单是由列维来付，多少提示了他们之间的关系。

她没有跟列维谈过她选择这段关系的真正动因，或许也不需要谈。列维去过中国，筷子用得不好但也能用。退休前在一家历史杂志社工作，研究本民族也就是犹太人十九世纪的历史。他博学，健谈，有一套13区的公寓和一辆雪铁龙小轿车，但真正让裴盈盈心动的是他的年龄。同龄的男人总是在要求性，没完没了的性。虽然没有直接谈过这个，但她跟列维之间从一开始就具有某种默契。列维在她身上寻找什么？两人拥抱在一起时她会想。显然也并不是性。想到这一点，她觉得轻松了。在巴黎这样的城市，一旦能体面地生活，乐趣将是无穷的，街道、博物馆、塞纳河和整座城市被几乎凝固的时间包裹出独特的样态。列维是她的好运，絮叨犹太历史时像课堂里的教授，吃点心舔掉叉子上的奶油时像孩子，但总归是爱人。

某天午睡起来，她坐在床上回忆梦的内容，发现梦里她在讲法语。那是个旧梦，一年或几年，她总会重复梦到那场景：她跟令曦在高中的操场上跑步，令曦跑得快些，她跑得慢些。跑着跑着就进入一片小树林，她们变小了，变成孩童的身量，树木骤然升高。令曦对她说，罚我们站？想得美！我才不站在那儿让人笑话。

似乎一直以来都是这样，令曦跑得快些，她跑得慢些，或者根本就是留在原地。她不知道令曦发的那些照片是不是向所有人公开。照片里，半裸的令曦拥抱着半裸的女朋友。女孩长得美，眼睛圆圆的，胸型也完美。盈盈琢磨这些照片的时间太久，以至于她怀疑自己是不是在嫉妒。令曦看起来松弛又性感，即使在镜头前,也不像在表演。没多久,令曦发了一组著名摄影师给她和女友拍的照片。令曦的女友是个女演员,虽还未走红,但毕竟是演员。盈盈意识到,她跟令曦确实是生活在两个不同的圈层之中。照片比之前更大胆了,或者说意象更有冲击力了。令曦和女友赤裸上半身相对而坐,腿交叉搭在对方腿上。过度曝光的色调几乎是去情欲的,却让盈盈想:两个女人之间的爱到底是什么样子?

电话里,令曦不谈这些。更奇怪的是,盈盈也不问。她们太过熟悉对方,以至于心照不宣地给彼此一个过渡期去适应。这么多年朋友,由时间炼就智慧之一种——留些余地,二人关系才能继续下去。毕竟,跟逐渐失去其他朋友不同,与令曦的关系是盈盈无论如何不想失去的。忍耐中有一丝苦涩,盈盈尽量让自己不去想。

戛纳电影节时,令曦来了,盈盈坐火车去找她。跟往常一样,令曦忙得只能带着盈盈去饭局。但当晚,令曦给盈盈单独安排了一个房间。盈盈接过钥匙,突然问,你女朋友在吗?令曦说,我现在不太习惯了。盈盈问,不习惯什么?令曦说,跟女人躺在一起,然后笑了。盈盈也笑了。独自回房后,盈盈意识到,她们的少女时代结束了。两人互换衣服首饰,躺在一条被子里的亲密,都不复了。她们仍亲密,非常亲密,但令曦的改变让她们相处的部分方式改变了。她们要像两个成年人那样,不仅有能力付各自的账单,也要住各自的房间,再亲密也要住各自的房间。或许这样没什么不好,可能更好。谁的房间失火,另一个人才可以来扑火。

就在盈盈接受了令曦的改变之后,令曦又交起了男朋友。此后反反复复,有男有女。盈盈一度生气,但看看周围,跟列维或其他人说这样的事，只会显得自己奇怪。她在介意什么？慢慢她说服自己：令曦可能真的找到适合自己的方式了。但又想，令曦在她身上要的是什么？既然令曦自己已有足够的能量去试错？

在那个梦里，令曦和盈盈一起跑着，直到跑出了操场，把该死的体育老师和学校甩在身后。令曦讽刺着复述体育老师对她们的训斥，盈盈回了句：cliché（陈词滥调）。这个梦重复出现过许多次，但这一次，盈盈开口对令曦说话了。直到她们之间隔了整个亚洲大陆，盈盈才有了真正的恋人。

刚来法国时，盈盈会想，她能像学习法语一样学习新的生活么？在这里，多少会有一种幻觉，她在进入某种想象的模具之中。

在她没有来法国之前，已经有过太多关于法国的认知和想象了。她不想变成那种住在中国的大城市，用青花瓷的洗手盆装点现代公寓的外国人。这是以前同事之间爱讲的笑话之一。接到外国人公寓改造、装修的单子，同事们会打趣：是哪种老外？要青花瓷的么？如果答案是肯定的，那么这套设计方案几乎不需要想新点子，元素拼凑起来即可。她也遇到过一些比法国人更像法国人的中国人，不能否认的是，元素的组接是技术也是艺术。但她终归不喜欢拼组的人生，她喜欢不能归类的，甚至有些混乱的生活表面，有颗粒感，不能平滑地滑过去的东西。

所幸，列维提供了空间，让她可以安置自己远未定型的人生。或者说他提供了一个答案，让她明白自己到底需要什么。她开始认真考虑要不要留下来，这样松弛的关系给她安全感，打消掉对未来的诸多顾虑。

列维的身体是突然垮掉的。小分子肺癌的确诊结果出来后，紧跟着就是化疗。列维的体力直线下降，躺在床上的时间越来越长。癌细胞吞噬他的时间，列维看起来像七八十岁般衰弱。

她请了假，跟列维去瑞士疗养，欧洲人迷信瑞士山区的冰冷空气对肺部治疗有奇效。列维的精神确实好了些，至少在疗养地的那两周如此。回到巴黎，继续去医院治疗后，却再不见起色。

她开始觉得，病是种残酷的玩笑。每天，每个小时，你都冀望着比前一天、比前一小时有起色，确实也会偶尔给你惊喜，但更多的是漫长的失望，直至某个临界点，她说不清楚，就是那轻微的一声，生命的原力从列维身上跑远了。他的手仍温暖，躯体也无恶臭，但他离那个叫列维的完整的人越来越远了。

她给令曦写邮件，"我身上有块地方空了。你相信两个相爱的人会结出无形的东西留存在彼此体内吗？属于他的那部分被冻结了。我像被劈成两半的磁铁。单极仍在释放磁力，但就像对着宇宙发射信号一样，你得不到回应。"

令曦给她打电话，说，嘿磁铁，磁铁被劈成两半，每半都有南北极，你把它劈成渣，渣也有南北极。

盈盈笑了，说你啥意思。

令曦说，我的意思就是你被劈成渣了也还是完整的，你一百斤重跟八十斤重没有区别，还是你。

盈盈说，你够了。

好了说正经的，你不能一个人待在那里，赶紧订机票回来。

她说我现在不能走。

令曦说，你留在那里有什么用？他会死的，你救不了他。

她说，我不走，不只是为了他，也是为了我自己。现在走，我不会原谅自己。

令曦沉默了几秒,继而说,以前我也觉得,爱最重要的体验是爱本身,是付出,是牺牲,是不计回报,但我现在怀疑,这是个骗局。列维如果现在是清醒的,他希望你待在那里看他一点点死吗?还是给你留下好的记忆,你更好地活下去?

她说,我做不到,现在走就是我抛弃他。我不能抛弃他。我要跟他在一起。

令曦说,他女儿呢,他儿子呢,这些才是给他送终的人。你赖在那里,没人会觉得你是因为爱。想想吧!一个老头死了……

他不是老头!她几乎叫了起来。

对不起,令曦说,对不起,我不是那个意思,求求你,冷静一下,回来吧。

你根本不懂,她说,你不知道我跟他之间到底是什么。

我怎么不懂?令曦说,我就是太懂了,才必须提醒你,他在,什么都好说,有人给你找补。可是他不在了,你就是一个人,你们的关系在客观上不存在了,你必须为自己负责。我知道你难过,这个需要时间,但你不能留在他遗留下来的生活里,那里面没有你的位置。之前给你的位置,是这个人给你的,不是他生活的环境给你的。如果你真要证明自己,那就不要掺和后面的事,他有说有东西留给你吗?

没有。

那更简单了。到了这份上,他需要的只是护士和医生,而不是你变身成一个保姆。

两人又说了什么,盈盈不太记得了,令曦并没能说服她。她知道令曦是强者，而自己不是。或者说，令曦笃信理性，而她做不到。

但留下来，陪伴列维直到看见变成尸体的列维，确实给她的精神造成了持久的震荡。她的宇宙被打乱重组，不只是因为列维的灵魂进入了其中，而是她感知和理解世界的尺度变了。

失眠的夜里，她断续跟令曦说自己体悟到的变化，但说不真确。列维的死拓展了他们之间关系的维度，她不只是失去了爱人。

回国前她最后一次去列维的墓园，墓碑前比上一次来又多了几颗石头。她知道列维并不在这里，但这里又是列维存在过的证明。

她跟列维一起去过布列塔尼，在海边租了度假屋。邻居是个四十岁样子的女人，看起来是一个人住在这里。可几天后，有个十几岁的男孩在邻居的草坪上躺着晒太阳。

她和列维猜这是谁。列维说，是女人的情人。她说，我猜是她儿子。列维说，十几岁的男孩谁会想跟妈妈一起度假？还只有妈妈一个人？她想了想，说，因为他要刷妈妈的信用卡。列维大笑。

两天后，多了一个男人跟男孩一起在草坪上晒太阳。男人四五十岁样子，秃顶戴眼镜。

这次列维说，你要猜这是孩子的爸爸？她说，不，我猜这是女人的情人。列维说，我猜这是她丈夫。她说，那这男人跟男孩什么关系？列维说，男孩是男人的侄子（外甥），男人是男孩的监护人，这就是杜加尔的小说。男孩是男人的儿子，这是个重组家庭，这就是无聊的美国短篇小说。她打断列维，说，男孩是女人的仰慕者呢？列维笑了，那这是侯麦电影，拍得再差也是西班牙电影。她说，男孩是女人的父亲，男人是女人的儿子，这是个时空混杂的小屋,说不定以后我们就能如此生活。列维笑着拍了拍她的手背。

列维去世后,她不断想起这段对话,觉得是列维遗留给她的启示。任何造景都关于时间和空间的组合,如果她要找到能安置自己的坐标,就得找到从时空中逃脱的办法,哪怕只是短暂的一会儿。

对着地图看了很久后,她给令曦发信息:有空去香港玩几天么?我突然想起,还没去过迪士尼。令曦说,好,我手头项目年前结束,我们去迪士尼过圣诞。

港铁地图里,迪士尼线是粉红色。整列车均特别订制,车窗是一个一个米老鼠头像,车门窗户是椭圆形,进入车厢座位则是蓝色的流线型沙发。盈盈和令曦夹在一堆妈妈和孩子中。行进的列车自有独特的时空风味,而迪士尼线从颜色到声音都强化了这一印象,无时无刻不提醒着人们即将抵达梦幻般的乐园。只听广播里的女声念道:

欢迎乘搭迪士尼线。(广东话)

欢迎乘搭迪士尼线。(普通话)

Welcome to the Disneyland Resort Line.(英语)

我哋即将带你进入香港迪士尼乐园嘅奇妙世界。(广东话)

我们即将带你进入香港迪士尼乐园的奇妙世界。(普通话)

We will soon arrive at the magical world of Hong Kong Disneyland.(英语)

路途只 3.3 公里,北大屿山公路、跨线的桥、绵延的山和铁路旁绿色的护坡依次从窗外闪过,途经一段隧道后,广播里的女声

再次念道:

  迪士尼站,祝大家有奇妙嘅一天。(广东话)

  迪士尼站,祝大家有奇妙的一天。(普通话)

  Disneyland Resort Station. Have a magical day!(英语)

  入园后,令曦给自己和盈盈各买一个米老鼠发箍戴上,这样她俩就与他人相同,也跟环境协调,是全然的游客姿态。常年跟演员打交道,令曦领悟到女性身体的权力关系,懂得要让精神松弛,唯有先让身体松懈,而身体与环境、与他人之间的壁垒是可以靠装饰来弥合或打破的。简单说,到迪士尼装扮成米老鼠,坐过山车时放声大叫,跟金发碧眼的公主合影握手,就可享受这半虚拟的时空所带来的快乐。怎么说来着,要入戏,要入型入格。陪盈盈来这里,无非是期待快乐的含量足够浓,足以忘忧。

  关于在乐园的那天,盈盈的记忆是在灰熊山谷坐过山车,俯冲下来时她们俩被相机抓拍到开心得模糊的两张脸。五官像毕加索画里似的,悠悠然从脸的轮廓上跃升,马上要向四方突围,就在这瞬间被相机定格。

  她们买下两张照片,边走边看,边看边笑。这是谁啊,自问自答,彼此评点一番,又笑个不停。原来她俩的五官就可给对方带来这么多快乐。自然,要足够熟知对方,熟知对方的眉眼、发丝,及每一处五官的线条和走势,才会从这错乱的照片中得到足够多的乐趣。

  全然陌生的客体,是不会让她这样的人得到快乐的。盈盈看着照片突然想,心中凛然。即使是自然与风景,是异国人情,对她而言也不是陌生之物。在真正见面前,早已知晓了对方的局部。

那么列维呢。她头脑里在超速倒带，想要回到他们最初的地方，彼此关系的起始处。奇怪的是，记忆的列车并不在娜奥米的巴黎公寓稍加逗留，似乎她跟列维的肉身的第一次相见并没有多重要，而像过山车俯冲般掠过，冲散一片色彩与光晕。还在更远的地方……等等，是那里么？是她童年时蓝色的积木，耐心堆叠就会出现一座公寓，公寓顶端的三角形门楣上写着——PARIS.

如此，她怎么可能失去列维呢？她不曾想象，眼泪也可以是反重力的。当过山车在灰熊山谷里颠簸起伏，她顺势甩出一些眼泪时，更多的眼泪却被反弹回到了身体里。她放声大喊，谁都在放声大喊，没有人会注意到这里面有寡妇黑纱般哀愁的呐喊声。过山车上的呐喊、眼泪、失控的笑甚至尿意，都是平等的。她继续喊。

离开迪士尼之前，令曦说，很快上海就要有迪士尼了，你想玩，我们随时过去，只要你不嫌烦。盈盈说，好的啊。

沉默了一会儿盈盈又说，设计还是有点意思的，好的设计可以让人快乐，迪士尼就是个大盆景。我决定了，我要造盆景。

令曦说，你听没听过这首歌：神救赎世人／靠笑穴／能诱惑人笑／要够绝。

盈盈说，我是不是很没用？

令曦说，那我不是更没用？

"你这是撒娇。"盈盈说，"你知道自己，比谁都意志坚定。"

"那如果我说，你像定海神针一样有用呢？"

"定海神针？"

"就算有一天……中国与非洲大陆相连……你也不会改变。"

"我只是想要的东西太少。"

"就算河流飞过山巅……鲑鱼在街上唱歌……你也不会变。"

"嘿嘿，我也不会变。"盈盈知道令曦是在玩押韵的游戏，就配合着念白。

上海迪士尼开了后，她们一起去过一次，比香港迪士尼大很多，玩下来太累。盈盈出差去过一次香港迪士尼，人流骤减，有点旧园的味道了。

两人在各自的生活里忙碌，令曦自己开了影视公司，盈盈则跟大学同学合伙做景观设计。跟她们三十岁生日一起到来的，还有加速度的时间。

在香港的第二天，令曦比盈盈先醒来。

令曦问盈盈想不想出海，或者去离岛。

"我晕船啊。"盈盈说。

"你玩过冒险岛吗？"

"小时候那个电子游戏？"

"对啊。香港也是个岛，可讨厌的是走哪儿都有屋顶。"

"还有冻死人的空调风。"

"冒险岛里，你踩个滑板就在森林和瀑布里蹦来蹦去。"

"我们可以去爬山。"

"我讨厌太平山顶。尤其讨厌上去看夜景。"

"太人工？像假的？"

"太人工。像假的。"

在香港停留的第二天，她俩换了个住处，从铜锣湾的酒店搬到九龙塘的民宿。从三十几层高的塔楼搬入只三层高的独栋民宅，不只窗外的风景变了，甚至感知时间的方式也无声切换。港湾、摩天楼不再出现在视野之内，房间窗外正对后院的小块绿地，绿地边缘砌着围墙，围墙刷乳白色涂料，围墙之外是安静的后巷。窗户可随手推开，风灌进来，不再是高层建筑封闭的落地窗，靠中央空调保持室内温度和通风。时间的落点慢了些，指针走动的滴答声像在寻找心跳和呼吸的节拍，共同构成室内的和谐。

昨天晚上，令曦的呼吸声均匀、沉重，盈盈自己却睁着眼睛无法入睡。她给非非发信息，"非非，再帮我一次忙。谁告诉你令曦的事的？到底发生了什么？"

可直到她昏睡过去，非非都没有回她。

早上醒来令曦就说要换住处，要搬到九龙。折腾到中午两人打车过海，一路上令曦未见异常。盈盈本身就安静，此时更留意令曦的动作、神情。昨晚她们聊得不算晚，其间令曦短暂情绪起伏，说到她们中学时代一个朋友竟已经死了，就突然哭起来。盈盈觉得这并不是令曦哭泣的真正理由，又或许她的情绪实在不稳定，哭泣只是保持平衡的一种本能反应。盈盈用毛巾裹住令曦，耐心等着她到底要告诉自己什么，可终究什么也没有说。

搬到九龙塘后，令曦眉眼间的沉郁似乎被清除了，整张脸苍白、干净，眼睛格外明亮。她们什么也没做，不过是躺在床上，坐到沙发上，烧开水泡茶，喝茶，间断地说话。让风从窗户进来，听着后巷里有人路过时说的粤语音节，车缓慢驶过时轮胎压着沥青路面的唰唰唰。

令曦说，已经过了正午了，她可以告诉盈盈昨晚她做的梦了。盈盈说，你怎么到现在还这样，以前就要在中午放学后抓着我说头天晚上的梦，还一定得过了十二点。令曦说那你想不想听嘛。盈盈白她一眼。

令曦说，我梦见跟非非一起去尼泊尔，要爬喜马拉雅山的其中一座。上山很顺利，我们的体力也不错，在规定时间前可以到达山顶，然后休息一下就可以下山。但突然下雨了，雨很大，我怎么也睁不开眼睛，看不清前面。非非说要再往前，上到一个山坳等雨停，但我觉得会被雪埋在山坳里，我要下山。非非很生气，但还是跟着我走了。我们开始往山下走。但不知道为什么，走着走着他就不在我身后了。平行世界里的另一个我在脑子里跟我说话：都怪你，你把非非丢在山里了。

盈盈想了一会儿说："非非讨厌冷的地方，他不会去爬雪山的。"

令曦被逗笑了，"裴盈盈，我那么悲伤的一个梦就被你戳破了。"

"要想非非回来就去找他。你想他回来吗？"

"不想。"

"那是什么？"

"跟非非或者任何人没有关系。说出来你可能不信，我已经有很久没跟人睡了。我对要跟人睡才能有那种完全失去自我的感觉已经厌倦了。那种感觉，就是身体的失控，你的精神在渐进过程中最终选择身体的沉沦，某个瞬间就能达到绝对自由。可我厌倦了需要人配合，需要人一起才能体验这种自由。"

"那文身呢，多出来那么多文身是怎么回事？"

"最开始……最开始不就玩呗。"

"痛吗？"

"痛……也不痛……看你怎么想。"

"我觉得这事跟其他会上瘾的事一样,程度只会加深。抽烟上了瘾,戒了,复吸。喝酒上了瘾,戒了,又越喝越多。你有了第一个文身,就会有第二个,第三个……"

"你说得对,也不对。抽烟喝酒,让你上瘾的都是某种化学物质。化学物质会遗留在身体里。睡,不是化学。"

"睡也是化学。人会残留化学物质在彼此身上。分手了你忘不了对方,也是这种化学物质在你血管里像荧光剂一样到处流动。你觉得不少人分了手还继续搞在一起是为什么?就是化学物质!"

"我要说这些根本不是问题,你相信吗?"

"那问题是什么?"

"问题是,我感觉不到任何东西。像以前那样对待别人和我自己,也感觉不到东西。他们总是配合我,宠着我,最开始我是有感觉的,甚至觉得幸福,慢慢地就恨他们,恨他们为什么要配合我。他们就没有自我吗?你懂吗?我喜欢什么,他们就做什么,那还有什么意思?"

"你觉得他们就没有自己的想法和感受吗?如果他们性格里没有这一面,最开始就不会跟你在一起。这些我们先不谈。他们是怎么样的,都不重要,但就像你说的,你觉得不对劲。"

"你知道好笑的是什么吗?到后来,他们都会拿死来威胁我。我一提分手,他们就说要去死。但事实上,没了我他们是会痛苦一阵,但也只是一阵,慢慢就变成跟我认识前的样子。该结婚的结婚,该生孩子的生孩子。这些事,让我觉得他们只是在表演。我不想被他们利用。"

"我觉得至少非非不是这样的。他退回到原来的生活里去,并不一定心甘情愿，只是因为不能跟你在一起！"

"你想听我真的想法吗？先不要否定我的说法。"

"好。"

"我觉得我们就是失败了。"

"我们？"

"我，失败了。你，失败了。局部失败也是失败，我们要勇于承认。当然我们的失败是伟大的失败。没有几个人能做到这些。"

"不要跟我说单身就是失败。你想过吗，可能是年纪大了些，或者见识过的东西多了，就不再觉得这样的生活有意思了？"

"我一直觉得生对应的不是死，或者说像巴塔耶说的，色情是对生的肯定，至死方休。我也觉得自己的活力就在这种可以说是折腾的运动里。但不知道哪一天，就突然被按了停止键。如果这么说并没有什么说服力的话，那么想想你，你呢？从十几岁到现在，别人眼里你从广州到法国，从法国再回来，换了工作，换了身份，没人说得清你是什么样一个人了，但你为什么还想要去生孩子？"

"我觉得还是想试着跟人建立长期的关系。如果另一个成年人不可以，那么一个从我身体里出来的孩子或许可以。我知道你会觉得这是自私。我自己也怀疑。所以到现在也没有真的付诸行动。如果一个非婚生的孩子法律上是不允许存在的，那么他生下来的合理性是什么？我还没想清楚。"

"你要真想生就生吧，我跟你一起养。真要生下来了，总有办法养，关键还是你想不想，这个想法有多强烈。"

"我就是有点警惕这种 drama. 可能现在，不像以前，我们的生活里有相对戏剧性的情节。比如我跑去贵州做营造，又跑去法国学设计。你可以从律所辞职,去做电影。甚至更细节的地方,我们跟谁在一起、不跟谁在一起,都不再需要说服自己,没有所谓既有生活的套路。因为套路一次次被打破了。有没有这种可能:接下来很长时间,我们的生活表面看起来都会非常平静,但只有我们知道它仍然向着某个无法预知的界限航行。"

"所以,接下来怎么办?"

"你突然来找我,我太开心了。昨晚我想起,我们好像已经好几年没有住在一起,一直说话一直说话了。我也想到,如果我被什么巨大而无声的东西压住,也会跑去找你。昨晚你说到那个死掉的女同学,哭了。不知道为什么,我想到她也会想哭,但并不真的哭得出来。她跟我们那时候关系也不好。只是她留在那里,留在我们十几岁时就已经知道的生活里,然后后来莫名其妙死了。这本身让我觉得难过。不是可怜她、同情她,我没有资格做这些。只是觉得,我们走向不同面向的世界,验证不同式样的人生,本质上却都被什么在等待着。"

"我不相信什么狗屁旅途终点。死也不是终点。组成我们的身体的,是宇宙大爆炸后的粉尘。我们由原子构成。我们死了,原子也会回归宇宙。"

"令曦啊。"

"裴盈盈啊。"

"干吗学我?"

"嘻,也不需要时时刻刻有原创性吧。"

两人笑。

半岛酒店在九龙半岛最南端，坐北朝南，可一览维多利亚港及对岸的香港岛。令曦和盈盈从九龙公园过来，沿汉口道往海边走。正午的阳光热烈，温暖，让人和其他事物都一览无遗。她们就在猛烈的阳光下走着，把自己的影子踩在脚下。

走着走着，令曦在左手边一道玻璃门前停住，门童旋即拉开对开的玻璃门。圆形拱门下，一条走廊通向另一道双开门的玻璃门。盈盈还没来得及从走廊两边的精品商店摆设中回过神，已步入第二道玻璃门中。双门对开，挑高的大堂由高耸的柱子支撑，柱子与天花连接处是雅致的镀金雕花石膏模型，天花上石膏雕饰同色系，整个大堂阔落、雅静。服务生将二人带至桌子前，拉开椅子安排入座。盈盈看着菜单上的英文，才说，半岛酒店啊？令曦说，下午茶要排队，午餐就不用，怎么样，喜欢吧？盈盈点点头。

午餐可选套餐，但也需在菜式中逐一选定。盈盈从头盘看起，牛面颊肉冻批配杂香草及辣根酱、烟苏格兰三文鱼，或者甘笋汤配栗子炖蛋。广东人把胡萝卜叫甘笋，最喜欢拿来炖汤，盈盈不觉莞尔。抬头时，发现令曦正跟远处靠窗边的一桌人招手。盈盈有些近视，只见那桌人中，一个红衣女子起身，款款而来。

整个大堂的米白、奶油和金色调中，穿红裙的女子引人注目。及至五官看得清晰了，盈盈亦惊亦喜，谁不认识这个女明星呢？她就是传奇本身了。女子拉住令曦的手问候，声音轻而甜美。盈盈印象中，她应该已过了五十岁，但女明星就是有让时光停驻的魔力。红衣女子也有皱纹，但脸仍小巧，腰也纤细，与令曦说话的间隙，眼睛不时看向盈盈。明明是水光般的眼波，推动时却有磁场，让人不舍得将目光移开。科普知识不是说，人上了年纪后，地心引力加上胶原蛋白流失，就会让五官失去轮廓么？可眼前的女子五官与她早年在电影或照片中并无出入，甚至，真人更明艳，不可方物。虽是短发、淡妆，但跟大堂中其他短发淡妆的女性相比，一眼可区别开来。盈盈想，这就是星光吧。更让盈盈意外的是，女子寒暄一会儿后，竟坐了下来，跟令曦手牵手聊起天来。两人笑得放肆，旁若无人。

菜上得不慢，头盘之后主菜跟着来。令曦点的杂锦海鲜，搭配酥皮盒、藏红花忌廉，盈盈点的是鸡胸配鸭肝忌廉汁及花椰菜。餐具讲究，盈盈也就专心切鸡胸肉，眼角余光瞥到令曦叉了个虾仁送到女子嘴边。女子张嘴吞下，托腮等令曦继续喂食。盈盈手中的餐刀打滑，刀刃重重切在盘子上，咣的一声。鸡胸跟鸭肝吃起来一个味儿。直到甜品上桌，女子才跟令曦拥抱道别。令曦起身，扶住女子双肩，轻轻吻一下面颊，很轻，但女子长长的耳链随令曦的动作晃啊晃。

盈盈不吭声，喝自己的咖啡。咖啡是好咖啡，淳而洌。令曦喝霞多丽干白，喝完又叫红茶。服务生端着茶具过来，倒好一杯茶即离开。盈盈抬手去挪茶壶，迷迷糊糊被茶壶烫了一下，手指含在嘴里止疼。令曦说着什么，盈盈耳朵里却一片嗡嗡声，听不真切。手指堵住她的嘴，问不出问题来。令曦的神情不像在解释，似乎刚才发生的，跟她一点关系都没有，或者是，太过平常。盈盈直觉是后者。她迅速在记忆里检索，令曦有没有发过任何一张跟这名女子一起的照片。

正午的海面将强光反射到高楼的玻璃幕墙上，玻璃折射光线，被折射的光线在空气中聚合、交会，氤氲成薄雾，又蔓进室内，让人恍惚今夕何夕。盈盈的记忆如童年没有信号的电视荧幕，低声躁动着雪花点。

"她没结婚？"盈盈问。

"没有。"

"好像从没结过婚？"

令曦想一想，说："是没结过。怎么了？"

"她这个年纪的女明星，没结过婚的，少见。"

"也不是没有的。"

"她是个什么样的人？"

令曦笑了，"你真关心么？"

盈盈也笑了，蓦地放松下来，"其实不关心。"

"我说呢，你什么时候关心过人结婚不结婚啊。"

"知道你是干那行的，但还是吓一跳。有点怀疑自己认识的到底是个什么人啊。"

"什么人？活人。"

"但你知道，他们就像画面，不像真的。一个画面里的人跟你热闹成这样，就不像真的。"

"那你画的那些图纸，你觉得是真的还是假的？"

盈盈想了一会儿，说："某种意义上，图纸比房子更像真的。"

"房子是在模拟图纸。还不如图纸精确。"

"忘了在哪里看到过一个小故事，国王让画师画地图，画师技艺高超，可以把一棵树、一座房子都画下来。这么过于精细，地图就变得无限的大，单单一个省的地图就覆盖了这个帝国的一座城市，而帝国的整张地图则覆盖了一个省。这么一张太大太大的地图变得毫无用处,慢慢就成了碎片。"

"界限失控了。地图画出来,是为了能让人既形象又抽象地认知,但地图一旦无限接近现实世界,人的认知和现实之间的界限,或者说秩序,就打破了。"

"地图本身是一种现实,或者说地图自身中包含一部分现实。"

"反向来说,是这样。"

"所以,你是真的吗?"

令曦笑了,"你说呢?"

盈盈也笑了,"如果你说,你跟她在一起过,我会觉得,半真半假。事实层面是真的,但又有种虚假的无关感觉。"

"我和她在一起过。"

盈盈看令曦捧着茶杯,放慢语速,"我没经历过的事,就算你告诉我,一五一十告诉我,我也只能理解部分。跟这样的人在一起,是什么感觉?"

"不存在所谓这样的人。你会把她归类,就是错的。她也只是一个人,是具体的。或者你想问的不是这个?你是想问,床上么?"

"你知道我做不到,像你这样,什么都能说出来。"

"你不觉得,女人跟男人最大的不同,就是不会把床上的事当谈资么?简单说就是,你不会觉得这是一种值得炫耀的事。跟谁上床,可能是好的,也可能是不好的,性本身是平常的,是可讨论的。但现在,如果我要跟你说这个,只有一个原因,像昨天我说的那样,我遇到问题了。"

"那我这么说吧。这件事,你跟她,或者到了现在,不管是什么状况，你开心的吧？"

"开心的。像你感觉到的，她跟我无关。我们彼此都不是对方重要的人。如果对这点心知肚明又不介意，就可以继续做朋友了。我来之前可能是不开心的，但到现在，我是开心的。"

盈盈突然想起，高中时，她去令曦宿舍玩。不知谁在网上找到了《情人》的资源，两人就坐在电脑前一起看。也是这么一个阳光强烈的中午，看着看着，全宿舍的女生围了过来，凝神静气看着珍·玛奇和梁家辉在西贡的阳光里打开身体。有人说把窗帘拉上吧，有人说把门闩扣上吧。几个女孩躲在宿舍里，分享了一百一十五分钟的秘密。算秘密吧，对那时的她们而言。但在女孩们之间，这又是公开的，是从此以后可谈论、回忆，甚至调侃的话题。忽然来了一阵风，风从窗户缝灌进来，窗帘被吹起，胡乱切分着太阳的光线。女孩们尖叫着伸手压平窗帘，哄笑着把窗户关上，把太阳锁在窗帘后面。快乐像海浪，她们被推至浪尖，至今不曾跌落下来。

就是这样的局部吧。局部已是全部。

从半岛酒店出来，她们回头往旺角方向走。盈盈让令曦猜，如果把城市里拆除的建筑所占的地块涂成黑色，那么整座城市是黑色地块多，还是未涂色的地块多？令曦想了想说，黑色多。盈盈说，绝大部分城市都会变成黑色。就算老城区保护下来了，但城市不断扩张，未涂色的地块在整个城市中所占比例也微乎其微。

令曦说，油尖旺是旧区，已算幸运，拆掉的启德机场、九龙寨城才可惜。

盈盈说，如果建造是从地平线往天空走，而把拆除想象为把曾有的建筑体埋入地下,两者以地面作为界限的话,那地下的是昨日世界,地面上的是今日世界。如果把时间的维度考虑进来,时间与空间共同构成世界的话,地下加上地上,才是整个世界。

"你们设计师总想这么抽象的东西吗?"令曦笑道。

"电影不抽象吗?"

"电影,大俗。"

两人笑。

"破坏才是真正的创造。"令曦说。

"怎么讲?"盈盈问。

"破坏一切吧!如此一来,不仅心情舒畅,你也能做真正的自己。"

"这是你写的台词么?"

"是台词,但不是我写的。怎么样?"

"我在想,破坏和创造哪一个更需要力量。"

"大部分时间势均力敌,但终有一战!"

"破坏和创造的界限在哪儿?还是都在界限之外?"盈盈问。

"好问题。"

"我想说的是,我们学那么多东西,不会没有用的,会让我们没那么慌的。"

"你说的我都信。"

"是不是啊。"

晚上,令曦睡着后,盈盈给非非发信息,她都好,谢谢你,放心吧。发完后删除了非非的账号。

一早，她们决定离开香港。收拾完东西，直接打车往红磡去，两人一路无话。

在红磡火车站过海关，比不得在罗湖或者其他人流众多的口岸有仪式感。但盈盈还是觉得，跨过这条界限，等待她们的是明天的世界。发生在界限这边的，像是奇妙的缓冲沙带，把她们的记忆、情感和想象搅拌在一起，期许她们能穿过界限回到又旧又新的世界里去。

有什么不一样了。当令曦来到她身边，带着呼吸、眼泪和笑声出现在她眼前时，很多事不一样了。也许这是再一次的确认，或者更大的意外，提醒她在彼此身上储存着多少自我意识的残片。而当对方出现时，意识的残片在两个身体之间的电流下重组，幻变成比世界更巨大无声的力。盈盈紧紧抿着嘴，担心自己不小心发出哪怕一丁点儿声响，就会惊动这隐秘的幸福。她像是从令曦那里借到了一个全新的身体，或者被刷新的身体，可以承载自己一人无法全部吞下的东西。这跟她从列维或一个未知的孩子身上冀望的东西不同，不是渴念，而是实得。接下来会是什么呢？盈盈抬头看了看她和令曦一起放到行李架上的箱子。不会再是这么一个超载的箱子了。

令曦从包里拿出什么东西来。是她在香港买的纪念品，几张印着九龙寨城地图的明信片。盈盈觉得这明信片设计得不怎么样，但令曦买下，此刻正拿出一张递给她。

令曦调皮地对着盈盈笑了笑。盈盈把明信片翻到对面的空白页，发现令曦只写了她们俩的名字，然后是"二〇一六年一月二十八日－三十日，香港"。她又翻转到正面看，令曦用绿色荧光笔把寨城地图上那些通往天台的入口标了出来,一个个荧光绿的小圆点。在那个已被拆除的城里,真实的道路在地图上是黑线。天台上的道路,是虚线。通往天台的入口,是圆点。

  盈盈把明信片拿在手上随意翻动,直到她想好了,把明信片侧立在小桌板上,让它变成一条线。似乎当它抽象为一条线,它就可以更直接地被收纳进盈盈的记忆里去。

  火车过罗湖时减速,车厢近乎静止,窗外的风景像超低速播放的录像,时间并非匀速,而她们再一次靠近边界。

(原载《作家》2021 年第 1 期)

九月

黄昱宁

1

事后每一次想起,彭笑都觉得,卡进那条缝的,是她自己。

马达还在转。底盘上的小刷子挣扎着跟空气摩擦,刚划拉过小半圈,就开始哼哼唧唧。赵迎春一脸惊慌,手指着仰面躺在地板上的扫地机器人,侧过身紧盯着彭笑,说不出话。

彭笑不想掩饰越皱越紧的眉头。自从扫地机器人到货,就成了赵迎春的假想敌。赵迎春喜欢用人格化的字眼形容它,说它看着愣头愣脑,其实爱磨洋工,吭哧吭哧忙活半小时也就是把地板抹得白一道灰一道。彭笑通常会好心地搭一句,说扫地的拖地的擦窗的煮饭的,这些机器人就算一样一样都置办齐了,你赵阿姨在我们家也一样重要——简直是更重要呢,要不这些机器人没人管,打起来可怎么办?

我可管不了,赵迎春嘟囔了一句。我嘴笨,连我儿子都劝不住。

彭笑在赵迎春认真的表情里从来看不到一点开玩笑的迹象。

这回也确实不是玩笑。彭笑没戴眼镜，顺着赵迎春的手指，俯下身几乎到半蹲，旋即整个人弹起来。

整个画面，甚至音效，与其说彭笑是看见听见的，倒不如说是她感知的、脑补的。她只用眼角的余光扫过一眼就别转头去。在此后的回忆中，那一团栗红色，茂密得仿佛挑衅的质地，耐心地一圈一圈纠缠在底盘刷上的形状，将会越来越清晰。机器人吃不进吐不出，吱吱嘎嘎的摩擦声渐渐变成不怀好意的笑。

在彭笑的内脏被这笑捏成一团向喉咙口涌去之前，赵迎春终于找到了机器人的开关。然而消音之后的静默甚至更尴尬。彭笑觉得自己的耳朵真的竖了起来，细细辨别赵迎春走过去又折回来的脚步声。报纸（她甚至听出是8开的《文艺报》而不是16开的晚报）裹住发卷揉成一团。揉成一团的报纸被塞进垃圾桶。垃圾袋扎紧。更紧。

倒了吧。她听见自己的声音已经恢复了冷静。

马上？

马上。彭笑在心里测量着从机器人打转的位置到床的距离，从牙关里蹦出这两个字。头发是配合着某种激烈的情绪被扯散的？还是缘于一个即兴的、被胜利激发的灵感？随手留一个拙劣的、等待被发现的记号？最天然和最矫揉的混合体。糟糕的演员。更糟糕的剧本。

对于廖巍的肢体语言，她已经恍如隔世。她不记得跟她在一起的时候，他有过如此得意忘形的时刻。他们之间，就算有戏，也不是这一出。

那么——赵迎春搓搓手，还是下决心追问了一句——床单也换一套吧？虽然前天刚换过。

换。

彭老师，要不你再想想？不知从什么时候起，赵迎春对彭笑的称呼从彭小姐变成了彭老师。毕竟在廖家待久了，阿姨也知道这个圈里人人都是老师。

想什么？

东西不要急着扔。什么东西都是有用处的。

彭笑在赵迎春的声音里分辨出小心翼翼的同情。一个准确的、试图化解尴尬的停顿。两年前，也许两个月前，赵迎春都没学会在该闭嘴的时候闭嘴，可是现在她的停顿恰到好处。彭笑等着她念叨，这么长这么卷的头发不是你的不是我的那会是谁的，等着她亢奋地涨红了面孔说我不该多嘴啊可你不在国内的时候我听廖先生接的电话都不大对劲。然而，赵迎春低下头，嘴角温顺地松弛着，并没有再开口的意思。

让彭笑崩溃的正是这份善解人意。如果这房子里还有一个人有善解人意的资格，那怎么也该是彭笑她自己。

彭笑记得的下一个动作是接过赵迎春递来的温开水。一整包餐巾纸。她想说你该忙什么就忙什么去，但喉咙被一口黏痰牢牢卡住，憋回去的眼泪从鼻孔往外涌。

赵迎春挨着对面沙发的边沿坐下来。彭笑完全没想到，这一刻她所有的无法遏制的窘迫和悲伤，就这样被一个家政服务员大大方方地接管了。准确地说，赵迎春的目光像她手里经常摆弄的平底锅，宽阔、润滑、不粘。煎透了彭笑的一面，再翻过来煎另一面。

要来一碗冰糖燕窝吗要躺一会吗你看你不响也有不响的好处男人嘛晾一阵就好。赵迎春沉浸在她的新角色里，越说越离谱，越说越有力气。彭笑开始慢慢想起，她有赵迎春的身份证复印件。赵迎春的出生年份跟自己差了不多少，可她早已习惯了在心里把对方看成另一代人，有时候老五年，有时候老十年。有两次，彭笑发现梳妆台上的护手霜少了。她很想找个什么机会告诉赵迎春，这么一小管就要三百多，可她没有。她只是多看了一眼赵迎春手上粗粝的毛孔，然后被自己仍然怀有真挚的同情心稍稍感动。

这么多年，赵迎春双手以上的部分，她的面目、声音和年龄，从来没有像此刻这样清晰甚至尖锐。她不再是一团模糊的形状，一个与各种器物建立固定关系的实体，而是一双早就洞察秋毫的眼睛，一台静静地处理数据的机器。彭笑知道她知道那团红头发是谁的，她发现自己有一刻几乎要抓住赵迎春的手盘问她。她努力把这冲动按下去，却因此再度愤怒起来，几乎要把鼻孔翻出去才能呼吸到空气。

墙上的水粉画，茶几上的紫砂壶，餐边橱以及搁在上面的花瓶，从眼前一一掠过。它们之间似乎建立了某种隐秘的关系，与地面的角度维持着危险的平衡。彭笑想，没人在家的时候，它们大概会互相使个眼色，聊上几句。

可笑，太可笑了。彭笑翻来覆去就是这句话。于是赵迎春跟着点头，夸张地让两片嘴唇碰出声音。好笑的，真的好笑。有一句说一句啊，廖老师就是闲不下来，我就没见过比他更忙的人了，越忙越有劲，身体好，就是福气好。彭笑在她话里没有分辨出一丁点嘲讽的意思。

廖老师的身体并不好,彭笑在心里冷笑。如果生活在美国,他是够格写戒酒小作文然后跑进小剧场当众念出来的那种人。彭笑想起女儿廖如晶嚼着口香糖对她说,妈你管那么多呢,送他去 AA 好了。Never too late。

什么 AA。我跟你爸爸怎么 AA?

Alcoholics Anonymous, 匿名戒酒互助会。没看过电影吗? So pretentious, right? Yet it works。你念一段我念一段,这样就没空喝酒了。

晶晶在美国的高中读到十一年级,彭笑已经觉得搭不上她的话了。美国人管晶晶叫 Crystal,她的中文词汇量正在急剧收缩,被鼓胀的英语裹在里面,成了一团偷工减料的馅。彭笑好几次想告诉她,你的英文吃掉那么多音,那么刻意地要显得口音地道,没这个必要。可她说不出口。

三年前彭笑送晶晶去读九年级的时候,晶晶不是这样的。彭笑说你吃不惯可以跟华人同学结伴去中国超市,晶晶咬着嘴唇说成天混华人圈吗——妈,那你送我来做什么?那时,晶晶在国内已经读完了初三,到美国要把九年级再念一遍,彭笑知道她心里别扭。她试图把晶晶搂过来,胳膊伸到一半遭到晶晶肩膀的抵抗,只好稍稍缩回去僵直在半空中。多读一年是好事,彭笑对着晶晶已经扭转的肩膀说,GPA 好看,你还有时间参加课外活动,你知道你的体育是拼不过他们美国人的。你得有时间参加点学科竞赛,再做点义工什么的才有希望申请到排名前三十的大学……

说得你好像可以天天陪着我似的——晶晶已经完全转过身,彭笑看不见她的表情。我每年都可以来陪你住一个月,你放假就可以回来。你看这样加起来，我们分开也没多久是不是？彭笑努力挤出笑脸，不管晶晶是不是看得见。

然而，从第二年开始，晶晶就开始催着来探亲的彭笑早点回国了。晶晶的课有一半报了荣誉班，赶 essay 赶得天昏地暗，彭笑叫她到自己短租的房子里来吃饭都没时间。

学校有食堂，吃顿饭赶来赶去的有意思么？怎么会没有意思啊！彭笑在微信里打了一个感叹号。临出国前跟赵迎春突击学会了菜肉馄饨的全部工序，到中国超市里淘来的冻荠菜和黑猪肉，就被晶晶轻轻巧巧一句话弹到屋外的草坪上。草坪边上的一棵白蜡树上停着一只鸟，脖子上有一圈明亮的橙色。彭笑觉得如果自己不认真盯着它多看两眼，就会显得这鸟漂亮得毫无必要。

要不……周末吧？

周末要去当志愿者。儿童危机中心，好容易过了面试的。妈妈你知不知道志愿者的人数是根据那里亚裔儿童的比例来定的？

彭笑说我不知道。她也不知道晶晶是不是在 AA 里也当过义工。她只知道，晶晶说起爸爸的口气，越来越像描述一个需要被志愿者编号分组的匿名者，一个即将进入被关怀程序的陌生人。Never too late, 妈，never。

2

也许过了一个钟头，也许更久。直到彭笑的鼻腔渐渐通畅，她才听出赵迎春真正的意图。话题先是围着廖巍散漫地展开，最后突然像是泄了气，自暴自弃地直奔主题。于是，彭笑听到赵迎春直愣愣地说：九月报了海选，就昨天。

彭笑一时间回不过神来。她茫然地盯着赵迎春，九月从时间状语变成一个名字。她依稀想起，赵迎春的儿子生在九月的最后一天——他叫王九月还是陈九月？彭笑不知道。她从来没听过赵迎春提起她的男人，他似乎从来就没有存在过。

海什么选——？彭笑已经意识到她是指廖巍那家公司的名牌综艺，可她的语言系统还调整不过来。

八音盒。廖老师是——总导演吧？九月不让我问。可我忍不住。

以前也有人托彭笑在廖巍的节目里打个招呼插个队什么的。他也爽快，说这好办得很，海选多一个少一个没什么关系，管录不管播，会不会剪掉全看你造化。哪家选秀节目没有一串关系户的？他会得意地反问彭笑，耸个肩膀摊一摊手，仿佛在普度众生。

赵迎春够不够格成为关系户？彭笑不知道。她拼命在脑中搜索关于他们母子的信息，还是没有办法把选秀跟九月联系在一起。

你儿子跟晶晶差不多大吧？这孩子——我是说，他不用念书吗？

仿佛有什么开关被轻轻按了一下，赵阿姨的眼圈一下子红起来。她下意识地抓过刚才搁在茶几上的抹布，毫无意义地在沙发扶手上来回擦拭。

九月当然要念书。他不念书他怎么办？他不念书我怎么办？赵迎春开始讲车轱辘话。她讲给九月办借读要两头跑，一路上要求多少人受多少气，挂靠在家政服务公司里有多亏——不挂也不行啊，要是积分不够我们怎么能在上海待到今天？赵阿姨把文件背得烂熟，说到家政服务员属于"特殊人才"的时候，下巴抬起来，手里的抹布捏紧又松开。彭笑在她说到下个月房租又要涨一成的时候，终于打断了她。

我知道你辛苦，可是九月知道吗？彭笑被自己语气里不加掩饰的谴责吓了一跳。九月有比晶晶更懂事的义务，更适合他的画面是在毕业联欢会上跟着伴奏带唱"感恩的心，感谢有你"——彭笑觉得这个念头并不光彩，却算得上实实在在。她舒展双腿盘坐在沙发上，感觉到四周的家具渐渐稳定下来，落回到它们原来的位置。

然而赵迎春并不愿意顺着彭笑的思路走。学校有责任，搞什么素质教育啊，那是他们这样的人家玩得起的吗？音乐老师也有问题，吉他兴趣班挑人就只凭乐感吗？再说了，九月小时候在乡下都没上过正经音乐课，能有什么乐感？最大的毛病还是出在她赵迎春自己身上，心一软就答应九月用压岁钱买了一把二手吉他。那时，她还暗自庆幸九月没有迷上钢琴。你看，吉他确实不能算贵，可是这玩意儿搁在学校兴趣班里，那就只是一门课；带回家里，横在九月的床上，月光照进来，它就在他们一室半的出租房墙面上投了一道影子。影子会晃，不停地晃，把九月的心都晃野了。

她对九月最严厉的指责也不过如此。她说，这也就是几分钟热度吧，我猜——只要扔进海选里，他就不见了。她说这话的口气，就好像在谈论即将在火锅里涮掉的一小片羊肉。彭笑飞快地看了她一眼，却发现她的表情与语气是分离的。

直说吧，你是想让廖老师给他个机会？这条路不好走的。

我真不是这个意思，彭老师。我也说不清我是什么意思，如果不让你们知道，我总觉得不安心。也许见见世面也有点好处呢？

反正九月迟早会死心的,我自己养的孩子我自己知道。

赵迎春越是说得自相矛盾,彭笑的情绪越是稳定。如果这事搁在往常,她会干净利落地打消赵迎春的念头,如同拂开额头一缕没时间修剪的刘海。但是今天她没有。赵迎春发出的求助信号从没像此刻这样符合彭笑的期望。那才是她习惯的位置。刚才的彭笑不是她自己,应该被尽快地、无声地抹去。

小事情,问总是要问一句的,我可打不了包票。彭笑把可字拉长,带着诡秘的笑意,赵迎春禁不住打了一个激灵。她抱起机器人去充电,然后弯下腰起劲地在干净得可以照出人影的大理石地面上寻找漏网的毛发。

就知道找您没有错。可是,你们,不会吵架吧?那就罪过了。

彭笑的鼻子哼出了一脸冷笑。我开始做节目的时候,还没他廖巍什么事儿呢。

3

廖巍确实喊过彭笑师姐。彭笑比廖巍小五岁,入行却比他早两年。彭笑被他喊得不好意思,说咱们都是校友,按辈分我不叫你一声师兄都说不过去。

半路出家做电视,谁能栽培我,谁就是姐。把苍白肉麻的客套话说出天真而无辜的效果,这是廖巍的天分。彭笑说廖师弟啊我活生生就被您喊老了。他居然认真地想了两秒钟,然后迎上她的目光。你不老,你不生气的时候,看起来跟那些大四的女生差不多。

信息量很大。第一，他刚辞了大学里传播学院的教职，显然还带着校园思维的惯性。第二，她生气的样子显老，不好看。她想起自己刚在演播室里吼过灯光师，说你是不是从来没拿我这个助理导演当回事？灯光师板着面孔不说话，只把手里正在摩挲的石英灯轻轻转个方向。灯光聚拢在彭笑身上，彭笑下意识地看一眼挂在斜对面墙上的化妆镜，看见自己散乱的头发就像被一团发白的烈焰烧着了。

二十年前的助理导演。但凡在这一行坚持到今天，彭笑想——可她想不下去。从摄制棚里出来总是清晨，她眯着眼睛，看淡黄浅灰中夹着一点血色的天光。空中浮出很多张激动的面孔，被聚光灯照出粉底的裂纹，泪水在他们显然已经发干的眼眶里蓄积。一个精疲力竭的人被强光死死地钉在舞台上，你的体内只要没有脱水，就很难不哭。彭笑不喜欢面对这样的清晨，她觉得自己就像一只被赶进地道滚了一身泥又从另一头钻出来的鼹鼠。

廖巍也这么说，在晶晶开始念书的时候。你没必要受这份罪，他拿起彭笑的一只手，贴在自己脸上。手抬得太高，几乎触到额头上。彭笑那时想，要是有人看见，会以为廖巍在发烧。

放个大假，等晶晶出道了，你们再回来接管不是更好？——说不定已经是个家族企业了。廖巍的声调稍稍拔高，控制在并不刺耳的程度。他的太阳穴在彭笑的手指下面有力地跳动。再过几个月，他的制作公司就要开张，从此成了电视台的乙方。他把赌注押在一个新上马的选秀节目上，公司还没剪彩就已经跟国外签了版权合同。引进节目模式是彭笑的建议——她选的合作方，她做的项目书。那是她辞职之前打的最后一份工，并没有什么风投来给她彭笑这个人估个值。那段日子，廖巍一直沉浸在亢奋中。

彭笑知道不存在接管这回事。这世上不会有什么东西待在原地不动，等着被她接管。可她闭上眼睛，由着自己被廖巍安抚，就像泡在一个悠长的、永远都不会变凉的热水澡里。彭笑没有什么理由怀疑自己的决定。廖巍的毛病，并不比别的成功的男人更多。

赵阿姨家的……没搞错吧你？廖巍的手指狠命地掐着鼻翼两侧，不肯把眼睛全睁开。不知从什么时候起，彭笑能在他脸上沉淀的色素里，辨认出昨夜、上周或者去年的大醉，就像一圈圈晕开的树的年轮。你也是老江湖了，怎么什么事情都往自己身上揽？廖巍挣扎着睁大眼睛，目光冷冷地扫过半个房间。

没什么，我管个闲事不行么？如果不给自己找点事情做，我们成天就要收拾你往家里带的那些——

彭笑找不到一个合适的名词，只好让尾音被愤怒的停顿重重地吞噬。说"我们"的时候，她拿不准这里头有没有包含赵迎春。公式一成不变。紧接着是廖巍从紧张到渐渐松弛的追问。然后是经不起推敲的解释：某个烂醉的雨夜，关于被助理送回家之后的记忆缺失。他们互相提供脆弱的安全、信任、归属感和女儿的前途，每次交锋都只是更确认这一点。他们说过，在他们这样的家里，谁也离不开谁，别的不重要。无论是什么颜色的头发或者情绪，都不重要。

你真要帮这个忙？不怕把自己绕进去？廖巍等不及回应，就自己下了台阶。先让我睡一觉，等酒醒了再打电话。这也就是一句话的事儿。

还没等廖巍酒醒，彭笑就有点后悔了。手机上跳出赵迎春发来的视频。镜头抖动,九月的吉他在晾满了被单的晒台上跟着摇晃,不时地出框。这不像是一双能在乐器上有多大前途的手。手指倒不短,但关节有点凸起,彭笑总觉得它们弯曲时有点费劲。镜头有几次晃到九月的脸部特写,可他的头歪得厉害,再加上被某扇玻璃窗的反光干扰,以至于彭笑甚至看不清他的嘴型。歌声一句轻一句重地飘过来,气口勉强接得上。

一首关于春天的老歌。它流行的时候,彭笑恰巧过了能为一首歌激动的年纪,但是对于九月这一代又显得太老。九月的一只手在吉他的六根弦上来回弹拨,有几处明显忘了用另一只手去按住品位,慢了一两拍才想起来,歌声跟着这份迟疑微微打颤。

彭笑试着用廖巍的眼光看九月。唯一的亮点在音色,他应该会这么说。到一般男孩的换声点,九月的真声仍然是透明的。但这首歌并没有提供足够的音域给他,彭笑听不出他究竟能唱到什么地步,唱到高音会不会跑调。无论如何,哪怕用最宽松的标准看,九月的天赋也算不上突出,而且显然缺乏训练。他不会控制气息不会控制表情,不会掩饰他弹的吉他连一个像样的和弦都没有。你没法想象把他扔到台上会是什么局面。

4

九月还来不及被扔到台上,《八音盒》甚至还没开播,局面就已经变得复杂起来。

在热搜上看到"新一季《八音盒》未开播已内卷"的时候,彭笑本能地打开话题,顿时就被一段摇晃得更厉害的短视频砸晕了。这显然是偷拍，光线昏暗，视角低得反常，手指和衣角一直在画框边缘游走，不时晃过一团黑。画面主体是两三个年轻的背影，肩膀与肩膀之间透着刻意表现的亲密，有画框外的听不清人数的话音。一个肩膀耸起，蹭了蹭另一个肩膀，两个男孩吃吃的笑声搅合在一起。

那个谁，到底是怎么混进来的？我想早点把他投下去，有没有跟的？

你说的那个谁，应该就是我想的那个谁吧……另一个肩膀凑过来，是喉咙里仿佛刷了两层蜂蜜润唇膏的女声。依稀能看见她的刘海上挂着一个粉红色的卷筒。

虽然但是，让他走是对他好，真的。另一个明显更沉稳的男声让周围安静下来。那小孩都没见过真乐队，明显晕台，浪费大家时间。你们想想他能跟谁成团？我真是替他难受啊——太难受了。

有人轻声附和，有人尴尬地笑着好像要把什么沉重的东西笑轻，有人含糊提到了陈九月的名字和家乡，却被飞快地掐断话头。嘈杂的声音最后汇成不由自主的哼唱，指关节在更衣箱上的叩击，以及达成隐秘共识之后的如释重负。这个 flow 不错啊可以发展发展，有人大声说。镶着碎钻的演出服，把房间里的光线提亮了一个色度。镜头很有心机地定格在"八音盒训练营"的 logo 上。

这段四分半的短视频在网上转了几万遍，在热搜榜上算不得出众，只不过在榜上十几名转了一圈就沉下去了。可是这已经足够在周六上午把廖巍从宿醉中惊醒。他抓起手机，一边半倚在沙发上回电话，一边盯着正心不在焉地修剪花枝的彭笑，目光渐渐复杂。

你确定这个热搜是野生的？我们没有蠢到去买这种话题吧？最后那个镜头——不是你们搞的那怎么解释？我们下礼拜要是开不了播，你们营销部都别混了。他对着手机吼。

我不管，你们得给我摁下去，消除负面影响，一小时出方案。陈——那小朋友的母带给我全调出来，所有已经录好的镜头。我要再拉一遍片子。刚刚还在厨房里学着用打蛋器打蛋白的赵迎春正好探头进来，于是廖巍的喉结抖了一抖，把九月两个字生咽了下去。

等赵阿姨走远，彭笑鼓起勇气注视着廖巍充血的视网膜，从嘴里挤出几个字。你冷静点，最多再过半天她就会知道了，没必要先嚷嚷。

廖巍努力压抑的咆哮在整个客厅里低频振荡。可他还是避开了所有可能刺激到赵迎春的字眼。这可能是最后一季了你懂吗，他说。彭笑说我懂。圈里都在影影绰绰说《八音盒》这样的老牌选秀名声太大包袱太重历史太辉煌，但是综艺模式是有生命周期有审美疲劳的，有曲线和拐点的。如今钱在贬值时间也在贬值，五年就是一代人，而《八音盒》已经办到了第十一年。除了廖巍自己，没人敢在他面前提过气两个字。越是不提，它们便像陷进软泥的刺，扎得越来越深。归根结底，廖巍说，这一切我说了不算你说了也不算，他妈的数据说了算。

选秀营地里的任何人都可能是拍摄者和上传者。在这个年代，挖掘机触手可及，不管你愿不愿意，都有可能给自己或者别人挖一个大坑。重要的不是查出谁挖了坑——廖巍说——而是怎么把它填上。他抓起车钥匙去机房拉片，彭笑追出去。

没必要监场吧师姐？廖巍嘴角挂着讥讽，踩了一脚油门。

彭笑憋了十分钟，蹦出两句话：事儿是我揽的，我跟到底。你放心好了，我没工夫查别的。

5

也许只有在两个地方，廖巍才是真正的廖巍。一个是酒桌，另一个是机房。在酒还没有醒透的上午，两个廖巍在机房里合成一体。

他一帧一帧地在母带上定格陈九月。排练中的九月，赛场上的九月，团建游戏里的九月，被化妆师按在椅子上僵着脖子的九月。在不同机位的镜头中，九月总是站在不那么合适的位置上。哪哪儿都差一点，廖巍皱着眉头说，多久没见过这样的节奏了？彭笑想，节奏是相对的。身边是一群每天都在选秀圈里翻滚的训练生，到哪里都背着经纪公司的名号，九月要是能踩上他们的点，那才奇怪呢。

眉头渐渐舒展开。廖巍摸出牛仔裤口袋里的银色打火机，拇指弹开翻盖再清脆地合上。有人探头探脑地送奶茶进来。老板娘跟着老板一起出现的早晨屈指可数，机房的门一定被四面八方的目光盯出了洞。廖巍接过奶茶，顺手抓住了营销部的兄弟。

照你们看，发酵了没有？

呃……算半发酵吧。这事儿多半是攒黑料的没找准方向，胡乱拼凑了一点，时间没掐准就投了出去。我们找关系降了热度，甲方来了个电话，听那意思他们的头儿有点紧张，不过暂时应该不会把开播搅黄吧，就是跟我们说要注意引导。

我倒是在想——这几年里，除了你们那些常规操作之外，《八音盒》在业内就没有什么像样的动静吧？这一季我们自己的预热程序根本没人注意，这种意外事故一来，倒有了讨论度，你说这是好事还是坏事？

这是……赌。彭笑忍不住咕哝了一句。有没有必要把这么成熟的品牌押上赌局？

有——有必要立马开个会。廖巍猛吸一口奶茶，嚷着要头脑赶紧风暴起来，导演摄像营销，能抓到几个就几个。顺便，他说，给我去弄包真正的烟来，烧脑细胞，电子的不够用。

会议室里没有看到把头发染成栗红色的女人。彭笑不无快意地想，也许一看到彭笑进来，红头发就把自己变成了一只蝴蝶，停到窗外的哪朵月季上，正在冲着她扇翅膀。房间里有好几台显示器，竞争对手的节目在循环播放，廖巍抓起遥控器，冲着其中一台按了暂停，指着屏幕上一个咬着嘴唇、正在努力表演自己有多么紧张的男孩说——你们看看，这就是他们所谓的素人？

哪来的真正的素人？

陈九月。这个名字如今在网上已经有了记忆，我想会有很多人好奇这究竟是谁。你们看看他，九月所有的节奏都落在意外的地方，那种格格不入感，让你演都演不出来。我看他就挺素的。纯素。

有人一边拉进度条，一边摇头。廖导，上回选手们的内投环节，他得分是最低的。我们也知道他们存心排挤他，可这就是现实嘛。

明天录的那一期,他铁定是要给淘汰的。这怪不得别人。导演组内测,他也是最低的。没人看好他,没人,您自己——

我自己根本没注意过他。我承认。总导演是把握全局的,今年的全局太平庸了。你们没有给我足够的兴奋点,这样下去是不行的,懂吗?

您是要把陈九月弄成一个兴奋点吗?

他根本就不在我们习惯的节奏上,是的他没有综艺感,一点都没有,所以他就有可能跳出来,只要我们让他跳出来。我们还可以给他机会的——或者说,他还可以给我们机会。

一片沉默。隔壁房间咖啡机磨豆子的声音席卷而来,直接钻进每个人的领口,在皮肤毛孔上滚一圈。

彭笑太熟悉这样的时刻了。一切都被摆上了传送带,滑进廖巍最舒适的轨道。不要把这件事庸俗化,他说,这不是炒话题,是讲故事。一个好故事最重要的东西,就是能让人看到自己。你在让别人相信之前,首先要让自己相信。

他把故事、自己和相信串成一个带着闪光花纹的死循环。他的视线抬高,嗓音温软,昨夜残留的酒意、早上甜腻的奶茶和此刻缭绕在他面孔周围的烟雾,在他身上发生着并不让人讨厌的化学作用。彭笑很不情愿地想,这个男人的感染力仍然会让她着迷。

可他说的都是胡扯。彭笑支起下巴把自己两只耳朵之间的通道想成一条贴满泡沫塑料的走廊,任凭廖巍的词语在其中穿梭,碰撞,被无声地吸纳。情怀,叙事,客观真实与主观真实。镜头的温度,人物设定,故事的弧光。成长,开放式结局。

他们小声说,真人秀依靠讲故事的时代是不是已经过去了?

在流量时代再搞这些是不是有点老土？彭笑想廖巍一定是听见了可他装作没听见。陈九月的故事已经在他眼前有了鼻子有了眼。他看见了那条带着波峰和波谷的情节线，舍不得随手扔开。

有好几年没有写过脚本了，廖巍若有所思地说。他的视线在人群里扫了一圈，最后落到彭笑身上。老规矩，他说，你帮我。

快二十年了，对于廖巍这种直接的、不由分说的命令，彭笑从来不知道怎么抵抗。她想说我业务早就荒了开什么玩笑，却被接踵而来的狐疑的目光堵在角落里动弹不得。这一屋子里坐的年轻人，大部分她都不认得。她不可能向他们，向这些比晶晶大不了多少的孩子示弱。

他们把已经录好的前两集回炉重剪，把明天要录的第三集拉出了大纲，围绕陈九月的分镜头想好了两套方案，看看表已是深夜。隔壁咖啡机已经磨了第二道，他们又喝了一杯才收工。

深夜里，汽车发动机在顺畅的路面上发出心满意足的叹息。彭笑仰头瘫坐在副驾驶位，任凭黑压压的树影从侧前方倒过来，罩住她的脸。为什么——她轻声问廖巍——要这样赌？真的有这个必要？

一个好故事最重要的东西，就是能让人看到自己。你信不信，我在这小孩身上，看见了自己。

6

彭笑的所有关于廖巍童年的认知，都是在谈恋爱的时候听他讲的。一个人爱上另一个人，就有的是时间和耐心，你会热衷于讲述或者倾听那些你以后再也不会讲述或者倾听的故事，比如童年。

在廖巍的讲述中，他就像一颗滚到任何角落里都能生长的仙人球。仙人球出生在西北，父母的婚姻是那种大龄支边青年最常见的结构——安静，寡淡，坚如磐石。那里的沙尘暴是黑色的，廖巍说。我爸说，你有什么不开心的事，都可以攒起来，对着这条大黑毯子说。黑毯子从来不打招呼，闷头卷下来。你躲进屋子，睁不开眼。可是天暗得让你觉得自己在发光。你会觉得整个世界就剩下这一个房间三个人，你会真的相信它能听见你心里的话。

也许廖巍在说这些的时候发挥了很多想象，因为他从三岁以后就离开了西北，在奶奶和外婆两家所在的城市里来回奔波，轮流寄居。那两座城市都在长江沿岸，一座在中游，另一座在下游。它们相隔八百公里，坐火车要转线。母亲一旦察觉到家信里开始出现吞吞吐吐的迹象，就会忙着帮他转学，转到另一座城里借读。如此循环两三次，父母回城落户，终于失而复得、或者说得而复失了一个已经长大的儿子。也不能说他们对我不好——廖巍低头微笑——我是说舅舅或者姑妈他们。只不过，房子那么小，他们受不了我总在他们眼前晃。一年可以，最多一年半，到两年就会吵架给我看。等我出远门超过一年了，他们也会想我——嗯，我想他们会。

二十年前的彭笑，喜欢听这个故事，因为故事的结局就站在她眼前或者正把她搂在怀里。她知道这故事的曲线一定是渐渐上扬的，前半部分越是迂回黯淡，后面便越是会带来豁然开朗的快感。孤独而敏感的少年，在翻着灰黄色泡沫（就像是有人倒了太多的洗衣粉）的江边背下整首《离骚》（两千四百七十六个字没有一个错的,你信吗?他热切地问),相信自己一定可以考上下游的那所大学。他当然考上了大学,否则故事就会是另一种讲法。圆满的结局是有效的溶剂,能化开这画面里所有结晶状的俗气和感伤。

廖巍在九月的身上看到了哪一部分的自己?彭笑不知道。重剪前两期的时候,廖巍把九月的面部特写,从已经剪掉的镜头里,一个一个地捡回来。只要换一个机位,调整一下镜头顺序,或者插入一个对面的导师的微笑(这个微笑不一定发生在当时),九月的迟缓和茫然就被赋予了新的意义。导师随口问他在营地里的生活是不是充满新鲜感,跟学校里有什么两样。九月的目光并不躲闪,但视线显然越过了导师的脸,也越过了镜头。不是很新鲜,他说,差不多。

导师不甘心,紧跟着追了一句:至少有了很多新朋友吧?

视线还是飘向远处,目光也仍不闪烁。一直都没有什么朋友。我习惯了。

九月是什么时候开始习惯的?彭笑想问赵迎春,但话到嘴边还是在舌头上打了个转,换了个问法。你们家九月,是不是从小就不爱说话?

你看,我其实不是太清楚——赵迎春正弯下腰打开洗碗机,一大团热气冒出来裹住她,满头满脸。如果在冰箱这头装一台摄像机,那么此时的画面就会布满湿漉漉的颗粒感。

那些年,每次过年回家,他都长大一截,我买回去的裤子总是不够长。我还没来得及记住他的新鲜模样,就又该回城了。就这样,一直到他念初二。

然后便是攒积分，办借读，侥幸压过普高线的中考，与房东的周旋，或者某一场气氛尴尬的家长会。这是赵迎春最爱念叨的话题，她照例避开那些彭笑从来没有揭开的谜底。比如九月的爸爸在哪里，或者，以九月现在的成绩，他到底有没有可能考上大学。

彭笑半心半意地听着，试图完成廖巍吩咐的"替赵家母子心理画像"的任务，思绪却被骨瓷碗盏叮叮当当嵌入碗槽的声音搅乱，撞碎，往四下散开。她想，上次见到晶晶，和上上次相比，有多少条她不曾见过的裤子，有多少被时间蛀空的记忆，有多少本来不该被错过的成长？

第一期的收视率平平常常，包装一下勉强可以拿来敷衍冠名商。消息传来的时候，廖巍连眼皮都没抬。他正在手机上刷节目片段在各大平台上的播放情况，一条一条地看转评赞是什么风向。被营销部主推的九月的那段果然没有白砸钱，隔了三天之后还在滚动扩散。数据要看下一期的，廖巍说，手里的打火机磕得叮当响。

那一段视频，赵迎春来来回回看了不知道多少遍。实在憋不住的时候，她问彭笑，他们是不是觉得九月是个怪人？

你说的他们，指谁？

导师，同学——就是你们说的学员，还有——所有能看到九月的人。她瞪大眼睛，看一眼手机屏幕，再望向窗外。

也不怪他们，她轻声说，这孩子在想什么，其实我也不太懂。

真人秀这种东西，讲究一个成长。第一集只是个铺垫，前面调子越低，后面就越有空间往上爬。你慢慢看，彭笑说，三集之后，九月的形象会越来越清晰，越来越丰满。彭笑发觉自己在复述廖巍的话。那些原本听起来空洞得带着回声的一字一句，从她自己嘴里说出来,居然有了柔韧的、甜丝丝的嚼劲,像一大团在牙齿间厮磨的棉花糖。

三集之后——你是说,九月不会给淘汰吗?真的吗?赵迎春放下手里的擀面杖,在围裙上使劲蹭了蹭手,从厨房门口跨出一大步,凑近彭笑。她的鼻翼两侧都沾着几簇面粉,被她嘴里喷出的热气吹开,扬起,有一小团挂在眉毛上。

我可没这么说。至少现在录的这几期,他还没走。这些你不是都知道吗?

赵迎春狡黠地一笑,伸手在脸上抹一把,面粉沾着汗水画出三道平行线。九月有救了,她喃喃地说,这下不用看学校的脸色了,我也算对得起孩子了。

有这么严重吗?彭笑随口接了一句。她的心陡然往下坠了一格。这是赵迎春第一次含蓄地承认,九月在学校里过得不太好。

赵迎春没有正面回答,反而扔回来一个问题:彭老师,你说说看,什么叫叛逆期?

彭笑扯了几个她觉得足以应付赵迎春的名词——几种激素的名称,自我意识的定义。然而晶晶耸着肩膀将他们屏蔽在千里之外的表情又浮现出来,就横在她和赵迎春之间,像是在冷冷地看她的笑话。她想起,廖巍不止一次地被晶晶这样的表情激怒,最离谱的一次发生在纽约的地铁里。他说我以前听说这条线路上主要是黑人,现在看看,其实最多的是半黑不黑的。时代到底进步了嘛。

晶晶绷着脸一言不发,挨到地铁口突然站定,盯着廖巍的眼睛冷冷地说:Behave yourself please。

廖巍用了两分钟才搞懂晶晶是在指责他搞种族歧视。盛夏的阳光劈头照下来,他没戴遮阳帽,昏头昏脑地伸出手抵挡。别说我没这意思,就算有这意思,我用中文说碍着谁了?

可是你的表情,哪国人都能看懂。爸爸,Shame on you!

一旁的彭笑不知所措。她想替廖巍辩白两句。可是正午阳光下的廖巍,整个人就像是被劈成了两半。他握紧拳头砸向虚空,举得很高却找不到落点。他的愤怒和挫败不像是受了委屈,反而像是被说中了隐秘的心事。彭笑一时间不知道怎样才能在这紧张得快要碎裂的画面中找到自己的位置,她想她不管张嘴发出怎样的声音,都会被吸进阳光下深不见底的黑洞里去。

我在她身上扔下这么多学费,就是为了有这一天?当天晚上,廖巍弄来一箱啤酒,在皇后区那个散发着洗衣液和炸鸡气味的饭店房间里,一瓶瓶灌下去。他不会在美国泡吧,他说这里的酒单跟上海的不一样,他不想跟侍应生磨牙。

我再来探亲我就是孙子。她说我不懂,什么也不懂。

晶晶没这么说。

她说了,我看得出来。

我什么也不懂,可我知道,九月会比我有出息——赵迎春热烈地说。这孩子碰上什么事都不慌,从小就这样。我发我的愁,他唱他的歌,这是干大事的样子吧?我一定是快要熬出头了。

有很多话堵在彭笑喉头,她说不出来也咽不下去。九月正在赵迎春的手机上唱民谣,进的时候慢了半拍,唱了两句以后才掐准节奏。不知不觉间,镜头换了个机位,柔和的黄光勾勒出九月的侧影。廖巍说过,这个侧面,会让人产生想要保护他的冲动。后期磨得很细,九月在母带上的几个音准问题都得到了校正,音色也给调得更透明更纤柔。闭起眼睛听,有一点点像女声。

赵迎春按了个暂停,眼里满是惊奇。她说,一放到这里,我就认不出我儿子了。你们是怎么做到的?

7

陈九月红了。

算半出圈吧,营销总监说。大家都看腻了苦大仇深的励志偶像,烦透了空洞的流水线标准产品,所以——他意识到这两句本身也很空洞,只好咳嗽两声滑过去。

化妆师手里捏着玫红色的化妆蛋轻轻搓揉,慢腾腾地说,只有我觉得没什么意外的吗?我们做化妆的,就怕你本来就叮叮当当的长得太满。这孩子天生一副小骨架,也没钱在脸上动刀,我只要给他每一集做那么一点加法,你们就会看到他的蜕变。下一集加个眼线,就一点点,你们等着看效果吧。

刀倒是没动过,可他的表情是僵的,永远找不到镜头在哪里。摄像师忍不住直叹气。

你懂什么?这叫自然僵。比人工僵好多了。化妆师冲着化妆镜猛吹一口气,拾起一团化妆棉用力抹了一通。

彭笑在读到第五篇关于九月的公号文时,文章里的主人公已经跟她见过的那个少年毫无关系。"人间清醒"是什么意思?是指别人想启发他谈谈梦想、聊聊亲情的时候,他总是接不上茬吗?

廖巍呵呵一笑，一副成竹在胸的样子。我说什么来着？这个故事要讲得高级一点，九月有"不装"的天然属性，慢一拍是他的特色，不仅要保留，还要强化，要给这种特色制造一点细节。别担心会被误解，我们就是需要大家一起来讲这个故事。

　　廖巍制造了很多细节。摄制组一路开进了九月念的那所高中，好久没开张的吉他班临时凑了几个人出镜，比着剪刀手给九月打call。戏演到一半，秘书引着校长过来，用力拍了好几下九月瘦瘦的肩膀。校长您别看镜头行吗？副导演挤出笑脸，摆摆手。自然点，您不要把我们当人——当棵树就好，平时怎样现在就怎样。校长平时没上过娱乐节目，拿不准应该是端起还是放下，拍了一个钟头的素材，最后只用了一句：在这里，孩子都可以自由歌唱。

　　彭笑说自由歌唱真是个好词，咱们应该用足。廖巍赞许地点点头，跟同事们说看看，还是彭老师有经验，你们都给我学着点。彭笑跟九月东一句西一句地闲聊，问他一个男孩子吼不出摇滚嗓是不是会被别人笑话。九月茫然了半晌，才想起有人好奇地问过他，是不是在学电视里的那个谁谁谁，是不是要走中性风。没人笑话我，他愣愣地说，为什么要笑话？我学不了谁谁谁，人家那是练出来的，我是天生的。

　　但廖巍还是用了这条情节线。在节目中，"在变声期饱受困扰"的九月平生第一次得到了导师的鼓励。一定要做你自己，一定要相信男人味并不只有一种定义——明星导师说着说着，涂过深褐色防水睫毛膏的睫毛闪闪发亮。她微微侧转脸颊。她知道左侧的机位在哪里。她知道，侧转多少角度，眼睛里含着多少液体，会显得格外真诚。

这里本来应该来个正反打镜头的。导师眼里的泪光理应化开九月的心结，得到九月的呼应。但是九月面无表情，聚光灯下他的皮肤干得让人气馁，只好切进来台下的两个学员微微仰头、努力忍住眼泪的镜头。这些机灵的孩子，自从发现九月的故事线被节目组主推以后，便以最快的速度调整了对他的态度。随手就可以挑出很多九月被渐渐接纳、包容甚至成为"团宠"的素材，想剪多少就有多少。廖巍皱皱眉头说无所谓，这里就留个白也挺好。悬置观众的期待，反正后面他还有成长空间。

还能怎么成长呢？彭笑忍不住打断他。每次头脑风暴都在讨论下一集要不要淘汰九月，该怎么淘汰。扎着马尾辫的音乐总监说大家都长着耳朵，你们自己听听，留着他，把那些唱得这么专业的送走，我们还是不是个音乐节目？

廖巍捏紧拳头抵在下巴上，看着音乐总监似笑非笑。音乐性我们是要的，但现成的流量，我们难道不要吗？这是平衡的艺术。你们猜猜，如果下一场半决赛把他给淘汰掉，会不会上热搜？

会，营销总监说。她脸上的表情说明她比音乐总监反应更快，跟上了总导演的节奏。

然后复活赛再把他给捞回来呢？

会上两个热搜。保守估计。

廖巍猛灌了一口咖啡，然后转过脸冲着马尾辫。就那么一会儿工夫，总监的头发上又冒出一层油。我从来就没打算让他上C位，也许成团都不行。但有他在，观众会揪着一颗心，一直往下追，看到我们把冠军选出来的那一集。跟着我都混那么多年了，你说你……

他还得给我们念个商务——广告总监不知什么时候也凑了过来。人家点名了，要"人间清醒"带个货。牛奶。喝下去就不会发慌，能让你一觉睡到天亮的那种牛奶。人家说了，现在整个世界转速太快了，就要他那么慢慢悠悠地念出来。最好比现在再慢点，就跟动画片里那只树懒似的。

整个机房里的人都开始模仿树懒说话的样子，略带酸涩的咖啡香把屋子里的空气晕染出一层蓬松的醉意。人人都觉得自己的乐观很有道理。彭笑低声问廖巍，你就真的那么有把握？九月这孩子我捉摸不透——我真的以前从来没有这样的感觉。我跟他说话，我给他写脚本，可我完全不知道他是一个什么样的人。

他是什么样的人，这并不重要。重要的是你把他叙述成什么样的人。

可是把我的叙述剥开，他是透明的，空心的，你懂我的意思吗？

廖巍没有回答。他在桌子底下轻轻握住彭笑的手。他一向有这本事，在白昼的人群中也能寻到幽暗的角落，送一件唯有你才能打开的礼物，或者一条只有你才听得懂的暗语。为了这暧昧的赠予，彭笑想，我已经搭进了多少年？可她的心情仍然跟着他一天天好起来。他已经连着多少天没有把自己灌醉了？昨晚他甚至注意到她刚刚敷完面膜的脸色很好看。有那么一闪念的工夫，她以为他会跟她走进卧室里去。她想起那团红头发，坚决地关上了门。

放心，他在她耳边说，赵迎春这张牌，我们还没用呢。

8

《八音盒》复活赛前夜特辑《自由歌唱》的影像素材。未剪版。

编号7。全景—中近景—特写。四分三十秒。街道绿地草坪边,身后依稀能看到超市的影子。拎着满满一环保袋、显然刚刚完成采购的赵迎春,冲着塞过来的话筒局促地笑。她显然做过准备,也许对着镜子排练过很多遍。她的句子与句子之间,没有太多余的停顿。

我唱歌没调,可我会听。我也不知道九月唱得算不算好,反正他唱什么我都爱听。爱唱歌的孩子不会有坏心眼。家里条件不好,我什么也帮不了他,手机上我每天只能投一票。只好拜托九月的粉丝,帮帮忙,把他捞回来。这样够不够,算不算打 call?

网上议论的那些,我没空看——嗯,看过一点点。谢谢大家关心,我们都挺好的,够吃够住,就是九月上台没么多好看的衣服穿。这没什么要紧吧,大家也不是因为这个才喜欢他的。

要不要继续上学?当然要。怎么会问这个?九月要是考上大学,户口就能落在学校里。我一直跟九月说,走路不能昂着头,要走一步看一步。每一步都踩稳,别人推也推不倒你。

赵迎春说到最后一句的时候,身体微微前倾。镜头往下扫,定格在她的右前臂上。环保袋拎手缠在那里,勒出浅浅的印痕。

编号11。中景—特写。排练室。五分四十秒。九月的手在吉他弦上下意识地拨弄,似乎在费力地搞懂画外音的提问。他一开口,缓慢的语速就让周围的一切都安静下来。

为什么要复活？我本来也没有死啊。（尴尬而不失礼貌地微笑）

上期已经告别过了，然后又说可以回来了。我不知道是怎么回事。我好像总是最后一个才知道。我不知道为什么你们都说我清醒。我清醒在哪里？

报名——你是说来参加海选？对，那是我自己报的名。没什么特别的理由——也算有吧。在学校里，我老觉得后面有人在追我。我跑得快，他就跟得快，我慢他就慢。他跟我说话，喊我的名字。你知道那种感觉吗？有人推着你，把你一直推到了这里。也许我就是想换个地方透口气。什么？这个不能说？要剪掉？还得重来一遍？

我知道我会唱歌，但我不知道我可以在这里唱那么多，还会有人给我投票。梦想——第一期我就说了，我这人不太做梦的。就算梦见什么，醒来也会忘掉。

我妈——她真的不容易。不，我没有故事好讲。她说什么就是什么，她的梦想就是我的梦想。

编号 25。中景。机房。一分五十九秒。廖巍神色凝重。

我们相信，也期待，每位被淘汰的学员都能在复活赛里得到公平的涅槃重生的机会。然而，就在录制复活赛的前夜，我们遗憾地接到了陈九月退赛的消息。事发突然，截至目前我们也没有得到任何退赛的理由，但我们尊重他的决定。《八音盒》见证了陈九月的成长，对他的未来，我们送上深深的祝福。九月，记得我们的约定，我相信你会回来。

廖巍的镜头渐渐淡出。九月的歌声响起,带着过于明显的修音痕迹:孩子,我在未来的街口等你。

9

赵迎春来辞工的时候,彭笑并不意外。在发生了那么多事情之后,她们也许都在等着这如释重负的一刻。彭笑多算了半年的工资给她,赵迎春木然接受,并不觉得因此就有义务多给一句解释。彭笑说你等等,你总得告诉我你要去哪里吧?

赵迎春使劲榨出一丝笑意,笑到一半似乎又意识到她再也没有这个必要了,于是收住表情,嘴里咕哝了一句:放心吧,这么多年了,我还过得下去。

那九月呢?

赵迎春转过身,仿佛随手拉上了一扇看不见的滑动门。滑轮刚上过油,轻轻一推就关得严丝合缝。

直到第二天发现微信也被赵迎春拉黑时,彭笑才终于意识到整件事情最荒诞的地方。赵阿姨在廖家干了五年,这个家里几乎所有的秘密都逃不过她的眼睛,而彭笑却只有赵迎春的身份证复印件。人跟人之间的距离可以在转瞬之间从极小变成极大,最后遁入空无。不管彭笑愿不愿意承认,在这座城市里,赵迎春曾经是跟她关系最密切的女人。

她想起几年前,那件震动了全国的保姆纵火案。当时赵迎春表现得比她彭笑还要激愤。三个小孩,三个啊——赵阿姨的眼袋有点肿——还有没有人性啊还有没有?就好像,如果不及时表态,她就会凭空给自己招来某种嫌疑。彭笑曾经以为，赵迎春会永远这么机警而识趣，永远在乎她彭笑的信任。她把一切都看得理所当然。

像世界上大多数事情一样，没有人说得清楚真正的转折点在哪里——这跟电影或者小说完全不同。你写一个故事，可以安排主人公在一段时间里专心处理一件事，你可以让全世界都停下来配合他的感动或者愤怒，但你不可能这样安排自己的生活。就好像，在《八音盒》复活赛之前，彭笑不可能选择什么时候收到晶晶的高中发来的学术警告信。

那天，她用了好几分钟才意识到信里那个被严厉批评的 Crystal 指的就是她的女儿廖如晶。彭笑在这一天里打了十五个视频电话，试图弄懂引用不规范、抄袭和学术欺诈之间的区别，她带着哭腔问晶晶：你到底在干什么？我怎么觉得你现在那么陌生？你到底交了什么朋友？你以前给我的成绩单，都是真实的吗？

晶晶嘴里冒出一串英文，最后用力甩甩头说，你反正够不着，急有什么用？

于是，在彭笑的记忆里，九月和晶晶在同一段时间里，都变成了另一个人。这两件事情不可理喻地搅在一起，最后居然都维持在同样的认知平面上。就好像有一个宽阔而冷峻的声音，用同样的言辞告诉她，你知道这些，就够了。

关于九月的所有信息，关于他为什么会退赛，彭笑知道的并不比网上猜测的更多。她把网上的议论拼拼凑凑，她在粉丝圈里的那些难懂的缩略语和黑话里寻找有用的线索。有人弄到了那所高中的"可靠信源"，说校园里发生过一次不大不小的"斗殴"——

没有大到学校和节目组按不下来的地步,但也没有小到能让九月带着身上的淤青继续参加复活赛。有人说跟一宗小额贷款有关,也有传闻指向另一个成功复活的学员,说他是幕后主使。这个正在忙着出道的女孩由其经纪公司出面,辟了个义正辞严的谣,保留进一步诉诸法律的权利。

没有人诉诸法律。谣言自然生长,长到形状丰满时渐渐归于遗忘。三个月以后,彭笑偶然搜索九月的名字,还能看到有人提起他的母亲。故事编得很粗糙:故意失踪的男人(为什么?)和单亲妈妈(过于俗套)。他们说,九月的清秀羸弱,他那可疑的"超然物外",不过是一个含辛茹苦的母亲过度保护下的产物。(谁能看懂这句话是什么意思?)

彭笑终于想起去翻赵迎春用过的抽屉。她攒了七八年的积分,她的培训笔记,就跟她买菜记的账写在同一个本子上。那是廖巍顺手送给赵阿姨的,第八季八音盒的周边产品。孔雀蓝封皮,正中的八音盒图案上叠着银色的凹凸字:同一个梦想。

赵迎春的笔迹过于工整,没有一个错别字,只是在圆珠笔漏油的时候才会留下一小摊蓝黑色的污渍。彭笑从来不知道,她居然在每周唯一的那个休息日里,上过那么多家政公司和职业学院开的培训班。母婴照护,养老照护,医院护理。哪里有加分的希望,赵迎春就出现在哪里。她依稀记得,晶晶没出国前,赵迎春还咬着舌头跟她学过两天外语。这简直是一个太现成的励志脚本——彭笑想——可惜九月的人生,用的是另一个。

彭笑相信赵迎春还在这座城市里。彭笑没有在那个笔记本上找到确凿的总分,她想那一定是个充满希望的数字,没有人会舍得让它归零。那么九月怎么办?"可靠信源"说他中止了借读,学校大大松了一口气。这所刚刚因为九月上过娱乐频道的普通高中,无法承受下一回出现在新闻频道的风险。毕竟,班主任说她早就看出这孩子有点心理问题。彭笑每次想到这里,脑子就像短路一样,怎么也算不过来。中止借读意味着回到原籍准备高考?或者放弃高考,在城里打工?

廖巍没有彭笑的好奇心,他用沉默来回应一切有关九月的问题。退赛事件换来三个相关热搜:九月退赛原因不明。寻找九月。没有九月的总决赛。各项数据显示,第十一季意外地终止颓势,尽管有一点虎头蛇尾,但赞助商对于节目组创造话题和引领潮流的能力恢复了信心。

节目组的庆功宴在一家通宵营业的日式烧烤店里举行。廖巍跳上了椅子,举着一大瓶二割三分的獭祭呜呜咽咽地吼着《突如其来的爱情》。你们都给我看好了——我,他妈是我,保住了第十二季。彭笑把他从椅子上拽下来,用力掰开攥紧瓶子的手,然后托着他的脑袋放在自己的大腿上,用两根手指在他的太阳穴上轻轻按摩。她知道这辈子她是离不成婚的——在这个问题上,她比赵迎春走运,也比她可怜。

又过了三个月,彭笑在一位知名音乐博主的综述里读到了陈九月的名字——作为一个失败的案例,他和一大堆选秀出身的人物挤在一起。那文章写得杂乱而细碎,每个字后面都好像拖着一条延长线或者一枚休止符,以至于他明明在说半年前的事情,你却觉得这事儿已经过去了十年之久。他的排比句就像一个空落落的圆,把九月的名字围困在其中。他说,那是身与心的错位,天分与标准的错位，本性与境遇的错位，愿望与现实的错位。他说，经过合适的包装，你可以在这个暧昧的、能衍生多重解释的形象上投射自己的影子。一旦形象崩塌或消失，那么，错位就会裸露出来，被阳光照得惨白。

  彭笑想这些人实在太能写了，给根胡萝卜都能写出花来。那么高深而伤感的叹息，只是基于一个可信度并不高的传说：有人在心理诊所里看到了疑似九月的男孩，抑郁症，中度。没有图，没有真相。彭笑宁愿相信另一则传闻：有个戴着面具在网上开直播的匿名歌手很像九月——粉丝说，也许那就是九月。那人既不否认也不承认，不管你给他刷棒棒糖还是火箭，他都说收到谢谢。彭笑觉得这样也好，简直是这个故事最理想的结局了。可她没有勇气去点开那条链接。

  只有在家里空无一人、四周安静得让机器人扫地的声音显得格外可笑的时候，彭笑才会由着自己沉溺在某种被催眠的状态里。她的毫不可靠的记忆里，会摇晃出她跟九月的对话的碎片。这些碎片失去了语境，彼此毫无关联，有几片甚至飘到更远处，与关于晶晶的碎片粘连在一起。等这股子劲儿一过，机器人哼哼唧唧地爬向充电座，彭笑就会想，这里头有一大半应该是我自己编的。

        （原载《上海文学》2021 年第 11 期）

月球隐士

李宏伟

A

"叔叔最干净。"

赵匀走出校门,一眼看见叔叔赵一平,心里浮现的是这句话。叔叔站在人群后面,双手插在兜里,望着旁的什么地方,似乎比几个月前赵匀见他时又瘦了一点。叔叔望着某处出神的样子赵匀特别仰慕,用爸爸的话说,那是"从在做的事或连续的行为中不经意地停顿",是"灵魂的清洁完成"。叔叔在停顿的瞬间,整个人会从大人特有的紧绷、昂扬状态出离,如同弓弦松弛,如同木叶摇落,有一些委顿,有一点颓靡,无论隔着多远,这种气质都能猛地一下将他那张瘦瘦的、带着一缕若有若无愁容的脸,推到赵匀眼前。

赵匀穿过翘首望或伸手接的家长,走到离叔叔几步开外,停住。叔叔上身是灰色的T恤,下身是洗得发白的蓝色牛仔裤,脚下的黑色运动皮鞋是新的,整个人仍旧那么干净清爽,和赵匀见惯的那些人不一样。叔叔眉头微皱,目光专注又失神。赵匀偏过头,想捕捉叔叔目光的去向,但没有发现什么异于日常的东西。转过头来,叔叔正盯着他。

"看看,看看,这是谁家的大小伙子。"叔叔脸上已是由里向外透出的纯然的微笑,他等到赵匀回报以咧嘴大笑,才上前两步,伸出右手,在胸前握成拳头。赵匀上前一步,右手握拳举起,在叔叔的拳头上敲打三下。然后叔叔弯下腰,双手卡住赵匀的两肋,举起他往上抛,在下落时接住,再往上抛,如是三次。放下赵匀时,叔叔有点带喘。

"叔叔,没以前高。"赵匀笑嘻嘻地说。

"能抛起来就不错啦!"叔叔摇摇头,"小伙子,你这半年可没少长。咱们下次见面,就不玩这个游戏了。我想想该举行什么样的见面仪式,说不定这几天就告诉你,说不定下次见面再说。"

"可是,叔叔,咱们每次——"

后面的话被打断了——"赵匀,还没走呢。"——是指导员。赵匀马上转过身,正对着她,恭敬行礼:"指导员好!"

"你好。你好——"指导员向叔叔伸过手去,"是赵匀的……家人吧?"

"你好,我是赵匀的叔叔,赵一平。"叔叔几乎在手握住的瞬间就松开。

"哦——我知道。"指导员停顿一下,然后点头,"赵匀那次讲述很不错,还在全校示范过。'我的叔叔最干净''那些时刻,我的叔叔像是刚刚从童话里走出来,还没有适应外部世界的……

忧郁王子'……不少人记得其中的句子。你是在做——"

"处理工。"叔叔说得爽朗,"19号舌头——哦不,19号污染区那边,有一天的路程。"

赵匀注意到,指导员的脸红了起来,她情不自禁地看一眼叔叔的右手,再看一眼刚刚被叔叔碰了一下的她自己的右手。"不要说你的叔叔'忧郁',更不要用'忧郁王子'这个词。"那次确定赵匀做全校讲述示范时,她特意和赵匀交代。在台上,有点口误又有点存心地说出"忧郁"时,赵匀紧张地看过去,指导员正是这番模样。只不过,那一次她红着脸看赵匀一眼,目光就垂了下去。

"是回来休假吧?"指导员继续说,"可以好好陪陪孩子,陪陪赵匀。"

赵匀感到"孩子"两个字正强行把他从叔叔身边拉开,仰头抗议:"指导员,叔叔没有孩子,他还没结婚呢。"

"啊,是吗?"指导员脸更红,"不着急,你看你叔叔这么帅气——"

赵匀摇头:"着急——我妈妈特别着急——说他马上就三十五岁,再不——"他住口,妈妈后面的话不能和指导员说。他暗暗掐一下右腿,就不该插话。

"是回来休假。"叔叔接指导员刚才的话,然后冲她点点头,"我们先走了,再见。"

"再见——"指导员犹豫一下,又咳嗽一声,说,"祝你独立日顺利!"

"叔叔,独立日是什么?"赵匀往后看,指导员往另一个方向去了,肯定听不见,这才问道,"你要去参加吗?"

"独立日嘛,就是独立到来的日子,一群年轻人聚在一起,庆祝一下。庆祝完就独立了,要么这么独立,要么那么独立,主动或被动,实际上是一样的。"叔叔伸手挡住赵匀,让好几辆自行车过去,"独立日又叫告别日,告别一个地方,或者告别一种状态,这才是这一天的实质。不管告别什么,不再依赖别的人或事,自己决定,自己承担,才是独立。"

两个人走到车站,赵匀平常回家乘坐的那班车正好在站上,但叔叔拉住他。

"咱们先不回家,去自由购物区。"

赵匀听过自由购物区,没去过,但他现在没那么高兴——叔叔的话,他没听懂,就捡起话头:"独立日在哪儿?我能去吗?"

"能啊!带你去见识见识——"叔叔说着,又一辆公交车靠站,他拉赵匀一下,两个人紧一步上车。车上人不少,不要说座位,立脚的地方都不好找。赵匀跟着叔叔,往后面挤过去。后门旁边有个小高台,大人需要弯着腰,因此只有一个小女孩站在那儿。赵匀挤过去,和叔叔把着同一根铁柱。叔叔答应带他参加独立日,削弱了赵匀问下去的急迫感,他有别的问题。

"叔叔,为什么叫舌头?"

"什么?"叔叔一愣,随即反应过来,"哦——舌头是我们每天进出污染区的闸口,还有一排房屋。我们早上在那里换上防辐射服,坐运送车到达处理的地点,下午再坐车回来,脱下防辐射服,洗澡、清洁……"

"对不起——"叔叔旁边的女人打断他,"你是在污染区工作吗?"

她的声音并不大,却有强大的消声、降温功能,让周围一下子冷寂下来,其他人脸上原本躲闪的表情随之明朗,他们一同看向叔叔。

"我在19号污染区工作,是处理工。"叔叔没看她,回答得很平静。

女人也没理叔叔,她伸手拽住小高台上的小女孩,将她拉到身边,往前面挤去。被她动作吓住的小女孩,一声不吭,乖乖地贴着她。得到号令般,原本挤在周围的人都往前拥去。毕竟没有多少空间,只能留出一米多的距离。另有个女人也带着个女孩,坐在后面,见大家这样,犹豫一下,慌慌张张地抱起女孩,也往前面挤去。赵匀脸腾地红了,愤怒、羞愧交加,烧得他握不住柱子。他瞟一眼叔叔,叔叔脸上平静如铁,仿佛没注意到这些纷扰。赵匀低下头。

这时,公交车到站。叔叔松开手,示意赵匀下车,没等他俩动,一圈人忙不迭地从后门下去。有的还在车下面招手、呼喊,又叫下去几个人。有些还不清楚发生了什么的人还在犹豫,后车门就关上了。叔叔见状,冲赵匀摇摇头,让他继续站着。但车没来得及启动,后车门又打开。一个健硕的女人右手抓住车门上的横梁,迈步上来,她留着短发,头发灰中夹白。跟在她身后的,是个佝背缩肩的男子,他的神态兼具幼稚与衰老。两人上车,女人看一眼,就要往车后来。旁边一人拉住她,低声说句什么。

"这有啥——"女人嗓门大得惊人,她径直走过来,坐在那对母女离开的空椅子上。那个男人正犹豫着,女人一声吼:"你还怕这个？！过两个月都不知道在哪儿，现在惜命起来了？"

男人赶紧走过去，挨着她坐下。坐下之后，他的肩背打开一些，人显得年轻不少。女人的话可没打住："你就这出息，什么狗屁事都怕。你要真怕，就长点本事，找个女人！光跟我赖有什么用，我造孽，生下你来就得管你！你去了……那边，谁管你？我死了谁管你？"

刚才拉住女人说话的人不乐意了："大姐，你怎么说话呢？我好心提醒你……"他看看叔叔，没再说下去。

"你是好心，我谢谢你！你要是能再好点心，帮我找个儿媳妇，把我这……这窝囊废救下来，别说感谢，天天把你供着都成！你晚上睡觉，踩着我的头上床都成！不但让你踩着，我还捧着你的脚，往上举！"女人话如连珠，说着还举起右手，在左手上猛力一拍，像是给自己鼓掌。

那个男人还要反驳，被旁边的人拉住："大姐，孩子多大了，你这么焦急？"

"我才不急呢，再有一个月，他就滚去沙漠，死在那边，我再不用操心。"女人双手又拍一下，"不知道谁定的这种王八蛋规矩！三十五岁没老婆就得流放。没老婆，又不是杀人。我当妈的都不嫌弃他，协会他们凭什么？去沙漠，不如直接要他命……"

"大姐——"刚才拉住那个男人的人反而没忍住，"话不能这么说。协会制定这样的条例，还不是为咱们好，还不是为文明延续？要是都赖着，哪儿还有什么丰裕社会，早炸锅了！"

"就是！谁不是这么过来的？谁不是兢兢业业工作、踏踏实实做人，才能娶上老婆，留下来？没能力把孩子教育好，没本事给他娶老婆,就不要生嘛!"终于轮到男人还击了。

"对啊,这么说协会就不对,这么多年,全靠协会带领咱们前进。"

"不是这么说协会不对,是这么说本身就不对。都说这是流放,谁还记得最开始是自愿的?否认这一点,就是罔顾先辈们的牺牲,更对不住还在匮乏社会生活的那么多人。那里面的,哪一个不是有家庭,不是有父亲,有母亲的?"

众人七嘴八舌,越说越激愤,公交车进站出站,乘客上上下下都没消停。人员变化加讨论热烈,没人再顾忌或注意到赵匀和他叔叔,很快人又挤到后面。口舌纷争中,忽然有异样的声音夹杂,先还抑制着低回着,只在声浪下落时显出来,但放量时间短促,不一会儿就与众人的嘈切等量,然后再迅速攀爬,占据上风。这时,大家反应过来。毕竟是临时纠集的议论,谁都无心争胜,于是溃退,彻底噤声。

赵匀一直盯着那儿子,众人说话间,他非常恐惧也非常依赖地,双手抱着女人的右胳膊。每当她要开口还击,他就战栗似的晃一晃,女人的怒火随即平息。但没多久,他自己就支撑不住。现在,他不只是张着嘴,悠扬地递出声音,他的两只眼如同泉源成熟,大颗大颗的眼泪涌出,他的声音正在往上扬,随时都可能失控,随时都会爆裂。他已不再是哽咽,而是号啕。与之相应的,被他拽住右胳膊的女人,他那上车后短暂展现彪悍气息的妈妈,早就面如死灰,手足无措。

赵匀被这一幕吓住,但他又无法将目光从那对母子身上移开,仿佛他们身负强大的吸纳器。不过,叔叔伸出手来,他抓住赵匀:

"下车。"叔侄两人挤开门口的人,跳下车。

"叔叔,对不起。"赵匀非常沮丧。

"对不起什么?"

"我不该在车上说你的工作、污染区什么的。"

"赵匀,不用说对不起——不是你的错。"

"可是——"

叔叔转过来,正对着赵匀,看着他:"这不是你的错,不是我的错。我是在污染区工作,但现在的护理、清洁工作做得很好,我不会沾染污染物,更不会让自己成为污染源,威胁别人的生命健康。那些人……他们也没错,谁都会有恐惧,都想保护好自己。"

"可是——"

"可是,他们有躲避的权利,我也不会为了他们的躲避,遮掩自己的工作,在你问到时不回答你。"

赵匀被叔叔的话和语气鼓舞,慢慢高兴起来。叔叔也拍拍他的肩,两个人继续往前。天早黑下来,街上的灯光并不比赵匀去过的地方亮多少,人同样不见多多少,甚至和他们的居住区差不多。

"这就是自由购物区吗?"赵匀不敢相信自己的眼睛。

"当然——不是!"叔叔说着话,拐进一条暗巷子,赵匀赶紧跟上。

"叔叔,污染区是什么样?"赵匀得小跑着。

"各个污染区情况不同。"叔叔存心似的,越走越快,"有的地方就是纯粹的电厂,有的地方是大片的生活区,还有的地方是养殖场、林场什么的。不管是什么地儿,一律都把边界标示得非常清楚,沿边界的大多数地方都竖着铁丝网。有些过于险要或者不方便的地方没铁丝网，个别的地方年深日久，铁丝网断裂、脱落，有大大小小的洞。无论如何，不是由学校组织，没有穿上防护服，都不要试图穿过边界，进入污染区。那只有一个结果，就是加速死亡，而且死得异常痛苦。"

赵匀被叔叔最后一句话吓得一哆嗦，他紧紧盯着这暗黑的巷子，仿佛只要他一眨眼，它就会变成污染区。那会是什么样？是不是一瞬间，所有人离去，只留下新鲜的物品，菜啊肉啊水果啊烂成一摊、干成一片，贴在地上，再然后变成一块印迹。猫和狗，蛇和鼠，蚂蚁和蚯蚓，还自在地活着，只是变成他再也认不出来的样子。然后无穷无尽的灰尘从天上落下来，裂纹在地上密布、蔓延，两者相应相撞相唱和，这巷子以及它通达的地方，在最细小的罅隙都写着两个字：作废。

没完，还有奇形怪状的死亡。肿成一大块的，拉成一长条的，碎成一粒粒的，搅成一丝丝的，卷成一团团的，流成一注注的，散成一圈圈的……各种各样的死亡，贴在见过的东西上面，附在没听过的东西里面，一股脑儿全涌进来，把整条巷子堵得水泄不通，把灰尘卷成旋涡，填满每一条裂纹的同时又将它撕裂得更深、更广。每一种死亡都长着一张浮肿的脸，上面露出尖牙齿的笑容，笑容背后藏着烧焦的翅膀……

赵匀越想越害怕，越害怕被落得越远，终于他扛不住死亡的拥挤，大叫一声，双腿发力跑起来。叔叔被他的叫声和脚步催动，也跑起来。两个人跑过这条巷子，穿过一个十字路口，跑进一条长长的地下通道，到尽头，泥浆中贪求新鲜空气似的冲出地面。

地上仿佛是个全新的世界，他们站在灯火通明所在的入口。

左侧是一条宽阔的车水马龙的沥青路,右侧是一大片高楼与橱窗,灯光炫亮,霓虹点缀,已经熙熙攘攘,但如织的人流还在不断往里涌动。街道足有三十米宽,两旁摞积木一样,立起高低错落、大大小小的建筑,形状有圆有方有不规则,不一而足。每两三栋楼之间,夹出一条小巷来。不管是面对街道,还是朝着小巷,这些建筑的一楼都门户敞开,堆满各式各样的物品,吃的、穿的、用的,满目皆是。店里还有各种颜色鲜艳的招贴或者广告画,立着的、贴着的,有的店员双手举着,有的干脆穿在身上。尽管店员们满脸都是亲切的招徕人的微笑,却并没有一个高声嚷嚷,叫卖自家货品的出色、价格的适中,更没有谁强拉过路的人进去,硬要卖成什么。

随着夜晚的行进,来到自由购物区的人就像撒在地上的豆子,滚动着一个挨一个、一个挤一个,又像是被分了群组,每个人都目的明确,直接奔赴摆放不同货品的店面。因此,场面看起来拥挤不堪,却并不混乱。每个到店里的人,并不直奔货物,而是在收银台前面,排队一样,确立着某种秩序。等和收银员们一番问答甚至耳语之后,才放心地去找其他店员咨询,请他们带领自己去具体的货物前面。

"叔叔,他们在说什么?"赵匀指着离他们最近的一家鞋店,那里的收银台前,站着一个神色惊惶的女人。看她的表情,她是压低了声音,可从她不时忍不住要抬起的手部动作来看,她非常激动,恨不得高声嚷嚷。

"可能她想要的鞋子已经没了,或者,她看中的鞋子没资格买。"叔叔见怪不怪的样子。

"没有资格?买鞋子还需要资格吗?"赵匀大为惊讶,"那些店里的人,他们都是在和店员确认自己的资格吗?"

"小伙子,反应很快嘛!"叔叔并没停下来,他直往前走,"他们是在确认资格。每个人在不同阶段,都对应着可以买的东西,需要和店员确认。至于这个资格怎么认定、如何变化,很复杂,一时半会儿没法跟你说明白。"

赵匀站住:"叔叔,你不是说这是自由购物区吗?怎么还有这么多限制?"

"你以为自由购物区是什么?"叔叔拽住赵匀的胳膊,让他停不下来,"是想买什么就买什么吗?不对,那是最低级的自由。自由购物区是你在这里明确自己的等级,可以买到相应的东西。自由购物区不是你可以自由地购物,而是你可以通过购物,证明自己是自由的。懂了吗?"

说完,叔叔走得更快,同时他嘴里发出一长串不可抑制的笑:"哈哈哈哈哈——"

赵匀不懂叔叔的话,更不明白他为什么要笑。努力回想,他也只记起指导员曾经说过"幸福"之类的词语,从未提过"自由",有些老师既提到"幸福"又提到"自由",可他们从来没有深入解释过"自由"的意思,连叔叔刚才这句话那样的深入都没有过。可叔叔的步履如此急促,赵匀跌跌撞撞才能跟上,根本没时间再问下去。他们路过的那些店面,和之前的一样,人挨人,人挤人,人们又很克制地找人、询问人。赵匀无法从那些通过购买确认自由的人的动作、神态上判断他们身处什么样的秩序,他们来自哪个等级的生活区。他只能匆匆忙忙瞥上一眼,就赶紧跟上叔叔。

越往里走，人越多。有些人较为悠闲，走着、张望着，似乎没有确定该买什么，要不要买。更多人则像他俩一样，往前赶或者迎面而来，匆忙，甚至带点慌张。到后来，赵匀干脆被挤在中间，往前看，往左右看，都是人头、肩膀、后背，偶尔才能从人缝里看到漏出来的店面的光、店内的景致。再抬头，还能望见远近一些建筑高层的灯光，可是他也不能总仰着头。

深陷人潮，快要首先从视觉上窒息时，赵匀失去了叔叔的身影，赵一平不知道去了哪儿。"叔叔——"赵匀喊了一声，想站住，却根本停不下来。他还要再喊，忽然一只手伸过来，紧紧拽住他的右手，往右侧拽去。赵匀一点都不慌张，他认定那是叔叔的手，由它拽住，像是一条鱼突然在激流中发现一道斜着的缓流，几乎是欣悦地游过去。

叔叔一声不吭地把赵匀拽出人潮。或者说，顺着向右斜去的人潮，他们来到一座高楼面前。

a

月球隐士一身尘埃，开始旋转。

是从地下。毫无来由，没有征兆。如同一只手倏然出现，一根手指伸过去，在钟面上轻轻一拨，滴答滴答，滴答。时针、分针、秒针，同在一条竖线上的三者动起来，步伐不一。月球隐士缓慢地，以肉眼无法辨认的速度开始旋转。顺着时针的方向，头带动肩，肩带动腰，腰带动双脚，转动。或者，以腰为轴，头与脚发力，转动。无论如何，速度之低，甚至不足以迎来阻力。可一旦开始，就没什么再能阻拦,或者喊停——和以往每次一样。

仍旧一片阒寂。仍旧有物体从天外飞来,再从天边掠过,曳出一抹红色或者白色的光。仍旧有东西径直砸在月面上,砸出一圈礼花般抛向四周的尘埃,砸出一个足可以积出一座湖的坑。月球隐士不为所动,仍旧原地旋转。在他旋转之前,所有砸来之物的落点都已避开他的藏身之处;当他动起来,哪怕是无从分辨地仅仅由语言启动仍在言语之中地动起来,它们都被那只拨动钟面的手同样拨动着,避让得更远——如果不能说,砸的力度也大为减轻的话。

由这一片月面的扰动可以见到速度了。波纹般的,不是由一滴雨落在湖面而起的扰动,不是由谁在拍打湖的边缘,传递至湖心而生的涌动。是自生的苏醒的波动。先是在这一片月面的一点,如针尖一刺,漏出麦芒般细小的一颤。继而那麦芒涡动着、内陷着,转起来。速度并不惊人,但有的是时间。在尺度拉长的时间内,缓慢速度带动的变化仍旧惊人。这几十米范围内也不规整的月面颤动着,由转动的波纹自内向外传递抚摸的力量,把地似的抚平差异,取得大致的均匀。留下垄沟一样的痕迹,不过是作为动起来的表征。

这动是加速的,即或加速的频率迟缓,即或起始速度如同针尖麦芒,细小、锐利不可分辨,但经过时间尺度的度量,到现在,起了势,节奏频密,鼓点骤急。内陷的涡动越发急切,于是覆盖在月球隐士身上的尘埃由上及下,绕着中心那一点转动的同时,脱离月球表面,向上飘动,如同一股弥漫的慢镜头放送的龙卷风,幼年的咿呀学语的龙卷风,稚嫩的蹒跚学步的龙卷风。龙卷风茁壮成长，无须太过耗费时间，裹挟之力已然见长，中心的旋涡迅速扩大边界，尘埃的漏斗不断下陷。深入二十余米，总算触及力量的源泉，露出月球隐士那毫无遮掩的仅仅一瞥也足以窥见力量内蕴的躯体。

是躯体极其细微的一部分，一小块肌肤，也可以说是一小块组织、一部分结构。太阳刚好照射过来，沿着漏斗的边缘，顺着龙卷风的触须，将一点集中在月球隐士的躯体上。阳光的力量灌注而入，突破表皮的限制，去除内外的隔阂，两股力量融汇而一，在月球隐士体内滋生、奔腾。这才符合词义地真正转动起来，齿轮与扇叶的协调一致，力量与线条的完美结合。尘埃进一步被搅动，之前那弥漫的可能被收束，加以整饬，均匀、密实地盘旋，像是一只毫不退让地倒着往里种植的牛角。

时间推移，旋转之力不断增强，种植的力量亦有拔出的作用。二十余米深的坑内，月球隐士的躯体逐渐被拂拭干净。露出得越多，转动得越快，阳光不需要偏移，就见到完整的躯体。这时可以认清，他面朝下，身体平直，双腿伸展，双臂自然垂在两侧。他那金属与纤维合成的头发，在过去这段漫长的时间，又按照设定，自然拉伸或者说生长了至少五分之一，即使没有风，也显见地呈飘浮状。依托旋转的力量，头发没有分散没有下垂，一接触到阳光，即开始工作，有条不紊地接受能量。受能量的驱赶，头发上沾染的尘埃纷纷避退，但依据惯性，仍在小范围形成追逐的雾状。还是在能量的作用下，丛生的虬结的已见褪色的头发开始舒展，根根直立，相互挨挤，每一根都逐渐泛发哑黑粗糙的暗光。

头发完全舒展开时，月球隐士依靠他的转动，摆脱尘埃的掩埋，从二十余米深的坑内上升至与月面齐平。转动的力量如此之大，不再仅仅将他身边的尘埃带动着成为旋风的躯壳——还不是破壳而出，作用于旋风之外范围近百米的月面，像是点射的子弹，激起一股股升腾的尘埃之烟。顺理成章地，一切都没有停止，因为他尚未睁开眼睛，尚未确知这一次醒来的缘由。于是由月面继续旋转上升，速度越来越快，力量越来越强，搅动的尘埃层次越来越复杂，一直往上。当尘埃由敞口式分成几股，再由几股合拢，力量汇聚于一点时，这一点所托的月球隐士，已经升至千米，只要他苏醒过来，集中意念与力量，在那一点上轻轻一摁，仿佛就可以脱离月球而去。至少，也可以在低空绕着月球飞行数周，和他以前玩过很多次的一样。

是醒了。在提及的瞬间，在这样描述的时刻，月球隐士睁开眼睛，醒过来。如果定格，他就是一棵横向生长在空中的低矮的树木，被蓬勃的倒披瀑布般的树冠映衬得低矮。与醒来同步的，是那树冠般茂密、交错、直立的头发，开始下垂。当然，下垂缓慢，不会挡住月球隐士那睁开的双眼，更留出足够的时间，让他先动起来，双脚下探，转换成直立的姿势，开始降落。这降落迅疾却并不张扬，如同一支稳重的礼节性的箭，带着一种刻意的略显夸张的姿势，旁逸斜出地避开不久前那个坑，向下落去。这一落中却包含着后发先至的要义，因为他的双腿以超过躯体的速度弹射，带着与躯体的牵连，先行落在月面上，随后躯体再回收一样，向它们靠拢。稳稳地站在月面上时，因为双脚所占面积的窄小，因为躯体抵达时间的悠长，没有激起另一股尘埃。

月球隐士长身而立，在此期间，每一根头发早就行动起来，接受着来自广袤宇宙的各样信息，再配以长久以来的储存、筛选、分类、合并，描绘出上一次沉睡以来，整个世界的变化轴线，标记出其中需要重点关注的几个区间。完成这一初步动作，所有的头发才垂下来，披散在他两肩。因为这些信息的汇总，睁开的眼睛由空蒙聚敛精神，恢复原初的光亮。再定一定神，它们才掀开第二层眼皮似的，成为他整个身体最为光彩的外显部分。双眼由脚下的月面，由置身的空间，扫描触及的一切，以它们为现状的索引，对照头发分析的结果，给出他现在的时空样态。没花费多少时间，月球隐士就完全确认周遭的所有。尽管如此，他仍旧疑惑，为什么会在此时此刻醒来？

当然，只是轻微的疑惑，他并没有调出以往醒来时的数据做进一步分析，更没有丝毫怀疑这次醒来所经受感应的正当性——即使他是个隐士，无须依据经验，也有完全的确信。可能只是需要他比以往更加耐心地等待，可能只是要求他比以往更加主动地寻找。不管怎么样，作为一名隐士，既然醒了，就行动起来吧。但月球隐士仍旧站立许久，等着因他而起的尘埃落下来——它们并没有完全落回因旋转而出的坑中，可也不离那附近，因而在坑的周边制造出了沙丘的效果——然后，他才真正行动起来。

并没有想象中那么强烈的目的性。不过是矮下身子，借用双腿的弹性，运用上半身的力量，把自己像颗从容的炮弹，往前射出，巡航那样沿途观察掠过的景致。说景致并不准确，但总不能说是风光吧？反正就是留神沿途所见。因为有记忆做对比，更有数据为依据，沿途的变化很容易判断出来。并没什么值得特别关注的。无非是大大小小的陨石落下来，砸出几个坑，这么长的时间里，这是最常见的事。甚至前前后后有三颗陨石落在同一个坑里，位置完全重叠，就像是使足力气往同一个洞里打进三颗球，仍旧没什么好惊奇的。上上次醒来，他还见过前后五颗陨石砸中同一个坑。有什么呢？只要时间足够，任何事情的概率都无限大。话虽如此，他还是会在一些陨石坑前停下，捡起那些沉甸甸的太空来客或风化后的残余，在手里掂掂，摸摸它的纹路，猜想它来自何处、沿途的见识。兴之所至，他也会弯腰使力，将它们往前后左右随便什么方向掷出去，再看着那升腾的尘埃，估算掷出的距离。

那几串脚印也还在。它们是他每次醒来都会有意识去核实的东西，看着它们深深浅浅地印在那里，证明自己上一次施加的力量仍旧有效，保护它们不让太空来客袭击、破坏，月球隐士就会心生愉悦。有一天，新的人来到这里，见到这些脚印，肯定会大吃一惊。他们当然知道它们是什么，他们也完全能判断出这些是什么时候留下的，但他们必然惊诧于它们的完好无损。想到这一点，想到那时候自己可能就隐身在他们周围，即使他们仍旧戴着头罩，他也看得清楚他们脸上的惊讶，月球隐士忍不住就嘴角上翘。要不是知道笑声会在出口的同时就消失在空中，他想必还会让喉头蠕动，笑出声来。

也只是想想，还有更重要的事。月球隐士从设想的情境中抽出身来，再次伸手在每一个脚印上面施加能量，然后再在整个这一片有脚印的区域施加能量。完毕，他正要拍一拍手，垂在左颊的一缕头发动了动，一波信息传过来。信号很弱，勉强能被他接收，毫无办法进一步分析。会是什么呢？月球隐士抬起头，头发四散——没有其他异乎寻常的信息，此前此后也不会有陌生访客，刚刚降临的那颗陨石在两千小时之前，将要来临的那颗则在三百五十八小时之后，它们砸中的地方离他都有上千公里。但那信息仍在，只是信号越发微弱。月球隐士快速确定信息的大致方位后，让所有的头发都朝向那个方向飘浮，像群蛇的舞动，然后矮身使力，向信号源弹射而去。

足足在中途停留三次，连番搜寻，月球隐士才准确找到发出信息的地方，是在那块巨大的岩石后面，难怪信号如此微弱。很多年以前，他巡游时曾经过它，不知道怎么的，见到岩石那斜长的边角，运作系统里浮现7这个数字，因此7就成为这方圆几千米巨石的名字。信息的来源是在7的左侧，也就是朝向那串脚印所在的方位被遮住三分之一的地方，大概也是因此，信息才没完全受到岩石的阻隔，能够断断续续被他接收。到了这里，信息仍旧微弱，可终于顺畅起来，接收与解析都毫无障碍。那是一串求助信号，内容并不复杂，但用了八种不同的语言循环播送。

"遭遇巨大困难，无法凭借自身力量解决，请收到信息者前来提供帮助。在我们共同拥有的开放空间，这是你的责任，是你必须履行的义务。毫无疑问，你也会得到由衷的谢意，寒冷中必有温暖在前方等候。"

先解析出这段内容，再顺着信号的指引，找到源头。那是一头蓝色的兽，它有着宽敞的身子、细长的脖子、方方的脑袋。稍做扫描与分析，月球隐士就发现这蓝色的兽处境蹇厄，它的身躯在不断缩小，现在已不到正常状态下的百分之一，它身上的蓝色在不断稀释，飘散开来，迅速消失——难怪它如此虚弱。它的脑袋无力地垂下，四条原本粗壮的腿，只能疲软地在空中划水那样一下下蹬着,但是够不着任何可以使力的地方。它的脑袋一动不动,但双眼仍旧在惶急地转动着,向四面八方发出求援的信息。

月球隐士决定先帮助蓝色未兽站起来。他伸出双手,为求稳妥,一只手托住它的脖子,另一只手扶住它的身子,凌空托起它,托离石头,放在旁边平坦的月面上。接着,他双手捂住蓝色未兽的双耳,灌输进去一部分能量。得到援助,蓝色未兽大为振奋,它闭上眼睛,任能量在体内运转,很快它身上蓝色的稀释止住,它像是困顿许久后解除束缚的马驹,绕着月球隐士转了好几个大圈。

当蓝色未兽终于自在一些后,它停下来,郑重其事地走到月球隐士面前,一动不动地看着他,它的双眼闪现让月球隐士极为舒心的蓝色光芒。

"寒冷中必有温暖在前方等候。"蓝色未兽发出信息,"感谢你伸出援手,履行你的义务。"

"你为什么会被困在这里?"月球隐士止住它再以其他七种语言重复这一番话,以它刚刚使用的那一种回复道,"你来之前,没有想到会有这样的困难吗?这里显然不是你应该在的地方。"

"我确实不应该出现在这里。"蓝色未兽摇摇头,"我是逃出来的,到这里能量不足,这不是我熟悉的环境。可是你看看我来的地方——"

月球隐士配合地掉过头去,蓝色未兽出来的那颗星球没什么变化,还是蓝色的,和他上一次睡去时差别不大。

"不,你不要被假象迷惑,穿过迷雾才行。"蓝色未兽显然知道月球隐士会首先看到什么,出言提醒。

月球隐士增强探测的能量,发现这蓝色是雾气制造的假象,蓝色下面是浓重的橙色的雾。橙雾后面,上上下下翻腾着成百上千条巨型的以及刚生成的幼小的末兽,主要是绿、紫、金、白、黑几种,颜色有深有浅,模样各异,但都有着和蓝色未兽天然不同的,凶恶。它们在山川湖泊中穿行,更在乡村城市出没,有的只管横行无忌地来去,有的则摧毁遇到的一切,无论是人还是动物,都一口吞下,有时吐出残骸,有时什么都不剩下。不用说,是他这一次沉睡期间的事,可他是因此醒来的吗?

蓝色未兽打断月球隐士的沉思:"看清楚了吧?"

"你们未兽被末兽压制得厉害。你是被围攻,逃出来的?"

"我想寻求宇宙力量的帮助。"蓝色未兽说完,将脑袋转向被橙雾笼罩的星球,全身一动不动,陷入长久的哀悼般的沉默。

"你有什么打算?"月球隐士试探道,他能猜到它的回答,必然是让他头疼的。一般而言,他对月球的来访者持欢迎态度,虽然通常他都在沉睡中,并不会因为有人来访就醒过来,但来访者留下的痕迹会在他醒后提供信息、增添乐趣。他知道蓝色未兽支撑不了多久,很担心它提出他必须拒绝的要求。

果然,蓝色未兽回过头,长久注视着月球隐士,显然是在判断接下来的话是否有必要出口,它评估了许久,眼睛里的蓝色光芒暗淡下去。

"我没有什么打算,看来我的家园必须遭受这番劫难。"蓝色未兽的语气越来越伤感,"早知道这样,还不如……不让我碰见你。你也没必要……"

"对不起。我在这里,并不是为了……"

月球隐士停住,他的头发如愤怒的刺猬,根根奓开,一股强烈的信息流涌过，是单调重复的信息。

"等等——"蓝色末兽显然也收到了这股信息，这是它无比熟悉的内容，因而它毫不停顿地转换完毕，发送过来，"恶意肆虐，亟须平衡。向开放空间呼吁，朝向未来的力量，请来到义务现场。众多种子，即将形成，即将结束，等待被你打开、见证，等待保存在你的责任院落。"

这一次只有四种语言。月球隐士将蓝色末兽发来的信息与自己接收到的做了核对，四种语言没有偏差。可以确定，这是刚刚发送来的，还可以确定，他们确实遇到了巨大的麻烦。他和蓝色末兽停止交流，转向地球。

地球上情势再度变化，几只游动的巨型末兽突然间互相吞食，结果却合并成一体，变得前所未见地庞大，它们更加肆无忌惮，时不时地仰头喷出几股火舌，直扑向天际，如同被同时点燃的焰火。没夸张到热浪向月球隐士袭来的地步，可那蒸腾的势头，燃烧的持久，说明地球上正在经历的变化之剧烈，困难之巨大。月球隐士让头发尽可能地伸直，占据着尽可能大的空间，以免错过任何信息。他的双眼对准火舌吐露的地方，仔细扫描火舌与其周边，再将它们与他存储的信息一一对比。蓝色末兽等在一旁，它转动着脑袋，却再没接收到任何新的信息，但它非常清楚，此刻不能打扰月球隐士。

"末兽已难阻挡，大多数生存区都会被它们占领。"月球隐士做出结论，他又往别的地方望了望，"你的同族还在守卫人类，有的地方继续生存的条件仍在，但不知道有多少人能够及时转移过去，更不知道能够维持多久。"

他没看蓝色未兽，也没把话说透，但意思很明白。他最初顺从宇宙的冷热收缩漫游到这里，以月球作为中点，却意外发现地球蕴含着丰富的可能性，并从这可能性的猜想、实现、变化中得到别样的乐趣，决定留下来时，就定义出自我要求——他只是旁观，除非发生影响这颗星球存亡的事，他绝不插手，更不采用某个具体的群落或者某种抽象力量的立场。对于人类，他不确知他们还能不能像以往那三次，挺过这一次。记得那一次洪水滔天，他都以为他们完了，但蓝色未兽将仅余的三艘船引导至适合的地方，给了人类喘息、延续的机会。更早的一次冰封万里，大多数人被冻得只能挤作一团取暖、坐以待毙，是蓝色未兽找到续断的火焰，分别滋养他们。还有一次……

"你去看看。"蓝色未兽打断月球隐士的回忆，知道这不是该自己决定的事，它有点畏怯，"离得太远，总会有看不清楚的地方。"

"看看？"月球隐士很惊讶，蓝色未兽居然如此幼稚——他当然要去看看，可它怎么能够支使他？

"对，算是替我去看看。"这句话耗尽最后能量似的，蓝色未兽说完，四肢一软趴在地上。月球隐士简单扫描，发现它的能量正在加速流散，而且是它主动驱使的，但他没有阻止，毕竟这不该由他决定，况且就算阻止，不过是能短暂延长。因此，月球隐士看着蓝色未兽的颜色越来越浅，身体越来越小。

月球隐士的头发恢复正常，重新披在肩头，他从内里感受到地球的强烈呼唤。他确知，这是这一次醒来的感应。蓝色未兽的注意力还死死落在他身上，于是他点点头。蓝色未兽欣慰地闭上眼睛，褪尽身上的最后一抹蓝色，它的身体加速收缩，直到变成一粒仿佛浓缩所有蓝而成的种子，像一粒固态的风。

月球隐士上前拾起种子，他知道，蓝色未兽希望他带上它回到地球。

B

妈妈在厨房里站着，没有发现赵匀和叔叔从窗外经过，进了家门。真不知道厨房里有什么可忙活的！

爸爸靠在客厅沙发上，跷着二郎腿，手里拿着报纸。"哥——"叔叔打个招呼，转身进了卧室。"爸爸——"赵匀打个招呼，也想跟上。"王叔——"他这才看清，爸爸左手边的凳子上，坐着他同一个生活区的同班同学王如海的爸爸，本来就瘦小，又双手撑着膝盖、弯腰低头，所以没一眼看出来。

王叔正和爸爸聊着什么，听见喊，停下来："赵匀回来啦？"

"嗯——"赵匀一顿，向沙发走去。王叔一向说话都很逗，他也想问问，晚饭后能不能去找王如海。爸爸见他过去，顺手递来报纸。

"后天就是独立日，一平得去啊。"王叔挪一下，让赵匀在旁边坐下，嘴里没停。赵匀正翻开报纸，听见这话，侧耳留神。

"去。肯定得去，他就是为这个回来的。"爸爸有点不自在，放下腿。

"老赵，你别嫌我们催你。你看——"王叔丝毫没有压低声音，"咱们一直在争取，把生活区从三等变成二等，各方面条件差不多了,就等着九月的重新评估。你又是咱们生活区唯一的五级会员,始终领导着咱们,关键时刻问题可不能出在你家啊。没婚配肯定减分,还得情有可原,一平这条件,一表人才的,收入又不低,就不要那么挑了嘛……"

变成二等生活区?赵匀一愣,随即脑子里一团热。要是能够成真,他和王如海那些畅想,长长的计划清单,就不用等那么久了。嗯,他马上决定,这个惊喜得留着,先不要告诉王如海。但这事……怎么又和叔叔有关?

"成了!这下——绝对没问题。"门口又有人说,听这大嗓门就知道是小苏她爸爸。果然,跟着声音进来的,就是他。别看他嗓门大,体形和王如海他爸差不多。"苏叔——"赵匀喊一声,站起来转到沙发另一边,让小苏她爸和王如海他爸挨着。

"老赵,老王,成了,真的成了!"苏叔说着,还搓了搓手,一脸喜色。他根本不需要人接话搭腔,更不给别人留出反应时间,"我之前跟你们说过,协会在考虑,把邻近的生活区和咱们合并起来。得到消息,决定了!重新评估的时候,一起办。不只咱们,还有好些个生活区都要调整、合并。你们说,人家是二等,咱们是三等,肯定就高不就低啊,这下咱们就算没做之前那么多工作,也没问题。"

王叔没多高兴,他摆摆手:"老苏,话不能这么说。该做的工作肯定得做,生活区的条件改善,受益的总归是咱们自己。你不要掉以轻心,什么就高不就低啊,听说这次评估严着呢。硬指标过不去,别说二等,直接降成四等,都不是不可能。这五年,咱们千方百计,手段用尽,除了老陶家那儿子身体实在糟糕,别的没一例流放的。临了,砸在一平这儿就太可惜了。对吧,老赵——"

"老王,我知道。你放心,你看——"爸爸一脸苦笑,"一平不是回来了嘛。后天,后天肯定让他去独立日,绝不因为我们家的事,耽误整个生活区。"

"光去不成啊!得解决问题。你把一平叫出来,我们和他谈谈,你们做哥哥、嫂子的不好说的话,不方便说的,我们来说。都什么时候了,得实际点。一平一表人才,修养又好,肯定招女孩喜欢,可是差不多就得了。现在是新文明时期,旧文明那些爱情啊什么的,可以追求,但要是追求不到,就得放下,别想着完美。毕竟一个人不再是一个人……"

"老苏说得对。老赵,不说别的,一平生日不远吧?独立日再不解决,真的就没什么机会了。总不能眼睁睁看着他被流放到匮乏社会去,在沙漠里度过余生吧?"

"老王,老苏,你们别说了,我们都知道。放心,我……"

爸爸没再说下去,苏叔、王叔互相看一眼,起来道别。爸爸还是站起来,把他们送到门口,三个人又低声说了好一会儿。

赵匀没再跟上去,他瞄一眼报纸,这一版没什么新鲜的。各地仍有一些新的灾情发生,会长表示,会动用协会的储备物资,帮当地渡过难关;受灾严重、需要搬迁的生活区,会尽快确定新址。翻到第二版,整版都是一份文件,协会准备通过的《性别确认法案》全文,说是征求意见。什么意思,性别还需要确认?他不明白,抬头看看,爸爸还没回来,叔叔还在卧室,没人可以解惑。看下去,"一个月内意见汇总,由理事会议定,呈交会长批准后生效",再下面则是第一条、第二条、第三条……有几条下面还分有若干款,不外乎一些约定和惩罚。惩罚他都能看明白，以"取消配偶资格"为多，还有"以《丰裕社会维持原则》为准绳""参考其他法案（列举了一堆名称）"的，可那些约定他看不太明白，什么 L，什么 G，还有 B 和 T，并有一堆数字做标识。这些内容，学校还没有教。

"搞得这么复杂——"赵匀看见爸爸过来，随口抱怨道。但他下意识地觉得不能在这方面讨论，便又翻翻，翻到报纸的另一版。"爸爸，到处都是污染区，为什么叔叔他们要去19号舌头那儿工作？而且舌头都建得那么远呢？"

爸爸的目光落在赵匀的脸上："老师没有告诉你们吗？舌头所在的地方都是新的污染源，周边的污染区要么是时间久远，要么只是被空气啊水啊，甚至还有动植物带过去的东西污染的。"

"老师没说，也不想我们太了解这方面的情况。零零星星有人问，有的老师说不要自寻烦恼，有的老师说有人在治理、控制，反正就是要我们有信心。爸爸，叔叔他们的工作就是治理吗？"赵匀一低头，这一版的报纸一角写着独立日的情况，他顿时兴趣浓厚，顾不得爸爸怎么回答。

但报纸被一只手拿走了，是妈妈。妈妈右手抓住报纸，左手把一个大盘子放在桌子上，还是一盘子白菜汤，上面漂着肥多瘦少几片肉。

"治理？"爸爸还在刚才的讨论里，"能控制住就不错啦。亏他们想得出'治理'这个词，这种事除了交给时间，还能有什么办法？'控制'也别提了，自求多福吧。"

"你说什么呢？你也是负责整个生活区的五级会员，怎么能这么想？就算真这么想，也不能当着孩子的面这么说。"妈妈大为不满,"孩子把这些话带到学校去,被老师听见怎么办?就是有邻居听到,往上面一报告,全家都得吃不了兜着走。"

说着,妈妈还冲爸爸一扬手里的报纸。得,这报纸再也看不成了。赵匀明白妈妈的意思,没什么好说的,他起身往厨房去,看看能帮上什么忙。爸爸也明白,他接过报纸,往他们的卧室走去。

"一平回来了,记得叫他。"爸爸走到卧室门口,说了句废话。

"知道。一平去接的赵匀。"妈妈声音拔高,足够叔叔在卧室听见。

厨房里还有一盘子煮好的土豆。土豆加白菜汤,果然没有什么好忙活的。

"又是土豆,又是白菜。"赵匀端起盘子,忍不住抱怨一句。完了,话一出口他赶紧吐吐舌头,瞟妈妈一眼。没办法,她还是听见了。

"有白菜,有肉,你就知足吧!等过些天被赶到五等生活区,连白菜汤都没的喝。那时候,只怕你得自己去挖野菜。"妈妈的声音有点尖厉,听得赵匀头皮发麻,他赶忙端着盘子快走几步,去到桌子边,放下盘子。

叔叔正从卧室出来,听到妈妈的话一下子僵在那里,满脸通红。爸爸正从他们的卧室出来,他走到叔叔身边,伸手拍拍叔叔的后背。

"吃饭吧。"爸爸说。叔叔应一声,走到桌子边。

妈妈抱着四个碗走过来,给每个人分了个碗,碗里搁了汤匙。"老王他们真是的,饭都不让人吃安生。"

"我来。"三个大人都面色凝重,让赵匀不由得紧张起来,他说着,站起来给每个人碗里都盛上白菜汤,分出几片肉。他最后给自己盛，留的汤也比其他人多一点，但他们没有像以往那样，拿这个和他开玩笑。

"爸爸，我们为什么会被赶到五等生活区？"等了好一会儿，都没有人跟自己说话，赵匀忍不住问。话一出口，三个原本默默用餐的大人都卡了壳。叔叔停下正在撕土豆皮的手，爸爸搁下正要伸到嘴边的汤匙，妈妈则对着土豆和白菜汤发了一会儿呆，端起又放下，放下又端起，她要说什么，被爸爸用眼神止住。赵匀知道自己又说错话了，恨不得抽自己一个耳光，可他并不知道错在哪儿。更何况，他实在无法分辨妈妈说的"被赶到五等生活区"究竟是真是假，她还说"转到一等生活区"呢。

"哥，嫂子，"还是叔叔打破沉默，"后天独立日，我想带着赵匀一起去。"

"你带他干吗呀？他这么大的孩子，能解决什么问题？与其花这个心思，你还是集中精神，早一点确定下来，才是真的对他好。"妈妈不管爸爸一个劲儿使眼色，吐出一串话来，可说到这里自己又叹口气，语气软下来，"算了，你爱带就带着他吧，让他早点知道将来要面临什么也好。至少哪天有个小唐那样的姑娘示好，他不会像你那样不知道好歹。"

"杏子，你过分了啊！"爸爸出言呵斥。

"我过分？！"妈妈正端起汤碗，猛地往桌上一墩，"究竟是谁过分？一家人的命运都捏在自己手里，还这么漫不经心。是，就算被赶到五等生活区，平常只能吃土豆，一年到头，菜汤也没个油星，这些都能接受。可赵匀马上就要升学，以他的成绩，考到一等生活区完全没问题，但这件事再不解决，他最好也就是留在三等生活区。别说他是自家的孩子，就是不相干的人，因为这个他的人生被锁死，又于心何忍？你们这样，不算过分？"

妈妈说着，眼泪夺眶而出，但她任凭眼泪落到碗里、桌上："老苏、老王往咱们家跑，你以为我不知道他们来说什么？你整天在办公室坐着，真的听不见别人在背后议论什么？生活区是三等还是二等，我可以不管。一平生活在丰裕社会还是匮乏社会，只要他自己乐意，我也可以不管。赵匀我能不管？他做错了什么，有什么是他自己决定的？"

妈妈再也说不下去，她伸出双手捂住脸，抽噎起来。

"赵匀，去卧室。"爸爸轻声说。

赵匀想留下来听个究竟，可是看看爸爸的脸色，知道说也白搭，只好回到他和叔叔共用的卧室。他本来留出一条门缝，坐在叔叔的下铺，但是爸爸走过来，使劲带上门。没办法，他干脆爬到自己的上铺，一只手撑着墙，斜着身子从门上面狭长的玻璃窗望出去。他能看到妈妈双手从脸上拿开，配合着嘴巴的开闭，做出一连串激烈的动作，脸上与之相应出现愤怒、委屈、困惑等诸多表情。爸爸一直在试图安抚妈妈但并没有效果，因而一脸尴尬，只好时不时瞅瞅叔叔。叔叔沉默地坐着，腰背如弓，越来越弯曲，但他的情绪似乎并无剧烈变化。

撑着墙很快就累了，外面的没完没了又加重了疲累，赵匀终于离开门和门上的玻璃窗，回到床上躺着。妈妈说的小唐是谁呢？他想不起来，印象中唯一来过家里好几次的，是七八年前那位笑起来声音有点像蜜蜂扇动翅膀一样嗡嗡作响的阿姨。

"叫我甜甜阿姨。"第一次见面，她的蜜蜂就扇了好几次翅膀，酿了不少的蜜。那之后她又来过几次,每一次都让赵匀管自己叫"甜甜阿姨",叫完后塞过来两颗糖,让赵匀出去玩。

赵匀不知道甜甜阿姨和叔叔躲在房间里说什么、做什么,他有一次远远地从窗户外往房间里望过一眼,只看到他们一个坐在床上,一个坐在凳子上,似乎都没说话。她最后来那次,赵匀在上铺刚午睡醒,正想爬下床拿过糖出去玩,就听见她叹了口气。那口气让他莫名难过,他赶紧闭上眼睛装睡,甜甜阿姨和叔叔都没有理他。

"你就这么讨厌我吗?"两个人枯坐良久,甜甜阿姨又叹口气,问道。

"你走吧。"

"你就算不喜欢我,也可以让我留在你身边。你知道,我可以保护你,我愿意。"甜甜阿姨说到这里,有些哽咽。

"你走吧。"叔叔说,他的声音在发颤。

甜甜阿姨没有再说话,她又坐了好一会儿。赵匀不知道过了多久,在他快要再次睡着时,甜甜阿姨才终于站起来走了。

这么说,甜甜阿姨就是小唐了。也难怪,糖总是甜的。赵匀刚想明白这一点,就迷迷糊糊睡着了。他不知道睡了多久,反正醒来时,屋里还是黑的,屋外面有淡淡的白,是月光。窗户边,站着一个人,是叔叔。

"叔叔——"赵匀怀疑自己还在梦里,一声喊后,叔叔走过来,站在床头。赵匀看不清叔叔的脸,但能感到他的眼睛,一定像平常那样注视着自己。

"叔叔,甜甜阿姨现在怎么样了?"赵匀问,他仿佛在暗夜里,又听到蜜蜂翅膀的声音。

叔叔沉默了好一会儿，仿佛在搜索信息，"小唐她，好几年前就结婚了，嫁给一个工程师，搬到离得有些远的另一片居住区，别的消息我不知道。"

"她现在的居住区比咱们的好吗？"

"好像是二等。怎么啦？"

"你是为了让她过上更好的生活，才不跟她在一起的吗？"赵匀又想起那句"你就这么讨厌我吗？"——甜甜阿姨是不是傻，连他都看得出来，叔叔并不讨厌她。

叔叔轻笑一声，仿佛还摇头来着："赵匀，人生不能这么设计。我当然希望她过上更好的生活，但我不是因为这个才不跟她在一起。"

"她说你讨厌她，特别讨厌。"

"她说的讨厌不是你理解的那个讨厌。以她理解的方式来说，我并不讨厌她，可也不喜欢她。我只是——"叔叔卡了会儿壳才接着说下去，"我只是不愿意和别人生活在一起，你知道吗，两个人捆绑得紧紧的，甚至还要有孩子。"

说完，叔叔又沉默了一会儿，他伸出手抚了抚赵匀的头，说："那太紧了。"

赵匀听得明白的都在了，他听不懂的也在，因此不知道还能说什么。仿佛那只蜜蜂变成一群，它们都飞进房间，振动着翅膀，占据每一处。他的额头、眼皮、鼻子、嘴唇上，都有翅膀扇动带来的微凉的风。但这扇动和风都消声了，都在黑暗的房间里，在叔叔的注视下，无声地持续。

"叔叔,独立日在哪儿,究竟是什么样的?"赵匀挣扎着,打破沉默。

"具体什么样我也不知道。去过的人说那儿最初是一片厂区,后来被人用作艺术区,再后来自发成了每年一度的独立日活动区。都说那儿有大片的樱桃林,所以叫樱桃园。但独立日都有什么流程,究竟是什么样,每个人说起来都不一样,有的特别兴奋,有的特别沮丧,有的想多去几次,还有的人去了之后再也不想听这三个字。这些人的说法可能只有一个共同点,就是独立日这一天的生活绝对和平常不一样。"

"一天?从早上就开始吗?那咱们是不是明天就得出发?"

"不是。其实是一夜,从后天晚上八点,到星期天早上六点。我们到了那附近,找到停车的地方,说不定还要在车里再等一会儿。"

"还有车?"

"对,你妈妈管人借的。"

"可是,叔叔,"赵匀这才想到一个大问题,"别人会搭理我吗?会不会根本就不让我进去?"

"不会。"叔叔笑起来,"那里不查证件,怎么打扮也没人管。你不记得咱们在自由购物区买的装备了?穿戴上谁会知道咱俩多大?你少说话就行。"

"啊?!你买它们就是为在这里用?"

"没什么专门用途,可以用在这里。当时你说他们两个像什么来着?"

"一个是行者,一个是使者。"

b

与以前来时比,地球变化巨大。当然,每一次月球隐士醒来,地球都变化不小,但那都是依据以往情势可以推测出来的,而且除了他受到感应前来旁观蓝色末兽解决的棘手问题外,变化的大趋势仍旧乐观。这次不一样,距离地球还有不少距离,他的远程探测就确认,即使对他来说,现在下面也不适宜长期逗留。另一方面,他又接收到各种强烈的信息,由各种末兽发来的,它们并不直接对他说话,而是展现出强大的攻击能力、强烈的攻击欲望。

月球隐士对这些信息并不担心,他知道下面不适宜逗留,多半还会受到损伤,但他回到月球后,有的是时间修复。末兽更不必放在心上,如果它们纠集到足够数量,同时发难,他确实有些忌惮,可只要他愿意,随时撤离不成问题。他唯一不确定的,是地球上的人类能否顶得住末兽的肆虐。落地的同时,他做了测算,末兽横行的时间并不会持续太久,但对下面这些人包括很多动物,那都是一个绝望的绝对熬不过去的长度。

哪怕是地球的表面也证实了月球隐士的评估,目力所及与身体发肤能探测到的地方,到处都是废墟,处处都呈现被强力破坏的景象,携带着强大能量的巨型末兽耕耘一般,将能够到达的地方翻了个底儿朝天,即使有小片被破坏得不太严重的残余处,风中、水里也都在孕育新的末兽。移动良久,月球隐士最终找到一片棽棽丛林。

甫一落足,月球隐士即分析了丛林的构成,这是一片人工丛林,它足够庞大的面积,层次丰富、互补性强的树木品类,以及过碗口乃至一抱粗细的树身，都说明有人经年累月经营于此。正是板栗成熟的时节，林子里飘逸着新鲜栗子的香味，一股没有炒煮烹饪过的生淀粉的味道。不需要走动，只静静伫立，就能听到外壳爆裂，栗子落在地上的啪啪轻响。月球隐士全身心接收来自栗子的味道与声响，这画面将储存在他的记忆里，成为这一次地球之行的慰藉。

"人类这一可能性会不会就此彻底消失？"结束静立，月球隐士沿着林中小道向前，他已扫描得知，这是一条缓坡，下行八公里，才能走出这片果林，进入一望无际的种植区域。一路行来，月球隐士都在琢磨这个问题。人类必须在蓝色未兽的庇护下，自行与末兽搏斗，他不能干涉更不能阻止——现在结果都摆在这里，他就算有心，也已无法倒流时光。他没必要善后，这疮痍满目、死亡窥伺的现场，不需要他来归置、整饬，在歼灭至少击退末兽前，这也没有意义。如果是以往，可以断定，蓝色未兽可以保存人类、延续下这方面的可能性，这一次真不好说。抛开自我要求，做一次单纯的推演，他并没有把握，能够护佑整个群体挺过末兽的连锁式进击。难道是……月球隐士压下涌起的念头，那可太费周章了，搞不好会打散他。

算了，暂时不去推算，月球隐士做出决定。在末兽到来之前，这条道确实值得一走，两旁的栗子树枝条摇曳、果实累累，在风的轻抚下一派祥和丰收的景象。长久无人照顾的结果，是树木间夹杂着一蓬蓬水分已失、面目枯黄的野草，土块、石头也峥嵘起伏，东一堆西一堆，但这些反而抹去了林子表面的人为痕迹，更见野生的活力。走不远，开始听到水声，是一条和小路几乎平行向前的小溪。月球隐士并不急于走到溪边,他关闭所有扫描与探测的功能,仅仅留下普通肉体的感官,以便能够完全投入地体验林中微风拂过身体,水声、虫鸣、鸟啼进入耳畔,沉甸甸的浓到极致、开始发黄的绿映入眼帘,还有无处不在的环绕式的层次丰富又分明的味道充盈鼻孔——这是他每一次重返地球后必然的功课,当他在月球上沉睡时,它们都是构成他在时间河流里不断回返的美梦的重要元素。

如果我初次来到地球,就主动介入,施行管理……沉浸式体验中,这个念头再度冒出来,和以往一样。当然,月球隐士只是让这个念头在脑海里闪烁几下,燃烧想象的乐趣,就熄灭它。他的乐趣是对照可能性的分蘖情况,不定时观察,而非管理,更不是主宰。就算他接手,地球一定会发展得比现在丰富吗?人类一定能做得更好吗?真不好说。想到这里,月球隐士退出沉浸,重启身体发肤的功能,然后,他探知到异动,微弱的气息起伏交错,是三个人,一男一女的成年人加上一个男孩,距离他左前侧五公里。对,是沿着那条小溪的流向往前,在它与前方那条河交汇处。

赶到时,只剩两个人的气息。交汇处的右下方,是一块兀立的尖角巨石,横在水里,如同一叶不沉的扁舟——现在,它的旁边真的横着一只独木舟。独木舟是从上游而来,撞在巨石上,前半侧已然破碎,水涌了进来。下冲之力巨大,舟首搭在巨石棱上,因而没有沉没,也没有倾覆。舟上三个人。男子在前仰着面,上半身斜靠着石头,一只脚搭在船舷的碎木上,另一只脚搁在水里。女子朝下趴在男子搭着的脚上,右手戳在石头上,正汨汨流血。离两人稍远的舟尾,坐着十岁出头的男孩,大概是变故来得太快,他还在发愣,看见月球隐士,也只是用目光扫了扫,别无反应。

离他们十来米远的河滩上,趴着一条幼小的绿色末兽,上半截身子在卵石上,下半截在水里如同水藻漂荡。这是成形没多久的幼兽,看见独木舟,忍不住顺流而下,推波助澜,与之嬉戏,迅速耗光能量,还在就地复原。月球隐士走到绿色的幼小末兽面前,伸出右手,取走它的性命,将它化作雾气。随后,他蹚水来到男孩面前,先将男孩抱到岸边,再拖着船将男女二人挪到河滩上。没有气息的是男人,他也最不成样子,双手、脸、脖子等能看到的地方都已溃烂,左手背的皮肤掉了一大块。女人好些,但也不过是保持了完整的样貌,皮肤上的斑点、疮口预示了将来,连右手流出的血颜色都不那么鲜艳。略寻思下,月球隐士将女人抱起,放在河滩近岸处的野草丛里,从小溪里掬来水,灌一点到女人嘴里。男孩也恢复神志,过来抱着女人,嘴里喊着"妈妈——妈妈——",一会儿见女人仍旧昏迷,又伸右手,在她人中掐下去。

女人身体微微抽动,有了反应,接着她睁开眼,又闭上,再次睁开时就紧紧地盯着月球隐士,盯上一阵,她翻身想行礼,却只是从男孩怀里滑在地上。男孩赶紧抱扶起女人,嘴里焦急地喊着,让她保持坐在地上的姿势。

女人嘴里吐出的声音微弱,内容倒是清楚的,"先生,救救我的孩子。"她连声说着,很快变成呢喃,似乎不耗尽最后一点力气决不休止。

月球隐士不忍听她继续这样说下去,他走上前,伸右手抬起女人的左手,输送过去少许能量。女人脸上有一块被绿色末兽尾巴抽中的印迹没有消除,水淹的迹象确实在消失,气色慢慢好了不少,她右手的伤处止住了血,呼吸逐渐平缓,眼里一点点浮现神采。随后,她挣脱男孩的怀抱,站起来。站起来的女人仿若刚刚见到月球隐士,上下打量一番,这才双手合十,悲伤、欢喜、庄严夹杂地行礼。

"可惜,孩子的父亲我无能为力。"面对女人行礼,月球隐士有点不安,他知道自己没说实话。但不安转瞬即逝,他知道自己终究对此不承担义务。

女人顺着月球隐士的话,看看河滩上的男人,目光中平静胜过悲伤,转过头来,只余下平和。"先生,他已经这样,我也这样,我们都没办法可想。但是他,我的孩子,他受伤不重,没有问题。求你救救他,救救我的孩子。"

说着,女人准备跪下行礼。月球隐士急忙拦住女人,并让她带着男孩在岸边倾倒的条石上坐下。在此期间,他回溯时间,发现这一家人的过往呈加密状态,无法查看。唯一能确定的是,加密由一位行脚僧施与。查看行脚僧的踪迹,发现他大多数时间都是敞开的,偶尔才会加密经过的时间以及牵涉其中的人的时间。月球隐士并非第一次遭遇类似情况,以往在地球上游历时,他也遇到过人、动物甚至一棵树封闭某个空间里的一段时间,但他都遵行当初留下来的自我约定,恪守隐士的法则,不强行清晰一切。事情的发展证明这是明智的,因为极少数时间段落的加密,并不影响可能性的通达。

现在,女人的话将他引向那位行脚僧,他不介意这条线上溯到行脚僧为止。月球隐士四周探看,从离河岸最近的栗子树上摘下一根枝条,再将枝条上的叶子摘在手里,沿小溪汇入河流的口子往上走几步。叶子放入溪水中的瞬间，旋转着构成一个绿色的杯子，捧起来时，装着满满的水。

女人捧着绿叶杯子，让男孩喝。男孩喝了两口，让给女人，女人又喝了好几口，再把杯子递给男孩，示意他喝完。男孩喝完水，叶子还是杯子的模样，他小心翼翼地蹲下，把杯子放在地上，杯子一下散成一把叶子。整个过程，母子二人都没对此品评一句，但女人神情的自然、男孩目光里的神奇，一清二楚。

"大和尚说得没错。"女人吁了口气，以此起了个话头。

"那个行脚僧，说了什么？"月球隐士强调一句，女人明白他的意思，她又看看河滩上的丈夫。

"大和尚说了两句话。第一句话是让我们一家三口乘小舟顺河而下，第二句话是说我在绝望的时候看到的第一个人会带来希望，救走我们的孩子。"

以前那些锁闭时间的力量并不和月球隐士发生关系，它们仿佛只是提醒他，这个世界上有他无法解决，至少是无法轻易解决的部分。有时，月球隐士会把那些锁闭的时间当成迹象，表征着除他之外，还有别的力量存在，或者只是观察，或者是受命前来。现在行脚僧的话让月球隐士犹豫，可他不需要测算就知道，最好的办法就是让女人说下去。因此，他冲看着自己的女人点点头。

"先生，这么说起来太突兀，我还是说一下我们怎么会在这里的吧。"女人说，她的语气异于常人，像是在讲将要发生的事。

"沿河往上，走路大概两天，坐船下来不到一天，两座山间有一片小小的平地，那儿建有一个监测站。监测站的工作正好需要两个人，这两个人还得一天忙到晚，在河边与两座山的山头间上上下下好多次。那时孩子小,我们想着去艰苦的地区奉献些时日,等他大了能有个机会搬到更适宜居住、有点前途的地方,申请后就被分配到监测站。忙是忙些,那儿的日子过得可真像世外桃源。重要的物质有供应,菜蔬可以自己种植。空气中的迹象在不断增强,邻近地区末兽出没的频率在不断增加,威胁越来越大,这些都是事实,可也并不比我们原来的住处更厉害。何况,监测站建有不算小的掩蔽所,至少一时半会儿安全无虞。就这样几年过去,我们已经把监测站当成理想居住地,甚至有调动机会也放弃了。"

女人说到这里,闭上眼睛,不是疲累,而是痛苦乃至悔恨。月球隐士等着,等着她睁开眼睛,等着她伤痛地凝视河滩上的男人,等着她收回目光,继续讲下去。

"长话短说。我们意识到风向、植被都在吸引末兽向监测站逼近,想离开时,可以去的地方已经越来越少。何况,我们总觉得在监测站还有一份职责。何况,没有正式调动,我们擅自离开也进入不了居住点。就这样一拖再拖,拖到大雨倾盆而下数十天,离得最近的抵御点终于出了问题,巨型末兽的嘶吼再也无法忽视。这时候,我们想离开也难,向下的路全被冲毁,向上的路倒还都在,但都是山路,车走不了,步行又不知得走多久,能走到哪里。掩蔽所里有只独木舟,可这么小,我们又没经验,根本没信心能划着它顺利离开这一带。这时,和尚顺着山路走下来,他看出我们的犹豫不决,就说只有坐船才有希望。"

月球隐士听到这里,再次向时间深处望去,一眼便望见一身旧布僧袍、打着光脚的行脚僧。行脚僧正走在一座垮了一半的石桥上,仿佛有了感应,忽然停下来,冲月球隐士查看的方向望过来,脸上似悲似喜，似庄严似怜悯，目光深邃，让月球隐士内心有所波动，又觉含义不明，便退回来。

女人的讲述并没有遗漏什么，她说着："和尚也说了，希望是孩子的，我们两个大人见到你就结束了。"

"先生——"说着，女人站起来，一揖到底，"孩子的爸爸已经结束，我也在这里结束，孩子就托付给你了。"

"妈妈——妈妈——"男孩被女人的话吓住，拽拽她的衣角，怯怯地喊了两声。

"儿子，别怕。和尚说过，这位叔叔会救你，带你脱离这儿，脱离这一切。"女人摸摸男孩的头，再次期盼地望着月球隐士。

月球隐士正在全速运算，能将男孩带到哪里安置，附近查找到的都是暂时的避难所，不过是延缓男孩必然的命运，延缓的时间并不足以被称为"获救"，他相信那也不是和尚的意思。除非……他得到一个可能，随即又将这个可能去掉。他不相信和尚能远见到这个程度，他也不相信这在感应醒来的缘由之内，那超出了可能性给予的乐趣范围。

"你希望我带他去哪儿？"

"听说有一些保护点……"女人说着，点点头给自己鼓劲，"我们来监测站前就听说了，那里远离末兽，保有正常的人的生活。我们也听说，能进去的条件非常高，要是……"

"是有，离这里不算太远就有一处。是没有末兽……一时半会儿还不会有，不知道那算不算正常的人的生活，现在又怎么知道什么是正常呢？进入的条件的确高，不过……"月球隐士很快找到进入那个保护点的捷径，一条未曾有人察觉的地道，只要进入就能让男孩留下，"你确定要让我把孩子送到那儿去吗？"

"不去那儿，还能去哪儿？"

也是。月球隐士点点头："好，我答应你。"

"他到那儿就获救了吗？"女人得到承诺，欣喜在脸上飘过，随即想起问题的核心。

"他在那儿会过得很好。踏实，没有末兽的袭扰，死亡也不可能随时随地扑上来。食物的供应还不错。还有人真诚地上前，和他交朋友，给他足够的关心，也需要他的友爱。恐惧慢慢偏移，让位给求知欲、好奇心，它们将得到恰如其分的滋补与满足。这每一部分，都构成你说的正常的人的生活，你就放心吧。"月球隐士说着，话锋一转，"你留在这里，能行吗？"

"不，我不要。"男孩尖叫一声，"我要和妈妈在一起，她在哪儿我就在哪儿。"

"儿子——听我说。你看，爸爸留在了这里，妈妈必须陪着他，找个好地方把他埋下。妈妈这段时间的疼痛，这几天受的伤，你都知道，你跟着我，我也活不了多久，又有什么必要？不要说和爸爸妈妈死在一起的话，你活下去，活得好好的，这样你想起爸爸妈妈的时候，我们就又活过来了，又能陪着你，听你说话听你笑。说不定还有特别重要的事，等着你完成——你还记得和尚专门对你说的这句话吗？"

女人一边笑着说，男孩的眼泪一边沿着脸颊往下淌，流进他的衣服里或者掉在脚下的石头上。女人说完，男孩点点头，眼泪也甩了下去。女人仍旧笑着，摸摸男孩的头，这才又掉过头，以湿润的双眼看着月球隐士。

"先生，一切就拜托了。"说完，她又深深弯下腰，"孩子跟着你一定会得救，谢谢你。"

"我会把他安置好的。"月球隐士说完，就拉住男孩的右手，再也不看女人一眼，沿着河岸往下走去。男孩号啕大哭，却也没有挣扎。到后面，为了跟上月球隐士急促的步子，号啕变为抽泣，抽泣变为哽咽。等到终于走出这片丛林，站在一条尽管破烂而宽阔不改的大道旁时，男孩脸色红润，哭泣完全止歇。只是急速地奔走、大口地喘气，再加上离别的伤痛，所有这些让他有点发蔫。

月球隐士让男孩面朝自己站定，双手持着男孩的左右手，默默地将他全身彻底检查一番。结果出乎意料地好，男孩几乎没有受到绿色末兽的伤害，里里外外都没有器质性损伤，可见他的双亲花了多大的精力，以多么细腻的心思保护着他——这个结果让月球隐士的情绪略有跳动，他迅速愈合男孩身上的伤口，并花了一番心思，在他身上构建好短期的保护机制。

"咱们走吧。"松开男孩的手，月球隐士拍拍他的肩。以男孩的正常速度，到最近的那个保护点时，天会黑下来。

男孩没动，他站着，等月球隐士带着疑问看过来才说："到了那个保护点，我也不算得救，对吗？"

月球隐士一惊，还是不想骗他："你怎么知道？"

"你没有明确答应我妈妈。"男孩说着，自己迈腿走起来，"没有关系，我知道这也不是你答应就能做到的。"

月球隐士还没来得及回答，男孩忽然跑起来，跑了没几步，就从大路上一跃，跳进路旁的麦地里。那些无人收割的麦子早就长疯了，它们高高矮矮，绿绿黄黄，那些畸变的茎、叶，残余的麦粒,在一阵阵风的吹拂下,如同梦幻的波浪,翻滚、连绵。在里面奔跑的男孩,就像一只游泳的兔子,脑袋时而蹿出,时而没入,带起一根浑圆的水线,向前而去。

等男孩停下,等月球隐士赶到,有两个高大的稻草人或者说麦草人,正张开他们的双手,站在小坡的这头。似乎立起得并不算旧,至少他们的衣服只有些褪色,而尚未破烂。他们那形状奇怪得如同面具的帽子,还稳稳当当地罩在脸上,掩护着的不可窥视的面容。

"咱们替他们去保护点吧?"男孩静立着,好一会儿才说。

"怎么去,穿上他们的衣服吗?"一瞬间,月球隐士感到前所未有的美妙的恍惚。

"对。穿上他们的衣服。"男孩肯定道。

"要有名字。"

"你来取。"

月球隐士望着两个麦草人,他们意识到有人站在身旁,有些羞涩有些期盼地迎风动了动身体,给出麦草人的承诺。这时,月球隐士望见了那个一身灰衣的行脚僧,行脚僧还在看着他。

"他们,一个是行者,一个是使者。"

C

"咣当",铁门在身后关上,一阵铁链横挂、铁锁上锁的声响后,世界陷入消声的寂静,幽晦弥漫开来,充塞所有的感官。行者与使者站在通道里,黑暗在眼前翻滚如浸骨河水,又如流沙涌动，以漫溢而柔韧的力要将他们带走，片刻前那些嚣嚷，那些挤挤挨挨的冷然的旁观的脸，全部退隐进而消散。他们就那样站着，静立如枯松如生锈的钟，等待必然到来的开场。

"两位好，请跟我来。"声音响起，语调平和、音量适中，难以分辨性别、年龄，但并不机械，没有职业化的假腔假调。并无别的事物伴随声音出现，至少没有光，让人可以辨认出伴随之物。那声音的主人没有等待，走动起来。足音轻微，如同光脚踩在沙滩上，细碎、潮湿，可以作为引导。

使者与行者循着声音，蹑踪而行。那声音又起："两位不必惊讶，樱桃园虽小，没人引导、陪伴，短时间内总是难以完全领略其美妙。不过请放心，我不是你们在此的引导者，我只是你们的引路人、守望者，在你们需要时，提供必要的资讯、帮助。"

"引路人——"行者提出第一个问题，"每个来到樱桃园的人，你们都会安排人跟随吗？"

"并非如此。樱桃园有自己的规则，会挑选、认定需要引路人或守望者的人。请别误会，没有'你们'，我和二位前后脚来到樱桃园。二位肯定知道，每个人一生都只有一次机会来到樱桃园。没有任何预兆，当我进入樱桃园，就对这里一清二楚，感受到使命——需要做二位的引路人，无须任何委派。结束时，我会和你们一样，离开。"引路人这番话和方才说的一样，仿佛其中毫无离奇之处。

行者和使者听完，再无多余的话，继续往前。行经的空间似乎在逐渐开阔，有奔腾的声音作为背景，在远处回荡，一如浩瀚江面由上及下，挤过一两处狭窄的咽喉要冲，惊涛拍岸；又如纯粹的无主次的人声，在议论在述说在独白在吟唱，汇总成声浪，密密麻麻、窸窸窣窣，编织成锦、过滤成风，不在乎听者做何感想，只管一股脑儿地释放。这声音回荡，漫漶地无可阻挡无法挽回地，开拓着他们行进的空间，仿佛黑暗中大面积的更见深沉的另一种黑暗。

但终究有竟时。无论是短促的前奏，还是没有始终的绵延，都必然要行进至下一阶段，这才是安排的要义。黑暗中，行者和使者并无丝毫的不耐，他们跟在引路人身后，做好了永堕此催眠境地的准备，甚至摒弃准备本身，只剩下继续往前。但终究有竟时。不是光，不是声音，在某个无法标注的地方，一阵风掠过，无来源无去处，如同意念所引发。风拂在他们脸上、身上，他们的头发、汗毛被它微微梳动，他们的毛孔、鼻孔因之轻轻翕张，于是他们慢下脚步。是一阵风，可同时又温煦与舒爽，让他们沐浴其中。行者率先停下，随后是使者。引路人因之察觉，他也停下。

"引路人——"行者提出第二个问题，"咱们到了。可以就此停下吧？"

"可以，"引路人说，又说，"应该就此停下。"

于是他们停下。没了脚步声，黑暗仿佛瞬间向后退去，留出无边的空阔。再有一阵风起，拂过的瞬间即消失。然后光出现，针尖般微芒一粒，麦芒般锋锐一线，出现即炸裂即膨胀即如花绽放即如席铺卷，原本他们站立如在一点，依据光的到来，那一点被触动，如同生长亦如同被赋形，樱桃园随之显现。是古老的园区，他们站立的地方正是小广场，从这里望去，四周都是红砖、黑瓦、木门搭配落地窗的三层建筑，只不过，有的房屋顶上竖着尖尖的烟囱，有的上面插着彩色的旗帜——既辨认不出那些烟囱是纯粹的装饰，还是具备实用性，也看不清楚褪色大半的旗帜上究竟是些什么图案。建筑不是连续的，它们独立三五栋连成一片，人为地将目力所及的空间切得有些细碎。换而言之，增加了整个空间的复杂性。以至于他们站在那里，无法确定这个空间有始或者有终，也无从判断它究竟有多大。

　　光早已不再是一点一线，不再拘泥特定的角落，不再专属特定的人物。甫一出现，它就如常地充溢整个空间，只是过了一阵，空间里的人才反应过来，仿佛光落在身上启动他们需要一个间隔。不，光启动这整个世界都有一个过程。现在，以站立的点望出去而言，可以认为整个樱桃园以行者和使者为中心，发动起来。音乐处处，雅致、从容中含着一点振奋，钢琴、小提琴的潺湲中埋伏着小号的沙石。人的身影聚集又散去，在不同的建筑间闪动，或者停驻在落地窗前，出神凝望，或者和别的人密语窃笑。楼群之间，道路两侧，目光所及，都是枝叶并不繁茂的樱桃树。正是樱桃成熟的季节，树上的果子红嫩，如点点少女之唇，叶子似一张张慵懒的小小的面孔，有的恣意地奔放地绿着，有的已然瑟瑟蜷缩，边缘发焦，为坠落做好了储备。樱桃树如此这般地布满空间，渲染出极其蓬勃的葳蕤感，仿佛随时可以把它们一把攥住，拧出绿色的未必稠密却一定醉心明目的汁液来。

　　行者和使者等待这一切的层次显明，等待这个空间从光照那儿获得足够的活力。引路人默默地陪立一旁，并无一句絮语赘言。有了光，看得出引路人的寻常，并没有被先前的黑暗罩上神秘外袍。一身深色的略显复古的长衣罩住引路人，透过长衣，仍旧看得出修长得近乎瘦弱的身体，因此而难辨性别。那张脸很有几分非现实感，可以确定那不是面具，也没有化上厚厚的妆容，可它带着某种夏天的生机而凝固，也许用沉静的雾气氤氲的水面形容更为恰当。一眼看去，它是一成不变的微笑表情里带着一缕哀愁，再一错眼，那哀愁又遮住微笑，或者微笑又驱散哀愁。无论如何，你相信看到的是同一张脸，却又认为每一眼看到的，都不是同一个人。

好在行者和使者并没有多看引路人，因而不会在一张脸上纠缠。等待的节点已到，引路人扬扬右手，示意他们跟从自己走向右侧最近的一栋楼。动起来明确了另一些事物，比如光照下行走，才发现这不是阳光，而是模拟黄昏柔和的灯光，尽管作为来源的灯盏无可觅见。在他们身后，随着他们的离开，喷泉凭空出现。喷口的分布并不规律，喷水的节奏也不整齐，可它们组合到一起，完美吻合他们连成一线的身影，完全踩上他们离开的步幅，让从一旁经过的人停下来观赏的目光都显得恰到好处。

楼门随着他们的进入自动打开。门开的刹那，欢乐得快要被遗忘的人的气息扑面而来，行者和使者在门口站立五秒，随引路人迈步而入。上面是玻璃的楼顶，中间天井，周围一圈建筑环绕。两道楼梯以螺旋状，盘在建筑朝内的这一侧，将整个空间连接成一体，让天井下的世界很有一点儿拥挤。这一定是刻意的，热情不需要那么多空间。从下至上，三层建筑每一层的楼道里都站着人，或者三五成群，或者独自一个。有的望下来，有的不知看着什么地方。这些男男女女，如同室内的一棵棵树。

"你们可以从这里——"引路人指着楼梯起点对应的房间，"挨个看下去,看完一圈。然后这样上去,看二楼,转上一圈。再上去,看三楼。再下来。"

随着这些话,引路人的手指转着小圈,或者停下来,在空中点一点,仿佛点在一颗小小的豆子上。最后停下,又说:"也不一定要转完。樱桃园里,你随时都可以停下,只要你和另一个人合榫。你们同时停住脚步,对视一下,听到咔嗒一声。接下来,可以甜蜜,也可以纵情。"

"去吧。我在这里等你们。"引路人说。

行者和使者并没有走向引路人指示的房间,他们往旁边去,走向它隔壁的隔壁。当然,对于环形空间来说,从哪儿开始并不重要。这个房间门口站着好几个女人,她们身材高挑、目光冷峻,明明是分散开来,却呈现出某种防备的队形,仿佛要阻挡特定或所有的来人。没有人阻拦。她们任凭行者在前,使者随后,任凭他俩意图不明地走向房间,任凭行者走进去。那是冷的房间,灰色的调子,地板、墙壁、天花板……墙角、墙缝……都是灰烬的颜色,到处堆积、凝固着灰烬,沙状的灰烬,颗粒明显,质量轻浮,却也没有风来扬起——这一切都营造出绝无人至的迹象。房间里确实没有人影,也没有谁跟着行者走进来,至少说明,门口站立的女人,宁愿继续等待。

灰烬随着行者的抬脚放脚,扬起一圈圈的尘埃,后来更随着他脚步的加快,绕着他周围盘旋,形成小小的尘埃屏障。再后来,行者来到每一堆灰烬前,都伸脚从灰烬的正中一脚插进去,从中间踢起来。这玩耍的动作,加大灰烬扬起的高度与范围,让房间里很快长出一棵棵纺锤状的灰烬之树,或者是一团团缓慢转动的灰烬旋风。这强烈的笼罩般的弥漫模糊了空间感，慢慢融化边角的界限，消除房间的稳定，让它像是一颗独立存在的星球，在使者的眼前飘荡，上升又降落。踢散所有的灰烬堆，行者仍旧不管不顾地忙活，那偏执的专注，如有重任在肩。终于，行者停下来，灰烬随之渐次落下。

等灰烬落定，行者忙活的结果显现出来——地板上的灰烬铺开，像是由力道均匀、计算精准的手抛撒而成。地板静止，平铺的灰烬将它抬升几厘米，更新了它的颜色。可是平静的地板不是孤立的，墙壁与天花板上凝固着的灰烬堆仿佛绕着地板，或者以之为参照，获得新的能量，随时可以运行起来。行者没有拖延，他于站立处起身，向门外走来。随着他的移动，地板上的灰烬忽然散发出白色的辉光，照亮整个房间，更给予最初的推动力。那些灰烬堆在白色光线中，以不同的速度在天花板与墙壁上游动，是一幅足以象征整个宇宙的星空图。

整个过程，使者都站在门口，没有进入房间，更没有帮助或者劝阻行者。使者像是观望，又像是守护。没有其他人来，那些女人仍旧站成防备的队形，像是配合着使者，更像是互不干涉。行者走出房间，两人互相不出一言，不向女人们招呼、道别，径直走向下一个房间。

房间里有一张沙发、一把竹椅、一个圆凳，三个女人分别就座。她们面前各自排着一个队列，五六人、七八人不等，都是面色紧张、神态谦恭的男人。排在最前面的男人一律弯着腰，低声说着什么，有汗水从额头流下，或者浸湿后背。三个女人各有各的疲惫与厌倦。沙发上那位拿着指甲剪，表演性地修理着左手的指甲，不时抬起持着指甲剪的右手,捋一捋垂下来遮住额头的长发。竹椅上的那位努力睁着一双并不大的眼睛,目光落在面前不停说话的男人的脸上,却一片空茫,是否真的听进去,很值得怀疑。圆凳上的女人则手里端着一个玻璃杯,里面盛着琥珀色的液体,她一会儿转转杯子,一会儿将它举到唇边,喝上一口,一会儿又打断面前男人的话,问上一句,点评一二。

行者带着使者从这个房间的前门进去,经过等候的男人和三个女人,从后门出来。没人对他俩有兴趣,更没人拦住他们,说上几句。下一个房间小了很多,里面的一男一女牵着手,谈得极为热烈、契合,同样没有谁搭理经过的行者和使者。开始这一圈之前,如果行者或使者还考虑过,真有突发情况,该如何应对,走上多半圈证明,这纯属多虑。各个房间里的女人,要么已经和某个人互生爱慕,要么正疲于应付围拥在面前的男人,没有谁还有多余的精力、兴趣,分给匆匆经过的人。

有一个房间的情景稍有不同。只有一个女人站在窗户边,衬得房间格外阔大。房间里的灯光昏暗,外面的灯光又从窗外照在女人的后背,因此根本看不清她的模样,只知道她留着男式短发。女人的声音很悦耳,一开口,就让人觉得房间里是明亮的。可她说出的话,让这明亮阴冷起来。

"别啰唆,你俩都进来。靠墙站着,靠墙,背贴着墙。就这样。我会冲你俩各开两枪。简单的算术,一次进来几人,就冲每人开几枪。不管是否命中,子弹都会在墙上留下痕迹,咱们据此判断是否应该在一起。"

不需说明,行者和使者也知道女人举起的手里,那被窗外灯光映照出幽幽光亮的是什么。随后，啪啪——啪啪，四声响过。子弹自然没有命中，行者拽着使者奔了出去，留下墙上的弹孔等待女人验看。

一圈下来，行者与使者没有得到任何人的青睐，引路人对此没有予以评论，只是等他们到面前，伸手示意后，就率先走上螺旋楼梯。

只在两个房间门口望望，就知道二楼的情境不同于一楼。第一个房间的气氛热烈、甜蜜，一对对男女拉着手、把着臂，拥抱着、亲吻着，旁若无人，沉浸其中，连空气都是黏稠的。这样的黏稠既是怂恿，也是保护，因而引路人带着行者与使者进入房间后，还不断有人到来。就像有个故事说的，盛器里面装满石头后可以装入沙子，装满沙子后可以装入水，不断到来的人总能在房间里找到立足的空隙。本就举止亲密的他们，一旦进入这个房间，就如连体婴儿般，如胶似漆地亲热起来。个别单身一人的，进入这个房间时，怀着入虎穴的坚决，挤挤挨挨走上一段，明白自己在众人的眼中隐了形，没人多看他一眼。但房间里的气息如此让人贪恋，他索性真的隐形起来，将自己代入某一对缠绵的人中的一位，抵御着时间的流淌。

引路人努力分开人群，让行者和使者跟上自己。在不少地方，在最亲密的人面前，引路人都停下来，以便行者和使者可以自行其便。没有，行者和使者明确传递出继续的意思。快要从另一道门挤出去时，使者听见两个人在讨论，他们的语气如此冷静，与说出的话语完全不相称，更像是越发稠腻如油的房间里，两滴一不小心滴落其中的水。

一个说:"出去我们就在一起。"

另一个说:"在一起干吗?出去就各走各路。"

先前那一个说:"那就不出去。就这里,就现在。"

后来的话再没听清,使者无法从身边那么多迷醉的脸庞中,辨认出这几句话究竟出自何人。挤出门外很久,那房间里的气息仍旧萦绕在他们周围,经久不散。唯有偷听来的几句话,漏进一点点别样的感受。

连续经过几个房间,行者和使者都拒绝引路人的示意,没有往里去。每一个门口,都能感受到房间内的气息,未必那么黏稠、炽热,未必人挨着人、人贴着人,却一样地必须由忘却孤独、抛开寂寞的成双成对的人才能产生,才能将其凝聚、散发出来,是诱惑又是拒绝,是垂怜又是指责。

直到一个房间传出来的不是气息,而是声音,乐器的声音。行者和使者在引路人例行的示意后,停在门口。是弦乐器,琴弓在弦上滑过,仿佛试探或者试音,音声短促,又在短促的限度内,强力到极致,因而需要注意力集中到发挥想象的程度。与此同时,键盘乐器始终跟随,力度不大,音量不高,但主导着节奏。进去,是一男一女,衣着简朴,站在房间前端,操弄乐器。都长发披散,遮挡住小半张脸。看得清汗水在额头、鼻尖、脸颊蠕动,辨认不出脸上的表情。

男人左手持小提琴,搭在左肩,右手持琴弓,仍旧在试探。不是在试探音声,而是在试探房间里的气氛、女人的反应,仿若颉颃翻跹的两只鸟中,时时要向上、刻刻想引导的那只,因了这欲念而活泼,又因了不确知另一只的回应而畏缩。这恰好给了小提琴声婉转、幽怨的余地，连男人的动作都那么欲说还休，令人掬泪。女人坐在钢琴前，并不看向男人，也没专注于面前的黑白键，她处于某种失神状态，也可以说处于一种倾注状态，她的人和整个房间融为一体，她就是这个容纳了大家的房间。

只是在某个间歇，女人的手指会落在琴键上，按下一个或一串白色，间或也有黑色羼入。她每一次动作，都将男人手下指尖那即将狂热的声音拽回来，赋予其沉稳与次序，可是她旋拽旋止，并不构成滞碍——只是如此往复多次，男人未免有些焦躁，小提琴的声音有了突破的意欲，耳听得渐渐流露出一丝尖厉。女人仿佛没有意识到，仍旧按照先前的方式，给予自出机杼的节奏。

原本站在几米开外的行者忽然上前几步，来到女人身旁。小提琴声结束试探，因为不断被抑制而积累的沮丧显露无遗，起的调子很是高昂，随后由此进入，一路向上并以炫技的指法、速度，以连续的颤音，开始强行地引领。女人右手扬起，指尖下垂，却犹豫该在哪个节点进入。没有继续等待，行者的手指完全即兴地，在钢琴上远离女人的地方弹奏起来，这是一首和男人的小提琴行进无关的乐曲，它匀称、完满，如同一条液液向前的自有线路与痕迹的小溪，但它又毫不封闭，在任何地方都是敞开的，能接受另一条溪水或者一股泉水的汇入，哪怕是雾气、露水，一律来者不拒。

女人是敏锐的，她感知到行者弹奏的邀请，号到这邀请的脉——无主次无主从，无须引导无须跟随，于是她的手指落下。因为这四手联弹，钢琴不再是一架固定的琴键有限的乐器，而成为打开的空间，因打开而能与原本封锁在外的空间连为一体，女人顺势破除将自己等同这个空间的幻象，变得不再固定、拘泥。在这一瞬间，似乎盈满的钢琴声忽然清空，小提琴声再度进入，不再带着颉颃的羽翼，而是和钢琴声融合为一体，成为翩跹本身。

行者从弹奏中脱身顺理成章，男人、女人的神情证明，他们明了这离开并不算撤出，没有远离也没有缺漏。是行者走在前面，使者跟着，最后才是引路人。

没有再在二楼停留，就这样上到三楼，仍旧是行者在前。三楼一片静谧，没人在楼道张望，房间里也没有传出任何声响。向着楼道这一面，每个房间都是大大的落地窗，是为展示，也是为证明。房间里并无特别，依旧有男有女，人数有多有少，可他们都如同雕塑，站立着、倚靠着、坐着、卧着，互相凝视、互相护持。从哪个角度，在任何时间，望过去，看到的都是这样宁静的永恒的画面，不因有人走过而被扰动，也不因停在其间而变化，可又绝无死亡的僵冷在其间，能感受到的，就是无声的澎湃的涌动的宁馨的充沛的流淌的爱意，是恰如其分的得其所哉的爱，是与自身之外的他人天长地久的爱。

行者和使者在三楼的爱意间徜徉、流连，引路人自然又回到前面，没有话语，没有示意，就来到下楼的螺旋楼梯口。行者与使者在那一刹那醒过来似的，带着一点点羞涩，紧紧跟上引路人的步伐，顺着楼梯一级一级地向下走去。同样的路径，下降和上升已将其修改，所见和不久前大相径庭，一切都散发出速成的现已朽烂的气息，不忍卒视。引路人对此熟稔于胸，步子越来越快，要不是仅有三楼，只怕很快就会变成直线下坠。

到了一楼，不久前围观的那些人已然视行经的引路人、行者、使者一行为无物,仿佛时间已跨越遗忘的界限。这一行也无意停留,引路人亦无须动用光的闪现与闭合,只需要带着行者、使者穿过人群,走到一扇区别于其他房屋的铁门前,等待着它打开并走进去。

铁门背后是向下的阶梯,类似高楼的救生通道。不同的是它四面封闭,没有护栏、扶手之类的存在,而且它前后左右呈均匀的半透明状,其程度恰好既保证人行走在其中享有足够的采光,又无法完全看清半透明的内里或者另一边是何等情状——不妨说,这是一个阶梯状的洞。引路人没做介绍,没留出空闲让行者与使者观察,直沿阶梯下行。尽管半透明自带不稳定感,让人以为每一步都无法踩在实处,但落脚的感受还是很快让行者与使者踏实下来。这踏实喂养出足够的耐心,当阶梯开始变换陡峭、拐弯、直行、爬升、分岔诸般游戏时,行者与使者都不紧不慢地跟上,没有烦言。

仿佛兜完一大圈,回到一道与出发时不差分毫的铁门前时,引路人示意目的地到了,待行者与使者在身后停下脚步时,才又推开铁门。门后不是新的阶梯,是一座令人失重的大厅。失重不以其宏大阔深,也不以其布置烦琐,仅仅由光线造成。这大厅陈旧如仓库,没有一根柱子切割空间、划分区域,而是依赖不同颜色与亮度的灯光。灯的装设位置、照射角度很巧妙,将大厅分隔成中间一周边四,共五个空间。空间的大小并不均匀,相互之间的界限可以分辨却也并不分明。可以明确的是,每个空间里面都有人。

引路人并不迈进铁门内,只是伸伸手。行者与使者毫不踌躇,跨出一步,走进去。这个空间现有一男一女,两人都各拿一把剪刀，随手拾起地上散落的纸张，剪下去。纸有大有小，颜色有别，两人剪速快慢不一，可不用多久，就看得出他们的动作有着独特的一致性。一个人速度略快，完成手里的动作，扔下剪好的纸，再稍做选择，从地上拾起又一张纸后，另一个人亦完成手里的剪纸，必然会拾起一张颜色、大小完全一致的纸，再追随先动剪的人，剪起同样的画面、物品来。两个人的动作、神态相差无几，只是前后稍有延宕，如同同样的画面播放两次。更为特别的是，无论一方动作幅度如何，另一方都会跟上，可两个人的时间差始终一致，犹如被先行设置。

行者与使者等着两只绿色的长颈鹿从二人手中掉到地上时，顺时针走到下一个灯光略红的暗色空间。里面有十二把椅子，一对男女分坐其中两把。他们互相望着，目光在凶狠、鄙夷、漠视、讥诮等各种强烈而负面的情绪间切换，却也一刻不相分离。毫无间隔规律地，其中一人或两人就会站起来，换一把椅子坐下，整个过程目光并不转移。他们的距离随每一次调整而变化，情绪却总在那可数的几种间切换。有一次两个人甚至接近到脸对脸、鼻子挨鼻子，目光中的情绪仍没有变化分毫。只是在行者与使者看来，那个距离反而消解了情绪，让两个人变得极其陌生。

下面一个空间，粗粗一看以为是一个人，等那身影转到离强烈至炫目的灯光稍远处，才看得清楚是两个人，像两条纠缠为一体的蛇。从背影来看，这是两具赤身的裸体，可无法分辨他们的性别。两人完全融合在一起，搂抱的手臂已长进对方的身体，严丝合缝吻合在一起的口腔互为呼吸的器官，相接触的皮肤互为表里。他们一刻不停的动作，就是占据全部空间的蠕动的风，或者风中的蛇与树，不留出丝毫的缝隙与缝隙的可能。这密集的密不透风的空间直接将行者与使者赶到下一处，可是他们刚刚迈入其界限，就有几样东西飞过来。

那同样是密实的空间，密实肉眼可见。各处都塞满东西，从上到下，堆积木一样，满满当当、摇摇欲坠。没有一样是完整的，也没有一样是稳定的，奇就奇在，整体的不稳定构成在每一个时间断面上都可以求得的平衡。方才迎着行者与使者而来的，是一把刀子和两个碟子，刀子没了刀把，碟子各缺一大角。没有砸着行者和使者，也没人过来解释，更没人道歉。不需要解释与道歉，那对男女还在互相投掷，动作极其危险，力量都用到极致，决心要解决掉对方似的。可这外显的狠劲，让他们的投掷与躲藏又带着儿童游戏般的超凡的轻松，让行者与使者既没法劝和又无法离开，只得在各样物品间闪展腾挪，寻找落脚处。

到面前发现，尽管两个男女互相瞪视，根本不考虑手边是什么，抄起来就扔，可扔出的刹那，两人脸上都浮现出流淌的蜂蜜般的甜美。这甜美如此相似、如此动人心魂，以致他们恨意足以夺命的动作看起来如预定的共舞。

还能去哪儿？当然是被四个空间环绕，居于中心的那一个。使者率先走出堆积如迷宫的物件，可一进入那个空间，就呆住了。直到行者也走进来，直到空间里的目光锁定行者，使者才又恢复行动的力量。是一个灯光由上至下，平行射在每一寸地板上的均匀空间，中间垒起四方的台阶状的平台，平台上端没入天花板上方。但平台是透明的，也可以说是透明而能投影的，因而在每一级台阶上，都能看见一张脸的一部分，那梯形状的脸正从四个方向对着行者和使者，目光一番游弋后，锁定行者。

随后那脸上绽放粲然的笑容，无邪的事物原初的笑容，一个声音随后传来，怨怼、炽热、魅惑、自尊……这等情景下能够想起的意味、能够予以理解的况味，都在那声音里。那无性别的声音说："带我走吧。"停了停，又说："或者上来，到我这儿来。"

"无论如何，都和我在一起。"

听到这里，行者转身就走，使者赶紧跟上。没有引路人的提示，行者和使者的脚步是慌乱的，他们先走进男女互相望着的空间。这一次，那个男人一下放松，他掉过头去，转身跑向中间的空间，迅速爬上台阶，消失在上面的平台，或者也趴下来，让自己的脸与说话的人的脸重合，让自己的眼睛并进说话的人的眼睛。在他离开的空间里，女人也放松下来，她没有看行者和使者，而是哼起一首歌。行者和使者往回退，退到还在剪纸的空间里，女人见到他们，放下已剪出雏形的苹果树，挥挥手。男人依依不舍地放下手里的苹果树，同样跑向中间的空间，爬上台阶，在平台上趴下。

密集空间里的男女手里各拿着一把餐刀和叉子，行者与使者的出现也如下达命令，让他们停下。男人冲女人鞠躬后，走上前，餐刀交到女人手里，转身走向台阶。女人则仪态大方地放下餐刀、叉子，顺手从地上捡起一面镜子，整理了一下头发。从镜子里，行者和使者瞥见旁边空间里仍旧融为一体的只看得到后背的两个人，以蛇与树的动作，踩着梯形的脸，迅速上了台阶。

行者愣了愣，看着使者，两人面面相觑。随即，共同下了决心，同时点点头，向着中间的空间奔去。台阶上那五合一的脸更加明确地朝着二人，目光在行者与使者间流转。行者与使者的四只脚轮番踩着梯形的脸向上攀爬，一级级抬起二人的身体。是在向上攀爬，可又像是踩到了某个关键的按钮，平台在往下陷落，这一个动作带出的双向链条让二人恐慌，脚下的动作更加快速。再漫长的陷落也有到尽头的时候，不用等到攀上最后一级台阶，平台上的一切尽收眼底。

并没有人在那里趴着，平台两端，相对而立着两个人，静默如山。光从上面照下来，白晃晃、直通通，让两人从额头到嘴唇再到脚底，亮度从几何级数降低，整个人明暗不等、面目全非。辨认不出他们的肤色、年龄，但无可忽视的性征宣示，这是一男一女。行者与使者踏上平台的刹那，灯光熄灭，世界顿时熄灭。在忍耐之弦即将崩断的瞬间，灯光亮起，世界一如方才。男女站立，行者与使者观望。刚够看清的瞬间，灯光熄灭。这次没那么久，视网膜上还留有物象的影子，就又亮了。光亮时间恒定，光灭时间不定，空间如是开启它的延时摄像，并以光为声音为节奏。一帧帧延时得来的画面中，男女在对望，在凝视。身体在燃烧，在反应。喘息如细雨密布，如迅雷弥漫。他们动起来。男人跑向女人，女人奔向男人。一定是迅捷的，只是被光的切换定格，仿佛迅捷在延缓。男人速度更快，跑过中线，那里有透明的游丝般的利器，切过他的咽喉。被割下的脑袋滚过平台，翻下台阶。断头的躯体喷出血液，血腥被光的明灭放大又抹去。躯体受惯性的驱使，继续跑动，女人奔到面前，双手搭在男人肩上，向上跃起，坐入男人的身体。

最后一次明灭。男人进入女人，头颅从肩上长出。随即灯光熄灭，倒数结束后，灯光恢复如初。并无男人，并无女人。只有一个人站在平台的中间,就是引路人。引路人正面对着行者和使者,不等二人提出任何问题,即伸手止住,又向上指。平台在加速降落,很快就和行者与使者之前置身的空间平行,但已望不见空间里的三个女人。望上去,就看到周遭变化中最剧烈的部分。置身的空间正在一起下降,就像拽着一个平面的一点,让整个平面呈漏斗状下跌。

下跌停止时,平面对着漏斗尖,行者、使者、引路人正以三角形的站位,承接着漏斗的倾斜。晨曦已经展露,旭日尚未得见,漏斗的聚焦仍旧让平台的顶端极为明亮。一阵阵喧哗让使者低下头,看到脚下一级级台阶上站立着一圈圈的男人,每个人的脸上都布满迷茫的渴望。使者想说点什么,再次被引路人上举的手指止住,光线忽然变得通红,整个空间丰盈、性感起来。再抬头,只见如同巨鸟垂翼,樱桃罗列而成的云朵压满天空,每一粒都是紧抿的红唇,每一粒都由内向外洋溢吹弹可破的光。那不是一朵云,是一团,是轻盈如雪花似飞絮,是堆垒如山峦似荒岭,团团围拢的云层。

没有任何等待与缓冲,云朵翻卷,罗列松散,带着露水的鲜艳欲滴的红色樱桃密布倾落,从中间到漏斗的四边,干脆雨滴如雹子一般,噼啪而下,似乎要把这个下坠的空间淹没。

低头避让樱桃时,使者忽然看见引路人痴痴地望着行者,眼睛一瞬不瞬地两个眼窝直往下滚淌泪水。

d

旭日与朝霞映染下，半个天空如堆叠一张织锦，色彩的丰富与褶皱的牵连，有着失真般的迷人心魂的力量。男孩坐在门前不远的树桩上，久久凝望着半个迷幻的天空，眼睛偶尔不舍与胆怯地望向紧挨着的另一半长空，那里只有被过分用力刷过的接近死寂的浅橙。无论那绚丽织锦令他多么迷眩，那死寂浅橙令他多么畏惧，男孩都只将目光上举，身体都背朝着昨晚入住的铁皮屋。

"你出去，不管走多远，不管在哪儿，都不要回头看。我不叫你，不要回到屋里来。"这是不久前月球隐士对男孩说的话。男孩几次都想回头，看看月球隐士究竟在房屋里面做什么，每每都被月球隐士说那番话时的严肃语气给阻止。越是这样，自然越是好奇，以至于为抑制这一意愿，脖颈越来越痒，身体越来越颤抖。

身后世界的一切都被放大，虫子鸣唱、跳跃的响动，风拂过草与树，摇得铁皮晃动，甚至随着温度的升高，世界开始缓慢地舒展发出的声响，统统没有逃过男孩的双耳。但并没有别的声响，没有来自月球隐士的声响。天空望得越久，耳朵听得越深，越感到身后什么都没有，是空是寂静。在某个瞬间，男孩身体一颤，感觉自己和屁股下的树桩向前滑去，像是在那条他现在搞不清楚离开了多久的河里，没有别的依靠，只能在一只孤零零的独木舟中，向前漂，向下越去越远，速度越来越快。

男孩啊的一声，再也顾不上别的，猛地转过身去。铁皮屋还在原地，像伏在那里的一只蜗牛，一动不动。旁边的草、树，那条小路，都和昨天他们被安置下时一样，和他不久前走出来，一眼看到的没有什么区别。又是一阵微风起,草偃树动,铁皮作响,别的没什么异常。

"他去哪儿了?"男孩有点疑惑,他站起来。这时,他察觉,铁皮屋里似乎比外面更加明亮。铁皮屋上方在一侧开了两个不大的口子,用透明胶布粘上两块玻璃,采光并不好。装了一盏吊灯,但五个灯位上只有两盏,男孩记得出门时,关掉了灯。但现在,房间里布满柔和的白光,比室外还要明亮,衬得铁皮屋仿佛一个发光体。

男孩不敢相信地揉揉眼睛,不是眼花,铁皮屋的白光持续而稳定。可揉眼之下,他发现别的变化。原本蓝色的铁皮屋上,有一些地方油漆剥落,露出灰色的底子,甚至有的地方还在风吹雨淋下,生出铁红色的锈迹。他记得很清楚,朝向他这面的墙上,有两大块灰色,像是两只眼睛,又都在门的一侧,让这座铁皮屋更像一只比目鱼。现在,那灰色正在消失,两只眼睛正在闭上。

犹豫一下,男孩还是跑过去,站在灰色斑块前。是的,灰色正以肉眼可见的速度消失,它周围的蓝仿佛一摊水,向灰色漫过去,填平它与墙体之间那一点点的凹陷。也可以说,蓝色活了过来,一点点地毫不留情地吞噬着灰色。无论是漫溢还是吞食,都进行得悄无声息,不留余地,让看着的人反而无法相信。男孩伸出右手,拇指向左侧的灰色摁去,那里刚好还有一个指头的空余。蓝色没有退缩,走到男孩的手指上,是微凉的蓝色的感受。眼看着蓝色沿着手指上移,男孩惊恐地退后一步,指头回缩,蓝色如黏稠的液体,一端连着墙壁,另一端跟随他手指的拔出,还在向前漫溢。

"不要动。"是月球隐士的声音,话音未落,男孩手指上蓝色的微凉开始消失。他听话地站在原地，手指也一动不动。那蓝色不再蠕动，慢慢地干燥起来，男孩的拇指因这干燥而有点紧绷。

"可以走了。"男孩听从月球隐士的吩咐，慢慢腾腾地先后退一步，再往外拽手指，如同从插入的纸张里拔出，有清脆的声响。笋壳或者蝉蜕般的蓝漆从墙上凸出来，留在原地。男孩有点畏惧地退出好几步，确信蓝漆不会扑上来，才把手指上已经干燥的漆剥落。拇指上没留下漆的痕迹，不痛不痒，左手捏捏它，也没任何异常。男孩又对墙上突出的那一截蓝漆生了兴趣，回去几步，食指试探着碰碰，蓝漆已然干透，没了生命。右手拇指、食指呈钳状，捏住它，左右晃动，那截蓝漆应声脱落，在手里如一截松枝。不等男孩看仔细或者拿它玩耍，那截漆化为齑粉，散落地上。再看墙上，那只眼睛留下一根拇指大小的空隙。

"我能进来吗？"男孩不知道是否犯了错误，如果是，错误又有多大，便以大声作问来试探，月球隐士没有回答。男孩等了等，还是没得到回应，又想想，终于走进去。

铁皮屋很小，就一个单独的房间，房间中央是一张小几，几上搁着一个空空的破损的花瓶。两扇粘着玻璃勉强做成的窗户，一扇窗户下面放着一张桌子，桌子上面是煤气灶，灶上是口小锅，锅的旁边是碗和筷子，桌子下面放着一个塑料桶；另一扇窗户旁边放着上下铺的铁床，床上的用品也很简单。月球隐士没在房间里，房间却始终有柔和的白光，和在外面看来是一样的。

"什么东西在发光呢？"男孩很疑惑地把房间里的所有东西都看上一遍，却找不到光源。莫非，是房子本身在发光？照着这个意思，他仔细查看四面墙壁、房顶、地面，仍旧看不到发光体。

"出来。"月球隐士的声音在外面,男孩听话地跑出来,房门咣当自动关上。男孩张望一圈,看不见人,抬起头来,往房顶上望,房顶上没有。等了等,男孩觉得房顶上有什么东西闪了一下,丝丝缕缕,定睛细看,是阳光,是蜘蛛网一样的阳光。房顶上方似有一张细密的蛛网,此刻正晃动着反射旭日那红嫩的光芒。那网很大,张得很宽,离铁皮屋还有几米,完全覆盖了铁皮屋的范围。网上面是什么呢?男孩仰头看上去。

网上闪闪烁烁的阳光一大片,网上面很高的地方,若有若无飘散着一圈黑色的东西,猛一看以为是乌云,稍留神,乌云里星星点点闪着光,再细看,那黑色的光泽、柔韧度,都不像云的样子,反而有点像……男孩寻思一会儿,才敢肯定,有点像头发。认定后越看越像,只是比头发的光泽多一点金属感。谁的头发,为什么会飘在天上?男孩这么想着,下面的网开始变化,网上的线越来越密,迅速在空中织成无色的布,聚拢阳光,悬在那里。这光之布既像个平面,又像个流荡的立体,不给男孩更多疑惑的时间,就开始在上面隐隐约约呈现被光明晰的五官。与此同时,黑色的云也开始往光之布上收拢。

男孩正看得入神,忽然听见脚下传来"让一下"的声音,正是月球隐士。一低头,并没有看见月球隐士,却有无数股银色的液体在他脚下涌出,吓得男孩急忙退开。那银色的液体表面反光,涌出的部分迅速聚拢,并且不断向上,眼见得形成了一个柱状。"转过去——"又是月球隐士的声音,男孩转身的瞬间,感觉有白光从后面逼近。得到"好了"的命令再转过来,月球隐士完完整整地站在他面前。

男孩不由得看向地下、天上和铁皮屋里，银色的液体、光织就的布、头发质料的云，都消失了，铁皮屋里也没了柔和的白色光芒。

"没有吓着你吧？"月球隐士伸手，摸摸男孩的头，"让你不要回身嘛。"

"我……"男孩刚开口，月球隐士止住他。

"有人来了。"月球隐士说，说完收回手，整个身体像一棵顶风的树。

铁皮屋建在小山顶的平地上，只有一条小路从山脚下的聚居区通往这里。现在，两个人正顺着小路往上来，一前一后。前面的人不时侧着身，看看后面的人，可能正在交代或者介绍什么。后面的人则不时抬起头，向山顶望来。月球隐士和男孩站在原地，看着两人走过路旁那一排干枯的樱桃树，又走进那棵巨大的枝叶繁茂的樱桃树，间或有阳光从枝叶间漏出，映在他们身上，像是缀上一个个补丁。男孩偶尔瞥一眼月球隐士，脸上浮现出如在梦中的迷瞪。

等两个人上得坡，来到铁皮屋的一侧，才看清楚前面那个蛮精神的年轻人正是昨天接待他们的小方，后面那人显见年岁不小，头发已由铁灰大面积向灰白过渡，发量倒还充足，收拾得也很利索。走到十几步开外，小方慢下来，逐渐让出半个身位，跟随着年岁不小的人，来到月球隐士和男孩面前。

"二位早上好，这是我们保护点的负责人，程老师。"小方向年岁不小的人伸伸手，介绍道。

"别客气，叫我程远就好。"程老师点点头，目光在月球隐士与男孩脸上扫过,"昨晚睡得好吗?很抱歉,聚居区正在加固,只能让你们暂时住在这里。不过小方会负责提供食物和饮水,谈不上丰足,但不至于饿着。"

"你太客气了!这里地势高,空气清爽不少,望得也远。"月球隐士说得很正式,"非常感谢你们的收留,尤其得替这个孩子、替他的父母感谢你们。"

"言重了。"程远收回望向远处的目光,再次看着男孩,"来到这里的每个人都不容易。这里每个人都是家人,你们慢慢会发现这一点。"

他再次看向远处,指指点点:"这里本来是瞭望点,观察风向,留意紫色末兽的出没,特别是它的变化,当它开始变红时,向聚居区发出警告。后来,一是因为紫色末兽很少在这一带出现,即使出现,也不是奔着这一片而来,仅仅是波及性的伤害;一是因为金色末兽肆虐,损害严重,大家防范的精力完全转移,瞭望点就没再使用。"

"瞭望点不应该荒废,别忘了,末兽不止紫色和金色两种。"月球隐士插嘴道。

"这是真的吗?"小方颤声道,"我们一直为金色末兽所苦,偶尔被紫色末兽所伤,逃到保护点来的人里,有不少也说起过别的末兽,但是并没有谁亲眼见过,久而久之,大家都把那些当成传说,有时还彼此取笑。"

"一点不假。除了紫色和金色,至少还有绿色、黑色、黄色几种末兽,有时它们独自出行,有时联合行动,没有见到仅仅是这个保护点的幸运。"

月球隐士这番话让程远眉头紧锁,沉默许久。再开口时,程远的语气有些迷惘:"照你这么说,我们加固聚居区毫无用处……"

说着,程远一直紧绷的身体如同去了骨,整个软下去,多亏小方扶住。月球隐士不忍心直视程远,对着小方回答道:"也不是毫无用处——末兽只是经过,捎带性的损伤多少能阻挡一些,等到人口密集的地方被毁坏殆尽,更显眼的目标灰飞烟灭,它们会掉过头来,积蓄力量,毁灭这里。那时,现在的加固起不了什么作用。"

"你说的这些末兽,你都见过吗?"小方问。

"我都知道——"月球隐士说完,于心不忍,只好提前揭晓自己隐藏的秘密,"这个铁皮屋子,末兽来袭时,可以作为临时的庇护所。"

程远与小方听了这话,一脸的不可思议,小方更是走进去这里敲敲,那里摸摸。好一会儿,小方才走出来,他冲满脸期盼地望着自己的程远摇摇头。程远的沮丧显而易见,不过他发现什么似的,偏过头来,盯着男孩。

"你相信——你知道,对吗?"他问。

男孩听见月球隐士说铁皮屋可以做庇护所时,眼睛亮了亮,不过他的目光随着小方进去出来的一脸失落而陷入迷惑,没想到这些都被程远看在眼里,陡然被这么一问,吓了他一跳:"我相信,我看见,我什么都不知道。"

"他不太明白。"月球隐士解了围,"我给这座铁皮屋做了隐蔽,加上保护层,末兽来袭时,只要你们所有人躲在里面,它将看不见、嗅不到铁皮屋的存在,只会把它当成一块普通的巨石,就算它想搬动这块石头，也无能为力。不过这些是针对末兽分头来的，如果它们一起来，合力一处，铁皮屋也很艰难。但这种情况短时间内很难出现，就算真的有那一天，想必……"

月球隐士打住。程远与小方对视一眼，目光苦涩，还是说出口："请直言相告，还有什么我们承受不了的？"

"就算真的有那一天，想必这个保护点上的人，都已不在人世。"

"这些……是你的推测……还是……还是实际上将要发生的？"程远问。

"是你的经历吗？"小方慌不择言。

"都不是，我只是知道，根据现有的信息，根据大地的变动、天空的旋转，知道必然会这样。不管怎么说，你们都不算孤单吧，和这么多人在一起。"安慰不是月球隐士的强项，何况是安慰这些到现在他都还没有怎么搞明白的人类。

"你既然都知道，为什么还要到我们的保护点来呢？就是为了告诉我们这个噩耗吗？你既然清楚，能不能想个办法，把末兽都干掉？"程远恳求道。

"很抱歉。"月球隐士不知道怎么说，他真希望有谁能够传输一套说辞给他，只需要通过他的嘴搬过来就好，但没有。他就只好自己斟酌词句，往下说："很抱歉我做不到。诚实地说，就算能做到，也不会这样做，这不是我来到这里的目的。"

说到这里，月球隐士又看着男孩，男孩正以前所未有的专注盯着他。"我来这里，是想把他托付给你们，这是我答应他妈妈的事。"

"这么说,你要离开这里?"程远对此倒不怎么吃惊。

月球隐士没有回答,他站在那里,专注得如同一段枯木。不一会儿,程远等人感觉到异常,立体的但以空气为主导的颤动,一波波传来。大地如鼓,被人擂动,声音沉闷但颤动强劲,地上诸般事物都随之摇撼,仿佛要带着根基跃起,小块的石头开始翻滚。空中则如有无数双巨手,挤压气球般从四面八方涌来,无形而柔软,柔软而席卷,席卷而绵绵不绝,如同汪洋波涛。

"去铁皮屋。"月球隐士忽然苏醒般,声音平静、坚毅,他又挺了挺身子,程远他们感受到的压力缓解不少。

接着,他直接说出程远的心事:"保护点的人都没事,放心。"

三人不再啰唆,搀扶着躲进铁皮屋,出于保险,关上门。男孩叫着小方,使劲将上下铺的铁床拖到窗户下,爬到上铺望出去。小方和程远在地上转了几圈,还是没敢爬上铁床,索性在下铺坐下。铁皮屋里一片平静,听不到声响,感受不到颤动,这熄灭般的寂静让他俩极度不安。好在,小男孩明白这点,他在上铺不时说两句看到的情形,以做宽慰。

月球隐士已背朝铁皮屋,站在小山顶,从他周围树与草的剧烈摆动,再看叶子不断从树枝上被撕扯下,绕着树冠旋转,可知他面临多么强烈的冲击。但月球隐士安稳如山,仿佛与男孩看不见的什么对峙着。看不见迅速切换成逐渐显现。空气不再是透明的,至少月球隐士正面相对的部分是这样。类似清晨或者黄昏,柔软的光芒落在粼粼水波上,空气中出现一枚枚钱币大小的金色光芒,并在晃眼间连成片。那成片的金光如同鱼龙之鳞,彼此遮盖、衔接,又取消构成稳定立体的意欲,于是互相缠绕、彼此周旋,使得它没有首尾、主次之分。

几乎在相同的瞬间,金光周围出现绿色、黑色、黄色的物质,因为不断变化而无法确定性质的物质,一会儿是在空中互相流淌、渗透的液体状,一会儿是绞成一股、混成一团的气体状,一会儿各自成为有躯体、四肢、头颅的生物,而各部位的外形又在古典、现代、自然、人造、生物、机械等不同风格间切换与混搭,无一刻定型。月球隐士的静与颜色纷异、形态变化之物的动,在小山顶上构成男孩从未见过的对立,像一把剑指向旋转的星空。

不等男孩看得更仔细,月球隐士向前迈出三步,他每走一步,对面的变形物就集体往后退一步,第三步之后,又是一段时间的停滞。没有任何预兆,像铁拳击碎流水,颜色分明的变形物哗啦在对面散开,一阵漫无头绪地窜走后,冲着铁皮屋而来。男孩来不及在上铺坐下,铁皮屋就被撞击得咣咣作响,但也就十数秒即安静下来。

"没事了。"月球隐士的声音在门外响起,程远和小方、男孩出去时,外面阳光热烈,月球隐士就站在阳光下。"它们走了,一时半会儿不会再回来。"月球隐士说。

"它们怎么突然出现在这里?"男孩抢先问。

"因为我在。"月球隐士毫不避讳,"这些末兽,天性残暴,但它们一般不同时行动。因为不清楚我的意图,所以联袂而来。我清楚它们的力量,它们不清楚我的,刚才一番试探,现在清楚了。短时间之内,它们不会再来,铁皮屋也会让它们有所忌惮。"

月球隐士说到这里,冲大家点点头:"各位,我得离开了,保重。"

"你要去哪里?"小方显然没料到月球隐士这么快又回到之

前的话题,还这么坚决,"如果一定要走,能不能带着他?何必留他在这里受苦呢?"

"回到我来的地方。我没法带着他——"月球隐士这句话是对着男孩说的,语气里有着明显属于人类的歉疚,"这里已是他最合适的去处。那些末兽会在这个世界游荡、肆虐很多年,随着时间的推移,有的会衰老、死去,有的会蛰伏起来,等到合适的机会复苏,但形单影只,不足为患。"

"那时候还有人类吗?"男孩问得突兀。

"什么?"月球隐士一时没有反应过来,随即摇摇头,"我没法回答这个问题,这么漫长,无法确知会发生什么。但一定会有生命,末兽与生命是共生的,没有生命,末兽的威力缺乏见证,没有末兽,生命的活动留不下痕迹。"

"怎么做才能保证有人存活?"男孩又问。

"这需要有人能够熬过那段时间,末兽控制地球的时间,这完全不可能。大多数末兽的寿命,都是以万年为计算单位,如果末兽和人类友好相处,各行其是,还有一线可能。现在,它们的兽性被完全激发出来,非要找到所有的人类,逐一消灭才罢休。"

"你怎么确定是人类激怒末兽?这不过是私下流传的说法。末兽是什么?是兽!它威力再巨大,体形再庞大,变化再多端,都是兽。是兽就由兽性主导,就没法像人这样,理性又重情义——"程远本来激情饱满,声调里都是赞颂,说到这儿,却忽然低沉,"可惜这样理性又重情义的人类、万物的灵长,就要这样在末兽的爪牙之下,完全灭亡。"

想起自己的目的是什么似的,程远陡然转折,附议月球隐士:

"在末兽的搜寻、屠杀下,没人能熬得下来,不是说人的寿命短暂,而是没有那么一群人熬得过来。如果不能成群,人会完全灭绝。"

"真的不行吗?一个人都不行吗?"男孩仿佛没有听见程远的话,执拗地问月球隐士。

月球隐士忽然伸出双手,止住程远和小方继续说下去。他走到男孩面前,双手捧着他的头,四目相对,以近乎扫描的凝视,久久望着男孩。小方和程远面面相觑,觉得异样又不知道该怎么办,男孩也感到不自在,但还是强忍着与他对视。

D

旭日红嫩光芒下的樱桃雨,让赵匀眼前始终有红点在滚动、下坠,每一粒果实上面沾染的露水,又放大樱桃局部的圆面,加深它让人不安的色彩,再与折射的阳光相结合,使得赵匀的双眼被填塞得过于饱餍,以至于所有感官的各个层面,都处于懒怠的半瘫痪状态。一路上,他都靠在副驾驶座位的椅背上,没和叔叔说一句话。

当路况偶有变化,车子颠簸或者拐弯的瞬间,被绵软缤纷填得满满当当的思绪中出现一两个缝隙时,赵匀会想起该问问叔叔,过去十二小时左右,究竟发生了什么,哪些是真实的,哪些是他自己的幻觉与幻想——至少,该和叔叔确认一下,引路人为什么会望着他,引路人流下的眼泪又是怎么回事。——可这些念头都无法停住,仿佛在他想起、醒悟的瞬间,它们就跟着大量的樱桃翻滚而去。

快到家时，樱桃的迷雾才被心头越来越强烈的畏惧驱散。独立日去了，现在又回来，妈妈的希望不要说解决，连解决的机会都没有见到，她本来就让赵匀不敢直视的脸色，会变成什么样？霜雪只怕都不足以形容。那不是针对赵匀的，可更让他不安——尽管尚未理清其中的因果，可他完全明白，妈妈是为他才这么对待叔叔的。到家门口，车停好那一下，赵匀禁不住身体一颤，伸出左手，搭在叔叔的手上。

"叔叔——"赵匀咽咽唾沫，防止声音变得更加干瘪、粗哑，"一会儿见到妈妈，你就说，就说是我把事情搞砸了。"

叔叔轻笑一声，左手拍拍搭在自己右手上的赵匀的手："傻小子，你妈妈怎么会相信这样的话？她要问你怎么搞砸的，怎么说？就算咱们有话说，她也相信，我怎么说得出口，怎么可能推到你身上？"

赵匀顺着这番话想了又想，知道叔叔已打定主意，这让他对即将见到妈妈这件事更加害怕，几乎哭出来："要不，你干脆出去躲着吧。不，咱俩一起离开，躲起来。妈妈看不到我们，就没那么生气了。"

叔叔望着车前地上的阳光，许久没有说话。然后，他转过头看赵匀一眼："躲终究不是办法，又能往哪儿躲呢？无论如何，都不能再让你妈妈伤心。"

说完，叔叔轻轻拿开赵匀的手，下车，等赵匀走到他身边。叔侄两人仿佛同时在心里数着"一、二、三"，迈着节奏一致的步子，叔叔在前，赵匀在后，向家里走去。

离门口还有十来米，赵匀看见王如海的爸爸和小苏的爸爸从他家里出来,满脸堆笑。他不知道他们在笑什么,不知道爸爸为什么没出来送人,但他知道不能让他们见到叔叔。他拉住叔叔要避开,来不及了。

"赵匀——"苏叔叔喊,招着手。

赵匀绕两步,挡在叔叔前面。他盯着四只挪过来的脚,它们都在黑色皮鞋里,两只拥挤,两只有余。

"一平,恭喜。"苏叔叔说。

"这下踏实了。"王叔叔说。

赵匀抬头。苏叔叔和王叔叔都没看他,更没和他说话的意思。叔叔没搭腔,他俩像被沉默抓了个现行。苏叔叔还要说什么,王叔叔拉他一下,两人一个拍拍赵匀的肩膀,一个摸摸他的头,走了。

他们知道独立日的结果了?那不是该……赵匀没想明白,和叔叔走进屋里,注意力就被一股扑鼻而来的浓烈香气吸引。香气成分复杂,赵匀分辨不出其构成,可这香味挨上身体的瞬间,他的口腔里就像捏爆一粒青涩的葡萄,口水四溢,整个人精神一振,紧张得以释放。再往里走,听见一阵哼唱,赵匀顿时有点恍惚。妈妈喜欢唱歌,唱得也好,在他六岁以前的记忆里,那清越的歌声,特别是有些地方蜿蜒如丝帛的吟唱,始终萦绕着妈妈的身影。那时他们还在四等生活区,条件比现在艰苦,但那时妈妈很快乐。后来因为爸爸工作出色,他们搬迁到三等生活区,妈妈的歌声就少了,偶尔她一个人不被打扰时,还能有两句。再后来,再也没听见。

今天这是怎么啦?赵匀看看叔叔,叔叔也满脸茫然,但他指指客厅,让赵匀先过去,自己转身进了卧室。爸爸还坐在客厅沙发上，换了身衣服，头发和脸收拾得清清爽爽，比平常精神不少。看着爸爸那么正经地坐着，赵匀有一点新鲜，有一点别扭，可他的目光并没在爸爸身上停留多久，而是落向餐桌上的一只花瓶。花瓶长肚宽口，白色瓷底上是瓣、叶、茎都呈对称状的一丛花，花旁边站着一个瘦癯的男子，赵匀不知道那丛蓝色的花是什么、男人是谁，可花与人的色调，二者的形态都让他望一眼心神安宁，再看两眼，又若有所失。花瓶不是空的，插着一束生活区常见的红色小花，几根绿得墨汁般浓烈、稳重，节节分明的骨节草，在它们中间是两枝花瓣如襀般层积、堆叠的白花。

香气是白花散发的。赵匀走到跟前，吸鼻子闻两下，顿时如在仙境，有点飘忽。白花那仿佛永葆鲜嫩又仿佛下一秒就枯萎的花瓣上沾染着露珠般的小水滴，既让他想起不久前填满双眼的樱桃，又让他判定，那哗啦啦而下的樱桃雨是一场不可追认、不可信任的梦。赵匀看了又看，伸出手去。

"别摸。"爸爸这一声才真的将赵匀从恍惚中唤回，再看眼前的花瓶与花，还是那么让他喜欢，甚至不真实，但这喜欢和不真实都是伸手摸得着的。赵匀想起花瓶不是家里的，白花也从未见过。他更记起叔叔与独立日的事，这事将会让歌声碎裂、让花香荡然。

赵匀伸手贴着花瓶，摸两下，是通透的沁凉。他问："哪儿来的花瓶？什么花，这么香？"

爸爸的目光在花瓶上，赵匀发现那目光有点飘忽："玫瑰，白玫瑰。我也很多年没见。花瓶嘛，你一会儿就知道怎么来的了。你叔叔呢？没跟你一块回来？"

"回来了——"

"赵匀回来啦！"妈妈的声音十分自然，搭配着脸上的轻松，掩藏不住也并不努力掩饰的喜悦，十分亲切、细润，让赵匀提着的心放下来。妈妈手里端着那只赵匀在厨房见过却很少用到的条盘，走过来放在桌上，条盘里是一条清蒸鱼。

"不许偷吃！"妈妈嘱咐正咽口水的赵匀，又问，"你叔叔呢？"

"在——房间里。"赵匀好不容易从鱼上挪开目光，回答道。他看看爸爸，爸爸没有说什么，指指房间。

"去请你叔叔出来吧，准备吃饭。"妈妈说，她用了"请"。

叔叔站在窗前，望着窗外。时间过午，天空一片澄蓝，外面的世界如同静止了。也许光听脚步声，他就知道来者是赵匀，却没有回头，没有动。叔叔的身体和窗户和外面的世界一体静止，于蝉噪中透出寒凉，让赵匀不敢开口。他站在那里，看着叔叔，心想，自己什么时候能像叔叔这么干净就好了。

"赵匀——"叔叔轻唤一声，回过身看着赵匀，世界继续流动，"赵匀，原谅我。"

叔叔的目光让赵匀有点害怕，有点想哭，这样目光下，他听不懂叔叔的话，甚至听不清。赵匀脑子里一片模糊，只记得爸爸妈妈的话，他说："叔叔，吃饭。"

饭桌旁，三个人已经就座。没错，是三个人，那个额外出现的人让赵匀更加如在梦中，可他知道，是三个人。在妈妈的右手边，坐着一个长发、大眼、脸方的阿姨，她身着一件白色衬衣。那个阿姨很大方，看见叔叔和赵匀，站了起来，爸爸妈妈就跟着站起来。她等叔叔快走到跟前，伸出右手。

"一平你好，我是徐粒。粒子的粒，不是力量的力。"说完，她浅笑一下。

叔叔伸手和她握上。赵匀觉得，两只手握上的瞬间，叔叔有点不自在，像是双脚离地，往上飘浮了一点儿。叔叔的反应莫名让赵匀对徐粒有了好感，他发现，这个阿姨也很干净，和叔叔站在一起，相差无几。而且……而且……这个阿姨的干净比叔叔多了点什么。是什么呢？大家依妈妈的话坐下来时，赵匀明白了，是多了点力量。

"一平，小徐是我同事大徐的妹妹。大徐知道咱家的情况，无意间和小徐提起，小徐主动提出来咱家看看，说不定能帮上忙。"妈妈让叔叔挨着徐阿姨坐下，伸出筷子先在鱼的腹部拨出一大片肉，夹到徐阿姨碗里，"这鱼是小徐动手做的，这花瓶是小徐带过来，送给你的——还有，这些花是小徐买的或者采的，亲手插进去的。"

说到这里，妈妈停下筷子，看着叔叔，非常郑重地说："一平，小徐这么好的姑娘，你可得对她好。"

叔叔没说话，倒是徐阿姨看着妈妈，用脸上的笑宽慰了她，让她也笑起来。然后，徐阿姨看看叔叔，说："我和一平早就认识。这么多年，我一直都想知道他的消息，没想到这么巧。放心吧——"

最后这句话是特意看着妈妈说的。妈妈的脸色正在诧异与恍然间转换，这下全然放松，嘴角忍不住带出笑。爸爸始终以不动声色掩藏着些微的惊讶，他沉稳地劝菜，偶尔说几句配合性的话，看向赵匀的目光里提醒着"别多嘴"。再看叔叔，自与徐阿姨握手后，他平静的脸上也忍不住挂出笑意，听了这番话没有接茬，算是默认"早就认识"。听到"放心吧"，他忍不住多看徐阿姨两眼，可在四目相对时垂下了目光。

赵匀瞧着桌上的情形，脑子里的迷糊并没有减轻，不过没时间去澄澈它。他的注意力实实在在被这一桌子的饭菜吸引，除了鱼，还有烧鸡翅、卤牛肉、五香兔腿、清炒空心菜、丝瓜汤，每一样都让他忍不住多看两眼、多揎两筷子，他没注意到爸爸妈妈看过来的目光，那里面的心疼与喝止；他也没注意到徐阿姨偶尔看过来的目光里，全然的心疼；他更没注意到，叔叔看过来的目光里，是一片意味无法明确的黯然——但赵匀并没有狼吞虎咽，不管怎么说，桌上有一位陌生的、挺好看的阿姨，让他不好意思。

这顿丰盛的午餐就这样稀里糊涂地结束了。吃完饭，爸爸收拾餐桌，准备洗碗，叔叔和徐阿姨要帮忙，被爸爸拦住。

"别管了，我们分工明确，一人做饭一人收拾。今天一平沾你的光，也不用出力。"妈妈笑着止住徐阿姨，"一平，车还停在外面吧？带小徐出去兜兜风，去什么地方转转吧。"

"好。咱们——去游乐场那边吧？"叔叔问徐阿姨。

"我也要去！"一听游乐场，赵匀忍不住。

"你瞎凑什么热闹！"妈妈呵斥道，声音倒是没那么严厉。

"让他去吧，难得去一趟。"叔叔说。

拉开车门，赵匀就钻进后座，徐阿姨大大方方在副驾驶座坐下。妈妈叮嘱赵匀"别太调皮"，赵匀"嗯嗯"点头。但车还没驶出居住区，就在一个路口被人拦住。是两个年轻人，一男一女，二十出头的样子。他们走到驾驶座这一侧的窗户边，等叔叔摇下车窗，男子递过来一张彩色的纸，他发现徐阿姨，马上又递过来一张。

赵匀摇下车窗，冲着女子喊："姐姐，我也要。"女子笑了，给他一张。两面都有字，正对着这面三个红色大字特别醒目——要平等。

"先生——"男子弯腰，脑袋和叔叔齐平的姿势。

"你等等，我下来。"叔叔止住他，推开车门。徐阿姨从另一边下车，赵匀也赶紧下去。

"谢谢。"男女二人同声致谢，女子又冲赵匀笑一下，还是男子来说："先生，女士，小朋友，我们在推动'要平等'，希望能得到你们的联署支持。"

徐阿姨马上问："哪方面的平等？"

"各方面。首当其冲的，是两个巨大的不平等。第一是居住区的不平等，为什么要把大家居住的地方划分成五等，再据此分配不同层级的生活资源？这不是完全违背了人人生而平等的基本原则吗？第二是男女的不平等，表面上，新文明时期女性地位发生了翻转，她们是否愿意和一个男人结婚、生活，直接决定他的存亡，至少是他的生活质量，但这实际上是更大的不平等。女性不但被物化，更降低成冰冷的数字，成为婚配、生育的机器。"

男子接下来的话赵匀更听不懂，里面好多词语、人名他都没听过，但叔叔和徐阿姨都耐心听男子说完。

"你们想要什么？推翻这两项吗？"叔叔问。

"这是我们的最终目标。现阶段，我们要废除社区等级的划分，停止九月的评估。再争取男女更大的平等，实质性的平等。"

"需要我们做什么？"

"我们有个宣言，需要大家签名支持。"男子说话间，女子从随身的背包里,拿出打印、装订好的册子,递给徐阿姨。叔叔和徐阿姨看的时候,赵匀也凑过去,最上面仍旧是"要平等"三个字,黑白的。接着是两页内容,然后就是签名,已有三十多页名字,徐阿姨翻了好一会儿,才到最后空白处。

"大家的签名是民众的呼声,是民意的证明,更是我们持续奋斗的动力。"男子的声音有些激动。

叔叔摇摇头:"对不起,我不能签。我对你们的行为充满敬意,但我也不能欺骗自己。男女平等的事更复杂,就拿生活区等级划分来说,它的实质是资源的匮乏,不可能满足所有人一样的需求。就算废除明面上的划分,执行时仍旧会倾斜。"

两个人不解地望着叔叔,男子眼中甚至有怒火,但他忍住了。女子微微低头:"打扰了——"

"等一等。"徐阿姨叫住他们,"请给我笔,我签。"

赵匀看看叔叔,再看看徐阿姨:"我能签吗?"

青年男女离开后,三个人回到车上,车又过了两个岔路口,上了和去樱桃园不同的一条道,但路上的风光差别不大。赵匀的心思不在车窗外,他的注意力全在叔叔和徐阿姨身上,他怕他们吵起来,怕叔叔会责怪他为什么要凑热闹。但并没有,他们虽然沉默着,但这种沉默很奇特,有种他未曾感受过的气息在流动。

"算是物归原主。"车驶入那个长豆荚般的大弯道时,徐阿姨开了口。

"什么?什么物?"叔叔禁不住侧看一眼。

"花瓶。"

"哦——花瓶啊——那可不算物归原主,是赠予。"

"你忘了——"

"记得。花瓶上的图案是我画的嘛，那天从你们手工坊路过，你那么为难，不知道该往瓶子上画什么，我又忍不住手痒。别说，当时画完不满意，你不让改，现在看，还真的挺漂亮。原本担心人人都能想起陶渊明的那句诗，搞得场景雅俗雅俗的，放这么些年，没了刚出来的鲜丽劲儿，反而压得住，沉得下了。"叔叔的几句话，赵匀没听懂。

"这么多年，什么都压得住、沉得下了。你怎么——"

"对，这么多年。你怎么样，在做什么？"

"我啊——"徐阿姨看叔叔一眼，"我在一家生产公司做模型设计，离原来学的和自己的兴趣也不算远，虽然实际上主要是和机器打交道。"

"你在二等生活区？"

"是。"徐阿姨又看叔叔一眼，"二等生活区跟这边差别不大，也就东西丰富一些、购买方便一点。对了，酒的供应比这儿便利，品种还算多。我现在也喜欢喝几杯，每到休息日的前一天晚上，约上朋友，找个地方，踏踏实实坐下，等着他们端上啤酒，看着啤酒沫从杯子边缘滑落到桌上，非常宁静。"

叔叔沉默好一会儿，才说："我不喝酒了。浪费，太浪费。"

听见"二等生活区"几个字后，赵匀下意识地看看他放在旁边座位上的那张纸，他对折一下，挡住"要平等"三个字。可想象好一会儿，他也不知道二等生活区究竟是什么样，也许是前几天叔叔带他去的自由购物区那样？他不关心徐阿姨说的酒，更不关心叔叔说的"浪费"究竟是什么意思，他现在只想知道——

"徐阿姨，二等生活区有游乐场吧？肯定比咱们这个大吧？关键是，它肯定在运转，有很多人去玩吧？"

车刚好进了隧道。隧道里影影绰绰有几盏灯，相距足够远，让隧道里有点阴恻恻的，徐阿姨究竟有没有回答自己的话，赵匀都不清楚。出了隧道，来到阳光下，赵匀马上又把刚才的话重问一遍。

"有啊，游乐场很大，设施很全。每个休息日、节假日，都有很多家长带着孩子来，也有自己去玩的年轻人，他们在每个区域排着长长的队列，发出高声的尖叫。找时间，你过来，我们去玩。"

赵匀迄今最美妙的梦想，就是游乐场再次通上电，同学、伙伴和他一起，像蛾子扑火、浪涛拍岸，拥上前去，疯玩个遍。徐阿姨说的比他的想象更美妙，这不禁让他羡慕地陷入沉默。他的沉默传染开去，让徐阿姨、叔叔也沉默下来，似乎该说的话都已说完，或者大家的心思各自飞去了二等生活区的游乐场。

好在，他们的游乐场也到了。这里比三年前赵匀来的时候还要破败，茂盛的野草连天接地，夹杂着颜色不一的野花，除了摩天轮、过山车、海盗船、大摆锤之类有高架的项目，大多数设施都像是隐藏在野花野草之中。有的已经倾圮，砖、混凝土、木条、钢筋露出来，或者干脆歪倒在地上，一眼望去就知道无法运转。更甚的几处，要么设备朽坏，内里的链条、脱漆的钢圈赤裸裸地展露在外，要么完全坍塌，设备的关键部位已有半截埋在土里。到处都是衰败，到处都能看见锈迹，让人无法轻易从中辨认出早先的模样，只有仿佛朽坏的风从未止歇片刻。

尽管如此，赵匀却没有丝毫的失望，再衰败的游乐场都能提供无穷的乐趣。车停稳的那一刻，赵匀听见徐阿姨对叔叔说"幸亏没有听你的，改成力量的力"，感到了她声音里的情绪，还有那情绪里的悲伤，但他没有停留，而是径直打开车门，向最近的旋转木马跑去。

旋转木马的顶棚早坏了，裂开的口子漏下几条剑般的阳光，棚子顶部彩漆剥落，绘就的人物面目不全，但整个结构完好，由上至下贯穿的十二根钢铁柱子定海神针般，每一根柱子都穿过一匹神态固定、跃然欲出的马中神骏。赵匀拽拽离得最近的那匹马的尾巴，拍拍它的头，捏捏脖子、身子，像是在检验是否安全，又像是在和马亲昵沟通。这些动作做完，他左脚踩蹬，翻身一跃，跨到马背上。

"嘚儿——驾——"嘴里吆喝着，双腿不时夹紧不时放松，身子起伏、摇晃，赵匀相信自己正在一群骏马间奔驰，前方有辽阔的风吹草低的原野。马的奔驰鼓动起飞翔的心，赵匀神游一般从马背上站起来，纵身一跃，双手抓住前面的柱子，双脚牢牢踩在这匹马的背上。

"好！"徐阿姨及时喝彩。这是鼓励，更是怂恿，配合着嘴里的"嘚儿——驾——驾——驾——"赵匀向下一匹马跃去，并像猴子那样，在踩到的一瞬间，再次使力、起步，不断地向又一匹马跃去。兔起鹘落间，赵匀的身影在木马之间跃动，迅捷、连续，如痴如醉又险象环生，仿佛以一己之力驱动旋转木马，复活十二匹天骥。当他转完两圈，满头大汗地跃起，启动第三圈时，叔叔伸手从空中将他的身体抄下来，抱在怀里。

"别一上来就这么疯，还有别的可玩儿呢。"叔叔说完，将他放下。

跟在叔叔、徐阿姨后面,赵匀走得有点没精打采,刚才那番神魂颠倒的跳跃也让他有点气喘,索性更慢些,落在了后面。下午的阳光很是猛烈,明晃晃照下来,让人眼晕,但因为地势开阔,风也一阵阵卷过,并没有那么热。沿着小型赛车道往下走,赵匀发现,整个游乐场并没有他以前认为的那么大,更不像他一度想象的那样,可以让他没完没了地一直玩下去。

"我不同意。"叔叔的声音陡然提高,将赵匀从失落中震醒。赵匀一激灵,以为叔叔是不同意自己"一直玩下去"。

"你为什么要犯傻?当务之急是什么,你不知道吗?"徐阿姨很生气,干脆站住。

"我知道,但不能因为病急就乱投医。"叔叔也站住,他的声音倒是柔和起来,"徐粒,告诉我,你是不是有爱的人?"

"你——说什么?"叔叔的话像一阵风,摇动徐阿姨这棵挺立的松树,但风过之后,树更坚毅,"是,我有爱的人。我爱那凝视着我,让我知道自己是谁的女孩,她也爱我。这个决定是我俩共同做出的,又符合法律的规定。其实,是委屈你,要承担和我生活的形式。"

"不是我委屈的事。爱不是权宜之计,不是非必要的妥协。就算《性别确认法案》通过,也还没到这一步。"

"当然没到,就算到了,我们,我和她会承受一应后果。但这和我们现在说的是两回事!"徐阿姨真的急了,"就算你接受流放,去沙漠地带,你哥哥一家怎么办?赵匀怎么办?就这么被你拖累?"

徐阿姨说到"赵匀"时压低声音,这让赵匀很难过,他低下头,避开回头看过来的徐阿姨的目光。

"不,我们说的是一回事。人可以做自己不想做的事情,只要他愿意也能承受全部的后果。赵匀他们我有办法,你放心。"说完,叔叔看着徐阿姨,过了许久,又说,"徐粒,你是有力量的粒子。"

徐阿姨几次想接话,都不知道该接什么,神色怆然。三个人就默默往前走,走到一个大的转盘面前。圆形的转盘被转环托住,外围是一圈一人多高的金属栅栏,栅栏上留出可供一个人进出的开口,挂上金属链条就形成保护。叔叔握住一根栅栏,转动一下,转盘嘎嘎吱吱一阵响,磨损着转环,转动起来。这响声和栅栏与转盘上的锈迹结合,有着非常熨帖的属于整个游乐场的粗犷气息。

赵匀抓住栅栏,停住转盘,从开口走去。徐阿姨挂上链条,叔叔说声"抓稳",就把栅栏猛力地转动。整个世界在赵匀眼前旋转起来,以两张变形的脸标示着一圈又一圈。

"快点——快点——快点——快点——快快快——"赵匀急不可待地催促,叔叔应声不断加力。转盘越转越快,像是做好了准备,随时可以从游乐场飞走。

终于,在某个点上,赵匀松开双手,让自己更加自由地飞起来。在将要飞到地面的那一刻,他和转盘平行了,天空正徐徐飞过他的头顶,那里面有两张匀速的脸。

e

"你真的准备好了吗?"月球隐士问。

"你真的准备好了吗?这个决定意味着,你将要经受的超过人的限度。时间在你身上流淌,每一刻每一秒你都知觉,落下的每一滴都滴在你皮肤上。你孤悬在一个固定的点,能理解与不能理解的空间都在你面前展开、收缩、扩张,空间里的每一次变动都不容你错过。没有任何类别的同伴,没有人和你说话,没有任何生命向你示现。你在地球上生活过的场景、画面,将一帧帧在你意识的深层与表层,不断映现,而你只能反复独享。你可以听,可以看,可以闻,可以触感,词语从你大脑、你的心脏,喷涌而出,源源不断,流向你的舌尖,但是在将要出口的瞬间,分崩离析、灰飞烟灭,无人可说,更无处可说。除了经受无可估量的经受,你什么都做不了。"月球隐士问。

"你真的准备好了吗?越过前面这个阶段,你会发现它是美好的,因为你必须跨到门槛的这一边。你必须离开固有的死寂、安全的保护,回到曾经心心念念的家园。家园早已毁坏,看不出半点熟悉的模样,但你必须由此开始。不是唤醒,不是重建,是开始。启动按钮,设置参数,凭借现有的残余,开始。是殚精竭虑,照顾每一个角落,考虑每一个因素,让已然开始的进程不出现任何重大的纰漏,不能中途卡壳,更不能毁坏进程。每时每刻你都会怀念前一阶段的舒坦。是重任在肩,你是提着全部悬念与可能的那一根纤细的发丝,发丝是你,悬念是你,可能还是你。你还不是单纯的设计师,你是完全的参与者、承受人,你要找到种子的另一半，将开始与她分享，将生机向她转移。她的护持者将验证你的契约，她的胚芽将为你托底，你们各自延宕的无限，才有机会向着有限，得以完成。经过如此漫长的旅程，你妈妈的嘱托才告终结。"月球隐士问。

问题第一次提出时，小方与程远兴致勃勃，看着男孩，好奇他会如何回答。问题第二次提出时，小方与程远面面相觑，困惑消退，被戏弄的羞恼陡然上升。问题第三次提出时，小方与程远仓皇而逃，他们踏在小径上的步子如此无力，他们的双手恨不得捂住耳朵。男孩根本没有关注小方与程远的反应，他就像早已倾空的玉瓶，承受着月球隐士目光的倾注，容纳下三个问题携带的全部信息。

三个问题全部提出，意蕴完整显现后，男孩仍然长久地等待。以等待延续问题，以等待扩充问题，然后，他的意念在"妈妈"二字上面盘桓许久，才终结询问。男孩点点头，以玉瓶刚好被注满的语气，说："我准备好了。"

月球隐士没有再说什么，他拿出那粒像固态的风、浓缩所有蓝而成的种子，交给男孩，男孩紧紧将它攥在手里。月球隐士的身体开始分解，不是分解，是无限绵延地扩充，是生长。男孩看见月球隐士就像抽丝，身体的各个部分向外逸散。那逸散出去的部分放出强烈的光芒，随着离开他的身体越来越远，光芒变得越来越淡，最终无形无相，仿佛溶解在空气里。随着逸散速度与规模的增加，月球隐士看起来像是整个人在变薄变细，如同味道消失在味蕾上那样，消散在空气里。当月球隐士完全不可见时，男孩站在那里，注视着他消失的地方，有点愣神，有点怅惘，有点想做什么又不知道如何去做，恍若自起初就如此孤独。

但男孩并没有慌张，也没有行动，他也无须行动。因为他发现自己双脚离地，飘浮起来。飘浮的高度很低，刚好保证他双脚完全离开地面，不与地上的任何东西有碍。这不是完全的悬空，是仿佛踩在实处，只不过眼睛看不到踩踏的东西而已，但这种踏实感让男孩放下心来，他确定，月球隐士和他同在，就像那粒种子和他同在。

"不要害怕，等我收集完这个世界的消息——你将来用得上的消息，咱们就离开。"月球隐士的声音响起。

男孩飘浮在空中，起先还瞪大双眼，留神身边的声响，留意阳光的移动、风的起止，以此判断时间的流速。但这样的状态持续的时间并不太长，换句话说，这样的状态持续到越出他的感觉范围，周遭的世界开始消融界限，世界里的一切以别样的方式向他显现。并不是万物混一，是万物更清晰，以至于在清晰的层面上，让他看明白，它们是一回事。

可不是嘛。男孩在看清楚每一样东西原来的模样时，还能看到它们与外在接触的那个层面，不管是一条线、一个面，还是无法简单描述的形体，都放射出柔软的温暖的光芒，这光芒既让他能看到这样东西的内里，又照亮它的表面，端赖他的注意力当时在哪个念头上停留。这一晃神的工夫，男孩洞彻另一层秘密：他的注意力滑动起来，或者说扩散开来，可以同时在两个念头上停留，他能同时看到一样东西的内里与表面——这里的"同时"并非完全比喻意义上的。

意识到这一点，就超越这一点，男孩不再区分外面的东西和自己。他的感官进一步扩散，周围的物品，所在世界的构成，他的眼睛能看全，鼻子能嗅透，触感能贴合，自我能融汇，完全达到物我两观，物我两忘。这让他喜悦，让他恐惧，因为他无法确定，自己是否正在消失，这消失是否拥有尽头。因这喜悦、恐惧，男孩隐隐知道还有自己不能控制的地方，他的感官就像岩浆，还在漫流。无须辨认迟早，它们与一团无法深入的混沌短兵相接，只有青色、绿色、红色、紫色、黄色、金色、黑色、蓝色等色彩搅在一起，反弹所有的触碰。

男孩的感官往回退缩，对方却乘势而入，寻找着他的缝隙。是这时，男孩醒悟过来，发现还在原时原处，只不过他的双脚不再是有着踏实感的飘浮，而是实实在在落在具体之物上。那是一团白色的物质，由一根根丝线般的东西织就，看得再细一点，就能发现在他的脚下，由远至近汇聚一般，光线拢过来，离白色物质越近，越是耀眼，然后在某个无法分割的临界点，固化下来——就像是月球隐士之前逸散时的逆转。只不过，其结果不是月球隐士再出现，而成为白色物质的不断生成。

当脚下的白色物质足够容纳双脚且还在增长时，男孩动动脚，是自由的毫无阻碍的感受。男孩天然地知道，双脚并不能穿过白色物质，可是他喜欢这感觉，于是任随这白色物质不断生长，直到它以茧状将他包裹起来。和之前意识与外界相融时一样，男孩的感官能透过茧状物看到、感受到外面的世界，又能够停留在茧状物的柔软白色上。

"可以了。"是月球隐士的声音，来自茧状物体，无须分辨具体部位，亦无从分辨。

"好的。"这是男孩现在唯一能说出的话。

话音刚落,茧状物体飘浮起来。它慢慢悠悠,基本沿垂直线,却并不僵硬地,向上飘浮。男孩不知道自己算是站着,还是坐着、躺着,甚至倒立着,他的感受前所未有,是和茧状物体、外面世界的整体以及每一个具体之物一体化的无隔,又是在其中随时可以独立出自己的明朗。因此,随着上升,掠过的屋顶、树梢,吹在身上的风,飞过身边的鸟,男孩都知晓,它们带给他的新鲜的即时的感受,不是可以用概括代替的。

速度不算快,开始男孩看到的世界并没有太多超过他已知的。山的浑莽、丘的秀丽、江河的交叉、湖泊的自持,随着他的上升一点点退得更远,更加袖珍。就连浓烈的独立或交错的色块,征兆他离开缘由的末兽出没的迹象,也不过是更艳丽一些。随着他进入云团之中,他偶尔还穿过电闪雷鸣,最终上升到风云全失,只有静与寂的境地时,再看下去,之前那些细碎的印象完全成为一团,不同的颜色拼接无缝,不同的形貌抽象成线与团,仿佛一切就应该如此并置,没有任何鳞隙、冲突存留其间。即使从这里,也能看出,下面完全不是静止的,可任何一丝动一声响,都像是其本身应然的节奏。

"末兽不见了?"男孩问。

"从这里看,末兽就是其中的一部分。也可以说,一切都是末兽。"比起在下面,月球隐士的声音干燥了不少。

"那我们为什么要离开?他们为什么还有危险?"

"他们还不能生活在这里,你也无法一直生活在下面。等末兽安息,至少隐退时,你才可以回去。"月球隐士稍做停顿,"你再看看,我们就该离开了。"

男孩选定方向后,径直看下去。目光先是穿过云雾,不断拉近、放大,来到一条河边,以河边的一座石桥为圆心,不断向周围扫描,范围内共有三个潜在目标。一一看过去,其中两个是久无人居住的空房子,余下一座草房子,最近有所修葺,房门上的大洞新用绳子绑住几根木棍,做成栅栏一般遮挡住。三个房间都扫描一遍,仍旧没有找到人。男孩并不心慌,他扩大范围,很快在房子左边的树林里找到活动的迹象。

那是一片梨树林,树上的梨子已掉落大半,但还有几个残存的。在一棵低矮的梨树下,他找到那个女人,她正踮起脚,够离自己最近的梨。

眼泪从男孩的双眼流出来,它们没有顺着脸颊向下,而是在茧状物里飘散,如同一粒粒形状毫无规律的不规整的细小珠子。茧状物外面,仿佛有什么力量在对它们进行召唤或者吸纳,飘散的小珠子就那样分散着从茧状物的白色壁上渗出去。男孩肆意地任随眼泪又流了一会儿,看着最后一粒钻出去,消失在寂静的空间里。

女人已经摘下那个梨子,放在嘴里,咬了一口,她的表情说明味道没有那么美妙,但她毫不停顿,继续咀嚼,慢慢地咽下去。

男孩终究没有开口,他盯着女人,直到她把一个梨子都吃下去,才道别似的,收缩目光,再次以先前的全景的方式看着下面的地球。

"我们走吧。"男孩说。

茧状物沉默许久,动起来,月球隐士的声音响起:"你知道我们要去哪儿吗?"

"月球。"

"对。"月球隐士说,"你在月球上会面对什么,已经说过。到了月球,我就会睡去,按照你们的意思,说死去也行。你会被我保护得很好,也就是,你会被自己保护得很好,因为这白色的生命壳就是我,也会是你。当属于你的时间真正到来,需要你回去,继续按照地球的节奏生长,启动按钮时,生命壳才会和你融为一体,我才会完全是你。"

"在那之前,我只能等待?"

"余下全部的只有等待。"月球隐士说,"就这样吧。"

月球隐士的声音既像是在男孩之外,由那个茧状物发出,又像是来自男孩体内,由他的胸腔、咽喉、唇舌合作而来。说完,那声音消失在茧状物内,消失在空茫的星空中。

在声音消失的那一刻,茧状物加快速度,向月球飞去。男孩明白,从现在开始,他就是月球隐士。

下一个月球隐士,定义开始滋生。

E

从游乐场回来,徐阿姨和妈妈在家门口说完几句话,走了。她没再进屋,更没让叔叔送。晚霞辉映下,看着她的背影在街道上远去,再转过街角完全消失,赵匀再次心生畏惧,不知道妈妈会怎样发作。

但妈妈并没发作,她将中午的剩菜和一些白菜、土豆炖成一锅,烧熟后让赵匀去叫叔叔吃饭时,语气甚至比平常还要轻柔。只是这句话外,妈妈全程沉默,连给赵匀夹菜时,都没有往常那句叮嘱——"好好吃。"叔叔一直低着头,吃得很慢,等大家都吃好后,默默地去厨房,收拾起来。爸爸几次想说什么,都只是张张嘴就又闭上,他甚至反常地把鱼头夹给赵匀,一个劲儿地告诉赵匀"鱼头最有营养"。

赵匀一会儿看看这个,一会儿看看那个,他想问叔叔,徐阿姨是不是和"甜甜阿姨"一样,再也不会来家里做客了,终究没敢问出口。于是,他陪着叔叔去厨房,看他过分细致地清洗干净餐具、厨具。

走出厨房,妈妈不在客厅,爸爸还坐在桌旁,翻着报纸。叔侄俩正要回卧室,爸爸叫住他们:"一平,下周五晚上别安排事,咱们一家子好好聚聚。"

叔叔愣了愣,点头答应。

爸爸说:"是杏子的意思。你别怪她——"

"嗯——没怪——哥——"叔叔顿了顿,才似乎找到准确的词语,又说:"从来没有怪过。"

说完,叔叔转身进了卧室。赵匀跟进去时,只看到叔叔站在窗前的背影。天光早已收束,窗外一片漆黑。

接下来这一周是考试周。事关升学,并有可能跨入更高的生活区,学校、老师、家长、学生,乃至整个生活区,都非常紧张。爸爸妈妈整天装出一副若无其事的样子,实际上却像超速运转的探测器,试图从赵匀回家时的表情,窥见他在当天结束的科目中发挥得如何。想必他们晚上更难踏实,有两个晚上,赵匀中途起夜,都听见他们卧室里应激一样,有人坐起来。第二次起夜的第二天晚上,妈妈驳回爸爸烧个汤的提议,说"喝汤容易起夜",无意间证实了赵匀的猜测。

这些琐碎和考场上唰唰的写字声外,赵匀再没记住别的,时间就像阳光,在他心里的白石头上流过,透彻、明丽,却什么也没留下。走神结束的瞬间,他会记起,周五就是叔叔生日。他听人说过,周六早上,会有人登门,将叔叔带走,带到老师和家人都不愿对他提起,同学偶尔吐露偷听来的只言片语都会脸色惨白的地方。那是个什么样的地儿呢?如果只是他听到的"沙漠",为什么大家那样恐惧?是地狱吗?有人等在那里,把新去的人统统吃掉的地狱?

总算到了周五,考完最后一门,是下午五点半。每个人的成绩与去向,都会由具体的办事机构直接和家长联系,所以这实际上是大家在校的最后一天,说不定还是很多同学此生相见的最后一面。但学校并没有举行任何仪式,赶来接孩子并带走他们放在学校里的物品的家长,更是没有这个心思。只有孩子们,会拉着同学的手,或者几个人围在一起,说些道别、不舍的话,多半还流下几行热泪。

赵匀没和任何人道别。东西早就收拾妥当,能装在书包里的就装在书包里,装不下的统统放在爸爸带去的布袋里。赵匀坚持背上压得他腰下沉一大截的书包,低头走在前面,爸爸拎着两个大袋子,跟在后面。这次在校门外,赵匀没看见叔叔,倒是看见王如海的爸爸,他赶紧低头走开。

赵匀一直低着头,都没往公交车站看一眼,更没有张望是否有下一班车迎面而来,就迈步往家的方向走。爸爸摇摇头,跟上来,想接过书包,被赵匀拒绝。父子俩就这样沉默地负重,一步一步走着。直到走进小区,快到家门口,看见厨房灯光下,叔叔和妈妈忙活的身影,爸爸才找到缝隙,说了句话。

爸爸说:"你叔叔要一展厨艺,菜都是他买的。"

叔叔不仅买了菜,还拿出一瓶酒来——赵匀印象中,只有过年时,家人才会去买那种用小塑料杯装着的酒,每个人匀一点,表示庆祝与祝福。现在这瓶身纯白色圆形,没有一个字的酒放在那里,有种不可思议的庄重感,又增加了房间里的压抑。妈妈什么都没说,接过酒,将它打开,倒在准备好的四个平常装水也装点碎茶的陶瓷杯里。

"赵匀也来一点——"妈妈给最后一个杯子倒一半,"不管怎么说,考试结束,九月就该开始新的学业。"

倒好酒,叔叔先端着杯子站起来:"哥、嫂子,爸爸妈妈走得早,这么多年,没少让你们操心。虽说一家人不说两家话,但我还是必须说一声,谢谢。今后你们照顾好自己,赵匀肯定有他的福气,你们放心。"

爸爸站起来:"一平,到那边千万保重身体,不要自暴自弃,说不定什么时候形势变化,就又回来了。那时候……"

"你说什么呢——"妈妈截住爸爸,"听说那边的生活和这边差不多,最多苦一点。吃苦嘛,在哪里不吃苦。一平,有些事、有些话我也是为了赵匀,你多担待。"

"嫂子,哪里的话。赵匀——赵匀一切都会好的——"

这顿饭就这么开始。起初是完全机械的压抑,人人想避免它,却搞得更压抑。三个大人以叔叔与爸爸、叔叔与妈妈、叔叔与爸爸妈妈,这三种方式,相互碰着杯,说几句令彼此都尴尬的话。

为缓解尴尬，偶尔他们还和赵匀碰杯。有那么一次，爸爸试图和妈妈碰杯，被妈妈看一眼又放下酒杯。

随着杯中酒干，第二轮倒上，桌子上的气氛欢快起来。开始大家都强努着劲儿地说话、欢笑，后来慢慢地，话语里的做作味儿衰减，每个人都真正兴奋起来。爸爸和叔叔说起他们小时候的事，特别是四处弄食物的事，提到叔叔经常拖后腿又嘴馋的样子，不禁哈哈笑起来。妈妈念叨着，她原本以为嫁过来条件会好很多，没想到和她自己家里差不多。说完，妈妈还安慰爸爸："老赵，你还是不错的。"然后两个人居然干了杯中酒。

赵匀默默地看着，桌上的菜、杯子里的酒，都丧失了准确的滋味，仿佛被口腔给统一成木屑，只能塞满嘴巴，再沿着食道勉强滚下去，不能带给他丝毫喜悦。他知道明天就要和叔叔分别，但不知道究竟怎么分别，是眼睁睁看着他被人抓住双手、架着肩膀离开，还是叔叔像去上班那样，随随便便挥一挥手就走了？或者，在他熟睡时，有人走进来，拍拍叔叔的肩膀，叫一声"赵一平"，叔叔就跟着他们走了？

想到这里，赵匀决定，晚上一定不能睡着。

"一平，我不行了，得去睡了。"爸爸说着，站起来，举起酒杯，还没和叔叔碰着，就一口倒进嘴里。赵匀看见爸爸举起酒杯的手在嘴边停留了好一会儿，担心他会往地上一摔。没有，爸爸轻轻地放下酒杯。

"我对不起爸爸妈妈，他们交代的事我没有办好。"爸爸说着话，没看任何人，转身向卧室趔趄而去，嘴里嘟囔着"没有办好，没有办好"。

叔叔注视着爸爸离去的背影，眼中有赵匀不敢看的温润的光，然后端起酒杯默默地抿上一口。

"一平——"妈妈开口。

"一平——"爸爸的声音又冒出来，堵住妈妈的话。爸爸摇摇晃晃走出来，手里举着一个纸袋子，走到桌旁，递给叔叔。"杏子给你买的新衣服，明天……明天……"

叔叔接过纸袋，也接过爸爸的话："明天出发时我换上。"

"嫂子，谢谢你！"叔叔举起酒杯，向妈妈致意。

妈妈站起来，一口干掉杯子里的酒。她止住又要转身离开的爸爸："老赵，等等。我要给你唱首歌，等我唱完。"

说完，妈妈放下杯子，往旁边跨出两步，就唱起来。她唱："幸福的花儿心中开放／爱情的歌儿随风飘荡／我们的心儿飞向远方／憧憬那美好的丰裕理想／啊，亲爱的人啊，携手前进，携手前进／我们的生活充满阳光……"

妈妈一直唱着，她站在那里，脸上有着吊灯无法遮掩的光芒，像是直接来自太阳。爸爸沉醉地听着，不时闭上眼睛，当他终于发现妈妈的声音始终在"我们的生活充满阳光／充满阳光"这两句上来回时，摇晃着走上去，抓住妈妈的手。没有看叔叔，没有看赵匀，他们牵着手走回卧室。

"赵匀——"过了很长时间，叔叔轻声唤道，"来，干完杯中酒。你也去睡吧，让我坐一会儿。"

赵匀躺在床上，努力不让自己睡过去。这并不容易，现在不早了，加上酒的作用，他需要不停地命令自己，才能睁开双眼。即使睁开双眼，他仍感觉到身体下面无限柔软，如在水中，如在云里。"不行，不能这样。"赵匀用力对自己说，他勉强支撑着身体，坐起来，晃晃脑袋，爬下床，坐在叔叔的下铺，拉开一条门缝，盯着客厅。

叔叔正拿着酒瓶，底朝天地将余下的酒全部倒进杯子里。酒不多，叔叔喝得并不急，品尝好几口菜，才来一口酒。他的动作和体态都很从容，仿佛在等待谁似的，看得赵匀一阵阵着急，一阵阵眩晕。

总算喝完酒，又从卫生间出来，叔叔拿过纸袋，打开，里面是件白衬衣。叔叔站起来，赵匀以为他要回卧室，也站起来，准备爬回上铺，却见叔叔脱下身上的T恤，将它放进布袋里，穿上衬衣。叔叔一粒粒扣上扣子，抚了抚衣角，静静地站着，站在房间里，灯光下。

"叔叔最干净。"赵匀禁不住又念叨一句，随后看见叔叔转身，向门口走去。不知道他要做什么，赵匀等了等，听见开门的响动，赶紧跑到窗户边。叔叔手里拿着纸袋，走了出去，他没有回头，没有张望，径直走到房角那儿，向右一拐。来不及多想，赵匀赶紧出门，紧跑几步，看见叔叔后，蹑手蹑脚地跟着。

叔叔离开生活区，沿着前面的大道向右走，过第三个红绿灯，仍旧往右。赵匀身上的睡意与酒意本已不多，这一下全部散去，他不知道叔叔为什么要在这里右拐。他知道，这里右拐往前，通往的是曾经的电厂、现在的禁区。它如此有名，以至于周围的铁丝网只是为防止小孩子误入，而虚张声势地简单围着。往前走上两百米，就没了路灯，再往回看，仿佛两个世界。不过月亮还可以，照清了所有事物的轮廓，虽然让叔叔的白衬衣反而相对模糊，却足够赵匀盯住目标。现在,赵匀不需要再掩藏自己,动作和平常一样,只要不踢着什么就行。

越往前走,月光越明亮。沿途到处都是那个标志,黑色圆核周围,张着三片电扇叶子似的扇状物。标志的时间已很久远,不但大多已褪色、破败,极个别的还贴了一层又一层,就连贴、系、撑标志的物体本身,都已飘摇不堪。叔叔没有理会这些,他就沿着道一直往前走,他的衬衣仿若月光的一部分。赵匀没有叫住他,更没有阻拦,就这么跟着。叔侄俩一前一后,走在月光下。又走出去几公里,身后的城市只有点点光芒,再也看不出来形状,在他们前方,电厂那些标志性建筑浮现在月光里,仿佛守候的巨人。

赵匀几次想叫住叔叔,说点什么,可是一想到天亮后会发生的事情,就无法开口。他们走过这段过于宽阔的道路,走过多年废弃不用,时间在它上面留下的坑坑洼洼。叔叔下了大道,下到一条用河沙与卵石铺就的小道。河沙早就若有若无,赵匀踩上去,只感到卵石硌脚。他知道,小道通往电厂的生活区。

小路缓缓向下,一侧是蓬勃的野草,另一侧是干枯的树,听说原本计划在那里建成一座公园。历来柔和的月亮似乎变得暴烈,月光简直要照透地上的一切。沿途再没有那些标志,只有赵匀从未听过的虫鸣,伴着他走过这一公里多,跟着叔叔来到那个著名的雕塑前。雕塑上那些如天体运行的圆球、如运行轨迹的钢线条,都被月光镀上一层浅浅的银。

叔叔忽然停住,等了赵匀出生以来那么久似的,随后他举起右手,并不转过身来地挥了挥。赵匀在那一瞬间感到窒息,他知道叔叔是在向自己道别,他不希望自己再跟着。叔叔又向前走去,赵匀喘过气来后，走到雕塑前，它的钢线条恰似可以攀缘的阶梯，那些圆球正可以双手抱着。

  爬到雕塑顶端，赵匀看见身着白衬衣的叔叔走到铁丝网围着的厂区，也许那儿根本就不严实，也许日晒雨淋风吹撕开了口子，也许有奇迹发生，反正叔叔就那样穿过去。他的身影在厂区越走越远，越走越小，终于在走到一片开阔地带时，消失在赵匀的视线里。

  那一刻，月光如水，干净整个大地。

（原载《芙蓉》2021 年第 2 期）

小小的火

王棵

1

五十五岁的南慕美扎丸子头，涂粉色唇膏，戴超大帽檐的遮阳帽和大圆框的茶色太阳镜，穿一件无袖、裸膝的波点蕾丝小礼裙，此刻，她正站在熙泰榕幸二期正门出入口的外部。脚边立着的特大号拉杆箱，以及上面尚未撕掉的托运标签，暗示她来自远方。"阿姨！噢不！大姐！您从哪儿来？"一个小时前，那位身材圆硕的司机好不容易将行李箱塞进出租车后备箱后，随口问道。"多佛！"南慕美故意说了个并不广为人知的地名。不知道为什么要对这个萍水相逢的年轻男人撒谎。也许，是他刻意表现出来的不知用"阿姨"还是"大姐"来称谓她的嬉皮笑脸的样子，冒犯到了她。"知道多佛吗？"在车上，南慕美眺望窗外这座阔别多年的城市，心中泛起忧伤的小涟漪，却仍然不忘教训这位胖司机。"不知道！"司机老实地回答。他当然不知道，否则，南慕美怎么教训他呢？"多佛是英国东南部的一座城市，说多佛，免不了要说多佛港。二战的时候，多佛港就开始很出名了⋯⋯"南慕美侃侃而谈。司机被她甜腻的嗓音和诉说见闻时那种悠然自得的风度迷住了，凝视后视镜里的她。南慕美取下太阳镜，对着后视镜飞了个媚眼。"加个微信呗，美女！"将南慕美在熙泰榕幸放下并殷勤地将行李箱提到她面前，司机笑嘻嘻地拿出手机凑近她。南慕美勃然作色，"我看着像个很随便的女人吗？"待司机疑惑地将车子开走，南慕美手扶行李箱的拉杆，笑得箱子被带动得轻轻颠动。突如其来的某一刻，她又为自己此前莫名其妙的乖张难过了。什么时候她变得这么敏感了呢？居然会因为一个并不重要的称谓，对一个比她小那么多的陌生男人，她年轻时根本正眼都不会瞧一下的男人浪费了那么多心计。真是没必要。多佛！对了！多佛！为什么那个瞬间，她脱口而出的是多佛而不是其他呢？想起来了，她有过一任男友，家乡是多佛。顺便说一句，南慕美确实从很远的地方来，那个地方叫雅加达。

　　南慕美正在顾影自怜时，陶樱樱的车出现了。南慕美当然在来这儿之前查到了陶樱樱的车牌号。"樱樱！"南慕美抓起拉杆拖起箱子奔向车子，高跟鞋丝毫不影响她的速度和敏捷。若不是陶樱樱及时刹车，肯定撞上她了。"樱樱！是你吧？""你是谁啊？"陶樱樱隔着车窗，疑惑地望着外面这个突袭她的女人。暮春未过，天气温暖中游荡着丝丝凉意，这个女人的打扮，却像是要把整个热带的沙滩和雨林全部占为己有的样子，着实令陶樱樱吃惊。"女士！我不认识你。请你不要挡路好吗？"陶樱樱将头伸出窗外，声音控制得很合适地提醒南慕美。陶樱樱一贯是个彬彬有礼的姑娘。南慕美忽然盯住陶樱樱脖子上那条玫瑰金项链,仿佛是担心自己早已不那么轻盈的身体,无法承受内心突然到来的惊喜,她夸张地跟跄了一下,一手扶住车身,一手捂住嘴,就这样紧紧盯着那条项链,慢慢地移到陶樱樱身边的车窗外。"樱樱!你一定是每天都戴着妈给你留下的这条项链。"南慕美说话的同时取下太阳镜。"妈太高兴了,你没有忘记妈。"陶樱樱使劲地看了看南慕美,愣住了。突然,她飞快地摇拢了车窗,发动油门。但是,南慕美已经重新跑到了车的前方。她张开双臂,像是要拥抱与她隔着一个车头的陶樱樱。"撞吧!"南慕美大喊,"反正是人都得死,撞死我吧。"

2

陶樱樱拢着双臂倚站在门口,冷漠地打量着坐在客厅沙发上的南慕美,以及沙发旁她的行李箱。门是开着的,陶樱樱不愿关,仿佛只要她不关,南慕美坐一时半会儿,就会识趣地告辞。陶樱樱当然是自欺欺人。南慕美费了那么大的劲儿才得以住进女儿的房子,怎么可能说走就走?"站在门口干什么?把门关上啊。"南慕美将遮阳帽和太阳镜摘下,放到茶几上,命令着陶樱樱。对!是命令。不同于先前在小区门口刚见到陶樱樱时的低三下四,此刻的南慕美一副自由自在的姿态,仿佛这房子是她的,陶樱樱才是不速之客。陶樱樱盯着南慕美,思考对策。终究,她还是把门关上,慢慢地走了进来。她蜷缩到另一张沙发上,用眼睛的余光监视着南慕美。

刚才，在小区门口，陶樱樱算是领教了南慕美的本事。那可不是一般的本事，那是泼妇才有的本事。可怕啊！这个二十一年前抛夫弃女远走他乡的女人，这个陶樱樱不得不称之为母亲的女人，分分钟就可以变成泼妇。"你们可看好了啊，我是她妈，我千里迢迢过来看她，她倒好，不认我，不让我进家门。天下哪有这么六亲不认的孩子？"当时，南慕美想上车，跟着陶樱樱进小区，陶樱樱坚拒，于是，南慕美便开始向保安，向进进出出的小区业主，如此这般地诋毁陶樱樱。见陶樱樱还是拒绝，她作势要打"110"。便有几人围上来劝陶樱樱。其中一个劝着劝着责怪起陶樱樱来。陶樱樱多好面子啊，只好先把南慕美带回家，再从长计议。

　　现在陶樱樱换了一个坐的姿势，继续思考对付南慕美的办法。南慕美居然开始数落起陶樱樱来。"樱樱！你怎么能这么对我呢？是！我是在你十岁的时候离开了你，这一点，是我的错，我承认。但是我有什么办法呀？我看到他就烦，跟他结婚十一年，我一年比一年厌恶他。如果不是父母包办，我怎么可能嫁给他这么个一点本事都没有，可以说一无是处的男人呢？你也是女人，能理解我说的吧？唉！你怎么可能理解我呢？你要是能理解我，不会这一个月以来，我打你电话你不接，发你短信你不回。"南慕美不说这些还好，一说这些，陶樱樱就来气。说得没错，最近这一个月以来，南慕美无数次给陶樱樱打电话、发短信，想告知陶樱樱，她老了，想落叶归根，想回到她的出生地，想暂时在陶樱樱这儿借住一段时间，陶樱樱一次都没搭理过她。那些，确实是陶樱樱所为。但是，在陶樱樱眼里，这个自二十一年前不告而别之后就销声匿迹的女人，这个在陶樱樱的整个成长期完全缺位的血缘上的母亲，这个从未有一刻与陶樱樱分享过求学、择业、恋爱过程中点滴甘苦的女人，毫无疑问，早已与陶樱樱的人生一刀两断，她们之间早已没有了任何瓜葛，本该形同陌路。如今，她如同死而复生，突然出现在陶樱樱的生活中，骚扰陶樱樱整整一个月，要陶樱樱收留她，怎么可能？"求你不要再数落了。"陶樱樱压抑着心中随时会喷薄而出的火气，说，"我想，你跟我一样清楚，你没有资格数落我。"南慕美取下扎头发的皮筋，优雅地将头发甩开，而后，愣怔地看向陶樱樱。她看到，不知何时，陶樱樱已经将那条项链取走了。

那项链，是南慕美当年离家出走时给陶樱樱留下的纪念物。陶樱樱显然经常戴着它。这习惯意味着什么不言而喻，不是吗？"樱樱！我知道，你心里头是想见我的，只是，你对我有气，这股气呀，在你心里头埋了二十一年了，一时半会儿是散不掉的。你需要时间。我也有耐心等你原谅我。"南慕美说着说着，居然流下泪来。看来她除了扮泼妇在行，演琼瑶剧的女主角，更加在行。鳄鱼的眼泪！陶樱樱在心里叱了一句后，冷漠地问："就问你一句，你打算住多久？"她努力让口气缓和下来，"就算我和你从来都是亲密无间的母女，你也不可能一直在我这儿住着，现在父母不兴与子女同住，对吧？""你这话说得在理！"南慕美显然从陶樱樱刚才这番话里接收到了一个讯息，即，陶樱樱已经答应收留她了。这真是个令她欣慰的讯息。看来，这一个月来，她的努力没有白费。"这么跟你说吧，我压根儿就没打算在你这儿长住。"南慕美站起身来，来到玄关处的穿衣镜前。"就……十天吧。"她一边对着镜子转圈欣赏自己，一边承诺，"十天后，我就有新的住处啦。"南慕美说的这个时间，比陶樱樱预想的时间要短。陶樱樱松了口气。"说好了十天。一天都不许多。多一秒，都不行。"说话间陶樱樱来到南慕美身边，俯身捡走围着南慕美谄媚地转圈的她的英短猫。

这只老猫，跟了陶樱樱十五年。换句话说，陶樱樱对这只猫的感情，远比对南慕美的感情要深。她跟南慕美才生活了十年啊。更要命的是，那十年留给她的记忆，谈不上愉快，更谈不上美好。最让陶樱樱忘不了的一件事是：九岁那年，家里来了几个并不重要的客人，南慕美突然发现陶樱樱一只耳朵里有耳屎掉出来，便勒令陶樱樱马上去卫生间，必须把耳屎处理得干干净净之后，才可以出来见客人。"你怎么就那么难看？一点儿都不像我。"那时，年轻的南慕美经常对着镜子里妖娆的自己，贬损幼小的陶樱樱。她的嘴随便就可以向女儿放毒箭，丝毫不去思考这样会不会给孩子留下童年阴影。"你不但长得难看，还笨。我南慕美，怎么说也是个多才多艺的人，怎么就生了你这么个一点艺术细胞都没有的孩子呢？"类似的不愉快记忆，太多了。如果时光倒转，陶樱樱宁愿自己是从石头缝里蹦出来的。

如果，南慕美还有一点自知之明，只住十天的承诺，就不该是她的缓兵之策。

嗯，万一，这真的是她的缓兵之策呢？对于一个可以在泼妇和琼瑶剧女主之间随意切换角色的女人，陶樱樱还真不能不防。"空口无凭，你得立字据。"

三两下写完一个字据，陶樱樱让南慕美签字画押。

3

　　南慕美躲在洗漱间里化妆，化一会儿，对着镜子里的自己发一会儿呆。她知道自己不复年轻，但她不觉得不年轻了就该对自己有所放弃。什么都不能放弃，比如美，年轻的时候有多爱美，如今只许更爱，不许比年轻时多放弃一点对美的追求。只不过，如今这个年纪，美与自己的关系变得游离，多花点时间化妆、打扮，它就还在，否则，它就会像个淘气的孩子一样跑掉。跑哪里去了呢？鬼才知道。从前，它可不敢淘气，它把她的身体当成一个港湾，它安静地待在那里，老实、忠诚地听她指挥。"还没收拾完？"陶樱樱在外面敲门，敲得很用力。"我要上班去了，你还不出来吗？"南慕美发现今天化的唇色与发色不配，有了这一发现之后，她看着镜子里的自己，觉得哪儿哪儿都不对劲了。她气恼地决定推倒重来。"我不管你了，你自己想什么时候出来就什么时候出来吧。但我提醒你，你的那份早点在餐桌上放着，给猫刨了我可管不了。"南慕美手中的眉笔停在了左眉，她看到自己的眼睛闪出泪光。很显然，南慕美在洗漱间化妆的这约莫半个小时的时间里，陶樱樱准备好了她俩的早餐，并在自己吃完早餐后一直在等南慕美出来。她怕自己走了，那只被她娇纵惯了的猫跑上餐桌刨脏她给南慕美留的早点。这只猫最喜欢刨东西了，尤其是人吃的食物。终究，她还是把我当妈的啊。此刻的南慕美在心里欣然感叹。

　　昨晚，南慕美就体会到了陶樱樱的表里不一。表面上，她不错过任何一个可以鄙薄南慕美的机会，内心里，却关心着南慕美：她为南慕美放了满满一浴缸水，并调到最适宜的温度；她让南慕美睡主卧，还换上了不久前她在单位抽奖得到的一套昂贵被套；半夜，南慕美做了个不好的梦，大声把自己喊醒，次卧的陶樱樱飞快地跑过来察看……

早晨，南慕美醒来后久久坐在床头，她在心里玩味着昨晚陶樱樱所做的每一件事。陶樱樱起床后进来，见南慕美已起床，迅速出去了。南慕美在陶樱樱身后怯怯地说："樱樱！谢谢你啊！"陶樱樱条件反射般发出一声冷笑，"你想多了。任谁住在我家里，哪怕是街上一个流浪汉，我都会这样。只不过是礼貌，礼貌而已。"南慕美不跟陶樱樱争辩。她年轻时，偶尔劲儿来了，也是这么心软嘴硬的。陶樱樱身上淌着她的血啊。

此刻的南慕美看到镜子里的自己绽放出笑容。有好些天她没这么开心地笑过了。这么一笑过后，她发现美又跑到了自己脸上，倏而，一个又一个美的分身，跑向她的头发、脖子、胸脯，她身体所有的地方。她的身体，立即变成美的集中营了。南慕美看着镜中这位光彩照人的美妇，感到某种躁动在她身体内部冲撞。她知道那是什么。那是某种特定的欲望，尽管她已绝经四年，可它依然会像她二十来岁三十来岁那些年那样，频繁光顾她的身体。最近几年，她总会因它羞耻，今天却奇怪，她骄傲它还属于她。

南慕美一气呵成地化完妆，跑到卧室取出一条碎花雪纺连衣裙，回到洗漱间，对着镜子换上。"美艳大方！"南慕美出声地夸赞镜子里的自己。这么美，今天不好好用用自己，真是暴殄天物！她像个少女般，吃吃笑着，在心里揶揄着自己。十分钟后，南慕美给自己的左耳套上一只环形耳环，右耳套上一只线形耳环，摇曳多姿地出门了。

南慕美先下楼在小区的花园里逛了逛。这个小区令南慕美感到陌生，但这个地方，她却再熟悉不过。新世纪以前，这儿是一个生产钢管的厂子。特别是上世纪九十年代前，这个位于城市东郊的国营大厂名气很大。厂子往东就是乡下，那里的农民多少有点崇拜厂里的人。崇拜落到实处有各种表现，比如，争抢着与厂里各食堂的员工搞好关系，为的是有一天能把自家猪圈里饲养的猪、自留地上种的蔬菜卖给食堂。南慕美的父亲就是这样的一个农民。他常年巴结食堂一名陶姓老职工，因此得以经常将食堂里的泔水偷运回来喂猪，猪长大了，再卖给食堂。因为掌握着这一独属于他的生存之道，他把自己的小家经营得比村里的一般农民要好。也许是太看重自己这份成就，抑或是，他想更为牢固地抓住这份成就，南慕美二十三岁那年，陶姓老职工提出要与他结为儿女亲家，他不假思索地同意了。这之后，无论南慕美如何不情愿，他还是伙同妻子与长子、长媳，及至煽动所有的亲戚朋友，促成了这门亲事。那时南慕美没见过世面，对父母言听计从，加之能嫁给工人是份荣耀，最终南慕美答应了这门婚事。但到底人还是会回到初心，婚后不几年，她就开始对陶樱樱的父亲不满，竟至感到这种婚姻让她生不如死了。陶樱樱十岁那年，一天晚上，南慕美与一个女朋友去酒吧玩，那天埋单的人是个健壮、帅气的青年，据说，他家在云南开矿厂。南慕美听了那人许多情话，第二天脑子一热，跟着跑云南了。

出发时，南慕美没想过此后再不回来。本意是，玩几天就回。但事情跟她想的不一样，那男人极不靠谱。甚至可以说，是个骗子。他带着南慕美在云南几个地方玩了半月后，消失了。南慕美此时才发现,这半个月的花销,全都是她出的。她离家前把家中积蓄全揣走了。当然,那男人是以借的名义让她出的。换了别的女人,首次出远门就被骗,一般再也不敢待在外面。南慕美不。她觉得就这么回去,丢人。此外,刚刚过去的这段遭遇,反而给予她某种激励。她觉得,如果没有别的成功际遇来抵消这段失败际遇带来的打击,她会就此一蹶不振。

南慕美就留在云南打工。在饭店做服务员。那是家生意不错的滚锅牛肉店。店老板四十多岁,穿花衣服、紧身裤,一天换一块手表。表是邻近口岸淘来的仿名牌。一日晚间,饭店已打烊,他支走其他服务员,留下南慕美。他先掏出一块女式表在南慕美眼前晃了晃,又语带双关地让南慕美知道,只要她听他的,这表就归她。南慕美后来得知,他用这办法睡了店里好几个女服务员。南慕美看不上任何粗俗男人,而这男人何止是粗俗,还贱。"我不稀罕你的破表!"南慕美推开了他。店老板的尊严受到损伤,恼羞成怒,开除了她。南慕美便去别家饭店打工,却收到匿名恐吓电话,让她滚出这个地方,否则,会被奸杀。南慕美却越挫越勇,报了警。让南慕美至今难忘的一段爱情经历出场了。负责办案的警察孔武有力,不苟言笑,不怒自威,简直就是南慕美的男神。这段从天而降的爱情,附带让南慕美得以安全在当地立足。可终究,它是见不得光的。

对方有家室。南慕美做了两年小三,耐心被磨灭,爱情随之在心里消亡。此时,一个客人获得了南慕美的芳心,她便与警察和平分手。那客人值得一说。他是个往来于缅甸、泰国与云南之间的玉石商。就是他,把南慕美带到了缅甸。可以说,是他,真正打开了南慕美的眼界和野心。南慕美跟玉石贩子的爱情自然也无疾而终。

南慕美接下来的情感经历,堪称传奇。她曾经说过:把我那些年的经历写出来,绝对是部电视剧。的确,那些年的经历堪称狗血。具体的情况不详述了,只需指出:那些年负责与南慕美演爱情对手戏的,至少有来自十个国家的男人。与之相匹配的,是南慕美在世界许多地方的旅居经历。有一年春天,南慕美与她的意大利情人住在一幢古堡里,那男人常一脸惊叹地对她说:你是个为爱情而生的女人。那年,南慕美已经四十三岁了。

让南慕美的游历爱情戛然而止的,是一个印尼老华侨。那也是二十一年里最后一段爱情经历。时间是八年前。他们相遇在巴厘岛。说来不可思议,南慕美和当年已年逾八十的老华侨彼此一见钟情。为什么如此神奇?也许,就是一种感觉吧。感觉上的事,是不一定说得清楚的。而南慕美,是越来越跟着感觉走了。她迅速成为老华侨的合法妻子,此后定居雅加达。

依然狗血着:老华侨前妻所生的四个子女反对这场婚姻。却没有用,老华侨爱死南慕美了。在与老华侨婚姻存续期间,南慕美常会觉得,她这一生,会圆满收场。不是吗?彼时,老华侨爱她、宠她、惯她,让她可以享受人妻的一切尊宠与荣耀,待他去世后,她可以坐拥他的绝大多数遗产,这辈子怎么都花不完。

南慕美失手了。去年这时候,老华侨去世,他的四个子女突然向南慕美亮出一份协议。是他们的父亲与尚健在的母亲当年的婚前协议,协议上注明:不论他们的婚姻是否存续,男方遗产全部归女方及其所生子女。经验证,老华侨与前妻的这份婚前协议是真实的。真是个老浑蛋，隐瞒了如此重大的秘密，只为可以安享比他小三十多岁的南慕美给他带来的暮年爱情，太自私自利，太奸诈了。然而，协议就在那儿，十个月后南慕美打输了官司。此后，她被限令一个月内搬离那幢她与老华侨共同生活了数年的别墅。一个月前，规定时间到，南慕美不搬离，老华侨的子女便来驱逐。赖到三天前，在此期间，南慕美频繁给陶樱樱打电话、发短信，希望得到陶樱樱愿意收留她的肯定答复。但陶樱樱不理她。就这样，她索性飞回来，强行投奔陶樱樱。

为什么南慕美只想到陶樱樱，而不是其他人？这根本不能成其为一个问题。还能投奔谁？她的父母，如今已不在人世间。首任前夫，陶樱樱的父亲？别开玩笑了。倒是有一个哥哥，但从小南慕美便与他争吵打闹，投奔他？为了让他取笑她？只有陶樱樱，她十月怀胎生下来的亲骨肉，是这世上唯一适合她投奔的人。

此刻，南慕美走在熙泰榕幸的花园里，想起此次投奔陶樱樱的前因后果，对陶樱樱心生愧意。有那么几段时间，南慕美算是过得春风得意，那些个时候，她几乎没有理由不联系远在国内的家人，特别是陶樱樱。但那些时候的她，实在太享受那种彻底放飞的感觉，仿佛，如果让任何一个来自过去的人知道她人在何方、过得如何，她就被捆住了。她不要束缚，她要解放，要继续飞。

真没想到，终究，她是迫不得已让自己停飞，把自己降落到了她生命的原点。

南慕美来到花园中部的泳池边，凝视水中自己的倒影。春水美化了她的身姿，令她变回那个自信心爆棚的半老徐娘。泳池对面一张躺椅上，坐着一个穿着运动装、样子气派的老年男性。南慕美揣测，刚才，就在她以水为镜顾影自怜时，这人或许在看她。这么一揣测，南慕美的心骚动起来。这人是单身吗？首先跳入南慕美脑际的，是这个问题。如果他单身，她的机会就来了。据说，熙泰榕幸这种高端楼盘里，除了像陶樱樱这种极个别的返迁户，其他都非富即贵。

现在可以将南慕美心里的一个秘密公开了：她之所以向陶樱樱夸下海口，承诺只借住十天，原因在于，她相信，以她的魅力，十天，足以令她找到条件不错还愿收留她的单身男性。

那男人身后的楼里，走出一个与他年龄相仿的女人。她一出来，她与那男人就彼此看见了对方。但男的看到了女的后，很自然地把目光移开了。女的看到了男的后，也很自然地别过目光。这种默契，让南慕美洞悉了他们的关系。南慕美有些失望，但不死心。她就站在那儿等待答案最终揭晓。果然，女人走到男人身边，默然坐下，接着，他们不约而同地将目光投向某处。他们在静静体会这春日花园里的寂静呢。南慕美顿感沮丧，却又迅速释然。她一手提起裙裾，一手抚着泳池边的垂柳，轻移脚步沿着泳池去往别处。

南慕美确信，在她走动的过程中，那男人看了她。不但男人看了，他老伴也看了。

4

陶樱樱把车开进熙泰榕幸，在地下停车场兜了一圈，又从小区的后门出来了。熙泰榕幸西侧的商业街上有家健身房，陶樱樱的男朋友孙萌城是那儿的经理，她可以自由进出这家健身房。然而，过去几年里，无论孙萌城如何鼓动陶樱樱，如何告知她身材管理对于现代人，尤其现代女性的重要性，陶樱樱仍然很少光顾健身房。陶樱樱是一家公司电子商务分销管理部经理，这几年经济不景气，多数人都有事业危机，陶樱樱也不例外。搞事业已经够累的了，还有余力健身？但是今天，就在陶樱樱刚才把车开进地下停车场时，她做出一个决定：最近十天，上班之外的时间，全都用来泡健身房。这样做，既最大限度地减少了与南慕美同处一室的尴尬与不适，又可以健身，还能让孙萌城开心，说不定，他俩岌岌可危的爱情会因此重燃激情呢。这个计划，不要太完美。

更衣室里有陶樱樱的专柜，里面锁着一套运动服、一双运动鞋。孙萌城坚持要为她保留一个专柜，让陶樱樱意识到健身房时刻都在召唤她。往常，陶樱樱觉得孙萌城坚持这件事，有点小题大作。今天，专柜里的运动装备，倒是救了陶樱樱一回，让她可以少回一趟家。陶樱樱经过前台时，看到孙萌城正与接待小妹站在电脑后查阅信息。等陶樱樱在更衣室里换好衣服出来，发现孙萌城在去往器械区的过道上等她。"今天没刮大风啊，你是怎么来的？"孙萌城调侃。"我自己两只脚走过来的，不行吗？"陶樱樱勉为其难地回应孙萌城的调侃。她委实不是个爱说俏皮话的人。一边说，心里面一边打鼓，偷偷地打量孙萌城。她还没想好，到底要不要告诉孙萌城南慕美回来的消息。她非常担心，如果孙萌城知道南慕美回来了，会立刻找她去算账。

陶樱樱、孙萌城算是青梅竹马。多年来，孙萌城一直觉得陶樱樱身上有种与她的聪慧不相称的自卑，在他看来，这是痛苦大于快乐的童年、少年时代给她留下的黑暗投影，而那些痛苦，则是她亲生母亲的那场轰动全厂的出走造就的。"你妈跟野男人跑了！"那时，职工子弟学校里，总有坏孩子在路上拦住陶樱樱，奚落她。若某次陶樱樱未及时躲开，他们就把话题深入，"你妈站着跟男人做爱，在酒吧里。是真的吗？"无疑，南慕美不光彩的出走给人们带来了经久不衰的造谣、传谣的激情。这些坏孩子的行为不会仅止于造谣、传谣。陶樱樱十三岁那年夏天，傍晚，她独自经过厂区内一条僻静小路，两个青春期男孩从厂房的阴影里慢慢走出来。"来！跟哥展示展示，你妈是怎么水性杨花的。"就是那天，陶樱樱认识了孙萌城。学体育的孙萌城及时出现，打跑了坏男孩。此后六年，孙萌城保护着陶樱樱，直到她高中毕业考入外省的大学。"把那个坏女人忘了吧。你必须忘掉她，才能走出阴影。"多次，她从噩梦中醒来，孙萌城都会如此安抚并要求陶樱樱。

陶樱樱的噩梦却在继续。她不可能忘得掉南慕美。一个人怎么可能忘得掉自己的母亲？"要是哪天能见到她，我扇她！"时常，在对陶樱樱突如其来的消沉无计可施时，孙萌城会如此愤然宣告。

孙萌城显然讨厌南慕美。陶樱樱却并不讨厌南慕美。她只是怨恨。

陶樱樱还是缺乏运动激情。她从这个器械走到那个器械，这儿摸两下，那儿推两下，很快就疲惫了。精神上的疲惫夸大着生理上的疲惫。陶樱樱在器械区游荡时，孙萌城起先跟在她身旁，做她的监督员、教练。后来，他的一个会员来了，他就带后者去了私教室。陶樱樱认得这个女会员。因为私底下孙萌城总拿她的努力来反证陶樱樱对运动的懈怠。"你看人家，年纪比你大了一轮，身上的肉比你紧致多了。"这个女人据说已年过不惑,陶樱樱才三十一岁。"你怎么知道她紧,摸过?"陶樱樱还击。"我干哪行的?还用摸?看一眼就知道体脂率是几点几。"陶樱樱知道孙萌城外面有人。直觉。却无法判定孙萌城外面的人到底是谁,有几个。是不是他的会员,更弄不清。按理,教练跟会员搞男女关系,违反职业道德。孙萌城既是教练又是经理,要以身作则。

但不顾道德干那种事的男女多得是,不是吗?譬如她自己的母亲,就是个中好手。随他去吧。陶樱樱从小就因为南慕美,而对这一类违背道德的事比别的女人宽容。她从小缺爱,如今更在乎对方能给她带来多少温情。孙萌城都快成她的骨肉同胞了。他们之间那种由爱情过渡来的亲情,比普通情侣更浓烈。

更何况,孙萌城有恩于她啊。若是没有他长达十八年的陪伴,不知道她会成为一个多么消极的人。现在的她,努力工作,积极进取,多数的时间,是一个心境淡泊,有能力控制情绪的人。能成为这样的人,孙萌城的功劳占一半。

一个女人从陶樱樱面前经过,身边跟着一个教练。后者是这家健身房的两个有点帅的教练之一。陶樱樱听得出来,这位姓邱的教练在游说女人买私教课。教练靠底薪活不下来,主体收入来自卖课的提成。若不是孙萌城的存在让陶樱樱对这种游说产生了免疫力,她也会跟别的女人一样易被说服,一买就买大量的健身课。陶樱樱真心觉得,对大多数人来说,这是坑。运动固然是好的,问题是,很多人不可能坚持得下来,他们办了卡、买了课,去健身房"一日游""几日游"后,便绝迹于此。到头来,办了卡、买了的课,本质上是给健身房捐款。所以,问题的焦点其实在于:

明知道花这钱是打水漂,却还是禁不起游说花出去了,这种不智,为何可以大行其道?

是人们心里的不甘吧。不甘心被时光打败,想留住青春,予以这种不智可乘之机。

陶樱樱看到那个女人被邱教练说服了。也许,她今天只是来健身房体验一下,没想那么多。那女人跟着邱教练去前台办卡、买课去了。二十分钟后,她换了运动装跟着邱教练回到了健身房,开始她的第一堂健身课。陶樱樱有点同情她,在她看来,这女人正是健身房"一日游""几日游"的最佳种子选手。瞧她,年纪与南慕美相仿,却没有南慕美那么会保养。她浑身上下每一处地方都被衰老控制了:起斑的面部、松垂的胸、紧身外衣掩饰不了的腹部的皱褶、垮塌的臀、小腿上一处不明显的静脉曲张。令人意外的是,她此刻的声音,却悖离着衰老。她始终用一种娇弱、细柔的语气,积极、主动地问邱教练这个那个,"这样子做对吗?""帮帮我呀,我推不上去了!""我要累死啦!""我的肩周炎有好多年了,职业病。小邱,你说健身能治好肩周炎吗?""我还有腰椎间盘突出,上次盲人按摩,技师跟我讲,再这样下去,我的腰就废了,健身是不是对治疗腰椎间盘突出也有效?"看来,她并不懂得,从办完买课手续的那一刻起,邱教练已不可能再像之前那样对她抱以真实的热情。如果是别的场合,比如在单位,她会欠缺这种人性洞察力吗?不见得。为什么?因为她偶或变为凛利的眼神,暴露了她是个在职场上有成就的女性,是个老于世故的人。在职场上,她一定很有气势,甚至有点跋扈。可现在,面对一个表情刻板的教练,她却小女生般聒噪不已。陶樱樱忽然对她产生了一种女性所特有的，对同性的同情和怜悯。

都是衰老惹的祸。为了对抗衰老，对抗时光的侵蚀，一个睿智的女人可以忘记自己曾经多么睿智。衰老就这么左右着女人，令她变为另一个人。

陶樱樱想到了南慕美如今的可笑之处。综合昨天以来她所看到的南慕美的表现，陶樱樱深刻地认识到，南慕美是她这个年龄的女人里最自恋、最自负的那种女人。然而，这种认识，带给陶樱樱的，居然是对南慕美的同情。陶樱樱对此吃惊不已。

5

陶樱樱离开健身房后，看时间不算太晚，便去了趟超市。她买了牛排、鸡腿、排骨、冰鲜虾、速冻水饺、芋头、西兰花、苹果、葡萄等等各种各样吃的东西，满满装了两大袋。她想明天晚上早点下班，给南慕美像模像样地做顿饭。不管怎么说，南慕美是她亲妈，如今住在她这儿，她做不到对她完全视同陌路。那天早上，她不完全是嘴硬。真的是那样的，即便南慕美是个陌生人，只要来家里做客，陶樱樱就会以礼相待。她真的曾把一个露宿街头的小女孩带回家住过几天。若不是小女孩走后她发现丢了一瓶香水，她还是会在不给自己带来危险的前提下，予以那些孤独的旅人尽可能多的善意。她这个孤独的人，看到有人孤苦伶仃，便会心生怜悯，看不下去。孙萌城就说过，她这点比较幼稚，得改。她不想告诉他，她不愿意改。每当给予那些孤独的人一点光亮，她心里的孤独就会少那么一点点。她这是在用帮助他人的方式，帮自已找回一点对人世的肯定。

在家门口,陶樱樱掏出门卡还没刷,便听到里面传出的舒缓乐曲。听了片刻,南慕美故作天真的声音出场了:"我美吗,老单?"老单?陶樱樱刷开门,看到惊人的画面:客厅靠外的那张沙发被移了位;原本摆在茶几上的书、茶具都已不见,原来它们被移到了鞋柜上;电视屏幕边沿围着的那条彩色真丝围巾,让人联想到拍卖会上的竞品。此刻,衣冠不整的南慕美光着脚,踮着脚尖,在大理石茶几上优美地展臂扭腰送胯高抬腿。一个六十多岁的男子,只穿着内衣,笑容可掬地坐在沙发上,认真但焦灼地观看南慕美的舞蹈。他就是"老单"了。"我年轻的时候呀,经常代表职工家属参加厂子里的联欢会。那时酒吧刚时兴,那儿的老板请我去跳舞,我没去。"南慕美随着舞动转向门口,看到了冷若冰霜的陶樱樱。她对陶樱樱隐而不发的愤怒视若不见,如同一只笨拙的大鸟,向陶樱樱"飞"去。她一把拉起陶樱樱,又往老单那儿"飞"。"介绍一下,我女儿。我们两个站在一起,像不像一对姐妹花?"陶樱樱甩脱她的手,向正忙着穿外衣的老单说了声"您好",回到门口,提起那两袋食物,快步进了厨房。她在厨房把食物放进冰箱后,就去往她的卧室。此时此刻,陶樱樱最大的意愿,是看不到南慕美。她要把自己关在卧室里。

卧室的门是关着的,陶樱樱才推开一条缝,她的猫就嘶吼着奔出,准确无误地跳入次卫。那儿,是猫厕所的放置之处。正不解,陶樱樱闻到一股屎尿味。她的目光在灵敏嗅觉的引领下,来到了床的正中。那儿,有一摊猫的屎尿。事情有了眉目:这个发情的女人为了避免被猫打扰,把它关到了次卧。为什么不关到次卫里去？陶樱樱有种要去质问她的冲动。这种冲动并非今日才有，它蛰伏在陶樱樱身体里很多年了。此刻它在陶樱樱的身体里狼奔豕突，使她无法再成为那个压抑的、低眉顺眼的陶樱樱。"你为什么把猫关到卧室？"陶樱樱快步来到客厅，用本不属于她的凌厉语气，冲南慕美喊叫。南慕美热烈绽放的笑容僵在脸上，她尴尬地看了老单一眼，直视着陶樱樱，理直气壮地说："你的猫太闹腾，家里来客人了，它老是跑过来挠客人。肯定得把它关起来啊。""那你可以把猫关次卫，猫沙盆在次卫。你把它关到卧室，它怎么上厕所？""老单要用次卫的呀，我肯定不能把它关在次卫。"南慕美一脸无辜。

陶樱樱的心里第一次涌现厌恶的情绪。对！就是厌恶。南慕美销声匿迹的二十一年里，陶樱樱要为南慕美的消失承受各种流言蜚语的那些年，这种情绪从未登临过陶樱樱的心里，但是就在南慕美重返陶樱樱生活的第二天，它不请自来了。该称它是迟来的报应，还是一个不速之客？陶樱樱深呼吸，将它压制到心底深处，而后，耐起性子与南慕美辩论，"你的朋友不是非得要用次卫，他不是也可以用主卫吗？猫不一样。猫沙盆在次卫，它得用次卫。你把它长时间关在次卫之外的地方，你就得把猫沙盆也放进去。"陶樱樱发表这番长篇大论时，看到南慕美开始憋笑。很刻意的那种憋。"还有那么多讲究？"南慕美表演性地失声大笑。"樱樱！你太有意思啦。主卫这段时间我在用的嘛，里面放了好多我的私人物品，不适合男人看到的。老单当然不能用主卫呀。"

南慕美的这个解释令陶樱樱意外。这到底是个什么奇葩？这二十一年来，她到底是怎么过来的？遇见了什么人，经历了什么事,让她变得这么热爱奇思和妙想?见陶樱樱陷入沉思,南慕美以为陶樱樱被她说服,遂笑了起来,"樱樱!不是我说你,你呀,对猫太好,比对人还好。可这猫多烦人呀,乱跑乱跳,还咬东西。我还没跟你说呢,刚才,它差点把我的裙子挠破。猫身上很多细菌的,别再养了,送人吧。"

陶樱樱心里那个叫厌恶的东西指数级自我复制。她不想它们继续为非作歹,她并不喜欢它们。陶樱樱瞪了南慕美一眼,转身去了次卧。一分钟后,南慕美看到陶樱樱卷着次卧的被褥冲向阳台,将它扔在那儿。这之后,陶樱樱提起阳台上的猫包,拎着它急步去往次卫。很快,陶樱樱又拎着变得沉甸甸的猫包出来了。透过猫包上的镂空小窗,南慕美看到猫惊恐不安的一双大杏仁眼。"你现在就要把它送走?"南慕美笑问。她用的是对小孩子说话的语气。"你可真有意思!我为什么要把猫送人?"陶樱樱站在门口,从鞋柜里取出一双运动鞋,坐下来,往脚上套,厌恶已经突破她的压制,跳进了她的语气,"我让你舒舒服服地住这儿。我和我的猫不打扰你,我们出去住。等你住够十天,走了,我们再回来住。"陶樱樱将心里的计划和盘托出。这是她的临时起意。不过,这个主意还不错。她本来就经常住孙萌城那儿。有时候,孙萌城也会住她这儿。他们两头住。这十天里,万一哪天孙萌城心血来潮,要在她这儿住一晚,她还得费神跟他撒谎。不如直接搬到他那儿去住,既避免了跟孙萌城撒谎,又可以不用见南慕美,还可以确保爱猫不受南慕美的气,一举三得。

可凭什么要把自己扫地出门?这是我的家啊。南慕美,一个伤害过我的人,是最不该出现在这个家里的人,怎么现在我要为了促成她的逍遥自在愤而出走呢？说不通的。陶樱樱系鞋带的手停下了。她这算是负气出走，为了这么个女人负气出走，太不值当了。蠢，幼稚。孙萌城就常笑话陶樱樱孩子气，每次他那么说时，陶樱樱就会有不适之感。就算是为了反对孙萌城的错误论调，陶樱樱今天也不能离家出走。

想至此，陶樱樱脱下运动鞋，重新换上拖鞋，提起猫包返身往里走。"怎么又不走啦？"南慕美的声音荡漾在陶樱樱身后。这话说的，好像她看出陶樱樱是要负气出走似的。"说走的是你，说不走的，也是你，搞不懂你。"南慕美冲着陶樱樱翻了个白眼，嘟囔道。陶樱樱三两下拽出包里的猫，抱着它往里走，"这样，你去住酒店。可以住最贵的，钱我出，怎样？"南慕美没料到陶樱樱会这么说，很是吃惊。她当然知道住酒店更好，但她有诸多不住酒店的理由，譬如：如今，她就是想跟女儿同居。"自己家里住得下，为啥要住酒店嘛？花那没必要的钱不说，还不自在。不住不住，就住家里，家里多自在啊。"忽见老单起身找手机和钱包。南慕美急了，"老单，你不用走。我跟我女儿像朋友一样，无话不谈的，没事斗几句嘴，多好玩的，你不要介意呀。"老单逃也似的冲向门口，"不打扰了！我还有事，有事。"南慕美飞身跑过去，拉住老单，"不要走嘛！"老单举起右手食指，顶在左手的掌心上，做了个息战的手势，眼睛却看着门口。南慕美像小女孩那样嘟起嘴，还轻轻地跺了一下脚，"哼！就不让你走。"

老单还是走了。南慕美失落地从门口转过身来，用一种哀怨的目光看向陶樱樱，"知不知道，你吓跑了一条大鱼？"

6

这是一处街心广场，南慕美坐在正中的喷水池边，目光在往来的人们之间跳动。春天真的要过去了，温暖正在向燥热过渡，穿裙子的女人，不止南慕美一个了。阳光正在西移，下午很快就要隐退。南慕美面前的广场上开始有人聚集。一个女人把录音机在地上放好，拉住与她同来的女伴，尝试着跳了几步舞。她们跳得比南慕美差远了，但是，她们的自信不比南慕美少一分。南慕美觉得她们没有观赏性，将目光移开，继续寻找那个人。对！老单！她在这儿守株待兔，期盼老单回到此处。昨天下午接近傍晚时，就在此处，她与老单认识了。昨晚，老单离去后，南慕美躺在床上后悔到半夜。她和老单忘了互留联系方式。

昨天这个时候，南慕美坐在公交车上经过这儿，看到这地方很热闹，还有人跳广场舞，便提前下车。也不一定叫提前下，她原本就没想好要坐到哪儿。只是太久没回来，想到处看看这座城市的变化，便随心所欲地买了到终点站的车票。南慕美下了车，从公交车站往回走，来到这个广场。她也像今天这样，在喷水池边坐了下来，观赏那二十几个散布在广场上跳舞的男女。南慕美离开这座城市时，国内还没兴起广场舞，眼前的一切，对她来说是新奇的。她有一种要上去跳的冲动，但她克制住了。她觉得这些与她年龄相仿的男女，与其说是在跳舞，倒不如说是在做广播体操。她不能接受与他们为伍。

有一个人引起了南慕美的注意。这个人自然就是老单。不是因为老单跳得好令南慕美注意到。他根本就不会跳。不会跳，却总有女人主动过去当他的舞伴。南慕美远远打量老单。他大高个儿，穿衣打扮考究，人也魁梧，但要以南慕美的审美看，他却不是广场上形象最好的男性。广场上跳舞的自然以女性为主，男性只有五个。五个男人，至少有两个男人明显比老单年轻，其中一个，五十岁都不到，长得有点像她在印尼电视上常看到的一个男明星，称得上有点帅气。那为何偏偏是老单，而不是另外四个男人被女人们追捧呢？"他啊！以前是当官的，退下来的时候，是副厅。"一个女人跳累了，坐到喷水池边休息，南慕美便向她打听老单。这女人是个八卦精，兴奋地向南慕美卖弄起她的八卦能力来。"去年，他老伴走了。胰腺癌，说走就走了的，从发病到走，才两个月。"南慕美没好气地打断她，"说他，扯到他死了的老伴身上去干嘛？你就说说，他老伴不在世了，跟他受欢迎有什么关系？""你是真不懂还是假不懂？"那女人大惊小怪地看向南慕美，"这里好多女的单身的嘛，老单条件最好，当然最受欢迎啊。我跟你讲他条件有多好哈：首先，他副厅退下来的，退休金比一般人高，这点没得说吧？他就一个独女，还嫁到美国去了，这点好吧？跟了他，在家里就是女王，不用受下一代的气。最最关键的事情你知道哇？他住别墅。可不是荒郊野外的那种便宜别墅哦。在二环里面的别墅。"

南慕美不知道那女人是什么时候停止八卦的，又是什么时候从她身边走开的，她早已进入一个幻想世界，这个世界里，老单就是来拯救她的人。多么巧啊，她正在苦苦寻觅一个可托付未来的新人，老单就出现了。她才回来两天，就遇到他了。那句话叫什么来着？踏破铁鞋无觅处，得来全不费工夫，说的就是她与老单的相遇啊。南慕美在幻想的世界里越滑越远。天开始暗下来，路灯蓦地亮啦。一下子变得好美。南慕美闭上眼，想象自己站在远处，看着坐在喷水池畔的自己，那一定是幅美人图。南慕美因想象陶醉，缓缓将眼睛睁开一半，像是微醺的杨贵妃，轻移慢摇地起身向那些舞动的人体走去，直走到这群人的中心。她旁若无人地跳啊，跳啊。一切如她所愿，老单来了。"咱俩合一支舞，怎么样？"老单的声音张弛有度，果然是当过官的。

　　接下来的事情无需多说，老单跟南慕美跳了一会儿，在南慕美的邀请下，来到了熙泰榕幸。南慕美本希望老单请她去参观他的别墅，无奈老单不开口，她又太想与他独处，便只好邀请他来熙泰榕幸。他们一进去就接吻了，南慕美可没有主动，她只负责迎合。这种情况下，女人不需要主动，主动反而不好，南慕美深谙个中道理。主不主动，南慕美都掌控着老单。老单却掌控不了自己。炉子的火已经生好了，配菜全部备在案板上，就等油锅一架，啪啪啪炒菜。可是老单这个"大厨"紧要关头却发现自己已油尽灯枯。"年纪大了，不听使唤了！"老单淡定地向南慕美作出解释。南慕美有点失望，她是希望他们的关系有个快速突破的，现在老单遇到了生理上的阻力，使这个突破胎死腹中，她怎能不失望？但她并不气馁，静静等待老单形成战斗力。老单却开始热衷于玩幽默，"我说的不听使唤，是我的腿。关节炎。才坐那么一会儿，我就站不起来了。"他还要用动作来配合他的幽默，装作真的想站却站不起来的样子。这种时候，男人玩幽默只能证明他的心虚。南慕美那么懂男人，当然知道当下心虚能摧毁一切坚固或不坚固的事物，自信才能聚沙成塔。"你超厉害的！否则你能当那么大的官呀?"南慕美轻轻一笑,将他推回到沙发上,用轻柔的抚摸示意他坐好。"我会让你'站'起来的。"南慕美娇声道。说罢,她美美地站了起来,站到了茶几上。她在茶几上给老单展示她的独门舞技。在她无限多的爱情记忆里,她用这招治疗男人的雄风不再,没有失败过一次。这次却失败了,陶樱樱推门而入时,南慕美已经把自己跳得快要脱水了。

现在南慕美坐在喷水池边,回想昨天跟老单在一起的点点滴滴。她在检审自己的错失之处。审来审去,还是觉得自己昨天的表现没有瑕疵。要是老单因为暴露了自己的弱点而不高兴,他应该早就走了的。没走,说明他没有这种小男人才有的习气。那么,只能是陶樱樱的到来,以及她接下来的闹腾,把他惊跑了,只能是这个原因。既然如此,南慕美就要找到老单,与他延续昨天未曾抵达的情趣至高点。如果老单对她有意,他今天会来这儿寻她的,不是吗?况且,他总到这儿来,如果他想续上前缘,今天更加有理由来,不是吗?

南慕美在喷水池边坐到头晕,从太阳西下坐到月影西斜,老单都没有出现。南慕美都有点伤心了。为爱情而生的女人嘛。这样的女人,从来都是容易坠入情网的。南慕美从来都是个一旦发现了爱情的苗头就会忘掉周遭一切,奋勇前进的人。而爱情给予的伤呢,从来都是最致命的,它会让人迅速消沉。南慕美心里的伤感摇身一变,是难过了。南慕美的情绪就此低落了下去。夜色并不比昨晚逊色几分,南慕美却觉得周遭布满幽灵。怎么会有这种感觉呢?南慕美排斥着,却仍能感觉到幽灵的存在。没有多少时间了,南慕美难过地告诫自己。是啊!陶樱樱只给了她十天时间，南慕美只有十天的时间来缔造一段新的爱情，再过两个时辰，十天就将变成八天了。

南慕美正在暗自慨叹、忧虑、焦灼，一个男人过来了。"约吗？"陷在思绪里的南慕美还没感知到他的到来，他已经在她身边坐好，小声向她这么耳语了一下。广场舞的音乐是有点吵的，南慕美没听清。当然，这也得怪她不懂国情。如果是个普通的国人，听话听音，是容易听懂这两个字的。"你说什么？"南慕美定定神，打量眼前这个男人。一个糟糕的男人。不是丑，不是脏，也不是邋遢，都不是，就是糟糕，只能用糟糕来形容。南慕美又看了这人一眼，立即闪过以下几个画面：一碗馊掉的饭菜，一个过期、变质的面包，一群苍蝇、蚊子、蚂蚁在太阳底下睡觉。南慕美正奇怪于自己的联想，那男人开腔了。这次他用很小的音量发声，但声音极具穿透力。"约吗？"南慕美现在听清了。她当然还是不懂这两个字在眼下这个时代已经成为某种术语，她只是觉得这人冒失。要与一个人约会，不是先得有一个认识、交流的过程吗？怎么这人一上来就问她要不要约会呢？南慕美迟疑地望着这人，不知道该回答他什么好。南慕美的注视，在这人看来，算是一种默许了。他兴奋了。"有地吗？"这又是一个术语，南慕美自然还是不懂，"有地？""我没有地方做，你有地方吗？"南慕美好像听明白了一点，又好像还是不明白，她更为疑惑地看着他。"要是你也没地，就开房。"南慕美总算听明白了。她腾地站了起来，愤怒让她说不出话来。她就这样因为愤怒，胸膛起伏。这人的目光立即被吸引到她的胸部。"变态吧你！"南慕美一把推开此人。这人居然是一副感到意外的表情。冷不丁地，他换了一副嘴脸。"软件上女人多得是，不干就不干，凶什么凶？也不看看你有多老。看得起你，才过来问问你。装货！"南慕美还没来得及回击呢，这人已气呼呼地走开。

南慕美气得一口气上不来，晕倒。

7

夜真的好长啊，南慕美在主卧里沉睡。黑暗中，房门悄悄打开。陶樱樱蹑手蹑脚走了进来。她先走到床边，静静站了会儿。确信南慕美不是醒的，她缓步来到门里侧的衣帽间外面。衣帽间是推拉门，要不发出声响地打开它，需要一点技巧。陶樱樱却轻车熟路，轻巧拉开门。里面的感应灯亮了，照见了地上南慕美的那只超大号行李箱。陶樱樱侧耳倾听，再一次确信南慕美没有醒来后，才蹲下来，开始研究行李箱的密码。她试了一下，不对，又试了一下，还是不对。她蹲在那儿，思忖起来。忽然，她想到了南慕美的生日。试了一下，不是。陶樱樱有点无计可施。她异想天开：会不会是她自己的生日呢？这么想过之后，她开始一个数字一个数字地掰动密码锁。

南慕美这个时候听到了什么，但太过深沉的睡意控制了她，使她想醒又醒不过来。她在梦里面焦虑得不行。陶樱樱终于掰到最后一个数字。睡梦中的南慕美这时仿佛开了天眼，可以看到衣帽间里的陶樱樱了。只见陶樱樱掰完了最后一个数字，而后，手指按压开关。开了！居然真的开了。陶樱樱欣喜不已，开始翻查箱子里的衣物。南慕美这个时候用她的"天眼"看到了压在箱子底部的药瓶。陶樱樱掀开了一件衣服，又掀开了一件衣服，很快，那几个药瓶就要出现在她眼前了。南慕美发出一声大叫，猛地睁开了眼睛。衣帽间里的陶樱樱听到声音迅速把箱子关了，逃出衣帽间，逃出了主卧。南慕美从床上跳起来，跑进衣帽间，打开箱子，看到最后一层罩在药瓶上的衣服，她长长地松了一口气。南慕美站起来，却见陶樱樱就在衣帽间外。陶樱樱猛地亮出手中的药瓶，厉声问："这是什么药？你一直在吃药吗？请问，你是怎么做到跟我住在一起却没有被我发现你在服药的？"南慕美惊恐万状。此时的她，只有一个念头，要夺走陶樱樱手中的药瓶。绝不能再让她拿在手上，她要趁陶樱樱还没看清药名时，就把它夺走。只要陶樱樱知道了药名，去网上一查，就知道她得了什么病。南慕美却没有抢到，还被陶樱樱推倒在地。陶樱樱开始把药瓶有字的一面转向自己，这时原本昏暗的房间一片大亮。药瓶上的字，对准了陶樱樱的眼睛。陶樱樱惊愕地喊："淋巴癌？"

　　南慕美大叫一声，从床上醒来。这才发现，刚才的一切，全都来自梦境。我怎么会在这儿？南慕美疑惑地发现自己正置身于医院的急救室里。当然，她很快明白是怎么回事了。此前，她低血糖发作，晕在了广场上。有人打了急救电话，把她送到了这儿。此刻，房间里没有一个医护人员。南慕美想起了梦中的情形。梦中的担忧，倏然变成了她此刻的担忧。她真的担心陶樱樱会去翻查她的箱子。她不想，绝不想让陶樱樱知道她得了淋巴癌。除了一个月前帮她做诊断的那家雅加达医院里的人，她不想这个世界上再多一个人知道这件事。

　　南慕美那二十一年戏剧人生的终篇，并非是老华侨的死以及此后发现自己被这一家人算计，而是她的淋巴癌。说起来还要感谢老华侨的前妻和子女对南慕美的凶狠，若不是因为这个，她那几天不会抑郁成疾，就不可能去住院。不住院，就不可能做那么多的血液检测。是医院先发现了她的血常规异常，便问她最近一次体检是什么时候。她已经快一年没体检了。医生建议她趁机做一次全面体检。就这样，查到了颈下癌变的淋巴瘤。真是不幸中的万幸，假使等到身体发出相应的提醒才去医院，通常已是晚期了。

　　虽然淋巴癌发现得不晚，有多种治疗方式可选，但医生仍建议南慕美化疗。南慕美不假思索地拒绝。她听说过，也见过一些做了化疗的女人，她们中好些人头发秃光，变得比往常丑一百倍。她不要变丑。甚或说，她还没有想好，健康与变丑，她该选择与谁同在。

　　现在，南慕美为什么非得投奔陶樱樱、连酒店都不愿住的深层原因，也该水落石出了。从哪儿说起呢？就从一个月前老华侨的前妻和子女第一次派人前来驱逐南慕美说起吧。那天，南慕美心酸地站在本该属于她的房子里，焦躁地迎对那些人的恶言恶语，她从未像那一刻那样虚弱、无助。说不清为什么，那一刻，她特别想见到自己的女儿。这种意愿在随后的每一天，变得愈益强烈。一天晚上，南慕美做了梦。起先，梦中的她独自站在旷野中。后来出现了一道闪光，将她向远处吸引过去。来到光的尽头，她看到了陶樱樱。这个世界有七十多亿人口。七十亿，是个多么庞大的数字。可是，这其中，就只有陶樱樱一个人与南慕美真正密切相关。南慕美真的就感受到了那种来自远方的吸引力。于是，她遵循自己的内心召唤，一次次地给陶樱樱打电话、发短信，直到回来找她。

南慕美其实有点钱。老华侨给的。他终究是个拎得清的人，在他们婚姻生活的几年内，用一种妥善的方式逐步往南慕美的账户上存钱。这些钱当下安安静静地躺在南慕美的账户里。不算特别多，但能确保南慕美比较体面地过完余生。强行入住陶樱樱家，显然不是她弄不到房子住，她买一套小户型的能力还有的。基于这样的事实，南慕美自己是打心眼儿里觉得：她投奔陶樱樱，最根本的原因，是她想更多地看到陶樱樱。

一个医生和一个护士一前一后快步推门进来，南慕美慌忙下了床。"我没事了，可以出院了吗？"她急急地问。仿佛她再在这儿多待一会儿，她身体里的病立即会被这二位发现、他们会将她押赴手术室做化疗似的。"在哪儿办出院手续？告诉我，我这就去办。"医生笑了，"光顾着要出院啊？也不问问，谁帮你办的住院手续。"南慕美也笑了。她确实急糊涂了，到底是哪个好心人把她送到这儿来，还给她办了住院手续呢？"你也别着急出院。送你过来的人跟我打过招呼，说你一醒，就让我喊他过来。你要出院的话，还是先问问他的意见吧。"南慕美疑惑地望着那医生，忽然，她的心里产生了一种莫可名状的期待，甚或说，是预感。那个预感就是，如果她再多问一句，医生会告诉她，这个人，就是老单。

她晕倒在广场上，起先，没有人管她。后来，老单来了。老单开始打急救电话。救护车开过来了，老单跟着一起上了车。过程一定是这样的，嗯！一定是这样的过程。

长于幻想的南慕美，这一次要受到一点点打击。医生给那人打过去电话，并让南慕美接听。南慕美听到的是一个与老单舒缓的男低音完全不同的声音。这是个干脆利落的男高音。"你好！我姓周。叫我老周就可以。"这人体贴地向南慕美说了些该说的话之后，向南慕美补充介绍自己。半个小时后，南慕美见到匆匆过来的老周。是一个与老单年龄相仿，但形象不如老单的男人。南慕美后来得知，老周是个医生，而且此前就在这家医院工作。南慕美很快就在老周细致入微的问询声中，忘掉了老单。三天后，等她正式把老周带回家并告知陶樱樱这是她男朋友时，她已经找到了一个新的生活乐趣，即通过吐槽老单的不举，来赞美老周的老而弥坚。需要指出的是，关于她的病，南慕美也是像对待陶樱樱一样，坚持着她既定的隐瞒方针。

8

陶樱樱抓住杠铃试了一下。太重。看来，在她之前用杠铃的那个看着也瘦的女孩，跟她不一样。那女孩是瘦而结实，她的瘦是一种健康的表现，而陶樱樱的瘦，只能说明她是个亚健康状态的人。陶樱樱取掉杠铃两边那两片五公斤的杠铃片，只剩下杠铃杆本身。勉强做了两个深蹲，她就吃不消了。这时孙萌城从远处走来，指出陶樱樱的错误，"你刚开始健身，培养对健身的兴趣很重要。尽量找些不太消耗体力的动作做吧，别做深蹲。深蹲太耗体力。"孙萌城不说这些还好，一说，这几天慢慢在陶樱樱身体里积聚的对健身的热情，随之消散。眼前那些黑色的铁疙瘩让她想吐。

为什么有的人总是那么活力四射，就像是身体里永远燃烧着一团火，有取之不竭的生命能量，而陶樱樱总感觉身体里是一座冰山，一运动就有一种随时要枯竭、散架的感觉呢？陶樱樱突然就感觉自己哪儿哪儿都不好了。

十天赶紧到头吧。这样她就不用为了逃避南慕美每天一下班就泡健身房。可是，时间发生了变异似的，这十天，感觉与陶樱樱以往经历过的任何十天都不同。以往，十天一眨眼就过去了，她还没从繁忙的工作中醒过神来，它就不见了。现在，十天是一堆变异了的病毒，在运行中不断复制，怎么过都过不完。

算起来，这已经是南慕美不请自来的第七天了。昨天上午，陶樱樱上班去之后，南慕美就把老周喊了过来。这是老周第二次来了。两个人在家里从上午待到晚上十点多。陶樱樱自然是捱到健身房十点打烊才回家。当时，南慕美正开了很劲爆的音乐在与老周跳舞。对！又是跳舞。她像是中了舞妖的咒，总是在跳舞。陶樱樱每次打开门的那一刻，她都在跳。有时，房子里只有她一个人，她也是在跳，慢慢地跳。对于南慕美来说，她痴迷于时刻处于动态的生命体验，抑或是，她要避免让自己处于静态因而不得不去思考藏在身体里面的病，她不愿去想那些深邃的人生命题。可陶樱樱不知道南慕美的真实情况啊，她只知道南慕美太闹。

南慕美还想跟陶樱樱套近乎呢。就是昨天晚上，依依不舍地将老周送到停车场，回来之后，南慕美来到陶樱樱的房间，在床边坐下来，摆出了一副要跟陶樱樱谈心的样子。"樱樱！我们娘儿俩还没正儿八经聊过天呢，聊聊呗！"陶樱樱作息很有规律，看看表，已经是十一点了，正是她的入睡时间。"太晚了！改天吧。"南慕美沉默，不死心。陶樱樱不好驱赶她，便翻了个身，背朝着她。"你出去的时候，记得给我把灯关掉。"南慕美讪笑了一下，"樱樱！

妈妈想知道这些年你是怎么过来的。"陶樱樱不做声。南慕美叹了口气，"你不想跟我讲你的事情，我跟你讲讲我的事情好吗？"陶樱樱抽搐般将被子捞到头顶，"我真的要睡觉了。"

不是陶樱樱不想了解南慕美这些年的经历。她非常想了解，一五一十仔仔细细地了解，每一个细节都不放过的那种了解。但陶樱樱必须遏制住对南慕美的好奇。她需要在她与南慕美之间建一道墙，一道高到望不到顶的墙，密不透风的墙。拒绝了解南慕美，是确保这道墙牢不可破的最好办法。

有什么必要彼此了解？过了这十天，她们不再同居一室，陶樱樱将重新回到不把南慕美当成一个实体存在的时光，一切将回到南慕美突然出现之前的那些时光，那些陶樱樱依靠自己的努力将自己修复得越来越好的时光。结局清清楚楚就摆在那儿，多说一句，都是有百害而无一益。

更何况，陶樱樱早就习惯了与孤独相处，甚至常常有意识地主动沉浸到深海般的孤独里，在那种时候，连孙萌城都无法进入她的内心，更何况伤过陶樱樱的南慕美呢。

孙萌城辅助陶樱樱练了一会儿，去忙他的事情去了。陶樱樱自行练了不到五分钟，就感到无趣，便去了更衣室。看看时间，才八点半，离健身房打烊还有一个半小时。离她上床的时间还早，现在回去不正给了南慕美与她交心的机会？怎么办？陶樱樱决定先去桑拿房泡半个小时再说。

桑拿房的气息是最对立于运动的，似乎也最适合陶樱樱这种气质的人。陶樱樱居然在里面睡着了。一看时间，转眼就是半小时。那里面到底不适合睡觉，醒来的陶樱樱感觉晕乎乎的，再无法在里面待下去。便出了桑拿房，慢慢地去淋浴区冲了个澡。再回到更衣室，已接近九点半了。

差不多可以走了，陶樱樱想。她慢慢地穿好衣服，将运动装备在专柜里锁好，这才离开更衣室。这时，她才想到看手机。有一个未接电话，是孙萌城的。还有他发来的一条微信语音："你走了吗？"陶樱樱便向孙萌城他们的办公室走去。来到门外，陶樱樱听到里面传来嬉戏的声音。"怪不得你今天上午练了腿，原来晚上有约会啊。"这是邱教练在说话。陶樱樱透过开了一条缝的门往里看。里面除了邱教练，还有孙萌城和另外一个教练。陶樱樱正在想，邱教练这是在说谁呢，另外那个教练"嘻嘻"笑起来。"孙经理最近天天练腿哦！""看来孙经理最近天天有约会啊。不对啊，陶姐平常不来，这几天却天天晚上来，感觉她在监视你啊。怎么她越监视，你却越有机会泡妞了呢？悖论啊。"邱教练的这番话让陶樱樱心里一"咯噔"。这番话背后隐藏的信息，让陶樱樱懵住了：孙萌城不但真的背着她有别的女人，而且有向同事公布泡妞行为的癖好？就听孙萌城哈哈一笑，"也不知道她最近几天怎么了，不要求去我那儿住，也不要求我去她那儿住。那我这几天晚上就都有空啦，当然要好好利用一下。"一种莫名的悲哀袭击了陶樱樱。她与孙萌城到底是一种什么关系？这个一贯答案明确的问题，此刻，陶樱樱找不到答案了。忽想起，似乎有好长时间了，她与孙萌城住在一起的有限的几次，都是她主动要求的。南慕美来的这几天，她本该去跟孙萌城住，却出于某种她自己都说不清的原因，总是想与南慕美住在一起。这时，又传出孙萌城的声音，"陶樱樱这个人吧，你们是知道的。整天阴阴的，还老想着以前那些个事。"陶樱樱这一次简直是给震到了。

听孙萌城的语气,他把她什么事都跟同事们说了?他还跟多少人说了她的事?他把她的事情、他与她之间的事情,与全世界共享了吗?陶樱樱有种在万众瞩目中裸奔的感觉。这种感觉在她的少女时期有,后来就没有了。特别是近十来年,随着旧城改造,人口迁移,如今住在这一带的,根本没有人知道陶樱樱的过去。现在的孙萌城总在向别人泄露她的过去吗?泄露了多少?跟多少人泄露了?陶樱樱越想越恐惧,那种被迫裸奔感觉,与被强奸,似乎没什么太大的区别。

"她吧!人是好人,"只听孙萌城说,"所以,我是要跟她过一辈子的。我正打算找个机会向她求婚呢。她也老大不小了,我比她还大两岁。只不过吧,她真的太没活力了,整天死气沉沉的,一点精神劲儿都没有,说难听点儿,叫她说句俏皮话,她都得使出吃奶的力气。只跟她一个人好,我大概会憋死吧。"陶樱樱有种要窒息的感觉。她张开两只手掌,交叠着用力摁在胸上。但她还是感到虚弱。她连忙伸出一只手,扶住墙壁。她大概是弄出了一点声音,里面的三个人同时转过头,看到了门缝外的她。"你怎么了?"孙萌城担心地跑出来,扶住她。"我还以为你回去了。要紧吗?是练坏了吗?要不,以后就不练了吧?"陶樱樱动作理智但坚定地推开他。她扶着墙壁,低头片刻,等自己气息变匀。然后,她扬起脸来,强行让自己面带微笑,"谢谢你这些年来包容我。"说罢,她强忍着眼泪跑开了。

9

陶樱樱开车经过熙泰榕幸，没有进去，将车驶入了邻近一个楼盘外的街路。过了这个楼盘，她拐了个弯，又来到了另一个楼盘。后来，她又开到了熙泰榕幸。这回还是没有进小区，又沿着先前的路开了一圈。她就这样围着这个新兴的住宅群转圈，转了一圈又一圈。孙萌城始终开着他的车跟在她的车后，保持几十米的距离。他们绕跑过的地方，无疑都是原先厂子所在的区域。这么一来，他们一前一后绕着圈默默地开车，就不像是冷战的一种方式，而像是在享受回到过去的乐趣了。

终于，陶樱樱把车停在了这片区域东侧临河的街路边。孙萌城跟着在后面把车停下。陶樱樱没有下来，就在车里待着。孙萌城也没下来。过了一会儿，陶樱樱的微信响了。"兜完了吗？"陶樱樱打开这条语音，平静地听着。"兜完了的话，回去吧。今晚去你那儿住，怎么样？"孙萌城的另一条语音又发过来了。陶樱樱一动不动地坐着。孙萌城明明知道她是因为听到了他与同事的对话而生气，却根本不打算给她一番必要的解释，还用这种哄小孩的语气跟她说话，她觉得可笑。

孙萌城与同事们共享本不该拿出去说的事情，让陶樱樱第一次认识到他原来是那么幼稚的一个人。可悲的是，认识他十八年来，他在她面前一直扮演的是一个成熟、老到的如父如兄的角色。这种延续了那么多年的错位，颠覆了她对他俩这段感情的认识。他们之间，真的是爱情吗？

陶樱樱没有经历过别的爱情，在这方面，她与南慕美是两极。

孙萌城是她到现在为止唯一的恋人。恋爱经历的贫乏，让她无法给这个问题答案。陶樱樱迷惑了。这种迷惑在她心里出现后，逐渐扩大，竟至让她不知道接下来的人生该何去何从了。如果是情场高手南慕美，她会如何应对当下的情况呢？陶樱樱心里居然冒出这样一个念头。

孙萌城在后面摁了一下喇叭。他失去耐心了？陶樱樱有点戚戚地想。过了一会儿，孙萌城下车，来到陶樱樱的车外。他就站在那儿，用不轻不重的力度敲了敲车窗，说了句什么。陶樱樱没有把窗户摇下。孙萌城在外面等了一会儿，见陶樱樱还是坐在里面无动于衷，转身就走。一分钟后，端坐在车内目不斜视的陶樱樱听到了后面车子发动的声音。

陶樱樱闭上眼睛。许久之后，她睁开眼，回头望去。她的车尾后，只剩下空寂的街路。

"分手吧！"陶樱樱给孙萌城发了条语音。过了应该很久，陶樱樱都已经趴在方向盘上睡着了，孙萌城才回过来一段文字：

其实就是男人之间的吹牛皮，吹牛皮而已，那些都不是真的。

陶樱樱呆呆地看着这条短信，有点错愕，感觉自己更加气愤了。

但陶樱樱很快就平静了下来。她快速在手机里输了两个字：分手。又快速地点发送键。

并没有过多久，孙萌城的回复来了：我再也受不了你的冷暴力了。分手是最佳选择。陶樱樱定定地看着这条微信，等孙萌城再发。却再也没有。

在如同煎熬的等待中，陶樱樱想到：她的确是有心理问题的。那些问题，到底是南慕美给予的，还是恰恰相反，因为南慕美给她带来的伤害，让她可以把她所有的问题都归咎给南慕美，据此，她的心理隐疾得以自由自在地野蛮生长了呢？陶樱樱不可能经历南慕美不是她母亲的生活，这个复杂的问题永远没有答案。

　　回到家中，已是凌晨三点。陶樱樱想等等再睡。内心里，她还是希望孙萌城再发微信过来的。反正明天周六不上班，就算等到天亮，也无所谓吧。陶樱樱等了一会儿，没等到。这时她想到，已经是第八天了，再过两天，南慕美就要践行她们的约定搬离。陶樱樱产生了一种去看看南慕美的冲动。

　　这种冲动是危险的，似乎说明什么。她难道对南慕美还有不舍吗？不！她跟南慕美已毫无感情，对她有一点点依依不舍的念头，都是可耻、愚蠢的。陶樱樱扯了扯头发，用力、快速地把头摇晃了几下，想迫使自己不去想旁边卧室的南慕美。居然做不到。南慕美的即将离去，让陶樱樱想到了过去二十一年来南慕美的漫长失踪。它如同一个黑洞，深邃而辽阔，一旦陶樱樱被它吸附进去，便立即有种没着没落的感觉。现在，南慕美即将到来的离去所带来的未知长度的新的消失，在陶樱樱的想象中，是如出一辙的另一个黑洞，同样让陶樱樱心慌。毫无疑问，她惧怕这个新的黑洞诞生。

　　那么就是说，她很排斥这种分离？陶樱樱被自己的推想吓到。她不要排斥与南慕美即将到来的分离，她要期待这新的分离！她告诫自己。但是没有用，越告诫，越心慌。陶樱樱乱了阵脚。她感到，一股不可控的力量，要把她拽到主卧里去，拽到正沉睡的南慕美身边，让她想要唤她起来，好好看她几眼，听她回忆她这二十一年。这种不可控的力量，让陶樱樱痛苦。怎么办怎么办？

陶樱樱想把她的猫抱在怀里。与她相伴十五年后，它在某种程度上成了她最可靠的伴侣。很多时候，只要拥它入怀，她就可以平静下来。猫呢？陶樱樱忽地意识到，今天回来后，一直没见它。往日，她一回来它马上会过来，蹭她，拥抱她的脚，粘着她。它还习惯了睡在她枕头边。如果某天不让它跟她睡，把它关在门外，它就在门外刨一晚上的门，直到放它进来为止。

陶樱樱把房子的角角落落都找遍了，就是不见她的猫。她最后才去南慕美的卧室找。在确证这房间里也找不到她的猫后，她有些崩溃。是猫的消失，给了她崩溃的更好理由。"樱樱！你在找什么？"南慕美被陶樱樱的声音弄醒了。"你看到猫了吗？"陶樱樱焦急地问。南慕美明显愣了片刻后，坐了起来，"就一只猫而已，樱樱你那么急干什么呀？"南慕美这话太让陶樱樱愤懑。一只猫而已？陶樱樱在心里对南慕美叱道：你知道我跟这只猫的感情，远远超过我对你的感情吗？

陶樱樱与这只猫的感情，超过她与孙萌城和她的父亲陶邑勇之外的任何人类的感情。陶樱樱十六岁的时候，继母看她不习惯，每天找她的茬，是孙萌城送的这只猫，让她每晚有倾诉对象。就是陶樱樱的继母，也喜欢这只猫，因为猫的存在，对陶樱樱少发了多少脾气。后来陶樱樱去外地读大学，把猫也带上了。她把它养在宿舍里，使它成为全宿舍女生的心肝宝贝。后来宿管来找她谈话，不让她在宿舍里养猫。为了能跟它在一起，陶樱樱在学校外跟一个家境好的女生合租房子住。因这笔额外的租金支出，她去外面兼职。大学毕业后，她又带着它回到这座城市。她走上工作岗位，换工作，遇到过各种开心、不开心的事，各种奇怪、不奇怪的人，每一天，回到家中，她都会给它讲这些人与事。它总是忠诚地待在她身边，她愿意说多久，它就偎在她身边多久。这只猫，是她活在这个世上的最大见证。它见证了她从少女时代到日近中年时所有的悲欢、成败、得失，它就是她的宝贝。而南慕美，这个多年来与陶樱樱疏离到几近陌生的人，居然跟陶樱樱说"一只猫而已"？简直混账透顶。

但是陶樱樱不想跟南慕美说这些。她需要让那道"墙"牢固地竖在那儿。

陶樱樱扭头离开南慕美的卧室，又出去找她的猫。之前找过的地方，再找一遍，还是没有。陶樱樱感觉要疯掉。从来没有过今天这样的感觉。找不到猫的陶樱樱终于在黑暗的客厅坐了下来。窗户上的纱窗都是关着的，整个房子对猫来说就是密封的，它是怎么消失的呢？陶樱樱忽地心里一凛。南慕美开门关门的时候，它蹿出去了？这时，南慕美关心地走了出来。陶樱樱便厉声把心里的疑问说了出来。南慕美却摇头。不知道这摇头代表的是什么意思。是想说她今天压根儿就没出门？是想说她每次出门的时候会很小心提防猫溜出去？"你到底什么意思？"陶樱樱失声问道。"樱樱！你那么在意这只猫吗？从来没有见过一个人，这么在意一只猫。"南慕美答非所问。陶樱樱心里涌起一个可怕的念头：不是南慕美开门的时候不小心把猫放跑了，是她故意放跑了猫。难道没有这个可能？当然有。不！是事实本该如此。不是吗？南慕美本来就不喜欢猫，本来就不理解陶樱樱对一只猫的感情可以超过人类，南慕美本来就是个不走寻常路的人，这样的人，什么事都干得出来。"是你，你把我的猫丢了是不是？"陶樱樱眼睛里面要喷出火来。

南慕美走开去,打开灯。灯光一亮,南慕美被陶樱樱的目光吓到了。"你快说啊!"陶樱樱呵斥。南慕美盯住陶樱樱看了一会儿,用试探的语气问:"樱樱!是不是如果我说,我把猫送人了,你会……把我赶走?""那是毫无疑问的。"陶樱樱不容置疑地说。南慕美居然很吃惊,她呆呆地看着陶樱樱,"樱樱!我没想到你会这么说。我知道你已经对我没有感情,但我完全没有想到:在你心里,我连一只猫都不如。"陶樱樱想告诉她,她说的是事实。这有什么不好理解的?但她不想再跟她作无聊、无谓、无趣的争辩,她只想赶紧找到她的猫。"你把它送给谁了?"陶樱樱都要哭了。但她忍住了。

那道"墙"!它必须牢固。她不能在南慕美面前流泪。"我懂了!"南慕美阴沉着脸站起来,往她的卧室走,"明天我把它抱回来。""你真的把它送人了?"陶樱樱盯着南慕美的背影喝问。南慕美不回答,径直去了卧室。陶樱樱大步追到卧室里,冲着南慕美的背影,大声问:"告诉我,你是不是真的把它送人了?"南慕美转过身来,耸耸肩,板着脸说:"樱樱!你小题大作了。不管怎么说,你因为一只猫对自己的母亲大发雷霆,很不可思议。"陶樱樱一字一顿地说:"明天,天一亮,你就带我去接猫。接完回来后,请你从我的房子里消失。"南慕美冷冷地看着陶樱樱,也一字一顿地说:"陶小姐!照你说的办。"陶樱樱针锋相对地说:"南女士!你得说话算数。"

10

　　南慕美一个人走在路上。她一直埋着头，走得很慢。一大早，陶樱樱就吵着让她带路，她要开车去接猫。南慕美嘴上答应，却在陶樱樱进房间穿衣服的时候快速跑出来了。陶樱樱不停地拨打她的电话，她就是不接。我在她眼里，连一只猫都不如啊。南慕美心里一直响着这样一个声音。这个声音如此凄厉，使南慕美在这春末的时光里感受到阵阵寒意。再怎么样，也不能视我一只猫都不如啊。南慕美是多么骄傲的一个人，如何能接受这样的一个事实？她有些悲伤。这孩子到底得有多恨我，才会因为一只猫要赶跑我？南慕美想。她一个人走了很久。

　　昨天下午，南慕美正一边梳妆打扮，一边等老周过来接她出去玩，猫悄悄来到她脚边，抱住她的脚发嗲，南慕美真的不喜欢猫，一脚踹了过去，猫飞快地蹿离，然而一个指甲勾住了南慕美的丝袜，一下子把丝袜弄破了。就在这时，老周的电话来了。"美美！我到你楼下了，你下楼吧。"南慕美一想到还得重新去换丝袜，心里有气。这猫却对它惹下的祸浑然不觉，又来谄媚南慕美了。南慕美喝斥它走开，它偏不走，继续谄媚。老周的电话又来了，"快点哈宝贝！车子在路边停久了怕交警过来贴罚单。"情急中南慕美心生一计：把它关在卫生间，它就烦不到她了。她太急了，关门的时候将追过来的猫的一只脚卡到了。

　　现在南慕美停止了漫无目的地走动，在路边站定，开始拨宠物医院的电话。昨天后来，南慕美让老周用车把猫送到了离熙泰榕幸最近的这家宠物医院。看了一下，猫没什么大碍。猫多灵敏啊，在即将被门卡到脚的瞬间，它们总有能力让门最多只卡到一只脚趾。南慕美当时却是吓坏了的。看到猫突然变得一瘸一拐，她立即想到了陶樱樱看它时充满爱意的眼神。樱樱会骂死我的！这么一想，她无论如何都要把猫送到医院检查检查。

虽然基本查明了猫没有受伤，但这种医院肯定是希望客户多花钱的，便鼓动南慕美和老周给猫做个全身体检。也许是为了取悦陶樱樱，南慕美来者不拒，医院让干什么就干什么。这时天色已晚，检查却还没做完，南慕美看老周有点待不住，过意不去。医院里的人便建议南慕美让猫在这儿寄住一晚。南慕美觉得这个主意甚好。结账离开时，医院登记猫的信息，发现电脑里有它的信息。无疑，因为这家医院离熙泰榕幸最近，陶樱樱带它光顾过这儿。

南慕美现在要打电话给宠物医院，请他们打陶樱樱的电话，喊陶樱樱过去接猫。南慕美打完这个电话，看到路边有一张石凳，便坐过去梳理自己的心绪。为什么昨晚陶樱樱大发雷霆的时候，不当场向她解释清楚呢？又为什么今天她要设法摆脱陶樱樱独自跑到这陌生的街路上来？南慕美想了许久，并不能给自己一个明确的答案。

南慕美可能自己也不清楚：是骄傲让她不想解释，是骄傲让她在得知自己不如一只猫后备感受伤因而萌生了不告而别的念头。骄傲的人，往往对自己的骄傲是不自知的。是的，南慕美现在设法摆脱陶樱樱，是因为她想再次从陶樱樱的生活里消失。就像当年她突然决定让自己从这个城市消失那样。真是难以理解，过去了二十一年，南慕美依然是那个用消失来解决问题的女人。这种方式，到底有多幼稚，她自己很清楚。清楚归清楚，南慕美身体里始终升腾着一团火,要把她推向这个幼稚的决定,任她如何挣扎,都只能臣服于这团火的威力。

为了让这次消失跟多年前那次消失一样彻底、干脆,她需要做点什么。当然要做点什么啊,她的行李箱还在陶樱樱房子里呢,那里面别的也许不重要,药是重要的。她不会自己回去拿的,叫老周帮她去拿吧。南慕美拨通老周的电话。"老周!能帮我个忙吗?""别这么客气。你叫我干什么我都万死不辞。"老周的男高音因为沾染了喜悦,变成了花腔男高音。看来南慕美在一部分男人那儿,还是很有市场的。"不需要你为我死!死多可怕啊。"南慕美郁郁地说。走神了片刻,她把她希望老周帮她做的事说了出来,老周欣然同意。南慕美又吩咐道:"你不要跟我女儿说我联系过你。她要是问你我在哪儿,你要说不知道。"老周不解地问:"为什么?"南慕美答非所问,"唉!她也不会跟你打听我的……"

他们约了一个地方,老周帮南慕美取回箱子后,在那个地方见面。那是南慕美前方五十米处的一家咖啡厅。南慕美挂了老周的电话,就向咖啡厅走去。真的就这么又从陶樱樱生活中消失吗?在咖啡厅坐下后,南慕美戚戚地追问自己。"这么走了,那这几天蓄意与她同居,试图寻找与她恢复感情的机会,不是前功尽弃了吗?"

南慕美很快放弃了这样的自我追问。她从来不是个纠结的人,那不符合她的个性。她只要听从当下心里那团火的指挥就行。那团火,指他打哪儿,她就往哪儿打。

喝了一杯咖啡,老周就赶过来了。"你这是要去哪儿?"一在南慕美面前坐下,老周就紧张地问。"去你那儿啊!"南慕美迅速回答老周。说完紧盯着他。她不想错过老周听到这句话后任何一个细微的反应。之前,她听老周说过,虽然他独住,但儿子、儿媳经常到他住处来吃饭。"我很在乎他们的。"老周如是说。南慕美不希望发生在老华侨和她之间的事,再发生一次。老周一点都没犹豫,脸上写满了兴奋,"那我俩还坐在这儿干什么呀?家里不是更舒服吗?走!"快速喊来服务员结完账,他拉起南慕美就走。

这真的挺意外的。在车上,南慕美偷眼打量老周,心里被幸福感充盈着。然而,这幸福感里,也夹杂着忧虑。南慕美想,如果老周知道她不像她外表所展示的那样美丽和健康,如果他知道了她的病,这非一般的病,还会这样对她吗?

即便她是个过度自信的女人,在这个问题上,她的答案依然不敢肯定。

南慕美忽地流下泪来。老周侧脸看了她一下,将车停下来,紧张地问她:"你怎么啦?没事儿吧?"南慕美赶紧擦掉泪,向老周嫣然一笑,"我高兴呀!你对我这么好!""你好像有什么别的心事?"老周比先前的老单要敏感。南慕美瞥了眼老周,心里有股冲动,要立即坦白她的病。到底还是压制了这冲动。

11

陶樱樱脖子上戴着那条玫瑰金项链,拎着猫包从宠物医院出来。这已经是南慕美离去一年之后了。那次全身体检,给猫查出诸多问题。不过还好,就是些老年病,严重的病是没有的。陶樱樱很怕有一天它突然离她而去,隔一段时间就会带它到医院去看看。这一天,显然随时可能到来。

今天,陶樱樱的父亲陶邑勇要到陶樱樱这儿来。陶樱樱上大学后就没和陶邑勇及继母他们住一起了,尽管他们现在的住处,离熙泰榕幸也就只有两公里。陶邑勇跟后来的妻子生了个儿子,这儿子怪有出息的。这一来,就对比得事业中规中矩的陶樱樱没出息。没出息,在陶邑勇眼里脾气还怪的陶樱樱,便越来越不讨陶邑勇喜欢。所以,一般情况下,他很少来找陶樱樱。陶樱樱习惯了孤独,当然也不会去他那儿。但有一个情况,陶邑勇一定会到陶樱樱这儿来。这个情况就是,陶邑勇哪天被妻子骂得再也受不了了。他在妻子那儿,不知从哪年开始变成了一个受气包。

陶邑勇到的时候,是傍晚。三伏天,陶邑勇脖子上长了一小片汗斑。他坐在餐桌上,一边喝酒一边啃陶樱樱给他打包回来的串串,啃得嘴角全是油,他却完全感觉不到。那块汗斑,在陶樱樱眼前晃来晃去。陶樱樱想起十岁之前的那几个她有记忆的夏天,那时,陶邑勇也像现在这样穿着背心,在厂里分给他们的宿舍前喝酒吃串串。夕阳从屋顶上照过来,罩住他整个人,他脖子上的汗斑更显难看。南慕美就会让陶樱樱拿块湿毛巾过来,让陶邑勇搭在脖子上。她实在看不得陶邑勇的汗斑。如今,陶樱樱想起这样的往事,居然觉得有种朦胧的美好。

令陶樱樱吃惊的是,她居然也去卫生间,拿了块毛巾出来。等她站到陶邑勇身后,要将毛巾搭到他脖子上时,她才意识到自己要干什么。"你站着干什么?"陶邑勇回头不解地看着陶樱樱。陶樱樱慌了起来,将毛巾塞到陶邑勇手上,"你看看你的嘴,一嘴的油。"说完这句话,陶樱樱发觉自己是在模仿多年前南慕美的语气。她更加慌了。"你到底怎么了?"陶邑勇一边用毛巾擦嘴,一边探询地看着走到他对面重新坐下的陶樱樱。陶樱樱这个时候才意识到,那毛巾是她平时用来擦脚的。"对不起!对不起!"陶樱樱抢走毛巾搭回到卫生间。陶邑勇感觉今天的陶樱樱特别莫名其妙。

陶邑勇后来说起南慕美来了。他每次来,都会说南慕美的。陶樱樱始终坚信,陶邑勇此生唯一爱过的女人是南慕美,哪怕他的生活里所有知道他故事的人都视南慕美为妖孽,他也只爱过她。后来的妻子,只是他需要一个妻子罢了。现在陶樱樱看着埋头专心吃着的陶邑勇,陶樱樱想,要不要把南慕美一年前在她这儿住过的事情,告诉陶邑勇呢?此前几次,陶邑勇来,她也像今天这样暗自琢磨过,末了,还是决定不告诉。今天,她想来想去,也还是决定不告诉陶邑勇。

陶樱樱似乎能感到自己有种私心:她想把南慕美的这次来了又走,当成她与南慕美之间的秘密。一个除了她和南慕美,不会有第二个亲人知道的秘密。这样,她就会得到一种奇怪的感觉:她和南慕美之间不仅仅是母女关系。会超越这种关系。那是种什么关系呢?陶樱樱也想不明白。也许,是一团熊熊燃烧的火与一堆灰烬的关系吧。南慕美当然是前者,她陶樱樱是后者。反正,南慕美也是不想陶邑勇知道她回来过的,这一点,毫无疑问。所以,陶樱樱愿意安享这种隐瞒所带来的隐秘体验。

陶樱樱送陶邑勇到小区门口打车。他们刚出小区门站在路边,对面那家微型咖啡店里,有个女人立即抬起头来,遥遥地向这边打量。尽管有一定距离，亚健康样子的陶樱樱和苍老的陶邑勇在这个女人眼里仍一目了然。不到两分钟，车就开了，陶邑勇上车，陶樱樱进了小区。咖啡店里的这个女人又坐了几分钟，才起身去吧台埋单。她今天的任务完成了。这一年多来，她偷偷跑到这儿来过多次，为的是能与陶樱樱远远地偶遇。

加上今天这一次，南慕美匆匆与陶樱樱"偶遇"过三次。不过，今天成果最大，不但"偶遇"了陶樱樱，还真的偶遇了陶邑勇。

南慕美跟去年春末的时候很不一样，现在的她脸色惨白，目光无神。加上没有化妆，看上去要比实际年龄老。她身上已经没有了原来那种热腾腾的气息。那种随时能把自己点燃，独属于她这类女人的气质，现在已经没有了。

南慕美走出去后，吧台后那名青春正好的女收银员赶紧向里面一个比她还年轻的男服务员招手，"跟你打赌，刚才那个女人一定做过化疗。你看她一副病态的样子。还有，大热天的，戴帽子……"

（原载《星火》2021 年第 2 期）

图书在版编目（CIP）数据

岁与歌：一弦一柱思华年 / 青年文学杂志社编 . -- 北京：中国青年出版社，2023.2
 ISBN 978-7-5153-6821-4

Ⅰ.①岁… Ⅱ.①青… Ⅲ.①中篇小说-小说集-中国-当代②短篇小说-小说集-中国-当代 Ⅳ.① I247.7

中国版本图书馆 CIP 数据核字 (2022) 第 211964 号

岁与歌：一弦一柱思华年
青年文学杂志社　编

策　　划：	皮　钧　李师东
责任编辑：	张　菁
助理编辑：	赵志明
书籍设计：	尚书堂
出版发行：	中国青年出版社
社　　址：	北京市东城区东四十二条 21 号
网　　址：	www.cyp.com.cn
编辑中心：	010-57350357
营销中心：	010-57350370
印　　装：	三河市君旺印务有限公司
经　　销：	新华书店

规　　格：	880×1230mm　1/32
印　　张：	16
字　　数：	345 千字
版　　次：	2023 年 2 月北京第 1 版
印　　次：	2023 年 2 月河北第 1 次印刷
印　　数：	1—5000 册
定　　价：	66.00 元

如有印装质量问题，请凭购书发票与质检部联系调换。
联系电话：010-57350337